死亡约会

——王建武侦探推理影视剧作选

王建武　著

群众出版社

图书在版编目（CIP）数据

死亡约会：王建武侦探推理影视剧作选/王建武著．—北京：群众出版社，2020.6

ISBN 978－7－5014－6100－4

Ⅰ．①死…　Ⅱ．①王…　Ⅲ．①电影文学剧本—作品集—中国—当代②电视文学剧本—作品集—中国—当代　Ⅳ．①I235

中国版本图书馆 CIP 数据核字（2020）第 064007 号

死亡约会

——王建武侦探推理影视剧作选

王建武　著

出版发行：群众出版社
地　　址：北京市丰台区方庄芳星园三区 15 号楼
邮政编码：100078
经　　销：新华书店
印　　刷：北京谊兴印刷有限公司

版　　次：2020 年 7 月第 1 版
印　　次：2020 年 7 月第 1 次
印　　张：16
开　　本：880 毫米×1230 毫米　1/32
字　　数：447 千字

书　　号：ISBN 978－7－5014－6100－4
定　　价：49.00 元

网　　址：www.qzcbs.com
电子邮箱：qzcbs@sohu.com

营销中心电话：010－83903254
读者服务部电话（门市）：010－83903257
警官读者俱乐部电话（网购、邮购）：010－83903253
文艺分社电话：010－83903973

目录

京城运钞车大劫案

（纪实电影文学剧本）

剧中人物：	陈　峰	男	35岁	侦破组组长
	老　赵	男	50岁	侦破组成员
	李世元	男	30岁	侦破组成员
	周　亚	男	25岁	侦破组成员
	袁　青	女	24岁	侦破组成员
	局　长	男	60岁	公安局局长
	王处长	男	50岁	刑侦处处长
	晓　凌	女	25岁	报社记者
	鹿宪州	男	33岁	劫匪头子
	郭　松	男	30岁	劫匪成员
	鹿宪勤	男	30岁	鹿宪州弟弟，窝藏犯
	黄民平	男	33岁	鹿宪州好友，买卖枪支犯，窝藏犯
	农之宝	男	29岁	个体商贩，买卖枪支犯
	张　颖	女	25岁	鹿宪州女友，窝藏犯
	黄　倩	女	23岁	鹿宪州姘头

序幕

1997 年的北京。冬天。

亚运村附近的一家银行。春节将临，取款的人很多，柜台前人头攒动。

茶色玻璃的落地门。男男女女的储户进进出出。

银行对面不远的便道上，停放着一辆蓝色“大宇”牌轿车。镜头由远渐近，透过贴膜的车窗依稀可见一个 30 多岁的中年男子坐在驾驶室座位上。镜头推进车内，戴着墨镜的中年男子表情冷酷，两眼紧盯着银行的大门。

一辆运钞面包车由远渐近驶来，停在银行门口。两名女押款员在三个保安员护卫下走进门里。

“大宇”车里，中年男子的手伸向旁边座位上的一个提包里，他取出一支微型冲锋枪，“咔”的一声装上一梭子弹，拉开枪栓上膛，搁在一边。而后他摘下墨镜，套上一个黑色面罩，只露出两只眼睛。他注视着银行大门，握枪的手似在微微发抖。

银行门开了，两名押款员从里面出来，手里提着沉重的皮箱，走向运钞车。

“大宇”车里的中年男子转身打开车门，手提微冲钻出车门。

（定格）片名在此画面上出现：《京城运钞车大劫案》

演职员表。

1

黢黑、寂静的夜，高高的狱墙。

岗楼上的哨兵警惕地注视着警戒区，哨兵来回走动了一会儿，站下，打了一个哈欠，回身看看墙上的闹钟已经是凌晨 3 点 15 分了。岗楼里的电话响起来，哨兵拿起话筒。

这时，一条黑影出现在狱墙下。一双手使劲儿扒住墙头，越狱人钻过电网，朝狱墙外跳下。

“咚”的一声闷响惊动了哨兵，他回身拉响了警报。

荒野小路上。越狱人因腰腿受伤，一瘸一拐地往前挪动着步子。不远处，手电筒光柱四下晃动，不时传来狗吠声。越狱人站住，四处观望了一下，朝不远的一个被杂草遮掩的涵洞走去。

此时天降大雾，狱警和武警战士四处搜索未见逃犯踪影，空手返回。

2

清晨。离市局刑警队不远的马路上。一位20多岁清秀苗条的女青年一边看表一边往前走，她叫晓凌，是《京城晚报》的记者。一辆警车"吱"的一声停在身边，吓她一跳。开车的是刑警队三级警督陈峰。他摇下车窗，探出头来。

陈峰："呦，这不是晚报记者晓凌吗?"

晓凌回头看，并不认识陈峰，奇怪地问："你怎么认识我?"

陈峰淡淡一笑，说："你上次来采访过我们队长，刑警的眼睛是不会放过目标的。"

晓凌似有几分反感："目标，我是什么目标?"

陈峰有些尴尬："没什么，上车吧。"

晓凌："去哪儿?"

陈峰："你不是到刑警队采访我们的侦查员吗?跟我走吧。"

晓凌有些犹豫，看看车牌号。

陈峰："怎么，怕是假的?那就自便吧。"

此话似乎激怒了晓凌，她拉开车门，弓身钻进汽车，一屁股坐在副驾驶员座位上。

晓凌："要是冒牌儿的，咱就打回假。"

陈峰想缓和一下气氛："我叫陈峰，昨天局法宣处打电话通知说有位记者要来采访。看着眼熟，有冒昧的地方多多包涵。"

晓凌笑笑："现在骗子多，得长个心眼儿，别见怪。"

3

刑警队大院里。

面相和善、年近半百的侦查员老赵，穿着一件老式羽绒服，双手拎着四个暖瓶往屋里走，边走边喊："袁青，暖瓶我放你门口啦!"

二十四五岁的女侦查员袁青，长得白净俊俏，性格有点儿像假小子。这会儿，她在院里一棵树下吊着的沙袋前练拳脚。她出手狠，起脚疾，一招一式还真像那么回事。她只穿件运动服，头上还直冒热气。听到老赵的喊声，她回了一句："多谢了，赵叔。"又继续练着。

周亚是个20多岁精干的小伙子，正在水房里刷牙，耳朵孔里塞着耳机，嘴里随着音乐哼着，身体随着节拍扭动着。

三十五六岁的李世元长得精瘦，他一手端着碗粥，一手攥着根油条往嘴里塞。

陈峰跟晓凌从车里出来，大伙都用惊奇的目光盯着晓凌，晓凌感到有些不大自然。

会议室里，陈峰把晓凌向大伙做了介绍。陈峰向大家传达局紧急会议精神，说是有个死刑犯从监狱里跑出来，要他们协助狱方抓人。陈峰布置了工作。晓凌听说抓逃犯很激动，要求跟他们一起去。

4

同日上午。某大饭店门前。

黄民平听着音乐，仰靠在皇冠出租车驾驶座上排队拉客，忽然听到有人在敲玻璃。他一瞅对方的样子不像趁钱的主儿，挥挥手说："不去!"可那人依然在敲，他不耐烦地摇下窗玻璃："干吗?"

敲窗人："哥儿们，我是开面的的，那边有个人找你。"

黄民平拉开面的车门，一见是鹿宪州，顿时大惊失色，但他很快镇定下来。

黄民平给了面的司机100块钱，打发他走了。

黄民平把鹿宪州扶到自己的车上，问道："越狱啦?"

鹿宪州点点头："帮我找个地方躲躲。"

黄民平用手机联系了几个朋友，都被婉言推辞了。

鹿宪州低声骂了一句："这帮丫的，走着瞧吧！"

黄民平："现在怎么办？"

鹿宪州："去找张颖。"

5

鹿宪州家楼外。

管片儿民警小孙向老赵和李世元介绍情况。

小孙："鹿宪州从小在河北老家长大，10 岁才被接回来。他的性格有些孤僻倔强。这小子当过兵，复员回来先是开出租车，瞅着别人发了，开始琢磨偷汽车，结果被抓住判了死缓。"

老赵："他跟家里关系好吗？"

小孙："这么说吧，他一直记恨父母亲把他送乡下这事儿，跟他们不大说话。他跟他弟弟鹿宪勤关系不错，估计他不会回这儿来。"

李世元："咱可不能麻痹大意，那是重刑逃犯，漏了情况那可是吃不了兜着走的。"

小孙："二位放心，我已经跟治保会布置了，兹他一露头，就有人报告。"

6

某医院门前。

黄民平开着皇冠车停在门前。

黄民平对躺在后座上的鹿宪州说："你在车里等会儿，我上去找她。"

药房里，一位眉目清秀的年轻女护士正在窗口验方取药，她就是张颖。排队取药的人很多，张颖给一位病人拿完药，面无表情地说："下一个！"

一只手送进一张字条，她看罢大吃一惊，抬头看看窗口，送条的人已经走了。

张颖对药房一位女护士说："金萍，帮个忙，我出去一趟就回来。"

鹿宪州仰靠在后座上抽着烟，他的脑海里浮现出与张颖交往的情景……

(回忆)

英语补习班，两人坐同桌。鹿宪州斜眼偷看张颖的学员证。

鹿宪州："你叫张颖?"

张颖看了他一眼，"嗯"了一声。

鹿宪州："我叫鹿宪州，梅花鹿的鹿，宪兵的宪，广州的州。"

张颖似有好感地朝他笑笑。

放学了，大家蜂拥朝外面走去。

路边。鹿宪州指指自己开的皇冠出租车对张颖说："我送你回家。"

张颖家楼群路边。皇冠车缓缓停靠在路边，张颖钻出车门，挥手道别，鹿宪州目送她离去。

某医院门前。鹿宪州在路边等张颖。她从医院出来，拉开车门往副驾驶位置一坐。两人已经很熟悉了。

一天晚上，鹿宪州送张颖回家，车停下来，两人对视，动情地搂抱、相吻……

回忆毕。

张颖拉开车门进来，鹿宪州把手放在嘴边示意她别出声。

7

出租汽车公司保卫科办公室。

保卫科徐科长向周亚和袁青介绍鹿宪州的情况。

徐科长："鹿宪州这小子，平时不言不语的，特有心计，我就说他蔫人有豹子胆。"

周亚："徐科长，您说他在这儿开出租时跟谁最铁?"

徐科长想了想，说："赵建国和王金龙。噢，今天正好他俩该来交份儿钱，我去叫他们。"徐科长出去不大会儿领着两个男青年进来。

徐科长："这是公安局的，跟你们聊聊。"

出租车里。赵建国用手机在给黄民平打电话。

赵建国："刚才警察来公司了，我什么都没说。你告诉鹿哥，我帮不了别的忙，可也绝不会出卖他。你先替我给他500块钱，让他找地方先躲躲。"

8

街心公园。

鹿宪州和张颖坐在一个石椅上。

鹿宪州："我不跑在里面也得憋死，现在怎么也是死，你得帮帮我。"

看着鹿宪州可怜兮兮的样子，张颖同情地劝慰他："我会帮助你的。"

鹿宪州："现在关键是得找个藏身的地方。"

张颖："对了，你弟弟鹿宪勤认识人多，找他想想辙。"

鹿宪州有些犹豫："我弟弟倒是挺可靠，就怕警察盯他紧。"

张颖："要不我先打个电话探探消息？"

鹿宪州："好吧，但愿他那儿没事儿。"

9

某公司办公室。

陈峰和晓凌正在跟鹿宪勤谈话。

陈峰："知道你哥哥越狱逃了吗？"

鹿宪勤："噢，今天一早警察去过我家，说了这事儿。你们放心，我鹿宪勤知道事情的轻重，只要他来找我，我一定大义灭亲，向警方举报。"

陈峰："我们相信你，不过丑话也说在前面，知情不举或者包庇藏匿是要负法律责任的。"

鹿宪勤："这我懂，咱可不敢开法律的玩笑……"话没说完，桌上的电话响起来。鹿宪勤拿起话筒："喂，京勤贸易公司。

您找哪位?”

电话里传来一个女人的声音:“鹿经理,我是……”

鹿宪勤:“喔,林老板呀,那笔生意咱们改日再谈,我现在有客人,回头我呼你吧。”

陈峰:“好吧,该说的都说了,不打搅了。这是我的名片,有你哥哥的消息就给我打电话。”

鹿宪勤送出陈峰,从窗户看他们发动汽车走远,急忙抓起电话。

10

百货商场。

张颖给鹿宪州买了假发套、羽绒服,又买了一大包吃的东西。

张颖拿着这些东西走进一家电影院。里面人不多,他们在一个角落里小声说着话。

傍晚。地铁出站口。

张颖焦急地等待,她左右观望,不时地看着表。

鹿宪勤从地铁站走出,他警觉地四下张望,见没有跟踪之人,径直朝张颖走来。

鹿宪勤:“张颖,多谢你照顾我哥了。”

张颖:“甭说客气话了,地方找到了吗?”

鹿宪勤递给张颖一张纸条说:“这是我的一个铁哥们儿,你们去找他,他已经找好地儿了。对了,我哥来了吗?”

张颖指指马路对面的一棵树下:“他在那儿,不去见见?”

鹿宪勤:“不啦,你带他赶紧走。”说完,他掏出一沓儿百元钞票,递给张颖:“这钱你拿着,我哥他需要。”

张颖离去。鹿宪勤朝马路对面的哥哥招手。

字幕:鹿宪州在黄民平、张颖、鹿宪勤、赵建国等人的袒护、资助下,在某学院的地下暖气管道里藏匿了十几天,养好伤后又在张颖的精心安排下先后租住四处公房,躲避警方的追捕……

11

市区马路上。

陈峰开着警车。晓凌坐在一旁。

陈峰瞅瞅默默无言的晓凌，笑笑，说："怎么样，大记者，跟我们跑了几天，说说对警察的看法好吗？"

晓凌："让我说真的还是说假的？"

陈峰："说心里话。"

晓凌："那就别见怪了，我对警察没太多好感。"

陈峰："具体点儿行吗？"

晓凌："当然可以。你们警察职业优越感太强，缺乏理性，也缺乏情感，尤其是少点儿人性中温情的成分。举个例子吧，前俩月，我去派出所办户口，跑了三趟，吃了三回闭门羹，坐了三次冷板凳，好不容易找到办事的民警，又说我的手续不全。我跟他解释，工作太忙，能不能通融一下。要是不成你好好解释一下，他怎么说？你忙，我不忙，闲着跟你逗咳嗽是吧？你说，这是人说的话吗？"

陈峰："那是个别的，代表不了警察整体。"

晓凌："也许是吧。不瞒你说，有人想给我介绍一个男朋友，就是你们市局机关的，我没答应。"

陈峰淡淡地说："千万别找警察，那是自讨苦吃。"

坐在后座上半天没吭声的李世元笑笑，说："大记者，你知道什么叫奉献吗？闲着没事嫁给警察就是奉献，咱可别干那傻事。"

大家默然无话。

12

张颖所在的医院药房。傍晚快下班时。

张颖给最后一位病人取完药，看看表，起身准备换衣服。桌上的电话响起，她拿起话筒。这是她的男朋友林建军打来的。

林建军："是张颖吗？我是建军，今晚我请你去蹦迪。"

张颖："今晚我有事，改日好吗？"

林建军："这些天你老有事，怎么了，张颖？"

张颖："没什么，过两天我一定陪你去。"

放下电话，张颖似乎有些不安。

医院下班铃声响了。张颖裹着一件黑色呢子大衣，走出医院大门。

张颖在商店买了一些吃的东西，又去音像店挑了几张警匪枪战光盘。

张颖在路边拦了一辆"夏利"出租车。她并没注意，一辆白色的桑塔纳轿车在后边紧跟着她。

13

居民小区。

张颖走进一栋楼房。

张颖用暗号敲门。

门开了。鹿宪州接过张颖手里的东西，把她让进屋里，探出身左右观察了一下，返身关上门。

这是一间单居住房，里面摆设简单。一个矮柜上放着一台电视机和VCD机，播放的是一部外国抢劫银行的故事片。

张颖脱掉大衣，指着地上的塑料袋说："里面有你敷的药，吃的东西，还有你要的警匪片光盘。"

鹿宪州感激地说："多亏你这些日子照顾我。"

张颖："做朋友一场就别说客气话了。"

鹿宪州用异样的目光看着张颖："张颖，我们……"

张颖避开他的目光："宪州，你的腰腿伤快好了，我以后得少来这儿了。"

鹿宪州："为什么？"

张颖："我……我有男朋友了。"

鹿宪州情绪激动地冲到张颖跟前："你是嫌弃我，嫌弃我，是吗？"

张颖不敢与他对视。

鹿宪州有些歇斯底里："我是逃犯，判大刑的逃犯！我算是什么东西，我配不上你！"

张颖有些委屈地说："你犯罪判死刑跟我没关系。可我总得生活，总得嫁人，你让我怎么办呢？"

鹿宪州不语。

这时有人敲门，两人神色紧张起来。鹿宪州从枕头下摸出一把匕首，躲进厕所。

张颖走到门口，轻声问道："谁呀？"

"是我，林建军。"门外人答道。

张颖把门打开一条缝，果然是林建军。

张颖意外地问："建军，你怎么来这儿了？"

林建军愠怒地说："张颖，你把这事说清楚！"

鹿宪州从厕所出来，在张颖身后问："是谁说话这么横呀？"

两个男人怒目相对。

林建军："张颖是我女朋友。"

鹿宪州挑衅地说："我怎么不知道呀？"

被激怒了的林建军上前一把拽住鹿宪州的衣领挥拳就打。鹿宪州挨了一拳，怒从心生，举刀向林建军捅来，被张颖死死攥住胳膊。

张颖哭着喊："你们别打了！"

林建军松开鹿宪州，忿忿而去。张颖拿起衣服追出去。

14

蜀味饭馆。

桌上杯盘狼藉。鹿宪州一杯一杯地喝着啤酒，有些醉了。

黄民平："鹿哥，差不多了，别喝了。"

鹿宪州："没事儿，今天高兴，多喝点儿。"

黄民平左右看看："小点儿声，小心为妙。"

鹿宪州："他妈的，怎么也是死，老子要干几件大事。"

黄民平有些紧张："咱是不是该走了？"

鹿宪州："再待会儿。对了，你知道哪儿能弄到枪吗？"

黄民平："听说东北那边有卖的，挺贵的。"

鹿宪州："我去弄钱买枪。"说完，他用酒瓶子当枪比画，瞄准柜台前女服务员的胸部。

黄民平一见，赶紧扶起他说："走吧，我送你回家。"

15

深夜。《京城晚报》报社。

编辑部办公室亮着灯，晓凌伏在桌前赶写一篇稿子。编辑部主任进来，关心地问："晓凌，完了吗？"

晓凌："马上就完。"

主任："我已经安排好车了，还有两个下夜班的，你们一起走。"

桑塔纳轿车在深夜的马路上疾驶，车里坐着晓凌和另外两个记者。

晓凌看看快到家了，对司机说："刘师傅，您就靠路边儿停车，我拐弯儿就到了。"

车子缓缓停靠在路边。晓凌钻出汽车，关好车门，朝司机挥挥手说："再见！"

车子开走了，晓凌在人行便道上继续往前走。

人行便道旁边是一堵高墙，这会儿行人稀少，晓凌加快脚步走着。忽然从高墙里传来喊叫声："抓贼呀，快来人呀！"晓凌一愣，只见从墙里甩出一个提包，"咚"的一声落在她的脚下。随即一个男子从墙头跳下来。盗贼正是鹿宪州。晓凌被吓了一跳，定定神，明白了。正当她要张嘴喊叫时，一把铿亮的尖刀顶在她的胸前。

鹿宪州："别喊，老子捅死你！"

晓凌内心正义和恐惧在激烈搏斗着。和鹿宪州凶狠的目光对视片刻后，她终于妥协了，眼见着鹿宪州拾起提包，蹿到路边，拦住一辆出租车逃走了。

晓凌痛恨自己的怯懦，呆愣地站着，眼眶里充满了泪水。

16

地点同前。

鸣着警笛的警车疾驶而至。几名巡逻民警端着枪冲下警车。

民警："我们是警察，请出示你的证件！"

晓凌："我是过路的。"

民警："刚才这里发生了盗窃案，你有义务协助我们工作。"

晓凌用手指指鹿宪州逃跑的方向："你们快去追，他坐红色夏利车往那边跑了。"

这时，一辆警车开过来，陈峰和刑警队的人也赶到现场。

陈峰敏捷地跳下车，对巡警说："刑侦大案队的。"

巡警："正好，这儿有个嫌疑人，交给你了。"巡警们上车，往夏利车跑的方向追去。

陈峰一回头看见是晓凌，惊讶地问："大记者，是你？"

晓凌赌气地说："我是嫌疑人。"

陈峰笑笑："对不起，他们误会了。"

晓凌："在报社加班晚了，回来时刚好撞上了，我看见那个贼了。"

陈峰："是吗？这回就稍有点儿麻烦了，你得跟我们去做个笔录。"

17

哈尔滨火车站。

鹿宪州和黄民平走出车站。

路边，他俩招手拦住一辆出租车。

车厢里。司机问道："你们去哪儿？"

没等黄民平开口，鹿宪州捅了他一下，对司机说："师傅，我俩想去山里打猎，你知道哪儿有卖猎枪的吗？"

司机："知道，不过路不大好走。"

鹿宪州："师傅，送我们去，给你双倍车钱。"

司机："上车吧。"

出租车出了市区，行驶在通往乡间的公路上。

县城集贸市场。司机在路边停下车。鹿宪州掏出两百块钱递给司机：“拿着，甭找了。”

司机分外感激，回身悄声对两人说：“留点儿神，这儿警察也抓，他们卖枪的都不放明面上。”

在市场外，鹿宪州对黄民平说：“咱俩装不认识，有事好照应。”黄民平点点头。

鹿宪州走到一个20多岁的年轻人的摊前，跟摊主闲侃了几句，左右瞅瞅，低声问道：“哥们儿，有这个吗？”他用手比画了一下。

年轻摊主上下打量了一下他，说：“有，要几支？”

鹿宪州：“那玩意儿能当饭吃？要一两支还不够。”

摊主：“要长的短的？”

鹿宪州：“防身用，当然短的好使。”

摊主：“我这儿有最棒的小口径手枪，一万八，你要买两支，便宜点儿，给三万。”

鹿宪州：“哥们儿痛快，我也不跟你砍价了，不过你得给我搭两包子弹。”

摊主：“好，你等会儿，我就来。”

鹿宪州点着支烟没抽两口，摊主返回，说：“市场外马路对面有个邮电所。你在门口等会儿，有个姓葛的大胡子领你去取货。”

鹿宪州在邮电所门口等了一会儿，果然有个留连毛胡的大个子来接头。大胡子领着鹿宪州来到一片小树林里，从怀里摸出两支小口径手枪和子弹。

鹿宪州：“这是三万，点点吧。这枪可以试试吗？”

大胡子接过钱，舔点儿唾沫，边数钱边说：“枪绝对没问题，随便试。”

鹿宪州接过一支枪，上了子弹，瞄准不远的一根细树枝。“叭”的一声枪响，树枝应声而断。

18

白天。香山公园。

鹿宪州和张颖慢慢朝山上走。

张颖："咱们走这边大道吧。"

鹿宪州："我喜欢走小道。"

两人默默无言地走着，在一处空旷地站下。

张颖："这个问题我想好久了，咱们还是分手吧。"

鹿宪州："好吧，我不会耽误你的前途，你跟他好好处吧。"

张颖："今后你多加小心。有需要帮忙的事就来找我。"

鹿宪州感慨地说："我在落难时你帮了我，我不会忘记你的，现在我是穷光蛋，到时我一定会报答你。"

两人动情地搂在一起。

张颖走了。鹿宪州撅断一根枯树枝，对着"鬼见愁"发狂地高喊："我要开始了！"

19

深夜。某居民小区。

一个黑影摸到一辆桑塔纳轿车跟前。他娴熟地撬开汽车玻璃，打开车门，俯身鼓捣了一会儿，汽车发动着了，盗车人迅速坐上去。借着前方路灯的光线，我们看到盗车贼是鹿宪州。他熟练地倒车，开出小区，消失在夜幕中。

20

京北某信用社。上午。

柜台里，信贷业务员们忙碌着。一名30多岁的女职员从业务员手中接过十几捆现金，放在一个红色尼龙包里。

女职员胸前紧紧抱着尼龙包，朝不远处的一辆面包车走去。

这时，突然从一辆白色桑塔纳轿车里蹿出一个蒙面人，扑上去猛夺女职员的包。女职员死死抓住包就是不松手。蒙面人气急败坏，掏出一支手枪对准女职员的头部扣动扳机。"砰！砰！"

两声枪响过后，女职员倒在地上，鲜血涌出，她的手也渐渐松开。开车的司机吓得用手蒙上眼，缩到座下。

蒙面人也有些惊慌，跑了几步，又返回来，拿起地上装钱的包，慌慌张张钻进汽车。桑塔纳轿车“噌”的一下蹿出去，三拐两拐没影了。

信用社门前一片混乱。

21

大案队值班室。陈峰摔下电话，从抽屉里取出手枪，冲到楼道里，高喊：“二分队，跟我出现场！”

警灯闪烁，警报狂叫着，几辆警车鱼贯直奔现场。

22

大案队会议室。傍晚。

探案组在分析案情。大家你一言，我一语，气氛热烈。

周亚：“这两天我负责跑那辆白色桑塔纳车的线索。按现场群众提供的车牌号，这是一辆挂失车，失主是一家公司的经理。”

陈峰说：“刚才海淀分局来电话说，那辆车找到了，在圆明园公园西墙外停着。别人接着说。”

李世元：“法医那儿我一直盯着，那女的是头部中了一弹。”他用手指指自己的脑门儿：“啪，从这儿进去，从后脑勺儿出来，惨不忍睹。”

老赵：“不对，应当是啪啪两枪才对，现场好多人都证实听到两声枪响。”

陈峰：“这有点儿怪，死者头上为什么只有一个弹洞呢？对了，小袁，说说你那儿的情况。”

袁青：“开车那司机说，就看见一人，是男的，别的什么也提供不出来。这事特逗，他回去还跟人吹呢。有人瞅他裤裆那儿湿了一片，问他是怎么回事，他说，是杯子里的水洒了，真逗。”

众人哈哈大笑起来。

陈峰一一记下大家说的情况，把烟屁朝痰盂里一扔，说：

“一会儿我去跟头儿汇报。这两天大伙挺辛苦，今儿晚就不加班儿了。”

李世元：“各回各家，各找各妈。”

周亚：“李哥，你是找妈还是找媳妇呀?”

李世元：“你小子跟我逗咳嗽。我找媳妇好在是现货，你呢，那一撇在哪儿呢?”大家又笑起来。

陈峰问老赵：“咱乡下的老嫂子该来探你了吧?”

袁青：“你们这牛郎织女一年见一面，想不想?”

周亚想起一首古诗，念出来：“两情若是久长时，又岂在朝朝暮暮。”

大伙笑。老赵假作愠怒状：“去去去，该回哪儿回哪儿，甭没事儿拿我打镲了。”

23

陈峰家。

这是一套两居室的住房，家里布置得洁净大方。

陈峰的妻子萧红系着围裙正在厨房里炒菜，10岁的女儿燕燕帮着妈妈往屋里端饭。

这时，门铃响了。燕燕飞快地跑去开门。

门开了，陈峰进屋，一边脱皮衣，一边埋怨燕燕：“燕燕，我不是跟你说过吗，有人叫门，先问是谁，怎么忘了?”

燕燕调皮一笑，说：“我有预感，爸爸按门铃，我准能猜到。爸爸，你快一个星期没回家了，我和妈都特想你。”

陈峰亲亲燕燕：“爸爸也想你们。”

萧红在厨房里喊了一声：“燕燕，是谁呀?”

燕燕高兴地跑到厨房，对妈妈说：“妈妈，是爸爸回来了!”

陈峰跟进厨房，乐呵呵地对萧红说：“赶得早不如赶得巧，饭菜都准备好了，我这个人就是有口福。”

萧红心里高兴，却故意绷着脸说：“今天只做了两个人的饭，没你的份儿。”

陈峰耍赖地在萧红脸上亲了一下：“把警察叔叔都饿死了，

你罪过可不轻哟。”

萧红被逗笑了：“讨厌，就会耍贫嘴。燕燕，给你爸再准备一副碗筷。”

卧室里。陈峰和萧红躺在床上。

陈峰急着想跟萧红亲热，被萧红推开。

萧红：“急什么呀？我还有话跟你说呢。”

陈峰：“抓紧点儿啊，一会儿有事给我呼走了，你别后悔呀。”

萧红：“别讨厌！我跟你说，燕燕她们学校明天开家长会，老师说了，不能像上次找个老人来凑合。”

陈峰：“那你就辛苦一趟。”

萧红：“明天我们公司要跟外商签一笔生意，我可请不了假。”

陈峰讨好地说：“我去我去。”

萧红：“你老爷子那儿抽空儿看看去。那天我跟燕燕去了一趟，他说胸口老堵得慌，得带他去医院检查检查。”

陈峰：“忙过这阵儿，我一定去。”

萧红：“对了，上次帮周亚介绍的那女朋友怎么样了？”

陈峰：“见了一面，都有好感，我看成的戏大。”

萧红：“反正嫁你们警察就得活受罪。你也是，干吗把好好的姑娘往火坑里推？”

陈峰：“打住，今晚这时间可是咱俩的，别再把什么人掺和进来了。”

陈峰把台灯关上……

24

鹿宪州另一处租住的公房。

这是一个单居室，屋里摆设简单。

鹿宪州正仰靠在床上看录像片。画面上播放的是一组抢劫银行的镜头：蒙面劫匪持枪闯进银行营业大厅，狂吼：“靠墙站好，都别动！”一捆捆的钞票被塞进一个提包里。鹿宪州贪婪地目不转睛地盯着屏幕。

突然的敲门声使鹿宪州警觉起来。他的手伸向枕头下面。敲门声再次有规律地响起。他放心了，把手缩回来，用遥控器关上电视，起床去开门。

进来的是黄民平。

黄民平："鹿哥，这是你要的身份证。"

鹿宪州接过来看看："嘿，还真瞅不出来是假的。我以后就叫李建生了。"

黄民平："鹿哥，前两天我从亚运村那边拉活回来，看见好多警察，听说出事了，打死一女的，被抢走十几个。"

鹿宪州平静地说："这是我干的。"

黄民平吃惊地问："你干的？"

鹿宪州有些得意地说："小意思，试试手。"说着拉开柜门，取出一个提包，拉开拉锁，往床上一扔："看吧。"

黄民平看看提包里的钱："鹿哥，你一人干的？"

鹿宪州抽着烟，点点头："怎么着，跟我一块儿干吧？"

黄民平胆怯地说："我拖家带口的，算了吧。"

鹿宪州从提包里摸出一捆钱说："哥们儿，我不会勉强你的，这一个你拿去花。"

黄民平接过钱，感激地说："多谢了。鹿哥，你放心，我不会出卖你。"他刚要把钱揣兜儿里，忽然发现了什么。他仔细看看钱，对鹿宪州说："鹿哥，你瞅这儿有个洞。"

鹿宪州接过那捆钱看看，解开捆钱的纸条，小心翼翼地从钱中间取出一粒子弹头。

黄民平惊愕不已。鹿宪州从枕头下摸出手枪，左右瞅瞅，又摆弄几下，对黄民平说："这枪不成，得弄几支军用的。"

黄民平："去哪儿弄？"

鹿宪州："听说南边有。"

25

某居委会。中午。

几位老大妈送陈峰和老赵出来。

陈峰："大妈，留步吧。您几位多费心，再帮忙了解一下，姓胡的朋友中有没有会开车的。"

治保主任："你放心，问到情况就给你打电话。"

陈峰上车，跟居委会老大妈招手告别。

老赵启动车上了马路。

陈峰："跑了一上午肚子早叫唤了。哎，老赵，咱到哪儿弄口饭吃？"

老赵："听你的，哪儿都成。"

陈峰看看手表："快1点了，妈的，家长会差点儿忘了。停车。"

陈峰下了车，对老赵说："你自便吧，回去时跟队里说一声。"陈峰挥手在路边拦了一辆出租车。

26

某中心小学。校门口。

陈峰匆匆忙忙下车，径直往教室跑。

陈峰迟到了，教室里已经坐满了家长。

陈峰歉意地朝站在前面的一位年轻女老师招招手，找到自己的位置坐下。

教室的有线广播里，可以听到校长正在总结工作、布置期末考试。

这会儿，陈峰腰间的BP机突然叫起来。女老师和家长的眼光都看着他。他有些尴尬，急忙按了一下键钮。

过了一会儿，BP机又叫起来，他低头看显示，上面的信息是：有任务，速归。

陈峰有些为难。女老师朝他招招手，他起身来到门外。

陈峰："刘老师，我……"

刘老师理解地说："干你们这行也真不容易，你去吧。"

陈峰："我……"

刘老师："你们陈燕最近学习有些退步，我到时多帮她补补吧。"

陈峰感激得热泪盈眶。

27

南方某边境地区集贸市场。

熙熙攘攘的人流。百货、瓜果、蔬菜的摊位琳琅满目。穿着民族服装的边民给这里增添了祥和热闹的气氛。

这是集贸市场一隅。一群人正围着看斗鸡。一黑一白两只大公鸡，颈毛直竖，怒目圆睁，低首翘尾，相视片刻，猛扑上去厮打在一处。

围观的人不时拍手叫好。围观的人中有个二十八九岁的年轻人，个头不高，穿着名牌牛仔裤和T恤衫，嘴里啃着根甘蔗。他就是枪贩子农之宝。

两只鸡斗得难分难解。农之宝高声喝彩："嘿，真痛快，那黑鸡准赢。"

旁边有人附和："我说也是黑鸡赢。"

身后一个戴墨镜的男子说话了："我说白鸡赢，谁跟我赌？"

农之宝回头看看戴墨镜的人，不服地说："我跟你赌。黑鸡赢了，你输五百，白鸡赢了我输五百，怎么样？"

戴墨镜的人是鹿宪州，听了对方的条件不以为然地说："行，就这么着。"

两只鸡你来我往，斗了几十个回合。白鸡浑身血淋淋的，可越战越勇，最后终于大获全胜，黑鸡被追得满场跑。

鹿宪州摘下墨镜，擦了擦："哥们儿，你输了。"

农之宝不无沮丧地说："我身上没带钱，你跟我去那边走一趟。"

28

农之宝的服装摊儿。

农之宝："手头没现金，我这鳄鱼T恤衫都是五六百进的，你挑一件。"

鹿宪州："哥们儿，刚才大家起哄乐乐，别当真。来，抽根烟。"

农之宝接过鹿宪州递来的烟，掏出打火机给他和自己点上。

农之宝："看你不像本地人，出公差还是做买卖？"

鹿宪州："噢，我是做生意的。"

农之宝："老兄做什么生意？有需要我帮忙的尽管说。"

鹿宪州："做点儿珠宝生意，不过我这次来想弄点儿别的货，不知你有没有路子。"

农之宝："看你人不错，不瞒你说，只要你开口，什么我都弄得到。"

鹿宪州左右瞅瞅，用手比画着，压低嗓门儿说："有这玩意吗？"

农之宝："你要枪？"

鹿宪州点点头："要军用的。"

农之宝为难地说："老兄，这可难办，现在查得紧，弄不好要掉脑袋的。"

鹿宪州："哥们儿，帮个忙吧。现在市面上乱，弄几把枪防身。至于钱好说，你开价，我没二话。"

农之宝犹豫地说："我一个朋友前些日子就是做这生意被判死刑的。"

鹿宪州递上自己的假身份证："我叫李建生，这是我的身份证。你放心，拿了枪我就走，从此就当我没见过你。"

农之宝沉思片刻，终于下了决心："好吧，这回我的命就赌在你身上了。三天后你带着钱还到这儿来找我。"

鹿宪州拍拍他的肩膀："好，够哥们儿。"

字幕：1995 年 12 月间，鹿宪州先后两次到南方边境某地，花了两万五千元，从枪贩子农之宝处购买微型冲锋枪一支、军用手枪三支。

29

傍晚，北海公园门口。

周亚站在门口报摊前，不时看着表，冷得直跺脚。

一辆夏利出租车在路边停下，一位文静秀气的年轻姑娘付了钱朝报亭走来。她就是周亚的女朋友欣欣。

周亚高兴地迎上去，刚要说话，忽然从路边103路电车站那儿传来急促的喊声：“抓贼！偷钱包啦！”

路上，一个男子在追，两个男青年慌不择路地狂跑。

路上行人不少，却纷纷躲闪。

周亚对欣欣说：“你别动，我去一下就来。”

周亚朝一个人追去，欣欣随后也追来。

在一个死胡同里，窃贼无路可逃，转身摸出一把尖刀，狂叫着：“放老子走，管闲事就捅死你！”

周亚毫无惧色地说：“小子，老子倒真是爱管闲事的，碰上我你算倒霉了！”

这时，欣欣也气喘吁吁地追来，她一见对方拿着刀，着急地喊：“周亚，留神点儿！”

窃贼举刀狠命刺来，周亚灵巧地一侧身，脚下一个麻利的扫堂腿，窃贼站立不稳，扑倒在地。周亚上前擒他，没想到窃贼突然来个鲤鱼打挺，翻身而起，攥刀疾刺。

欣欣“啊”地大叫一声，闭上眼不敢再看。

周亚早有防备，一抬臂，挡开他举刀的手，又回手抓住他的腕部，用力磕掉他的刀，就势一个大背跨，将窃贼摔倒在地。周亚拽起窃贼，反拧着他的胳膊往回走，迎面碰上刚才那个便衣侦查员押着另一个同伙过来。

周亚：“这小子有凶器，交给你了。”

便衣侦查员把两人铐在一起，对周亚说：“哥们儿，多谢了，留个名儿。”

周亚：“同行，甭客气了。我还有点儿别的事，先走一步。”

北海公园里。周亚和欣欣坐在一张长椅上。

欣欣激动不已：“刚才就跟电影里一样，真棒！”

周亚满不在乎地说：“这不算什么，小菜一碟儿。”

欣欣动情地说：“我就喜欢你这一点，平时显得文质彬彬的，遇见事就是个男子汉。”

周亚开玩笑地说：“就这一点吗？我的优点还多着呢。”

欣欣："那我慢慢发掘吧。对了，快到春节了，你歇两天假，咱们去龙庆峡看冰灯，行吗?"

周亚："好呀，到时一定奉陪。"

两人搂在一起。

30

亚运村一家银行。接序幕。

运钞车停在路边，三名女职员提着沉甸甸的密码箱朝运钞车走来。

车上的人接过款箱，女职员也上了车。

这时，一个蒙面人突然出现在车前，他手持微型冲锋枪，朝正要上车的一名保安员开枪，"砰"的一声，保安员应声倒地。蒙面人冲到车门前，又凶狠地朝里面扫射，毫无防备的女职员和另一名保安员，也东倒西歪地倒在血泊中。

蒙面人动作敏捷地从车里提起两只款箱，钻进大宇轿车。

轿车没熄火，一下就蹿出去，一股白烟，很快便没影了。

31

案发现场。

一辆辆警车呼啸而来。

现场被隔离开来，远远围观的群众议论纷纷。

陈峰驾车带着大案队的刑警赶到。陈峰一下车刚好看见市局局长跟主管刑侦的阮副局长也钻出车门。局长一下车便急切地问："刑侦处和分局的领导到了没有?"

刑侦处王处长和分局马局长跑过来。

王处长："报告局长，我们正在勘查现场，一名保安员死亡，两名取款员受伤，已送医院抢救。劫匪乘一辆蓝色大宇车跑了。"

局长果断地说："立即通知全市交通和巡逻民警设卡堵截，命令各区县检查站严密盘查，特别是蓝色大宇车。"

阮副局长："另外，现场加紧勘查，不许漏掉物证。"

陈峰用手帕包着几枚子弹头，走过来："局长，劫匪用的是制式微型冲锋枪，这是在运钞车附近找到的弹头。”

局长拿过一枚弹头仔细看看，点点头，说：“是微冲的弹头。这个兔崽子敢向警察叫板。陈峰，你是大案队的破案能手，你说怎么办?”

陈峰忿忿地说：“局长放心吧，我就是这辈子不进家门，也要把这小子抠出来交给您!”

局长攥紧拳头一挥：“马上成立‘2·08’专案组，全力以赴，给我拿下这案子!”

32

刑侦处会议室。

屋里坐满了刑警。

王处长：“现在传达局长指示：这起建国以来本市罕见的银行运钞车劫案已经惊动了中央，中央领导指示，要尽早破获此案。市委和公安部领导也极为关注此案，希望我们早日破案。现在大家根据现场情况分析一下案情。”

李世元：“这小子杀人劫款，胆大心细，心理素质极好，咱这回碰上对手了。”

老王：“技术处检验了弹头，是捷克式微型冲锋枪所发射。据现场目击群众证实，劫匪是一个人，可也不能排除有人接应。”

周亚：“一目击司机说，当时枪响后，跑的那辆车是蓝色的大宇牌轿车，我觉得找到这辆车挺关键的。”

袁青：“这小子手这么黑，肯定有前科，兴许还是从大狱里跑出来的呢。”

陈峰：“大伙说的有道理。这小子懂射击技能，会开车，心狠手辣，抢了钱从容逃跑，是高智商的对手。我倒愿意跟他较量。”

王处长：“好，我基本上同意你们的看法。现在我代表局里正式宣布：成立‘2·08’专案组，具体由我牵头。陈峰，你就是我帐下的先锋，从现在起，你就给我盯着这个案子。拿不下来，我找你算账!”

陈峰：“王处，我会尽力的。”

王处长："下一步工作，我看，首先找到蓝色大宇车，然后在全市范围摸排嫌疑人。另外，凡是涉枪案件都要下大力甄别，往'2·08'案上靠。"

33

天上人间歌舞厅。夜。

歌舞厅里，唱歌跳舞的时髦男女很多。

鹿宪州穿着高档皮衣走进舞厅。他仔细观察了一下，走到角落里，在17号位上坐下来。

一位小姐过来，彬彬有礼地问："请问先生喝点儿什么？"

鹿宪州脱下皮衣，点着根烟说："来一扎啤酒。"

过了一会儿，一位小姐端着托盘过来，跪下服务，给他斟上酒。

鹿宪州咂着啤酒，抽着烟，两眼盯着舞池里跳舞的小姐。

一位小姐过来跟他搭讪："先生，跳舞吗？"

鹿宪州摇摇头。

小姐不甘心地问："那我帮你点支歌，好吗？"

鹿宪州摆摆手。

小姐不解地离去。

吧台前，几位小姐笑着议论他。

小姐甲："你们瞧，那人好怪，一个人坐那儿，不唱歌也不跳舞。"

小姐乙："刚才我去问他，连话都不说，像个木头人。"

小姐丙："想是怕花钱吧？"

舞池里，一位穿黑裙、年轻漂亮的小姐独自在"蹦迪"，她姣好的身段、优美的舞姿，吸引了鹿宪州的目光。黑裙小姐回到座位上，鹿宪州不时地向那儿扫视。

过了一会儿，黑裙小姐离座而去。鹿宪州也起身欲去，小姐丙过来帮他穿皮衣。鹿宪州塞在她手里一张钞票，急匆匆地追去。

小姐丙看看手里的钞票，是100元的。

歌舞厅门外的路边，车辆稀少，黑裙小姐焦急地等待着。

鹿宪州开着一辆“尼桑”车停在她身边。

鹿宪州友善地说：“小姐，请上车。”

黑裙小姐以为是开黑车揽活的：“有发票吗？”

鹿宪州：“没问题，上车吧。”

车厢里，鹿宪州恭维地说：“小姐，你的舞跳得真不错。”

黑裙小姐：“你是……？”

鹿宪州笑笑：“我是做生意的，叫李建生，刚才在舞厅里，看你跳舞真是一种享受。”

黑裙小姐：“你这人倒挺会说话的。我叫黄倩，无业。”

鹿宪州：“你家住哪儿？”

黄倩：“清河。”

鹿宪州：“为漂亮小姐开车也是一种享受。”

黄倩：“你这个人倒真会享受。”

鹿宪州：“是呀，不会享受的人是傻帽儿。”

黄倩笑笑，没再说话。车子沿高速公路疾驶。

在一处居民小区，车子缓缓地停靠在路旁。

黄倩：“我该下车了。”

鹿宪州：“怎么谢我呢？”

黄倩莞尔一笑：“这是我的手机号码。我答应你，请我吃一顿饭，时间、地点你定。拜拜！”

鹿宪州望着她远去的背影，若有所思。

34

某居民小区。下午。

晓凌下班回家，走在家门口不远便道上。突然，背后有个硬邦邦的东西顶在她后腰，她被吓了一跳，随即听到一个稚气的声音：“别动，把钱交出来！”

她不由得笑了，猛回头抓住跟她开玩笑的小侄子京京。

小京京头戴一个毛衣袖子剪成的面罩，只露出两只眼睛，手里拿着一支玩具手枪。

晓凌一下摘去他的面罩，故意生气地问："哪儿来的这东西？把你爸的毛衣铰了不是？回头我告诉你妈，打你屁股。"

小京京有些害怕："姑姑，不是铰爸爸的毛衣，是那边汽车里的，别的小朋友也在玩儿。"

晓凌急了："那是谁的车？你们随便上去玩儿。"

小京京："不是谁的，好几天了没有人开走。"

晓凌过去看，果然车门敞开着，几个小孩上上下下玩得起劲儿。

晓凌打电话给陈峰。

过了一会儿，陈峰和几个搭档驱车赶到。

李世元："就是它，蓝色大宇车。"

陈峰给王处长打电话："没错，是这辆车，是晓凌发现的。好，一定。"

陈峰对晓凌说："王处长说，要好好谢谢你。"

晓凌："别说客气话了，有漂亮活儿叫上我就行了。"

一名技术组的侦查员向陈峰报告说："后备厢里有两个空的密码箱，车里有个蒙面面罩，是用毛衣袖子剪的。其他痕迹不明显。"

陈峰果断地说："老赵，马上把车拖回去！"

35

某大饭店餐厅。晚上。

鹿宪州和黄倩进来。漂亮的女领班迎上来。

鹿宪州一副款派地问："有单间吗？"

女领班："请问几位？"

鹿宪州："两位。"

女领班："有，里边请。"

豪华的单间里，两人坐在一张大桌子前。

鹿宪州殷勤地递上菜单："点你爱吃的。"

黄倩笑笑："我会把你吃穷的。"

鹿宪州："我是做大生意的，这是小意思。"

黄倩："那我可就不客气了。"

待服务小姐上完菜，两人举起酒杯。

鹿宪州："那天，你说你无业，是什么概念？"

黄倩："哦，以前在歌厅干过领班，辞了。"

鹿宪州笑笑："没把人伺候好吧？"

黄倩："那些人吃饱了没事儿，净想占你便宜，我讨厌他们。"

黄倩看着鹿宪州的眼睛："对了，那你到底是干什么的？"

鹿宪州："你猜猜看。"

黄倩眨眨眼，开玩笑地说："我看像逃犯。"

鹿宪州一惊，随即镇定下来："让你猜着了，我是杀人犯。"

黄倩咯咯笑起来："那我完了，你想怎么杀死我呢？"

鹿宪州："对你这么漂亮的姑娘例外。行了，别开玩笑了，咱们喝酒。"

两人一饮而尽。

饭店客房里。两人开门进来。

黄倩醉眼蒙胧地问："这儿是哪儿呀？"

鹿宪州也醉醺醺地说："这是我们家呀。"

黄倩："那你老婆呢？"

鹿宪州："我老婆早他妈哏儿了，今天你就是我老婆。"

黄倩一下躺倒在床上，浪声浪气地说："那你快来呀。"

两人滚在一处。鹿宪州伸手关灯。

36

大年三十晚上。远郊区公路边的一个小饭馆里。

远近的鞭炮声不断。

陈峰跟他的几个搭档围坐在一张桌前。桌上杯盘狼藉，他们边吃边聊。

周亚："这儿远郊就是比咱城里热闹，我有几年没听到爆竹声了。"

李世元："听不听爆竹声倒没关系，这顿饭倒真盯劲儿。"

袁青："饿了一天了，我都吃了两大碗饭了。"

陈峰："今天委屈大伙了。大年三十本应该在家吃个团圆饭，可这个线索不查，谁也不踏实……"刚说到这儿，他腰间的 BP 机响起来。他低头看了一下。

陈峰："晚报记者晓凌给咱专案组全体拜年。"

李世元："呦呵，大记者学乖了，不讨厌咱们了？"

袁青："得了吧，就你招人讨厌，属刁德一的，说话老是阴阳怪气的。咱们有什么值得别人讨厌的？行了，明天大年初一，我提议，每人讲一件自己最想做的事情。"

大家拍手赞同。

李世元："那就先从陈头儿说起。"

陈峰喝了一口啤酒，说："好，我开头。我当刑警十年了，最想的是跟家里人一起吃顿饺子。说起来，我真有点儿对不住我媳妇，年年都答应她，年年都兑现不了。就说去年吧，处长特准回家过个年，饺子都下锅了，又有案子呼我，得，只闻了一鼻子香味儿。"

周亚挠挠头，有点儿不好意思地说："跟欣欣一起看场电影吧。"

袁青："我也算一个吧。"

老赵："你可别瞎掺和，守着这么近不主动点儿，肥水流到别人家地里喽。"

袁青愣愣地说："他可没跟我表示过啊。"

李世元："你没听人说，嫁个警察，半拉寡妇，再娶个警察媳妇，周亚弄个半拉鳏夫，到时瞧你们家热闹吧。"

周亚："得了，李哥，你打住吧。听听咱赵叔的吧。"

老赵眉头不展地说："上这个案子一时半会儿也回不了家了。我老伴儿来信说，她前些天去医院检查，肚里长了个瘤子。唉，那要不是恶性的就好了。"

陈峰："你可千万别往坏处想，咱嫂子绝不会得那病。"

袁青："对，陈哥说得没错，咱大婶儿那病甭看，过两天准好。"

李世元："我想跟老爷子杀盘棋，赢了他。"

老赵摇摇头："你这辈子悬了。你老爷子在咱刑警队那会儿，下棋全局都有名，谁都不是他的个儿。"

陈峰："袁青，该你说了。"

袁青端起一杯啤酒一饮而尽："我最想跟谁打一架。去年大年初一逛庙会，两个小痞子想占我的便宜，被我踹了一通，这俩小崽儿太怂了，不过瘾。"

李世元："袁青，我说，咱姑娘家家的不能学温柔点儿？整天打打杀杀的，将来咱嫁不出去，可甭说天下的男人都是柿子捏的。"

袁青："嘿，我说李哥，咱嫂子是不是特温柔呀？回头让她教教我。"

正在这时，陈峰兜儿里的手机响起来。

陈峰掏出手机放在耳边："我是陈峰……噢，王处，您说，什么？局长看咱刑警了……"

陈峰激动地用手捂住手机，小声地说："局长在处里，要给咱们拜年！"

过了一会儿，手机里传出局长的声音："陈峰，你们在哪儿？"

陈峰："局长，我们在延庆查一个线索，现在在一个小饭馆儿里吃饭。"

局长："你们辛苦了。我代表局党委和我个人给你们拜年，祝你们春节快乐，阖家幸福。对了，明天你们全体都给我放假。另外，在饭馆加两个最好的菜，算我的账。陈峰，听到没有？"

陈峰激动地说："多谢局长的关心。"

陈峰收起手机，对大伙说："局长的话都听到了？明天统统放假。"

37

大年初一早晨。刑警队会议室。

陈峰推门进屋，一下愣住了。几个搭档都在屋里待命。

陈峰："不是叫你们都休息吗？"

袁青："你不是也来了吗？"

李世元："这么大的案子压着，心里窝火，在家待不住，就来了。"

陈峰："行，咱就是这命，既然来了就练活儿。这是昨天夜里看守所给的信儿。有个叫黑三儿的在押犯供述，'2·08'劫案很可能是老耿和海波干的。"

李世元："老耿？不就是耿泽那小子吗？个不高，黑黑的，长一脸疙瘩，95年，他跟那个叫海波的持枪抢过一家百货商店，店主叫他打死了，还抢走10万块钱。那会儿我在缉捕队掏过他，让他溜了。这小子滑透了。"

陈峰："没错，他到南方买过枪，跟人说起过要去抢银行。"

周亚："那我们到哪儿找他呢？"

陈峰："他以前常去亚运村健身房，跟那儿的老板挺熟。我跟袁青一会儿去那儿摸摸情况，世元和周亚去城西看守所再提审黑三儿。"

38

亚运村健身房。

里面各种健身器材一应俱全，几个男男女女年轻人正在做健身活动。

袁青蹬了会儿脚踏车，高兴地说："陈哥，这儿可真是个好去处，以后常带我来啊。"

陈峰正在练拉力器，回头说："得了吧，这儿可不是咱消费的地方。活动会儿行了，走，咱办正事儿去。"

陈峰指指正在做健身的一位30来岁的男子说："他就是这儿的经理，姓刘。看你的了。"

袁青走过去开始套瓷："刘经理，到处找你，你在这儿呢。"

刘经理起身，一位小姐递过毛巾，他擦擦汗："呦，这不是……"

袁青故作娇态地说："我跟老耿来过呀，你忘啦？"

刘经理："哦，你是……林小姐，有什么事我能为你效劳哇？"

袁青："老耿丫的欠我一笔钱开溜了，你得告诉我他在哪儿。"

刘经理："呦，老耿好久没来这儿了，他还欠我一笔账呢，找到他给我带个话。对了，老耿跟一个叫苏玲的歌厅小姐挺好，她常去康乐宫打保龄球。"

袁青："我去找她。多谢了，刘经理，拜拜。"

39

康乐宫保龄球馆。

打保龄球的人很多，滚球声、欢呼声不时响起。

一位服务小姐高喊："苏玲女士，请接电话！"

苏玲放下手中的保龄球，往服务台走去。她拿起话筒，里面是忙音，她嘟囔了一句，刚要离开，却见陈峰和袁青站在跟前，她不由得一愣。

陈峰："别吵，我们是警察，找你有点儿事。"

40

夜深人静。城内平房居民区。

这是一处四合院儿。陈峰带着刑警、特警将院子团团包围。

陈峰举枪在门口倾听片刻，示意大家做好准备。陈峰一脚踹开门，大家蜂拥而入。

屋内一张床上，猛地被惊醒的耿泽迅速从枕头下摸出一支手枪，没等他扣扳机，陈峰一个箭步上前，攥住他的手腕儿。其他人也疾速上来，按住耿泽。陈峰夺下他的枪，给他戴上手铐。

另一居民楼。陈峰和搭档们悄无声息地上楼梯，摸到一处门前。门被撞开，躺在床上的一对光着身子的男女，在枪口下瑟瑟发抖。陈峰用枪指着男的，问："叫什么名字？"

那男的哆嗦着："海波。"

陈峰："抓的就是你，快穿衣服，起来！"

字幕：1996 年 2 月 4 日，专案组侦查员抓获嫌疑人耿泽和海波，经审讯，"2·08"案并非两人所为。

41

天上人间歌舞厅。

鹿宪州独自坐在 17 号桌边，桌上依旧只摆着一扎啤酒。

几位小姐在吧台窃窃私语。

小姐甲：“那个怪人又来了，他不唱歌也不跳舞，净饱眼福。”

小姐乙：“听说那个木头人儿姓李，是做大买卖的。”

小姐丙：“他出手可大方啦，一给就是一大张。”

这时，张颖搀着林建军进来。领位小姐把他们领到鹿宪州旁边的座位上。

鹿宪州朝张颖点点头，大度地起身跟林建军握握手。

张颖似乎有些伤感，跟林建军跳舞时总有些不大自然。

鹿宪州双手抱怀，仰靠在软椅上，若有所思。一曲舞毕，张颖两人回到座位上。沉默了一会儿，鹿宪州侧身，客气地对林建军说：“哥们儿，我有几句话想单独跟张颖说，行吗？”

林建军点点头，起身，走出门去。

鹿宪州关心地问：“这些日子好吗？”

张颖低着头：“挺好的。你呢？”

鹿宪州：“我？活一天算一天吧。”说完，鹿宪州招手叫小姐过来：“拿一个空杯来。”

小姐一会儿返回，把杯子递上。鹿宪州掏出一张百元大钞给小姐：“结账，剩下的归你了。”

鹿宪州倒满酒，说：“来，张颖，干了这杯，今后我就不认识你了。”

张颖无语地端起酒杯，跟鹿宪州碰了一下杯。两人一饮而尽。

鹿宪州从皮夹克内兜里摸出一张定期存单，塞在张颖手中：“我最近做生意挣了一笔钱，这 5 万元你留着用。”

鹿宪州穿上皮夹克，头也不回地走了。

张颖攥着存单，愣愣地瞅着鹿宪州的背影。

42

饭店外停车场上。

鹿宪州用钥匙打开一辆尼桑轿车门，钻了进去。

鹿宪州坐在驾驶座上，掏出皮夹，取出张颖的照片，看了一会儿，撕得粉碎，随手扔到车窗外。

鹿宪州发动着汽车，猛地一加油，发狂地离去。

43

字幕：1996年3月，中央政法委工作会议上，中央领导对全国治安形势表示忧虑，并提到北京“2·08”运钞车劫案，叮嘱北京市公安局局长，要尽快破案。1996年4月，全国严厉打击严重刑事犯罪统一行动拉开序幕。

（严打真实录像资料，略。）

44

陈峰家里。夜。

陈峰的桌上摆满了“2·08”案的现场照片，他一张一张地细看。

女儿燕燕拿着作业本进来。

燕燕：“爸爸，我有一道题不会，你告诉我一下。”

陈峰：“爸爸这儿忙着呢，去找你妈去。”

萧红这会儿正伏在另一张桌子上写一份业务报告，听到陈峰的话有些火气。

萧红：“你忙，我也忙，我们老总等着要这份报告呢。”

陈峰头也不抬：“你那报告有我们这案子重要吗？这可是中央点名的大案。”

萧红更火了：“别拿中央来吓人。我们这个项目还是联合国资助的呢。再说了，什么案子你也得要这个家不是。我问你，这两个月你回过几次家？管过孩子吗？就说前几天，煤气罐儿没气了，你说没空回来，我来着例假，从一楼拖到五楼。我嫁给你真是倒霉透了。”

陈峰：“你能不能少说点儿？通天的案子破不了，我他妈心里不急呀？”

萧红：“陈峰，你嘴里干净点儿，不想过咱就离！”

陈峰：“离就离，明天就去办手续！”

燕燕看爸爸妈妈吵得厉害，哭起来，哽咽地说：“爸爸妈妈，你们别吵了，我谁也不问了，我自己做题。”

这时，陈峰的呼机响了，机上显示：有重要线索，速回队里。

陈峰收拾了一下桌子，穿上外衣，急匆匆地出门。

45

与此同时，李世元家里。

茶几上摆着一盘象棋。李世元在跟他老爷子下棋。

李世元：“拱卒。爸，我这小卒子一过河，可够您一呛。”

世元父端起杯子喝口茶：“跳马。世元，案子最近有戏吗？”

李世元：“线索倒是不少，都得去查，大家都起急，王处急得糖尿病犯了，每天揣着药瓶子上班。您不要炮了？”

世元父：“你敢吃我的炮吗？”

李世元：“呦，还真是，您这要将呢。”

世元父：“破案跟下棋一样，急没用。瞅准步，一下要他的命，将军。”

正在这时，屋里的电话响起来。李世元拿起话筒，里面传出妻子林洁的声音：“世元，派出所今晚清查，我回不去了。”

李世元：“知道了，方方今晚跟我睡。”

林洁：“方方睡了没有？别忘了，明早叫他起床上学。”

李世元：“放心吧。对了，清查你也留着点儿神。”

李世元刚放下电话，回到沙发上准备接着下棋，突然身上的呼机响起来。李世元看看显示，一推棋，无奈地笑笑：“爸，您瞅，队里有情况，叫我马上过去。”

世元父理解地说：“走吧。我也是这么过来的。方方交给我了。”

李世元：“爸，这盘棋可不能算您赢。”

46

刑警队院里。时间同前。

陈峰发动着警车，刚要挂挡起步，见晓凌背着照相机气喘吁吁地从门外跑进来。陈峰摇下车窗玻璃：“大记者，这是干吗呀？”

晓凌：“我刚从局里来，听说你们晚上有行动就赶来了。”

陈峰：“上车吧，挤挤。”

晓凌跟大家打过招呼，问陈峰：“今晚有戏吗？”

陈峰：“说不好，这两人也背着命案呢。”

47

太阳城迪厅。

门口五颜六色的霓虹灯，不时地变换着图案。停车场上停满了汽车。

陈峰、晓凌坐在舞池边的圆桌前喝着饮料。

陈峰小声地向晓凌介绍情况：“这是西城分局提供的线索，这哥儿俩姓宋，吸粉儿的，蹲过大狱，手里有枪，跟人说起过要抢银行。”

晓凌：“那今天……”

陈峰：“今天到这儿跟一个叫老四的接头买粉儿。老四叫我们抓了，你往那边看，跟世元一块儿蹦迪的就是他。”

晓凌顺着陈峰的目光看去。

舞池里，李世元一边跳着舞，一边跟老四低声说：“这次要是立了功，准给你减刑。”

老四：“大哥，您放心，我保证配合。”

老赵坐在车里抽着烟。周亚和袁青也在舞池里蹦得尽兴，两人的目光却一直盯着迪厅门口。

过了一会儿，迪厅门口进来两个30多岁的年轻男子和一个留披肩发的小姐，其中一个背着马桶式背包。三人走到一边的包厢，坐下。

舞池里，老四连忙背转脸，小声对李世元说：“就是他俩。”

李世元朝周亚打了个榧子。周亚走到陈峰跟前，低声说：“人来了。”

晓凌一听有些紧张。陈峰安慰她说：“一会儿万一发生枪战，你一定要注意安全。”

晓凌点点头：“你们也多加小心。”

包厢里，宋老大跟那小姐蹦迪去了，只剩下宋老二抽着烟，喝着啤酒，等着老四来送粉儿。他的一只手始终不离那个马桶包。

陈峰朝不远的袁青使了个眼色。

袁青今天为执行任务，特意打扮得很时髦。她凑到宋老二跟前，嗲兮兮地说：“先生，就你一人喝酒闷不闷呀?”

宋老二一见是位漂亮的小姐，顿时殷勤起来：“你来陪我当然就不闷了。”

袁青坐在他的对面：“给根儿烟抽成吗?”

宋老二连忙递过一根烟：“呦呵，小姐还会抽烟呢。”

袁青点着烟，喷了个烟圈儿：“我会的还多呢。”

宋老二开始放肆起来：“你会按摩吗? 我浑身都酸的，你给我揉揉，特别是腰部以下。”

袁青见他手不离包，笑笑，说：“我会算命，把手伸过来，给你算算。”

宋老二伸过手来：“行呀，你给我算算今儿的桃花运。”

袁青一下攥住他的手：“你的命运线断离，桃花运没有，倒有牢狱之灾。”

宋老二有些紧张：“你，你可别咒我呀。”

在一边观察的周亚见机会来了，叼着根烟过去：“大哥，借个火。”

周亚给袁青使个眼色，一把抓过马桶包。与此同时，袁青使劲一拽，就势将宋老二胳膊一扭，把他按倒在地。宋老二负痛高喊：“大哥，有警察！”

宋老大一听喊声，拔腿就往门外跑。陈峰拔枪跃身追去。晓凌也跟上去。

宋老大跑出迪厅，直奔广场边的铁栅栏而去。陈峰见广场上人很多，朝天开了一枪，继续紧追不舍。宋老大翻上铁栅栏，朝一条河边跑去。陈峰把枪掖在腰间，腾出手翻过铁栅栏。陈峰眼看就要追上时，突然，宋老大转身拔出一把枪，对准陈峰：“别动，放老子一条生路，不然我就打死你！”

陈峰来不及拔枪，与宋老大怒目相视。

陈峰义正词严地说：“宋老大，你跑不了。放下枪，投案自首，我可以给你一条生路。”

这时，晓凌也追过来，见此情景，不由得后退了几步。她的眼前浮现出那天她面对盗贼匕首的情景。

宋老大歇斯底里地喊：“我数一二三，你赶紧退后！”

宋老大颤抖的手握着枪，指着陈峰。

陈峰早已瞄好脚尖儿前的半块儿砖头，当宋老大刚要数三时，飞起一脚将砖头踢向宋老大。宋老大“哎哟”一声，砖头正中面门。他的手 歪，“砰”的 声，子弹从陈峰的头顶飞过。

陈峰一个箭步上前，一把攥住宋老大的手腕儿，使劲一磕，手枪掉在地上。陈峰几记漂亮的重拳，将宋老大打倒在地，给他铐上手铐。

晓凌不失时机地将这些精彩的场面拍摄下来。

48

鹿宪州独住的房间里。

鹿宪州仰靠在沙发上，一边看着电视里的严打新闻报道，一边擦拭、摆弄手枪。

门铃响了。鹿宪州警觉地站起来，握紧枪朝门口走去。随即是用手有节奏敲门的声音。鹿宪州掖起枪，打开门。

进来的是黄民平。

黄民平：“鹿哥，刚才我路过太阳城迪厅，瞅见警察正抓人呢，听说跟亚运村银行案有关。”

鹿宪州擦完枪，推了几下枪机，瞄准黄民平的头部。

黄民平一回头，吃了一惊：“鹿哥，你这是干吗呀？”

鹿宪州一扣扳机，枪空响了一声。

鹿宪州若无其事地说：“没子弹，甭害怕。”

黄民平心有余悸地说：“鹿哥，亚运村那事儿是你办的吗？”

鹿宪州没回答，收好枪，从柜子里拿出十捆钱。

鹿宪州：“这十万块钱你拿去，过些日子再花，别的你就别问了。”

黄民平受宠若惊地说：“鹿哥，这……”

鹿宪州：“没别的意思，一是感谢你的救命之恩，另外，你还得帮帮我。”

黄民平信誓旦旦地说：“需要哥们儿的时候你尽管说。”

49

某公司更衣室。傍晚。

欣欣和几位白领同事正在换衣服。

小岚：“杨婕，你这件羊绒大衣真漂亮，哪儿买的？”

杨婕不无显耀地说：“这可是我男朋友专门托人从香港买回来的，3000 多港币呢。”

刘丽：“你男朋友真够款的呀。”

杨婕：“他现在是一家合资公司的副总，年薪不算奖金就十几万呢。”说到这儿，她衣兜里的手机响了。

杨婕：“建业吗？好，我马上出门。”

她把手机塞进坤包里，朝大家摆摆手：“我那位开车来接我了，先走一步，拜拜！”

刘丽：“小岚、欣欣，我那位约我打保龄去，我也先走了。”

小岚：“欣欣，听说你男朋友是警察，干吗要找警察呀？”

欣欣拿着镜子涂完口红，笑笑：“我找的是人，警察也是人呀。”

小岚拍拍她的肩膀：“咱们姐们儿里你最漂亮，也数你最各涩。”

这时，欣欣的呼机响了。她看了看显示，是周亚呼她。

小岚：“欣欣，用我的手机。”

欣欣接过手机，拨号：“喂，周亚，不是说好了晚上去听歌吗?”

话筒里，周亚的声音：“欣欣，真对不起你。队里临时决定，我要跟陈哥到东北抓个人，今晚就动身。等我回来一定陪你去听歌。”

欣欣没说话，默默地把手机还给小岚。

50

海淀区知春里银行。白天。

一辆运钞车停在门口，几名职员手提密码箱下车，直奔银行大门走去。

过了一会儿，这几名职员又出来，密码箱明显地重了，他们费劲地走向运钞车。

银行对面楼下停着一辆尼桑轿车。镜头拉近时，可以看到鹿宪州在用望远镜观察银行运钞车取款情况。

51

天上人间歌舞厅。夜。

鹿宪州坐在17号座上独斟独饮。

蹦迪、唱歌的男男女女尽情潇洒。鹿宪州面无表情地坐在那里。

过了一会儿，他看看表，用手机呼黄民平。

手机铃响，他把手机放在耳边：“喂，是黄民平吗？现在是1点，一会儿你开车到天上人间来接我。”

52

城区马路上。夜。

汽车里，黄民平驾车，鹿宪州坐在一边。

黄民平：“鹿哥，咱去哪儿?”

鹿宪州若无其事地说：“弄辆车去。”

黄民平有些胆怯：“这事行吗?”

鹿宪州："你在一边望望风，别的没你什么事。"

普惠西里居民小区。

两人走到一辆尼桑车跟前。

鹿宪州小声地说："就是它了。你在那边看着点儿人。"

黄民平离去。鹿宪州掏出改锥。

黄民平紧张焦急地等待。不一会儿，尼桑车马达响了。

鹿宪州朝黄民平招招手，开车离开现场。

53

北京火车站站台上。白天。

王处长带人来接陈峰。晓凌胸前挎着相机匆匆赶来。

晓凌："王处，抓回来的是抢运钞车的吗?"

王处长："这小子嘴很硬，他有枪，有人命，能不能靠上'2·08'案，现在还没谱儿。"

晓凌："那不是白跑一趟吗?"

王处长："'2·08'案非同一般，只要有一线希望，我们刑警也得全力上。"

站台上的广播喇叭响了："接客的同志请注意，由哈尔滨开往北京的63次列车就要进站……"

火车徐徐开进站台，停下。

陈峰等人押着嫌疑人下车。晓凌打过招呼，端起相机忙着拍照。

王处长迎上去，同陈峰握手："陈峰，你们辛苦了，放你们两天假，好好休息休息。"

陈峰："没事儿，王处，还得朝这小子要口供，歇不了。呦，大记者也来了。"

陈峰上前跟晓凌握手。

晓凌小声地说："告诉你一个你想不到的消息：我已经跟你们市局的那位见面了。"

陈峰开玩笑地说："怎么，下决心往火坑里跳了?"

晓凌："该跳时就跳呗。"

陈峰还想说什么，这时王处长的手机响起来，陈峰侧耳倾听。

王处长：“你说什么？银行运钞车被抢，什么地方？好，我们马上就到！”

王处长表情严峻：“快走，去知春里！”

54

海淀区知春里银行门前。

警戒线外围满了驻足观望的群众。交通警在疏导车辆，派出所民警维持秩序。

市里和局里的领导在现场指挥。（可用“6·03”现场资料片。）

银行保卫科办公室。几位事主和目击证人在向陈峰他们叙述事情经过。

位40来岁的中年男人心有余悸地回忆说：“我们从银行里提款出来……”

（回忆）中年男人坐在驾驶员座上，把车钥匙插进钥匙孔里正要发动，突然车窗外伸进一支微型冲锋枪，顶在他的后脑勺上，他侧脸看去，是一蒙面男子。

蒙面人恶狠狠地说：“快把后备厢钥匙拿来！”

中午男子吓坏了，哆哆嗦嗦地取下钥匙给他。

中年男子又用枪指着后排座上的两名随行职员：“谁动就打死谁！”

蒙面人打开后备厢，提起两个装款的密码箱，朝路边的一辆尼桑轿车跑去。（回忆毕）

一名戴眼镜的年轻人：“那会儿，我从路口顺行拐弯过来……”（回忆）

一辆黑色尼桑轿车迎面逆行狂驶而来，他急忙打方向盘躲避，尼桑车撞在他的车的左前侧。他连忙刹车停下，打开车门下来。

他走到尼桑车前理直气壮地说：“你怎么开的车……”突然他的话像被刀砍断，他惊恐地往后一退。

尼桑车里，一蒙面人用枪指着他：“快滚开!”

年轻人急忙回到车里，把车开走。

尼桑车猛地蹿出去。

陈峰和他的搭档仔细听着，认真记着。

55

字幕：1997 年 6 月 3 日，正值全国严打中，鹿宪州顶风作案，持枪抢劫运钞车，抢走 100 余万人民币及大量存单。

一只重拳狠狠地砸在桌上。

局长怒气冲天地说：“混蛋，太嚣张了！此案不破，上愧于党，下愧于民啊！今天的党委会就一个议题，听各位局长破案的高见。”

各位局长发言谈自己的看法。列席参加会议的王处长认真地记着。

56

海淀一居民区。案犯弃车现场。

陈峰和几位搭档正在勘查现场，王处长驱车赶来。

一下车，王处长急火火地问：“陈峰，情况怎么样?”

陈峰：“正要给你打电话汇报。车子是一位合资公司经理几天前报失的，车牌儿是某部队机关去年被窃的。据当事人和目击者提供的情况，案犯身高一米七左右，说普通话，像是本地人。从作案、弃车方式和使用枪支来看，跟‘2·08’案很贴谱儿。”

王处长：“好，局长的意见也是并案侦查。”说到这儿，王处长从兜里掏出一瓶药，倒出几粒，吞了下去。

陈峰关切地问：“王处，你糖尿病又犯了?”

王处长：“老病根儿了，没办法。说说你们下一步的打算吧。”

陈峰：“我有个建议，这起案子影响挺大，秘密侦查已经没有意义了。我想，干脆来个彻底摊牌，在新闻媒体公开案情，让广大市民提供线索。”

王处长：“好，有见地，我跟局里汇报一下，就这么办了。

另外，别的线索也要抓紧去查。”

陈峰：“王处，你放心，大家都憋着劲儿要拿下这个案子。”

57

字幕：根据市委统一部署，全市新闻媒体公开案情。从上海请来的专家为嫌疑人画像，下发至全市各派出所。

58

鹿宪州独居的公房。

鹿宪州仰靠在沙发上，抽着烟，专注地看着电视。

电视荧光屏上，播音员正在口播“6·03”知春里银行运钞车劫案电视新闻，过了一会儿又播放那辆被弃的尼桑车和去年被窃的“甲80－4060”军车车牌。

鹿宪州喷了口烟，嘿嘿冷笑了一声。

有人敲门。鹿宪州一惊，赶紧用遥控器把电视关上。他轻手轻脚地走到门口，侧耳倾听。敲门声再次有节奏地响起。鹿宪州把门打开。进来的是他弟弟鹿宪勤。

鹿宪州惊诧地问：“宪勤，是你，你怎么找这儿来了？”

鹿宪勤：“黄民平告诉我的。”

鹿宪州沉下脸来：“我叮嘱过他，谁也不能告诉。这小子要坏我的事儿。”

鹿宪勤：“算了吧，他不说我哪儿找你去呀。”

鹿宪州：“我是躲一天算一天，活一天是一天，小命攥在人家手里。那帮警察贼着呢，我不能大意。对了，家里情况好吗？”

鹿宪勤：“警察常去，街道的小脚老太太也精着呢，进来出去恨不得仨眼睛盯着你。对了，哥，北京抢银行的事你知道了吗？”

鹿宪州淡淡地说：“我看电视了。”

鹿宪勤：“那小子也够黑的，抢银行犯死罪的。”

鹿宪州：“他不怕死。”

鹿宪勤：“哥，我今天一是来看看你，二是来告诉你，妈心脏病又犯了，现在在医院住着。”

鹿宪州无动于衷地说："我连自己都顾不了，还顾得上她？"

鹿宪勤叹口气："事情到这种地步，也没办法，你多保重吧。"

鹿宪州拿出一捆钱给鹿宪勤："我过几天挪个地方。你就别找我了，有事我打电话找你。这钱你拿去用。妈那里你多费心了。"

59

市公安局 110 报警台。

红灯闪亮，蜂鸣器不时响起。值班民警忙不迭地接电话，做记录。

一位女民警正在接一个退休女职工的举报电话："我是 110 报警台，请您讲话。"

话筒里传来女职工的声音："我是邮局退休话务员，昨天看了电视，跟你们反映一个情况。"

女民警："稍等，您请说。"

女职工："估摸着有一个月了，那天晚上 9 点多钟我扭完秧歌回家路过 9 号楼下，瞅见路边停着一辆黑色卧车，白车牌儿，号码正是'甲 80－4060'。"

女民警："大妈，您没记错吧？"

女职工："不会，我过去是话务员，记号码特准。"

女民警："谢谢您提供的情况，我们会安排人去查的。"

60

丰台区赵公口居民小区。夜。

一辆尼桑轿车缓缓地停在楼下。鹿宪州下车，警觉地左右观察了一会儿，匆匆钻进一个楼门。鹿宪州步行上楼，在 8 层一个房门前轻轻敲了几下门。

门开了，黄倩穿着睡衣，一把搂住鹿宪州撒起娇来。

黄倩："建生，你几天没来了，让人家好想呀。"

鹿宪州随手关上门，把黄倩抱起来扔到床上。

鹿宪州从衣兜里掏出一把车钥匙，在黄倩眼前一晃："宝贝儿，你瞧，这是什么？"

黄倩高兴地说："桑塔纳，你给我买了？"

鹿宪州："我最近做生意发了一笔小财，这辆车送给你了。"

黄倩一把抢过车钥匙，急切地说："快带我去试试车。"

鹿宪州："今天天晚了，明天一早吧。现在该你来谢我了。"

黄倩躺在床上浪浪地说："你来吧……"

61

9号楼群。夜。

一辆面包车停在暗处。陈峰、李世元、周亚还有晓凌在车里蹲守。

此时正值盛夏，车厢里闷热难忍。几个人的衣服都湿透了。李世元手里拿本杂志使劲扇着风，晓凌不停地用手帕擦着汗。周亚靠在椅背上直打瞌睡。

李世元："都后半夜了，哪儿有什么可疑人呀。"

晓凌："那老太太提供的情况可靠吗？"

陈峰："她说得倒是很肯定，我们的原则是，群众举报了，咱就得查实。宁可信其有，不可信其无。"

晓凌感慨地说："你们警察真不容易。"

李世元："呦，大记者，这话从你嘴里说出来也真不容易。"

陈峰："是呀，现在每天有几百个举报线索，都得靠我们一个个去查。当刑警的就是这样，你也许查一千一万个线索都是白忙乎，就那一个点让你抓住了，案子就破了。"

李世元："就为这一个点，咱陈哥快一个月没回家了。那天他女儿燕燕发高烧，陈哥带着我们查一起枪案，回不去，咱嫂子在电话里哭着把咱陈哥骂了一通。后来，还是老赵开车送娘俩上医院的。"

陈峰："得了，别这儿瞎卖了。大伙不都这么干吗，这节骨眼儿上谁敢掉链子呀。"

陈峰看了看表，对大伙说："今儿没戏了，撤吧。"

62

天上人间歌舞厅。

鹿宪州领着人高马大的郭松进来。

鹿宪州走到17号桌前，对郭松说："来，哥们儿，坐这儿。"

郭松："鹿哥，这儿多偏呀，换个地儿。"

鹿宪州把他按下，招呼小姐："来两扎啤酒。"

两人喝着啤酒，抽着烟，聊起来。

鹿宪州："哥们儿，现在哪儿发财呢？"

郭松："出来后开了个发廊，现在打算关门了。"

鹿宪州："发廊不是挺挣钱的吗？"

郭松："开始弄俩妞儿撑着还行，后来公安局取消异性按摩，没戏了。"

鹿宪州："我倒有个挣钱的路，不知你敢不敢走？"

郭松一拍胸脯："鹿哥，只要能弄到钱，你叫我……"

鹿宪州连忙捂住他的嘴："小点儿声！郭老弟，我叫你抢银行你去吗？"

郭松："真的？"

鹿宪州："那可来钱，干一次弄好了就是百十万。"

郭松有些犹豫地说："这可是掉脑袋的事，我再考虑考虑。"

鹿宪州拍拍郭松的肩膀说："想干，过两天给我回个话儿。不干也没关系，就当我什么也没说。"

郭松："鹿哥，你放心，干不干我都不会卖你。"

鹿宪州："来，干一杯。"

63

一辆警车开出某单位大门。

老赵开车，车上坐着陈峰和周亚。

周亚："这个线索跑了半天，又没戏。"

陈峰看着窗外："哎，老赵，听说你媳妇来信了，是吗？"

老赵："是的，她肚里的瘤子确诊了，是良性的。"

陈峰回头：“行，我说叫你别着急，我早有预感，咱嫂子不会得那病。对了，老赵，你还不借着老嫂子生病把她进京户口的事办了，都十好几年了，老两地分居也不是事。”

老赵叹口气：“现在忙，过段时间再说吧。”

周亚的呼机响了，他看看显示，对陈峰说：“欣欣呼我，手机给我使使。”

周亚：“欣欣，你在哪儿呢？什么？现在？你等会儿，我跟头儿说一声。”

周亚捂住话筒：“陈峰，是这么回事，欣欣今天过生日，她知道我晚上值班，回不了家，中午想请我……你看……”

陈峰：“啰唆什么，赶紧走吧。老赵，停车。”

警车停在路边。周亚跳下车，朝陈峰招招手，拦住一辆出租车。

警车继续行驶。前边一个路口围了很多人。

陈峰：“停下，过去看看。”

人群中，一位违章停车的司机正在接受一名巡警的处罚。

司机交了罚款，不大服气地嘟囔：“神气什么？就这么点儿能耐，真有本事把抢银行的案子破了。嘿，那女的，你瞎照什么？”

拍照的是晓凌，她义正词严地说：“我是晚报记者，你违章了，认个错，态度好一点儿。你大概不想在报纸上露一面吧？”

司机慌了，忙摆手说：“得了，大姐，我错了还不行吗？”说完头也不抬地挤出人群。

陈峰：“大记者，你好。”

晓凌：“是陈峰呀，几天没见了，案子有戏吗？”

陈峰：“走吧，上车跟你说。”

警车上。

晓凌：“今天跟巡警采访，碰上这么个主儿。对了，案子有进展吗？”

陈峰眉头紧皱：“这小子就像幽灵一样，难呀。”

晓凌同情地说：“这些日子给你们累坏了，可社会上有些群众就是不理解，说你们的话多了。”

陈峰：“我知道，说我们公安局的是白吃干饭的，说我们白拿钱不干正事儿。”

晓凌：“那还是好听的呢，还有的说，就是你们公安局里的人干的。”

陈峰：“骂吧，这也是一种动力呢。”

64

香山卧佛寺。

戴着墨镜的鹿宪州和黄倩在大殿前止步。

黄倩：“我们烧炷香吧。”

鹿宪州漠然地说：“你烧吧。”

黄倩虔诚地跪在蒲垫上，双手合十，默默地祈祷。

鹿宪州摘下墨镜，若有所思地看着沉睡的卧佛。

黄倩起来，回头见鹿宪州发呆，推了他一下：“干吗呢?”

鹿宪州：“你瞅，他睡得多踏实呀，什么也不想，什么也不怕。黄倩，你说人死了是不是也跟睡觉一样呢?”

黄倩：“去你的，好好的，说死干吗? 你猜刚才我跟菩萨求什么了?”

鹿宪州：“嫁个好老公，舒舒服服过一辈子。”

黄倩惊喜地说：“呦，你怎么知道?”

鹿宪州：“别问了。你嫁谁都行，就是别嫁我，我是魔鬼。”

黄倩咯咯一笑：“别逗我了，你是魔鬼，我就是夜叉婆。”

鹿宪州欲说又止，戴上墨镜，对黄倩说：“咱们走吧。”

走了几步，鹿宪州又忍不住回头看那尊安睡的大佛。

65

陈峰家。夜。

萧红在卫生间，正把一盆泡好的衣服往洗衣机里塞。女儿燕燕正在桌子上写作文，她刚写上“我的爸爸……”突然停下笔喊起来：“妈，爸爸回来了!”

果然，不一会儿，有人按门铃。燕燕飞跑着去开门。

陈峰一脸倦意，浑身脏兮兮地进门来。

燕燕搂住爸爸撒娇地说：“爸，你快一个月没回家了，我好想你呀。”

陈峰动情地说：“燕燕，爸爸也想你们。燕燕，最近功课怎么样?”

燕燕：“刘老师老给我补课，好多了。”

萧红从卫生间出来，没好气地说：“回来啦?大警察，还把这儿当家呀?”

陈峰：“哪儿能呀，这不最近忙吗。”

萧红：“我告诉你，过两天我要到外地出差，一个月，你瞅着办吧。白天指不上你，晚上怎么也得回来给孩子做顿饭吧?”

陈峰为难地说：“萧红，你看，现在案子正是叫劲的时候，你再支持我一把。”

萧红满腹委屈地说：“你心里还有这个家吗?我的生日你没空，孩子病了你没时间，她的功课你不管，一个什么破案子让你们当警察的满世现眼。”

陈峰一听火了：“少说两句成不?”

萧红：“外边谁不说你们警察无能、怂包，回家抱孩子都不称职。”

陈峰火气更大：“这个家我不待了!”

燕燕流着泪：“妈妈，你看，爸爸胡子也没刮，衣服好脏好脏，别让爸爸走，好吗?”

萧红搓火地说：“这儿不是旅店，有本事破你的案去，别回这个家!”

陈峰受不了，一转身，什么话也没说走了。

萧红哭着训斥燕燕：“进屋做你的功课去!”

燕燕趴在桌上，任眼泪滴答滴答落在本上，她接着写上：“我的爸爸……是警察。”

66

专案组宿舍。夜。

周亚正在屋里看书，袁青推门而入："周亚，我说，你自打有了女朋友就不大正常了。"

周亚："怎么啦?"

袁青："你变得深沉多了，又看起计算机入门了。人家是大本，你不平衡了吧?"

周亚："说哪儿去了。后半夜去掏人，不是还早吗，闲着干吗?"

袁青："别看了，去把老赵和李世元找来，咱们拱猪。"

过了一会儿，四人支桌拱起猪来。

一局下来，袁青给老赵算分："高猪二百，猪血三百，一共五百，加上变压器，整一千，老赵，钻桌子吧!"

老赵不服气地说："世元，你小子蔫算计我，猪非往我手里拱。行，你等着，下一把我手里有猪，谁也不给了。"

老赵刚从桌子那头儿钻出来，却见陈峰一脸沮丧，推门进来。

袁青："陈峰，来，一块儿拱会儿?"

李世元拉了她一下。老赵忙迎上去："陈峰，跟弟妹闹别扭了吧？唉，有什么都是咱的不是，都不易呀。"

陈峰："没什么。你们不玩了？那好，咱们喝酒!"

李世元："好，我那儿有两瓶二锅头，够不?"

袁青："太棒了，你怎么不早说？都拿来吧。"

周亚："那我去厨房弄点儿下酒菜。"

桌子腾空了。李世元拿来酒，五个喝水的玻璃杯放齐。陈峰倒完一瓶酒，又把另一瓶打开，均完："我来这杯多的。"

周亚回来，端了一脸盆洗干净的黄瓜："师傅们都下班走了，只有这个了，大家将就点儿吧。"

陈峰端起杯子，激动地说："咱们辛辛苦苦，几个月了，案子拿不下来，我心里不是滋味。今天谁也别装怂，来，干!"陈峰一仰脖，咕嘟咕嘟猛喝了几口。

老赵喝了两口酒，满脸通红："陈峰，你说咱不都没闲着吗？别人爱说什么说什么，你可得有主心骨，别乱。"

李世元："警察就是贱命，累死累活，还不招人待见……"

袁青喝得有点儿醉："穿着这身官衣破不了案是咱无能，我就不信丫有三头六臂。哪天这小子跟我照面，非得好好练练他！"

陈峰吃了几口黄瓜，又喝了两大口酒。

陈峰喝多了，流着泪说："妈的，你们说，咱这刑警当的，案子破不了，走哪儿哪儿受气，谁能理解咱？唉，咱没日没夜图什么？钱没多拿，罪没少受，咱不就图那两个字，理……解吗？来，就为这两个字，干杯！"

五个人同时举起杯子碰在一起。

主题歌：《刑警无悔》

假如妈妈卧病在床，
我不能尽孝在您的身边，
那不是儿子没有孝心，
此时此刻我在奔驰的警车里惦着您。
假如爸爸离世而去，
我不能奔丧为您去送行，
那不是儿子没有良心，
此时此刻我在抓捕的归途上祈祷您。
假如爱妻独守空房，
我不能唱一首歌抚慰她，
那不是夫君没有情意，
此时此刻我在蹲守的黑夜里想着你。
假如孩子日思夜盼，
我不能带你去公园戏耍，
那不是爸爸没有情趣，
此时此刻我在押解的山路上答应你。
呵，谁能读懂刑警的心，
谁能牵动刑警的情，

为了每一个家庭充满爱，

为了每一片土地都安宁，

与罪恶搏斗较量，我永生无怨无悔。

主题歌背景中，可穿插刑警工作和家庭镜头。

场景同前。桌上电话响了。袁青抓起话筒：“喂，找谁？什么？好，我告诉他马上去。”

袁青对陈峰说：“传达室来电话，说有人找你。”

67

刑警队门口。

陈峰出来，走到大门口一看，愣住了。女儿燕燕抱着一摞干净的衣服，衣服上有一把电动剃须刀。

燕燕：“是妈妈让送来的。”

陈峰：“妈妈呢？”

燕燕用手指指不远的一棵树下。萧红含着泪站在那里。

陈峰跑上去，紧紧搂住妻子。

68

靓你发廊。

生意冷清，郭松百无聊赖地翻着一本杂志。

一辆尼桑轿车按了一下喇叭，停下。鹿宪州戴着墨镜从车里钻出。

郭松一见连忙迎上去。

郭松笑着：“鹿哥，里面请。”

鹿宪州进屋，摘下墨镜，悠闲地四下看看：“今天没生意，我给你开个张，给我吹个头。”

郭松高兴地让鹿宪州坐下，拿起梳子、电吹风给他吹起头来。

鹿宪州从镜子里看到墙上的孩子照片，问：“孩子多大了？”

郭松：“还不到一岁呢。”

鹿宪州：“你媳妇干吗呢？”

郭松："以前练摊儿，现在在家看孩子。"

鹿宪州笑笑："老弟，你进去是为那花花事儿吧？"

郭松："甭提那茬儿了，想想真他妈后悔。得了，鹿哥，你照照镜子，行不？"

鹿宪州对着镜子看看，说："真不错，以后我这颗头就交给你了。"鹿宪州说完，掏出一沓儿百元钞票塞到郭松手里："这是五千块，你拿着，给弟妹买件衣服，给孩子买点儿用的东西。千万别说客气话，我烦那个。"

郭松推脱不掉，只好收下。

鹿宪州出门时突然问了一句："怎么着，那事你考虑好了吗？"

郭松看看手里的钱，看看鹿宪州，点点头说："我跟你干。"

鹿宪州拍拍他的肩膀："好，到时我不会亏待你的，明天晚上我带去你试试枪。"

69

字幕：1996 年 7 月，中央领导到北京市公安局了解严打情况，关切地询问银行运钞车劫案侦破情况。公安部和市领导不时来听案情汇报。在全国公安业务工作会上，北京久侦未破的运钞车劫案也成为厅局长们议论的焦点。

深夜。北京市公安局局长办公室。

张局长眉头紧皱，苦苦思索。他手里拿着根铅笔，不时地在纸上画着。

案头上的烟灰缸里，烟头已堆得像小山一样。

过了一会儿，他抬头看看表，已经凌晨 1 点多了，他喝了口茶，起身在走廊里踱来踱去。

字幕：8 月 20 日，张局长去福建漳州参加公安部组织的 110 报警系统现场会。

首都机场。张局长与前来送行的主管副局长、王处长握手道别。

张局长叮嘱说："这个案子，你们千万不能马虎。告诉陈峰他们，就是脱层皮也给我顶住，有情况及时打电话向我报告。"

70

宣武区枣林前街。上午。

一辆“三峰”运钞车和一辆桑塔纳轿车缓缓行驶。

坐在驾驶室里的保安员手持警棍，警惕地注视着路前方。

一辆蓝色的本田车尾随其后。车里坐着鹿宪州和郭松。

鹿宪州：“一会儿我超过他，再往前一点儿动手。”

郭松掏枪的手有些发抖。

鹿宪州瞪了他一眼：“怎么，害怕了？”

郭松：“没有，就是心里有点儿紧张。”

鹿宪州：“把枪机打开，头套准备好，听我命令下车。”

路标指示滨河路。路边是滨河路银行。鹿宪州突然加快车速，超过运钞车。

鹿宪州对郭松说：“戴上头套，我一刹车就冲出去。”

车行不远，运钞车司机按喇叭示意本田车让开。本田车突然一个急刹车。运钞车和桑塔纳轿车同时刹住。司机刚想打开车窗骂几句，却见从本田车里蹿出两个蒙面男子，每人手持双枪，冲过来。

鹿宪州用枪顶住司机的头，凶狠地命令道：“快开门！”

运钞车司机没有开门，鹿宪州隔着玻璃朝他开了一枪，随着“砰”的一声枪响，玻璃碎了，司机中弹，趴在方向盘上。

与此同时，郭松也朝副驾驶座上的职工开枪，这名职工也应声倒下。

鹿宪州伸手拔下车钥匙去开运钞车中门，没打开。

滨河路银行。门口的保安员听到那边枪响，握着警棍就要冲过去。这时，会计李国春闻声从银行里跑出来，急问保安员：“杨晓东，那边怎么啦？”

杨晓东：“不知道，有人开枪。”

李国春回身拿了根木棒，对杨晓东说：“走，咱们过去瞅瞅。”

杨晓东机警地绕到郭松身后，抡起警棍照他头上打去。郭松听到动静，一偏头，后脖颈上挨了一警棍，他“哎哟”叫了一声，回头就是一枪，杨晓东中弹倒在地上。

李国春这会儿举着木棒，也冲上来，他见杨晓东被歹徒击倒，怒火中烧，骂了一声："妈的，我跟你拼了！"他举棒朝鹿宪州抡去，鹿宪州凶恶地朝他开了两枪。李国春手捂胸口，鲜血从指缝里渗出来，也倒在地上。

鹿宪州用钥匙打不开车门，气急败坏地朝后玻璃窗连开几枪，用枪把玻璃砸碎，还是进不去。

鹿宪州不敢恋战，对郭松说："撤！"两人慌慌张张朝本田车跑去。

这时，杨晓东挣扎着爬起来，推了推躺在地上的李国春："李国春，你醒醒！"李国春不语。他见两名歹徒开车要跑，急了，踉跄地上了一辆车，对司机说："快，追上去！"

71

局指挥中心。

值班局长手握无线话筒在下达命令："各区县巡逻队、检查站注意，宣武区发生持枪抢劫运钞车案，两名歹徒乘一辆蓝色本田车逃窜，请注意缉查拦截。"

嘶鸣的警车一辆接一辆地来到发案现场。

陈峰、老赵、周亚、李世元执行任务，驾车行驶在路上。陈峰手机骤然响起，他听到话筒里王处长急切的命令："马上去枣林前街。刚才两名劫匪持枪抢运钞车没得逞，坐一辆蓝色本田车跑了。"陈峰脸色骤变，立即调头，顺手把活动警灯放到车顶，拉响警笛，朝现场驶去。

警车疾驶在公路上。警车里，陈峰表情严峻。

在二环路上，坐在副驾驶座上的老赵突然发现迎面开来一辆蓝色本田车。

老赵急忙用手一指："陈峰，快看，蓝色本田，里面好像是俩人！"

陈峰连忙踩刹车，急转调头追去。这会儿，本田车已开出几百米远了。

本田车横冲直闯，拼命逃窜。

陈峰左避右闪，紧追不舍。

陈峰追至一个人行横道口时，突然发现前方有个盲人正在过马路。陈峰一脚急刹车停下，熄火了。待他发动着车再想追时，蓝色本田早就没影儿了。

陈峰一捶大腿，懊悔不迭："妈的，让他跑了。"

72

丰台区玉林小区。

蓝色本田车疾驶而来，进了小区没减速，拐到一个楼角，停下。

鹿宪州和郭松匆忙钻出本田车。

鹿宪州回身，点燃一张报纸扔在车里。两人朝不远处一辆灰色尼桑车跑去。车里，两人急急忙忙换了衣服，把枪塞进提包里。

鹿宪州发动着车。郭松回头看了一眼，见本田车没着火，对鹿宪州说："我再去一趟。"

鹿宪州一把将他拉住："算了，不能久待，咱们快走！"

汽车加速蹿出，一路上不时见到鸣笛的警车。

鹿宪州："妈的，今天真背，碰上不要命的了！"

郭松摸摸脖颈，心有余悸地说："幸亏躲得快，那警棍要抡脑袋上就麻烦了。"

鹿宪州开着车半天不再说话。过了一会儿，他忽然想起什么，把车停在路边，对郭松说："你打个车先回家，回头听我信儿。"

郭松问："你去哪儿？"

鹿宪州："快走吧，甭问了。"说完调头往回开去。

73

案发现场。

警戒线里，陈峰和侦查员们忙着勘查现场，访问事主。

市里局里的领导们也都赶到现场。市政法委书记在向主管局

长布置工作。（可用录像资料）

现场不远的路边，交通警正在疏导拥堵的车辆。

鹿宪州开着灰色尼桑车过来，交警挥手把他拦住。鹿宪州右手悄悄伸进旁边的提包。

交警：“嘿，那尼桑车靠边开，别往近凑了！”

鹿宪州摇开车玻璃窗，故装好奇地问：“那儿出什么事了？”

交警摆摆手：“快走吧，不该你问的甭问！”

戴着墨镜的鹿宪州一边看着现场的情景，一边开车离去。

74

福建漳州某宾馆。夜。

局长握话筒的手在剧烈抖动，他使劲将一支铅笔掰断。

局长对着话筒激动地说：“我跟部里请假，明天回京！”

75

首都机场。一架波音飞机徐徐降落。从飞机舷梯上走下来的局长迫不及待地对前来接他的秘书说：“打电话通知，马上开党委会！”

局机关会议室。局长动情地说：“同志们，这次犯罪分子又欠下一笔血债，我这当局长的心里难受。外面有人传说，我这局长快当不长了。不当局长我还去干刑警，我就不信拿不下这个案子！在首都北京接二连三出这样恶性大案，我愧对中央、市委和公安部领导，也愧对死去的银行职工们。北京不能再让群众牺牲了，不能了！同志们，我们不能再无所作为了。从现在起，咱们背水一战，不是你死就是我活！”

76

局长办公室。深夜。

烟缸里的烟头又堆得满满的。

局长埋在沙发里看几个现场的录像。

桌上的电话铃响了，是局长的外孙女玲玲打来的：“我找爷爷。”

局长笑了："你找哪个爷爷呀？"

玲玲："我找局长爷爷。"

局长："你是玲玲吗？这么晚了还没睡觉呀？"

玲玲："晚上老睡不着，妈妈说，我的时差还没倒过来。对了，爷爷，我和妈妈从美国回来那么多天了，你都不回来看我们，妈妈说，你是老官僚。"

局长动情地说："爷爷抓住那个坏人就回去看你，一定！"

玲玲："妈妈说，不让我再打搅你了。晚安，爷爷，我亲你一下。"

局长叹口气，放下电话，把台灯下玲玲的照片镜框拿在手里，细细看着，轻轻地亲了一下，放回去。

77

专案组会议室。

陈峰他们在开案情分析会。

大家你一言我一语正说得起劲儿，局长推门而入："同志们，你们辛苦了。哦，都别起来了。对这几起案子，我昨晚也琢磨了一宿，想听听大伙的高见。"

老赵："局长，那我接着说了。这两个劫匪看来不像外地流窜案犯，很可能是本市有前科的。"

陈峰："我插一句，不排除在逃犯。"

老赵点头。李世元接着说："按照我们给案犯画的像，在现场露面的一高一矮，30 岁左右，驾驶技术高，枪法好，心理素质不错，应当有过军警生涯。"

袁青："我在想一个问题，这小子一而再再而三地跳出来作案，专抢运钞车，那儿钱多呀，一得手就是六七位数。我想，要么他就是犯死罪跑出来的，抢够一大笔钱，往国外颠儿，要么就是黑道上的，抢了钱狂抽滥赌。"

局长一边听一边在本上记着，过了一会儿他抬头看看，说："小周，你是刑警学院毕业的高才生，你说说。"

周亚一听局长点他的将，有点儿紧张："我想，系列案案犯作案都有一定的规律。这儿起案子也不例外。第一，案犯精于策划，每次都是事先踩道，选择地点是路宽车少，便于逃跑。第二，每次蒙面行抢，印证了他是本市人。第三，他每次抢劫都是开两辆车，在现场出现的随后遗弃。”

局长高兴地说：“行，不愧是科班出身。”

陈峰：“还有很重要的一点，这次由于遇到抵抗，他们没能得手，是不会罢休的。我觉得，下一次行抢的间隔不会太长。”

局长合上本儿，兴奋地说：“大家谈得有道理。咱们刑警破案关键在于找那个点，这个点我昨天晚上也想到了，盗窃高档轿车到现场作案，可以迅速逃离又不留下痕迹，这是他的狡猾之举。从‘8·27’案来看，现在他更加胆大妄为、猖狂至极了。从这点上看，他的末日到了。从现在起，我们要转被动为主动，让他到明处，咱们到暗处，以车找人，先期发现，提前设伏，拿住他！”

78

局指挥中心。

主管副局长手握话筒，下达局长签发的命令：“各单位注意，从现在起，凡是接到高档轿车被盗案件，迅速上报局指挥中心，不得贻误。”

局属各单位电台呼叫收到。

79

天上人间歌舞厅。17 号桌位。

鹿宪州和郭松在对饮啤酒。

鹿宪州掏出一沓儿百元钞票递给郭松：“这是一万，拿着花吧。上回干得不错，等下次弄成了就不止这个数了。”

郭松受宠若惊地说：“鹿哥，你又帮我大忙了。”他左右瞅瞅，小声地问：“下回什么时候干？”

鹿宪州看着蹦迪的一位黑衣小姐：“这两天先听听动静，到时我呼你。”

过了一会儿，那位黑衣小姐带着她的同伴过来，嗲兮兮地问：“两位先生，坐着怪闷的，要不要特殊服务呀?”

鹿宪州点点头，朝郭松说：“走，放松放松，带她们出去。”

80

汽车后座位上。

完事后的鹿宪州起身穿衣服。这时，他的手机响了，是黄倩打来的。

黄倩：“几天没到我这儿来了，你在哪儿呢？人家好想你呀。”

鹿宪州把手机放到耳边：“我在上海出差呢，过几天才回去。”

鹿宪州捂住手机，从钱夹里抽出几张百元钞票，扔给黑衣小姐。

黑衣小姐高兴地在他脸上亲了一下，钻出车门走了。

黄倩：“刚才是什么声音?”

鹿宪州：“蚊子咬了一下，被我打死了。”

黄倩：“你别跟什么脏女人乱搞，小心染上病。”

鹿宪州：“哪儿能呢，做完这笔买卖，咱们就结婚，我带你去美国，行了吧?”鹿宪州收起手机，掏出手帕擦脸。

81

公安交通车辆管理所。白天。

陈峰和周亚站在电脑前，注视着一位交警调档。银屏上，一页页翻过。

周亚用手一指：“就是这辆，京 A－03512!”

交警：“车主叫王大伟，这辆车是 8 月 25 日夜里被盗的，报失地点是海淀恩济里小区。”

陈峰对周亚说：“案犯 8 月 25 日盗车，隔一天便去作案，我记得，案犯‘6·03’那次用的黑色公爵王轿车，是在 5 月底被偷的。看来局长定的以车找人路子对了。”

周亚：“咱们是不是在全市各停车场查查?”

陈峰：“好，马上通知有关单位的保卫部门。”

82

深夜。海淀区普惠西里小区。

一辆灰色尼桑轿车在小区的路边缓驶。

鹿宪州和郭松在车里。

鹿宪州："这两天我老琢磨不对劲儿，这么弄车有点儿玄。"

郭松："我看没事儿，现在吃这碗饭的人多着呢。"

鹿宪州不屑一顾地说："那些小玩闹，顶多弄辆车卖俩钱，咱们干的可是大买卖。那帮警察鬼着呢，不能让他们摸到规律。"

郭松："你说怎么着？"

鹿宪州："今天是最后一次，再往后劫车，弄死司机，让他报不了案。"

郭松没再说话。过了一会儿，鹿宪州推推郭松，说："看见没有，那边停着一辆尼桑千里马车，就是它了。"

83

专案组值班室。

陈峰趴在桌上写一份给局里的报告。

陈峰写毕，问一边看报纸的李世元："世元，今儿几号了？"

李世元："9 月 3 号。你写什么呢？"

陈峰："局里特批咱们一辆好车，让写个报告。"

李世元："早该给了，要是上回有辆好车，那俩小子就跑不了了。"

老赵推门进来："陈峰，给你，局里发来的传真。"

陈峰接过传真，念道："接海淀分局报案，9 月 2 日夜，海淀普惠西里某公司经理在其家失窃一辆尼桑千里马轿车，车牌号京A－08786。"

陈峰又仔细看了一遍，眼睛突然一亮，脱口而出："有戏！"

几个人都围上来，李世元忙问："什么有戏？"

陈峰："你们看，'6·03'、'8·27'现场被丢弃的车，都是在海淀失窃的，这次失窃的千里马车又是在海淀。另外，这三个丢车点相距很近。”

袁青：“那赶快建议局里，全市清查找这辆车。”

陈峰思考了一下：“不能操之过急，这个线索还不是很过硬，动作大了容易打草惊蛇，我们抓紧再做工作。”

84

市公安局香山疗养院多功能厅。晚间。

中间的会标写着：北京周边省市破案协调会。

在晚餐上，张局长端着酒杯给大家敬酒，激动地说：“我代表北京市公安局几万名民警，衷心感谢兄弟市战友们的关心和支持。你们问我系列案的进展情况，是呀，这个案子大家都关心，总书记和总理也打电话问我。我说什么呢？我什么也没的可说呀！不过，有一点请你们相信，我和我的民警们都是铮铮的汉子，我们什么都可以失去，都可以没有，唯有惩恶的信念不可失！我从不喝酒，现在我把这杯酒干了！”

局长端起酒杯一饮而尽。

静静的餐厅，突然爆发震耳的掌声。

局长放下酒杯：“下面我来唱一首歌，献给在座的朋友。”

局长手握话筒唱起“少年壮志不言愁”。

当他唱到“历尽苦难痴心不改”时热泪盈眶，在场不少人也都流下眼泪，随着歌曲的节奏鼓掌。

局长唱完歌下来，秘书告诉他，局里有紧急情况，让他马上回去。

85

局长办公室。夜。

王处长和陈峰正向张局长汇报。

陈峰：“这几天，我们通过工作，发现一个重要线索，‘8·27’滨河路劫案两名劫匪抛弃的那辆京 A－03512 蓝色本田车，在头一天晚上 9 点左右，去过汇园公寓，9 月 2 日，海淀报失的那辆尼桑千里马车，昨天晚上也去过汇园公寓。两张停车小票都查到了。”

王处长：“汇园公寓那儿我已经派人控制起来。”

局长在屋里来回踱了几步，一拍桌子：“这个线索不能放，马上通知各单位，全市清查三天，就找这辆千里马！”

陈峰：“局长，今天可是礼拜六。”

局长：“对了，差点儿忘了。给我加上一条，各单位一把手立即回到岗位，亲自坐镇指挥，谁漏了车谁负责！”

86

天上人间歌舞厅门前停车场。

一辆灰色千里马车缓缓停下。

鹿宪州钻出车门，警觉地左右看看。他好像想起了什么，又钻进车里，发动着车，朝一路之隔的亮马大厦停车场开去。

歌舞厅17号座位已经有人坐了。鹿宪州坚持让小姐给他调换过来。

鹿宪州独自喝着啤酒。

过了一会儿，他拿起手机拨了一组号码。

鹿宪州：“喂，宝贝儿，还没睡？”

黄倩：“没有，我在用你送我的笔记本电脑写信呢。”

鹿宪州：“给谁写信？”

黄倩：“那还用问，给你呗。你回来看吧，我心里想的全在里面。”

鹿宪州沉默了片刻：“你真的爱我吗？”

黄倩：“真的，这个世界除了你我谁都不爱。”

鹿宪州似乎有些感动：“等我两天，做完这笔买卖我带你走。”

鹿宪州放下手机，又想起什么，给弟弟鹿宪勤拨了电话。

鹿宪州：“宪勤，我是你哥，妈的病怎么样了？”

鹿宪勤：“你在哪儿？你的手机怎么老打不进去？”

鹿宪州：“我在外地，手机没开。”

鹿宪勤：“妈的病还不见好，你是不是抽空回来看看？她再不对，也是咱亲生的妈呀。你是担心警察吧？他们现在不常来了。”

鹿宪州："好吧，过几天我回去一趟。"

鹿宪州接着拨通了郭松寻呼台的号码："给我呼3241，李建生，后天上午取货。"

87

长城饭店保卫安部。夜。

保安部经理和保卫干部荣锡可送一名警察出来。

警察与两人握手："甭送了，我再到对面亮马大厦看看。情况就这些。对了，车牌号都记住了吧？"

经理："你放心，漏了拿我是问。"

送走了民警，荣锡可对经理说道："刚才我查了一遍，有点儿不放心，再去瞅瞅。"

饭店门前停车场。荣锡可拿着手电筒，认真仔细地一辆一辆地查看车牌号。

他在与亮马大厦交界的地方停下，刚要往回走，一抬头看见对面靠东侧停着一辆灰色的尼桑。

荣锡可自语："是千里马。"他越过护栏，走过去细看。

突然，荣锡可的神情紧张起来，这辆车的牌号正是京A－08786。

荣锡可气喘吁吁地跑回保安部，抓起电话迅速拨号："是公安局吗……"

88

夜。警车里。

晓凌跨着相机挤在中间。

李世元："陈峰，大半夜把我们都呼回来，是不是真有戏了？"

陈峰："王处长电话里没说那么细，到地方就知道了。"

陈峰见大家都不说话，笑着说："都别那么紧张，松弛松弛。老赵，打开收音机。对了，周亚，你跟欣欣的关系进展到哪一步了？"

李世元："老实交待，是不是……"

周亚有些沮丧地说："唉，别提了，快仨月没见面了。上回是'6·03'案那会儿，在颐和园见面，说得正投机，队里呼我回去。后来她去深圳培训，回来我又忙案子一直没工夫约会。我也说不清她现在是什么态度。"

晓凌："周亚，别灰心，回头我找她聊聊，我相信，她会理解你的。"

李世元："大记者，净关心别人，你呢？"

晓凌："说真的，我对你们警察的看法变了。这些日子，跟你们一块儿破案，抓犯罪分子，说心里话，我觉得你们真是值得尊敬、值得去爱的人。"

陈峰带头，大家热烈鼓起掌来。

晓凌："另外，正式发布消息，我已经决定找个警察做朋友了。"

李世元幽默地说："你要早说我就不结婚了。"

大家笑起来。

这时，车上收音机里传出女播音员柔美的声音："各位听众，现在是午夜情深节目，由我为大家来主持。首先，我们的一位叫欣欣的小姐……"

周亚打断大家的笑声："你们听，是她！"

车里顿时安静下来，大家都在聆听。

女播音员："欣欣小姐所点的歌名是《一路平安》。她在给我们的来信中说，她的男朋友是一名刑警。为了人民的安宁，他日夜奔忙，这会儿别人都已进入甜美温馨的梦乡，而他却可能在犯罪现场，在颠簸的乡间路上，面对残忍歹徒的刀尖枪口。他现在和同事们正在为一起重大的案件奔忙，她衷心地祝福他一路平安……"

车里又是一阵掌声，周亚被感动得热泪盈眶。

89

长城饭店保安部。夜。

王处长给陈峰他们布置任务。

王处长表情严峻："局长刚来电话了，命令我们查准车辆，带枪注意隐蔽，注意安全，要抓活的。陈峰，现在你带着人在车的附近蹲守，无论如何不能让他跑了。”

90

天上人间歌舞厅。

鹿宪州看看表，已经快 12 点了，他起身离开座位，塞给服务小姐 100 元小费，走出大门。

鹿宪州站在门口，警惕地四下看看，朝停车场走去。

91

停车场不远的小树丛。

周亚和袁青装作一对恋人坐在草地上。

袁青：“你们见面时都谈些什么？说说呀。”

周亚：“没什么好说的。”

袁青：“你干吗离我那么远呢？王处刚才可特批了，咱俩越亲密越好。”

周亚突然捂住嘴，嘘了一声：“有个人过来了，进戏吧。”

周亚搂住袁青，两眼余光注视着来人。

92

停车场。

鹿宪州慢吞吞地走近汽车。

鹿宪州站下，点着支烟，又往回走。他走到离周亚和袁青待的不远的地方停住，装作若无其事地四下观察。

93

草丛里。

周亚小声地说：“袁青，我可对不住你了。”

袁青小声地说：“你来吧，为了革命，我牺牲了。”

周亚搂住袁青吻起她来。

94

地点同前。

鹿宪州回头看看那对亲密的恋人，似乎放心了，又往回走去。

95

离千里马车不远的一辆汽车里。

陈峰、老赵和李世元接到周亚电台的呼叫，几个人眼睛一眨不眨地盯着来人。

陈峰小声叮嘱说："做好准备，听我命令动手。"

几个人悄无声息地摸出手枪，把子弹轻轻推上膛。

陈峰从车窗里看到那个男子靠着车门站了片刻，扔掉烟头，双手背后打开车门，钻了进去。

陈峰果断地说："上！"

几个车门同时打开，三个人像箭一般冲过去。

陈峰双手握枪，毫不畏惧地迎面站在车前，大声喝令："警察，快出来！"

两侧的李世元和老赵也把枪指向驾驶员。

鹿宪州被突然的情况吓蒙了，这时汽车已经发动，他犹豫了一下，突然打开大灯，加速向陈峰撞去，

陈峰在跃身的同时扣动扳机。"砰砰"两声枪响，震动夜空。与此同时，老赵和李世元也举枪射击。一时间，枪声大作。

千里马车像醉汉一般，摇摇晃晃移动了十几米，"轰"的一声撞到一辆小汽车上，不动了。

陈峰上前一把拽开车门。鹿宪州浑身是血，头伏在方向盘上，浑身在抽动。几个人把他拖下来，给他铐上手铐。

陈峰扶他坐在地上，厉声问道："你叫什么？"

鹿宪州闭着眼断断续续地说："鹿……宪州。"

陈峰接着问："干什么来了？"

鹿宪州："找人……你们别问了，亚运村和……知春里……

银行运钞车的案子都是……我干的。”

陈峰：“跟谁一块儿干的？”

鹿宪州微弱地说：“郭松。”说完他昏了过去。

袁青一直跪在地上，记下鹿宪州的口供。

陈峰果断地说：“快叫救护车！”

晓凌赶来，拍下这难得的镜头。

陈峰：“我说看他有点儿面熟，是那个通缉犯。”

晓凌仔细看看昏迷的鹿宪州，对陈峰说：“是他。”

陈峰：“你见过他？”

晓凌：“那天晚上，入室盗窃的也是他。”

96

市领导闻讯赶来，市政法委书记、公安局局长也亲临现场指挥。(可用现场录像资料)

救护车闪着蓝灯，鸣着笛赶来，陈峰帮着把鹿宪州抬上车。

救护车叫着离去。

字幕：1996 年 9 月 9 日凌晨，在北京持枪杀人、连续抢劫银行运钞车巨款的劫匪鹿宪州，在京东亮马河畔被设伏刑警击伤擒获。

97

朝阳新源里小区。夜。

陈峰和刑警们握着手枪，悄无声息地摸上 11 层。

陈峰用手电筒照照门牌号，小声命令：“就是这儿，郭松手里可能有枪，大家注意安全。”说完，陈峰一脚踹开门。

陈峰进屋，厉声喝道：“别动，警察！”

灯亮了。郭松光着膀子和他的女人躺在床上，还没来得及翻身，早被扑上前的李世元和周亚按住，给他铐上手铐。

那女人蜷缩在里面，吓得浑身发抖。

一边的小床里，一个半岁多的孩子被惊醒，“哇哇”地哭起来。

袁青上前把孩子抱起来，哄着：“噢……噢……别哭了，宝贝……”

孩子真的不哭了，睁着大眼看着袁青。

陈峰把郭松带到走廊，问：“叫什么？”

郭松战战兢兢地说：“郭松。”

陈峰：“抓的就是你，带走！”

98

字幕：鹿宪州和郭松落网，只是初战告捷。专案组的民警们并没有松懈，他们一鼓作气，又连夜投入查找窝点、抓获同案嫌疑人、取证和技术鉴定工作。

以下字幕，背景画面可用现场纪实录象资料。

9月10日，依法搜查郭松家，获取“6·03”案公爵王轿车事主丢失的墨镜。当天下午在朝阳新源里居民楼起获两人盗窃的一辆本田车，从车后备厢发现一套工具箱，也是公爵王轿车车主的。

9月10日夜，包庇、窝藏鹿宪州的嫌疑人鹿宪勤、张颖、赵建国和黄民平等人先后归案。

市局预审处连夜组织突审，找窝点，扩大战果。

9月14日，在丰台赵公口鹿宪州与王倩姘居的住所里搜查到一些人民币现金、美元、电击手枪和用赃款购买的大量高档消费品，仅各类洋酒就有近百瓶。

9月15日，在某饭店职工宿舍依法传唤了正在跟另一男人睡觉的王倩。

9月18日，通过艰苦查找，发现鹿宪州独住安华西里的窝点。局长亲临现场指挥搜查，起获作案枪支，其中微型冲锋枪一支，小口径手枪两支，军用手枪三支，子弹三百五十发，还有数十万赃款、大量赃物及作案工具。

当晚，市委常委、市政法委书记来到刑警队慰问大家，将女儿写的一篇赞颂民警的日记念给刑警们听。

9月28日，贩卖枪支、向鹿宪州提供作案工具的广西籍枪贩子农之宝被押回京。

9月30日，贩卖小口径手枪给鹿宪州的犯罪嫌疑人张建国和蔺刚被从东北押解回京。

99

9月10日，中央电视台在新闻联播节目播报了这条消息。

北京各大报也在显要位置刊发消息。

中央政法委和公安部先后给北京市公安局发来贺电。

9月19日，市委市政府、公安部举行慰问大会，市领导和公安部领导亲切接见参战民警。

局长向领导们汇报破案的经过，说到激动时，流下了眼泪。

会后，领导们参观了鹿宪州部分赃款赃物作案工具展览。

(以上可用录像资料)

100

刑侦处多功能厅。

王处长激动地说："今天，我们开个联欢晚会庆祝我们的胜利。首先，我代表刑警们对在这艰难时期支持我们工作、付出巨大代价的家属们表示衷心的感谢！下面欢迎陈峰和萧红唱一首歌《十五的月亮》好不好?"

在掌声中，陈峰拉着萧红的手上来。

陈峰激动不已："我想说的是……嗨，什么也不说了，我给所有刑警的家属们鞠躬了!"陈峰深深一躬，掌声响起。

在《十五的月亮》的歌声里，燕燕拿着一束花上来，交给陈峰。陈峰塞在萧红的手上，一家人搂在一起。

李世元让晓凌给他们一家照合影。

老赵的老伴端坐在下面，老赵给她削苹果。

周亚和欣欣坐着，相视而笑。

袁青和王处长跳起舞来。

晓凌的呼机响了，她向陈峰辞别。

陈峰挽留她："别走呀，你也是咱们的功臣。"

晓凌："约会的时间快到了，你们那同行今天请我看电影。"

李世元过来："想好了，陷进去可就出不来了。"

晓凌笑着说："那就永远不出来了。"

101

庄严的法庭，国徽高悬。

审判长高声宣布："全体起立。现在宣读北京市第一中级人民法院判决：被告人郭松犯抢劫罪，判处死刑，剥夺政治权利终身；犯盗窃罪，判处有期徒刑 15 年，剥夺政治权利 3 年，决定执行死刑，剥夺政治权利终身。认定农之保、张建国犯非法买卖枪支、弹药罪，分别判处死刑，剥夺政治权利终身。认定蔺刚犯非法买卖枪支、弹药罪，判处死刑，缓期 2 年执行，实行劳动改造，以观后效，剥夺政治权利终身。认定黄民平犯非法买卖枪支、弹药罪，判处无期徒刑，剥夺政治权利终身；犯窝藏罪，判处有期徒刑 3 年，决定执行无期徒刑，剥夺政治权利终身。认定张颖、鹿宪勤犯窝藏罪，分别判处有期徒刑 7 年，剥夺政治权利 1 年。认定赵建国犯窝藏罪，判处有期徒刑 3 年……"

字幕：抢劫银行运钞车主犯鹿宪州于 1996 年 10 月 2 日死在医院，罪有应得，死有余辜。

102

1996 年 12 月 10 日，北京市隆重举行破获系列银行运钞车案表彰大会，著名朗诵家殷之光激动地朗诵了诗歌"人民的胜利"。(可用录像资料)

在诗朗诵背景里，滚过 100 多名立功受奖民警名单。

剧终。

金头遗案

（电影文学脚本）

主要人物： 欧阳为民　男　30岁　市刑侦重案队探长
郭　超　男　24岁　市刑侦重案队探员
丁　怡　女　23岁　市刑侦重案队探员
老　徐　男　40岁　市刑侦重案队探员
孙　刚　男　60岁　公安局退休局长
周队长　男　40岁　市刑侦重案队队长
金　彤　女　27岁　市社科院历史所助研
金　旸　女　29岁　业余歌手
金正华　男　30岁　皇恩庄中学历史教师
（“文革”后病亡）
华素芳　女　58岁　皇恩庄中学美术老师
（后退休）
欧阳山　男　30岁　市公安局文保处刑警队
副队长（“文革”中去世）
林成枫　男　40岁　皇恩庄中学校长
孙颐臣　男　40岁　皇恩庄中学老师
冉承森　男　58岁　皇恩庄中学音乐老师
（“文革”中名冉卫东）
楚志军　男　60岁　皇恩庄中学体育老师
（后名林士车，某境外公司老板）

季伟亚　　男　40 岁　星海歌舞厅经理
（林老板的属下）
威　仔　　男　35 岁　星海歌舞厅保安队长
（林老板属下）
苏　嫚　　女　30 岁　星海歌舞厅女保镖
（林老板属下）
其他串场人物若干

在键盘敲击声音的背景下，黑色银屏上快速显示字幕：1900 年 8 月 14 日，八国联军攻陷北京，慈禧太后仓皇出逃，两年后回宫，清点宝物时，发现遗失一颗硕大的钻石。

1996 年 7 月，李莲英的坟墓被挖开，一个令人震惊的历史之谜由此展开，在棺材里发现一颗金头，金头额顶镶着一颗硕大的钻石……

1. 外　北京街景　日

鸟瞰北京全景，远景长安街，镜头拉近某五星级饭店近景。

2. 内　饭店会议中心　日

镜头扫过会议中心横幅："1996 年度两岸三地李莲英死亡之谜学术研讨会"。会场上，大家很专注地在听一位年轻漂亮、颇有气质的女士发言，她叫金彤，不时有记者给她拍照、摄像。

金彤喝了口水，捋捋头发，继续说："总结一下我的观点，太监李莲英的死因是病疾而亡，至于'文革'中在其墓中出土的金头尸身，那只是一个疑塚……"

会场上出现一阵骚动，随即是交头接耳的议论声。

金彤继续发表她的观点："他根据自己生前仇人多的印象，故意造成一种他是被人杀死的假象，而他全身葬在一处不为人知的地方，或许就在那金头的下面。"

会场上又是一阵窃窃议论声。

金彤："至于金头和钻石，据我的多年研究，李莲英知道，自己的墓将来必为盗墓人所觊觎，为了使自己尸身不被糟践，而故意将此宝物留给后人……”

更大的议论声几乎盖过金彤的发言声音。

3. 内　会场外　日

在一个戴墨镜男子的视线内，金彤一边朝大厅外走，一边接受几个记者采访。

4. 内　一家咖啡屋　夜

雅座上，金彤喝着咖啡，和白天采访她的一位女记者似乎谈得挺投机。女记者不时地在笔记本电脑上敲打着。

金彤时不时地在看表。

5. 外　咖啡屋外路边　夜

一辆小轿车停在路边，驾驶员位置上，一名戴墨镜的男子抽着烟，紧盯着咖啡屋的大门。不一会儿，金彤从咖啡屋里出来，在路边拦了辆出租车，钻了进去。戴墨镜男子扔掉烟头，发动汽车，跟了上去。

6. 外　小区外的路上　夜

金彤哼着歌沿着路边走，当她走到路边停着的那辆在咖啡屋外出现的小轿车旁时，突然车门开了，从里面蹿出两个人，疾速将她拽进车内，车厢里传出一声微弱的“救命”呼喊，随即安静了。小轿车驶向黑夜……（以上可叠印职演员表）

叠印出片名：金头遗案

7. 内　保龄球馆　日

林莹双手托着个保龄球，走向球道，看看前方，使劲将保龄球抛出去，只见保龄球歪歪斜斜前行，滚向一边的边槽里。

林莹沮丧地噘噘嘴，回到座椅这边来。

欧阳刚拿起个保龄球，用布擦擦，正要往球道那儿走，突然腰间的 BP 机响起，他看看显示，无奈地朝林莹耸耸肩。

林莹满脸不高兴：“又是案子，对吗？”

欧阳边穿衣服边点点头：“嗯。”

林莹：“今天是周六，法定休息日，你能不能陪我半天？”

欧阳摇摇头："不行，我得马上回去。"

林莹气哼哼地说："你走吧，我们的关系也到此结束！"

林莹拎起皮包，头也不回就走。

欧阳正在换鞋："林莹，你等等。"

林莹没有搭理他，径自走了。

欧阳换好鞋，看看林莹的背影，摇摇头，抄起一个保龄球，朝对面仅剩的一个球瓶狠狠掷去。保龄球在球瓶旁边擦过，那个球瓶傲然而立。

8. **外　路边　日**

欧阳跑出保龄球馆，在路边招手拦住一辆出租车，坐定后看看表，说："西城新苑小区。"

9. **内　金彤家　日**

这是一处宽敞的三居室，屋里被翻得十分凌乱。郭超、丁怡和老徐已经先行到现场。

华素芳坐在客厅沙发上抹眼泪，金旸在一旁安慰妈妈。

欧阳进屋，跟搭档们打了招呼，走到母女俩身边。

丁怡："阿姨，这是我们探长欧阳。"

华素芳用手帕擦擦泪，急切地说："我这是遭什么罪了？女儿失踪了，家里又被人偷了。"

金旸："妈，您别着急，这不警察来了吗。"

欧阳："是的，您别急，也别难过。说说情况好吗？"

华素芳点点头："我二女儿金彤参加一个学术会，说是昨天晚上回来，可一晚上也没回家。我们着急，今天出去找，亲朋好友家找遍了也没见影儿，这不刚进家，又发现遭贼了。"

金旸："今天是我爸的生日，我妹妹本来答应今天跟我们去给老爸扫墓的，她不会失约的，就是去哪儿了也会给家里打个电话的。"

欧阳起身："你们再跟单位联系一下，我们先看看现场。"

欧阳在各个房间仔细查看，发现书房里更是被翻得一塌糊涂。在金彤和金旸的闺房里，欧阳盯着金彤和金旸的合影照看了一会儿，拿起来。

郭超用手捅捅丁怡，悄声说：“这姐妹俩都挺漂亮。”

丁怡没有理他。

老徐在仔细寻找指纹痕迹。

欧阳走出里屋，问：“金彤有男朋友吗？”

华素芳：“没有，她大学毕业就分到社科院，她是学清史的，最近发表过太监李莲英的文章，这次学术会好像也是这个内容。”

欧阳：“阿姨，您别着急，如果是绑架案，绑匪一定会跟您联系的。”

华素芳流着泪：“他们为什么要绑架我女儿？我们家又不是趁钱的主。”

欧阳：“现在究竟是怎么回事还不好说。阿姨，我能把这张照片借去用用吗？”

华素芳：“可以，我只求你们尽快找到我的女儿。”

欧阳：“放心，我们会的。”

欧阳转身对搭档说：“这样，丁怡和老徐你们先留在这儿，有情况马上通知我，我和郭子扫扫外围。”

10. 外　马路上警车里　日

郭超开车，瞅了瞅身边正在思索的欧阳：“欧阳，你想啥呢？”

欧阳：“我在想怎么这么寸，金彤失踪，家里又失窃，碰巧吗？”

郭超附和着：“这不应了那句话，祸不单行。”

欧阳：“你没注意，现场有点儿怪。”

郭超：“怪吗？不就是普通的盗窃案吗？”

欧阳：“我看现场不像是偷东西，倒像是在找东西。”

郭超：“你一说倒是有点儿那意思。”

欧阳：“一般的贼入室盗窃，总会留下指纹的，可这个现场楞没提取到指纹，还有，书房里翻得很乱，一般的贼是不会对那些书感兴趣的。”

镜头切换到金彤家书房乱糟糟的情景。

郭超："我们现在去哪儿？"

欧阳："社科院。"

11. 内　社科院办公室　日

保卫处的老陈把欧阳和郭超引进一间办公室，向起身迎客的齐主任介绍情况。

保卫处老陈："齐主任，这两位是公安局的，来了解金彤的情况，哦，这位是金彤的室主任齐铭。"

寒暄过后，两人被让到沙发上坐定，直接进入话题。

欧阳："齐主任，说说那天的情况好吗？"

齐主任："那天散会后，金彤说，有个记者晚上还想采访她，她们约在一个咖啡屋谈的。后来听金彤家里人说，当晚她没有回家。我们单位的同事都问过了，谁也不知道她去哪儿了。"

郭超在一边低头做着笔录。

欧阳："那么你们这次学术会议的主题是什么？"

齐主任："这是一次研讨清朝太监李莲英死因的学术会，主要是根据'文革'中挖掘李莲英墓时发现他身首异处的事实，研讨他的真正死因。"

欧阳："是不是跟墓里的金头有关？"

齐主任点点头："是的，当时挖开墓打开棺材，里面只有一颗金头，身体部分只是一个木身穿着他当太监时的衣服。"

欧阳："金彤是研究这个课题的吗？"

齐主任："是的，几个月前她还在史学杂志上发表过一篇文章，我这儿刚好有这篇文章。"

齐主任起身，从书柜里找出一本厚厚的杂志，翻到那篇文章，递给欧阳："金彤那天在研讨会上的发言，就是根据她这篇论文整理的。"

欧阳："能借我回去看看吗？"

齐主任："不用借，就送给你了。你们多费心，一定找到金彤呀。"

欧阳："我们一定会尽力的。"

12. 内　走廊里　日

欧阳有些激动，边走便对郭超说："我知道金头那个案子。"

郭超吃惊地问："你知道？"

欧阳："那是我父亲在'文革'中办的一个案子。"

郭超："真的？破了吗？"

欧阳摇摇头："没有。"

郭超："没有？早就听说你老爷子那会儿是咱局里的超级神探，怎么能不破呢？"

欧阳："我哪知道呀，那会儿我还穿开裆裤呢。"

郭超："也是，那金彤失踪跟这金头遗案有关了？"

欧阳点点头："也许吧，回头我去档案处好好翻翻卷。"

13. 内　一间封闭的地下室　日

金彤无助、悲愤地坐在一张椅子上。旁边桌上摆着盒饭，似乎没有动过。

地下室门上一扇小窗开了一道缝儿，一个男人的声音："金小姐，两天了，一点儿饭也不吃吗？"

金彤朝门口看去，只看见一只眼睛和一张嘴。

金彤愤怒地说："为什么绑架我？放我出去。"

男人的声音："只要你合作，回答我们的问题，一定会放你出去的。"

金彤："我真的不知道金头在哪儿，也不知道什么藏宝图。"

男人的声音："你再好好想想，我们认为，你应该知道。"

窗缝儿合上了，金彤无奈地抱住头。

14. 内　星海歌舞厅　夜

这是20世纪90年代一个装饰豪华的歌舞厅，舞池里，几对男女跳着舞，旁边雅座上坐满了听歌的客人。

镜头拉近，舞台上穿着时尚袒露的金旸手持话筒，很投入地唱着时下流行歌曲《爱上一个不回家的人》。

一个小伙子拿着一束玫瑰花走上舞台，满场响起热烈的掌声。

冉承森坐在雅座上，喝着啤酒，两眼紧紧盯着舞台上的金旸。

金旸边唱边扭，丰满的胸部给人遐想。

冉承森招招手。漂亮的女服务员走过来：“您好，先生，有事吗？”

冉承森礼貌地问：“把你们经理请来可以吗？”

女服务员笑容可掬地点头离去，不一会儿，歌厅经理季维亚走过来。

季维亚谦恭地鞠了个躬，递张名片：“您好，先生，我是歌舞厅总经理季维亚，有幸为您服务。”

冉承森接过名片，起身还礼：“我叫冉承森，生意人，有点儿事想请教季总。您请坐。”

季维亚在冉承森对面坐下：“有事尽管吩咐。”

冉承森：“请问，这位唱歌的金小姐是你们歌舞厅签约的歌手吗？”

季维亚：“是的。”

冉承森掏出张名片，递给季维亚：“我的公司是做文化娱乐的，像金小姐这么好的条件，我想，只要有人肯出钱包装，推入演唱界，一定会唱红的。”

季维亚：“没看出，冉先生真是知音呀，您的意思是……”

冉承森：“当然啦，要想驰骋演艺圈，首先她必须是匹千里马，而我愿意做这个伯乐。”

季维亚：“如果是这样，那就是金旸的福分了，不过我们跟金旸的合同还有半年到期，届时如果金旸有此意，我们歌舞厅是很愿意配合的。”

冉承森：“那就一言为定。”

15. 外　歌厅外　夜

季维亚送金旸出来。

季维亚关心地说：“你妹妹还没消息？”

金旸：“都两天了，一点儿音讯也没有，已经报警了。他们说，有消息就通知我们。”

季维亚：“现在社会治安真差劲。对了，要不要我送你回家？”

此时，刚好一辆高级轿车停下，冉承森下来：“季老板，我来送金小姐吧。”

季维亚对金旸介绍说：“这位是文化公司的冉总。”

金旸有些犹豫：“这合适吗？”

冉承森：“怎么，金小姐还怕我是色狼吗？”

金旸莞尔一笑：“既然冉总这么说，我还真不怕，那就有劳了。”

16. 内 轿车内 夜

冉承森驾车，车里放着轻柔的音乐。

冉承森摸出一张名片递给金旸：“这是我的名片，请金小姐笑纳。”

金旸咯咯一笑：“笑纳笑纳。”

冉承森：“金小姐歌唱得真棒，形象气质也不错，干吗委屈在歌舞厅混呀？”

金旸收住笑，叹口气：“谁不想一夜唱红当歌星呀？可这个行当水深，想进去，难着呢。”

冉承森点点头：“金小姐，我们公司最近独家赞助本年度电视台青年歌手大奖赛。我跟他们签约时，提了一个附加条件，就是由我选送一名歌手代表我们公司参赛。我想真心诚意地请金小姐参赛，我相信你的实力。我想，金小姐不会拒绝我的请求吧？”

金旸有点儿不敢相信自己的耳朵：“真的吗？有这么好的事？”

冉承森：“真的，我一直在物色这位歌手，有幸今天在金嗓子歌厅让我碰到了。”

金旸看看冉承森，开始犹豫：“那，有什么别的条件吗？”

冉承森从金旸的脸上读出了她的疑虑，善意地笑笑：“金小姐放心，我邀请你参赛绝无恶意。我以前也唱过歌，只是觉得你是这方面的人才，可惜被埋没了。当然了，你要是唱红了，成了名，自然对我们公司的形象大有益处。如果金小姐心理上难以接受，我们可以签个合同，等你成名后，为我们公司做两年广告宣传。”

金旸：“冉先生，我跟家里人商量一下再答复您，行吗？”

冉承森：“当然可以，我等你的电话。”

金旸：“前面到了，请您停下车。”

轿车缓缓停在路边。金旸下车，朝冉承森摆摆手：“拜拜，谢谢了。”

冉承森望着她远去的背影，点着一支烟。

17. 内　地下室　夜

一双眼睛从地下室窗户的缝隙向里看，只见金彤坐在椅子上，头伏在桌上睡着了。

镜头拉开，一个男子的背影，手里拿着手机放在耳边。

男子：“嗯，什么也没说，也许她真的不知道。”

另一男人画外音：“弄来几天了？”

男子：“三天了。”

画外音：“我叮嘱你们不许碰她，做到了？”

男子：“您吩咐的我们不敢造次。”

画外音：“那就好，至于这个女人……”

男子：“做掉她？”

画外音：“不，放了她！”

男子：“什么？”

画外音不耐烦地说：“照办！”

电话挂断，男子听听无声了，把手机揣进兜里。

18. 内　市公安局档案处　日

欧阳把一张领导批示过的函件放到档案保管员桌上。

欧阳：“麻烦你把‘文革’中那个金头遗案的卷提出来。”

保管员看看批示，转身进档案库里，不一会儿抱着厚厚一摞卷宗出来。

欧阳坐在一张桌前，打开卷宗，一页一页翻看。

当他看到一个名字时，翻卷的手停下来，镜头从卷宗拉近，几个字的特写："办案人 欧阳山"。

欧阳敬慕激动的表情。

欧阳的手机响起来，他赶紧接听："我是欧阳。什么？好，我马上到。"

欧阳匆匆起身，还回卷宗，转身朝门外跑去。

19. 内 金彤家 日

门开时，欧阳和丁怡被金旸让进屋里。

客厅里，欧阳看到金彤木然地坐在沙发上，华素芳抚摸着她的头，不时地安慰着女儿。

华素芳见是欧阳，连忙起身介绍："彤彤，这是欧阳警官。"

欧阳朝金彤点点头："这是我的搭档丁怡。能单独跟你了解点儿情况吗？"

金彤看了妈妈和金旸一眼，两人离去。

欧阳："是什么人绑架你的？"

金彤摇摇头："不知道。"

欧阳继续问："目的呢？"

金彤："他们是在找金头。"

欧阳："你知道这事儿？"

金彤："那是我研究的一个课题，那颗金头在'文革'中被盗，下落不明。"

欧阳："这是我父亲当年办的案子。"

金彤抬眼看看欧阳："听我妈妈说过，当时是有位叫欧阳山的警察负责这个案子。"

欧阳遗憾地说："只是这个案子没拿下来，成了遗案。绑架你的那伙人怎么知道这事的？"

金彤："他们把我关在一间屋里，总是问我知道不知道我父亲的一张藏宝图。我3岁时父亲就去世了，我哪知道什么图呀。"

欧阳："那你是怎么出来的？"

金彤："是他们放我出来的。我被蒙上双眼，一辆汽车拉着我东转西转，最后把我丢在郊区路边。"

欧阳点点头："是这样。谢谢你提供的情况，我们会抓紧破案的。你刚回家，好好休息一下。这是我的名片，有事随时联系。"

欧阳和丁怡起身，告辞离去。

20. 外　河边垂柳下　日

一位老者坐在折叠椅上，正在握竿垂钓，只见鱼漂一动，老者猛地提竿，一条一斤左右的鲤鱼在水中挣扎，老者慢慢地把鱼遛到岸边。

欧阳刚好赶来，拿起鱼抄子把鱼抄起。

老者回头笑了："欧阳，是你小子，又碰到难啃的案子了吧?"

欧阳帮老人把鱼放进塑料桶里："孙局，看看您不行吗?"

孙局长甩出竿，喝了口水："说吧，什么案子?"

欧阳："孙局，我就不客气了，谁让您是我爸爸的老战友的。"

孙局长叹口气："是呀，你爸爸要是活到现在，我们老哥俩喝喝酒、钓钓鱼多好。"

欧阳："您知道当年那个金头案子吗?"

孙局长："你说的是李莲英那金头案吧？当然知道了。当年我在文保处刑警队当队长，你爸爸是我的副手，他具体负责这案子。有30年了，还记得那天我们一起出的现场……"（闪回）

21. 外　皇恩庄中学门口　日

学校外墙上到处可见醒目的红色标语："打倒黑五类分子×××""造反有理，革命无罪。"

学校里，墙壁上贴满了大字报，校广播喇叭一遍又一遍地播放着毛主席语录歌曲："马克思主义的道理千条万绪，归根结底就是一句话，造反有理……"

欧阳山和孙刚骑着自行车走到校门口，被两个穿军装、扎腰带、戴着红卫兵袖章、手持木枪的红卫兵拦住。

红卫兵甲："喂，站住。你们是哪儿的?"

欧阳山："我们是市公安局的，来破案的。"

红卫兵乙上下打量了一下他们："怎么穿便装？什么出身?"

孙刚："五代贫农。"

红卫兵甲：“有什么证明呀？”

正在这时，戴着红箍的冉卫东和楚志军走过来。

红卫兵恭敬地说：“冉司令、楚司令好。”

冉卫东：“让他们进来吧。”

22. 内　学校里　日

冉卫东边走边向两人介绍情况：“两位是公安局的，太好了。事情是这样的，我们学校红卫兵造反总司令部，响应伟大领袖毛主席号召，破‘四旧’立‘四新’，昨天在我们校园后面挖开了太监李莲英的墓。当晚文物局的车坏了，我们就把文物临时锁在校长办公室里，今天早上，我们打开门才发现，李莲英的金头不见了。”

23. 内　校长办公室　日

这是一间普通的办公室，木门暗锁，门口挂着醒目的标牌：“校长办公室”。

两人小心地戴上手套、脚套走进来。

墙角有一个铁皮文件柜，柜门敞开，里面放着一些出土文物。

两人小心翼翼地拍照，仔细勘查现场。

欧阳山在柜门上提取了几枚指纹。

24. 内　一间教室里　日

两人在询问文物局的司机。

欧阳山：“你是文物局的司机？说说你知道的情况。”

司机：“昨天我们接到学校通知，叫我们来拉文物。金头出土时已经晚上 8 点钟了，往车上搬的时候，怪了，汽车发动不着，没辙，只好等第二天来修好车再拉。冉司令说，他们保证文物安全。”

25. 内　红卫兵造反司令部　日

冉卫东和楚志军在向欧阳山两人介绍情况。

楚志军：“我们为了加强保卫措施，专门派了两组红卫兵，夜间换班巡逻，想着也就是一个晚上，不会出什么事，真没想到……”

冉卫东：“这事关系到我们学校红造司的名誉问题，你们公安局的一定要把案子破了。”

孙刚：“请你们再把昨天的情况介绍一下。”

欧阳山认真地在一个日记本上记录着。

日记本的特写。

26. 内　河边　日

河里的鱼漂动了一下，孙局长连忙提竿，是空竿，鱼食没了。

孙刚一边上鱼食一边说：“当时的情况是，办公室门没有撬痕，窗户内插销插着，入室方式为开锁而入。办公柜锁被撬，据撬痕判断，作案人用中号改锥将柜门暗锁撬坏。现场地面未发现明显足迹，因白天五人同时入内，足迹混杂，难以辨别。有一点儿价值的是，你爸爸在铁皮柜上提取到三个指纹。”

欧阳：“后来呢？金头的下落呢？”

孙局长叹口气：“唉，那会儿乱呀。我后来被派去侦破中央‘文革’某位大人物家的盗窃案，这个案子就由你爸爸牵头。后来案子有些眉目了，又赶上砸烂公检法，你爸爸就被弄到农场去了。”

欧阳忿忿地说：“听我妈说，爸爸后来病死在农场，挺惨的。”

孙局长：“对了，当时你爸爸有本日记，那上面应该有那个案子的线索。”

欧阳皱皱眉：“我也听我妈说过，老爸有个日记本，可是后来却不见了。”

河面上的鱼漂猛地沉下，孙局长抬竿，一条鱼欢蹦乱跳地挣扎着。

孙局长一边摘鱼往桶里放一边说：“耐下心来，就会有收获。”

27. 内　金彤家　日

华素芳在打扫屋子，她拿块绒布轻轻地擦拭柜子上的一个镜框，里面是她跟金正华的合影照片，照片的特写：年轻时漂亮的华素芳和英俊的金正华。

华素芳暗自伤心。

金彤在书房里翻着书，金旸在客厅对着镜子化妆。

金旸："彤彤，你还真以为有什么藏宝图在咱家里?"

金彤："那倒不是，我是想把爸爸留下的这些书整理一下，有些对我写论文很有用。"

华素芳："旸旸，你又不在家吃饭了?"

金旸边描眉边说："晚上有个约会。哎，对了，妈，忘了告诉你们一个好消息，有人要赞助我参加电视台的青年歌手大奖赛。"

华素芳："谁呀，这么慷慨?"

金旸："一个姓冉的老总。"

华素芳很敏感地问："姓冉的，叫什么?"

金旸："冉承森，是一个文化公司的董事长。"

华素芳嘴里念叨着："冉承森，哦，那好，那好。"

金彤不冷不热地说："姐，天上不会有掉馅饼的事儿。"

金旸："彤彤，不跟你臭贫。哎，那天来的那个警察不错呀，听说他还是单身呦。"

金彤："你还是操操自己的心吧，你自己八字还没一撇呢。"

华素芳："你们这俩丫头，都叫妈操心，老大不小的了，唉，你们爸爸走得早，赶上我命苦呀。"

金彤："妈，您真是的，那是缘分。我要是嫁不出去，一辈子就陪着您了。"

华素芳："谁要你陪，赶紧找个主，把自己嫁出去啊。"

金旸捯饬好，背上坤包："妈，彤彤，我走啦，今晚不回家吃了。"

华素芳关好门。金彤走过来，问道："妈，爸爸生前没跟你说过金头藏哪儿了?"

华素芳叹口气："唉，别提那破金头了。'文革'那会儿他没少受罪，赶上'四人帮'倒台了，他倒好，一激动，弄个脑溢血，突然就走了。"

金彤："爸爸没留张纸条什么的吗？"

华素芳摇摇头："没见那东西。"

28. 内　刑警队健身房　日

健身房里，不少警察在健身。丁怡对着个沙袋又踢又打。郭超躺在地上举杠铃。欧阳在健身器上练臂力。老徐在步行器上走得气喘吁吁。

刑警队周队长进来，笑着跟大家打招呼："哦，都在呀？说说你们那个案子。"

欧阳和几个搭档围拢过来。

欧阳擦擦汗，说："是个奇怪的绑架案，作案人的身份不明，看来很专业。现场没有提取到有价值的痕迹，不过根据现场和事主陈述的情况分析，他们是冲着'文革'中失窃的那颗金头来的。"

周队长："是呀，听说社科院研究人员失踪，市里领导很重视，责成我们尽快破案。人没事就好。那个金头遗案我也听说过。对了，'文革'中好像就是你老爸在办这个案子。好吧，既然你们已经介入了，这个案子就交给你们探案组办吧。"

欧阳："太好了！周队，你放心，我们会全力拿下这个案子。"

周队长："你们准备从哪儿着手呢？"

欧阳："听老局长说，我爸爸有本日记本，里面可能会有线索，只是在'文革'那会儿丢了。我想找到那个日记本。再有，事主金彤家可能跟金头有关系。那些绑匪绑架了她，又把她放了，这里有文章。"

周队长："好，思路正确。你们就放手干，需要队里支持随时说。"

29. 内　某高级餐厅　夜

冉承森和金旸在一个单间里吃饭。

冉承森："金小姐，敞开吃，千万别为我省着。"

金旸："那当然，我最不擅长的就是跟人客气。"

冉承森端起一杯红酒："我就知道金小姐不会让我失望的，

来，为我们的合作干杯!”

金旸端起酒杯：“酒我就不喝了，意思一下，一会儿吃完饭还得去歌厅唱歌。”

两人碰杯，冉承森一饮而尽，金旸抿了一下，放下酒杯。

冉承森用公筷夹起一块儿鱼，放到金旸盘子里：“金小姐，听说你爸爸是当老师的。”

金旸：“是呀，他是印尼归国华侨，‘文革’前在中学当历史老师，打倒‘四人帮’那会儿，一高兴跟人喝酒，喝得酩酊大醉，半夜得脑溢血走了。”

冉承森叹口气：“唉，你妈妈也是老师吗?”

金旸：“是呀，她是班主任，还是全国优秀教师呢。”

冉承森端起红酒，若有所思地自己咂了口酒：“不错，不错。”

金旸：“什么不错?”

冉承森：“哦，我是说你们家不错，都是知识分子。”

金旸不以为然地说：“有什么用呀，现在谁还拿这说事儿。”

金旸吃饱喝足，看看表，说：“谢谢冉先生了，我该去歌厅了。”

冉承森：“好，今天没事，我送你去，再听听你唱歌，我很喜欢。”

金旸：“那就有劳了。”

冉承森叫来服务小姐结账，小姐拿出账单：“先生，一共是1千6。”

金旸看看账单：“这么多呀，没算错吧?”

冉承森接过账单看看，从钱包里拿出钱，爽快地递给服务小姐。

30. 内　刑警队办公室　日

欧阳目不转睛地看着金彤姐妹俩的照片。

欧阳拿起电话话筒拨号，话筒里传来接通的声音。

欧阳有些激动地说：“你好，我是刑警队欧阳。你是金彤吗?”

话筒里传出金彤的话外音：“你好，我是金彤。”

欧阳：“今天下班如果你有空的话，我想再跟你了解点儿情况。”

金彤画外音：“好的，我们会积极配合警察工作的。”

欧阳放下电话，高兴地哼起歌来，刚好郭超和丁怡进来，两人交换了一下眼色。

丁怡：“欧阳，你可是有几天没这么高兴了。有啥喜事了？我们分享一下。”

欧阳：“有什么喜事？”

丁怡走到桌前，拿起相框看看，一本正经地说：“有约会吧？”

欧阳：“跟谁呀？”

丁怡：“还用问吗？漂亮的女事主呗。”

欧阳脸微红：“我们可没那层关系。”

31. 外　快餐店外人行道　夜

金彤和欧阳并肩走着。

金彤：“谢谢你的快餐。”

欧阳：“哦，没什么，我是想……”

金彤：“你是想金头的案子。”

欧阳：“我想得到你的帮助。”

金彤：“为了你父亲的遗憾？”

欧阳：“不完全是。”

金彤：“还有什么？”

欧阳：“刑警的名誉。”

金彤看看欧阳：“我会尽力帮助你。”

欧阳感激地说：“谢了。”

金彤笑笑：“别客气。想问什么？”

欧阳：“就是那个金头，你还知道什么？”

金彤：“金头是个传说，当时也就是那么几个人见到过。我爸爸当年也参与了挖墓，可他们怎么会认为金头被我爸爸藏了呢？”

欧阳：“是呀，他们目标明确，应该是有备而来。对了，你知道挖墓的还有谁吗？”

金彤：“这事我妈最清楚，当时她也是学校的老师。”

欧阳：“好，那我明天找她聊聊。”

金彤若有所思：“对了，给你提供一个线索，那天关我的地方应该是个地下室。”

欧阳：“你确定？”

金彤肯定地说：“那天，我被蒙住眼，感觉两个人抬着我下了楼梯，放我出来的时候也是蒙着眼，感觉是上楼梯。还有，里面很静，外面什么声音也听不到。”

欧阳：“你的心很细呀。”

金彤：“还有，他们在郊区扔下我后，我很快就把眼罩弄掉，远远看见那辆车好像是白色的面包车。”

欧阳：“好，这些情况太重要了，我们会尽快找到这帮人。”

欧阳送金彤上了一辆公交车，挥手道别。

32. 外　某劳改农场葡萄园　日

林场长带着欧阳来到葡萄架下。一位 70 多岁的老人正在给葡萄树除草。

林场长老远打招呼：“老田头，歇会儿，有人跟你问点事。”

老田头抬头看看，没答话，继续埋头锄草。

林场长笑笑对欧阳说：“‘文革’那会儿的老人还在场里的就剩他了，老人有点儿倔，那事他可能知道。”

两人走近，林场长拍拍老田头的肩膀：“老田头，这位是公安局的，找您了解‘文革’那会儿劳改犯的事。”

林场长歉意地对欧阳说：“你们聊，我还有点儿事，不陪你们了。”

欧阳点头，目送他远去，谦恭地对老田头说：“田大爷，听说 67 年那会儿您就在这儿？”

老田头抬头看看欧阳，点点头，“嗯”了一声。

欧阳：“您还记得当时在农场有个叫欧阳山的警察吗？”

老田头停下手中的锄头，慢慢抬眼看了一眼欧阳。

欧阳：“田大爷，我是欧阳山的儿子，名叫欧阳为民。”

老田头似乎有些激动："你真是他儿子？"

欧阳："真的。我爸爸身上有三处刀疤，没错吧？"

老田头叹口气："他是个好人呀，死得太早了。"

欧阳扶着老田头坐在一边的树荫下，递给他一根烟，掏出火柴给他点着。

老田头慢慢嘬了几口烟，回忆着说："唉，那会儿不少人整你爸爸，斗他打他，他是条汉子，每次被送回来都是伤，就是不出卖同事。后来得病死了，惨呀，还是我帮他换的衣服。"

欧阳含着泪："田大爷，您还记得他有个红皮的日记本吗？"

老田头想想，说："是有个红皮日记本，还是我在他死后从他屋里破柴火堆里找到的。我跟别的遗物一起放到他的一个破木头箱子里了，后来交给你妈妈了。"

欧阳："我妈说，里面没有那个日记本呀。"

老田头："对了，我想起来了。就在你爸爸被拉到火葬场那天，来了一拨哪个中学的造反派，说是要揪斗你爸爸。我告诉他们说，人已经死了，他们在屋里乱翻了一阵就走了，那个箱子也被他们打开过。"

欧阳："哦，我明白了。还记得是谁带头的吗？"

老田头："我听那些人管一个头头模样的叫冉司令。"

欧阳用树枝在地上写下一个"冉"字。

33. 内　金彤家　日

金彤在洗漱间梳头。华素芳把一盘水果摆在客厅的茶几上。

华素芳瞅瞅洗漱间的金彤："捯饬半天了，我看你有点儿反常呀。"

金彤："妈，人家来是找你的，跟我有什么关系？"

华素芳："我看这小警察不错，他爸爸当年我也见过，都是好人呀。"

金彤撒娇地说："妈……"

华素芳："你这个丫头。"

门铃响了，华素芳起身开门，把欧阳领进客厅。

金彤热情地张罗沏茶倒水，给他削苹果，弄得他有些不好意思。华素芳暗自高兴。

欧阳喝口茶，客气地说："华阿姨，我今天想了解一下'文革'那会儿的事，这对我们破案会有帮助。"

华素芳："你问吧，我能想起来的都告诉你。"

欧阳："我想问一下，当时挖李莲英墓的时候还有谁在？"

华素芳捋捋头发，想了想，说："有文物局的老赵，听说前几年去世了。还有学校老工友，后来回老家了，再有就是我们老金。对了，还有我们学校教导处的孙主任孙颐臣，那时也是走资派，他还活着。"

欧阳："好像当时造反派的头头冉卫东和楚志军也在场。"

华素芳脸色有些阴沉："是呀，那个姓冉的不是好东西，要不他也进不了监狱。"

欧阳："具体情况您知道吗？"

华素芳摇摇头："那时，除了他们几个能折腾造反的，我们当老师的都在家里闲着，孙主任可能清楚。"

欧阳："那个冉卫东呢？"

华素芳捂住胸口，有些激动："别提他了，我有些不舒服。"

金彤连忙上前扶住妈妈，对欧阳说："那会儿，他们都是往死里整人的人，妈妈不愿意回忆这事。"

欧阳愧疚地说："对不起。你照顾一下阿姨，我先走了。"

34. 内　新闻发布会现场　日

会场在一家酒店多功能厅，醒目的会标上写着："承森文化传播有限公司推出青歌赛参赛选手新闻发布会"。台上坐着冉承森和金旸，台下有不少娱乐媒体记者。

冉承森发言："诸位来宾、记者，大家好，今天我公司正式宣布，参加今年青歌赛的歌手是金旸小姐。"

金旸起身，朝大家鞠躬。记者们纷纷抢拍镜头。

冉承森："金旸小姐的演唱实力不用我多说，一会儿请她用自己的歌喉来诠释吧。我要说的是，我们真切地希望大家多做宣传。”

一位记者高喊：“欢迎金小姐唱一个。”台下掌声、应和声四起。

金旸手持麦克：“音响不大好，随便唱一首，大家多包涵。”

金旸声情并茂地演唱一首流行歌曲。

在热烈的掌声下，冉承森高兴地说：“请各位记者到餐厅用餐。”

几个记者上来，单独问了几个问题后离去。

冉承森从包里取出一个信封，递给金旸：“这是两万块钱，你拿去定做身演出服。”

金旸有些犹豫：“这合适吗？”

冉承森：“必须的，人靠行头马靠鞍，这很关键。”

金旸感激地接过钱：“那就谢谢冉总了。”

冉承森拍拍金旸的肩膀：“缺什么说话，别客气。”

一戴墨镜、帽檐儿压得很低的男子，远远地用相机偷偷拍照，然后转身朝门口大厅走去。

35. 内　老干部活动中心　日

书案前，一位老者正在挥笔作画，一只雄鸡跃然纸上。

有人在喊：“孙老，有人找您。”

36. 外　街心花园　日

石椅上，欧阳和孙颐臣在交谈。

孙颐臣扶扶眼镜：“你是问李莲英金头的事？这事我忘不了。那会儿我出身不好，也被造反派打成黑五类在学校劳动。当时我和金正华老师还有几个人挖了好几天，才找到墓门，记得那天从墓室里取出金头时天已经黑了……”（闪回）

37. 外　学校操场　夜

一群人簇拥着出土的金头往停在校门口的一辆吉普车走去。

冉卫东和楚志军在前面引路，文物局老刘小心翼翼地抱着金头，金正华和孙颐臣抬着一个纸盒跟在后面。

吉普车司机发动汽车，打了几次火就是不着车，他下来，打开前箱盖查看。

司机又反复发动，发动机咔咔响，仍然发动不起来。司机无奈地说：“车坏了，今天走不成了。”

冉卫东：“这样吧老刘，没有车送不安全。我看，今天先把文物存放到我们校长办公室，明天白天修好车再拉走。”

老刘看看表，无奈地说：“唉，也只好这样了。你们这儿安全没问题吧？”

楚志军：“放心吧，我们会安排人整夜看守，不会出问题的。”

老刘：“那好吧。”

38. 内　校长办公室　夜

老刘轻轻地把金头放进文件柜里，又接过金正华和孙颐臣递上的其他文物放进柜里，锁好柜门，贴上封条。一行人退出办公室。

冉卫东锁好办公室门，对几个戴红箍、手持木枪的说：“你们几个两人一班岗，给我死死守着这大门。”

楚志军：“没有我和冉司令的命令，任何人不许靠近。”

39. 内　校长办公室　日

冉卫东、楚志军带着文物局老刘打开校长办公室门锁。

众人走近文件柜。冉卫东惊叫起来：“不好，有人把柜门撬了。”

文件柜门半敞着。老刘上前打开柜门，金头不见了。

楚志军：“赶紧报案，让公安局来查。”

40. 外　街心公园　日

孙颐臣叹口气：“金头就这样失踪了。那可是件国宝呀，听文物局老刘说，光上面镶嵌的那块儿钻石就价值连城。”

欧阳：“这事挺巧，那天晚上刚好汽车就坏了。”

孙颐臣：“是呀，蹊跷的事还多呢。冉卫东和楚志军为啥要把金头锁在林校长办公室里呢？那天林校长没来学校，可他们后来还是把林校长抓来，说是他偷的金头，故意制造了假现场。他们日夜拷打、逼供，当时金正华老师看不下去，出来自首，说金头是他偷的，林校长后来还是跳楼自杀了。”

欧阳：“金老师交待了？”

孙颐臣：“金老师不忍心看着林校长被整死，便说，金头是他偷的，后来掉到护城河里了，反正查无实证。他也被关了好长时间，吃了不少苦头。”

欧阳：“真是历史悲剧。那你们当时认为是谁偷走的金头呢?”

孙颐臣：“当时，我们都分析是冉卫东、楚志军他们偷的。冉卫东是音乐老师，品行一直不端。‘文革’前他利用单独辅导学生弹钢琴的机会，调戏两名女学生，被学生家长告发，他找林校长求情，被林校长狠批一通。考虑到他音乐课教得不错，学校给他留了条生路，给他个记大过处分。谁想冉卫东真是个小人，不但不念林校长的好，反而怀恨在心。‘文革’一开始，他就跟体育老师楚志军组织造反派，当上了学校造反总部的头头。他这样做，一是想得到国宝，二是想嫁祸林校长以报前仇，三是想踢去绊脚石，以后校长宝座就是他的了。”

欧阳：“你们有什么证据吗?”

孙颐臣：“我们只是分析猜测。当时，公安局的欧阳山负责这个案子，他那段时间住在学校。”

欧阳：“欧阳山是我父亲。”

孙颐臣：“是吗?我说瞅着你有点儿像。你爸真是个好警察，那会儿，他对我们这些‘黑五类’分子都挺客气，我们有什么情况，都跟他实说。”

欧阳：“那么，这桩案子一直没有着落了吗?”

孙颐臣点点头：“嗯，后来，不知为什么你爸爸被调出专案组。再后来，林校长自杀，金老师也被放出来，这事便不了了之，金头就像谜一样永远留在人们心里。”

欧阳：“听说后来楚志军也被整死了。”

孙颐臣深深叹口气：“是的，那年头真像《红楼梦》里说的，‘乱哄哄你方唱罢我登场’，今天你还是显赫人物，明天或许就成为阶下囚、批斗对象。金头案过了几个月后，听说楚志军跟造反派去抄家时，不小心把墙上挂着的一张领导人画像弄到地上，他没看见，出门时踩了一脚。楚志军被打成了现行反革命，冉卫东亲自带着造反派审问拷打，逼他认罪，把他活活打死，当晚通知他家里人把尸体抬走了。”

欧阳忿忿地说：“冉卫东这人真够毒辣的。”

孙颐臣：“人面兽心的家伙。‘文革’前，他和历史老师金正华都追学校大队辅导员华素芳。华素芳长得漂亮是公认的。‘文革’一开始时，冉卫东当上造反总部头头后，把出身不好的华素芳给奸污了，而后一脚踢开了她。华素芳要跳河自杀，被金老师救上来，送到自己一个亲戚家。金老师后来被结合到市教育局革委会，又正式娶了她。真是善恶有报，冉卫东后来在‘四人帮’垮台后被判了刑，这也是他作恶多端的必然结局。”

欧阳起身，握住孙颐臣的手：“谢谢您提供这些情况。”

孙颐臣：“真希望你能破案，找回咱们的国宝。”

欧阳：“您放心，我一定会的！”

41. 外　火车站外　日

一辆警车缓缓停在路边。

欧阳和郭超从车里下来。

欧阳：“知道怎么找到冉承森吗？”

郭超不在乎的样子：“海南那地方小，他出狱后不是做生意吗，我找工商税务局的查查注册登记。”

欧阳拍拍郭超的肩膀：“行，查到他你就立了一大功。”

郭超：“你就听好吧。”

42. 外　星海歌舞厅外　夜

人行道上，欧阳和金彤并肩走着。

欧阳：“今天约你出来是想……”

金彤：“是想让我再提供些金头的线索？”

欧阳：“你是学历史的，能告诉我这颗金头的价值吗？”

金彤：“可惜我没能看到这个金头的实物。据我掌握的材料看，金头本身就是个很有价值的历史文物。但是更有价值的是那颗镶在额头的钻石，文物局的老刘在他的专著里描述过这颗钻石，根据我的研究，它很有可能就是慈禧太后在八国联军攻陷北京后，她出逃时丢失的那颗钻石。”

欧阳颇有兴趣地问："它怎么会落到李莲英手里呢？"

金彤："这也是一个历史之谜，我想会有很多可能。不过可以告诉你的是，这颗钻石比英国女皇皇冠上的那颗钻石还要大。钻石本身的价值加上它的文物价值，再加上金头和金头蕴含的故事，你说它的价值有多大？"

欧阳："我明白了，它就是无价之宝。"

金彤刚要说什么，突然看到不远处，从停车场一辆豪华轿车里，姐姐金旸和冉承森下来，朝这边走来。

金彤连忙把欧阳拉到树丛后。

欧阳顺着她的目光看去："那不是你姐姐金旸吗？那个老头儿是谁？"

金彤用手放在嘴边"嘘"了一下，贴在欧阳耳边小声说："那是我姐姐傍的大款，说是要包装我姐姐当歌星。"

欧阳仔细地看着不远处的冉承森。

在两人的目光里，金旸和冉承森有说有笑地走进歌舞厅。

欧阳对金彤说："你先回去，一会儿我去会会这位大款。"

43. 内　歌舞厅大堂　夜

歌厅经理季伟亚颇有礼貌地鞠躬："欢迎冉先生光临。"

冉承森微笑着打招呼。

季伟亚朝金旸笑笑："金小姐今天穿得好漂亮呀。"

金旸："还不是托你的福，冉先生出资让我参加今年的青歌赛了。"

季伟亚："金小姐好幸运呀，遇到冉先生这样的知音和伯乐，不过我们还有合约呢。"

金旸："季老板放心，我不会过河拆桥的。冉先生，我先去化妆室了。"

冉承森："一会儿雅厅见。"

季伟亚看着金旸离去的背影："冉先生，如果肯赏光，我想请你到我办公室喝杯茶怎样？"

冉承森："好呀，我求之不得呢。"

44. 季伟亚办公室　夜

冉承森坐在茶几边，品了一口女服务员送上的清茶："不错，口味纯正，上好的碧螺春。"

季伟亚："我这里的货都是实打实呀。"

冉承森把茶杯放下："季老板有什么事尽管说，咱们客气什么？我到这儿来也不是一回两回了。"

季伟亚笑笑说："冉先生对金小姐还真是情有独钟，真舍得为她投资呀。"

冉承森："哈哈，我是生意人，自然会看重长远的效益，我投钱进去，肯定是要赚回来的。"

季伟亚微微一笑："不过，我想，金小姐秀色可餐，再加上多才多艺，冉先生别是一箭双雕吧？"

冉承森："哈哈……论年龄我可以做她的爸爸了。我这个人重情不重色，没有这个缘分，只当生意一场。季先生干吗对我如此关心呢？"

季伟亚摘下眼镜，用眼镜布擦："没什么，这只是随便开个玩笑。咱们现在言归正传。冉先生是做生意之人，我现在有笔生意，不知冉先生是否感兴趣？"

冉承森："做什么？"

季伟亚："有笔文物买卖。"

冉承森端到嘴边的杯子停下来："文物？什么文物？"

季伟亚从抽屉里取出那张载有李莲英文章的报纸，送给冉承森："听说冉先生手里有颗金头，是吗？"

冉承森放下杯子，站起来："哈哈哈……"

季伟亚戴上眼镜："你笑什么？"

冉承森："季老板，你看我这颗头像金的吗？要像，你拿去好了。"

冉承森说完，又笑起来。

季伟亚："这么说，冉先生是不想做这笔生意了，有人出的价冉先生可能会感兴趣。"

冉承森："哦，你说，我听听。"

季伟亚伸出五个手指："是这个数。"

冉承森："五百万?"

季伟亚："再加一个零。冉先生是聪明人，心有灵犀，不点也通。怎么样，肯脱手吗?"

冉承森："价钱嘛，还可以。不过我想问一下，季先生怎么会认为我有这东西呢?"

季伟亚："不瞒冉先生说，这买卖是我们境外的老板要做的。"

冉承森："那么，请问他尊姓大名，公司贵称?我能否跟他当面谈呢?"

季伟亚："对不起，老板交代，他早晚会见你的，不过，不是现在。"

冉承森："那好吧，容我再考虑一下。"

45. 外　歌厅外路边　夜

欧阳挥手拦住辆出租车，拉开车门让金彤上车，关好车门。

金彤打开车窗，朝欧阳挥手道别。两人目光相对，都有些异样。

欧阳目送出租车远去，腰间的BP机响起，他打开显示看了看，朝公用电话亭跑去。

欧阳拿起话筒，拨号："喂，郭超吗?你说，什么情况?"

郭超画外音："欧阳，这边我都查了，没有叫冉卫东的。有个叫冉承森的，开个文化公司，生意做得不小。听他们副总介绍，老板是从北京过来的，年龄也差不多。他现在就在北京，在包装一名歌手参加全国电视青年歌手大奖赛。你猜这位歌手是谁?"

欧阳脱口而出："金旸。"

郭超有些沮丧地说："怎么一点儿悬念都没有。"

欧阳兴奋地说："你回来吧，记你一大功。"

欧阳放下电话，自语着："这么巧。"

46. 内　歌厅演唱雅厅　夜

冉承森独自一人坐在一个雅间里，喝着啤酒。

金旸上台独唱了一首流行歌曲，引得台下一片掌声和叫好。

金旸唱完歌，走进雅间。

冉承森起身献花："金小姐唱得真好，青歌赛上榜大有希望。"

金旸感激地坐下："谢谢冉总的关照。"

冉承森递给金旸一杯饮料，跟她碰了一下杯："对了，金小姐，你是怎么跟这里的季老板认识的？"

金旸喝了口饮料，说："噢，我以前在别的地方做，有一天，我接到季老板的电话，说他新接手一个歌厅，想请我做女主持人，允诺给我多一倍酬金，我便答应了。是季老板主动与我联系的。"

冉承森："他是怎么知道你的电话的？"

金旸："他说是个朋友推荐的，我也没细问。"

冉承森："是这样……"

金旸："冉先生，有什么问题吗？"

冉承森："噢，没什么，随便问问。金小姐，你今天的模样真可爱，来，我们干一杯，为你如愿以偿当红歌星！"

冉承森举杯，跟金旸碰了一下，一饮而尽。

47. 外　星海歌舞厅外　夜

欧阳朝歌厅门口走来，走到门口停车场，看了一眼那辆豪车，记下车号。在旁边停着的一辆白色的面包车引起他的注意，他注视了一会儿，也记下车号。

他吹着口哨朝歌厅大门走去。

不远处，一辆停在路边的轿车的玻璃窗缓缓摇上。

48. 内　星海歌舞厅雅间　夜

金旸举杯："谢谢冉先生，不过，对我这般厚爱，叫我怎么感激您呢？"

冉承森靠近，把手轻轻放在金旸裸露的肩膀上说："用不着这么客气，我喜欢你的气质和才华。唉，我岁数大了，要是再年轻十几岁，我会……”

金旸脸微红，有些尴尬，一时不知如何是好。

就在这时，她突然发现欧阳朝这边走来，赶紧趁机起身迎了上去：“你好，欧阳警官，你也来听歌？”

欧阳看看冉承森。金旸赶紧介绍说：“这位是冉总，这位是公安局的欧阳警官。”

冉承森站起来，跟欧阳握手：“幸会、幸会，欧阳警官是找我，还是找金小姐？”

欧阳笑笑，说：“如果冉先生有空儿，想跟您随便聊聊。”

冉承森稍微愣了一下：“有空儿，欧阳警官请坐。”

金旸：“你们先聊着，我一会儿还要上台。”

看着金旸走出雅间，欧阳没等冉承森张口，便直截了当地说：“如果我没猜错的话，冉先生应该叫冉卫东，对吗？”

冉承森脸上的肌肉微微一颤，他稳定情绪，抬手在烟灰缸里弹弹烟灰：“那是很早以前的名字了，我现在叫冉承森。”

欧阳：“听说冉先生在茶淀劳改农场待过。我因公务常去那里，那儿有个管教刘队长，你应当认识吧？”

冉承森傲气顿减：“欧阳先生真是哪壶不开提哪壶。走麦城的事我忘得最快，我现在只想着做生意挣钱。对了，欧阳先生，找我到底有什么事，就请直说。”

欧阳：“没什么太要紧的事，只是想请冉先生再费神想想一件过去的事。”

冉承森的神情略有些紧张：“什么事？请说，我看看能不能回忆起来。”

欧阳：“冉先生还记得‘文革’开始不久，皇恩庄中学发生过一起文物失窃案吗？”

冉承森：“噢，好像记得，是有这么回事。”

欧阳：“当时市公安局派去的专案组里有个叫欧阳山的。”

冉承森：“是的，有这个人。”

欧阳：“他就是我父亲。”

冉承森一惊，很快镇定下来：“失敬失敬。我说看欧阳先生的面相挺眼熟，还真没想到。听说你父亲后来患病在农场去世了，深表哀悼。唉，令尊当年为侦破这起案件真是呕心沥血。”

欧阳：“多谢冉先生的赞誉。我父亲当年破案曾得到冉先生的帮助，今天我还是想请冉先生帮忙。”

冉承森“好吧，欧阳先生，有什么就问吧，我尽量回忆告诉你。”

欧阳：“当时，吉普车坏了，是谁出主意把文物放在林校长办公室的?”

冉承森：“是楚志军，那天林校长不在学校，他打电话跟林校长联系的。”

欧阳：“难道你们事先没有考虑这些国宝的安全问题吗?”

冉承森摇摇头说：“说实话，那个年代，人们除了头脑发胀、对政治斗争倍感兴趣外，谁会对物质利益感兴趣呢？要说那个年代，打砸抢的事是家常便饭，但偷盗、拦路抢劫治安犯罪问题却很少，红卫兵造反派的气势把那些小偷流氓都震住了，逮住一个就往死里揍。话说远了。我们当时谁也没有这个想法。可是谁也没想到，还真有人动了盗宝的念头。”

欧阳：“那么冉先生对这事怎么看呢？谁会是盗宝之贼呢?”

冉承森：“这话你父亲也曾经问过我，我们那会儿怀疑是林校长。”

欧阳：“有什么根据吗?”

冉承森摇摇头：“没有，当时就是凭直觉，再有就是，他有房门的钥匙。后来审查他时，他自己也承认偷了国宝。”

欧阳冷笑着：“林校长是屈打成招吧?”

冉承森尴尬地说：“嗯，有这个原因在内。”

欧阳：“那赃物呢?”

冉承森：“他说，那晚偷了金头，回家的路上被一伙夜查的红卫兵把金头抢去了。”

欧阳：“那么，楚志军这个人怎么样?”

冉承森：“当时他是我的副手。是呀，他也在挖掘现场，知道这两件宝贝值钱，也知道放宝之处，按说也是怀疑对象。只是他后来犯了别的事。”

欧阳：“被你置于死地？”

冉承森叹口气，说：“唉，那个年代人们的头脑就是让政治、阶级斗争这根弦绷得太紧了。他把领导人像踩在脚下，当时的背景讲究亲不亲阶级分，他这就是罪大恶极，我也不能再顾及什么同事、战友情分了，派人把他看起来，审了一宿。唉，造反派那会儿只要听说是攻击毛主席无产阶级司令部的，下手都特狠，当天晚上就把他打死了……”

冉承森说到这儿似有难言的悔意。

欧阳：“当时，你们也怀疑是金正华偷的文物，对吗？”

冉承森端起酒杯，喝了一口，说：“当然了，当时参与掘墓的几个人都是审查对象。开始我们只是普遍谈了一次话，谁也没有承认。后来林校长被审查时，金正华主动来找我们坦白，说金头是他偷的。可他又说不出金头藏匿的地点。当时，我们只觉得，他是想替林校长叫屈，把水搅浑。这只是我们几个人的看法，至于你父亲怎么看，他是搞侦查破案的，我当时也不得而知。可我觉得，他有些情况并没有跟我们讲。”

欧阳直视着冉承森的眼睛问：“那么，我问你，你知道不知道金旸就是金正华的女儿呢？”

冉承森故作不知：“噢，这是真的？这我还真不知道。我是偶尔到这儿听歌，觉得她有发展前途，为了我们公司的形象想让她出名后为我们做些广告宣传。自打金正华调到市教育系统革委会后，我就跟他联系很少了。”

欧阳：“那么这事也真太巧了。这么说，当时知情知底的人都不在了。冉先生是怎么把自己排除在外的呢？”

冉承森：“跟你说实话，在当时我拿不出什么有力证据证明我自己是清白的，你爸爸可能也在怀疑我。不过那颗金头确实不是我偷的，即使我有这个想法，也不可能去偷。”

欧阳：“为什么？”

冉承森：“因为在当时，我更看重的是政治地位。”

欧阳看着他的眼睛说：“不过，政治地位和对物欲的追求并不是对立的，是吗?”

冉承森：“这么说，欧阳先生怀疑金头是我偷的了?”

欧阳没有直接答复他的问话，从桌上端起茶杯，轻轻喝了一口。

“哈哈哈……”冉承森突然大声笑起来。

欧阳：“你笑什么?”

冉承森：“我笑你们警察破案真像电影里演的，总要绕圈子，在一些无关之人身上白费气力。”

欧阳：“这个问题似乎没什么好笑的。我告诉你，警察也是人，正义感、敏感加上执着也许就是他的基本内涵。请你相信，我们会查清这个案子的。”

冉承森：“好吧，那咱们就走着瞧吧，也许有一天，我会让你看到证据的。”

49. 内　刑警队会议室　日

刑警队周队长正在召集欧阳跟他的搭档开会分析案情。

周队长：“今天我跟局里汇报了，局长很重视这个案子，叫我们尽快破案。局里收到一个信息，境外对金头很感兴趣，有人愿意出亿元价格收购。你们谈谈情况吧。”

丁怡：“绑架金彤的目的，我想，有调虎离山的意思，想借机去金彤家翻找一下；另外就是让金彤去找线索，他们再见机行事。”

郭超：“金正华承认他偷了金头和钻石，又掉到运河里了，当时造反派没认可他这种说法。依我看，这未必全是假话。绑架难道也是冉承森干的吗？那么他干吗又打金旸的主意呢?”

老徐：“有句俗话，螳螂捕蝉，黄雀在后。我看，想弄金头的不止冉承森一个人。”

周队长：“欧阳，说说你的想法。”

欧阳点点头：“好，我说说。现在不管是谁在找金头，他们的目标很明确，就是金正华。”

丁怡：“金正华不是死了吗?”

欧阳："可以这样分析，金正华当时出于某种原因，得到金头并藏匿起来，后得暴病而亡，没来得及说出金头藏匿的秘密。可我想，金正华绝不会是个粗心之人。他早知道自己有心脏病，会有可能突然离世，他也会担心自己年老忘记藏匿地点。那么他会怎么把藏宝的信息留下来呢?"

丁怡："我刚才说的也是这意思，那帮人去翻找的，是那张藏宝图。"

欧阳："目前来看，冉承森确实值得怀疑，他手里应该有我父亲当年的那个日记本，那里面应该有金头下落的信息。他说，金头不是他偷的，还说要给我看证据，我想，就是这个笔记本。"

郭超："找他要回来呗。"

欧阳："不用。昨天我有意给他施加了点儿压力，我估计，他很快就会把日记本送来的。现在关键问题是，我发现，星海歌舞厅有问题。"

周队长："星海歌舞厅？就是那个姓季的老板开的?"

欧阳："老板叫季伟亚。"

周队长："哦，你一说我想起来了，前几天，海关缉私局的来找我，说他们有一起文物走私的案子跟他有牵连，还没顾上查呢。你这儿有什么情况?"

欧阳："金旸是那个歌舞厅的签约歌手，冉承森也经常光顾那里。我昨天去会冉承森，在歌舞厅门口看到一辆白色的面包车。金彤说，绑架她的人乘坐的那辆车就是白色的面包车。还有，星海歌舞厅后楼有一个紧锁的门，我怀疑那儿通地下室。对了，老徐，你跟派出所联系一下，晚上找个借口下去看看，另外再查查星海歌舞厅的背景情况。郭超和丁怡，你俩这几天装成去唱歌的，蹲几天。"

郭超笑笑："没问题，你放心，以后有去歌厅、饭店的活儿，尽管交给我俩。"

周队长："这起案子很重要，队里随时会派人支援你们。"

50. 外　星海歌舞厅　门口

季伟亚和迎宾小姐站在门口，热情地迎接来歌舞厅的客人，看来这些天生意很火，保安指挥着停车的客人。

从一辆豪华奔驰车里走下两位客人，一位老人戴着墨镜，搀着他的是一位年轻漂亮的女郎。

季伟亚连忙上前鞠躬欢迎："欢迎二位贵客光临。"

老者微微点下头："有豪华包间吗？"

女领班上前答道："对不起，先生，豪华包间都满了，不过还有一个尊贵包间，就是贵些。"

年轻女郎："怎么个贵法？"

领班小姐："最低消费3万。"

老者挥挥手，毫不犹豫地说："就这间了。"

51. 内　星海歌舞厅尊贵包间　夜

包厢果然豪华，四壁全是天然水晶玻璃，天花板上镶着镀金的灯群，纯羊毛高级地毯，舒适气派的进口真皮沙发，大屏幕彩电，最新式杜比环绕立体音响。

两位漂亮的服务小姐带着老者进来，服侍他坐下，跪在地毯上问："请问您二位喝点儿什么？"

老者："来瓶路易十三，我喜欢陈年老酿。"

服务小姐："路易十三3万8一瓶。"

老者："不贵，先开一瓶。"

老先生咂着洋酒，叫服务小姐拿来麦克，彬彬有礼地递给坐在一旁的漂亮女士："阿莉，你先唱。"

阿莉撒娇地说："还是老板先唱。"

老者："算了吧，我哪会唱歌呀。你要是真想讨我高兴的话，给我唱两首'文革'歌曲吧。"

阿莉看看歌单，回头对服务小姐说："我可不会唱那些。你去请位歌手来，会唱'文革'老歌就行。"

52. 内　大歌厅　夜

冉承森手持话筒说："我想邀请金旸小姐唱一首老歌，不知金小姐是否赏光。"

金旸在一阵掌声中上台："谢谢冉先生邀请。前几天刚学会了一首《太阳最红毛主席最亲》。”

冉承森：“好，就唱这首吧。”

两人动情地唱着。

两人刚唱罢，季伟亚上前，献上一束鲜花：“想不到冉先生还有这样一副好嗓子。”

冉承森笑笑：“我们那会儿，红卫兵宣传队都会两下子。”

季伟亚转身对金旸说：“有位包间的尊贵客人想请你去唱几首老歌，我看冉先生唱得也很棒，一起去怎样？”

冉承森看看金旸。

“我很愿意去为这位客人助兴。”冉承森客气地说。

冉承森回头看了一眼坐在一个角落里喝着饮料的郭超和丁怡。

53. 内　歌厅包间　夜

服务小姐：“这位是金旸小姐，这位是冉先生，他们二位会唱‘文革’老歌。”

老先生起身，有礼貌地点点头：“幸会，幸会，我就喜欢听那个时期的老歌，有劳二位了。”

金旸和冉承森先唱了一首《毛主席的书我最爱读》，又唱了一首《红太阳照边疆》。老先生听得很陶醉，看得出，他的心情很好。

老先生用手捂着胸口，似乎有些不舒服。

年轻女郎关心地问：“老板，你没事吧？”

老者笑笑：“没事儿，冉先生的歌唱得好，虽然你的嗓音不如金小姐，可你唱得韵味地道，像那时的风格。”

冉承森：“过奖了，我只不过是有点儿当年的底子。”冉承森接过老者递过来的酒杯，呷了一口。

冉承森客气地问道：“老先生贵姓，在哪儿发财？”

老者：“噢，我姓林，在境外做点儿小买卖，不足挂齿。杨莉小姐，请给冉先生一张名片。”

杨莉将名片递给冉承森，上面写着：“林士车，南洋华荣商贸集团副董事长。”

冉承森：“林先生是做大买卖的，今日有幸相见十分荣幸。这是我的名片。”冉承森恭敬地递上自己的名片。

林先生看看名片，递给身边的杨莉：“冉先生也是生意场上的人，今后在大陆做生意还望多关照。对了，冒昧问一句，冉先生‘文革’歌曲唱得这么好，对那个年代是否留恋呢？”

冉承森：“唉，如梦一场，那会儿的人都是稀里糊涂过来的。”

林先生：“哎，对了，我们光说话，把这位漂亮的金小姐给冷落了。来，金小姐，干一杯。”

林先生举杯跟金旸轻轻碰了一下：“像金小姐这样的条件，在东南亚早红了。怎么样，想不想跟我出去发展呀？”

金旸抿了一口酒：“多谢林先生好意，将来也许我会去的，不过现在……”

54. 内　歌舞厅洗手间　夜

老者往洗手间走着，几个警察在季伟亚陪同下迎面而过。

民警：“今天我们检查一下你们的消防安全，听说你们有个地下室，我们去看看有什么隐患没有。”

季伟亚频频点头：“没问题，那里也就几张破椅子。”

老者回头看了一下远去的众人，走进洗手间。

洗手间里，郭超正在跟男服务员闲聊：“听口音不是本地人吧？”

男服务员拿块抹布，边擦水池边回答：“我是河南人，驻马店的。”

郭超：“哦，这儿还行吧？”

男服务员：“凑合吧。”

郭超：“哎，对了，你们这儿 5 月初是不是停业了几天？”

男服务员：“没错，我们老板说内部装修，放了我们三天假。”

郭超：“是这样，明白了。”

老者面朝小便池抖抖裤子，回头看了一眼郭超。

55. **外　歌舞厅外　夜**

冉承森和金旸有说有笑地朝停车场走着。

冉承森让金旸上车，回头看看不远处的郭超和丁怡，很自信地走过去，递给他们一张纸条。

冉承森：“我知道你们是警察，请把它交给你们欧阳探长。”

56. **内　刑警队办公室　日**

欧阳正在念这张纸条：“别再做傻事了。金头根本就不在我的手里，明天我会让你知道真相。”

丁怡：“冉承森看来挺狡猾的，他居然知道我俩的身份。”

欧阳：“这样也好，歪打正着，逼着他赶紧交出日记本来。”

郭超：“向你汇报。你说得没错，金彤被绑架的那两天，歌舞厅果然没有开业。”

欧阳点点头：“老徐那边也看了地下室，在那里可以听到唱歌的声音，这正好说明问题。现在基本可以肯定了，星海歌舞厅就是藏匿金彤的地方，季伟亚应当就是他们的头。”

郭超：“还有那个叫威仔的保安经理很可疑，他在跟踪冉承森。”

丁怡：“歌厅领班苏嫚也值得怀疑，她有车本，另外，她老单独往季伟亚屋里跑。”

欧阳果断地说：“传唤季伟亚。”

57. **内　经理办公室　夜**

欧阳和几个搭档穿着便装，哼着歌走入歌舞厅。

欧阳和搭档走到季伟亚的经理室门口，丁怡上前敲门，没有动静。欧阳猛地撞开门，只见外间办公室空无一人。欧阳手握枪慢慢走到套间门口，推开门。

季伟亚仰面朝天，浑身是血地躺在地毯上。欧阳小心翼翼上前，一摸鼻孔，早没气了。他身上被利刃所捅，胸口有几处致命伤，血浸透了雪白的西服。

欧阳握拳骂道：“妈的，来晚一步！”

郭超和老徐也急匆匆进来报告：“威仔和苏嫚跑了！”

58. 内　刑警队办公室　日

欧阳召集大家开会，几个搭档都耷拉着脑袋，情绪低落。

欧阳：“好了，都振作点儿。这事我已经向队里汇报了，要追究也是我的责任。当刑警的也是人，哪有不犯错的，没关系。说说下一步的行动。季伟亚的身份已经查明，他是香港丰润有限责任公司派来经营歌舞厅的，之前这个歌舞厅经营不善，老亏本，就登报寻求联营。丰润公司得知信息后，就派季伟亚来洽谈，出资一千万重新装修，改名星海。通过香港警方了解，这家公司是南洋华荣商贸集团的子公司。这个华荣集团有几位股东据说跟黑社会有勾联，在东南亚一带做些文物走私的非法买卖。”

丁怡：“这么说有点儿意思了，国际背景都有了。”

老徐：“季伟亚跟冉承森有什么关系呢?”

丁怡：“不好说，或许合伙干，或许单干。”

郭超：“对了，这两天有个情况挺可疑……”

欧阳：“你说。”

郭超：“这两天，我们一直暗中盯着姓冉的……”（闪回）

59. 内　大歌厅　夜

冉承森和金旸被服务小姐叫去。

郭超对身边的丁怡使个眼色，小声说：“我过去看看。”

郭超端了杯啤酒走到包间门口，放慢脚步，听到里面有激昂的歌声，他走到不远的座位上，坐下，眼睛紧盯着包间。

不一会儿，冉承森和金旸出来，朝大歌厅走去。郭超刚要起身，看到季伟亚匆匆忙忙地走进包间。过了片刻，季伟亚出来，脸色似乎很难看。

60. 内　刑警队办公室　日

郭超：“那个包间里是个老头和一个20多岁的女子，服务员说，他是东南亚那边的巨富，点几万元的洋酒眼都不带眨一下的。”

欧阳：“知道他叫什么?”

郭超：“后来我在收银台那儿跟收银员闲侃，套出他叫林士车，签单消费了11万。”

欧阳皱皱眉："老徐，你去签证处查一下他的资料。"

这时，桌上的电话铃声响起。欧阳拿起话筒："我是欧阳，嗯，好，我马上下去。"

欧阳放下话筒："冉承森果然来了。"

61. 内　刑警队接待室　日

一张长桌两边，面对面坐着欧阳和冉承森。

欧阳把一杯茶水推给冉承森，说道："冉先生今天是送还我父亲日记本的吧？"

冉承森一愣，但很快镇定下来："果然像你父亲，聪明。你说对了，今天也算是物归原主吧。"冉承森边说边从黑手包里取出一个用报纸包着的小包，递给欧阳。

欧阳没有急于打开纸包，他心无所动地把包放在一边，对冉承森说："那就多谢你的好意了。"

冉承森解释说："其实我也没有别的意思。从那天我知道你是欧阳山的儿子后，就有意把日记本还给你。说来话长了，'文革'那会儿，你父亲一直在调查金头的下落。我知道他有记日记的习惯，我想，或许能从这里找到金头的去向。后来听到你父亲病故的消息，我去劳改农场，从你父亲的一个破箱子底翻到这本日记。尽管里面有不利于我的记录，可毕竟能证实，我的确没偷那颗金头和钻石，也不知它的下落。你看了日记，或许对你们破获此案有些帮助。"

欧阳看看桌上的日记本："冉先生，这个日记本你还给别的什么人看过吗？"

冉承森："这个日记本在我入狱前藏在一个没人知道的地方，我出狱后把它取出来，一直随身带着，只是有一次，我乘出租车时差点儿丢了，后来我便把它锁在保险柜里。"

欧阳追问："那是怎么回事？不妨说说。"

冉承森："那是在我出狱不久，有一天我去办事，乘坐一辆出租汽车……"（闪回）

62. 外　公路出租车里　日

开车的是位戴着墨镜的中年男子，他挺热情地跟坐在旁边的冉承森聊天儿。

出租车司机：“先生，抽根烟。”

冉承森：“可以吗？”

出租车司机：“没问题。”

司机递给冉承森一根烟，用点火器帮他点着。冉承森深深地吸了一口：“好久没抽这么好的烟了。”

仰靠在椅子上享受烟瘾的冉承森有些犯困，过了一会儿，靠在椅背上睡着了。

63. 内　刑警队接待室　日

冉承森继续回忆：“等我到了地方，下车时把手包给忘了，我走了没多远，那小伙子追上来，把包还给我。”

欧阳：“那么，东西没丢？”

冉承森：“手包里的钱和日记本都在。”

欧阳：“是这样……好吧，冉先生，我还有事，就不多留你了。”

冉承森站起来：“后会有期，祝你好运。”

64. 内　欧阳办公室　夜

镜头从漆黑的夜渐渐摇近一扇亮着灯的窗户。

台灯下，欧阳轻轻抚摸着日记本，沉浸在美好的回忆中。

以下回忆镜头：

欧阳山下班回来，抱起幼小的孩子亲吻，把一顶大大的警帽扣在孩子的头上。

欧阳山对着镜子教孩子敬礼，孩子一本正经地学着爸爸的样子敬礼。

游泳池里，欧阳山跟孩子戏水打闹，孩子用水枪瞄准爸爸，一扣扳机，爸爸倒在水里。

欧阳山被造反派带走，孩子哭着在路上招手，追赶远去的吉普车。吉普车里，欧阳山眼含热泪，一行眼泪顺着脸庞流到腮边。

镜头转回，欧阳的泪滴在日记本上。欧阳用袖子擦干日记本，轻轻地翻开扉页。上面有几个大字："实事求是"。

欧阳轻声念着日记本的内容："7 月 3 日，阴，访问人林成枫，校长，53 岁……"（闪回）

65. 外　皇恩庄中学操场　日

林校长蹲着，在接受欧阳山的询问。欧阳山盘腿坐在草地上，日记本放在腿上。

林校长："那天我因为身体不适，没去学校。楚志军给我打电话说，在李莲英墓里挖出了金头和钻石，车坏了拉不走，说要存放在我的屋里。我同意了，还叮嘱他们，要锁好门，派人看守。"

欧阳山："那天夜里你在哪里？"

林校长："那天我感冒了，还发高烧，下午去医院看病回来，晚上再没出门，大概 8 点多钟服了些安眠药就睡下了。我爱人和孩子都可以证明。"

66. 内　欧阳办公室　夜

欧阳轻声念着："林校长给我看了医院的诊断书，上呼吸道感染，发烧 39 度 4。"

欧阳继续翻页："7 月 5 日，晴，冉卫东和楚志军被红卫兵证实，他们那天夜里确实在礼堂油印小报。趁他们不备，我暗中取了他们的指纹。柜边上提取的指纹经技术科验证是楚志军的。他的指纹怎么会出现在那里呢？前天找他问情况时，他曾说，那天早晨他们一起进屋，他只是在一边站着，并没有接近柜子。下午还得找冉卫东谈话……"（闪回）

67. 外　皇恩庄中学大字报报栏前　日

冉卫东在贴一张大字报。欧阳山走过来："冉司令亲自口诛笔伐呀？"

冉卫东回头看看欧阳山，继续忙着："想问什么你就说。那天在现场不都告你了吗？"

欧阳山："我想跟你了解一下楚志军的情况。"

冉卫东停下手来："你怀疑他吗？这不大可能吧？楚志军是工人出身，现在是校造反司令部的副司令，我的副手。他不会有问题。"

欧阳山："哦，你给他打包票？"

冉卫东："别，我可没这么说。查出谁是贼，那是你们的事。对了，今天上午有两个红卫兵来找我说，出事的那天夜里他们在学校巡逻时，看见有个人翻墙出去。他们追过去时，人不见了。从背影看像是林校长。"

68. 内　欧阳办公室　夜

欧阳轻声念日记："林校长坚持说，他是清白的，说学校有人借这事整他。"

欧阳翻页："7 月 7 日，阴……"（闪回）

69. 内　皇恩庄中学造反司令部会议室　日

冉卫东正召集开会，他拍着桌子慷慨激昂地说："林成枫很不老实，他不光有盗窃国家文物的嫌疑，还是反动学术权威的代表。另外他的出身也有问题，我们已经派红卫兵去他安徽老家外调去了。现在我宣布，对林成枫隔离审查。"

欧阳山推门而入："你们不能这样，现在案件还在调查之中，是违法的！"

一个戴眼镜的造反派："我们是不是再等等公安局的结论？"

楚志军站起来："什么法不法的，现在就是造反派说了算。"

冉卫东："欧阳山，你算什么？你只是公安局专案组的，不是学校的人，无权干涉学校运动的大方向。"

欧阳山忿忿地摔门而出。

70. 内　欧阳办公室　夜

欧阳轻声读着："林校长被关进一间放体育器材的小屋里，几个红卫兵日夜看守着他。"

欧阳翻页，读日记："7 月 8 日，阴，林校长已经被冉卫东他们提审过几次了。他们说，审查他的历史问题，不让我参加。林校长挨打了，打得不轻，从那间小屋里传来他惨叫的声音。林校长家里人哭着向我哀求，救救他们的亲人。林校长的一位邻居也证实，那天夜里他孩子病了，去找林校长的爱人要点儿药，进屋里，看见林校长已经上床睡觉了。可是冉卫东说，那话谁都可以编。”（闪回）

71. 内　皇恩庄中学教室　傍晚

学校楼走廊里，金正华手持拖把吃力地在拖走廊，他的背上挂着个牌子：历史反革命、特嫌分子。

远远看见欧阳山过来，他停止拖地，左右看看没人，拉住即将走过的欧阳山：“公安同志，我有话。”

欧阳山警觉地左右看看，把金正华拽进一边的教室里。

金正华急切地说：“公安同志，挖坟的时候我也在，那颗金头还是我从墓穴里抱上来的。我可以向毛主席保证，林校长是无辜的，他是好人，绝不会干那种事，是有人存心要整他。我告诉你……”

外面传来脚步声，金正华赶紧开始拖地。

门开了，冉卫东进来，看看拖地的金正华，又看看坐在课桌上写日记的欧阳山。

冉卫东厉声地说：“金正华，你好好劳动改造，不许偷懒。”

金正华没有作声。冉卫东呵斥着：“你先出去一下。”

金正华拎着拖把，低头走出教室。

冉卫东关好门，对欧阳山说：“你是不是还在怀疑楚志军呀？不过告诉你一个最新的消息，林校长已经招认金头是他偷的。”

欧阳山合上日记本，站起来：“你们也太过分了！”

冉卫东点着支烟，嘬了两口，喷出个烟圈儿：“那是革命小将们的暴力行动，对阶级异己分子就得狠。不过我也怀疑他的话，他甚至连赃物在哪儿都说不清楚。”

欧阳山：“那你们就赶紧放人。”

冉卫东：“那不行，万一是他，放了他，他弄走赃物潜逃，我哪儿找他去呀。”

欧阳山气愤地说：“我可以告诉你，就这个案子来说，我已经把他排除了。”

冉卫东：“我没有排除他。何况他还有别的问题。”

欧阳山“哼”了一声，拂袖而去。

72. 内　欧阳办公室　夜

欧阳翻日记，读着：“7 月 16 日，晴，今天去文物局访问那天开车的司机小赵……”

73. 内　市文物局车队　日

车库里，小赵正在擦车，见是欧阳山，停下活来，上前握手。

欧阳山：“小赵，这两天又想起什么来了吗？”

小赵放下抹布，搓搓手：“是呀，回来后细想，觉得是有些不对劲。我去的时候刚检查了一遍车况，没啥问题，偏偏那会儿出了毛病。第二天，请来修车的师傅一检查，车没啥事，打了几下火便着了。对了，那天有这么件事，天刚黑那会儿，我去学校食堂买了两个包子，回来时看见楚志军从我停车的地方过来，还问我喝不喝开水。”

欧阳山停下笔，自语：“楚志军？”

小赵：“就他们学校那个什么副司令。”

欧阳山点点头：“是是。”

74. 内　欧阳办公室　夜

欧阳读日记：“又跟楚志军有关。7 月 19 日，多云转晴，金正华今天来自首了，说金头是他偷的，林校长是被冤枉的……他说，他是用钥匙开门进去的。几天前，林校长的钥匙丢了，让他配一把，后来林校长又找到了钥匙，也没朝他要。他说，林校长每天挨打，惨叫，他听得清清楚楚，可林校长没有跟造反派说钥匙的事，林校长是好人，不愿连累他。”（闪回）

75. 内　校长办公室　夜

两个红卫兵坐在门口地上睡着了。金正华蹑手蹑脚地走进办公室，从红卫兵身上迈过，小心地打开房门。

金正华抱着用衣物包裹的金头出来，锁好门，回头看看还在酣睡的红卫兵，悄然离去。

76. 内　欧阳办公室　夜

欧阳轻声读着日记："金正华说，他翻墙出了学校，一直跑到运河边上的一座小桥上，想歇歇脚，便把金头放在桥栏杆上喘口气，一不留神，金头掉进河里了。他把钥匙和撬柜子的改锥顺手都扔河里了。"

欧阳翻页，继续读日记："7月20日，晴，今天联系打捞队，按金正华所说的地方去打捞，一整天，一无所获。冉卫东派人把金正华家里搜了个底儿掉，可什么也没找到。冉卫东说，金正华是干扰破案，有意破坏运动，让造反派把他关起来揍了一通。金正华死活坚持说，金头掉河里了。"

欧阳翻页，继续读日记："7月21日，晴转阴，金正华或许是想牺牲自己，为林校长开脱。他们都是讲义气的人。我不能肯定金正华说的话是真的。我想直接接触一下楚志军，从他留下的指纹突破。"（闪回）

77. 外　皇恩庄中学大字报报栏前　日

一位挂着牌子的老师在大字报报栏前扫地，一不小心碰掉了一张大字报，一个戴红箍的造反派过来厉声呵斥："好你个老右派，胆敢破坏革命大字报！"

围上来几个造反派，动手就要打人。欧阳山上前拦住："不能打，你们看他都多大了。"

一个造反派不依不饶："你管什么闲事？破坏革命大字报，就是破坏'文化大革命'，对敌人仁慈就是对革命残忍，打！"

欧阳山用身子护住老师，造反派的皮带劈头盖脸地抽来。

楚卫东刚好路过，大喝一声："住手！怎么回事？"

一个造反派："这个老右派撕大字报。"

欧阳山："我亲眼看见是大字报自己脱落的，不是他撕的。"

楚志军看看欧阳山，又看看跪在地上的老右派："算了，也别无限上纲上线了，找点儿糨糊贴好就是了。去吧。"

造反派散去，老师继续扫地。欧阳山喊住正要走开的楚志军："楚司令，能跟你了解点儿情况吗?"

楚志军站下："行，有什么问的你说。"

欧阳山："那天早晨，你进校长办公室后摸过那个放金头的铁柜没有?"

楚志军不假思索地说："没有，我就站在他们后面。"

欧阳山："之前呢?"

楚志军还没回答，不知什么时候冉卫东出现在两人面前："志军，我到处找你，在这儿呢，欧阳队长也在。"

楚志军："有事吗?"

冉卫东："刚接到电话，一会儿教育系统要开批斗走资派大会，叫我们去人参加。我还有事，你带队去吧。"

欧阳山："你们有事，那回头再聊。"

78. 内　欧阳办公室　夜

欧阳读日记："冉卫东突然出现，打断了我的询问。我哪天还得找个机会单独跟楚志军聊聊。"

欧阳翻页，继续读日记："7 月 24 日，晴转阴，我约好了今天晚上要跟楚志军单独聊聊，他也同意了，可是谁想到意外的事情发生了……"（闪回）

79. 内　一个黑五类家里　日

破旧不堪的屋里，几个造反派在翻找东西。

墙上的一张领导人像被碰掉，反面朝上落在地板上。

楚志军无意中踩了一脚，被一个红卫兵发现。领导人像被悄悄卷起。

80. 内　皇恩庄中学礼堂　日

群情激昂的红卫兵在高呼口号："打倒现行反革命分子楚志军!"

冉卫东站在话筒前，举着一个有清晰脚印的林彪像，愤怒地说："我们万万没有想到，楚志军竟然是混进革命队伍里的现行反革命，他居然敢把领导人像踩在脚下。是可忍孰不可忍，罪该万死，打倒现行反革命分子楚志军!”

口号声响彻整个会场，人人怒不可遏。楚志军在一片口号声中被押出礼堂。

81. 内　一间放体育器材的小屋里　夜

小屋里亮着灯，欧阳山默默地站在不远处。

小屋里传来楚志军的大声喊叫：“我没有反对中央领导。”随即是一阵惨叫。

欧阳山按捺不住，快步冲进小屋。

冉卫东抽着烟，狠狠地说：“让你嘴硬，不投降就叫你灭亡，狠狠打!”几个造反派按住楚志军毒打。

欧阳山推门进来，对冉卫东厉声喊道：“不能打，会出人命的。”

冉卫东把烟头一掐：“你知道不知道楚志军是现行反革命?对反革命就要实行无产阶级专政。”

欧阳山义正词严地说：“就算楚志军是现行罪犯，应该由公安局来审案，我来审讯。”

浑身是血躺在地上的楚志军睁开眼，感激、期盼地看着欧阳山。

冉卫东又点着一根烟，不屑地说：“你是来破案的，有什么资格干扰学校的斗批改？告诉你，现在公检法都砸烂了，谁来审案子，就是我们造反派！你自己多保重吧。”

欧阳山要上前，被几个红卫兵架了出去。欧阳山大声喊着：“不能打了，会打死人的!”

82. 内　欧阳办公室　夜

欧阳忿忿地读着日记：“7 月 25 日，阴，今天一早，楚志军没气了，他被抬上一张旧床板，冉卫东让人通知火葬场来拉人……”(闪回)

83. 外　皇恩庄中学门口　日

一辆殡仪车停在学校门口。

几个造反派抬着一块儿门板，上面躺着浑身是血的楚志军。

楚志军的妻子哭着扑上去，抱着尸体不放，被造反派拉开了。

殡仪车开走了，她在地上昏了过去。

欧阳山走过来，把她扶上一辆三轮车。

84. 内　欧阳办公室　夜

欧阳读着日记："我骑三轮车把楚志军的妻子送到医院，后来就不知她的去向了。"

欧阳翻页，读日记："8 月 6 日，阴，今天冉卫东把市公安局军管会的一份电话通知交给我，让我回局里参加学习班，叫我后天必须报到。这天晚上，我交代完工作，回宿舍，准备明天走人。我去上厕所时看到金正华在打扫卫生。他见左右没人，悄悄跟我说，他相信我是好人，他有真心话要告诉我。"（闪回）

85. 内　皇恩庄中学厕所　夜

隔断里，欧阳山把日记本贴在墙上记录着。

金正华边擦厕所隔断门，边对里面蹲着的欧阳山说："金头真是我偷走的。你知道我为什么要偷走它吗？我告诉你，那天傍晚，挖出金头那会儿，我正在操场边上绿化带的树丛里打扫卫生，看到冉卫东和楚志军朝这边走来……"（闪回）

86. 外　皇恩庄中学花圃外　傍晚

正在给花浇水的金正华远远看见冉卫东和楚志军嘀咕着什么走来，悄然躲在花丛后。

楚志军："那汽车电瓶线头绑了绝缘胶布，保证车发动不着。"

冉卫东："太好了。我们就把金头存放在林校长屋里，我偷配过那屋的钥匙，等到后半夜去把那金头弄出来。又可以栽赃林校长，又得了宝物，以后学校的天下就是咱俩的了。"

金正华躲在花丛后听得清清楚楚，他目视着两人走远。

87. 内　皇恩庄中学厕所　夜

金正华继续隔着门对欧阳山说："我是学历史的，知道那些文物的价值，那真是国宝，如果落在他们手里，那是天大的罪过，我不能让他们得逞。我有林校长办公室的钥匙。好在一切都顺利，我赶在他俩之前取出了国宝。”

欧阳山：“金头藏哪儿了？对了，你别说，我只问你，安全不？”

金正华：“你是好人，我知道这一去也是凶多吉少。你放心，我把它藏在一个很保险的地方了。我一定会保护好金头，等到国家安定下来时，完整无损地奉还给国家。我怕有意外，画了一张藏宝图，以防万一记不准藏宝的地点。”

外面有走近的脚步声。欧阳山动情地说：“谢谢了，金老师，不过我什么也没听见。”

88. 内　欧阳办公室　夜

欧阳泪流满面地合上日记，站起来，走到窗前，拉开窗帘。外面，天已经亮了。

89. 内　咖啡厅　夜

金旸坐下，开始流泪：“这次大奖赛我没唱好，辜负了冉总的期望。”

冉承森连忙安慰说：“金小姐，没关系。你演唱得绝对精彩。我了解了，顶替你进入前十名的那个歌手，是一位部长的千金。是我大意了，以为赞助了钱就万无一失了。还有机会，我们明年一定会冲进前十。”

金旸：“冉总，你对我这么好，要我怎样报答呢？我欠你的情一定会还你的。”

冉承森呷了口啤酒，说：“别提谁欠谁的了。我今天找你，就是想请金小姐帮个忙。”

金旸诚恳地说：“我能帮你什么忙，你说吧，只要我能做到的，我都愿意去做。”

冉承森低头瞅了一眼金旸微微起伏的胸部：“噢，是这样的。你大概也知道你妹妹金彤发表的那篇文章吧？”

金旸：“是写太监李莲英的？”

冉承森：“是的。这里有些情况你可能不知道。当年你父亲金正华参与了挖掘李莲英墓，后来从坟里挖出了一颗金头，可这件国宝在那天夜里不翼而飞了。据当时侦查此案的警察分析，金头被你父亲偷去藏匿起来了。当然，你父亲是出自于保护国宝、怕落在歹人手里的目的。粉碎‘四人帮’后，他准备将金头取出交给国家，却猝然死亡，藏宝的地点便再没人知晓。怕忘记藏宝地点，他生前曾画过一张藏宝图，这张藏宝图应当在他看得见、摸得着的地方。”

金旸：“你是说，那张图就在我们家里吗？”

冉承森点点头：“这颗金头和钻石现在的价值要在9位数以上。如果金小姐能找到藏宝图，你一下就可以成为百万富姐了，将来自己可以随便出专辑、成明星，一辈子可以过得风风光光了。”

金旸听得有些发呆：“这是真的？”

冉承森从兜里掏出一张现金支票，对金旸说：“这是100万元，如果金小姐把图找到交给我，这钱就是你的了。等我拿到金头后，再给你100万。”

金旸看着冉承森捏在手指缝间的现金支票，有些兴奋：“好吧，我愿意帮你找到藏宝图。”

冉承森：“这事先别跟你母亲和妹妹说，万一黄了，你的损失就大了，那可是整整200万呀。”

金旸：“我知道。那藏宝图有可能藏在什么地方呢？”

冉承森：“在你父亲的藏书里找找，可能只是一张纸片，夹在书里不容易被发现。”

金旸：“冉先生放心，我会尽力去找。”

冉承森把手放到金旸的手上，金旸没有躲避：“好，为我们的合作，不，为金小姐日后的锦绣前程干杯！”

冉承森端起酒杯，金旸端起饮料杯碰了一下，一饮而尽。

俩人边吃边聊着，他们一点儿也没注意到，威仔和苏嫚坐在邻桌边，注视着他们的一举一动。

90. 外　社科院门外　日

金彤穿一身合体的职业装，骑着自行车从里面出来。一辆轿车横在她面前。

欧阳从车里下来，上去打招呼：“嗨，金老师，有事找你，去后海看灯去怎样？”

金彤：“好呀。”

欧阳将后备厢打开，将金彤的自行车放进去。

91. 外　马路上　傍晚

欧阳驾车在慢行道上行驶：“金彤，你这身衣服很合体，特职业化。”

金彤：“是吗？我不爱刻意打扮自己。”

欧阳：“噢，我倒喜欢自然美，你就是呀。”

金彤听了，脸有些微红，赶紧找个话题岔开：“警察同志，案子破得怎么样了？”

欧阳：“有些线索，我们正在抓紧工作。对了，正想请你帮个忙呢。”

金彤：“能把案子的真实情况告诉我吗？”

欧阳：“当然，今天找你就是这个目的。那些日子你刚经历了绑架，想让你心理上缓和下来。那次绑架和你们家发生的失窃案，实际上都是一伙人干的。据我们掌握的情况，他们跟境外的黑社会组织有关。”

金彤：“那他们这样做，肯定就是为了那颗金头了？”

欧阳点点头，接着说：“是的，他们看到你的文章后，猜到你就是金正华的女儿。他们知道金头与你父亲有关。”

金彤：“可我并不知道金头的下落呀。”

欧阳：“你父亲金正华就是藏匿金头之人。”

金彤有些吃惊：“真的？”

欧阳：“真的。”

金彤：“要我怎么帮你？”

欧阳：“当然，金头肯定不会搁在你家里。他当年怕遗忘，画了一张藏宝图。”

金彤：“他们是想找到这张图？”

欧阳：“是的。金头和钻石是国宝，境外有人出大价钱想弄到它们。”

金彤：“太可恶了！不能让国宝被他们掠走。我能帮你们做些什么呢?”

欧阳：“找到那张图。”

金彤：“好吧，我尽全力去找。”

92. 内　刑警队会议室　日

周队长和欧阳探长组织开案情分析会。

欧阳看看人到齐了，对周队长说：“开会吧。”

周队长点点头。

欧阳说：“老徐，你先说说签证处那边了解的情况。”

老徐掏出日记本说：“林士车入境资料写的是南洋华荣国际商贸集团副董事长，今年61岁。通过公安部核实了一下，这个华荣集团背景确实很复杂，曾经走私过国家一级文物。”

郭超：“威仔和苏嫚一直没有下落，正在组织通缉。”

丁怡：“冉承森倒没什么大动静。对了，他包装推出的金旸参加青歌赛落选了。”

欧阳：“案情比较明朗了。境外的文物走私集团在打金头的主意，他们从冉承森那里偷看了我父亲的日记本，得到了金头的信息，便先派季伟亚建点摸情况，伺机下手。他们绑架金彤露了马脚，季伟亚便被灭口。看来，威仔和苏嫚都是这个走私集团派来的。另外，冉承森想通过另一个渠道也就是在金旸那里达到目的。现在他们的目标很明确，就是那张藏宝图。”

周队长频频点头：“好，我同意你的分析，我马上去跟局长汇报，在全市范围组织清查，即使找不到这个林士车，也要让他感觉不安稳。只要他出来活动就好办了。”

93. 内　金彤家　夜

书房的桌上堆着厚厚一摞书，金彤坐在书桌前，一本本翻着。

华素芳进来，给女儿倒了一杯开水：“彤彤，你在找什么呀?”

金彤：“没找什么，随便翻翻。”

华素芳：“唉，你姐姐这两天也在翻书，问她她也说随便翻翻。你爸爸的这些破书里还能翻出宝贝来？”

这时，门铃响了。华素芳赶紧去开门：“是旸旸回来了。”

金旸走进书房：“彤彤，你在翻什么呢？”

金彤：“没什么，写个论文，找点儿资料。对了，姐，问你点儿事。”

金旸边脱外衣边说：“啥事呀？”

金彤：“这两天你是不是在爸爸的书房里找什么东西呢？”

金旸搪塞：“找……噢，没找什么，白天闷得慌，想找本书看。”

金彤：“哟，我说姐姐同志，你啥时候也对历史感兴趣啦？”

金旸：“感兴趣谈不上，这不，这两天老看《武则天》连续剧，想找唐史翻翻，看看历史上对她的评价。你忙吧，我去洗澡了。”

金旸出去了。金彤把桌上的书放回书架，又抱了一摞书过来，一页页翻看。

金彤拿起一本厚厚的《资治通鉴》，随手翻起来。

一张小纸片从书里掉出来，落到地上。

金彤弯腰拾起来细看。

纸片图的特写：一栋两层楼的楼房，楼上画着烟囱，楼房左侧画着一个太阳，太阳中间有一行阿拉伯数字1630。

这时，金旸洗完澡，披着件睡衣进来。

金旸凑过来：“彤彤，你看什么呢？谁画的画儿？”

金彤：“喔，没什么，我自己瞎画着玩的。”

金彤把纸片折起，塞进自己的坤包里。

金旸似乎没大在意她的举动，拍拍妹妹的肩膀：“神秘兮兮的，干吗呀？行了，快睡觉吧。”

94. 内　社科院办公室　日

金彤从外面进来，坐下，把一摞教案放在桌上。她突然想起什么，赶紧翻坤包，把里面东西都倒空了，那张纸条不见了。

她拿起电话拨号："请呼4567829，请回电话。"

95. 外　金彤家楼外马路边　日

便道上停着一辆轿车，车窗开着。冉承森坐在驾驶室，眼睛盯着小区的门口。

华素芳提着个菜篮子，朝这边走来。华素芳不经意间回头瞅车里一眼，觉得非常眼熟，她又回转身，正好跟冉承森的目光相遇。冉承森似乎也愣了一下神，赶紧摇上车窗玻璃。

96. 内　金彤家　日

金旸正在梳妆台前描眉，从镜子里看见，门开了，华素芳提着篮子进来："妈，您回来了。"

华素芳："怎么，今天这么早出门呀？"

金旸："噢，对了，中午我不回家吃饭，您别等我了。"

华素芳："旸旸，我问你点儿事，别瞒着妈。你上次说认识的那个大老板姓冉？"

金旸放下眉笔，又开始涂口红："您问这干吗？"

华素芳："他叫冉什么？"

金旸："我不是跟您说过吗，他叫冉承森。"

华素芳回忆着："冉承森……"

金旸放好口红："您今天是怎么啦，碰上鬼了？"

华素芳："旸旸，你把这姓冉的事好好跟我说说。"

金旸："妈，回头再说吧，人家还在外面等着，我有急事呢。"

金旸说完，拎起坤包，急匆匆地出门了。

华素芳坐立不安，在屋里走了几圈儿："是他，冉卫东！"她转身，风风火火地追了出去。

97. 外　楼下小区门口　日

华素芳气喘吁吁地跑到停车的路边，看见女儿旸旸钻进那辆汽车。汽车开走了。

华素芳焦急地挥手拦住辆出租车，拉开车门钻进车厢，急切地对司机说："快，跟上那辆车！"

不远处的另一辆轿车也紧跟上来。

98. 内　社科院金彤办公室　日

金彤翻着一本书。电话响了，她连忙拿起话筒接听："欧阳吗？哦，昨天我找到一张小纸片，上面只是画了间房子。我想开完会告诉你，可昨天我明明放在包里，却不见了。"

欧阳急切的画外音："这样，你先回家找找，看是不是掉在屋里了。我马上去你家。"

99. 内　某豪华酒店　日

冉承森把金旸领进一间包房，让她坐在皮沙发上，从冰柜里给她取出一听雪碧。

金旸："冉先生，你要的东西，我给你找到了。"

冉承森有些迫不及待地说："金小姐，早起你打电话给我时，我还有点儿不大相信。真的是那张藏宝图吗？"

金旸："是我妹妹金彤找到的，让我给偷出来了。你看，是不是这张？"

金旸从坤包里取出那张纸，递给冉承森。

冉承森接过纸片仔细看，顿时大喜："金小姐，你真没让我失望。"

金旸："那……"

冉承森把纸条小心收起："你的酬金，这没问题。我冉某说话算数。我马上给你张200万元的支票，不过嘛……"

冉承森走近金旸，拉住她的手说："金小姐，我对你的才貌倾慕之极，咱们有缘相识一场，如果你拿支票便走人，不是有些遗憾吗？"

金旸犹豫了一下，看着眼前的支票，横下心来，故作媚态地把头埋在冉承森怀里。

冉承森一下把金旸抱起，放在床上，他一边脱衣，一边准备去锁上房门。当他刚走到门口时，门突然被撞开了。华素芳怒气冲冲地闯了进来。

华素芳愤恨地说："冉卫东，你这个畜牲！"

华素芳一边骂，一边朝冉承森扑过来。

冉承森急忙提起裤子躲避：“你……这是……”

金旸从床上爬起来，整了整凌乱不堪的衣裳，上前去拦妈妈：“妈，你到这儿干什么来了？”

冉承森：“你是……华素芳？”

华素芳：“对，没错，是我。你还能认出我来，算你有眼力。我真没想到……你……”

冉承森：“你听我解释，我和金旸是自愿相爱，真的，不信你问她。”

金旸：“妈，您真是，我们的事您甭管。”

华素芳：“什么？我不管？让你由着这个老畜牲糟践？你给我闭嘴！”

冉承森信誓旦旦地说：“华老师，您息怒，我真心地爱她，我打算娶她为妻。”

华素芳：“呸！你给我住嘴。旸旸，你先给我回去。”

金旸：“妈，您甭管，我愿意和冉先生在一起！”

华素芳气疯了，上去给了金旸一个耳光：“你……气死我了！”

金旸捂着脸哭起来。

华素芳觉着自己的手重了，也伤心地流出泪来：“孩子，妈从来没舍得打过你呀，你不能跟他在一起。你知道他是谁吗？”

金旸哭着说：“他是冉经理呀。”

华素芳：“他是你……是你爸爸！”

冉承森和金旸一下子惊呆了。

金旸：“妈妈，您气疯了？胡说什么呢？”

冉承森一屁股坐在沙发上：“华老师，这不可能！”

华素芳悲愤地说：“造孽呀！冉卫东，你还记得那年，你当上校革委会主任后，硬逼着我嫁给你，我誓死不从，你这条恶狼就在教室里把我给……后来，我想自杀，被金老师救了。过不多久我发现有身孕了，这个孩子就是旸旸。”

冉承森蒙住双眼：“这是真的？”

华素芳：“我当时想打掉这个孩子，去医院时，他们向我要结婚证明，我拿不出来。他们说我是破鞋，把我赶出了医院。后来，刚被‘解放’的金正华不顾别人劝阻跟我结了婚。”

金旸捂住脸，又失声大哭起来：“妈妈，这不是真的!”

华素芳：“是真的。旸旸，跟妈妈回家。”

华素芳鄙夷地看了冉承森一眼，领着哭泣的金旸走出房间。

冉承森坐在沙发上，一根接一根地抽着烟。

房门的把手轻轻地在转动。背对门坐在沙发上的他，感觉有动静，刚一回头，他的脖子被威仔死死卡住。苏嫚上来，用一块儿毛巾捂住他的嘴。

100. 外　皇恩庄中学办公楼外　日

欧阳和金彤坐在一张椅子上。

欧阳：“你妈妈和姐姐没事了吧?”

金彤：“她们好些了。”

欧阳手里拿着张图纸，问：“画全了吗?”

金彤：“我的记性很好，那张纸上画的就这么简单，一个太阳，一间带烟囱的房子，一组数字。”

图纸的特写。

欧阳看着图纸凝思：“这代表什么呢?”

金彤：“我明白爸爸的意思了，他是怕自己记不住藏宝的地点，画一张自己能看懂的图备忘。”

欧阳点点头：“是呀。可我们从哪里着手破译呢?”

金彤：“记得小时候爸爸给我和姐姐讲过海盗的故事：海盗把抢来的宝箱埋在荒岛上，怕日后找不到藏宝地点，便画了一张藏宝图，利用太阳光在某一时间照在树梢的投影确定藏宝的地点。可是他却忽略了树是有生命的，几十年后，他来此掘宝，却怎么也找不到藏宝地点了。后来，他聪明的孙子根据时间估算出树的长势，在距此不远的地方找到了藏宝地点。”

欧阳突然来了灵感，一拍脑门儿：“阳光投影！对呀，太阳照在房顶的投影，1630 就是下午 16 点 30 分!”

金彤差点儿跳起来：“对对，你真聪明。”

欧阳：“还是你的故事启发了我。”

欧阳看看表："现在是下午4点20分，我们再等等，就能找到藏宝地点了。"

101. 外　皇恩庄中学墙外一条柏油路　日

欧阳和金彤顺着阳光投影站在那个点上。

金彤激动地摇着欧阳的胳膊："就是这儿了！"

欧阳激动地把金彤搂在怀里。

102. 外　郊区某别墅区　夜

宽敞豪华的客厅里灯光昏暗，林老板戴着金丝眼镜，穿着一身西服，翘着腿，悠闲地抽着一支粗雪茄烟。

门开了，威仔和苏嫚把冉承森拖进来："林老板，人带来了。"

林老板："没带尾巴回来？"

威仔："没有。我俩照您的吩咐，在市里开车兜了一天，快傍晚时才往这里来。"

林老板："好，二位辛苦了。把他弄醒，你们退下。"

威仔上去给冉承森灌了点儿药水，说："过五分钟他就会醒过来。"

林老板挥挥手，两人下去，在门厅候着。

冉承森渐渐苏醒过来，他揉揉眼皮，缓缓地睁开眼睛，手撑着地，慢慢地坐起来。

林老板："冉先生，醒过来了？"

冉承森有气无力地问："你是谁？这是什么地方？"

林老板站起来，走到冉承森跟前："冉先生不认识我啦？仔细看看。"

冉承森抬头看看："是你，林老板。"

林老板再往前凑一步："冉先生，你再仔细看看，这回我把眼镜摘了。"

冉承森用疑惑的目光仔细地看着林老板，极力回忆着，似乎猛然想起什么，又摇摇头："不可能。"

林老板："一切皆有可能。"

冉承森："你是楚……"

林老板：“好记性。不错，我姓楚。”

冉承森：“你是楚志军?!”

楚志军突然放声大笑起来：“哈哈哈……久违了，老战友。”

冉承森不敢相信自己的眼睛，战战兢兢地说：“真的是你?你……你不是死了吗?”

楚志军：“是的，我是死过一回。你们那天自以为把我打死了，实际上我没死。你们把我扔进火葬炉里，便觉得万事大吉了。告诉你吧，烧炉子的老头临拉电闸前，往炉子里瞅了一眼，见我的腿脚在动，把我给拽出来了。老头心善，也不管我是哪路牛鬼蛇神，悄悄地把我背进他睡觉的小屋里。就这样，我捡了一条命。”

冉承森听呆了：“真的吗?”

楚志军狠狠吸了几口烟，瞅着还在颤抖的冉承森说：“家里人不敢声张，悄悄地把我藏在乡下的一个亲戚家里。后来我又去了南方，瞅准机会偷渡到香港，在那儿改了名，楚志军的一半儿已经死了，剩下一半儿就是林士车。”

冉承森一下又坐到地上：“我不相信。”

楚志军把脸贴近冉承森，把头发掀起：“仔细看看这块儿疤，不是你的杰作吗？在香港，我从背死尸开始干起，我不怕，我是从火葬炉里钻出来的人。那些年什么苦我都吃过，什么罪都受过，我就是想活下来。再后来，我投靠一位在江湖上混的大哥。靠着他，也靠着我死活不顾的踢腾，我才一步步在香港站住了脚，现在也成了有头脸的人物了。这些话说起来够你听几天几夜的，要是有时间的话，咱哥俩慢慢聊。”

冉承森有些心悸地说：“当初那事可不能怪我，是上面让我干的。”

楚志军：“哼，上面？去军代表那儿汇报说我对中央领导有刻骨仇恨的不是你？指使那些红卫兵用棍棒、皮带往死里打我的不是你？拿烟头烫我额头的不是你？到我家去抄家，把我妹妹强奸了的不是你?”

楚志军说到这儿，满脸凶光，两眼狠狠地瞪着冉承森。

冉承森极力辩解着：“当时那个环境，我也没办法呀。你妹妹的事，实在抱歉，我现在愿意给她一笔钱偿还这笔孽债。”

楚志军：“留着你的臭钱给自己买个像样的骨灰盒吧，你这比蛇蝎还毒的杂种！这一切不就是为了那颗金头吗？本来说好了，你得钻石，金头归我。你知道它们藏在哪儿，你想找到后独吞，后来你发现欧阳队长开始怀疑我，就想杀人灭口，不是吗？”

冉承森：“好吧，既然如此了，我什么也不解释。你到底想把我怎么样？”

楚志军：“这可真是三十年河东，三十年河西，此一时，彼一时。当年你带着红卫兵是大爷，弄死我就跟捏死个臭虫一样；可今天我是大爷，想让你死也跟踩死只蚂蚁一样容易。君子报仇十年不晚，你欠我的，必定要还，这是后话。当然要等到金头到手之后。你不是连做梦都想得到它吗？我成全你，拿到金头和钻石后，我会让你好好欣赏一下的。”

冉承森：“楚志军，我诅咒你永远甭想得到金头！”

楚志军：“哈哈，那你就看好吧。告诉你说，这张图我已经破译了。你知道它藏在什么地方吗？”

冉承森低头不语。

楚志军：“我已经去实地考察了，那个地方当初应该是个厕所。还记得吗？修路时，咱们学校的公共厕所拆了，你让金正华他们挖了一个临时的。我想，金正华肯定是把它们埋在便坑下了。咱们那时满校园都搜遍了，可谁会想到那个又脏又臭的地方呢？”

冉承森：“楚志军，你会杀我吗？”

楚志军：“不，我不会亲自动手的。想当年你是怎么对我的，我也会如法炮制。”

冉承森突然歇斯底里地喊起来：“你他妈混蛋！”

楚志军：“我们都他妈的混蛋，半斤八两，谁也甭怨谁，哈哈……”

楚志军打了个响指，门开了：“把他扔到地下室里，好好看着他。”

威仔和苏嫚进来，把冉承森拖走了。

103. 外 皇恩庄中学外柏油路 夜

深夜，静悄悄的，欧阳和搭档们在隐蔽处蹲守。

欧阳看看表，已经过了深夜 1 点了。

郭超有些沉不住气了，捅捅身边的丁怡，小声说：“都三天了，他们今晚会来吗?”

丁怡：“我想会的。闻到了腥味的猫，能不急吗？这帮家伙，弄去了藏宝图，他们肯定想早点儿挖出来。”

欧阳轻轻“嘘”了一声：“哎，别出声。瞧，那边开过来一辆汽车。”

一辆面包车开过来，熄火，停下。

几个民工往路边卸东西。欧阳用望远镜望去，卸下的是小型汽油发电机、风钻、铁锹、十字镐。

老徐：“动静还挺大，施工队都搬来了。”

郭超：“这肯定是干黑活的，现在有钱什么人都能雇到。”

最后从车里下来一男一女，在路边竖起一块牌子：“电缆施工，请绕行。”

欧阳把望远镜递给郭超：“看看是不是威仔?”

郭超接过望远镜看了一会儿，肯定地说：“没错，就是他俩。”

那边准备工作就绪，威仔掏出手机，按了几个号码，似乎得到了可以开工的指令。汽油发电机“嘟嘟嘟”地发动起来，风钻“突突突”地朝着柏油路面钻下去。

郭超：“动手吧?”

欧阳：“急什么？让他们把金头挖出来，来个人赃俱获，我们不还省事了嘛。”

欧阳用望远镜看见现场的人都停住了手，路边的土已经堆成了小山。

威仔给了民工们一些钱，民工们把工具抬上了面包车，离去。

只见威仔用手机拨号，跳下坑去，在坑里一锹一锹地往外铲着土。

一辆黑色的轿车开过来，熄火，停在坑边。

欧阳高兴地说："林老板终于到场了。"

104. 外　挖掘现场　夜

楚志军蹲在坑边，对下面的威仔说："挖到了吗?"

威仔兴奋的声音："老板，挖到了!"

一个沾满黄土的纸盒子被从坑里递上来，楚志军小心翼翼地接过来。

楚志军撕开纸盒，颤抖着一层层打开裹着的床单，打开最后一层塑料布时，突然眼前一亮，黄澄澄、金灿灿的一颗金头呈现在眼前，金头上的那颗硕大的钻石，在月光下反射出晶莹的光芒。

楚志军抚摸着金头和钻石，抑制不住激动的心情："真的是金头！真的是金头!"

这时，威仔和苏嫚从轿车里架出被绑得结结实实、堵着嘴的冉承森走过来。

楚志军得意地对跪在坑边的冉承森说："我答应你让你好好欣赏一下金头，看看这颗钻石。完了呢，你就在金头待了几十年的地方永远做你的金头梦吧。"

冉承森看着金头，浑身颤抖着，想说什么又说不出来。

楚志军一挥手："把他埋了!"

威仔和苏嫚把他推进坑里，开始填土。

楚志军抱起金头刚要转身，突然，四面的几辆警车的车灯亮起，欧阳和搭档们握枪冲了上来。

欧阳一步冲到楚志军面前："楚志军，把金头放下!"

楚志军似乎很淡定，吹吹金头上的土，从兜里掏出一块儿黄绸布，将金头包好，递给欧阳："你就是欧阳山的儿子欧阳为民吧?"

欧阳接过金头，点点头："我就是。"

楚志军感慨地说："像你爸爸。"

楚志军伸出手，让欧阳给自己戴上手铐。

几个搭档早已经将威仔和苏嫚制服并戴上手铐。

冉承森被从坑里救上来时已经疯了，一出来便狂喊："金头，我的头是金的！哈哈哈……"

105. **外　欧阳山的墓地外路上　日**

一辆车在墓地外停下，欧阳和金彤朝墓地走来。

金彤："案子破了，你也立了大功，怎么不高兴呀？"

欧阳："楚志军在押回去的车上服毒自杀了。都怨我大意，没有好好搜身。"

金彤："那也是他罪有应得，你别放在心上。"

欧阳深情地看看金彤："谢谢你安慰我，今天还陪我来看我爸爸。"

金彤："我也该为爸爸感谢欧阳伯伯。"

106. **外　欧阳山墓地　日**

两人走近墓地，只见墓碑前有一束鲜花。欧阳好奇地上前看，只见鲜花里有一封信。信封上有几个大字：欧阳为民亲启。

欧阳在读这封信："欧阳探长，在你读到此信时，我已经不在人世了，我要去另一个世界去找你爸爸，跟他说一句生前没来得及说的话。在我被那个混蛋置于死地绝望的时候，是你爸爸来救我的，他真是个好警察。那时候，冉承森已经多次向上面污蔑诽谤他，他已经自身难保，却还为了几乎是他敌人的人去据理力争。可在那个混蛋面前哪有什么理可讲？虽然他没有，也不可能说服冉承森放了我，可我还是感谢他。我知道，后来他还救了我的妻子。我要对他说，你是我的好大哥。如果可能，你把我的骨灰葬在你爸爸墓旁，让我永远好好陪着他。"

欧阳的眼睛有些湿润。金彤递给他一张纸巾。

"我知道，你爸爸最遗憾的是这个金头的案子没能破，实际上他已经破了案，只是在那个年代如果真的找到了金头，它的命运或许会比静静地躺在地下悲惨多了。我侥幸没有死，跑到国外跟着黑社会混了半辈子。这个集团的董事长看中了这桩买卖，要派人来国内搞到金头。我主动要求办这件事，回到了国内。那个季伟亚是董事长的亲信，他该死，是我让威仔杀的他。在境外他就有好几条人命，他绑架金彤本来是要杀死她的，我命令他放人，并有意让他露出一些破绽，让你能够顺藤摸出这个瓜来。”

金彤：“没想到他还救了我一命。”

欧阳点点头，继续念信：“我回来还有一个更重要的目的，就是要找那个混蛋冉承森报仇。我不想简单杀死他，他是为了那颗金头才利令智昏的，我要折磨他，让他在埋金头的地下永远去做他的美梦。你想问我为什么自杀？告诉你吧，我回来之前得了癌症。”

欧阳读完信，一滴泪水滴在信上。

欧阳跪在爸爸的遗像前，伤感地说：“爸爸，金头案子破了，您高兴吗？”

欧阳山那张正义、耿直、善良的脸的特写。定格。

剧终。（叠印职演员表）

假戏真做

主要人物：

侯　飞	男	32 岁	某公安分局刑警队副队长
马　健	女	23 岁	某公安分局刑警队实习刑警
苗　刚	男	24 岁	某公安分局刑警队实习刑警
孙继国	男	26 岁	某公安分局刑警队刑警
白丽芸	女	30 岁	某市话剧团演员
杨　迪	男	38 岁	某公司副总经理
张大维	男	32 岁	刑满释放人员
钱　静	女	25 岁	某公司公关部经理
陈　平	男	30 岁	倒卖字画贩子
李连贵	男	40 岁	境外文物走私犯

序幕：

都市街景。夜。

两个艳妆小姐搀着微醉的杨迪从一家夜总会出来。

杨迪掐了一把小姐的脸，从装满钱的公文包里抽出几张百元钞，塞进小姐的胸口。

杨迪："今天玩得高兴，钱我有的是，给你。"

杨迪朝小姐挥挥手："拜拜。"

杨迪提着公文包，沿街走着。

杨迪看到有个装扮时尚的女郎在他前面走，喊了一声："丽芸，是你吗？等等我，有话跟你说。"

女郎没有回头，依然往前走。

杨迪加快脚步追上去，女郎高跟鞋的声音也急促起来。

女郎拐进一条昏暗的胡同。

杨迪气喘吁吁地追上女郎，拍她的肩膀，女郎回头。

杨迪看到的是一个戴着面具的男人，手里攥着一把泛光的匕首。

杨迪一惊，下意识地护住提包："你……你是？"

蒙面人握着刀一步步朝他走近，杨迪本能地后退。

杨迪转身要跑，刚回头，突然面对他的女郎手里也攥着一把刀，冷眼看着他。

杨迪恐惧地左右看看，心悸地说："丽芸，你是要钱吗？这包里是十万，全给你。"

杨迪把包丢在地上。

蒙面人步步紧逼，女郎阴冷的目光直视着杨迪。

杨迪颤巍巍地说："别……别杀我，我什么都答应你。"

镜头交替闪现蒙面人和女郎的近景和特写。

蒙面人和女郎同时举起匕首刺向杨迪。

定格。打出片名《假戏真做》。

1. 某饭店客房　晨

"啊——"随着一声狂喊，杨迪猛地从席梦思床上坐起。

身边躺着的穿着睡衣的钱静也被惊醒："杨迪，你怎么了？"

杨迪的情绪渐渐舒缓："妈的，做了个噩梦，我老婆要杀我。"

钱静揉揉眼："吓死我了，还以为有贼进来了呢。"

杨迪点了支烟，靠在床上狠狠地吸了口，开始凝思。

钱静依偎过来，贴在杨迪的胸前："你不是说要跟她离婚吗？什么时候办手续？"

杨迪："快了，等我把那事办妥就离。"

钱静："你是说那幅画儿？"

杨迪点点头。

2. **某城市街景　上午**

马路上，一辆墨绿色的豪华尼桑车进入镜头。

近景。透过车窗玻璃，隐约可见里面驾车的是杨迪，副驾驶座位上是打扮时尚的钱静。

尼桑车在一小区路边缓缓停下。钱静撒娇地搂着杨迪的脖子左亲右亲，然后打开车门下车，扬手说："拜拜。"

杨迪招手飞吻，继续开车。

杨迪驱车驶进一公寓小区，停车下来。

杨迪夹着手包走进电梯。

杨迪从电梯出来，走到1804房间门前，按响门铃。里面音乐声响起，却没有人开门。

杨迪皱皱眉，自语："又没在家？"

杨迪从裤兜里掏出钥匙，插进防盗门钥匙孔里，轻轻一拧，发现门没锁。

杨迪摇摇头："怎么搞得，出门也不锁门。"

3. **白丽芸家　时间同前**

杨迪打开里面的门进屋，喊道："丽芸，在家吗？"

没有听到回答，却隐隐听到卧室里有异常响动。

杨迪抬高嗓门："丽芸，是你吗？"

仍然没有回音。杨迪有些警觉地抽身到厨房拎了把菜刀，紧张地一步一步朝卧室走。

杨迪猛地推开虚掩的卧室门，大叫一声："是谁？别动！"

杨迪看到，床上竟是衣衫不整浑身是血被紧紧绑着的白丽芸。

随着杨迪的惊叫，镜头快闪一个个定格画面：

白丽芸浑身的血迹。

白丽芸被捆绑的绳索。

白丽芸衣不遮体。

白丽芸嘴里塞着自己的胸罩。

屋里被翻得乱糟糟的景象。

白丽芸满脸泪痕、痛苦不堪的表情。

4. 白丽芸家　时间同前

杨迪手忙脚乱地上前给白丽芸解开绳索，取出嘴里塞的东西，把她搀扶到沙发上坐下。

杨迪焦急地问道："丽芸，这是怎么回事呀?"

白丽芸似有难言之隐，掩面呜呜哭起来，稍后，心有余悸地说道："我……被人……呜呜……"

杨迪阴沉着脸，急忙问："他是谁?"

白丽芸："他蒙着脸，我没看清。"

杨迪忿忿地说："这王八蛋！你伤得重不重?"

白丽芸："不太重，他在我肩上划了一刀，流了点儿血。"

白丽芸突然想起什么："你快看看，他把我绑起来，就在屋里乱翻，你快看看丢了什么没有。"

杨迪："你赶紧打电话报案。"

杨迪赶紧跑到书房的一个保险柜前。保险柜已经被撬开，里面空空的。杨迪一跺脚，狠狠地骂着："奶奶的，几百万没了。"

杨迪脚下有个东西硌了他一下，他低头捡起，是个钥匙牌，他看了看，塞进兜里。

5. 刑警队值班室　上午

孙继国手里拿着半个包子，边啃边在计算机屏幕前打游戏，时不时地端起大号玻璃杯，喝上一大口。

马健端着一盒泡好的方便面，边吃边观战。

孙继国拿着包子，一点儿也不耽误，熟练地敲打键盘，眼见着一个个敌手被他的新式武器灭掉，得意地狂喊："你们这些小喽啰，哪禁得起我杀。"

马健看着，似乎也受到感染："你真棒呀，这关快过了。注意，那边又来了个高手，快杀呀!"

这时，侯飞急匆匆地推门进来："都在呀? 有案子，赶紧跟我走!"

孙继国一听，连忙站起来："大周六的，有啥案子?"

侯飞："入室抢劫强奸。哎，苗刚呢？"

马健："刚才还在那儿呢，没走远，我去找。"

马健推门，在走廊里喊了一嗓子："苗刚！"

厕所里有人响应："蹲坑呢，喊什么？"

马健笑了："那你慢慢蹲。有大案子，我们先走了。"

马健回屋。侯飞问："找到了？"

马健坏笑："不出十秒，准有人提着裤子报到。"

话音刚落，门开了，苗刚提着裤子冲进来："侯队，有案子了？"

众人哈哈大笑。

6. 白丽芸家　晚

刑警们忙而不乱地在勘查现场。

闪光灯不时地闪亮。

书房里，侯飞问话，马健写笔录，白丽芸回答问题。

侯飞："你叫白丽芸，单位是市话剧团，今年30岁，杨迪是你丈夫，对吗？"

白丽芸点点头。这时她已经洗完澡，换了衣服，看得出，她似乎还没有从恐惧羞辱中完全解脱出来。

侯飞："你说说今天发生的事，好吗？"

白丽芸掏出手帕，擦擦眼角的泪："今天早晨8点半左右，我在家里看剧本，对了，最近我们剧团在排演一部城市悬疑推理话剧，我演里面的女主角，她也是受害人，没想到我还真的被害了……"（闪回）

7. 白丽芸家　上午

白丽芸在屋里边走边背剧本台词，这时突然门铃音乐声骤响。白丽芸放下剧本，走到门口，问了一声："谁呀？"

门外一个男人的声音回答："煤气公司的。"

白丽芸画外音："我们家的煤气有时老是打不着火，我想可能是杨迪找人来修的，就挺放心地把门打开了。"

门开了，突然闯进来的是一个蒙面男人，他随手关紧门，掏出一把匕首:“别喊,喊就杀死你!”

蒙面人用刀把白丽芸逼进卧室,淫笑着:“你长得真漂亮呀,今天让我尝尝鲜。”

蒙面人上前搂住白丽芸,把她放倒在席梦思床上,开始撕扯她的衣服。白丽芸拼命挣扎反抗,喊叫起来。蒙面人朝她肩窝划了一刀,顿时鲜血涌出。

蒙面人恶狠狠地说:“再喊就一刀捅死你!”

白丽芸恐惧万分,不敢再出声,流着泪,任凭蒙面人剥去她的衣服……

8. **白丽芸家　上午**

白丽芸低着头擦泪,悲戚戚地说:“他干完那事后,把我捆起来,就在屋里翻找钱物。我们放在写字台抽屉里的 8000 多现金、3000 美元和两条纯金项链,最要紧的是……”

杨迪在一边忿忿地接上话茬:“最要紧的是,我们放在保险柜里的一幅名画被抢走了。”

侯飞:“什么画?值多少钱?”

杨迪深深叹了口气:“那是清代八大山人的一幅《残荷》真迹,是我的一个朋友在几年前,花了 420 万拍卖得来的。他去年问我借了一笔钱投资做期货生意,把画押在我这儿,结果亏本了,画就转给我了。”

马健抬头瞅瞅杨迪,问:“现在值多少钱呢?”

杨迪转身从写字台抽屉里拿出一本证书递给侯飞:“两个月前,我拿它去央视鉴宝节目请专家鉴定,电视还转播了,专家给的价位是 668 万元。这是画的原件照片,还有鉴定证书。”

马健:“噢,那期节目我看了,原来持宝人就是你呀。我当时还想,专家为什么非要给个零头?后来专家解释说,这幅画估 700 万也不高,主要是想给持宝人一个心理上的吉利数。”

杨迪后悔不已:“是呀,我现在有点儿后悔,干吗非要去电视台抛头露脸,这下破财招灾了。”

侯飞仔细欣赏着照片,不时地观察着两人的表情,待杨迪说完，转头又问白丽芸："对了，你把这人的体貌特征描述一下好吗?"

白丽芸已经不哭了，端起茶杯喝了一口水，回忆着："他身材不高，不到一米七〇，我是一米六五，也就比我稍高一点儿，他的脸用黑布蒙着，就露俩眼睛，不大，身材显得胖墩墩的，说话是本地口音……"

侯飞在她讲述的时候，在笔记本上用钢笔勾画出一个蒙面矮胖子的线条："是这个样子吗?"

白丽芸点点头："差不多。"

马健："对了，以后再遇到这种事，先别急着洗身。"

杨迪不快地说："这话怎么说，再遇到？一次还不够?"

侯飞连忙打圆场："不是那意思，有了体液证据对我们破案是有很大帮助的，主要还是为你们着想。对了，顺便问一下，今天早晨你在哪里?"

杨迪："哦，昨天我们公司在郊区开会，晚上酒喝多了，没法开车，就住在那个饭店，今天一早 8 点往城里赶，9 点多到的家。"

侯飞点点头："你说这幅画很值钱，你直觉中谁会动它的主意呢?"

杨迪回忆着："谁会呢？哦，我想有这么两个人。一个是我的一个远房表弟，他因为盗窃进去过，他以前从没来过我这儿，只是鉴宝节目播出后，给我打过一次电话，说他想帮我找人出手那画，我没搭理他。"

侯飞："哦，能告诉我一下他的住址和单位吗?"

杨迪："他没职业，住在西城马甲胡同 37 号。"

侯飞记下来，接着问："还有一个呢?"

杨迪点着支烟抽了两口："还有一个叫陈平，是个做字画生意的，自己在文化街开了个门脸儿。"

侯飞："哦，你们是怎么认识的?"

杨迪："在鉴宝节目录制时认识的，其实也不算认识，他是观众方阵的，被主持人点到下来估价的。他说，这是真迹，报价

600万。最后还真让他估对了。节目录完出来时，我们还聊了会儿，互换了名片。”

杨迪说着在身上掏出名片盒，找了找，抻出一张，递给侯飞：“你拿去吧，我留着也没用。”

侯飞：“好吧，我们会尽力破案的。”

9. 警车里　日

孙继国驾车行驶，侯飞坐在副驾驶座上，苗刚和马健坐在后排座位上。

侯飞：“访问事主也是门学问。马健，你刚才那句话说得可不到位，影响事主的情绪，他在配合你工作上就会打折扣，懂吗？你跟苗刚是来实习的，办案自由可不像你们警校教科书上那么简单。”

马健吐吐舌头，谦虚地说：“是，侯队，口误，下次一定改。”

侯飞笑笑：“这还差不多。这可以有下次，那事谁还愿意有下次？”

侯飞沉思片刻，转身说：“你们俩下来快一个礼拜了，今天碰上头一起像点儿样子的案子，你们说说看法。”

苗刚把身子朝前躬了躬，说：“刚才我一直跟孙师父在现场勘查，在客厅和卧室里提取到两个比较清晰的足印，也就39或40码，排除了杨迪的鞋印，这应该就是嫌疑人的。没有发现指纹痕迹，分析是嫌疑人反侦查能力强，戴着手套作案。其他的现场证据没有发现。”

马健也往前探探身，说：“从事主提供的情况来看，我认为，这是一个入室强奸抢劫案。可是关键问题是，强奸是他的主要目的还是抢劫呢？”

侯飞点点头：“你说呢？”

马健犹豫了一下：“这是一个现场的两种不同性质的犯罪。按照白丽芸的说法，嫌疑人先实施了强奸，那说明他是条色狼，早就盯上了漂亮性感的白丽芸，冒充修理煤气的，进来实施强奸。”

苗刚："而后他又顺手牵羊，洗劫了她家的钱财。"

侯飞启发地问："噢，这是一种可能。如果他是为财呢？"

马健："这也不能排除。嫌疑人或许跟我一样，看了电视转播后，盯上了他的这幅价值几百万的名画。又错了，我怎么跟他一样呢？我只是欣赏者。这么说吧，他知道杨迪手里有这幅名画，蓄谋抢劫，于是冒充修煤气的骗开门进来，见女主人漂亮性感，顿起淫心，强奸后又掳走了名画。妈的，一举两得，财色兼收。"

侯飞笑了："你们说得都没错。这里有几种可能，第一种是苗刚说的预谋强奸，顺手取财，第二种是马健说的蓄谋图财，顺带劫色。当然还有第三种可能，流窜作案。这号人有财劫财，有色劫色，心狠手辣。我们从作案动机上分析，顺藤摸瓜，就可以走个快捷方式。"

孙继国笑笑："侯队这是在出题考你们呢，其实第三种可能他心里已经排除了。"

马健和苗刚不语，靠在后座靠背上冥思苦想。突然，马健一跃而起："我知道了，嫌疑人在骗开门时说自己是修理煤气的，他怎么会知道白丽芸家的煤气坏了呢？"

侯飞满意地点点头，意味深长地说了句："第四种可能也不是没有，不过，我们还是先把事主提供的线索排查一下。"

10. 白丽芸居住小区马路边小卖部　日

侯飞和马健走过去，侯飞让马健先上。

马健对一位六十左右的老太太客气地说："大妈，我是公安局的，问您点儿事儿行吗？"

店主老太太："噢，啥事呀，丫头？"

马健："昨天早晨8点半点钟左右您在吗？"

店主老太太："在呀，怎么了？"

马健："那会儿您瞅见对面那楼栋里出来过什么人吗？"

店主老太太想想："那会儿……哦，我儿子给我进货呢，没大留意。"

马健有些失望："真的没看到啥?"

店主老太太摇摇头："没有就是没有嘛。"

马健悻悻地看看侯飞。

侯飞笑笑，上前："大妈，您给我来两听雪碧。"

店主老太太："四块八。"

侯飞掏出五元钱递过去："甭找了。对了，大妈，3点多钟，您进货前，看到有人进去吗?"

店主来太太："噢，那会儿还真有个人进那楼里去了，是个男的，个挺高，还戴副眼镜，有30来岁的样子。"

侯飞："穿什么衣服?"

店主老太太："好像是一件灰色的风衣。"

侯飞："是住那个楼的吗?"

店主老太太摇摇头："从没见过。"

侯飞："得，谢谢您了。"

11. 鞋摊　日

侯飞和马健走到一个40多岁的中年鞋匠身边。

侯飞脱下皮鞋："师傅，您能给我这鞋钉个掌吗?"

鞋匠拿过鞋看看："行呀，两块钱。"

侯飞："您这生意不旺呀。"

鞋匠叹口气："是呀，现在鞋也便宜了，坏了就买新的，修的人不多了。"

侯飞："对了，师傅，昨天早晨8点半点钟左右，有人修鞋吗?"

鞋匠想想，摇摇头："没有，闲着抽了几根烟，也没生意。"

侯飞："那您刚好看到对面那楼栋里一个矮胖子出来，对吗?"

鞋匠想想，摇头："矮胖子没看到，那会儿好像是有个高个子，起码有一米八，挺瘦的，还戴着眼镜的人出来，朝马路那边去了。"

侯飞："穿件灰色风衣?"

鞋匠点点头："没错。"

马健："那您没看他手里拿什么东西了?"

鞋匠摇摇头。

侯飞："还看见别的什么人吗?"

鞋匠："哦，还有个瞎子，在那边蹲着讨了会儿饭，后来就没见到他了。"

侯飞点点头，谢过鞋匠，和马健离开。

12. 文化街风雅画廊　日

侯飞和马健装作闲逛，走进店里。

陈平热情地迎了上来："两位买画吗?"

侯飞："画不大懂。你这儿文房四宝有吗?"

陈平："有，我们这是安徽歙砚的专卖店，还有湖州的狼毫笔、镇江的宣纸，都是货真价实。"

陈平挑了一套百十元的礼盒："打个折，送朋友。"

陈平："108 元原价，90 给你。"

侯飞掏钱："行，包一下。"

陈平收钱包装。这时，他的手机铃响起，陈平掏出手机接听。

陈平："你好，谁呀? 是李总呀，你等会儿……"

陈平对侯飞笑笑："不好意思，我先接个电话。"陈平走到门外小声接听。

侯飞在店里四下看，墙壁上一幅《残荷》引起他的注意。

侯飞朝马健努努嘴："这里也有一幅《残荷》。"

马健过来细看："真是哎，跟我在鉴宝栏目电视里看的一样。"

这时，陈平笑着走过来："怎么，看中这幅《残荷》了? 你要是想要给你打个对折，10000 就卖。"

侯飞故作不知："你这是假的，真的我就要了。"

陈平哈哈一笑："真的? 说出价吓死你，600 万你买吗?"

侯飞故作惊异："600 万? 蒙人呢吧? 瞅我们不懂画，忽悠我们?"

陈平："说你外行你还不服气。前俩月中央台的鉴宝节目还播了呢，不瞒你说，这位藏画的主人我还认识。”

这时，有个顾客拎着幅画进来，开口说：“老板，你这画我退了，假的。”

陈平一脸不快：“什么时候买的？是在我这儿买的吗？”

顾客急赤白脸地说：“怎么不是，昨天下午4点在你这儿买的，你忘啦？你亲口说，这是宗霖大师的真迹，闹了半天你是忽悠我……”

侯飞瞥了马健一眼，朝门口努努嘴，两人出了字画店。

13. 光华文化交流有限公司　日

侯飞和马健走近接待台。接待小姐很有礼貌地问道：“请问二位先生找谁？”

侯飞掏出工作证：“噢，我们是公安局的，找你们总经理有点儿事。”

接待小姐：“有预约吗？”

侯飞：“没有。”

接待小姐拿起电话：“喂，陈总吗？有两位公安局的要见您……什么？好吧。”

接待小姐放下话筒，指指里面：“请吧，总经理在会议室等你们。”

14. 会议室　日

陈总经理热情地招呼进来的侯飞和马健坐下，女秘书为他们沏茶后退下。

侯飞看看一边拿出笔记本的马健，开门见山地说：“陈总你好，添麻烦了，你们公司杨迪副总家的事听说了吗？”

陈总点点头：“杨迪打电话说了，他请了几天假，说要处理这事。”

侯飞：“我们今天来是想了解一下杨迪的情况。”

陈总：“我们会配合的，有什么需要尽管说。”

侯飞：“昨天你们在郊区开会？”

陈总肯定地说：“是呀，昨天是周末，我们有个外地客户谈生意，在龙泉山风景区订的饭店，晚上在那里的野味餐厅吃的饭。杨迪喝高了，我就让他住那儿了。”

侯飞：“哦，那么……”

正在这时，有人敲门，进来的是一身时尚职业装束的公关部经理钱静。

钱静客气地对两人说：“对不起，打搅一下。陈总，今天晚上与深圳那家公司的老总的饭局预定好了，请您定一下谁去陪坐。”

陈总在钱静递过来的一张纸上勾画了几下，还给她：“把饭标准定高点儿。”

钱静点点头，退出去

侯飞：“另外想问一下，杨迪是什么时候到你们公司来的？”

陈总喝了口茶，定定神说：“是这样的，你们是公安局的，有什么我也不瞒你们。杨迪是我的大学同学，毕业后去了文化局，后来调到市话剧团当团长。他跟白丽芸是三年前结的婚，当时白丽芸年轻漂亮，又是话剧团的台柱，追她的人不少，可后来却嫁给了条件一般的杨迪，当时话剧团风言风语不少。杨迪结婚后没多久就来找我，说不想在话剧团干了，我就帮他调进我们公司来了。”

侯飞：“有什么风言风语？”

陈总：“具体我也没问。后来两人关系一直不错，白丽芸为了事业一直不想要孩子，杨迪也很支持和理解。可是最近几个月两人关系突然恶化，到了闹离婚的地步了。”

侯飞感兴趣地问：“是什么原因呢？”

陈总犹豫了一下：“杨迪有外心了，她要离婚，说得有鼻子有眼。”

侯飞：“谁呀？”

陈总放低声：“就是刚才进来的公关部经理钱静。”

侯飞：“真有其事吗？”

陈总：“说不好，公司里风言风语的倒是听说过。是呀，风言风语有时也是无风不起浪，传言也成真的了。这事是人家的个人隐私，我也没有问他。”

侯飞：“好吧，就这些吧。谢谢陈总了，有事再麻烦你。”

侯飞和马健道别陈总，走出公司大门。

15. 光华公司楼外人行道　日

侯飞掏出手机拨号、接听，手机里传来无人接听的铃音，侯飞回拨一组手机号，里面传出：“您拨打的手机已关机……”

侯飞不解地问：“白丽芸没在家，没当回事儿？手机也不开。”

马健：“是不是排演去了。”

侯飞点点头：“有可能。杨迪也不在家，他请了假会去哪儿呢？”

马健：“是呀。”

侯飞：“走，去剧团。”

侯飞无意中回头，看到公司二层的窗帘动了一下，隐约看到了钱静的身影。

侯飞皱皱眉头。

16. 某中低档宾馆　日

杨迪从门外进来，走到服务台。

前台小姐：“请问，需要为您提供什么服务？”

杨迪从兜里掏出一个钥匙卡，问：“请问，你们这里是使用这样的门锁吗？”

前台小姐接过卡看看，又还给杨迪：“对不起，先生，我们宾馆不用这种门锁。”

杨迪道声谢，离去。

17. 另一宾馆　日

杨迪走进大厅，直朝电梯走去。

杨迪出了电梯，在一间客房跟前停下，左右看看，掏出门卡，试着插了插，摇摇头。

18. 街头人行道上　日

杨迪在人行便道上走。

杨迪的手机响了，他掏出手机接听："你说。我在路上。什么？哦……我知道了，好，回头再说吧。"

杨迪看看表，挥手拦了辆出租车。

19. 市话剧团门口　日

侯飞和马健把车停在路边，朝话剧团门口走来。

一个戴墨镜的盲人蹲在地上乞讨。

侯飞走过去，往他的破帽子里丢了个硬币，看看他。盲人操着南方的口音说："谢了。"

20. 话剧团排练小剧场　日

侯飞和马健走进剧场，找个座位坐下。

舞台上正在排演一部话剧，白丽芸出演女主角。

舞台上是个家庭布景，屋里凌乱不堪，戏中的白丽芸与丈夫刚打完架，丈夫坐在沙发上抽烟，白丽芸捂着脸，头发凌乱，动情地说："我同意离婚。也许当初我们的相识就是悲剧的开始，没有爱的婚姻其实就是一场没有结局的情感游戏，男女主角同床异梦，厮守着脆弱的游戏规则，而一旦新的刺激和欲望打破了承受的底线，那些残缺的情愫便被私欲吞噬得荡然无存，在冰冷的躯体上便种下仇恨的种子。唉，人呀……"

台下导演高兴地喊："停。白丽芸，你今天排练得很到位，感觉找到了，不错，不错。你先歇会儿。下一场，男一号和情人的戏再走一遍。"

21. 剧团院里花园一隅　日

侯飞和马健招呼白丽芸坐在凉亭长椅上。

白丽芸："我今天情绪不好，本来不打算来的。张导派车来接我，没办法。下个月就要上演这部戏了。"

侯飞若无其事地点点头："刚在看你演戏真的很棒，那台词不是在背，就像心里在说。"

白丽芸笑笑："过奖了，我出道算上戏校快十年了，这点儿戏还能对付。"

侯飞："你一会儿还要走场子，就不兜圈子了，我们是想了解你跟你丈夫的关系。”

白丽芸：“哦，这事你们昨天没有问起，我也就没说。唉，我们的关系糟透了，谈妥了要离婚，只是还没来得及办手续。”

侯飞追问：“一直是这样僵？”

白丽芸：“不，是最近。”

马健插话说：“什么原因？”

白丽芸沉默片刻：“可以告诉你们，他有外遇了，跟他们公司一个姓钱的公关小姐不干不净的。我虽然没有直接证据，可他们公司都传遍了。我有个同学的朋友在那个公司，她就亲眼看到下班后两人亲亲密密地去饭馆吃饭。他经常借口说开会、应酬，夜里很晚才回家，或者干脆就说在公司里值夜班，整宿不回来。”

侯飞同情地说：“是这样，那么这之前你们的关系好吗？”

白丽芸：“嗯，就那么回事，还好吧。”

侯飞：“哦，对了，你认为谁有可能做出这种事来？”

白丽芸有些敏感地说：“这应该是你们回答的问题。我昨天不是把那人的情况都告诉你们了吗？”

侯飞：“你误会了。我们的意思是，你认识的人当中，有谁对你有过非礼呀什么的，想打你主意的，或者有谁知道你们家有值钱的名画？”

白丽芸：“这我可说不好。漂亮点儿的女人是不是都招坏人惦记，我不能堵住人家的嘴，捂上人家的眼，没有特具体的怀疑对象。知道我们家有值钱画的不少，看过那场鉴宝节目的都知道，可他们怎么知道我家住哪儿呀？我想，会不会是流窜作案的呢？”

侯飞：“哦，你的分析不是没道理。好吧，不耽误你排练了。对了，公演时一定告我一声。”

白丽芸：“好的，再见，有事再找我。”

22. 院外　日

侯飞和马健出来。侯飞有意无意地朝瞎子呆的地方看去，瞎子已经不见了。

侯飞若有所思地问马健："那个瞎子呢？"

马健笑笑："怎么，给的少了，再续点儿？"

侯飞不置可否地说："是呀，是呀。"

23. 刑警队办公室　日

黑暗中，大家在观看计算机播放的投影现场照片。

侯飞："停。"

画面上是清晰的足迹。

侯飞："注意，这对足迹应该就是犯罪嫌疑人留下的，技术科鉴定结果，是39码的新皮鞋，在自由市场鞋摊上花一二十块就能买到的那种。"

马健："那就是说，这人是个矮个子，而且收入不高。"

苗刚："会不会真是修煤气的呀？"

侯飞又用鼠标点后退键，出现白丽芸家被翻得乱七八糟的现场。"大家注意看现场，白丽芸自述丢的现金、外币、首饰的地方都被翻到了，包括保险柜是用撬棍撬开的，作案者没有留下指纹，这给人的感觉是有备而来。"

众人看着侯飞，不时地点着头。

孙继国插话："侯队，我跟苗刚在总队情报数据库里查了，抢劫强奸前科人员中，共有三个脖子带黑痣的，有两个长在后脖颈上，有一个倒是长在前面，不过，他最近因偷汽车犯案，在拘留所关着呢，显然都不靠谱儿。"

苗刚接上话茬："杨迪的表弟那边我们也查了，他那天刚好在外地。"

侯飞点点头，说："现在我们基本上可以排除外来流窜作案的可能。另外，杨迪提供的两个嫌疑人，也都不具备作案时间。种种迹象表明，作案人是预谋实施的犯罪。现在我们来分析一下案情。"

侯飞走到写字板前，拿画笔画了胖瘦高矮不同的两个人："事主白丽芸向我们描述的作案人个不高，偏胖，脖子上有黑痣，特征应该说很明显。可是我们今天了解的情况却相反，两个见证人看到的却是一高个、偏瘦的人，这不是很奇怪吗？这是第一个问题，你们先琢磨着。”

侯飞喝口水，接着又写上了白丽芸和杨迪的名字：“案子发生在两人要离婚之前，原因是杨迪有了外遇。”

侯飞又在画板上写下钱静的名字，插在两人的名字之间。

侯飞接着说：“对于家庭来说，这好像是一个第三者插足引发的夫妻感情破裂，可这里也向我们透露了某种破案方向的信息。”

孙继国：“是呀，我也琢磨这个案子挺怪。现场没有更多的痕迹，事主描述的案发过程合情合理，丈夫不在现场，妻子被强奸，家中巨额财物被抢，这一切的目睹者和诉说者都是他们夫妻两个。”

苗刚：“如果这中间存在着有意或无意的干扰呢？”

马健：“不会是他们夫妻俩在合伙设套让我们钻吧？可他们图什么呀？”

侯飞：“就现在我们掌握的线索来看，什么也不能排除，当然我们什么也不能轻信。明天继国和苗刚再找杨迪聊聊，看看他们认识的人中有没有想弄他名画的人，完事后再到白丽芸那小区找找社区民警，把那栋楼里住的一米八以上的瘦高个捋一遍。”

马健：“我呢？”

侯飞：“你跟我再去话剧团，摸摸白丽芸的底。”

24. 街头闹市　日

白丽芸在便道上边走边打手机。

不远处，杨迪悄悄跟在后面。

白丽芸放下手机，塞进坤包里，走进旁边一家商店。

白丽芸隔着玻璃看到跟踪的杨迪，微微皱了皱眉头。

白丽芸走出商店，继续往前走。

白丽芸在报亭买了份时装杂志，斜看躲在电线杆后面的杨迪。

白丽芸走进一家咖啡厅，找个座位坐下，要了咖啡，悠闲地看杂志。

白丽芸掏出手机，拨打号码。

25. **离咖啡馆不远的路边　日**

杨迪靠在路边的邮箱上，拿着份报纸在看，不时地抬眼看看咖啡馆。

杨迪的手机响起，他放在耳边接听，传来白丽芸的声音："我可以请你喝杯咖啡吗?"

杨迪："你在哪里?"

白丽芸声音："明知故问。"手机挂断。

杨迪把手机装进兜里，走进咖啡馆。

26. **咖啡馆里　日**

两人坐在一隅，服务员给杨迪送上菜单。

白丽芸："给他来一杯卡布基诺，不加糖。"

杨迪扶扶眼镜："谢谢。"

白丽芸："干吗跟踪我?"

杨迪："哦，没有，我是刚好到这儿办事，碰到你，觉得有点儿奇怪。你不是排练很紧张吗，怎么还有空逛街?"

白丽芸没好气地说："你呀，假话张口就来，我还不知道你。说吧，找我有什么事?"

杨迪抿了口咖啡，抬眼看着白丽芸："你那天是不是跟警察没说实话，你跟我说行吗？那人到底是谁?"

白丽芸瞥了他一眼："告诉你，我说的都是实话，我不知道他是谁，我只是受害者。"

杨迪想发火又压抑着："丽芸，我求求你好吗？我答应你，把画找回来，房子、汽车都归你，再给你一笔钱。我说话算数。"

白丽芸平静地说："我真的不知道是谁。"

杨迪威胁地说："你跟我玩心眼儿是吧?"

白丽芸："那是你的专长。告诉你，我跟警察说的都是实话，跟你没有什么补充的了。"

杨迪不甘心："丽芸，看在咱们夫妻一场的分儿上，你把画给我，我们好合好散。”

白丽芸：“好合好散，亏你说得出口。你忘了你是怎么把我搞到手的了？你忘了你是怎么勾引第三者背弃我的了？你以为你是什么东西？”

白丽芸怒不可遏地起身，拎起坤包向门外走去。

杨迪忿忿地朝着白丽芸的背影喊道：“你会后悔的！”

27. 市话剧团保卫科办公室　日

侯飞和马健坐在沙发上。保卫科邹科长是个 40 多岁的中年人。

侯飞品了一口邹科长端上的茶水，平和地问道：“邹科长在话剧团干了多久啦？”

邹科长笑着说：“有十来年了，我从部队复员回来一直在这儿干。”

侯飞：“哦，今天我们来是想了解一下白丽芸的情况。你可能已经知道了，白丽芸家里出了点事儿，前两天她家的一幅价值几百万的名画被人抢走，她也被人强奸了。”

邹科长皱皱眉：“遭劫的事她说了，后面那事没说呀。”

侯飞：“女人嘛，那毕竟不是什么好事。对了，这事只限你知道啊。”

邹科长：“你放心，保卫工作规定我懂。”

侯飞：“我们今天想了解一下白丽芸跟杨迪的关系，把你知道的都告诉我们，好吗？”

邹科长点点头：“白丽芸原来是戏剧专科学校的高材生，毕业前我们团去学校招演员，看她各方面条件不错，就要了她。她的戏演得不错，上了几个角色，一下就小有名气了。白丽芸年轻，长得又漂亮，那时追她的人不少，可她却嫁给了比她大十岁的杨迪。”

马健好奇地问：“为什么呀？”

邹科长：“当时的传言不少，有的说，白丽芸想攀附团领导，当剧团的台柱子，当明星，也有的说，她是图杨团长家产丰厚。

可这些传言都不靠谱儿。”

侯飞很感兴趣地：“哦，那是什么？”

邹科长：“这是当时在剧团办公室当副主任的李建生亲口告诉我的。”（闪回）

28. 话剧团杨迪办公室　晚

邹科长画外音：“那天晚上，李建生加班赶写一份材料……”

李建生在办公桌前埋头敲打键盘，李建生抬头看看墙上的挂钟，已经8点半了。

李建生拿起热水瓶，是空的。

李建生走出房门，去开水房打开水。

斜对面杨迪房间里亮着灯，李建生似乎听到里面有一男一女说话的声音。

李建生灌满水瓶刚要出门，突然看到杨迪房间的门开了，赶紧停下。

白丽芸头发凌乱，哭着跑了出来。

杨迪追出来，一眼看到站在水房门口的李建生，有些尴尬。

李建生装作什么也没看见的样子：“杨团长，也在加班呀？”

杨迪：“哦，是是。”

杨迪回身进屋去了。

29. 保卫科办公室　日

邹科长：“后来李建生调到市外贸进出口公司去了。我俩关系一直不错，有一次碰到他，他告诉我的。后来两人也结婚了，这事也就不了了之了。”

侯飞：“结婚后他们的关系好吗？”

邹科长：“倒没有发现有什么问题。后来杨迪调到光华公司去了，白丽芸还在团里，事业上不错，在圈子里挺有名气的，还走穴拍了不少电影电视剧什么的。”

马健：“那白丽芸有没有什么仇人，或者有打她主意的什么人？”

邹科长摇摇头：“这我就说不好了。这样吧，我带你们去演员办公室找几个她的朋友聊聊。”

30. 演员办公室　日

几位女演员正在办公室里看书、背台词。

邹科长带着侯飞和马健进来，向大家介绍：“这是公安局的侯同志和小马，这两位是白丽芸的同事，在一个演员队，这位叫林霞，这位叫陈玲。”

侯飞寒暄过后问道：“是这样，白丽芸家里遭人抢劫了，丢了不少贵重物品，我们想跟你们了解一下，跟白丽芸认识的人里面，有什么反常的情况。”

林霞：“哦，白丽芸平时挺随和的，她结交的人都是演艺界的朋友，好像没有什么不三不四的人。是呀，她的这些朋友我们一般也都认识，不会呀……”

陈玲：“我倒想起一件事来，不知对你们有没有帮助。”

侯飞：“你说吧，也许会。”

陈玲回忆着：“那是两三个月前了，那天，我们正在排练厅排演……”（闪回）

31. 排练厅里　日

无道具排练场面，七八个演员在做戏。

导演看看表：“好，大家休息 15 分钟，方便一下，接着把最后一场再走一遍就齐活。”

白丽芸和陈玲说笑着走向一边的休息间。白丽芸对陈玲说：“我去趟洗手间。”

陈玲坐在椅子上，拧开一瓶矿泉水刚要喝，听到旁边白丽芸挎包上随手放着的手机响起来。

陈玲犹豫了一下还是拿起来接听，里面是一个男人似乎挺激动的声音：“丽芸，我是……”

陈玲画外音：“本来我怕有人有什么急事找她，一听这称呼，赶紧声明我不是白丽芸，让他稍等会儿，我去叫。”

陈玲拿着手机走到门外，刚好碰到要进门的白丽芸：“白姐，你的电话。”

白丽芸接过电话放在耳边："喂，我是白丽芸，你是……"

陈玲画外音："看得出，这个电话里的人让白丽芸也感到意外和吃惊。"

白丽芸朝陈玲笑笑："不好意思，老同学。"

白丽芸边说边向门外走去。

陈玲画外音："她这个电话打了很长时间，排练开始了她还没回来。"

排练厅里，导演召集大家继续拍戏，左右看看："哎，白丽芸呢？"

陈玲故作不知："刚才还在休息室里，我去找。"

陈玲走到门外，朝远处打电话的白丽芸招手："白姐，快回来，导演生气了。"

白丽芸匆忙又说了几句话，把手机放进口袋里，匆匆跑了过来。

陈玲发现白丽芸脸上有泪痕，关切地问："怎么了，白姐？"

白丽芸："哦，没事。走吧。"

白丽芸边掏手帕擦泪，边向排练厅走去。

32. **话剧团排练厅　日**

陈玲："那天，她就像掉了魂儿似的，排练时台词老错，导演狠呲儿了她一通。"

林霞："没错，我们还议论呢：白姐怎么就跟变了个人似的，老是心事重重的，接电话也变得神神秘秘的了。"

侯飞颇感兴趣地问："那个男人你们没见过吗？"

两人摇摇头："连打电话都避着我们。"

马健："对了，你听那个男人是哪里的口音？"

陈玲眨眨眼："他讲的是普通话，听不出来。"

侯飞满意地朝她们笑笑："谢谢你们了，再见！"

33. **怡雅酒吧　夜**

酒吧放着温馨轻快的音乐，酒吧一隅，杨迪和钱静并排坐在桌前喝酒。

钱静关切地询问："怎么样？查到了吗？"

杨迪喝得有点儿多："妈的，我就怀疑是白丽芸勾人捣的鬼，可她就是不承认。"

钱静："那个钥匙牌是她的？"

杨迪："不知道，我家里没有这玩意，会是谁的？"

钱静："对了，你说那幅画真的很值钱？"

杨迪红着眼睛："够咱们用一辈子了。"

这时，钱静放在桌上的手机响起短信铃音。

杨迪敏感地问："谁呀？"

钱静拿起手机，翻页看看："讨厌，又是广告。"

钱静娇嗔地靠进杨迪的怀里："你答应我，找到画，就跟她办离婚手续娶我。"

杨迪似有所动地摸摸钱静的脸："我答应。"

钱静："我能帮你什么？"

杨迪端起杯子喝了口酒："我就不信，他们不见面。"

34. 酒吧门外　夜

杨迪和钱静出来，走到路边开车。

那个戴墨镜的瞎子走近，手里拿着破帽子，朝他们比画。

杨迪厌恶地推开他："去去去，没钱给你。"

瞎子被推了个趔趄。

钱静从坤包里掏出枚硬币，丢进他的帽子里。

瞎子连声说，谢了，拄着盲杖走了。

汽车开了。钱静回头看，只见瞎子慢吞吞地走着，不时地朝行人乞讨。

35. 刑警队健身房　日

马健戴着拳套对着沙袋"嘿嘿"地拳打脚踢，练得满头大汗。

苗刚躺在杠铃器下，一下一下地举着杠铃，嘴里一二三四地数着数。

侯飞进来，坐在臂力器前拉动推杆。

侯飞对站起来的苗刚说："人都在这儿，去把你师父叫来，咱们碰碰。"

过了一会儿，孙继国和苗刚进来。

侯飞招呼大家随便坐下："继国，说说你们跑的情况。"

孙继国掏出笔记本："杨迪这几天都没在家，单位也找了，说他请了假没上班。昨天晚上，好不容易把他堵在家门口，情况问了一下，他提供不出什么可疑之人来。他们那楼的情况倒是都摸清了，共有四个符合一米八偏瘦的，跑了一天都排除了。"

侯飞点点头："不错，案情到这儿总算有些眉目了。"

马健："白丽芸说谎了。"

侯飞肯定地说："一开始我们就让白丽芸牵着鼻子走了。是白丽芸为了在离婚前独占那幅价值不菲的名画，伙同一个神秘的男人，弄走了名画，为了转移视线，假报强奸抢劫。这样判断，现场的足迹和她描述的嫌疑人的体态就好解释了。"

马健："是呀，她为了掩盖真相，必然要说相反的话，把高说成矮，把瘦说成胖，还有模有样地说他脖子有块儿黑痣，让你捕风捉影地找去吧。"

苗刚："看来，穿双小号码皮鞋，故意留下脚印，也是他们玩的猫腻了。"

侯飞："这一切只是我们的推理，想彻底搞清真相，最关键还是要找到那个神秘的外地人，拿到证据。"

苗刚："到哪儿去找这个神秘的外地人呢？"

侯飞："这还用问吗？"

马健似有所悟："哦，找白丽芸要人。"

侯飞满意地点点头："暗中操作。"

孙继国："我还有个问题，你们说，杨迪这些日子不上班，又不着家，他在忙乎什么呢？"

马健："找画呗。"

苗刚："他肯定也有了什么线索。"

侯飞："先不管他。苗刚，我问你个问题，下一步该走哪一步棋？"

苗刚："当然是控制白丽芸啦。"

侯飞拍拍苗刚的肩膀："行，看来你们实习几天，还真有长进呀。"

36. 话剧团排练厅　日

舞台上，白丽芸坐在计算机桌前，流着泪在打一份遗书。

白丽芸激情的独白："这个世界充满了阴谋和欺诈，当你一不留神陷入一个生活的骗局时，注定了你的失望和毁灭，那只是迟早而已。今日的欢笑，明日的痛苦，一切都不复存在了。那个令人向往的永恒境界在哪里呢？我要去寻觅，拥抱它……"

警车嘶鸣的背景声。白丽芸慢慢地拿起一个小瓶，拧开瓶盖……

舞台上，冲上几名警察，做敲门状。

白丽芸对着镜子捋捋头发，把药瓶放到嘴边……

民警踹门的动作，民警冲进屋里。白丽芸刚要吞进毒药的瞬间，警察飞身上来，一把夺去药瓶。白丽芸一下瘫倒在地。

张导挥着手高声喊："停！"

白丽芸疲惫地从地上爬起。

张导兴奋地说："真他妈精彩，连我都快掉泪了。"

白丽芸："谢谢张导。"

张导："这几天拍戏很辛苦，下周最后一次彩排，放大家几天假，好好休息一下。"

37. 话剧团外　日

不远的路边，孙继国和苗刚坐在一辆轿车里，紧盯着话剧团门口。

突然听到敲车窗的声音，专注监视的两人吓了一跳，回头看，是个戴墨镜乞讨的瞎子。

孙继国摇开车窗，没好气地说："走走，我都穷得快要饭了。"

瞎子沮丧地离去。

白丽芸出来，穿着一件鲜红的风衣，站在路边。

一辆出租车缓缓停下，白丽芸拉开车门，钻了进去。

出租车驶离路边，汇入车流。

另一侧，杨迪发动车，跟上，旁边坐着钱静。

孙继国和苗刚也开车跟上。

38. 出租车里　日

白丽芸掏出手机拨号。

白丽芸手机里传来音乐铃声，白丽芸瞅瞅专注开车的司机，小声说：“你在旅店里？我马上就到，一会儿见。”

白丽芸把手机放回包里，脸上浮现一丝微笑。

39. 杨迪车里　日

杨迪得意地说：“我说吧，就不信她不去见那人。”

钱静笑着附和着：“谁能算计过你呀。”

这时，钱静的手机短信铃音响起，钱静翻看，脸色微变。

杨迪转头问：“谁来的？”

钱静：“哼，老是这个装卫星天线的，恨不得天天给你发一遍。不行，我今天得教训他一下。”

钱静一边按键一边小声念着：“你再给我发这种短信，我就到公安局举报你。”

杨迪：“算了吧，管什么用，他也是靠这吃饭。”

40. 警车里　日

苗刚有些激动：“真他妈过瘾！平时净看电影电视里跟踪追击，今天也当回主角。”

孙继国专心地盯着前面的目标：“没那么简单，等你毕业分下来就知道了。”

苗刚：“看来咱们分析得没错，杨迪也是走的顺藤摸瓜这步棋。”

41. 出租车里　日

白丽芸的手机突然响起，白丽芸连忙从包里拿出手机，放到耳边接听。

手机里是一个男人的声音：“不要问我是谁，注意看你的车后面，有人跟踪你。”

手机挂断，白丽芸急忙回头，果然看到紧跟其后的杨迪。

白丽芸连忙拨打手机，待接通后轻声说：“有人跟踪我。今天不过去了。你也多加小心。”

白丽芸对司机说：“前面右拐，去幸福小区。”

42. 某市戏剧专科学校保卫科办公室　日

保卫科丁科长热情地招呼侯飞和马健坐下，忙不迭地沏茶倒水：“我们公安局文保处李处长关照过了，全力协助你们的工作。”

侯飞客气地说：“多谢了。我们来是想了解一下白丽芸的情况。”

丁科长：“谁？白丽芸？”

侯飞：“怎么？你熟？”

丁科长：“算你问到点儿上了。白丽芸我太熟了，不就那个挺漂亮女学生吗？”

侯飞：“哦，这还真巧了。”

丁科长有了话头：“她那会儿可是我们戏校的校花。”

马健：“追她的人不少吧？”

丁科长：“那当然了，不说一个连吧至少有一个加强排。不过白丽芸这姑娘还算正经，这里跟他有亲密关系的只有一个人。”

侯飞感兴趣地问：“哦，他叫什么名字？”

丁科长：“张大维。”

侯飞：“瘦高个，有一米八几，对吗？”

丁科长：“对呀。”

侯飞：“他后来是不是犯事了？”

丁科长诧异地问：“怎么，你们都知道这事？”

侯飞笑笑：“不，我只是猜测。”

丁科长翻出一本案卷，找出一张照片，递给侯飞：“要不说你们当警察的都神得厉害。哦，这个就是张大维。”

张大维照片的特写。

马健凑过来看：“还真挺帅的嘿。”

侯飞："你详细说说。"

丁科长叹口气："唉……要说这个年轻人真够倒霉的，眼看就快毕业了，没想到出了那档子事，那会儿，他正跟白丽芸谈朋友，在热恋中，那天晚上，他们看电影出来……"（闪回）

43. 街头偏僻路边　夜

白丽芸和张大维拉着手有说有笑地在人行便道上走着。

迎面过来几个喝得醉醺醺的小流氓。

相遇时，小流氓拦住两人，眼光淫邪地盯着白丽芸："嚯，这姐们儿长得真靓呀，走吧，跟我们玩玩去。"

流氓甲上前去拉白丽芸的手，被白丽芸挣开："你们要干吗？"

流氓乙推开护着白丽芸的张大维，搂住她就要亲嘴，被白丽芸扇了一个耳光。

小流氓被激怒了，围上来要动手。张大维奋力与他们搏斗。

白丽芸被一个拿着刀子的小流氓逼到墙角儿，小流氓开始撕扯白丽芸的衣裳，白丽芸高声喊叫。挣扎中，白丽芸被刀划伤，鲜血直流。

另两个小流氓被人高马大的张大维打倒在地，张大维赶忙奔跑过来，解救白丽芸。

张大维看到眼前情景怒不可遏，冲上来紧紧攥着小流氓的手臂。

搏斗中，张大维夺过刀子，愤怒地刺向小流氓的腹部。小流氓惨叫一声，倒在地上。

44. 保卫科办公室　日

侯飞："人死了？"

丁科长沉痛地说："是呀，刺中要害了，送医院没两小时就死了。"

侯飞："刀子抢过来了，就别再下狠手了。"

丁科长："后来，法院以防卫过当判了张大维四年徒刑。"

侯飞一直在低头看卷，末了，恳求地说："丁科长，能带我去那个现场看看吗？"

丁科长："现场我倒是去了不少趟，走吧。"

45. 案发现场　日

丁科长在现场向侯飞和马健讲述当时的情况。

丁科长："当时张大维就站在这儿，白丽芸站那儿，那个小流氓在这个位置，对。"

侯飞认真听着，细细地思考着什么。

46. 汽车里　日

侯飞看看驾车的丁科长："张大维的刑期应该满了。后来你见到他了吗？"

丁科长："见过，他来过学校。"

马健："他肯定是打听白丽芸的去处的。"

丁科长点点头："白丽芸出了这事后，不愿在本地待了，毕业后就到你们那里应聘去了。"

侯飞："张大维入狱后两人关系断了？"

丁科长："张大维说，开始在监狱里还能收到白丽芸的信，后来白丽芸就不给他写信了。"

侯飞："张大维家里还有什么人吗？"

丁科长："他的父母都去世了，在本市好像还有个姑妈，对了，在市第一医院当护士长。"

47. 市第一医院　日

护士长办公室里。张大维的50多岁的姑妈穿着一身白护士服接待了他们一行。

姑妈："你们坐，我去给你们倒水。"

侯飞忙拦住她："不用了，坐不长。"

姑妈叹口气："我哥哥和嫂子死得早，大维这孩子基本上是我给拉扯大的，本来好好的，谁想着……"

侯飞安慰她说："我们今天就是来了解情况的。大维的案子有冤屈，我们正在复查。对了，能帮我们找到他吗？"

姑妈："唉，大维出来后，说是要去S市做买卖，我给了他一万块钱。他走后来过一封信，说是在一家小旅店住着，叫我放心，挣了钱就回来。”

马健：“那封信在吗？”

姑妈：“哦，我找找看。”

姑妈拉开桌子抽屉，翻了一阵，嘴里嘟囔着：“丢哪儿了呢？”

侯飞：“您甭急，慢慢找。”

姑妈手忙脚乱翻腾着：“找到了，就是这封。”

侯飞接过信看看：“只有一个邮编，也没说具体住哪儿。”

姑妈乞求地说：“你们要是找到他，帮帮他。”

48. **白丽芸家　日**

白丽芸穿着睡衣坐在客厅沙发上看电视。

白丽芸的手机短信铃音响起。

白丽芸翻看后随手把手机放在沙发上。

白丽芸起身到卫生间洗浴。

这时，门开了，杨迪进来。

杨迪轻声喊了一声：“丽芸，你在家？”

杨迪见没有应答，刚要大声再喊，一撇头看到沙发上的白丽芸的手机。

杨迪脸上一喜，连忙过去拿起手机，迅速翻看信息。

杨迪一阵窃喜，又掏出自己的手机，照着白丽芸的手机输入一组号码。

杨迪瞅瞅屋里没有动静，轻轻走到卫生间门口，侧耳倾听片刻，点点头，抽身离去。

49. **光华文化公司钱静办公室　日**

钱静正在用座机打电话：“好的，放心吧，你的意思我已经转告他了，估计会有好消息的。”

钱静的手机响起，她匆匆说了句：“回头再说，有电话了。”

钱静放下话筒，拿起手机，里面传来杨迪埋怨的声音：“怎么回事，给谁打电话呢，老占线？”

钱静：“哦，一个客户。有什么情况吗？”

杨迪声音：“他们今晚在西城的一个酒吧会面。”

50. **市邮政局　日**

侯飞和马健在与业务部营业员交谈。

侯飞："请问这个邮编所在的地区有几个旅店、招待所？"

女营业员："哦，请稍等一下，我帮你查查。"

女营业员敲击计算机键盘，很快在荧光屏上出现一组信息："不少呢，我数数，有28家。"

"麻烦你帮打印一张行吗？"

女营业员："好。"

侯飞接过打印好的地址，道谢后离去。

51. **邮局门外人行道　日**

马健："妈哟，这么多呀，一个个问得到猴年马月呀？"

侯飞笑笑："跟你说，这还算少的呢，有时候办案查几百个也是有的。没办法，查吧。"

侯飞拿起手机："继国，你跟苗刚都到新民路来，对，就按照张大维的照片一个个问。"

52. **欣欣酒吧外　夜**

杨迪和钱静坐在车里，密切地注视着酒吧门口。

钱静用手指着："这个人是不是他？"

杨迪把烟掐灭："我也没见过，一会儿你过去看看就知道了，你不是见过我老婆吗。"

张大维从一辆出租车下来，左右看看，推门进去。

53. **欣欣酒吧　夜**

白丽芸坐在酒吧的一个僻静的角落里，一边喝着橙汁，一边不时地向门口张望。

不一会儿，酒吧门开了，张大维进来，四下看看，朝向他招手的白丽芸走去。

白丽芸又向女招待点了一瓶克罗纳啤酒。

白丽芸瞅瞅周围没人注意他们，低声说道："东西还好吗？"

张大维喝了口啤酒，咂咂嘴："没问题，你放心吧。"

白丽芸关心地说："大维，这些日子委屈你了，再等几天……"

张大维深情地说："丽芸，别说这些，我为你做什么都行。"

白丽芸："我知道，我也是为我们今后考虑。对了，过两天你带这东西先回去，这边完了事，我把离婚手续办了就去找你。"

张大维点点头："好吧，这样安全些。"

白丽芸从包里掏出一沓儿钱递给他，疼爱地说："这一万块钱你先拿着，吃点儿好的，别委屈了自己。"

张大维接过钱："好吧，那我先回去了。"

白丽芸："多加小心。"

张大维："嗯，你也小心点儿。"

54. 欣欣酒吧外　夜

钱静从酒吧里出来，坐进汽车。

杨迪连忙问："是吗?"

钱静点点头："没错，是她。"

杨迪颇为得意地说："跟我动心眼儿，她哪儿是对手。"

钱静贴近他娇嗔地说："哼，谁有你精明呀。"

杨迪突然推开钱静，低声说："他出来了!"

张大维从酒吧出来，在门口站了会儿，看到过来一辆出租车，招招手。出租车停下，张大维拉开车门进去。

杨迪打辆车，悄然地跟上去。

55. 金鱼胡同　夜

张大维从出租车下来，左右看看，朝胡同里走去。

张大维走进三层楼的新新宾馆。

杨迪尾随跟进。

杨迪躲在三楼拐角处，伸头窥看。

张大维走到一间客房前，开门进屋。

杨迪走近那间客房，看看房间号，转身与一个提着洗衣袋的男服务生撞了个满怀。

杨迪连忙赔礼道歉。服务生没辙，摸摸被撞疼的脸，捡起掉在地上的洗衣袋，离去。

56. 新新宾馆　日

侯飞和马健从警车里下来，走进宾馆。

侯飞拿着张大维的照片对前台服务员说：“我们是公安局的，跟你打听个人。你们这儿有这个人吗?”

服务员接过照片仔细看看：“有呀，他住不少日子了。叫什么来着，我查查。”

马健：“叫张大维。”

服务小姐：“对对，就是他，住 308 房间。前些日子他还丢了把房门钥匙，赔了我们 100 元钱。”

侯飞兴奋地问：“他在吗?”

服务员：“不在，他一大早就急匆匆地出去了，还跟我们吵了一架。”

侯飞：“怎么回事?”

服务员：“还不是昨天晚上的事。”

侯飞：“昨天晚上发生什么事了?”

服务员冤屈地说：“其实那事跟我们没什么关系，谁知道他发的哪门子火。”

侯飞：“说说怎么回事?”

服务员：“昨天晚上他不知去哪儿了，9 点多才回来，大约在 9 点半左右……”(闪回)

57. 新新宾馆　夜

女服务员坐在前台电脑前打字。

钱静戴着副墨镜进来，走到服务台：“小姐，帮我打个电话给 308 房间的张先生，就说有个姓白的女士有要紧事在大厅等他。”

服务员拿起电话拨号，接听：“喂，你好，我是一楼前台，有位姓白的女士在大厅，说有急事找你。”

钱静坐在大厅的沙发上。

过了一会儿，张大维匆匆下来，走到钱静的跟前。

钱静回身："我是白萍，你是那个周什么……"

张大维感到有些莫名其妙："我不姓周，你找错人了。"

钱静故意拖延："没错。这不是新新宾馆吗？我大姨说了，她妹妹在医院生了个胖丫头，叫我接上你去呢。"

张大维："跟你说我不姓周。神经病呀。"

钱静："哎，你这人怎么张嘴骂人呀？我打电话问问。"

钱静拨号，对着手机说："哎，大姨，我到了。谁呀？是308吗？什么？208？哎，你倒是说清楚呀。"

钱静放下手机，连声道歉："真对不起，弄错了。"

张大维哼了一声，悻悻地离去。

58. 新新宾馆　日

女服务员："今天早晨，张大维突然下来说，他房里丢东西了，我问他丢什么了，他说，你甭管，说我赔不起。我说，昨晚丢的东西，晚上你干吗去了？他说，看足球转播，没发现。他还问我，昨天晚上那女的是怎么回事。这我哪儿知道呀？人家要我帮忙，这也是我们服务的内容嘛。"

侯飞："哦，昨天晚上你后来没见什么人出去？"

服务员："那会儿有一拨结账的，我没大注意。"

马健："让你打电话的女的长得啥样？"

服务员回忆着："中等个，跟我差不多吧，戴个墨镜，我还纳闷呢，大黑天的装酷。不胖不瘦，长得挺顺流儿，穿一件黑风衣，看着挺时尚的。"

侯飞琢磨着，似有所悟地点点头："谢谢你了。张大维还没结账吧？"

服务员点点头："他说这两天走。"

女服务员似乎又想起什么："哎，对了，还有一点我搞不清楚。当时我看他真的像是丢了东西，就说，我帮你打110报案吧？谁想他一听报案，倒有点儿紧张，说，我的事不用你们管。丢了贵重物品，又不报案，是不是有点儿怪？"

侯飞点点头："好，谢谢你了，再见。"

59. 经理办公室　日

张经理是位30多岁的女性，她热情地请侯飞和马健坐在沙发上，忙着沏茶倒水招待。

张经理："你们来得正好，我正要去派出所呢。今天早晨，我们宾馆有位客人说丢了重要的东西，挺着急地出去了。我找员工问这事，有个服务员说，她昨天晚上给客人送洗净的衣服时，在三楼碰到个人，挺可疑的。"

侯飞："把她叫来好吗？"

张经理点点头，拿起电话拨号："喂，洗衣房吗？我是张霞，你叫李璐现在到我办公室来。"（闪回）

60. 宾馆三楼走廊

李璐提着洗衣袋走到走廊拐角处，刚一拐弯儿，看到有个中年男子贴在一间客房门上听里面的动静，听到脚步声猛地回身，跟李璐撞个满怀。

李璐差点儿摔倒，有些愠怒地说："你这人怎么回事呀？"

戴着墨镜的杨迪连忙俯身帮她捡起东西，赔着笑脸连声说："对不起，对不起。"

李璐："你是住这间房吗？"

杨迪："哦，不，我是找个人，真的对不起。"说完急匆匆地走了。

61. 经理室　日

侯飞："他长得什么样？"

李璐回忆着："看样子像三四十岁，中等个，偏瘦，戴个墨镜，那气质像个有档次的人。"

侯飞朝马健点点头，马健会意地回了个眼色。

62. 警车里　日

侯飞握着方向盘，行驶在繁华的街区。

坐在一边的马健望着沉思的侯飞，忍不住开口道："候队，怎么不说话？"

侯飞目视前方："说什么？"

马健："你知道那两个人是谁。"

侯飞笑笑："你也猜到了？没错，应该是杨迪和钱静，他们俩把画又偷回去了。"

马健："那还不采取行动？"

汽车遇到红灯，侯飞踩刹车缓缓停下："采取什么行动？那画本来就是杨迪自己的。"

马健："嘿嘿，也是，还真没咱们什么事。"

侯飞看看旁边的高楼窗户，猛然闪现钱静在公司隔窗偷窥的画面。这时，绿灯亮了，侯飞启动车："有事，我总觉得钱静这个女人有文章可做。"

63. 电脑前　日

侯飞在键盘前操作，注视着显示器。一会儿，电脑显示器上出现了钱静的户籍资料。侯飞仔细地浏览资料，不时地在笔记本上记录些什么。

64. 某社区警务室　日

侯飞和马健在跟一位社区民警了解情况。

侯飞拿出一张钱静的照片递给对方："钱静是这个社区的？"

社区民警看看，点点头："是，没错，就住 4 单元，那边那个门。"

侯飞："这人怎么样，平时接触些什么人？"

社区民警："哦，钱静是去年刚搬来的，没发现她跟不三不四的人有来往，他有个男朋友常来找她。"

侯飞挺感兴趣地问："你认识？"

社区民警："见过一面，不熟。"

侯飞："知道他是做什么的吗？"

社区民警摇摇头："没问。"

侯飞拍拍他的肩膀："谢谢你了，哥们儿。"

65. 刑警队　日

侯飞主持案情分析会。

侯飞："孙继国，旅馆那边布置好了吗?"

孙继国："布置好了，让派出所民警控制呢，只要张大维一露头，他们就通知我。"

侯飞："白丽芸这个案子倒真他妈有点儿意思，夫妻俩闹离婚，都想得到那幅《残荷》。呵呵，几百万呀，倒是值得动动心思。于是，白丽芸伙同前男友来了个苦肉计，弄出个假强奸真盗画的戏来。当然杨迪也不傻，暗中跟踪调查，又勾结钱静把画盗回。案子看来挺简单。"

苗刚："这更像是家庭纠纷。白丽芸顶多也就是报假案，没多大意思。"

马健："是呀，杨迪跟情人一起骗偷的那幅画是他自己的呀，也没什么罪过。"

侯飞走到窗户前，凝视窗外，沉思不语。

侯飞突然转过身来，对孙继国说："那天你们跟踪杨迪，说有个瞎子敲你们玻璃乞讨?"

孙继国："是呀，当时，我正盯着话剧团门口，吓了我一跳。"

侯飞皱眉思索："这个瞎子挺奇怪，在我们案子的当事人周围出现过三次了。马健，还记得吗，白丽芸家门口修鞋的师傅说，见过一个戴墨镜的瞎子，还有那天，我到话剧团找白丽芸也碰到了他。这么寸?"

孙继国点点头："有点儿意思。"

苗刚拍拍头，学着两人的口气："这么说，这案子还真有点儿意思。"

侯飞："是呀，什么事跟钱一沾上边儿，意思就大了，为了钱亲情淡漠，尔虞我诈，甚至图财害命……"

这时，桌上的电话急骤响起。侯飞拿起话筒："你好，我是侯飞。什么？好，我们马上到现场。"

侯飞脸色阴沉，匆忙放下话筒，招呼大家："赶紧出现场。杨迪死了!"

66. 某小区　日

一幢楼门前拦着现场警戒线，有好奇的居民围观，派出所民警正在维持现场秩序。

一辆警车疾驰而来，停下，侯飞和搭档们下车。

侯飞问派出所民警："这是谁的房子？"

民警："户主是钱静。"

侯飞朝搭档们笑笑："离婚后的新房都置好了。"

67. **房间内　日**

杨迪死在卧室的床上，现场勘查的刑警紧张有序地忙碌着。

法医："侯队，死者死因是窒息性死亡，颈部有明显的掐痕，明显为他杀。死亡时间大约在昨晚8点到10点。"

侯飞走近杨迪尸体，闻到一股酒味："他死前喝酒了？"

法医点点头。

现场勘查的刑警在屋里发现很清晰的足迹，正在提取、拍照。

侯飞走到足迹前，蹲下身仔细查看："这一组脚印一大一小，小的是女式鞋留下的，看来是两个人到过现场，一男一女。"

苗刚在卧房里喊了一声："侯队，这儿有部手机。"

苗刚从杨迪枕下找到一部手机，递给侯飞。侯飞按了几下："没电了。"

侯飞把手机小心地放进塑料袋里。

苗刚："侯队，会不会是张大维和白丽芸作的案？"

侯飞："不能排除。对了，你带着技术组的同志赶紧去新新宾馆，比对一下张大维的足迹。马健，跟我去找钱静。"

68. **光华文化公司　日**

陈总扶扶眼镜，对坐在沙发上的侯飞和马健说："钱静请了一周的假，说是去江西老家探亲。"

侯飞："拨她的手机。看看她在哪儿。"

陈总拨号，电话话筒里传出清晰的语音："对不起，您拨打的手机已关机。"

侯飞和马健道谢后离去。

69. 某社区　日

社区民警带着侯飞和马健走进一栋楼内。

出了电梯，社区民警指指，说：“那就是钱静的家。”

侯飞按响门铃，没人应答。

侯飞皱皱眉，挥手说：“没人，走吧。”

70. 社区院里　日

侯飞和马健与社区民警告辞，忽然想起什么：“对了，你上次说，钱静有个男朋友做生意。再想想他是做什么生意的？”

社区民警想想：“哦，想起来了，有一次我在社区碰到钱静，问她忙什么呢，她说，陪男朋友在文化街卸货，会不会……”

侯飞眼睛一亮，拍拍社区民警的肩膀：“谢了。”

71. 文化街陈平字画店　日

侯飞和马健走进店里，发现陈平不在，只有一个年轻伙计在张罗。

侯飞：“你们老板呢？”

伙计：“老板说，这几天到南方进点儿货。”

侯飞朝马健使个颜色，马健会意地走到小伙计跟前：“小钱也去了吗？”

伙计：“你说陈老板的女朋友呀？当然了。”

侯飞和马健交换了个兴奋的眼神儿。

侯飞注意到，挂在显眼处的那张《残荷》仿品不见了：“哦，那张《残荷》画呢？”

伙计：“哦，卖出去了。”

侯飞在店里漫不经心地看着。柜台上的电话响了，伙计拿起听筒：“喂，你好，是李总呀。我们陈老板出差了，你打他手机。手机不开我就没辙了，好……”

侯飞突然灵感大发，对伙计说：“等等，我跟他说。“

侯飞接过话筒：“喂，你好呀李老板，我们见过面，在陈总这里，对，上次我没带名片。最近生意好吗？哦，陈总最近做了笔大生意，发财了。哦，你有急事找他。好，我碰到他让他给你回电话。”

侯飞一边接听，一边用手机记下电话显示屏上的电话号码。

挂上电话，侯飞若无其事地问伙计：“李老板现在还在香港做生意？”

伙计：“是呀，他最近老找我们老板，催着要什么货。”

侯飞满意地与马健交换了个眼神。

72. **警车里　日**

马健开车，侯飞坐在一边。

侯飞发短信：“继国，你马上查一下这个手机号码。”

侯飞放下手机。铃声响起，侯飞接听，手机里响起苗刚的声音：“侯队，杨迪新房里的足迹是张大维的。”

侯飞：“好，你找几个人分头在新新宾馆和白丽芸家蹲守，把传唤证开了。”

侯飞刚放下手机，铃声又响起来：“喂，继国，你说。是香港的漫游手机号码，好，通过省厅让香港警方帮查一下机主的信息。”

73. **某电影厅　夜**

张大维和白丽芸亲热地坐在一隅。

银幕上放映的是一部浪漫的爱情片，两人在窃窃私语。

白丽芸：“大维，我们好久没在一起看电影了。”

张大维：“是呀，我真幸福。”

白丽芸：“大维，你原谅我了吗?”

张大维：“我在监狱里没有一天不想你，就盼着哪天刑满出来跟你在一起。杨迪的事就别提了，他是强迫你就范的，我不怨你。”

白丽芸：“画到手了就有钱了，我们离开这里，到一个大城市舒舒服服地过一辈子。”

张大维：“一会儿我们去哪儿?”

白丽芸：“到我家里去收拾一下，明天一早我们就走。”

张大维动情地紧紧搂着白丽芸。

74. 电影院外 夜

两人手拉手从影院出来，在街上拦住辆出租汽车。

75. 刑警队 夜

正在电脑前操作的侯飞听到电话铃声，拿起话筒：“喂，你好，我是侯飞。省厅刑侦局？马上把电话转过来。你好，我是侯飞。什么？这么快，你们办事效率真高，太谢谢了。我就在电脑前，我有 MSN，马上接收，好的。”

侯飞边接收电脑信息边念道：“李连贵，男，43 岁，从事文物走私多年。”

侯飞打开接收的图片，一张李连贵的单人照片布满荧屏。

侯飞拍案而起：“就是那个瞎子！”

76. 白丽芸家 夜

白丽芸和张大维顺着楼梯一步步走上去。

白丽芸掏出钥匙开门，两人进屋。

白丽芸打开客厅的灯，突然惊叫起来，只见对面沙发上坐着个蒙面人，手里拿着把手枪，黑洞洞的枪口对着他们。

蒙面人：“慢慢走过来，转身，对，就这样，地上有根绳子。白女士，麻烦你把他捆起来。”

两人没敢反抗，白丽芸战战兢兢地把张大维捆好。

蒙面人走过来，使劲紧了紧绳子，给他嘴里塞了东西，把两人掼倒在沙发上。

蒙面人用枪指着白丽芸：“想活命的话，把那幅画交出来。”

白丽芸惊恐地说：“我们没有画，画让杨迪拿走了。”

蒙面人用枪顶着白丽芸的脸：“我知道你们又把它弄回来了。快说，画藏哪儿了？!”

白丽芸恐惧之极，看看一边的张大维。张大维点点头，示意她保命。

白丽芸：“画我们已经发快件寄到他的姑妈家了。”

蒙面人：“真的吗？收据呢？”

白丽芸哆哆嗦嗦地从坤包里取出一张收据，递给蒙面人。

蒙面人接过收据看看，又问：“几天能到？”

白丽芸：“两天吧。”

蒙面人阴笑着：“那就委屈你们两天了，不过在走之前，不能白放过你这么漂亮的娘们儿。”

蒙面人扑上来，搂住白丽芸，开始撕扯她的衣服：“这回来点儿真的。”

张大维两眼冒火，愤怒地挣扎，欲挣脱手脚。

这时，门被撞开，侯飞带着搭档们持枪进来。

侯飞和众刑警用枪指着蒙面人：“不许动，警察！”

蒙面人惊慌失措，乖乖地举起双手。

侯飞上前抓起手枪，在手上掂掂：“玩具枪。”

侯飞挑开蒙面人的黑布：“李连贵，久仰了。”

77. **审讯室　日**

侯飞和马健对面坐着颓丧的李连贵。

李连贵接过侯飞递过的一支烟，深深地吸了口：“我全说。我是在中央台鉴宝节目看到那幅画的，本来想托陈平帮着买那幅画，陈平是个滑头，开口要价600万，我就一面假装应允他，一面潜入内地，伺机把画弄到手。”

侯飞：“于是你装扮成瞎子，暗中监视白丽芸和陈平的行踪，这回你得知白丽芸和张大维又弄回画了，你就企图下手了。”

李连贵：“我是太贪心了。请大陆警官从轻发落。”

侯飞：“陈平去哪儿了？”

李连贵：“他说他是去南方进货了，我推断，他是不是也知道那幅画的下落，提前去取画了？”

侯飞对刑警说：“把他先押下去，带白丽芸进来。”

白丽芸被两个刑警带了进来，她拢拢头发，坐在椅子上。

侯飞端详了她片刻，开口问道：“是你和张大维杀死的杨迪？”

白丽芸猛地一惊，一下子站起来：“什么？你说什么？”

侯飞不动声色地复述：“杨迪死了。是不是你们干的？”

白丽芸："不可能的。我们没有杀人。我们拿走那幅画离开时，他还好好地睡在床上。"

侯飞："你怎么知道是睡，而不是死了呢？"

白丽芸叹口气，开始回忆："自从那幅画叫杨迪和钱静骗走以后，我们不甘心，一直想找回那幅画。那天晚上，我收到一个短信，说画在杨迪家里。我知道杨迪给钱静买的那套房子，到了夜里，我和张大维来到他家里……"（闪回）

78. 某小区杨迪家　夜

小区人影稀少，偶尔有一辆汽车驶过。

白丽芸和张大维在杨迪家门口停下。

白丽芸附耳说："就是这儿。"

张大维："门好像没锁，真是天助我们。"

79. 杨迪屋里　夜

两人蹑手蹑脚地走进屋里。客厅里没有开灯，透过卧室的灯光，他们看到躺在床上的杨迪，打着鼾，似乎在熟睡。

张大维吸吸鼻子，小声对白丽芸说："太好了，他好像喝醉了。你别动，我进屋找画。"

张大维轻手轻脚地走进卧室，看看侧身躺着的杨迪依然鼾声大作。

张大维在屋里翻找，他打开大衣柜，发现画筒立在里面。张大维兴奋地打开画筒，抽出画来看看，又放回去。

两人走出屋，轻轻带上门。

里面，杨迪的鼾声不止。

80. 审讯室　日

白丽芸："我们怕再有什么闪失，就找了家快递公司，把那幅画发给张大维的姑妈家了。"

侯飞："白丽芸，你已经说过一次假话了，我们的术语叫做虚报假案，那是要负法律责任的。要是再不说实话，这回张大维可救不了你了。"

白丽芸似有不解地问："你什么意思？我不懂。"

侯飞："如果你没有健忘症的话，还记得四年前你和张大维遭遇歹徒骚扰的那件事吗？"

白丽芸："当然忘不了，大维已经服完刑了。"

侯飞："不过，应该服刑的是你，而不是张大维。"

白丽芸有些没底气了："你怎么知道？"

侯飞："我去过现场，现场勘查图和死者尸检的照片都看过。当时张大维站在那个位置是不可能捅到死者的左心室的。事实是，张大维协助你夺过刀后，你报复性地刺向那个小流氓，结果误中其心脏致其死亡。这恐怕是你的个性使然。"

白丽芸陷入沉思，低头不语。（闪回）

81. **市区街头偏僻路边　夜**

白丽芸被小流氓持刀威逼，遭受侮辱。张大维愤怒地冲过来，从后面抱住小流氓。

小流氓手中的刀子掉在地上。

白丽芸看看自己身上的血和被撕开的衣服，怒不可遏地捡起刀子，向要逃跑的小流氓刺去。

小流氓惨叫一声，倒在地上。

张大维过去，俯身用手探探小流氓的鼻息："他死了。"

白丽芸惊恐无力地靠在墙上，带血的刀子"当"地掉落在地。

82. **审讯室　日**

侯飞："张大维为了保你，自己承担了杀死小流氓的后果，蹲了四年监狱。所以他出来找你时，你就决定结束跟杨迪不幸福的婚姻，对吗？"

白丽芸开始低声抽泣："那是我的过错，可杨迪真的不是我们杀的。"

白丽芸掩面痛哭起来。

83. **刑警队办公室　日**

侯飞和搭档们分析案情。

苗刚："张大维的供述跟白丽芸一致。难道他们真的不是凶手？那么还有人在他们走后进去杀了人？”

马健：“是呀，还有白丽芸收到的短信。谁的消息这么灵，专门通知他们取走画？”

孙继国：“要不，再提审一下李连贵？会不会他没说实话？”

侯飞思索了一会儿：“对了，那天不是在杨迪的枕头边找到一个手机吗，拿来看看。”

马健出去片刻，复回，手里拿个手机递给侯飞：“技术科的同志检查过了，上面只有杨迪的指纹，里面的通话记录也没什么可疑的地方，只有一段鼾声录音。”

侯飞一拍桌子：“这就对了，立即通缉陈平和钱静！”

84. 某小区　日

侯飞带着几个刑警来到一家门口，侯飞敲门。

里面应声开门的是一位40来岁的中年人。

中年人：“你们找谁？”

侯飞出示了工作证：“这是陈平的家吧？他在吗？”

中年人：“哦，以前是，这房子他两星期前就卖给我了。”

侯飞：“什么？卖给你了？”

中年人：“是呀，他说，要去加拿大移民了，手续都办好了，房子就卖我了。这房子没问题吧？”

侯飞皱皱眉：“没问题。”

85. 警车里　日

侯飞拨打手机：“喂，你好，我是刑警队侯飞。大张吗？哦，麻烦你，急茬儿，赶紧帮我查一下，有个叫陈平的移民加拿大是不是真的？好，我不挂手机……什么？是真的？好，谢了。”

侯飞又拨打一组号码：“喂，机场派出所吗？我是是刑警队侯飞，对。有个叫陈平的，对，去加拿大。查查他是几点的航班？”

侯飞放下手机，等待回音。

过了一会儿，手机响了，侯飞赶紧接听：“我是侯飞。什么？好，知道了。我们马上就到。”

侯飞看看表："还有一个钟头飞机就起飞了，快去机场!"

警车急刹车，掉头，马健挂上警灯，拉响警笛，呼啸着急驰而去。

86. **飞机机舱里　日**

陈平戴着墨镜，和钱静走进机舱，找到自己的座位坐下。

喜形于色的陈平看看表，对钱静说："还有半个钟头就起飞了，我们再也不用担惊受怕了。"

钱静："他们不会发现我们吧?"

陈平不无得意地说："再狡猾的猎手，也斗不过好狐狸呀。"

陈平刚说完，一回头，呆住了，只见侯飞和几个刑警站在他的面前。

侯飞："陈老板，还是把你那句话反过来说吧。你涉嫌谋杀和盗窃字画，跟我们走吧。"

侯飞和马健利落地给他俩戴上手铐。

陈平下了飞机，高声喊："你们抓错人了，我没有杀人，也没有盗窃，你们冤枉好人。"

87. **审讯室　日**

陈平和钱静坐在椅子上。

一边放着他们随身携带和托运的行李。

苗刚和马健分别打开他们的行李，细细查找，没有发现《残荷》真迹。

侯飞："把托运的行李打开!"

两大件托运的行李被打开，里面有几轴包装好的字画。

苗刚和马健一幅幅展开，依然没有《残荷》真迹。

再检查一遍行李，还是一无所获。

陈平似有得意地跳起来："我要投诉你们警察，滥用职权，随意侵害公民人身权利!"

钱静也附和着："没有证据，凭什么说我们杀人盗窃了?"

孙继国上去按住他们："咋呼什么?老实坐着。"

侯飞走上前，从地上拿起一幅画看看，丢到地上，又拿起一幅仔细看，刚要丢，忽然觉得哪里不对劲儿。他把丢在地上的一幅重新拾起，两手掂量着，紧皱的眉头舒展了。

陈平两眼紧盯着侯飞的右手，有些不自然了：“那幅是仿李可染的画，根本不值几个钱，我是喜欢才带去的。”

侯飞仔细看看裱糊的画面：“马健，去找把裁纸刀来。”

马健出去一会儿，回来，递给侯飞一把裁纸刀。

侯飞小心翼翼地裁开纸边，慢慢掀开表层的画，里面果然是那幅八大山人的《残荷》。

侯飞瞅瞅耷拉下头的陈平和钱静：“是狐狸厉害还是猎人厉害?”

88. 审讯室　日

侯飞、马健端坐在预审台前，对面是陈平。

陈平已然失去了刚才的嚣张气焰，低首交待问题：“和李连贵的那笔买卖，一开始我是打算做的。我叫钱静接近勾引杨迪，想法弄出那幅《残荷》。可杨迪看得很紧，钱静一直没有得手，后来没想到白丽芸先下手为强，跟她的过去的恋人把画弄走了……”

侯飞接话（以下穿插实景画面）：“可是白丽芸没有想到，她跟张大维演戏的时候，却掉了链子，张大维把宾馆的房门钥匙丢在地板上，刚好又让杨迪捡到了。杨迪不露声色地暗中跟踪调查，终于查到张大维住的新新宾馆，而后与钱静上演调虎离山，盗走了《残荷》的真迹。下面你说还是我说?。”

陈平：“我说，我说。那天晚上，在杨迪的新房里，我让钱静灌醉杨迪……”（闪回）

89. 杨迪新房　夜

餐桌前，杨迪和钱静两人喝酒。

杨迪已然有些醉了：“钱静，这回把画找回，你的功劳大大的，我怎么犒劳你呀?”

钱静娇嗔地说：“哎，犒劳什么，我不早是你的人了吗? 白丽芸想独吞这么值钱的宝贝，哼，没门儿。来，再干一杯。”

杨迪端起钱静斟满的酒，一饮而尽：“今天高兴，咱们一醉方……休，回头我把画……卖了，咱自己开个公司，我当董……事长，总经理……就你来干……”

杨迪埋头趴在桌上，嘴里继续说着醉话。

钱静见状溜出客厅，开门，让陈平进屋。

陈平急切地问：“画呢？”

钱静指指大衣柜：“在那里搁着。”

陈平急忙上前，拉开柜门把画取出。

陈平打开画轴，贪婪地看着。

陈平不无得意地说：“宝贝，我日思夜想，你终于到手了。”陈平小心翼翼地卷起画轴，放回画筒里。

钱静：“画已到手，我们赶紧走吧？”

陈平：“就这么走，便宜了这小子，我白戴这么长时间绿帽子了。”

钱静吃惊地说：“你要干什么？”

陈平恶狠狠地说：“弄死这小子。”

钱静：“不是你说的舍不得孩子套不住狼吗？你自己愿意呀，别这样。”

陈平挑衅地问：“你是不是真的爱上他了？”

钱静：“你胡说什么？你不是让我演美人计吗？”

陈平看看酒醉不醒的杨迪：“我早就想好了。我们明天就上飞机了，弄死他可以转移警察的视线。等到他们从谜套中钻出来的时候，我们早就在加拿大的土地上了。”

钱静：“你要怎么干？”

陈平：“我让你用他的手机录下这小子打呼噜的声音，这时候就派上用场了。”

陈平说完，走到餐桌前，双手紧紧地掐住杨迪的脖子。

钱静紧紧捂住自己的双眼。

90. 审讯室　日

陈平：“我掐死杨迪，一是因为他占了钱静的便宜我心里窝火，二是为了转移你们的视线，我们好从容不迫地逃出国境。”

侯飞："你掐死杨迪后，把他侧放在床上，然后清理了你们来过的痕迹。之后，你给白丽芸发了短信，让她和张大维来这里。你在杨迪死尸枕头下播放录音，让他们以为杨迪是醉酒后熟睡了，取走了你用赝品掉了包的画筒。这样，白丽芸和张大维自然而然地进入了警方视线，而你们就可以逃之夭夭了。"

陈平叹口气："我是这么想的，可没想到还是栽在你们手里。"

侯飞："服了吗？"

陈平点点头："真服了。"

侯飞："那再把那句什么俗话说一遍。"

陈平哭笑不得地说："再狡猾的狐狸也斗不过好猎手。"

91. **刑警队　日**

侯飞和搭档们正在看案卷。

苗刚看完一本，揉揉眼："我不懂，你们都是老师啊。你们说，为啥钱的诱惑力这么大，有些人绞尽脑汁也要把它弄到手？"

孙继国："那得看是谁了，我就没把钱当东西看。不就是一张破纸吗，生不带来死不带去。哎，对了，侯队，我上次出差打的的钱还没给我报呢。"

众人捧腹大笑。

马健："嗐，钱够花就行了。绞尽脑汁弄钱，有那工夫我还听听音乐、看看大片呢。"

侯飞："其实钱是物质生活的符号，是你的你也你就去享受，不是你的你也别那么贪心。欲念过剩，离毁灭就不远了。"

这时，电话响了，侯飞拿起话筒："喂，哦，让她进来吧。"

侯飞："白丽芸办了取保候审，她说，要来看看咱们。"

有人敲门。

侯飞："请进。"

白丽芸有些矜持地走进来。

侯飞站起来："你好，白丽芸，找我们有事吗？"

白丽芸淡淡地笑笑："我是专门来道歉的，也是来感谢你们的。这件事都怨我不好，报了假案骗你们。后来，要不是你们抓住陈平，我可能要背一辈子黑锅。”

侯飞：“那没什么，破案是我们的职责。这次就当做是个教训吧。我们真心希望，你以后能在艺术的舞台上多演真戏，在生活的舞台上别再演假戏了。”

白丽芸含着泪，动情地说：“再不演假戏了……”

（剧终）职演员表。

雾江奇案

主要人物：

贾斯仁　38 岁　江盛实业公司总经理
甄莎莎　35 岁　贾斯仁的妻子
陈　晶　26 岁　江盛实业公司秘书
陈　莹　28 岁　陈晶的姐姐，贾斯仁的二奶
胡汉杰　30 岁　总经理助理
林章陆　35 岁　公司财务主管
江　汉　30 岁　司机兼保镖
秦　虹　30 岁　《法制时报》记者
萧莉莉　29 岁　贾斯仁的情人
周达伟　30 岁　游轮乘警
曾江涛　40 岁　船长
甄盛江　65 岁　甄莎莎父亲，江盛实业公司董事长
老保姆、女服务员、保安等。

序幕：

朦胧的夜雾，笼罩在江面上。

雾霭中，豪华游轮天使号渐渐驶近。

船尾，从舱门里走出一个身着一身白衣的年轻的女人，女人面无表情，脸上泪痕依稀。

船舷边的露天茶桌旁有几个喝茶的游客，其中一对年轻的情

侣在窃窃私语。女的看着走向船尾的年轻女人，捅了捅身边的男友，两人好奇的目光追随着白衣女人。

年轻女人默默地走到船尾，伫立不动。

江面，游轮驶过，白色的浪花涌动，发出哗哗巨响。

镜头拉近，浪花的特写，一片白色的动感的充满神秘色彩的旋涡。

年轻女人的背影。她拿手帕擦干眼泪，把手帕丢下去。白色的手帕随风飘去，像一只蝴蝶，在江面上漂浮，渐渐踪影全无。

一个年轻服务生托着茶盘走到年轻情侣身边，把一盘点心放到他们桌上。服务生见两人没有说话，顺着他们的目光也朝船尾栏杆处看去。

游轮一声鸣笛，白衣女人一惊。

女情侣脸色突变："不好，她要跳江！"

镜头转向江边的神女峰，一个女人"啊"的尖叫声回荡在漆黑的夜幕里。

汹涌的江涛拍打着岸边的岩石，远去的游轮渐渐淡出视线。

在涌动的江面上打出片名《雾江奇案》

1. 高尔夫球场　日

绿茵茵的草坪上，贾斯仁扶了扶金边眼镜（定格，字幕：贾斯仁　江盛实业公司总经理，饰演演员），手持球杆，看看前面的目标，用力挥杆击球。白色的小球腾空飞起，滚落在远处的水塘边。

女秘书陈晶拍手叫好（定格，字幕：陈晶　江盛实业公司董事长秘书，饰演演员）。贾斯仁朝她笑笑，走近落球点，又挥杆把球打过水塘。

陈晶递过一瓶矿泉水。贾斯仁拧开盖儿，喝了两口。这时，贾斯仁的手机铃声响起来，他把水递给陈晶，掏出手机接听。

电话是贾斯仁的助理胡汉杰打来的。

贾斯仁："喂，哪位?"

胡汉杰（画外音）："贾总，我是胡汉杰。"

贾斯仁似有不耐烦之意："有事吗?"

胡汉杰（画外音）："贾总，您太太在公司，说有事情找您。"

贾斯仁皱皱眉，不动声色地说："我知道了。"

贾斯仁把手机随手揣进裤兜，挥杆，狠狠地把球击向水塘对面。

贾斯仁朝陈晶招招手，示意离去。

2. 停车场　日

贾斯仁的豪华轿车里，司机兼保镖江汉双手抱头靠在驾驶座椅上（定格，字幕：江汉　江盛实业公司总经理司机兼保镖，饰演演员）。

驾驶台上的一部移动电视正在播放一场散打比赛，江汉专注地看着，看到精彩处，不由得做出拳击的动作。

江汉看到贾斯仁和陈晶走来，连忙关上电视，钻出车门迎上前去。

江汉打开后座车门。陈晶欲打开副驾驶座车门，贾斯仁拦住她。

贾斯仁："陈秘书，你坐后面来，我还有事跟你商量。"

3. 豪华车厢内　日

江汉专注地驾驶，偶尔不经意地透过反光镜观察后座。

贾斯仁点着一支烟，吐了个烟圈儿，侧目瞥了一眼身边的陈晶。

陈晶身着一身时尚的职业装端坐，丰满的胸部令人遐想。

贾斯仁往陈晶身旁靠靠，一只手臂搭在陈晶身后的椅背上。

贾斯仁："陈秘书，晚上安排宴请市政府于秘书的饭店订好了吗?"

陈晶："安排好了，在皇朝酒店。"

贾斯仁："够档次吗?"

陈晶："没问题，五星级超豪华包间，最低消费1万。"

贾斯仁点点头，有意无意地把手放到陈晶的腿上，陈晶很有分寸地拿开他的手。贾斯仁乘机抓住陈晶的手，另一只手搂住陈晶。

贾斯仁："陈秘书，你知道我很喜欢你呀。"

陈晶尴尬地推挡着："贾总，别这样。"

贾斯仁有点儿难以自持，把手伸向陈晶的胸部。

江汉从后视镜看到这一切，突然一个急刹车。

贾斯仁没防备，借着惯性，一下撞在前座上。

贾斯仁护着脑袋，气急败坏地吼道："见鬼啦，怎么开的车？"

江汉连忙道歉："贾总，不好意思，赶上红灯了。"

贾斯仁朝窗外看去，果然是红灯，一下兴致全无："妈的，慢点儿不行吗？又不是去奔丧。"

江汉唯唯诺诺地说："是。贾总，您没事吧？"

贾斯仁揉揉前额，"哼"了一声。

4. 某写字楼　日

豪华轿车停在写字楼门前。江汉下车，为贾斯仁打开一侧车门，贾斯仁下车朝楼里走去。陈晶整整衣服，钻出车门，看了一眼江汉冷冷的眼神，追进楼去。

5. 贾斯仁豪华的办公室　日

甄莎莎端坐在沙发上，缓缓地端起茶杯（定格，字幕：陈莎莎　贾斯仁妻子，饰演演员）抿了一口，轻轻放下，从坤包里取出一盒烟，抽出一支用打火机点着，喷吐着烟雾。

贾斯仁推门进来，看了一眼甄莎莎，走到办公桌前坐下，拿起桌上的一个药瓶，倒出一粒，就着老板杯里的水喝下，不冷不热地说："你来啦？有事吗？干吗不回家说？"

甄莎莎把烟在烟灰缸里掐灭："我父亲在医院躺了快半年了，你最近也不抽空去看看。"

贾斯仁漫不经心地把玩着手机，淡淡地说："最近忙，你就全权代表了，忙过这阵我会去的。"

甄莎莎："哼，当初你见我爸爸什么样？现在你出息了，公司大权拿到手，就摆谱了。我算是看透你了。"

办公室外，陈晶拿着贾斯仁的外衣，走到门口，听到里面说话，停下，倾听。

贾斯仁：“你是来跟我吵架的吗?”

甄莎莎：“我没那闲工夫。我今天约了医生去体检，顺路过来问问你，撞我父亲汽车的司机抓到了没有?都半年了，总得有个说法吧?”

贾斯仁：“你问我，我问谁去呀?公安局总不是我开的吧?人家说还在调查，我也不能天天催人家说，明天你必须把案子破了。”

甄莎莎：“我看你是不上心（看看表）。时间快到了，我得去医院了。”

贾斯仁：“好了，回头我再找人问问。哎，你哪儿不舒服?”

甄莎莎：“哼，你还知道关心我呀?我死了你才高兴呢，也不用离婚了，全部财产归你，再名正言顺把你的二奶转正了，多美呀。”

贾斯仁欲言又止：“得，你看你的医生去吧。我这儿还忙呢，恕不远送。”

甄莎莎起身：“哼，劳不起您大驾。”

甄莎莎“嘭”地关门而去。

贾斯仁望着门口，沉思片刻，拿起电话。

6. 贾斯仁办公室门外　日

甄莎莎出门，一眼看到正要进门的陈晶。

陈晶客气地说：“甄太太，您好。”

甄莎莎傲视了一眼陈晶：“你就是陈秘书?”

陈晶谦恭地说：“我叫陈晶。”

甄莎莎上下看看陈晶，点点头，离去。

7. 公司财务总监林章陆办公室　日

办公桌前，林章陆专注地盯着电脑屏幕，屏幕上显示着股市交易的行情。随着股指数字的变化，林章陆的脸上表情也在瞬息之间变幻。屏幕上的股指坐标线直线下跌，林章陆阴沉的脸非常难看。(定格，字幕：林章陆　江盛实业公司财务总监，饰演演员)

林章陆情不自禁地骂了句："又他妈在跌!"林章陆拿起电话话筒，拨了一组号码，话筒里传出悦耳的音乐声。

林章陆气急败坏地说："喂，张刚吗？你给我提供的什么鸟信息？你说中石油会连续三个涨停板，我把公司的资金搁进去一多半儿，现在全套进去了，你说怎么办？要是公司现在用款，我就完了，你知道吗，要蹲监狱的。"

张刚（画外音）："姐大，我不是也被套了吗，几千万呀，我全部家当都搁进去了。到时我比你惨，我会跳楼的。唉，再等等看，说不定这几天会涨上来。"

林章陆哭丧着脸："涨个屁，你把我坑惨了。"

此时，响起敲门声，林章陆放下电话："请进。"

陈晶推门进来："林总，刚才贾总打你电话总是占线，他叫我通知你，马上去会议室开会。"

林章陆脸色恢复正常，笑着说："哦，刚才是银行打来的，一笔入账款的事。好，我马上到。"

8. 公司会议室　日

宽大豪华的会议桌前坐着公司主管。贾总坐在中间喝着茶。

贾总放下茶杯，问身边的陈晶："人都到齐了吗？"

陈晶四下看看："噢，还差胡汉杰助理。他刚才说，要去医院看董事长，我打电话给他，他正在往回赶。"

贾总一挥手："好了，不等了，开会。"

话音刚落，胡汉杰推门进来。

胡汉杰朝贾斯仁招手（定格，字幕：胡汉杰　江盛实业公司总经理助理，饰演演员）："我以为今天没会，打算看看董事长……"

贾斯仁不耐烦地说："行了，我知道了，赶紧坐下开会了。"

胡汉杰入座。贾斯仁转头对陈晶说："你做会议记录。"

9. 市医院　日

豪华病房里，镜头由远至近推向靠窗的一张病床上，甄盛江闭着眼睛躺在床上，对面墙上电视里正在播放股市信息，看得出甄盛江在专注地听。老保姆在轻轻给他按摩头部。

病房的门被轻轻推开，甄莎莎手持一束康乃馨进来。

甄莎莎把窗台上花瓶里的花换下，走到病床前椅子上坐下："爸爸，我来了。"

甄莎莎又微笑着朝老保姆点点头："郝阿姨。"

甄盛江慢慢睁开眼，脸上露出一丝慰藉的笑容（定格，字幕：甄盛江　江盛实业公司董事长，饰演演员），说话困难："胡汉……杰……呢？"

甄莎莎把病床摇起："公司临时有个紧急会，他说，开完会就过来。"

甄盛江："莎莎……警……方……那边……有消息吗？"

甄莎莎对老保姆说："郝阿姨，您先出去一下。"

老保姆点点头，叹口气，轻轻走出病房。

甄莎莎叹口气："我早上问过贾斯仁了。"

甄盛江恨恨地说："别跟……我……提他。"

甄莎莎看着爸爸的样子，眼圈儿红红的，掏出手帕拭泪。

甄盛江攥着拳头："我不会……放过……那小子的。"

甄盛江拉着女儿的手动情地说："爸爸……让你……受委屈了，当初……"

甄莎莎给爸爸倒了杯水，扶他慢慢喝了两口："爸，别说了。当初是我不懂事，现在我知道该怎么办。"

甄莎莎充满仇恨的眼神。

10. 公司会议室　日

贾斯仁："刚才跟诸位介绍了这笔涉外生意的可观收益，做成了，公司就会有2千万利润进账。胡助理，你还是负责联系货船，这次是包船不是搭货，明白吗？你多找几家海运公司。"

胡汉杰点头，在笔记本上记录着。

贾斯仁喝口水，接着说："其他人按各自部门的业务全力协作。林总，你负责筹措资金，我们账上不够的话，再找银行贷些款。"

林章陆的表情有些不大自然。

贾斯仁皱皱眉，问："怎么，林总，今天不舒服？"

林章陆坦然地说："没有呀，我很好，贾总放心，资金不成问题。"

贾斯仁："陈秘书，下周订几张去重庆的飞机票，我们去江陵公司把这批货谈下来。"

陈晶："是，贾总。"

贾斯仁点点头："好，散会。"

11.《法制时报》编辑部　日

一个隔间里，秦虹正在电脑前噼里啪啦地打字，不时地抬头看着屏幕上的文字。镜头拉近，可以看到"法制时报记者秦虹博客"的字样。

秦虹桌上的电话铃声响起，秦虹拿起话筒接听（定格，字幕：秦虹　《法制时报》记者，饰演演员）："你好，我是秦红。谁呀？哦，陈大队呀。最近你们刑警队有什么好案子？哦，好的。有的话第一个通知我哟，我可是咱们刑警队名誉侦查员呀。你打电话给我，是为那篇稿子的事吧？我怎么知道？推理的呀。跟你们跑案子哪能不长本事呀。嗯，放心，这个案子我会等法院判了再发。好，拜拜。"

秦虹放下电话，继续浏览自己的博客。

同事甲也在浏览秦虹的博客，羡慕地说："秦虹，你的博客真火呀，点击率超过千万了，光回帖就上千个。"

同事乙："还是人家选题好，《二奶现象与社会预防之思考》，多吸引眼球呀。秦姐都成了二奶专家了。"

秦虹扔了个纸团儿过去："你就没憋好屁。"

同事丙："秦姐，听说你过去在刑警队干过，干吗不当警察了？"

秦虹叹口气："有一次抓一个持刀劫匪，腿上挨了一刀，伤好了，腿脚就不利落了，想想再干刑警也出不了彩了，大学是学中文的，就急流勇退啦。"

同事甲羡慕地说：“秦姐真是文武双全呀。”

秦虹：“行了，我可禁不住夸。”

12. **轿车里　夜**

江汉专注地开着车。

贾斯仁坐在后座，拿着手机在打电话：“喂，我让你帮我在医院问那个事有消息了吗？”

画外音：“贾哥，我正要给你打手机呢。你老婆是叫甄莎莎吧？诊断结果是乳腺癌，我那朋友就在肿瘤科，没错。”

贾斯仁愣了一下：“哦，我知道了，谢了啊。”

贾斯仁闭上眼，沉思着。

13. **某公寓外　夜**

贾斯仁的轿车停在公寓楼下。

贾斯仁从钱包里拿出几张钞票递给江汉：“江汉，你单身一人，晚上找个地方放松放松。对了，我老婆要是电话打你那儿，就说我……”

江汉接过钱：“谢谢贾总，我不会坏您事的，就说您在外地。”

贾斯仁笑笑：“不，就说我在一个女演员家里。”拉开车门，朝公寓门走去。

江汉愣了一下，有些茫然。

14. **公寓房内　夜**

贾斯仁靠在床上，手里拿着电视遥控器，在看电视。电视画面正在播放风光片《迷人的三峡》，贾斯仁看得津津有味。

浴室门开了，萧莉莉穿着浴衣，露着酥胸，走出来，她在梳妆台前梳梳头，走到床边（定格，字幕：萧莉莉　贾斯仁情人，饰演演员）娇嗔地说：“斯仁，跟你不名不分快半年了，你总说离婚，到现在总该给我个说法了吧？”

贾斯仁：“我的莉莉，你放心，我贾斯仁说话算数，再等等，只要我老婆一离婚，我马上八抬大轿娶你到家。”

萧莉莉：“你不是说有点儿难度吗？哼，我看不是她不肯离，是你舍不得把家产分她一半吧？”

贾斯仁拿起遥控器，关上电视，笑笑："你说得也没错，如果有不舍财的办法，我当然也不会傻到拿几千万不当钱的地步。是吧，我的莉莉？"

贾斯仁迫不及待地一把将萧莉莉拉进被窝。

蠕动起伏的被浪，淡出。

15. 某咖啡馆　夜

昏暗的灯光下，甄莎莎和胡汉杰坐在一隅，喝着酒。看得出，甄莎莎似有病状，气色不大好。

甄莎莎："汉杰，你知道我为什么约你出来吗？"

胡汉杰看着她忧郁的眼睛："你是因为贾斯仁吧？"

甄莎莎怒不可遏地说："这个畜生，我恨不得杀死他！"

胡汉杰："他又怎么了？"

甄莎莎："自从我爸爸出车祸后，他就越来越放肆，在家里当着我的面跟小保姆动手动脚不说，还明目张胆地在外面包了个三流演员当二奶。以前干这事还偷偷摸摸，现在可好，一点儿不避讳了。"

甄莎莎越说越气，颤抖的手端起一杯红酒，一饮而尽。

胡汉杰同情地说："甄莎莎，他是小人得志。我相信，他早晚会有报应的。"

甄莎莎忿忿地说："我跟他一天也待不下去了。"

胡汉杰："我是你父亲的学生，当初跟你父亲一起下海创办了这个公司。你爸爸安排我在他的身边，就是为了让我监督他。你知道吗？他这个人贪婪狡诈，把公司大笔的资金都转到自己暗账上了，让那个财务总监林章陆替他管着。我会想法查清他的私账，不会让这小子得逞。"

甄莎莎点点头，愧疚地说："汉杰，你还怨我吗？当初真怪我没听父亲的劝告，嫁给了贾斯仁，要是……"

胡汉杰深情地说："甄莎莎，我心里一直有你，希望你能幸福。你要是跟他离婚，我会……"

甄莎莎叹口气："世上有些事情是天意，没有后悔药可吃。"

胡汉杰："听说你去医院了，没问题吧？"

甄莎莎摇摇头："没问题。"

胡汉杰关切地说："没事就好。"

甄莎莎看着胡汉杰的眼睛，伤感地说："汉杰，我想求你件事。"

胡汉杰拉住甄莎莎的手："别说求，我愿意为你做任何事情。"

甄莎莎含着泪："你答应我，不管出什么事，你一定要帮我照顾好父亲。"

胡汉杰："我答应。有什么为难的事让我去做，好吗？"

甄莎莎紧紧攥着胡汉杰的手："谢谢你，汉杰。"

16. 贾斯仁家　夜

甄莎莎坐在桌前，桌上放着个利胆平的药瓶。甄莎莎把其中一颗胶囊拧开，把药粉倒出，又从抽屉里取出一个小纸包，把纸包里的东西小心翼翼地倒进胶囊里，拧好。

正在这时，门铃响了。甄莎莎慌忙把胶囊藏进自己衣兜里，收拾好桌上的东西，起身开门。

门开了，江汉和陈晶架着喝得酩酊大醉的贾斯仁进来。

陈晶客气地说："嫂子，贾总今晚喝多了。"

两人把贾斯仁放在卧室床上。贾斯仁一把拉住陈晶，醉醺醺地说："陈秘书，你别走呀，你身上真香，让我好好闻闻……"

陈晶推开他的手："贾总，别这样……"

甄莎莎气得脸色煞白，大声呵斥："贾斯仁，你真无耻到了极点，你还是人吗?!"

陈晶尴尬地挣脱贾斯仁的纠缠，和江汉离去。

贾斯仁说着胡话睡过去了。甄莎莎欲哭无泪，站在门口看着贾斯仁。

17. 江陵大厦　日

贾斯仁几个人谈笑着从旋转门走出。

林章陆满脸恭维地说："贾总，您真不愧是谈判高手，几番话下来，他们就把这批货价砍了两成，又是几百万下来了。”

贾斯仁不无得意地说：“做生意跟打仗一样，兵不厌诈。我说有好几家货源，那纯属蒙他们，他们要是再坚持两分钟，我怕是也挺不住了。还是那句话，谁笑到最后，谁笑得最好。”

众人开怀大笑。

贾斯仁：“章陆，合同签了，人家三天后就要百分之七十的预付款，不会耽误事吧？”

林章陆顿了一下：“哦，不会，我回去就办这事。”

陈晶：“贾总，大事办完了，咱们是不是也轻松一下？我提议，咱们游一下三峡。”

贾斯仁高兴地说：“跟我想一块儿了。陈晶，一会儿让江汉陪你去联系船票，一定要乘豪华游轮，每人住个单间。今天晚上，我们找个夜总会，好好放松一下。”

18. 三峡游轮售票处　日

窗口前，不少人在排队，陈晶也站在队中间。

江汉坐在不远的花坛台阶上抽着烟。

陈晶的手机铃声响，她掏出接听：“您好，我是陈晶。哦，是甄太太……生意挺顺利，我们后天乘船游三峡，从武汉飞回去……您也来？太好了，那我就帮您把船票也买了。”

陈晶把手机放进坤包里。

这时，走过几个流氓混混，看到陈晶，不怀好意地指指点点。

两个流氓走到陈晶后面，插进队里。

有个老妇不满地说：“你们别插队呀。”

流氓甲无赖地说：“谁插了？这位小姐和我们是一起的，是吧？”

流氓乙乘机摸了一把陈晶：“就是嘛，她是我妹妹。”

陈晶羞恨交加：“谁是你妹妹？臭流氓。”

流氓甲嬉笑着：“嘿嘿，嘴还挺辣。走吧，陪我们玩玩去。”

两人说着，推搡着陈晶往一边走。

陈晶急了："大白天你们想干什么？"

排队的人都是一副敢怒不敢言的表情。

江汉把烟扔到地上，狠狠踩灭，冲上来拦住他们："她是我妹妹，放手！"

流氓丙嘴一撇："什么？你妹妹？你叫她一声，看她答应不？"

江汉冷眼瞥着他："那你就叫我一声爷爷。"

流氓甲眼一瞪："你小子欠揍，上！"

几个流氓围上来。江汉冷冷站着没动，待两个流氓刚近身，江汉突然发力，大吼一声，三拳两脚，两个流氓顿时倒地。另外几个仗着人多又扑上来，江汉全无惧色，几个漂亮的散打动作，流氓混混们被打得鼻青脸肿，落荒而逃。

围观的人开始拍手叫好。

陈晶整整衣服，感激地说了声："谢谢。"

江汉若无其事地看了她一眼，默不作声地又回到花坛边坐下，重新点支烟抽起来。

19. 售票窗口　日

陈晶把一沓儿钱递给售票员："天使号豪华游轮三峡三日游。"

售票员："有明天和后天的头等舱。"

陈晶犹豫了一下："那就买后天的。"

江汉抬头看了一眼陈晶。

20. 秦虹家　夜

秦虹坐在电脑桌前浏览自己的博客。

秦虹发现，访客留言栏里有个叫"幽灵杀手"的博友的留言。

秦虹点击，打开留言（特写）："后天，重庆天使号会有特大新闻事件发生，诚邀你来采访报道。机票和船票明天一早特快专递会交给你。"

秦虹疑惑不解地又看了一遍，自言自语："会有这事？"

21.《法制时报》编辑部　日

秦虹刚走到自己的格子间，发现桌上放着一个特快专递大信封。

同事甲："秦姐，刚才快递公司送的。你没在，我替你收的。"

秦虹边开封边说："谢谢你啦。"

信封被打开，里面是一张飞机票和一张船票。

秦虹仔细查看了一下信封的里里外外，坐下来，打开电脑。

秦虹的手机短信铃响起，秦虹从包里拿出手机，按键打开，查看。

手机显示屏特写："良机莫失。"

22. 游轮码头　晨

兴高采烈的游客有说有笑地排队登上舷梯。

船长曾江涛率全体船员和乘警列队欢迎。

曾船长："欢迎光临。"

贾斯仁一行从岸边走来。

贾斯仁神色悠然，甄莎莎挽着他的胳膊，两人有说有笑。

贾斯仁对甄莎莎耳语："你今天怎么了？太阳从西边出来了？"

甄莎莎亦小声地说："当着你那么多属下，怎么也得给你点儿面子呀。"

贾斯仁："没错，咱俩关系好着呢，别听他们瞎传。对了，你上次说去医院检查，查出什么了？"

甄莎莎："没事，是个脂肪瘤，良性的。"

贾斯仁："没事就好。这次出来好好散散心。"

林章陆一边接听着手机一边登舷梯。

陈晶登梯时有些害怕，胡汉杰连忙上来搀扶她。

江汉拎着贾斯仁的公文包，跟在后面。

23. 一辆出租车在江岸码头不远处停下。秦虹付了钱，背着一个电脑包，急匆匆地跑来

24. 游轮拉响汽笛，正要起航，看到有个人远远跑来

秦虹满头是汗，边跑边喊："等等，等一下！"

曾船长对一个船员说："快去，接她一下。"

船员放下个梯子。秦虹顺着梯子爬上来。曾船长伸手拉她上船。秦虹一抬头，惊喜地说："是你，曾船长。"

曾船长意外地问："秦记者？"

秦虹："你还记得我呀？"

曾船长："当然了，你那篇报道写得太精彩了，让我们的游轮也出名了。"

秦虹："看看，那时候我来采访，你还不大乐意。我就跟你说了，报道一发，就是软广告，你的船肯定火。"

曾船长："是呀，我们天使号出名了，效益也就好了。多谢你呀！哎，你这是出差还是旅游呀？"

秦虹："休假，出来散散心。"

曾船长："欢迎，欢迎。小吴，带秦记者去房间。"

一位漂亮的女服务员同秦虹打过招呼，带着她去客房。

25. 随着一声汽笛长鸣，游轮驶出码头

26. 多功能厅门口　日

游客陆陆续续地步入，找座位坐下。

秦虹独自一人来到多功能厅门口，看到贾斯仁、陈晶、江汉和胡汉杰朝这边走来。

秦虹连忙迎上去，与胡汉杰打招呼："你好，胡助理，在这儿又见到你了。"

胡汉杰一愣，随即反应过来："你……是秦虹，秦记者。"

胡汉杰跟身边的贾斯仁耳语一番。贾斯仁玩世不恭地说："哦，《法制时报》的名记，久仰了。"

秦虹不卑不亢地说："如果我没猜错的话，你就是江盛实业公司的总经理贾斯仁喽。"

贾斯仁点点头："没错，是我。"

秦虹："去年找你采访，千呼万唤不出来，想必贾总是有什么难言之隐吧？"

贾斯仁："哦，去年那会儿，我刚好出差。不是胡助理接待的你吗？胡助理后来跟我说了。”

秦虹：“很好的借口，无从查证。”

贾斯仁：“没有采访到我这个当事人，你那篇稿子还是发了，据说反响还挺大。”

秦虹：“只是你这个当事人的真名隐去了。”

贾斯仁：“这么说，我还得感谢你？”

秦虹：“那倒不必了，我尊重事实。”

贾斯仁：“哦，介绍一下，这是公司财务总监林章陆，这是我的秘书陈晶。”

秦虹大方地与两人握手：“幸会。”

贾斯仁客气地一抬手：“女士优先，请。”

27. 多功能厅里

年轻的女导游手持话筒，声情并茂地介绍：“各位游客，欢迎你们来三峡观光。七百里三峡，雄奇险拔，清幽秀丽，四季美景风格迥异。春冬之时，潭水碧绿，清波回旋，怪柏凌峰，瀑布飞悬；夏季水涨，江流汹涌；秋景凄寒，猿鸣哀转……”

坐在一旁的秦虹打开笔记本电脑，敲打了“幽灵杀手？”几个字，随即用眼光观察，思忖着。

曾船长热情地介绍完游览须知后，依次介绍客运、餐饮、船务经理，最后介绍乘警周达伟。

周达伟敬了个礼：“我是乘警周达伟，为大家提供治安服务。”

一直无动于衷地看着船外的江汉听到介绍乘警时回转头看着乘警，专注地听他讲话。

秦虹也注意地看着这位乘警。

28. 船头

游船行驶在江面，两岸山清水秀的景致美不胜收。兴奋的游客尽情地欣赏着大自然的美景。

陈晶站在船舷边，扶着栏杆，目不转睛地看着前方。

江汉坐在一边的凳子上，抽着烟。

一个三四岁的孩子开心地从他身边跑过，年轻的妈妈在后面追："亮亮，别跑，小心摔着。"

随着船的微倾，孩子一个趔趄，差点儿摔倒。

江汉猛地躬身上去，一把扶住孩子。

妈妈跑过来，感激地对江汉说声谢谢，担心地抱起孩子："亮亮，风大，把帽子戴上。"妈妈爱抚地给孩子戴帽子。

陈晶动情地看着母子俩。

陈晶耳边响起姐姐关爱的声音："晶晶，天冷，把衣扣系好。"

陈晶陷入回忆之中。（闪回）

29. 病床前　日

简陋的病床上，陈晶的妈妈弥留之际，颤巍巍地对床边两个十来岁的女儿说："莹莹、晶晶，你爸爸走得早，你妈也要走了。莹莹，你要好好照顾妹妹。"

两个女孩哭着扑倒在妈妈的身上："妈妈，妈妈，你不管我们啦……"

30. 荒野新坟前　日

姐妹俩在妈妈坟前磕头。

妹妹用手背抹抹泪："姐姐，妈妈不在了，我还能上学吗？"

姐姐搂住妹妹，哽咽着："好妹妹，还有姐姐在。"

一阵寒风吹来，妹妹打了个寒战，姐姐关切地给妹妹系好棉衣扣："晶晶，天冷，把衣扣系好。"

31. 船头　日

江汉走到陈晶身旁："陈秘书，这儿风大，回船舱去吧。"

陈晶掏出手帕，擦擦泪，掩饰地说："风是大，吹出泪了。"

江汉把烟蒂丢进江里，转身要走。

陈晶拉住他，直视着他："为什么要帮我？"

江汉淡淡地说："不为什么。"说完转身回船舱了。

陈晶默默地看着江汉的背影。

秦虹在舷窗里注视着他们。

32. 陈晶的客房　日

陈晶在舷梯走廊里朝自己的房间慢慢地走着。

陈晶掏出钥匙，打开房门。

陈晶进屋，回身刚要关门，一个人从身后跟进，把门关上。

陈晶惊惧地回头一看，是贾斯仁。

陈晶定定神："贾总，您来干什么？"

贾斯仁不怀好意地看着陈晶："你说，我还能干什么？"

陈晶往后退着："贾总，别这样，船上这么多人。"

贾斯仁步步紧逼："可现在没人，我真的喜欢你，陈晶。"

陈晶退到床边。贾斯仁一下把她搂住，在她的脸上强吻，陈晶使劲挣扎着："贾总，不……您干吗呀您……"

贾斯仁："陈晶，你答应我，回去我让你当营销部总监，年薪五十万。"

贾斯仁开始在陈晶身上乱摸。陈晶想喊不敢喊，渐渐被压在床上。

就在这时，有人敲门。贾斯仁扫兴地起身。

陈晶整理一下凌乱的衣服，跑去开门。

一服务员手提热水瓶站在门口："对不起，打扰了，给您送开水来了。"

陈晶对服务员说："谢谢。正好，你帮我把卫生间打扫一下。"

贾斯仁悻悻地离去。

33. 林章陆房间　日

林章陆在桌前紧盯着笔记本电脑上股市的行情。一旁放着他的手机。

有人敲门。林章陆问："谁呀？"

贾斯仁的声音："是我。"林章陆开门。

贾斯仁进来，坐在椅子上："林总，我还是担心进货的资金。"

林章陆："没问题，贾总放心，回去我就打款办手续。"

林章陆给贾斯仁倒茶，一看水凉了，喊了声服务员，见没人应，提着热水瓶出去打开水。

贾斯仁坐下，看了一眼他的笔记本电脑，一下看到他的股资数目，自语道："玩得够大的。"

这时，桌上的手机铃声响了。几声铃响过后，他看看门口，拿起手机接听。没等他说话，手机里传出急切的声音（画外音）：“姐夫，糟了，今天股市又跌了，你们公司那笔钱一时半会儿被套死出不来了，你赶紧想办法吧……你怎么不说话，姐夫？”

刚好林章陆提着水瓶进来。贾斯仁把手机递给他，冷冷地说：“你的电话。”

林章陆接过手机：“谁呀？”

手机里传出张刚的声音（画外音）：“姐夫，怎么刚才不是你呀？糟了。不碍事吧？我都说了。”

林章陆气急败坏地说：“你个混蛋。”

贾斯仁走近林章陆。林章陆看着贾斯仁凶狠的目光，步步后退。贾斯仁一把拽住林章陆的衣领，狠狠扇了他一个耳光：“你等着，回去找你算账！”贾斯仁冲出房门。

林章陆揉揉脸，看着贾斯仁离去的背影，绝望地把手机狠狠地摔在地上。

34. **客房过道上　日**

刚冲出林章陆房门的贾斯仁怒气未消，嘴里骂着：“我弄不死你，林章陆！”

贾斯仁一头撞上个人，抬头一看是秦虹。贾斯仁哼了一声，愤愤地朝自己房间走去。

秦虹诧异地看看贾斯仁，又看看林章陆的房间。

35. **船尾茶座　日**

秦虹端着相机，不停地按着快门，拍摄两岸的风景。

秦虹的镜头朝茶座一隅拉近。

甄莎莎和胡汉杰相对坐着。

甄莎莎目视着胡汉杰，伤感地说：“汉杰，你看大自然多美，可我们人类怎么这么丑恶呢？尔虞我诈，贪婪残忍，为了利益，不顾一切，什么亲情友情爱情，都是假的。你猜我现在想什么？我真想离开这个人的世界，变成一棵树，一滴水，一片云，在永恒里感受自然的纯净和美。”

胡汉杰动情地说：“莎莎，别想那么多。善恶有报，会好起来的。”

甄莎莎喃喃自语：“善恶有报，善恶有报。”

胡汉杰把手放到甄莎莎的手背上，轻轻地抚摸着：“莎莎，我爱你，有用得着的地方，我会替你做任何事。”

甄莎莎含着泪点点头，又摇摇头。

秦虹把镜头拉近。两人紧紧握着的双手。甄莎莎的几滴眼泪滴落在胡汉杰的手上。

36. **江面　日**

游轮拉响汽笛，速度减缓，向码头缓缓靠近。

船上广播里，导游小姐甜美的声音清晰可闻：“各位旅客，我们马上就要到本次航程的第一个景点‘丰都鬼城’，请大家在船停稳后依次上岸观光游览。”

丰都鬼城远景。

37. **丰都鬼城景区　日**

游客兴致勃勃地跟在导游后面。导游小姐手持话筒在给大家讲解：

“丰都鬼城名山原名‘平都山’，相传汉代时，阴长生、王方平两人曾先后在平都山修道成仙，白日飞升。道家就把这里列为道都的‘洞天福地’之一。后来，有人误将‘阴’‘王’两姓连缀为‘阴王’，于是名山就逐步被传说附会为‘阴曹地府’的鬼都了。随之陆续建起了许多与阴间相关的寺庙殿宇，有哼哈祠、报恩殿、奈何桥、玉皇殿、百子殿、无常殿、大雄宝殿、鬼门关、黄泉路、望乡台、天子殿、二仙楼、城隍殿、九蟒殿等30多座。山上还有苏轼、陆游、范成大等历代名人的碑刻题咏……”

38. **鬼城景点　日**

胡汉杰招呼贾斯仁走到一尊鬼雕像前照相。

贾斯仁的兴致很高，抱着鬼像做个鬼脸。胡汉杰按下快门。

贾斯仁低头看鬼像的说明，笑了：“哈哈，跟色鬼合了个影。”

贾斯仁指指一旁的一尊鬼像，对林章陆说：“你去跟它合个影。”

林章陆哭丧着脸照完相，低头往前走。

秦虹过去看，鬼像的名称是“财迷鬼”。

39. 奈何桥景点　日

众人围在导游小姐前听她讲解：“奈何桥建于明朝永乐年间，距今已经有600多年历史，奈何就是‘地狱’的意思。这是阎罗王给大家设在阴曹地府的第一道检查站，如果你是个行善积德之人就可以让你放心大胆地走过去，你是一个作恶多端之徒就将被打入桥底的血河池永远受苦。今天大家来到鬼城酆都游览参观，这座桥也不是大家随随便便走过去就行，要走单数过去，三五七九步都可以，因为双数在阴曹地府是不吉利的。”

大家小心翼翼地迈着步，嘴里数着数，走过奈何桥。

秦虹在远处拍着照片。

贾斯仁开始过桥，嘴里小声数着数，他数到6的时候，手包里的手机响起来，他一分神，脚下步子乱了。

甄莎莎高兴地说：“贾斯仁呀，你走了10步，看来你真要倒霉了。”

贾斯仁对着她的耳朵小声说：“谁倒霉还不一定呢。”

贾斯仁拿出手机接听：“谁呀？打错了，你他妈见鬼了！”

40. 天子殿　日

导游小姐讲解：“这里是天子殿，就是阎王爷居住的地方。天子殿前有一‘考罪石’，传说是通往阴曹地府的最后一道关卡。亡魂到此，都要单脚站在考罪石上，挺胸抬头，看着前面‘神目如电’四个大字进行考核。在阳世行善积德的可以顺利通过，造孽作恶的就会被打入十八层地狱受罚。”

贾斯仁招呼大家：“来，我们都试试谁是恶人，谁是善人。”

贾斯仁第一个单脚站到考罪石上，晃晃悠悠地急忙看脚下。

导游笑着说：“这位先生看来有问题。”

贾斯仁问："我有问题？"

导游小姐："这叫低头认罪。"

其他人一个个上去。

秦虹独自一人进了太子殿，发现江汉正在阎王爷像前虔诚地磕头，默默许愿。

过了一会儿，陈晶也走到阎王像前，点着几炷香，跪下，嘴里喃喃地说着什么。

江汉起来，瞥了一眼身边的陈晶。

41. 十八层地狱景点　日

导游的画外音：现在展现在大家面前恐怖的景象，就是传说中的十八层地狱，第一层，拔舌地狱：凡在世之人，挑拨离间，诽谤害人，油嘴滑舌，巧言相辩，说谎骗人，死后被打入拔舌地狱，小鬼掰开来人的嘴，用铁钳夹住舌头，生生拔下，非一下拔下，而是拉长，慢拽……后入剪刀地狱、铁树地狱。第二层……

镜头扫过这些狰狞可怖的厉鬼。

一行人紧张心悸的表情。

一个被吓哭的孩子。

一个老妪双手合十，颤巍巍地说："在阳间可不能作孽呀。"

甄莎莎在第八层和第十四层地狱前看，神色有些异样。

几个人观鬼的神态、举止，被秦虹暗中看在眼里。

42. 黄泉路　日

贾斯仁迈步出来，正在"黄泉路"上走，忽听后面有人跟他说话，吓了一跳，回头看是秦虹："吓我一跳，是你呀。"

秦虹笑笑："贾总，没做亏心事不怕鬼叫门，害怕什么？"

贾斯仁耸耸肩："我有什么可怕的，我根本就不信鬼。"

秦虹："我也不信。其实鬼就在人的心中，对吧？"

贾斯仁朝一边努努嘴："我去洗手间。"

秦虹端起相机拍照，镜头拉近指示标牌："黄泉路。"

43. 长江江面　夜

镜头由远推近。游轮行驶在江上。灯火通明的游轮近景。

镜头依次展现游轮上的夜生活，酒吧、歌舞厅、放映厅。

44. 歌舞厅　夜

陈晶正在和林章陆跳舞，林章陆心事重重的，老踩陈晶的脚。

陈晶："财神爷，你怎么啦？这两天情绪一直不好。"

林章陆故作镇定："哦，没什么，有点儿不舒服。"

陈晶："心病？"

林章陆："不，胃口不好，老毛病。"

贾斯仁在吧台挑逗女服务员。

甄莎莎和胡汉杰勾肩搭背在走慢步。

甄莎莎侧身看了一眼贾斯仁，深情地对胡汉杰说："这也许是我们跳的最后一次舞了。"

胡汉杰："你说什么？"

甄莎莎："我恨贾斯仁，我不会饶了他的。"

胡汉杰："你可别胡来，有什么事我替你去办。"

甄莎莎："记住你的承诺，帮我照顾好我的老父亲。"

胡汉杰："你千万别……"

甄莎莎笑笑："没事，我跟你开个玩笑，一切都会好起来的。"

甄莎莎在胡汉杰耳边耳语着什么。

周乘警进来，四处查看一下，看看放在座位上的坤包，对坐在一边的江汉提醒说："留神点儿包。"

江汉点点头："谢谢。"

周乘警："船上还是比较安全的，不过小心点儿没坏处。"

江汉："就你一个乘警？"

周警官："是的。"

江汉："那你够忙的，警察都挺辛苦的，拿钱不多，管事不少，闹不好别人还老投诉你，不好干。"

周警官点点头："你也当过警察？"

江汉摇摇头："哦，不，我有很多当警察的朋友。"

45. 林章陆的房间　日

林章陆在电脑前玩斗地主网络游戏。

林章陆似乎玩得有点儿累了，起来喝口水，看看表，朝门口走去。

46. 秦虹的房间　夜

秦虹坐在桌前，面对笔记本电脑写博客。

击打键盘的声音。秦虹画外音："这一切应该跟我去年写的一篇二奶跳江自杀的稿子有关，那个包了二奶最后又把她抛弃的老总就是贾斯仁。真凑巧，一年后还是在这条游轮上，导演那场悲剧的主要人物又出现了。那么将会有什么事件发生呢？那个给我寄船票的神秘'幽灵杀手'是谁呢？"

秦虹翻看她在鬼城拍摄的几个人神态各异的照片。

47. 林章陆的房间　夜

林章陆在房间里走来走去。

林章陆拿起果盘里的水果刀看看，狠狠地扎在一个梨上，自言自语："不能等死，我要杀了他。"

48. 胡汉杰的房间　夜

胡汉杰仰面躺在床上，死死盯着天花板。

甄莎莎画外音："我恨贾斯仁，不会饶了他。"

胡汉杰起身，从果盘里拿起同样的水果刀，狠狠地把一个香蕉斩成两半。

49. 陈晶的房间　夜

陈晶坐在桌前，默默地拿着水果刀在削苹果。

陈晶看着水果刀发愣。

陈晶打开房门，把削好的苹果轻轻地丢进江里。

50. 江汉一人靠在船栏杆上，抽着烟

江汉看着船两侧渐渐远去的浪花在沉思。

51. 贾斯仁和甄莎莎的房间　夜

贾斯仁穿着睡衣从卫生间出来，坐在沙发上看电视。

甄莎莎在电脑前玩连球的游戏。

贾斯仁想起什么，拿起手机打电话："喂，陈秘书，你来一下，有点儿事跟你交代一下。"

过了一会儿，响起敲门声。

甄莎莎起身开门。陈晶站在门口。

甄莎莎："陈晶，请进吧。"

陈晶进来，被让到沙发上坐下。

贾斯仁："陈秘书，我想起件事。咱们这笔生意是涉外生意，还得跟外贸局办个手续，你琢磨个报告给他们，这么写……"

陈晶听着，记着。甄莎莎在一边用同样的水果刀在削苹果。

陈晶看着甄莎莎手上的水果刀。

甄莎莎把削好的水果递给贾斯仁："老公，吃个苹果。"

贾斯仁接过苹果，在甄莎莎的额头亲了一下："谢谢啦。"

陈晶起身告辞："你们休息吧，我回去就把报告写好。"

贾斯仁起身送陈晶到门外，小声说："还有件事跟你说……"

52. 秦虹的房间　夜

秦虹翻了个身，醒来，看看表一点多了，她似乎再难入睡，爬起来，披件衣服，打开房门。

53. 游轮上　夜

船上静悄悄的，空无一人。

秦虹走到船尾，独自坐在一茶座的椅子上，欣赏着两岸夜景。

这时，随风从一侧飘过来一个塑料袋，刚好落在她的身上。秦虹拿起一看，里面有张卫生纸和一些血迹。

秦虹以为是女人的秽物，说了声："真恶心！随便丢这玩意，不自重。"说着丢到一边的垃圾桶里。

秦虹打个哈欠，回房间去了。

54. 江面上　夜

游轮行驶在夜色里。

渐渐远去淡出的游轮。

55 **餐厅　晨**

秦虹、陈晶、江汉、林章陆、胡汉杰陆续进来，在自助餐盆打完饭菜，端到餐桌上吃。

胡汉杰吃了几口饭，左右瞅瞅，对江汉说："老板呢？怎么没见两口子吃早饭？"

江汉大口吃着馒头："我哪知道，兴许昨晚人家两口子折腾累了，爬不起来了。"

林章陆："不对吧，贾老板平时起得挺早的。陈秘书，要不你去看看。"

陈晶不大情愿地说："人家做好梦，让我去搅和，我不去。"

胡汉杰起身劝陈晶："走，我陪你去。一会儿吃完饭，就要到瞿塘峡了，好不容易来一趟，别错过了景致。"

陈晶放下碗筷，用餐巾纸擦擦嘴："好吧，我们去。"

56. **贾斯仁房间外　晨**

胡汉杰上前开门，门反锁着。

陈晶在敲门。

里面似乎没有动静。

胡汉杰过来，使劲敲门，依然没有动静："不会吧，睡得这么死？"

胡汉杰掏出手机："我打他手机看看。"

胡汉杰拨号，里面似乎有手机铃声，但没人接听。

胡汉杰贴着门听里面动静："见鬼了，手机在响，没人接。"

陈晶有些紧张："我去叫服务员开门。"

过了一会儿，服务员拿着钥匙把门打开。

陈晶和胡汉杰喊着"贾总"朝里走，进去发现，贾斯仁胸前血迹一片，死在床上。

陈晶"啊"地大叫一声，捂住脸不敢上前了。

胡汉杰壮着胆上去，摸摸他的鼻息："真的死了，赶紧报警！"

陈晶急切地对站在门外的服务员说："快，快去叫乘警！"

胡汉杰扫视了一下左右："甄莎莎呢？她去哪儿了？"

陈晶看到桌上的电脑开着，显示器上的 word 文档有这样一行字：“我身患绝症，不愿意再受罪了……”

胡汉杰凑过来，看了一遍遗言，顿足捶胸地说：“莎莎，你真不该干这傻事呀!”

这时，林章陆、江汉和秦虹闻讯跑来，一看这惨景，有些不知所措。

江汉上前，仔细看了看贾斯仁的伤口，并拿手机拍照。

一把带血迹的水果刀，也进入了江汉的镜头。

秦虹也忙着不停地按动相机快门。

这时，曾船长和周乘警急匆匆跑来，大家让开一条路。周乘警走到床前看看，回头说道：“这是命案，都出去，你们看，现场都被你们破坏了!”

秦虹附和着：“对，我们先出去。”

曾船长叹口气：“命案呀，我们天使号又出名了。”

周乘警：“曾船长，我建议，这儿的事先不要对外说，不要影响其他游客的游兴。你派人在船上各处找找，有没有这位女游客的下落。我先向局里汇报。”

周乘警拨打手机。

57. 船头　日

导游小姐在给游客们介绍景致：“瞿塘峡——长江三峡之一，西起奉节县白帝山，东迄巫山县大溪镇，全长八公里，是三峡中最短的一个，但最为雄伟险峻。唐代诗人白居易在《夜上瞿塘》一诗中赞咏：‘岸似双屏合，天如匹练开’。峡中水深流急，江面最窄处不足五十公尺，波涛汹涌，奔腾呼啸，令人惊心动魄。瞿塘峡虽短，却能‘镇全川之水，扼巴鄂咽喉’，有‘西控巴渝收万壑，东连荆楚压摹山’的雄伟气势……”

瞿塘峡两岸险峻奇美的景色。

游客们兴奋激动的神态。

58. 船内临时会议室　日

与屋外欣赏自然美景形成鲜明对照，几个人沉浸在残暴血腥的氛围中，余悸未消，还在议论着这件命案。

林章陆在屋里走来走去：“一个被杀，一个失踪，真是见了鬼了！谁干的？”

胡汉杰坐在椅子上发愣，听了林章陆的话，接着说：“是呀，昨天还好好的，一夜间人没了，唉……”

江汉：“哎，对了，胡助理，你跟甄莎莎可是老同学，又是老相好，不会是你干的吧？”

胡汉杰噌地站起来：“江汉，你别胡说八道，我清白得很。”

陈晶平静地说：“本来是来看三峡美景的，现在都成了嫌疑人，早知道买飞机票飞回去了。”

江汉抽着烟：“我说了不算，等着警察挨个问吧。”

周乘警和秦虹进来。

周乘警：“麻烦大家先在这间屋里待着。我已经请示局里了，这船按正常行程到宜昌港，除了保护好现场之外，我还要负责做些调查询问工作。大家都是与此案有关的人员，希望配合我的工作。这位是秦虹，《法制周刊》的记者，也是我们市局特约联系的记者，她负责协助我做一些证据的搜集工作。”

这时，曾船长匆匆进来，对周乘警说：“小周，我派人把船上都查遍了，没有发现那个叫甄莎莎的女游客。”

周乘警：“您继续派人再细细查找一下，另外问问值夜班的船员，听到什么动静没有。”

曾船长答应着走了出去。

江汉把烟在烟灰缸里掐灭：“事情明摆着，是甄莎莎杀死了贾斯仁，然后投江自杀了。”

林章陆点点头：“那遗书也是这么写的。她说她得了绝症，是癌吗？”

胡汉杰：“她在人民医院做过检查，她跟我说，没大问题。事出有因。甄莎莎为什么要杀死贾斯仁。贾斯仁做事也太绝了。”

陈晶：“我也觉得甄莎莎有一千个理由杀死贾斯仁，可是贾斯仁会对她一点儿防范之心也没有吗？”

秦虹：“看来大家的意见都挺一致，不过我也提一个问题：

甄莎莎即使有理由杀死贾斯仁，可她为什么要在这条游轮上杀死他呢？在任何一个地方不都可以动手吗？”

陈晶：“也许甄莎莎是想最后看看三峡风光吧。她的船票还是我给她买的，当天晚上她就飞到重庆了。”

秦虹：“好，这么解释也说得过去。我还有一个秘密告诉大家，我来这条船的前一天，在我的博客上有个叫‘幽灵杀手’的博友给我留言说，这条船这一天将有重大新闻事件发生。他还专门为我提供了飞机票和船票。今天不是真的应验了嘛。我认为，这个‘幽灵杀手’策划了这一切。”

几个人面面相觑。

胡汉杰：“幽灵杀手？真有点儿恐怖。”

林章陆：“会是谁？”

江汉：“难道是甄莎莎？”

陈晶：“你是说，她不想就这么不明不白地死了，想找位记者把事情的真相抖出来？”

秦虹：“一切皆有可能。不过据我所知，想要贾斯仁死的人，不单单是甄莎莎，对吧？”

秦虹冷眼注视着几个人的表情。

林章陆先跳起来：“你有什么根据？”

胡汉杰愤愤地说：“现在他死了，实话实说，我就是盼他死，他真的该死。”

江汉不冷不热地说：“那是因为你喜欢甄莎莎。”

胡汉杰：“我喜欢怎么啦？要不是贾斯仁当时要心眼儿，哼……”

秦虹看看低着头的陈晶：“陈秘书，你呢？你不恨贾斯仁？”

陈晶看看秦虹，点点头：“我恨，贾斯仁不是东西！”

秦虹：“这么说，大家都恨贾斯仁，都有杀死他的动机。其实我也恨他，去年我写了一篇报道，一个被贾斯仁抛弃的二奶就是在这条船上投江自杀的。他当时不接受我采访，还企图用钱堵我的嘴。有这事吧，胡助理？”

胡汉杰脸一红：“当时确有其事，是贾总吩咐我这样做的。

不过你不在乎钱，我也没办法。”

秦虹：“我在乎钱，可我更在乎自己的良心。所以我也有杀人的动机，为民除害嘛，（笑笑）不过我们在这儿说的话都没有法律效力，一会儿还是让周警官来问大家吧。”

59. **秦虹房间　日**

秦虹在笔记本电脑上写博客。

秦虹敲击键盘的手。

显示器上是秦虹博客的页面。

秦虹画外音：“幽灵杀手预言的特大新闻事件终于发生了。我没想到，竟然是一起谋杀案，贾斯仁被杀，他的老婆甄莎莎投江自杀，这一切都是预谋好的。这个幽灵杀手肯定就在他们这些人之中。那么这个幽灵杀手究竟是谁？杀人的动机又是什么呢？”

秦虹陷入沉思。

陈晶的话外音：“也许甄莎莎是想最后看看三峡风光吧。她的船票还是我给她买的……”

秦虹猛然想起什么，连忙上网搜索。

秦虹对着显示器拨打手机。

秦虹对着手机发问：“喂，你好，机场订票处，我想问一下，前天5月21日飞往重庆的国航3125航班，秦虹的机票是谁订的？”

手机里传出女声：“身份证号110103……是订票网预定的，快递公司送的票。”

秦虹：“能告我快递公司的电话吗？”

秦虹拿笔写着一组号码。

秦虹接听手机：“送到天坛公园门口，一个孩子收的？好，谢谢。”

秦虹继续拨打手机：“喂，请问是三峡航运售票处吗？我想问一下，5月21日天使号游轮特等舱T15号房间的票是谁订的？一位男士网上预订的，不好查，谢谢了。”

秦虹自语：“难道不是她？”

秦虹又拨手机："喂，张浩吗？我呀，秦虹。对了，人民医院有熟人吗？是吗？太好了，帮我查个病人，甄莎莎，对。回去我请你吃饭，拜。"

60. 周乘警舱房　日

周乘警在桌前摊开笔录纸。陈晶坐在一侧接受询问。

周乘警："例行公事做个访问笔录，请你配合，把你所知道的情况说出来。"

陈晶点点头："你问吧，我知道的都告诉你。"

周乘警："昨天晚上你是最后一个见到贾斯仁夫妻的？"

陈晶："我不知道是不是最后一个，我是在10点左右去的他们房间，贾总说，有要紧的事找我，我就去了，进屋后看见贾总和他太太在房间看电视。贾总说，有个给外贸局的急件，要我赶紧写出来。他交代完我就走了。"

周乘警："后来呢？"

陈晶："后来我回房间，上网处理了一下邮件，又看了会儿新闻就睡觉了。"

周乘警："还有别的吗？"

陈晶似乎在犹豫着："有这样一件事，不知跟案子有没有关系。"

周乘警："你说吧。"

陈晶："昨天晚上，我从贾斯仁房间出来时，他送我到门外……"（闪回）

61. 贾斯仁房间外　夜

贾斯仁贴在隔壁的房门上听了听，指指里面，小声对陈晶说："回去后马上报警，把林章陆抓起来。他挪用公司的钱炒股被套了，这笔生意的预付款他根本没地方筹。"

陈晶吃惊地问："真的？"

贾斯仁恨恨地说："没错，这小子关键时给我下绊子，我饶不了他！"

62. 周乘警房间　日

陈晶："我当时感觉，他们就是你死我活。"

周乘警："你怀疑林章陆有先下手的可能？"

陈晶："我说事，你来分析判断。"

周乘警："好吧。没有别的了，你在这儿按个手印。"

63. 秦虹房间 日

秦虹在笔记本电脑前上网搜索着什么。

手机短信的声音。秦虹打开手机翻看。

手机屏幕特写："癌症。"

秦虹思索起来。

64. 周乘警房间 日

这次接受询问的是林章陆。

林章陆拿出手机，调到震动功能上："昨天晚上，我一直在上网玩斗地主，10 点半看的湖北台的股票节目，大概 11 点左右睡的。"

周乘警："你的房间与贾斯仁的房间挨着，半夜里没有听到什么动静吗？"

林章陆摇摇头："我睡觉一般很死，没听到什么。"

周乘警："好吧，那你说说公司的那笔资金的事。"

林章陆一愣："这事你们都知道啦？"

周乘警点点头："这还用问。"

林章陆："这不前些日子股市行情不错，我小舅子说，在证券交易所有人，让我弄笔钱赶紧买进，说不出一月准翻番。我就把公司账上的五百万现金搁进去了，心想，反正一时半会儿用不着，过几天挣了钱再神不知鬼不觉放回去。可谁想赶上金融危机了，一下被套里面了，又偏偏赶上公司要做笔生意，需要交预付款，唉……"

周乘警："这事让贾斯仁知道了？"

林章陆叹口气："是呀，那天，都怪我小舅子胡说……"

周乘警："贾斯仁跟你翻脸了，所以你恨他，恨不得他死……"

林章陆有些激动地站起来："我没有杀他，真的没有！"

周乘警扶他坐下："别冲动。我没有说他是你杀死的吧？我只希望你把实情说出来。”

林章陆沉思片刻：“我怀疑这事跟胡汉杰有关。”

周乘警：“往下说。”

林章陆：“就在出事那天晚上，我上网累了，想出来走走，透透气……”（闪回）

65. 林章陆房间　夜

门开了，林章陆走到船舷一侧远眺。

他站的位置刚好能看到胡汉杰的房门。

过了一会儿，他看见胡汉杰回房间了，又过了一会儿，看到甄莎莎走到门口，左右看看没发现什么，拉开门进去了。

林章陆没言语，轻手轻脚地走近，贴在门上倾听，里面传来细小的窸窸簌簌的声音，过了一会儿又听到胡汉杰狠狠地说：“我杀了他！”

林章陆浑身一抖，又站立片刻，返回自己的房间。

66. 周乘警房间　日

林章陆：“我听得清清楚楚，他说要杀了贾斯仁。”

周乘警：“呵呵，听房是不好的习惯，不过你还是听出点儿名堂来了。还有别的吗？”

林章陆摇摇头：“没了，想起什么再说。”

周乘警把笔录递给他：“看看，没错就在上面按个手印。”

林章陆按完手印：“可以排除我了吧？”

周乘警耸耸肩：“我这只是初步了解一下情况，等船靠了岸，刑警队的来问过才算完。”

67. 临时会议室　日

陈晶坐在椅子上翻着报夹上的报纸，江汉在摆弄着手机游戏，胡汉杰站在窗前往外看景色。

传来导游小姐的画外音：“巫峡幽深奇秀，两岸峰峦挺秀，山色如黛；古树青藤，繁生于岩间；飞瀑悬泉，悬泻于峭壁。峡中九曲回肠，船行其间，颇有‘曲水通幽’之感。巫峡最享盛名的是巫山十二峰，其中又以神女峰最富魅力，它耸立江边，宛若一幅浓淡相宜的山水国画。有唐代诗人元稹之诗为证：‘曾经沧海难为水，除却巫山不是云。’”

胡汉杰叹口气：“本来是来观赏三峡美景的，现在就像坐了禁闭。外面的景色多美呀。”

江汉头也没抬：“现在我们都是嫌疑人，谋杀可是重罪。”

陈晶抬头看了江汉一眼：“甄莎莎不是跳江了吗，人是她杀的。”

江汉看着陈晶：“那只是其中一种可能。”

林章陆推门进来，一屁股坐在椅子上：“胡汉杰，该你了。”

68. 周乘警办公室　日

周乘警对面坐着胡汉杰。

周乘警：“你叫胡汉杰？”

胡汉杰：“古月胡，杰出的杰。”

周乘警：“说说你昨天晚上的活动。”

胡汉杰回想了一下，说：“昨天晚上在歌舞厅跳舞跳到快10点，然后我就回房间了，看了会儿电视，大约在11点左右睡的。”

周乘警：“自始至终你房间就你一人吗？”

胡汉杰：“当然，不我一人还会有谁？”

周乘警：“你是健忘呢？还是想隐瞒什么？”

胡汉杰有些慌乱：“不，真的就我一人。”

周乘警：“不对吧？有人看见你跳完舞回房间不久，另一个人就进去了。”

胡汉杰沉不住气了：“谁看见了？”

周乘警：“当然不能告诉你了。我希望你能讲实话。现在是在做笔录，你还要签字画押的，对自己说的话要负法律责任。”

胡汉杰抵挡不住了：“是甄莎莎到我房间了。”

周乘警：“往下说。”

胡汉杰：“我们做爱了，她说，她爱我。”

周乘警：“哦，还说什么了？”

胡汉杰："她还说，贾斯仁混蛋，她亲眼看到贾斯仁溜进了陈晶的房间，她打电话叫服务员去给陈晶的房间送水，才搅了他们的好事。"

周乘警："你说什么了？"

胡汉杰："我说，要杀了贾斯仁。"

周乘警："真的做了？"

胡汉杰激愤地说："没有。说实话，我已经在琢磨这事了，要不是甄莎莎昨天动手，我哪天真会杀了他。"

周乘警："我明白了，为了爱与不爱，甄莎莎把第一次给了贾斯仁，把最后一次给了你，然后她了断了贾斯仁，也了断了自己。"

胡汉杰："大概是这样，她知道自己得了绝症，临走要贾斯仁陪葬。"

周乘警："够狠的。"

胡汉杰："那都是让贾斯仁逼的。"

周乘警的手机响了，他掏出手机接听："我是乘警周达伟。什么？甄莎莎的尸体打捞上来了？好，我知道了。"

胡汉杰听了似有悲伤之感。

69. 游轮船尾茶座　日

秦虹坐在一边的阳伞下的椅子上写着博客。

旁边，不少游客拿相机拍摄两岸的美景。

秦虹的画外音："周乘警说，甄莎莎的尸体在下游的江边被打捞上来了，看来她是跳江自杀了。综合现场的情况来看，是甄莎莎得知自己得了癌症后，不甘心让欺凌侮辱她的贾斯仁开心地活着，以到三峡游览为名，杀死了贾斯仁，然后投江自杀。她约我来的目的是，把这件事报道出去，让世人知道，他不仅仅是忘恩负义的小人，还是道德沦丧、不知廉耻的恶棍。这起谋杀案就这样了结了吗？这个幽灵杀手真的就是甄莎莎吗？"

一对中年夫妻走过来对她说："麻烦你帮我俩照张相好吗？"

秦虹合上笔记本电脑："好的。"

背对着三峡美景，看着这对阳光夫妻恩爱和谐的样子，秦虹似乎忘却了凶残的案情，专心致志地为他们拍照。

70. 周乘警房间　日

江汉推门进来，坐在周乘警指的座位上。

江汉没等他开口自我介绍：“我叫江汉，性别男，今年31岁，是江盛实业公司总经理专职司机兼保镖，没有前科。”

周乘警：“对我们警察的程序挺熟悉。”

江汉：“略知一二吧。对了，听说甄莎莎的尸体打捞上来了？”

周乘警：“是的。消息挺灵呀。”

江汉：“尸体有着落了，你们起码就踏实一半。”

周乘警：“我们？”

江汉：“是呀，你们警方呀。但是此时还不能断定她是自杀还是他杀，因为没有人看到她是自己跳下去的还是被人推下去的，对吧？”

周乘警：“嗯，有道理。”

江汉：“那就是说，现在这起案子还不能简单定性为谋害亲夫，对吧？”

周乘警：“是的。”

江汉：“在谁谋害谁的确凿证据没有拿到手的情况下，这起命案就没法定性，也就没有探查的方向，对吗？”

周乘警反应过来：“哎，咱俩谁问谁呀？你怎么这么熟悉我们的路数呀？把你的身份证给我看看。”

江汉笑笑：“也是，我多嘴了。”说着掏出身份证递给周乘警。

周乘警看看，掏出一个掌上电脑，输入号码，看着显示屏。

江汉拿出支烟：“来一根？”

周乘警：“甭来这套。”

江汉调侃地说：“我要是逃犯，还敢跟你坐对面？”

周乘警把身份证还给他：“这也是例行公事。”

江汉：“我基本上算是个良民。”

周乘警：“我了解了一下，你们这几个人里，也就你不恨贾斯仁了。”

江汉：“那不一定。有的人恨之入骨，表面上却一团和气，有的人看上去恨得要死，可心里却爱得要死。这不是胡说吧？”

周乘警：“你也恨他？”

江汉：“爱也好，恨也罢，总是有它的理由的。哪位圣人说过，没有无缘无故的爱，也没有无缘无故的恨。”

周乘警：“你的理由呢？”

江汉：“由爱致恨。”

周乘警：“不明白。”

江汉：“我也不明白。这个问题先放放，我回答你最关键的问题。昨天晚上我从舞厅出来不到10点，回房后上网玩拱猪，快12点睡的觉。跟大家一样，都是自己证明自己。”

周乘警：“你这人有意思，思路倍儿清晰，没当警察可惜了。”

江汉没再说话，抽了几口烟，瞅瞅低头写字的周乘警：“内容不看了，我签字按手印。”

71. 船尾茶座　日

秦虹坐在椅子上，用笔记本电脑搜索着什么。

一位年轻的女服务员走过来，给她的茶杯里倒水。

秦虹朝她笑笑：“谢谢你。”

女服务员礼貌地说：“不客气。秦记者，我听说过你。那篇神秘二奶投江自杀的报道就是你写的，对吧？”

秦虹笑着点点头：“是我写的。”

女服务员：“去年你来船上采访，我刚好倒休。那位大姐长得漂亮，其实真的是个好人。”

秦虹：“是呀，她有自己的苦衷和无奈。”

女服务员：“我还记得那天……”（闪回）

72. 船尾茶座（场景变化）　夜

陈莹坐在一隅，默不作声地看着黑黢黢的江面。

邻座是一对年轻情侣，女人撒娇地依偎在男人的怀抱里，享受着爱和美好的夜晚。

不远的座位上，几个年轻男女在喝啤酒，桌上摆了不少酒瓶。

女服务员为喝酒的年轻人上菜，一不留神把一个染着金黄色头发女人的手机碰到地上，她连忙弯腰捡起，连声赔礼道歉。

黄头发女人接过手机听了听，不依不饶地说："刚买的手机被你摔坏了。你说怎么办吧？"

旁边的男男女女起哄搭腔："送去修，怎么也得二三百。"

"也不看着点儿，笨手笨脚的。"

"别废话，让她掏钱。"

女服务员："我真的拿不出这么多钱来，昨天刚发的工资，都寄走了，我弟弟刚上大学……"

黄头发女人哼了一声；"谁信呀，故事谁不会编呀。"

一同伙故作神态："是呀，我们黄丽丽为买这手机，可是借了5000块高利贷呀。"

女服务员急得直哭。这时，陈莹走过来，把三百元钱放在桌上："我替她赔你钱。"

一花衬衣男子："呦嗬，这年头还真有活雷锋呀。"

黄头发女人拿起钱，看看陈莹："挺趁的呀。"

一同伙哈哈大笑："今晚的酒钱有人买单了。"

陈莹把女服务员拉到一边："这儿还有二百块钱，你拿着，寄给你弟弟买些书什么的。"

女服务员感激不尽地要跪下给她磕头，被陈莹拉住："别这样。"

73. **船尾　日（回忆毕）**

女服务员说到这儿眼圈儿红了："谁想到，第二天过了三峡她就投江了。"

秦虹感慨地说："有时候好人的命运就是这么凄惨。"

女服务员："对了，第二天过神女峰的时候，我又在这儿碰到她了，我们还聊了好一会儿，我还叫同事帮着用手机拍了张合影照片。"

女服务员拿出手机，按键调出照片：“你看，大姐长得漂亮吧。”

秦虹接过手机看照片（特写）：“是漂亮。”随即自语：“她长得像谁呢？”

陈晶的画面闪过。

秦虹极其兴奋地说：“把这张照片拷给我好吗？”

74. 周乘警房间　日

秦虹敲门进来，周乘警正在整理询问笔录。

秦虹凑近，用眼瞥了一下笔录纸：“收获不小呀。”

周乘警：“这不是正式的，等刑警上来，他们还要做详细笔录。”

秦虹：“这起案子要是在船上破了，你是不是会立大功呀？”

周乘警：“有可能，这可是特大的刑事命案呀。”

秦虹：“我帮你立功。”

周乘警：“你？你怎么帮我？”

秦虹：“你还不了解我吧？”

周乘警：“有所耳闻。你是跑我们市的名记，对吧？听说市公安局赵局长挺欣赏你的。”

秦虹：“你只知其一不知其二。我干过刑警，你知道吗？”

周乘警：“真的？我只知道你是个传奇记者。”

秦虹：“正儿八经的重案队刑警，后来腿受了点儿伤就转出了。”

周乘警：“那你立过功吗？”

秦虹：“二等功一次，三等功两次。”

周乘警不无羡慕地说：“我们哪儿能跟你比呀，在这船上顶多也就是有几起打架斗殴、小偷小摸的案子，立功没份儿。”

秦虹进一步试探：“我们合作，把这案子结了，你不就有功立啦。”

周乘警：“怎么合作？”

秦虹：“我先看看你的笔录行吗？”

周乘警心知肚明："按说不行，不过嘛，你也不是外人，要是趁我不在偷看了，就不是我的责任了，对吧？对了，我还有点儿事，要去找船长协调一下。你先坐会儿，喝点儿茶，桌上的东西别随便动呀。"

秦虹笑笑："明白了。你前脚走，我把这口水喝了，后脚就走。你放心。"

周乘警出去，把门关好。秦虹赶紧一页一页地翻看几个人的笔录，有的地方还拿笔记下。

75. 船尾茶座　傍晚

陈晶、江汉、胡汉杰、林章陆几个人坐着观看景色。

胡汉杰感慨地说："三峡是美呀，日后我会专门来的。"

林章陆："是凭吊呢，还是赏景？"

胡汉杰："这是我的事，无须你操心。"

林章陆："终于可以出来看看风景了。"

江汉："是呀，案子还没结，按理说是不能让我们随便走动的。不过这是船上，不怕我们跑了，那边还有两个保安员照顾我们，这就够人性化的了。"

江汉朝两个坐在不远处的保安摆摆手。

陈晶默默地看着江面。

一个六七岁的孩子好奇地问妈妈："妈妈，那些挂在山上的小房子里住着人吗？"

妈妈："孩子，那叫悬棺，是很久很久以前造的，人死了就住在里面。"

镜头从山崖上的悬棺扫过。

孩子刨根问底："人为什会死呢？"

妈妈耐心地说："等你长大了就明白了。"

孩子默然："妈妈，我不看了，我要回房。"

妈妈领着孩子回船舱里了。

江汉："三峡景色多美呀，可美的景致中也有添堵的地方。细想起来都是人为造成的，大自然是纯洁朴实的，人却是肮脏丑陋的。”

陈晶抬起头，异样地看了江汉一眼，附和着说：“是呀，人什么时候才能回归大自然呢？”

不远处，导游正在向游客介绍景点。

导游小姐画外音：“西陵峡为三峡最险处，礁石林立，浪涛汹涌。两岸怪石横陈，滩多流急。峡北的秭归为屈原的故乡，相邻有汉代王昭君的故里。西陵峡是长江三峡中最长的一个，以滩多水急闻名。整个峡区由高山峡谷和险滩礁石组成。江中千帆飞驰，两岸橘林遍坡，黄绿相映，硕果累累，峡风阵阵，醉人心扉。奇险的景观与悠久的人文历史令海内外游客流连忘返……”

76. 秦虹房间　傍晚

秦虹伏在电脑前写博文。

秦虹画外音：“案情又有新的进展，我查了‘幽灵杀手’留言的时间，是5月21日晚上9点45分，而这个时间甄莎莎正在飞往重庆的飞机上，这就是说，给我留言并寄给我机票、船票的‘幽灵杀手’不是甄莎莎而另有其人。他应该是江汉、林章陆、胡汉杰、陈晶四人中的一个。另外，我还发现，去年投江自杀的那个女子居然与陈晶长得很像。她们俩是什么关系呢？姐妹？”

秦虹想起什么，起身走出房间。

77. 茶座服务部　傍晚

秦虹找到那个女服务员，把她拉到一边。

秦虹：“小妹，刚才你说，你跟那个投江的大姐聊过天？”

女服务员：“是呀。”

秦虹：“她说过她有个妹妹吗？”

女服务员：“是呀，你也知道？她说，她妹妹跟我弟弟一样，也在上大学，快毕业了，平时也是她打工挣钱给妹妹交学费，也不知道她妹妹后来干啥去了。后来看了你的报道，我才知道她是被人包养的。”

秦虹点点头：“我明白了。谢谢你啊。”

女服务员：“这谢啥，有事尽管找我。”

78. **船尾茶座　傍晚**

秦虹走到胡汉杰身边，坐下。

晚霞映红江面，飞溅的浪花，两岸群峰俊美。

不少游客拿着相机拍照。

秦虹主动搭讪："胡助理，跟你聊聊？"

胡汉杰："我是嫌疑人，有什么好聊的？"

秦虹："哦，是这么回事。周警官说，还有点儿问题需要你补充一下，刚好他现在离不开，就派我来啦。"

胡汉杰："该说的我都说了。"

秦虹缓和了一下气氛："随便聊聊。对了，不说你的事了，说说别人。"

胡汉杰："谁？"

秦虹看到远处的陈晶在跟江汉说话，放低声音："陈秘书是什么时候来的公司？"

胡汉杰松口气："她是去年 7 月份吧，大学毕业后到我们公司应聘，是贾总面试后同意接收的。"

秦虹："直接就当贾总的秘书啦？"

胡汉杰："他还不是看陈晶长得漂亮，早晚得上手。"

秦虹："江汉呢，什么时候来的公司？"

胡汉杰："比陈晶早来一个月，也就是 6 月初。说来还有段故事。那天，贾斯仁在一家宾馆吃饭，碰到几个醉鬼找茬，那边人多，贾斯仁的一个保镖不是人家对手。眼看贾斯仁就要吃亏，刚好江汉也在那儿吃饭，便上来打抱不平，三拳两脚就把对方打服了。后来，贾斯仁让他当了司机兼保镖。"

秦虹："好了，就问这些，不打搅你欣赏美景了。"

79. **场景同前**

陈晶和江汉扶着栏杆，看着晚霞映江的景致。

江汉偶尔侧头看一下秦虹这边。

陈晶："江汉，你这人有些高深莫测。"

江汉："是吗？我给人的印象这么差？"

陈晶：“没说你多坏，只是觉得你含而不露。”

江汉：“有些地方不该露，就藏着，就像你们女人。”

陈晶：“那你觉得我呢？”

江汉：“你某些地方跟你评价我的一样，心里也埋着什么。不过你有个性，总体来说，人不错。”

陈晶笑笑：“心里藏着的东西不一定就是见不得人的，它有时是实现一定目标和计划的手段，就像地下工作者，只是他们有明确的善恶价值观和执着的信仰。”

江汉：“你信仰什么？”

陈晶：“善恶报应。”

江汉笑笑：“在鬼城中鬼邪啦？”

陈晶：“那倒不是，看了那些鬼，我倒觉得，人比鬼更可怕。”

江汉：“是呀，尤其是那些心怀鬼胎的人。”

陈晶表情有些不自然，把话岔开：“能告诉我吗，你几次帮我，为什么？”

江汉：“我这个人有些侠义的基因，好打抱不平，也带点儿你所说的执着，最见不得恃强凌弱欺负人，不让我出手宁愿死。”

陈晶：“我明白了，传说中的武林高手。”

江汉：“谈不上高手。对了，听你的口音是四川人？”

陈晶有些淘气地说：“猜对了，加十分。”

江汉：“家里还有什么人？”

陈晶脸色阴翳下来：“我父母离世得早，是姐姐拉扯我长大的，供我上大学，只是她去年……生病死了。”

陈晶说到这儿，眼里含着泪。

江汉看着远处的晚霞，同情地说：“她是个好人。”

80. 秦虹房间

秦虹从笔记本电脑里调出拍的现场照片，一张张仔细观看。

贾斯仁躺在床上死去的照片被放大。

秦虹仔细观察伤口，但看不到细处，有些沮丧。

秦虹翻到那把水果刀的照片，仔细看了会儿，想起什么，关上电脑，走出房门。

81. **周乘警的房间**

周乘警正在翻阅整理案卷材料，见秦虹进来，朝一边的椅子努努嘴。

秦虹："不坐了。忙着呢？"

周乘警点点头："整理一下，回头移交给刑警队。"

秦虹："还得请你帮个忙。"

周乘警："好呀，没问题，只要在我职权范围。"

秦虹："我需要那把水果刀上的指纹。"

周乘警："我这里倒是有指纹刷，只是我技术潮点儿，怕整不好，想等明天上午靠码头后刑警上来再说。"

秦虹："你错了。指纹是人手上的汗液成分遗留形成的，越早提取效果就越好。"

周乘警："也是，那就试试。"

周乘警打开抽屉，拿出那个塑料袋，小心翼翼地取出水果刀，放在一张白纸上，而后打开勘查箱，拿出碳粉、毛刷，开始小心操作。

秦虹："干得不错嘛。"

周乘警在一片透明胶纸上取下指纹。

秦虹："我来帮你拍照，这我内行。"

秦虹拍下指纹照片："我回去拷下来给你。"

82. **秦虹房间**

秦虹在电脑上观看放大的水果刀上的指纹的照片。

秦虹拿起果盘里的水果刀比画。

秦虹又调出贾斯仁死去的照片，胸口血迹一片。

秦虹自语："如果能看到伤口……"

83. **贾斯仁房间外　夜**

船舱里静悄悄的。

一个人影蹑手蹑脚地走近。

门口不远的一个沙发上，周乘警在打瞌睡。

一只手伸进周乘警的衣兜，掏出一把房门钥匙。

周乘警伸个懒腰，黑影迅疾闪到一边藏身。

周乘警看看表，朝不远处的洗手间走去。

一只手用钥匙打开房门，门被轻轻推开。

84. 贾斯仁房内　夜

屋里漆黑一片，寂静无声，有种瘆人的气氛。

进屋之人打开微型手电，一步一步小心翼翼地朝贾斯仁的尸体接近。

黑影走到尸体前，解开贾斯仁的睡衣，露出一处凝结血渍的刀伤。

刀伤的特写镜头。黑影端起相机，闪光灯闪过，正在这时，黑影似乎听到门外有动静，赶紧给贾斯仁穿好衣服，迅速躲进一边的衣柜里。

另一个黑影悄然潜进，也是蹑手蹑脚地朝死尸走来，他走近尸体，同样解开贾斯仁的睡衣，摸出个打火机“啪”的一声打着，仔细观看伤口。过了一会儿，黑影把贾斯仁的睡衣系好。这时，贾斯仁紧攥的拳头引起他的注意，他掰开贾斯仁的手，看到一粒胶囊。他小心地捏着胶囊的两头，把它放进一个小塑料袋里，而后悄悄退出房间。

先进之人从衣柜里出来，也朝门外走去。

85. 贾斯仁房间外　夜

周乘警回到沙发前，坐下，打个哈欠又睡着了。

黑影悄悄接近周乘警，一只手把钥匙悄悄放回他的衣兜。

他的手出来时，被周乘警一把攥住：“你干吗！”

镜头拉出，秦虹被攥住手腕，说了声：“紧张什么？跟你开个玩笑，看你警惕性高不高。”

周乘警起身，摸摸兜，拿出钥匙看看，似乎放心了。

周乘警：“这事哪敢含糊，要不我亲自守着？”

秦虹开玩笑地说：“晚上睡不着，出来走走，顺便查查岗。”

周乘警笑了："查岗还带相机?"

秦虹："拍拍三峡的夜景，多美呀。"

86. 秦虹房间　夜

秦虹对着笔记本电脑里的一幅幅照片比对着。

秦虹点点头，自言自语着："这就对了，应该是这样。"

秦虹突然想起什么，一拍脑门儿，急匆匆地跑出房门。

87. 船尾处

秦虹跑到垃圾桶边，往里一看，里面空空荡荡的，什么也没有。

88. 清洁室

秦虹气喘吁吁地推开房门，把屋里的女清洁工吓了一跳。

女清洁工："有什么事?"

秦虹："船尾垃圾桶里的垃圾倒哪儿了?"

女清洁工："吓死我了，当有什么急事呢。在底舱的垃圾箱里。"

89. 垃圾箱

秦虹找了根棍子，趴在垃圾箱边，探着身子扒拉。

秦虹终于找到了那个满是血污的塑料袋。

90. 秦虹房间

秦虹把塑料袋放进抽屉里。

秦虹把鼠标移到百度搜索框，在里面键入"江汉"两个字。

秦虹拉动右侧的上下滚动条，仔细浏览。

突然，一条新闻引起她的注意，标题特写："警方聘请的散打教练江汉见义勇为误杀人被判刑。"

秦虹急忙打开这条新闻，秦虹（画外音）："据市公安局新闻办透露，一个月前盛传的警察打死人的消息，经公安部和市公安局联合调查组调查，现查明，打人者江汉不是警察，而是该局为参加全国公安刑警系统散打比赛聘请的散打教练。事情经过是：这一天，江汉快到训练地时，看到几个街头混混欺负一个女孩，便上去制止。几个小混混仗着人多围殴江汉，江汉在还手时，出手重了，把一个人打伤，后送医院救治，两天后死亡。江汉的行为被认定为见义勇为但防卫过当致人死亡，被判处有期徒刑2年，缓期3年执行。”

秦虹回忆起江汉不寻常的神态。（以下闪回定格）

江汉看着周乘警自我介绍的表情。

江汉在舞厅里与周乘警聊天时的对话：“你当过警察?”“没有，我认识不少警察朋友。”

周乘警笔录里的对话：“你对警察的办案程序很熟呀。”“你不当警察可惜了。”

秦虹兴奋地在屋里走来走去，过了一会儿，她站住了，凝眉沉思：“陈晶和江汉前后脚进的江盛公司，难道是偶然?”

91. **长江江面　夜**

“天使号”豪华游轮行驶在黑夜之中。

船尾，马达轰响，由马达涡轮机打出的一个个浪花形成的旋涡，由近至远。

不远处可见航标灯一闪一闪。

92. **周乘警舱房　晨**

秦虹敲门。周乘警（画外音）：“请进。”

秦虹推门进屋。周乘警正在穿警服。

秦虹：“这起案子的脉络我已经弄清楚了。”

周乘警：“你们当刑警的办案就是利落。”

秦虹：“纠正一下，是前刑警。”

周乘警：“反正一样，只要穿过这身制服，惩恶扬善的心就改不了。”

秦虹点点头：“是呀，偶尔再干干老本行，只是在帮你们理理思路，走程序还得你们来。”

周乘警：“有什么你就说。”

秦虹：“一会儿咱们这样，你看好不好……”

周乘警不住地点头。

93. 餐厅　晨

陈晶、江汉、胡汉杰、林章陆和秦虹依次进来，两个保安也随着进来。

几个人打了早餐，随意坐下，开始吃起来。

两个保安一边吃一边注意着他们的行动。

林章陆："你看，我们当回嫌疑人，规格不低，吃早饭也有人保驾护航。"

胡汉杰："要是你参与了，就早点儿交待，我可不愿享受这待遇。"

林章陆："我看你是心虚了吧？甄莎莎要是没有你的帮助，她一个人能下得了手？我才不信呢。"

秦虹："这趟真没有白来，说来还要感谢你们当中的一位的盛情邀请。其实这起案子迟早会发生，只是表现的形式会有所不同。"

江汉抬头，与秦虹对视："完全同意。"

秦虹："哦，你也有预感？"

江汉："不是预感，是必然。"

陈晶匆匆吃了几口，起身要走。

秦虹拦住她："陈秘书，你想听我讲故事吗？"

陈晶："我有点儿不舒服，回去吃点儿药。"

秦虹提高嗓门说："好吧，诸位吃完早饭，一会儿到船尾的茶座来，我有个重大新闻发布。都来呀，一个不能少。"

94. 秦虹房间　日

秦虹继续在写博文："一会儿，我就要宣布这起豪华游轮的谋杀案的结局了。那么谁是杀死贾斯仁的真正凶手呢？"

秦虹按下发送键，显示器打出"博文已发出"的字样。

随即，博友回帖纷至沓来。

当代柯南回帖："凶手是林章陆，他最有杀死贾斯仁的动机。"

潇潇雨歇回帖："胡汉杰有最大嫌疑，他与甄莎莎合谋杀了贾斯仁，甄莎莎为了保护胡汉杰投江自杀。”

淑女莹莹回帖：“是陈晶杀死的贾斯仁，这小子老想占她的便宜，不过她为姐姐陈莹报仇的可能性也有。”

福尔摩斯回帖：“江汉的可能最大，但我说不出为什么。”

哈哈圣人回帖：“哈哈哈，你们都上当了。本案没有凶手，是他们夫妻俩玩的自杀游戏。”

秦虹突然看到一个熟悉的网名：“幽灵杀手”。

幽灵杀手：“是的，一切都结束了，我的心反而踏实了。”

95. 船尾茶座　日

胡汉杰、林章陆、陈晶、江汉依次来到茶座。周乘警手里拎着摄像机。两个保安在一旁维持秩序。

保安对几个围观的游客说：“你们靠后点儿。今天不营业，拍电影。”

一游客：“真是的，摄像师还是个警察。”

秦虹叫女服务员给大家倒上茶水：“今天我请大家喝茶，一边喝一边听我讲这个案子，是有点儿落俗套，又整个聚众说案点凶手。不过没办法，案子发生在船上，刑警上不来。好在我以前干过刑警，对命案侦破有点儿研究，受周乘警委托，给大家做做工作。在刑警正式立案前，如果有谁自首的话，还可以争取从宽处理。”

秦虹把笔记本电脑打开。（以下说案部分可穿插相应画面）

秦虹：“那天，我是从接到一个网友神秘的留言和第二天送来的一张机票和三峡豪华游轮的船票介入此案的。这个‘幽灵杀手’告诉我的信息是，这趟三峡游航程中将有一个重大的新闻事件发生。这种邀请人的手法，小说里有过，很神秘，但我还是选择赴约，直觉告诉我，这不是愚人节开的玩笑。

“一上船，我就注意寻找这个为我买单的‘幽灵杀手’，可我意外见到的竟然是江盛公司的几位，由此给我的第一个感觉是，所谓的重大新闻事件肯定与我的那篇报道有关，那么，这个‘幽灵杀手’肯定也就在其中。”

林章陆插话："到底谁是幽灵杀手呀？"

胡汉杰："也许就是你吧？"

秦虹："先别急，一会儿自有答案。我通过观察和侧面了解，终于发现，你们都心怀鬼胎。"

众人表情尴尬，没有谁辩解。

秦虹："好吧，现在我就运用排除法找出这个'幽灵杀手'。首先林章陆可以排除，尽管他有充分的杀死贾斯仁的动机。他挪用公司的一大笔资金炒股，结果被套牢，这事被贾斯仁发现，臭骂了他一顿，声言回去要整死他，当然他恨不得立刻杀死贾斯仁。不过简单推理一下，首先被贾斯仁发现是在船上，在登船之前林章陆是不会希望这事张扬出去的，因此他不可能费尽心机查找我的私人信息并买机票和船票邀请我来曝光，所以，他不是'幽灵杀手'。"

林章陆："那笔钱我回去就是卖房子卖地也要还回去。"

秦虹："再说胡汉杰。用同样的思维来分析，尽管他与贾斯仁有夺爱的前仇，又有贾斯仁肆意虐待甄莎莎的新恨，加上他是甄董事长安插在贾斯仁身边的心腹，为爱的人两肋插刀，合谋杀死贾斯仁是可能的。但是他也不可能冒着把自己的隐私公布于天下的风险，密约我来采访报道。从现场来分析，他也不是真正的凶手，这点我后面还要说到。"

胡汉杰："当然了，我不可能是'幽灵杀手'。而且现在我也不希望把我的隐私报道出去。"

秦虹："要想确定谁是'幽灵杀手'，不能不说起我们这两位悲剧的主角，甄莎莎和贾斯仁。贾斯仁初来公司时只是一般的职员，凭借他的为人圆滑和狡诈，用假象赢得了甄董事长的好感，也将与胡汉杰同时所爱的甄莎莎弄到了手。之后的几年，贾斯仁独揽了公司的大权，为自己挣得千万家产，与此同时，他的劣根恶习开始膨胀，在外豪赌，包二奶，玩女人，自然与甄莎莎的情感逐步恶化，并且在老丈人甄董事长遭遇车祸瘫痪在床之后愈演愈烈。这起车祸的案子到底与贾斯仁有没有关系，警方还在调查之中。"

胡汉杰插话："肯定是贾斯仁指使人干的，我知道，几个现场证人都让他花钱摆平了。"

林章陆插话："秦记者，这些内幕的事你怎么知道这么清楚？"

秦虹指指电脑："是它告诉我的，现在是 3G 时代了，网络通天下。你听说过人肉搜索吧？网友们通过它曾经查出一个偏僻小镇的虐杀猫的女人。你可能不信，你们公司里有好几个职员都是我的粉丝呢。"

林章陆："这我信，厉害。"

秦虹："甄莎莎提起过离婚之事，可贾斯仁担心一半的家产会归对方，就是不肯，他反而更加肆无忌惮地在精神上折磨甄莎莎，为什么呢？我推断，贾斯仁在策划一个迫使甄莎莎自杀的阴谋。郁闷中的甄莎莎终于有一天检查被告知得了癌症。在贾斯仁变本加厉的刺激下，甄莎莎终于做出了杀死贾斯仁然后自杀的决定。而这恰恰是贾斯仁的阴谋的一个关键所在。"

陈晶插话："我可以证明这是真的。有几次，贾斯仁故意当着甄莎莎的面挑逗我，现在我明白他的用心了。"

江汉："你的分析很有道理，贾斯仁就是想逼甄莎莎自杀。"

秦虹："甄莎莎知道自己活不了多久了，决定在自杀前替自己和父亲报仇，杀死贾斯仁。"

江汉："符合逻辑的推理。"

秦虹："谢谢二位的旁证。甄莎莎得知这次三峡游的消息后，认为时机到了。她事先准备好了氰化钾之类的毒药，换进了贾斯仁常服的利胆胶囊里。就在那天夜里，一场好戏上演了，尽管是悲剧，剧情还是非常紧张刺激。贾斯仁想让人看到他们夫妻没有矛盾的假象，做了很多铺垫，那晚还特意叫陈秘书去他们房间，想要事后有人见证他们夫妻和睦，并无过节。当然这也是他的败笔，这是后话。"（闪回）

96. 贾斯仁房间　夜

贾斯仁送完陈晶，回到房间。

贾斯仁坐在沙发上调电视机频道，正好调到小沈阳表演小品："人的一辈子就像睡觉，眼一闭一睁，一天过去了，嗷，眼一闭不睁，一辈子过去了，嗷。"

贾斯仁看得入神，哈哈大笑起来。

贾斯仁从洗手间洗完澡出来，上床："时间不早了，我们该睡了。这轮船马达声真吵，把安眠药给我。"

甄莎莎递给他安眠药瓶。贾斯仁倒出几粒，服下。

甄莎莎："对了，先别急着睡，你的利胆药还没吃呢。"

贾斯仁躺着从被窝伸手出来："递给我吧。"

甄莎莎把药瓶拿起，倒出一粒胶囊，看看贾斯仁闭上眼了，赶紧换了药，递给贾斯仁。贾斯仁放进嘴里："矿泉水。"

贾斯仁接过矿泉水瓶，俯身喝了几口，把药咽下。

甄莎莎紧张不安地坐在沙发上等待贾斯仁药性发作。

过了一会儿，昏昏沉沉的贾斯仁突然疼痛难忍的样子喊叫起来："甄莎莎，我难受，胃里像火烧一样。快喊医生来。"

贾斯仁浑身抖动，口吐白沫儿，挣扎了一会儿，不动弹了。

甄莎莎战战兢兢地走到贾斯仁身边，用手摸摸贾斯仁的鼻息。

甄莎莎见自己的目的达到了，一副解恨的样子，她开始在电脑前愤愤地写遗书："我身患绝症要死了，我会了断自己的，但你也别想活。这辈子你坑死我们家，也害苦我了，你是罪有应得……"

甄莎莎在镜前一边梳妆打扮，一边流泪，过了一会儿，她起身回头冷笑着看了一眼躺在床上"死"去的贾斯仁，心满意足地走出房间。

屋里突然静了下来。过了一会儿，贾斯仁爬起来，看看手里的胶囊："哼，臭娘们儿，想算计我，这么多年还不知我的厉害。跳长江，跳吧，到哪儿你都是冤死鬼。"

贾斯仁到电脑前，把遗书改了一遍，回到床上，不一会儿便睡死过去。

97. 船尾茶座　日

秦虹："本来该一闭一睁的贾斯仁，第二天却没再睁开眼，为什么?”

秦虹看了一眼陈晶，陈晶低头没有作声。

秦虹:“因为我们下一个演员就要登场了，这个人就是陈晶。”

众人的目光一下聚焦在陈晶身上。陈晶有些慌乱，不知所措。

林章陆:“是你?”

胡汉杰:“真没想到呀。”

陈晶起初有些慌乱，随即定定神，恢复了常态:“是我杀死了贾斯仁，我就是那个‘幽灵杀手’。”

周乘警的镜头赶紧对准陈晶。

陈晶站起来，悲愤交集:“我恨贾斯仁，是她害死了我姐姐!”

陈晶的讲述中穿插有关画面。

陈晶:“我的老家在四川北部的一个小镇，父母亲死得早，姐姐和我相依为命，她退学后，打工、摆地摊、给人家当小保姆，什么活都干过，就这样一直到我考上北京的一所大学。姐姐为了供养我上大学，到重庆找工作。姐姐人长得漂亮，被同乡介绍到一家夜总会当服务员，但她从来不做那些见不得人的事。姐姐还说，她在重庆还找了一个同乡的男朋友，他们很相爱，直到有一天，贾斯仁到这家夜总会来……”(闪回)

98. 某夜总会　夜

贾斯仁跟几个朋友进门。

门厅的迎宾女齐刷刷地同声致辞:“欢迎贵宾光临。”

陈莹穿着端庄的职业装为他们领路。

贾斯仁的眼光一直不停地盯着她看，陈莹有些反感地领他们到一个豪华包房。

99. 豪华包房

贾斯仁等脱了外衣坐下。

贾斯仁招呼领班:“喂，找几个小姐来陪我的客人喝酒。”

领班出去，过了一会儿带着几个小姐进来。

几个朋友挑了几个小姐。贾斯仁对领班说:“把刚才领路的叫来陪我喝酒。”

领班有些为难：“她是外场领班，不陪客人的。”

贾斯仁发火了：“什么不陪，倒挺金贵的，把你们经理叫来。你们的大老板我都认识，她不干炒她的鱿鱼。”

领班赔着笑脸：“那我跟经理商量一下。”

过了一会儿，领班带着陈莹进来：“你陪这位客人喝两杯酒。”

陈莹无奈地坐在贾斯仁身边。

贾斯仁和朋友们开始唱歌、跳舞、喝酒、押宝尽兴。

贾斯仁和朋友连喝几杯后，有些醉意地端起一杯酒，递到陈莹跟前：“来，妹妹，陪哥哥喝一杯。”

陈莹推辞说：“我真的不会喝。”

贾斯仁：“那哪行，来了就得喝。”

贾斯仁硬扶着她的手往她嘴里灌，陈莹没办法只好喝下去。

陈莹给贾斯仁杯子里倒酒，一开始还看得清清楚楚，随着被硬灌下去的酒精发作，越来越模糊，终于感到天旋地转，一头靠在沙发上。

100. 船尾茶座

陈晶流着泪继续说：“那天夜里，姐姐被贾斯仁无耻地占有了。贾斯仁这个混蛋为了长期占有姐姐，甜言蜜语地哄骗姐姐，说爱她喜欢她，又说跟老婆要离婚，要包养姐姐。姐姐一是没脸再见她的男朋友了，二是还要挣钱供我读大学，就忍辱负重地答应下来。姐姐狠狠心，没再见她的男朋友，住进了贾斯仁在郊区的房子。”

胡汉杰恨恨地说：“贾斯仁真不是东西。”

林章陆：“我知道，他不光包二奶，还经常嫖娼呢。”

江汉专注地听着，拳头攥得紧紧的。

陈晶继续讲述：“去年 5 月初，姐姐发现自己染上了性病，问贾斯仁是怎么回事。没想到，贾斯仁反而倒打一耙，说是姐姐暗中勾引野男人，就把姐姐轰出来了，实际上是贾斯仁又勾引上一个三流演员。姐姐给我写了封诀别信，把她男朋友送她的一个

佛像玉坠寄给我……”（闪回）

101. 某大学宿舍　日

陈晶独自在宿舍里拆一个快递件。

文件袋被剪刀剪开，陈晶从里面拿出一个玉佛坠。

陈晶又从文件袋里取出一封信读起来：“妹妹，你见到这封信的时候，姐姐已经不在人世间了，我去那边伺候咱爸妈去了。你不要问为什么。姐姐是带着伤痛走的，只是希望你将来好好地过上好日子，这样我也就对得起咱爸妈的托付了。姐姐还有一万块钱存款，已经寄给你，过两天就该收到了。这个玉坠是我男朋友送我的，我一直戴在身上。我对不起他，你要是有机会能见到他就还给他。我下辈子一定嫁给他。再见了，我的好妹妹……”

陈晶泪流满面，失声痛哭。

102. 船尾茶座

陈晶含着泪继续诉说：“后来我看到秦虹的那篇报道，才知道了姐姐的遭遇。我从此常看秦虹的博客，也在那里面认识了几个网友，其中就有贾斯仁公司的职员。我终于调查清楚，是贾斯仁害死了我姐姐，从那一刻起，我发誓要为姐姐报仇。说来也巧，我这次到重庆出差，刚好是我姐姐投江自杀一周年。我订了前一天的船票，同时想起了秦虹的那篇报道，它只有上集，没有下集，我要让这个故事有个完美的结局。”

秦虹插话：“于是你就用这种特殊的方式约我来游轮上。”

陈晶点点头：“那天晚上，贾斯仁叫我到他屋里，想让我见证他们夫妻间的和睦关系。我看到甄莎莎用水果刀给贾斯仁削苹果，便萌生了用水果刀杀死贾斯仁的想法。等到夜深人静的时候，我揣着房间里的水果刀走出房门，朝贾斯仁的房间走去。我想一会儿去找服务员，就说我是这个房间的客人，出来乘凉忘带钥匙了，把房门钥匙骗到手，开门进去杀死贾斯仁。可我刚到门口不远，突然看到房门开了……”（闪回）

103. 贾斯仁房间外　夜

陈晶手摸着怀里的刀子，紧张地朝贾斯仁的房间走。

陈晶看到门把手转动，急忙闪到一边。

陈晶看到，衣着整齐的甄莎莎从身边走过，直奔一边的船栏走去。

甄莎莎爬上扶栏，理了理头发，纵身跳下江去。

陈晶吓得想喊，赶紧用手捂住嘴。

陈晶定定神，一步步朝贾斯仁房门口走去。

104. **贾斯仁房间里**

门没锁。陈晶拧开门，朝贾斯仁床前挪着步子。

此时，可以听到熟睡的贾斯仁在轻声打鼾。

甄莎莎颤巍巍地掏出怀里的水果刀，紧攥着，咬咬牙，朝着贾斯仁的胸口猛地扎下去。

贾斯仁“啊”地惨叫一声，被隆隆作响的马达声掩盖了。贾斯仁挣扎了一会儿，不动了。

陈晶把水果盘里甄莎莎用过的水果刀蘸上血，放到一边儿，把自己用过的刀子装进一个塑料袋里，然后回头看看一动不动的贾斯仁，恨恨地说了声：“姐姐，我给你报仇了！”然后悄然退出房间。

105. **船尾茶座**

陈晶：“我回到房间，把衣服换了，又把手洗干净，把水果刀冲洗干净，打开门，把塑料袋丢进江里。”

秦虹拿出那个塑料袋：“这就是陈晶装刀子的塑料袋。那天这个时候，我刚好在这里坐着乘凉，一阵风把这个塑料袋吹到我跟前，我本来以为是哪位女士往江里丢的秽物，后来一想，它应该是证明真凶的一件证据，因为只有陈晶的房间在船的这一侧。”

陈晶讲述完，镇定下来：“姐姐的仇报了，周警官，你来逮捕我吧。”

周乘警放下摄像机，掏出手铐，叹口气，说：“真没想到凶手会是你。你的陈述倒是会给你减轻些罪责。”

周乘警刚要给陈晶戴手铐，江汉突然站起：“慢，故事还没完！”

众人大惊，面面相觑。

秦虹朝大家点点头："是的，故事还没完。"

江汉镇定地说："周乘警，你先把手铐放下，听我说完你再执法。"

周乘警放下手铐，重新拿起摄像机。

江汉语出惊人："真正的凶手是我！"

众人又是大吃一惊，小声议论着。

江汉走到陈晶跟前，含着泪诚挚地说："好妹妹，那个玉坠是我的，你把它还给我吧。"

陈晶："你就是我姐姐的男朋友？"

江汉凝重地点点头："是的，我就是你姐姐陈莹的男朋友。"

陈晶："你知道我姐姐的名字？"

江汉："我还知道，她的小名叫莹莹，你叫晶晶。"

陈晶有些激动地把玉坠放在江汉的手心："江汉哥。"

江汉动情地轻轻抚摩着手里的玉坠，开始讲述自己的故事。

江汉："我从小就梦寐以求想当警察，一直没有机会，后来在武校学了武术，参加全国散打比赛，拿过亚军，有了点儿名气。去年，市公安局聘请我在刑警散打训练基地当教练，跟许多刑警都很熟，要不是后来出了点儿事，我可能就被特招当刑警了。我是在一次跟刑警兄弟们执行任务，去那家夜总会抓一个逃犯时认识陈莹的。"（闪回）

106. 夜总会　夜

江汉和几个侦查员便装从门口进来。

迎宾小姐礼貌地齐喊："欢迎嘉宾光临。"

刑警甲："江教练，你见过这个丁三儿，你就坐在门口的沙发上，他来了你就摸摸头。"

江汉点点头，坐在一边的沙发上，看墙上的电视。

电视里播的是个警匪片。

陈莹彬彬有礼地走过来，一鞠躬："先生，你是等人吗？"

江汉抬头看看陈莹，顿有好感："是的，约好了人还没到。"

陈莹："先生喜欢看警匪片？"

江汉:“是呀,多精彩,你看那警察枪法真准。你也喜欢警匪片?”

陈莹摇摇头:“我不大喜欢警察。”

江汉一愣:“为什么?”

陈莹:“他们太凶,没有人情味儿。”

江汉:“不是吧?我认识好多警察都挺好的呀。”

过了一会儿,陈莹端上杯茶,递给他:“先生,请喝杯茶水。”

江汉连忙起身,接茶杯时有点儿紧张,没端稳,茶水一下洒了一身。

陈莹慌忙说:“对不起。”掏出手帕帮他擦拭。

江汉不好意思地接过手帕擦了擦,说道:“不怨你,是我自己没接住。”

陈莹过意不去,掏出张名片:“这是我的名片,先生如果需要送洗的话,费用我来出。”

江汉笑笑:“真的没关系,小事,你别放在心上。”

突然,不远处传来喊叫声:“站住,别跑!”

只见从里面慌慌张张跑来一个拿刀的年轻人,到跟前一把搂住陈莹的脖子,用刀子顶住陈莹的太阳穴,凶狠地叫嚣:“都离我远点儿!”

追赶的侦查员停下,不敢靠近。

年轻人架着陈莹一步步朝门口挪动:“谁过来我就捅死她!”

江汉大喝一声:“别乱来呀,那是我女朋友!”

江汉悄然拿起茶几上的烟灰缸,大喊一声:“张哥,拦住他!”

年轻人以为后面来人,刚一回头,江汉一飞手,烟灰缸疾速飞向年轻人的后脑勺,只听“哎哟”一声惨叫,刀子咣当落地,年轻人一头栽倒在地。

几个侦查员迅即上去,给他戴上手铐,押着他出门。

江汉扶起同时跌倒的陈莹,关切地问:“你没事吧?”

陈莹:“怎么,你也是……”

江汉打断她:“我是见义勇为。”

陈莹感激地说:“谢谢你了。”

107. **船尾茶座**

江汉："后来我们就认识了，慢慢地相爱了。我告诉她，我是散打教练，她挺高兴的，说今后会有人保护她了。我说，只要我在你身边，就不会有人敢欺负你。她笑了，那样子特别可爱。"

108. **过场镜头**

以下穿插两人相恋、交往的镜头，一起爬山、逛街、拍照、在网吧打游戏等。

109. **大海边　日**

江汉和陈莹在浅水处嬉闹。

陈莹撩了江汉一脸海水，转身就逃，江汉有些着急地喊："莹莹，别往深处去，小心淹着！"

陈莹淘气地说："你来救我呀。"

江汉："哈哈，我们俩是一对旱鸭子，谁救谁呀？"

两人上岸，躺在沙滩上。江汉深情地看着陈莹。

江汉："莹莹，你闭上眼，我送你一样东西。"

陈莹闭上眼。江汉把一个玉坠放在她的手心。

陈莹睁开眼："哇，真漂亮，哪儿来的？"

江汉："是我奶奶留给我的，让我将来交给孙媳妇。这是避邪保平安的。"

陈莹含羞地说："谁是你媳妇？"

江汉含情脉脉地说："莹莹，我爱你，嫁给我吧。"

陈莹羞涩地低下头："嗯，不过现在不行，等一年以后，我妹妹大学毕业了吧。"

江汉："你还有个妹妹，怎么不早说？"

陈莹："别问了。我自己的事不用你操心，到时我会告诉你的。"

江汉："好吧，我等，只要你答应，等多久都行。"

江汉轻轻地把玉坠给陈莹挂在脖子上，两人搂在一起。

110. **船尾茶座**

江汉沉浸在爱的幸福回忆之中。

江汉继续诉说："可是就在那天，不知为什么陈莹突然不辞而别，像是从人间蒸发了。我去找她，夜总会的人说，她辞职了，不知去哪儿了，她的手机也关机了。我失魂落魄地到处打听，再也没有她的音讯。"

江汉的眼圈儿红红的，含着热泪。

茶座无人出声。

江汉："直到有一天，我看报纸转载的新闻，才得知陈莹悲惨的遭遇。那些天，我神情恍惚，感觉我失去了最爱的人。有一天，我到集训基地去，在路边遇到一帮小流氓调戏一个过路的女孩，还硬拉着她往偏僻地方去。我上去制止时，他们以为我一个人好对付，就一起上来，想教训我这个不知好歹的人。我当时本来就很郁闷，这下找到撒气的地方了，不过我确实下手狠了点儿，把一个拿刀子瞎比画的混小子打死了。"

秦虹："我从见你第一面就感觉，你不是警察就是跟警察很有缘分的人。"

江汉："当时那条新闻挺轰动的，网上炒得也很热，我也知道你是从网上搜索到我的信息。我被辞退了，当警察的梦彻底破灭了。后来，由于死者家属上访，网上负面炒作，我被判了缓刑。相恋的人死了，热爱的职业丢了，我真的感觉自己好失败。我甚至想到过自杀，可是我真不甘心，我要为心爱的人报仇雪恨。"

秦虹："于是，你找朋友帮忙，设计混进江盛公司，伺机实施报复计划。"

江汉："我很敬重你，佩服你的推理分析才干。你过去是个好刑警，现在是个仗义执言的好记者。你的贾斯仁和甄莎莎夫妻互相谋杀的推理没错，我再给你们提供一个直接证据。"

江汉拿出那个塑料袋里的毒药胶囊，递给周乘警："这个胶囊里的毒药就是甄莎莎换进去的，在上面可以提取到她的指纹。"

周乘警小心地接过塑料袋，放进口袋。

江汉："说真的，我一直不知道，陈晶就是陈莹的妹妹，她也是为给姐姐报仇而来。我只是觉得，她在某些地方长得很像陈莹，

就暗中帮助她。直到那天晚上，我决定为陈莹报仇……”（闪回）

111. 贾斯仁房间外　夜

江汉从自己房间出来，悄无声息地走到贾斯仁的房外。

正当他接近贾斯仁的房门时，突然发现从里面跑出个人，急忙闪在暗处。

陈晶手里拿着一个带血的塑料袋出来，左右看看，迅速走开。

江汉在暗中看到陈晶，表情惊愕，随即向贾斯仁的房间走去。

112. 贾斯仁房内

江汉手持水果刀往里走，听到床上贾斯仁的呻吟声。江汉走近。

贾斯仁睁开眼，看是江汉，像遇到救星般：“江汉，快救救我，是陈晶要杀死我。”

江汉没容他再说，上前掐住他的脖子，直到他腿脚不再动弹。

113. 船尾茶座　日

江汉平静地说：“贾斯仁是我杀死的，真正的凶手是我。”

陈晶含着泪：“不，是我，是我杀死的他，你编的是瞎话!”

江汉走到陈晶跟前，把玉坠缓缓地给她戴在脖子上：“戴着它，会保佑你平安幸福的，你看那边……”

不远的江岸边，几辆警车停着，不少刑警站在岸边。

江汉：“过一会儿刑警们上来检验尸体的时候就会明白了，他是被我掐死的，你那一刀并不致命。”

陈晶的眼泪滚落下来：“江汉，我的好姐夫!”

江汉含着泪点点头：“晶晶，记住我的话，好好活着!”

江汉突然跑向船尾。

江汉大声喊着：“莹莹，我来了!”

江汉一头跳进滚滚的长江。

江面上回荡着江汉的声音：“莹莹，我来了……”

江水滚滚，翻着浪花。

旁边的不少游客都流泪了。

一位年轻的姑娘用手帕擦着泪，对身边的男友说：“这电影拍得太感人了。”

小伙子似乎刚从从感动中反应过来：“这不是拍电影！”

114. **江岸　日**

游轮缓缓靠岸，游客们有序地下船。警车的警灯在闪烁，岸上的刑警分开游客，急急忙忙往船上跑。

秦虹坐在船尾的茶座椅子上，在笔记本电脑上写博文。

秦虹的画外音：“这篇博文即将完成，这起豪华游轮谋杀案可以画上一个完整的句号了。不过对于我们来说，这并非完美的结局。我们的生活就是一个故事，从生到死的故事。作为主人公的我们自己，难道不该把自己的故事讲得更完美、更长久吗？好好地活着吧……”

“好好地活着”几个字定格。

（剧终）演职员表。

瞬间罪恶

主要人物：

沈　颖	女	30 岁	《都市摄影》杂志社摄影记者
郑　军	男	35 岁	北城公安分局刑侦队队长
陈　铭	男	32 岁	酒吧老板沈颖男友
肖　萌	女	25 岁	北城公安分局刑警
刘世利	男	35 岁	倒汇商贩

其他人物：

同事甲、乙
刑警甲
《都市摄影》杂志社社长
倒汇黄牛
刑警
摄影模特、灯光师、化妆师
机场派出所所长
路人

1. 医院一角·夜·内

沈颖看着画外，在接受刑侦队队长郑军的询问。

郑军（画外）：“你叫什么名字？”

沈颖：“沈颖。”

郑军（画外）：“年龄？”

沈颖："30岁。"

郑军（画外）："从事什么工作？"

沈颖："《都市摄影》杂志社的摄影记者。"

郑军坐在沈颖的对面，旁边是他的助手肖萌在做记录。

郑军继续问沈颖：

"那你谈一谈事情的经过，好吗？"

沈颖点了点头："好的。"稍事沉吟一下，接着对郑军和肖萌说道，"我今天晚上9点在东华门夜市拍了几张照片后，大约10点左右骑车经过皇城根，准备到午门去拍几张故宫的夜景……"

（随着沈颖的叙述，切入下一场景。）

2. 东华门夜市·夜·外（闪回，在2、3场景中叠印主要演职人员名单）

身着白色彪马半身运动风衣的沈颖在灯火阑珊的东华门夜市中十分扎眼，只见她背着摄影包，手里握着一台尼康F5照相机，在各种风味小吃摊前，不停地抓拍照片。

照相机取景器里的画面：热闹的东华门夜市不断地被摄入沈颖的镜头，取景器中的画面快速地忽虚忽实地进行聚焦，快门被沈颖接连按下。

这时，沈颖的手机响起。她打开手机一看来电号码，便简短地说道："你等着我，我马上就过来。"

说完，沈颖挂断手机，然后看了看手表，表针指向9点30分。

然后，沈颖余兴未尽地走到一旁，骑上摩托车，离开灯火辉煌的夜市，向漆黑的皇城根赶去……

3. 皇城根·夜·外（闪回）

沈颖骑着摩托车行驶在皇城根的路上，不一会儿，她看见远处有两个男人正在拉拉扯扯……

沈颖（画外音）："我骑车来到皇城根，看见两个人在那里拉拉扯扯，开始我以为是醉鬼闹事，后来觉得不像。职业的敏感使我停下摩托车，并拿起照相机向他们凑了过去……”

沈颖从摩托车上下来，把摩托车放在一边……

沈颖一边取出照相机，一边快速向那两个人走去……

照相机取景器里的画面：

两个男人拉着一个皮包，拉扯一阵后，背对着沈颖的男子突然从身上抽出一把刀……

被抢的男子并没有松手，他的右手握着手机，本能地来回挥舞着，试图挡住刀的刺入……

那个举刀的男人挥刀向对方刺去……

沈颖（画外音）：“就在我走到离他们五米左右时，我看见其中一个男子从身上抽出一把刀，向另一个男子狠命地扎去，就在那一瞬间，我本能地按下了照相机的快门……”

就在举刀的男人挥刀刺向对方的瞬间，沈颖按下了照相机的快门……

“咔嚓”一声，随着闪光灯忽然一闪，被害人惊恐的面部表情成定格，叠印片名：《瞬间罪恶》

4. 医院一角·夜·内

沈颖继续向郑军和肖萌叙述道：

“就在我按下快门的时候，我听到‘啊’的一声惨叫，那个被刺的男子捂着肚子，倒在地上。当时，我不顾一切地喊了几声，那个拿刀的男子愣了一下，撒腿便跑……”

5. 皇城根·夜·外（闪回）

沈颖一边向四周喊，一边往回跑：“杀人了！快来人呐！”

在一个十字路口，一辆出租车疾驶而来，差点儿撞上沈颖。

出租车司机伸出头来，冲沈颖叫喊道：“瞎跑什么？找死啊！”

沈颖气喘吁吁地对出租车司机说道：“那边杀……杀人了！”

6. 医院一角·夜·内

沈颖继续对坐在对面的郑军和肖萌说道：

“后来，我和出租车司机走到躺在地上的那个男子身边，见他好像还有一口气，就一起把他送到医院来了……”

郑军：“他在咽气之前说了些什么没有？”

沈颖：“当时，他只是微弱地喘气，似乎有话，可说不出来。”

沉思片刻，郑军继续问道：“凶手长什么样，你有印象吗？”

沈颖想了想：“他有1米80左右的个头，长发，体型偏瘦，好像穿着一件黑色的皮夹克，因为他始终背对着我，所以我没有看到他的脸。”

郑军和肖萌交换了一下眼神，然后对沈颖说道：“好吧，沈小姐，今天就先谈这些。请你在这里签个字。”

说着，郑军把询问笔录交给沈颖，让沈颖在上面签上她的名字。

7. **医院门口·夜·外**

郑军和肖萌把沈颖送到门口，跟她握手道别：“沈小姐，谢谢你对我们工作的支持。”

沈颖：“郑队长，你太客气了，这是一个公民应该做的。”

郑军接着把一个电话号码交给沈颖：“这是我的电话号码，如果有什么情况，你可以随时和我们联系。”

沈颖跟郑军和肖萌道别后，刚走两步，又被郑军叫住：“沈小姐，请你等一下。”

沈颖停下来：“郑队长，你还有什么问题吗？”

郑军：“你刚才说，你在案发过程中抓拍了一张照片，如果能洗印出来，一定别忘了送一张给我们。”

沈颖：“我知道了。”

说完，沈颖走到停在不远处的摩托车旁，骑上摩托车向前驶去。

肖萌望着沈颖的背影，感叹道：“这个沈小姐看起来文文静静的，但胆儿可够大的，居然敢在一个凶杀现场抓拍照片。”

郑军：“肖萌，作为一名刑警，看来你已经上道了。”

肖萌不解地问：“郑队，你这话怎么讲？”

郑军："因为一名刑警判断一个人，首先不能以貌取人。"

肖萌跟郑军开着玩笑说道："郑队，我有这点儿进步，也说明是你教导有方啊。"

郑军："不过，我可没有教你拍领导马屁。"

肖萌："郑队，打我认识你，我就没有把你当领导。"

郑军："别耍贫嘴了，抓紧时间办案吧。眼看要到年根儿了，又出这么一档事，要破不了案，今年的破案率就达不了标了。"

8. 医院急救室内·夜·内

"咔嚓""咔嚓"……

随着闪光灯的连续闪现，刑事照相师依次拍摄下受害人的面部、受害人的下腹部伤口细节和心脏部位伤口细节等各种照片……

一张白布单把受害人盖上……

9. 北城公安分局刑侦队·日·内

受害人的有关图片资料被放进扫描仪中。

肖萌一按键钮，电脑显示器马上显示出有关图片资料，她接着用鼠标往后翻页，依次的照片是凶杀现场勘查照片、受害人的面部照片、下腹部伤口细节和心脏部位伤口细节等照片……

肖萌用鼠标点击出刑事案件录入表格，然后快速地在键盘上敲击，电脑显示器上显示的刑事案件录入表格中：

"案发时间"被录入"3月3日22：10"；

"案发地点"被录入"北城区皇城根"；

"刑事类别"被录入"抢劫杀人"……

肖萌神情专注地在录入"3·03抢劫杀人案"的有关资料。

电脑显示器上显示的刑事案件录入表格中：

"接警单位"被录入"北城公安分局刑警大队"；

"被害人"一栏稍微停顿一下，然后被跳了过去；

"报案人"被录入"沈颖"；

"职业"被录入"摄影记者"；

“报案时间”被录入“3月3日23:20”……

电脑显示器，鼠标点击犯罪嫌疑人特征，画面显示出一幅模拟画面：一个长发男人，身着黑色皮风衣，面目空白。旁边文字注明为：身高1米80左右；体型偏瘦。

肖萌用鼠标点击回到主页，这时，郑军推门进来，一边把一份材料扔给肖萌，一边告诉她：“死者的身份已经查明了。”

肖萌一边随意地翻着材料，一边问道：“他是干什么的？”

郑军：“死者叫刘世利，35岁，无业，不是什么好鸟儿，常在使馆区、银行门口倒外币。”

肖萌：“郑队，那凶手行凶的目的是什么？”

郑军：“听受害人家里的人说，受害人身上一般每天都带着几千元现金倒外币，凶手行凶的目的也许是为钱吧。”

肖萌：“抢了钱何必还要杀人呢？”

郑军：“那原因可多了，怕事主报案呗；或者两人认识，预谋抢劫后灭口；再或者抢劫者是从监狱里逃出来的，背着人命，玩狠的……”

肖萌立即用鼠标点击，进入刑事案件录入表格，电脑显示器上显示的刑事案件录入表格中：

“被害人”被录入“刘世利”；

“职业”被录入“无业”……（叠化入下一个场景）

10. 暗室里·日·内

沈颖轻轻地把一张像纸放入显影水里，相纸上慢慢地显现出在抢劫杀人现场被害人被袭击一瞬间的惊恐的神态：

受害者刘世利是个35岁左右的中年男子，面对突如其来的威胁所能表现出的惊骇、恐惧的神情，全部都淋漓尽致地在他的面部表情里显露出来；

他似乎在做撤身后退的尝试，他握着手机的一只手本能地向前挥舞着，试图挡住迎面而来的袭击。

背对画面的是一位留着长发的男子，他身穿黑色的皮夹克，右手攥着雪亮的尖刀，正刺向中年男子的腹部。

沈颖看着照片，笑了……（淡出）

11. 黑底字幕：半个月后……

12.《都市摄影》杂志社·日·外

沈颖骑着摩托车由远而近地向杂志社驶来，又由近而远地向杂志社里驶进去……

13. 杂志社走廊/办公室里·日·内

沈颖风风火火地从走廊里走进杂志社摄影部，她刚推门进去，就听见同事甲冲她喊道："沈颖，你什么时候请客啊？"

沈颖不解地问："我为什么要请客？"

同事甲把一张通知书递给沈颖："你的《瞬间罪恶》被评为本季度最佳新闻图片，而且还被推荐参加本年度'世界最佳新闻图片'奖的评选！"

沈颖有些不敢相信地接过通知书一看，有些意外："这怎么可能？"

同事乙："沈颖，祝贺你呵！"

沈颖激动地对大家说道："你们想吃什么？下班后我请客。"

14. 北城公安分局刑侦队·日·内

刑侦队走廊，人来人往，一片繁忙景象，各个办公室房门都敞开着。

一阵电话铃声响起，坐在值班席上的肖萌拿起电话："你好，北城公安分局刑侦队。有什么事？"

（男声画外音）："我想打听一下，3 月 3 日晚上 10 点左右在皇城根是不是发生过一起抢劫凶杀案？"

肖萌："是有这个案子。你是谁啊？"

对方立即把电话挂断了。

肖萌拿着电话嘟囔一句："什么意思？"

肖萌想了想，又拿起电话拨了拨："电信局吗？我是北城公安分局刑侦队。请你们查一查，刚才往 65568233 打电话的电话号码是什么地方的。”

15. 大街上/公用电话亭旁·日·外

同事甲从电话亭里出来。

站在电话亭外面的同事乙急切地问道：“怎么样？真有那回事吗？”

同事甲失望地说：“还真有这么一个案子。”

同事乙也失望地说：“我搞了半辈子新闻摄影，一直想拿个最佳新闻图片奖都没有戏，没想到沈颖一出手，就抱回一个金娃娃。”

同事甲：“这是她命里该有的！”同事甲拍了拍同事乙：“走吧，别琢磨这事了，该干吗干吗去。”

说完，俩人向一旁走去。

16. 北城公安分局刑侦队·日·内

郑军手持卷宗，从长长的走廊尽头走过来，往来警察不断地跟他打着招呼。郑军点头回应着，没有止步。

郑军来到值班席前，肖萌马上把他叫住，首先交给他一封快递邮件：“郑队，这里有你一封快递。”接着，肖萌继续告诉他，“对了，刚才有个男人来电话，打听皇城根那起抢劫凶杀案，我正要问他是谁，他又莫名其妙地把电话挂断了。”

郑军一听：“你让电信部门查一下，那个电话是从什么地方打来的。”

肖萌：“我已经让电信部门查了，他们还没有回话。”

17. 办公室·日·内

郑军走进办公室，关上房门，打开那封快递邮件看了一眼，是一份请柬。

这时，办公桌上的电话铃声响起，郑军随手将请柬抛入废纸篓，然后拿起电话。

郑军：“您好！”

电话里传出一个女性的声音（画外）：“是郑队长吗？”

郑军：“我是郑军！请问，你是哪位？”

（女声画外音）：“郑队长，你可能不记得我了，我是《都市摄影》杂志社的沈颖……”

郑军在脑海里迅速搜索出一个月前的记忆：“沈——颖？……我怎么会不记得你呢，这些日子我们正被皇城根那案子搞得焦头烂额的。”话锋一转，“对了，沈小姐，你当时在案发现场抓拍的照片洗印出来没有？”

说着，郑军顺手拨弄了一下桌子上的不锈钢弹子平衡器，弹子平衡器发出均匀的声音，一颗弹子击向另一颗弹子，做着均匀的机械运动。

18. 摄影棚里·日·内

摄影棚里，几个人正在布置时装摄影的场景，同时，沈颖在摄影棚的一角儿跟郑军通着电话。

沈颖：“郑队长，我打电话正是要问你，我用快递邮件给你送去的请柬收到了吗？”

郑军不解地问（画外）：“什么请柬？”

沈颖：“我当时在案发现场抓拍的照片不仅洗印出来了，而且已经被推荐参加本年度‘世界最佳新闻图片’奖的评选！中国摄影家协会要在美术馆举办一个中国赛区的参赛作品展，明天是开幕式，请你务必赏光！到时候我把那张照片给你。”

19. 办公室·日·内

郑军的好奇心被激发起来：“沈小姐，明天我一定去捧场！”

沈颖（画外音）：“郑队长，那就明天见吧！”

郑军：“明天见！”

郑军放下电话，然后从废纸篓里捡出那张请柬，打开。

请柬上写着：

“尊敬的郑军先生，中国摄影家协会定于2002年4月1日上午10：00在中国美术馆举办本年度‘世界最佳新闻图片’奖中国地区参赛作品展，欢迎您莅临指导！”

郑军刚把请柬郑重地收起来，这时，肖萌敲门进来告诉他：“郑队，我刚才请电信部门查了一下，那个电话是从安定门西大街的一个公用电话亭打来的。”

郑军：“肖萌，皇城根的案子又有新的眉目了。”

肖萌不解地问：“什么新的眉目？”

郑军：“你还记得那个报案的女记者吗？”

肖萌：“沈——颖！当然记得了，她怎么了？”

郑军一边把请柬交给肖萌，一边告诉她：“她当时在现场抓拍的照片不仅洗印出来了，而且还被推荐到了国际上去参加评奖。”

肖萌接过请柬看了看：“行啊，有点儿意思啊。”

20. 美术馆展厅里·日·内

展厅门口摆放着几个祝贺影展成功的花篮，身着便装的郑军走进展厅，随意地浏览着一幅幅摄影作品，然后来到那张名为《瞬间罪恶》的大幅黑白照片前，一下子就被照片吸引住了。

照片《瞬间罪恶》鲜活地展示了抢劫现场的情形：

镜头在黑白照片上快速移动，试图寻找到当时抢劫现场的动势和照相机角度；

镜头推向受害者刘世利的脸孔，他是名35岁左右的中年男子，面对突如其来的威胁所能表现出的惊骇、恐惧的神情，全部都淋漓尽致地在他的面部表情里显露出来；

镜头向受害者身后移动拉开，可以看出受害者似乎在做撤身后退的尝试，他的右手握着一个手机，本能地向前挥着，试图挡住迎面而来的袭击；

镜头又转向背对镜头的凶手，他是一位留着长发的男子，他身穿黑色的皮风衣，右手攥着雪亮的尖刀，正刺向中年男子的腹部；

镜头推向尖刀，尖刀向中年男子腹部扎去……

郑军正全神贯注地看着那张照片，这时，画外传来沈颖的一声轻笑（画外）：“郑队长，你好！”

郑军回过神来，看到沈颖自信、潇洒的笑脸，心情一时还没有转换过来。接着，他向沈颖解释道：“沈小姐，非常抱歉，因为局里临时有事，没有赶来参加开幕式。”

沈颖：“没关系。”然后，转眼看着挂在墙上的照片，问郑军，“郑队长，你看这张照片拍得怎么样？”

郑军看看照片，又看着沈颖，说道：“这张照片拍得不错，你把它命名为《瞬间罪恶》也非常贴切。沈小姐，祝贺你。”

沈颖笑了笑：“谢谢你，郑队长，这是托你的福。”说着，她从摄影包中拿出一张《瞬间罪恶》的照片交给郑军，“不知道这张照片对你们是不是真有帮助？”

郑军看了看照片：“沈小姐，看得出你的摄影功底不浅。另外你的运气也不错，能抓拍到凶杀现场，即使是刑警也未必有你这样的运气。但单从这张照片看，好像无论如何都和你的外表对不上号！”

沈颖：“咳！我这是瞎猫碰上死耗子了，真没想到会歪打正着地获得这么多荣誉。不过，对这张照片，我自己还是有一点儿遗憾！”

郑军不解地问：“哦？沈小姐对自己的作品还有什么遗憾？”

沈颖：“这件抢劫杀人案一直未破，就是我的作品的最大遗憾！”

郑军：“那你怎么现在想起把照片给我们呢？”

沈颖：“郑队长，真不好意思，因为我把这张照片洗印出来后，实在看不出这张照片对你们破案能有什么用，所以没有及时给你们送去，就一拖再拖到了今天。”

郑军表示理解地说：“没关系，现在给我们也不迟。”

21. **北城公安分局刑侦队·日·内**

刑侦队会议室内，肖萌和警察甲正在议论《瞬间罪恶》这张照片。

刑警甲拿着照片看了看，然后说道：“呵！怎么这么巧啊？这案子就像专门演给她拍照片一样！”

肖萌："你别瞎说！人家沈小姐可是够负责的了！报案是人家，送受害者去医院是人家，人家现在送上这张照片，还希望我们能尽快破案呢。"

刑警甲："听说这张照片好像还要去参加什么国际奖的评奖，是吗？"

肖萌："是啊，这张照片已经被推荐参加本年度'世界最佳新闻图片'奖的评奖。"

刑警甲："这个女人胆子忒大了，居然敢在凶杀现场坦然无惧地抓拍照片！"

肖萌："我看，不是胆子大，应该是命大，按道理，凶手是不会在乎多杀她一个的。"

这时，郑军从外面走进来，问道："你们在议论什么呢？"

刑警甲："对啊，郑队，对这张照片，你到底有什么看法？"

郑军拿过那张照片，沉吟片刻："我总觉得，这里面似乎隐藏着另一个秘密。"然后，又回头对肖萌他们说，"肖萌，你们分析一下，被害人的手机应该在什么地方呢？"

肖萌不解地问："什么手机？"

郑军把照片递给肖萌："你看，照片中被害人的右手不是拿着手机吗？"

肖萌接过照片一看："对啊，被害人手里的手机在什么地方呢？"

22. 摄影棚里·日·内

摄影棚内，一个时装模特正伴随着音乐的节奏摆着各种姿势。

灯光师手捧着反光板在给模特补光。

沈颖正神情专注地在给模特拍摄照片。

照相机取景器里，忽虚忽实地快速聚焦，快门被不停地按下。

沈颖拍完一组照片，马上将照相机递给助手，然后又从助手手中接过另一台照相机，继续拍照。

这时，郑军从外面缓步走了进来，看见沈颖正在忙碌，就站在一旁静静地等候着。

一名工作人员过来问郑军："先生，请问您有什么事？"

郑军："我找沈小姐。"

工作人员："那您稍等一会儿。"

工作人员走到沈颖的身边，悄声给她通报了一声，然后，沈颖回头，扬手和郑军打了一下招呼。

郑军也和沈颖招了招手。

沈颖接着又拍了几张照片，然后，把手里的照相机递给助手，让他把设备都收拾起来。

沈颖把大家叫到一起，向他们宣布道："今天就到这里，大家回去好好休息，明天早点儿来。"

模特、灯光师、化妆师、助手等人散坐到四周去休息。

沈颖径直来到郑军的面前，热情地向他伸出手。

沈颖："郑队长，你好！"

郑军握着沈颖的手："你好，沈小姐，打搅你工作，不好意思。"

沈颖："没关系，你找我，是为那案子吧？"

郑军笑了笑："我们找个地方聊一聊。"

沈颖潇洒地说："好的。"

23. 茶楼・日・内

茶艺小姐给沈颖和郑军倒好茶，沈颖让小姐暂时退到一旁。

接着，沈颖和郑军各品了一口茶以后，她笑着问道："怎么样？郑队长，那张照片对你们有帮助吧？"

郑军："我今天来正是想问你一个和照片有关的情况！"

沈颖："噢，什么情况？"

郑军："你见过照片中被害人的手机吗？"

沈颖不解地问："被害人的手机？什么手机？"

郑军再次解释说："照片里被害人的右手不是举着一个手机吗？"

沈颖想了想："是吗？……会不会是被凶手抢走了？"

郑军有些失望地说："也许吧。"

郑军端起茶杯，呷了一口茶，沉默一阵，又问道，"对了，沈小姐，那个凶手长什么样，你有印象吗？"

沈颖："他始终背对着我，所以我没有看到他的脸。"稍停片刻，又问道，"郑队长，关于这个案子，你还有什么问题吗？"

郑军笑了笑："没什么了。来，喝茶。"

说着，郑军端起茶壶给沈颖斟了一杯茶。

24. 刑侦队办公室·夜·内

郑军用手拨弄了一下桌子上的不锈钢弹子平衡器，一颗弹子马上击向另一颗弹子，平衡器做着均匀的机械运动，均匀地发出"滴答、滴答"的声音。

接着，郑军坐在椅子上，点燃一支烟，然后拿起那张《瞬间罪恶》照片，仔细琢磨起来：

镜头在黑白照片上快速移动，试图寻找到当时抢劫现场的动势和照相机角度；

镜头推向受害者刘世利的脸孔，他是名 35 岁左右的中年男子，面对突如其来的威胁所能表现出的惊骇、恐惧的神情，全部都淋漓尽致地在他的面部表情里显露出来；

镜头向受害者身后移动拉开，可以看出受害者似乎在做撤身后退的尝试，他的右手握着一个手机，本能地向前挥着，试图挡住迎面而来的袭击；

镜头又转向背对镜头的凶手，他是一位留着长发的男子，他身穿黑色的皮风衣，右手攥着雪亮的尖刀，正刺向中年男子的腹部；

镜头推向尖刀，尖刀向中年男子腹部扎去……

然后，郑军放下照片，拿起电话拨通了肖萌的手机："肖萌，我是郑军——"

肖萌（画外音）：“郑队，有什么吩咐？”

郑军：“通知安子他们，带上照相机，10 分钟以后，到皇城根案发现场集中。”

25. 皇城根·日·外

在紧张、悬疑的乐曲声中，郑军带着肖萌和刑警甲、刑警乙开始模拟抢劫凶杀和沈颖抓拍照片的过程——

郑军拿着《瞬间罪恶》的照片，首先找到照片的拍摄角度，然后让刑警甲和刑警乙分别站在凶手和被害人的位置。

郑军拿出一台照相机，把光圈和快门指数对好，并打开闪光灯，然后挎着照相机从东华门方向走来。

郑军举起照相机，快速向他们走去……

照相机取景器里的画面：

刑警甲和刑警乙分别扮演凶手和受害人在拉拉扯扯……

刑警甲突然从身上抽出一把刀，向刑警乙挥舞着……

刑警乙继续跟刑警甲拉扯着，刑警乙握着手机的一只手来回挥舞着，试图挡住“刀”的刺入……

刑警甲挥“刀”向刑警乙刺去……

同时，郑军一边跑一边举起照相机，在距离模拟的行凶地点四五米远处按下快门……

“咔嚓”一声，随着闪光灯忽然一亮，同时，刑警乙“啊”地大叫一声，躺倒在地上……

刑警甲撒腿跑向另一边……

郑军假意地一边往回跑，一边向四周喊道：“杀人了！快来人呐！”

在这同时，刑警甲、刑警乙和肖萌看着郑军的神态，忍不住大笑起来。

郑军走过来，严肃地对他们说道：“你们还好意思笑，我都不知道能不能把你们刚才的丑态拍清楚。”

刑警甲："郑队，等冲出胶卷来，说不定你也可以去参加一个什么国际比赛呢。"

郑军："就你刚才那无所畏惧的表情，还获奖？做梦去吧！"

刑警甲："那就再来一遍。"

郑军："行，再来一遍！"

26. 警车里/大街上·夜·内

刑警甲驾驶着警车，同时，坐在一旁的郑军、肖萌等人随意地谈着案情。

肖萌："郑队，怎么着，你是不是怀疑沈颖跟这案子有关？"

郑军："你倒挺机灵。那你们跟我来打个赌，怎么样？"

肖萌："打什么赌？"

郑军："你说，我刚才在案发现场模拟抓拍的照片有戏吗？"

刑警甲："照相机在你手里，能没有戏吗？"

肖萌自信地说："不，我跟郑队赌一顿比萨，没戏！"

郑军："你们俩到底谁说了算？"

刑警甲想了想："好吧，肖萌说了算。"

郑军："惨了，你们输定了。"

27. 北城公安分局刑侦队·日·内

在刑侦队的刑侦摄影暗房里，郑军和肖萌见他们抓拍的模拟照片全都是模糊不清的。

肖萌得意洋洋地看着郑军："郑队，该请客了吧？"

郑军："其实，我早就知道没戏。"

28. 比萨饼屋·日·内

郑军端着一大盘比萨饼来到一个餐桌前，早已坐在那里的肖萌跟他说道："郑队，不好意思，让你破费了。"

郑军："咳，愿赌服输嘛。"一边坐下来，一边说道，"不过，你们别光只知道吃，还得继续给我研究案子。"

肖萌首先开口说道："郑队，我总觉得，沈颖能抓拍到那张照片真是太不寻常了。"

郑军："怎么不寻常？你说说看。"

肖萌："那张照片从技术上来讲，几乎不可能是突遇而拍的，除非沈颖事先知道那个地方有谋杀案要发生……"

刑警甲："我在现场反复琢磨后发现，沈颖要想抓拍到那张照片至少必须具备三个条件。"

郑军感兴趣地问："需要具备哪三个条件？你说说看。"

刑警甲："一是在案犯作案的瞬间，她刚好路过现场；二是她随身携带着相机；三是照相机的光圈、快门指数，刚好调到在夜间拍摄的档上，而且闪光灯开关处于开启位置。如果同时具备这些拍摄条件，那真是太凑巧了。"

郑军想了想，然后对肖萌说道："肖萌，待会儿你跟我到《都市摄影》杂志社去一趟。"

29.《都市摄影》杂志社会议室·日·内

《都市摄影》杂志社的会议室布置得像一个小型展厅，四面的墙上分别悬挂着杂志社的获奖作品，沈颖的《瞬间罪恶》也在其中，只是照片的一角儿多了个沈颖的亲笔签名。

杂志社社长彬彬有礼地将郑军和肖萌让到沙发上就座以后，吩咐秘书给他们送茶水来。

接着，社长开门见山地对郑军和肖萌说："沈颖前两天刚刚辞职了！"

郑军和肖萌一惊："辞职?！她为什么辞职?"

社长："她拍的那张照片在本年度'世界最佳新闻图片'奖的评选中获得了二等奖，她将应邀到法国去参加颁奖大会和领取10万美元的奖金，听说她已经打算到国外去工作。"

郑军："她什么时候去法国?"

社长："这个不太清楚。"

郑军想了想，又问道："沈颖是不是杂志社很有成就的记者?"

社长："嗨！怎么说呢。沈颖平时主要是拍时装、艺术人像。要说新闻现场抓拍，我们这儿有两位摄影记者的功底都很深，可谁让她就偏偏撞上了那个凶杀案的现场，还因此得到了很多人都梦寐以求的'世界最佳新闻图片'奖。大家都感觉有点儿……

怎么说呢？”

郑军：“没关系，您直说。”

社长为难地说：“大家总觉得有些意外，有些人甚至怀疑是她找人导演的假戏——摆拍，还特地打电话到你们公安局去打听。结果还真有这起案子！不管怎样，她能获奖的确是件好事，我也为她高兴。”

郑军喝了口茶，不动声色地用眼神跟在旁边做记录的肖萌交流了一下。

郑军又问道：“沈颖平时表现怎么样？”

社长沉吟片刻：“她人很聪明，社里交给她的活倒是都没有耽误，就是不大安心，这一年来老是想着出国，而且听他们部里的人反映，她的个人问题也一直处理得不好。”

郑军：“她的个人问题是怎么回事，您能具体说一说吗？”

社长摇摇头，说道：“这个……我不大清楚，你可以找他们部里的同事问一问。”

30.《都市摄影》杂志社摄影部·日·内

同事甲对坐在对面的郑军和肖萌说道：“咳，说起沈颖的男朋友，我们都有些不理解。”

郑军：“为什么？”

同事甲：“沈颖的男朋友是个开酒吧的，既没有什么文化，而且还有家室，跟沈颖好像不太相配，可他们确实谈了有好多年。但听说一年前不知为什么突然吹了，从那以后，她就一门心思只想出国。”

郑军：“那么沈颖没有再找吗？”

同事甲：“好像没有。”

郑军：“她男朋友长得怎么样？”

同事甲：“个不高，也就1.70米左右，挺胖的，平常总是理个板寸头……”

郑军：“那他叫什么名字？在什么地方开酒吧？”

同事甲：“他好像叫陈铭，在三里屯开了个‘摩托酒吧’！”稍事停顿，又试探地问道，“郑队长，沈颖她男朋友……怎么了？”

郑军：“没什么，我们只是来了解跟皇城根那起抢劫凶杀案相关的一些情况。”

同事甲：“沈颖不就因为那起案子，什么好事都让她赶上了吗？”

郑军故意刺激一下对方：“看来，你心里有些不服气啊。”

同事甲尴尬地说：“我没……没什么不服气啊。”

31.《都市摄影》杂志社外·日·外

郑军和肖萌从杂志社里出来，一边往停在外面的一辆警车走去，一边交谈着。

郑军：“肖萌，今天晚上我带你到三里屯泡吧去。”

肖萌：“摩托酒吧？”

郑军：“咱也洋一把。”

郑军和肖萌走上警车，开着警车扬长而去。

32. 摩托酒吧·夜·内

一支摇滚乐队正在酒吧里演出，同时可见墙上挂着各色重金属乐队的装饰照片。

酒吧里，灯红酒绿，烟雾缭绕，打扮新潮入时的男男女女随着摇滚乐的节奏大呼小叫着。

打扮成一对时髦男女的郑军和肖萌走进酒吧，穿过舞动的人群，在一角儿找到一个位置坐下。

一名服务生走过来，把价目单交给他们。他们各要了一杯啤酒。

郑军喝了一口啤酒，无意中回头，看见沈颖戴着墨镜走进酒吧，他惊了一下，赶紧拉了拉肖萌，示意她往沈颖那边望去。

只见沈颖径直走到吧台，跟一个服务生说了几句话以后，服务生拿起吧台上的电话拨了拨。

不一会儿，只见一位中等个头、偏胖、留着板寸头的男人（陈铭）从酒吧的楼上下来，跟沈颖简短地交谈几句以后，俩人一起往楼上走去。

坐在不远处的郑军和肖萌默契地交换了一下眼色。

肖萌："郑队，看来沈颖和她前男友是藕断丝连啊！"

33. **沈颖家外·日·外**

沈颖家坐落在一个胡同里。郑军来到沈颖家外面，敲了敲门。

沈颖在屋里应答道（画外）："谁啊？"

不一会儿，沈颖打开房门，一看是郑军，有些意外："郑队长，是你？真巧，我刚才还正想要给你打电话呢。"

郑军一惊："噢，沈小姐有什么事吗？"

沈颖："事倒没有，我只是很关心这个案子，如果这个案子在我走之前还没有破的话，我也会心里不安的。"

郑军："沈小姐什么时候动身去法国领奖？"

沈颖："下星期三。对了，郑队长，你怎么知道我要去法国领奖？"

郑军："我听你的同事说，那张《瞬间罪恶》获得了'世界最佳新闻图片'奖二等奖。祝贺你，沈小姐。不过，我不明白，你为什么对这个案子放心不下？"

沈颖："因为我是唯一的目击证人，又是报案人，再加上是这个凶杀案把我一举推到了国际领奖台……"说到这里，沈颖笑了笑，话锋一转，"赶紧进屋喝杯咖啡吧，我正准备煮咖啡呢。"

34. **沈颖家里·日·内**

咖啡机在餐桌上研磨完咖啡豆后，蒸馏出一壶香浓的咖啡，在咖啡蒸汽的上方，透视出一张成熟女人的照片，她正在和蔼地微笑着。

照片上的这个女人极像沈颖。

沈颖见郑军虽然端着咖啡，但目光一直停留在那张照片上，就用自己手里的咖啡杯轻碰了一下郑军的咖啡杯："是我妈妈！"

郑军："哦？你妈妈蛮年轻嘛！"

沈颖："她很早就得乳腺癌去世了。"

郑军："对不起！"

沈颖平静地说：“没关系。”然后看着母亲的照片，慢慢地说道，“这张照片挂在这儿，就好像她永远停留在我的生活中！”

郑军注视了一下照片，对沈颖说道：“你母亲看上去很温和。”

沈颖：“其实她的性格很矛盾！”

郑军：“你的性格不也很矛盾吗？就像你抓拍的那张照片一样。”

沈颖兴奋地说：“郑队，你真不愧是警察，居然从我拍的照片里看出了我的性格，我母亲的坏毛病我的确都一脉相承了。”

郑军：“沈小姐，现在想起来，你拍那张照片可是够冒险的！”

沈颖：“我当时只是职业的本能反应，没有想那么多。”

郑军站起来，溜达着看了看沈颖的家。

沈颖的家是座老式四合院的正房，高高的房顶、采光充分的玻璃窗，一个单身女人生活所需的全部物品都堆积在这所房子里。

然后，郑军点了一支烟，又随意问道：“你父亲还在吗？”

沈颖低下头沉吟片刻，然后说道：“我很小的时候，他就离开我和妈妈了，我都不记得他长得什么样子了！”

郑军：“哦，真对不起。”

沈颖笑了笑：“郑队长，你今天是第二次对我说‘对不起’了，我告诉你，我早已经变得很坚强了。给我一支烟。”

郑军拿出一支烟递给沈颖。

沈颖接过烟叼在嘴里，郑军给她点上以后，她老练地吸了一口，又继续说道：“我妈妈去世后，我一个人跑了大半个中国，去找我父亲。”

郑军关心地问：“你找到你父亲了吗？”

沈颖：“没有。”

郑军：“为什么？”

沈颖：“我后来在上海出了车祸。当我躺在医院时，我就发誓，再也不找我父亲了，而且以后绝不当第三者。”说到这里，沈颖突然话锋一转，“咳，我跟你说这些做什么。来，再喝点儿咖啡。”

说着，沈颖端起咖啡壶，又给郑军的杯子里续上了咖啡。

35. 北城公安分局刑侦队·日·内

会议室内，郑军、肖萌和刑警甲、刑警乙等在分析案情。

郑军从卷宗里抽出《瞬间罪恶》那张照片，在启发大家："你们说一说，沈颖为什么这么关心这个案件的侦破呢？"

肖萌："会不会是因为她心里内疚？"

郑军："她对谁内疚？"

肖萌："因为她撞见了一桩刑事凶杀案，她不但没有救被害人，反而因为这桩凶杀案得到了很多人梦寐以求的机会，所以她对受害人内疚。"

刑警甲："摄影记者的职业要求她要真实地记录现场发生的新闻事件，难道她还要为事件的后果承担责任不成？"

郑军沉思片刻，然后跟大家分析说："你们看，沈颖拍摄的这张照片，从技术角度看，不可能是偶遇拍摄的，除非她已经知道那个地方要发生一起抢劫凶杀案，或者有可能认识他们其中一个人！"

郑军的话让大家既惊又喜，一下子全都把目光集中在郑军身上，期待着他继续往下说。

郑军看了一眼那张照片，接着兴奋地说道："作案现场只有沈颖、受害人刘世利和凶手三个人，而刘世利不可能预知自己的死亡，那么结论只有一个：沈颖认识凶手，他们一起策划、参与了这起谋杀。"

肖萌："那这个与她共同作案的凶手是谁呢？"

郑军："我想，谜底很快就会揭开了。"

36. 摩托酒吧·日·内

酒吧里没有客人，一支摇滚乐队正在排练，服务生都懒散地坐在柜台后头，用手机彼此发着短信。

郑军从外面走进酒吧，首先看到放在酒吧门口的一面哈哈镜，他走过去，往哈哈镜前一站，自己立马变成一个又高又瘦的高个男子。

郑军自信地笑了笑。

这时，一名服务生走过来问他："先生，对不起，现在不是营业时间。您有什么事？"

郑军："找你们老板。"

服务生："老板一会儿就来，您先坐在那边等一等。"

郑军点点头："你给来杯啤酒。"

服务生："您要什么啤酒？"

郑军："随便。"

郑军坐在靠窗的一个位置。服务生把啤酒拿过来，给他倒上一杯以后，退到一边。

郑军拿起酒杯，呷了一口啤酒，然后环视了一眼酒吧的内部环境。

这时，窗外传来一阵隆隆的摩托车声。郑军回头朝窗外望去。

37. 摩托酒吧外·日·外

陈铭骑着一辆摩托车，由远而近地来到酒吧门口停下，然后径直往酒吧里走来……

38. 摩托酒吧里·日·内

陈铭刚从外面走进酒吧，服务生马上迎上前去向他低语道："老板，那边有位客人找您！"

陈铭朝郑军这边看一眼，稍微愣了一下，然后朝郑军走来。

郑军起身："陈铭？"

陈铭："我就是，你是……？"

郑军主动向陈铭伸出手："你好，我是北城公安分局刑侦队的郑军。"

陈铭握着郑军的手："啊，你好，你请坐。"

接着，陈铭招呼郑军一起坐回刚才的位置，这时，服务生主动拿着一杯水过来，递给陈铭："老板，您的水。"

服务生退到一旁以后，陈铭主动给郑军和他自己各点了一根烟。

俩人沉默片刻，陈铭首先问道："郑先生，你找我有什么事？"

郑军从身上拿出《瞬间罪恶》的照片，问道："见过这张照片吗？"

陈铭接过照片看了一眼，又把它放在桌子上，迟疑了一下："见过。"

郑军："在什么地方？"

陈铭："这张照片是我的一个朋友拍的。"

郑军："这个朋友是你以前的女朋友，叫沈颖，对吧？"

陈铭："是的！但我们吹了！"

郑军："是因为你有老婆和孩子吗？"

陈铭一愣："你们怎么什么都知道？"

郑军笑了笑："其实，我们还有很多不知道的，所以才来请教你。"郑军看了一眼桌上的照片，又问陈铭，"你知道这张照片的来龙去脉吗？"

陈铭："不知道。这不就是一张照片吗？"

郑军："但这不是一张普通的照片！这张照片记录了一桩抢劫凶杀案，正面那个男人被人用刀扎死了！"

陈铭一惊："是吗？"

郑军："据我们分析，沈颖在夜间凶杀现场抓拍的这张照片从技术上来看绝对不可能是她突遇而拍的！而被害人不可能预知自己的死亡，只能是她事先得知此地有谋杀案，她先调好各种指数，打开闪光灯，在那里等候。那么结论只有一个：她认识凶手，并有可能参与了谋杀。"

陈铭："那凶手是谁？你们查到了吗？"

郑军对陈铭说道："你到门口的哈哈镜去照一下。"

陈铭来到哈哈镜前一照，他立即变得又高又瘦。

郑军站在陈铭的身后，对他说道："我们在请沈颖做目击证人笔录时，她告诉我们，凶手的体貌特征是高个、偏瘦、长发！不过，这倒从反面提醒我，她因为不愿意让凶手落网，所以会把凶手的体貌特征颠倒过来说。"

陈铭一下子惊呆了。

39. 北城公安分局刑侦队审讯室·日·内

“啪”的一声，台灯打开。郑军在审讯陈铭，肖萌在一旁开始做笔录。

郑军：“你认识被害人吗?”

陈铭：“不认识。”

郑军：“那你为什么要杀他?”

陈铭：“我没有杀他。”

郑军：“你没有杀他，他怎么死了?”

陈铭想了一会儿，然后试探地问道：“那个人真的死了?”

郑军严厉地对陈铭说道：“陈铭，你现在除了老老实实地把自己杀人的动机和过程交待清楚，争取得到法律的宽大处理以外，你不要再抱任何侥幸心理了!”

陈铭无奈地点点头，又有些不甘心地说道：“这事说来话长……五年前，我到上海旅游，碰见沈颖出了车祸，我把她送进了医院。那个时候，因为她很孤独和脆弱，我就跟她好上了。后来，她知道我有老婆、孩子，跟我大吵大闹一场以后，和我分手了。我因为感到欠她一份情，分手时，就给她留下一句话：今后只要她求我办事，我绝没有二话。”

郑军：“所以你就帮她杀人?”

陈铭：“不，沈颖没有让我帮她杀人。”

郑军不解地问：“那她是怎么跟你说的?”

陈铭：“有一天，沈颖来找我，让我帮她制造一个拦路抢劫的现场，说是这样能保证抓拍到有震撼力的艺术照片，而且事先还说好了，为了给人以真实感，还要让被抢劫的人见点儿血，但不要伤害他的性命。我念及前情，答应了她……那天晚上，我按照她的吩咐，大约10点钟左右来到皇城根等她……”

（随着陈铭的叙述，切入下一个场景。）

40. 皇城根·夜·外（闪回）

陈铭一个人在皇城根徘徊着等待沈颖，这时，沈颖骑着自行车来到陈铭面前，停下，跟陈铭打过招呼，又把自行车放在一旁。

沈颖让陈铭站在一棵大树前，然后跑到五米左右的地方，调整好光圈和焦距。

沈颖接着向陈铭交代：“你就藏在那棵大树后面，待会儿当有人走到大树跟前时，你就出来抢他。”

在陈铭的画外音中，闪回如下情景（照相机取景器里的画面）：

刘世利由远而近地向那棵大树慢慢走来，当他走到大树前，陈铭突然从大树后面蹿出来，抢夺刘世利手里的皮包……

刘世利紧紧地抓着手里的皮包，死活不松手……

陈铭和刘世利拉扯一阵后，陈铭突然从身上抽出一把刀……

刘世利并没有松手，他的右手握着手机本能地来回挥舞着，试图挡住刀的刺入……

就在陈铭挥刀刺向刘世利的同时，沈颖按下了照相机的快门……

（陈铭的画外音）：“大约过了10分钟左右，刚好过来一个人，当那个人走到那棵树旁时，我就冲上前去……那个人吓得不轻，但他还是死活拉着皮包不给我，我就拿出刀，向那个人肚子上扎去……”

“咔嚓”一声，随着闪光灯忽然一闪，刘世利惊恐的面部表情成定格……（淡出）

41. 北城公安分局刑侦队审讯室·夜·内

陈铭继续向郑军他们交待道：“我拿走了那个人的皮包，里面有8000块钱，我都没动，我想以后还给那个人……过了两天，沈颖打电话告诉我，说拍到了照片，那人只是见了点儿血，不会伤及性命！她还作为临时路过的目击者送他上了医院……”

郑军严厉地问：“你说的都是真话吗？”

陈铭：“没错呀！……那个人的包我动都没有动！”

郑军沉思片刻，又问道：“你当时用的凶器是什么？”

陈铭一时没有听明白："什么?"

郑军："你捅人的家伙是什么?"

陈铭："刀子!"

郑军："哪儿来的?"

陈铭："前年和沈颖去云南旅游时买的。"

郑军："你们旅游买刀干吗?"

陈铭："也就五块钱嘛！……沈颖说，我要是骗她，她就用这把刀把我杀了……这都是男女之间调情时说的话。"

郑军："没问你这么多！刀现在在哪里?"

陈铭："在家……不！在酒吧！

郑军："你肯定?"

陈铭："我肯定。那个人的包也在酒吧。"

42. 摩托酒吧里·夜·内

酒吧里有很多客人，摇滚乐队正在演奏一首激烈的歌曲，这时，郑军带着刑警甲等人冲进酒吧。

在场的人都紧张地看着眼前突发的一切。

郑军等人在酒吧的储藏室找到了陈铭抢劫杀人的凶器——刀。

同时，还找到了刘世利的皮包，并在里面意外地看到刘世利的手机。

43. 北城公安分局·日·内

一双手快速在键盘上敲击，电脑显示器上显示出《瞬间罪恶》的照片。

用鼠标往后迅速翻页，停留在死者的照片上。

肖萌用鼠标点击死者的照片，照片被放大，画面停留在死者下腹部的伤口上，刀口显示竖着翻开。

鼠标又将照片下移，画面停留在死者心脏部位的伤口上，扎在心脏部位的刀口却是横向翻开……

肖萌正在电脑上来回翻看着死者的几张照片，这时，郑军若有所思地走进来，然后跟她分析案情。

郑军："哎，肖萌，你分析一下，沈颖让陈铭帮她摆拍那张照片的目的和动机究竟是什么？"

肖萌："她是为了拍摄一张照片，到国际上去捞奖出名，并进一步达到出国的目的呗。"

郑军："如果她仅仅是为了到国际上去捞奖出名和出国，那她怎么就笃定这张照片能获奖呢？"

肖萌："这……是啊，她这样做，如果竟然不惜去牺牲一个人的性命，她付出的代价的确是太大了！"

这时，郑军的目光在死者伤口的照片上停留了一会儿，然后对肖萌说道："肖萌，马上到看守所提审陈铭！"

44. 审讯室·日·内

郑军在提审陈铭，肖萌坐在一旁做审讯笔录。

郑军："陈铭，你到底捅了那个人几刀？"

陈铭毫不犹豫地回答："一刀！"

郑军："你肯定？"

陈铭抹了一把脸上的汗水："这……好像……我也记不大清楚了。"

郑军："回去再想想！"

门口进来两名警察，将陈铭带回看守所。

45. 办公室·日·内

肖萌用双手绷开一张报纸，站在郑军的面前。

郑军麻利地戴上手套，攥起那把"云南刀"，凌空比画了一下，然后挥刀向报纸捅了两下，报纸马上显示出两个竖长的刀口。

"如果在上端出现一个横向刀口，那么我只能把报纸调过来，或者……"郑军自言自语地比画着，忽然灵机一动，对肖萌说道，"肖萌，你躺在沙发上去。"

肖萌不解地问："干什么？"

郑军："做个实验。"

肖萌躺在沙发上。郑军拿着刀在她心口上比画了一下："好了，起来吧。”

肖萌恍然大悟地说：“郑队，你的意思是还有第二个凶手？”

郑军：“肖萌，你想一想，这第二个凶手会是谁？”

肖萌想了想：“沈颖？”

郑军：“对了，陈铭捅了刘世利一刀之后，沈颖过去，朝躺在地上的刘世利又捅下了致命的一刀。他和沈颖的角度不同，因此留下的刀痕自然不同。”

肖萌：“沈颖干吗非要杀死刘世利呢？”

郑军：“是啊，沈颖这出戏导演得完美无缺。假如互相不认识，沈颖真没有必要杀死他，只要把他弄伤，然后送他去医院，照片拍了，好人做了，风险也不大……”

肖萌接着郑军的话头说道：“正因为刘世利认出了沈颖，所以沈颖杀了他！”

郑军果断地说：“肖萌，我马上到刘世利常待的地方去跑一跑，兴许就会得到证实。”

46. 雅宝路中国银行门口·日·外

一辆警车飞驰到中国银行门口停下，郑军和刑警甲从警车里下来。几个倒汇的黄牛一看见他们，一哄而散。

刑警甲拔腿就向其中一个人追去：“站住！别跑！再跑我就开枪了！”

黄牛急忙站住，刑警甲追上去，一下将他扑倒，按在他的身上，那人嗷嗷直叫。

郑军从后面也赶到了，刑警甲将那人拉了起来。

黄牛嘴里直嚷嚷：“我犯什么罪了？我犯什么罪了？”

郑军：“你没犯罪跑什么呀？”

黄牛：“我知道你们干吗呀？都快开枪了！”

郑军看了刑警甲一眼，刑警甲一推黄牛：“到墙边儿去！”

刑警甲和黄牛来到墙边，从兜里掏出一包烟递给他：“来，抽根烟！”

黄牛：“不敢！”

郑军也从兜里掏出一包烟，递给他一支："没什么事，就问你个人！"

黄牛将信将疑地接过烟："您怎么不早说呀？这要是在美国，我这么一跑准让警察给毙了！"

刑警甲边给他点烟边呵斥他："你知道，还跑什么？"

黄牛吸了一口烟："跑习惯了呗！"

郑军掏出刘世利的照片："你认识他吗？"

黄牛："唉！刘三儿呀！太熟了！成天儿在一起混的，不瞒您说，连他的小蜜我都认识！"

刑警甲拍了他头一下："嘴里放干净点儿！"

郑军又拿出沈颖的照片："你认识她吗？"

黄牛："哎！这就是他的小蜜呀！"黄牛看了看刑警甲，不好意思地笑了笑，"刘世利这小子，花着呢！他不知从哪里弄了个假的美国身份，离了三次婚不算，在外面拈花惹草的事不少。对了，三个月前还听说他勾搭上了一位女记者。他呀，肯定又是先答应帮人家办出国移民什么的，说他有路子，美国大使馆办签证的中文女翻译是他小姨什么的。"

一个路人经过，瞟了他们一眼。黄牛得意地向他扬了扬手中的烟卷儿："警察哥儿们！"

刑警甲打断他："得得！你是说刘三儿纯粹是骗那个小蜜？"

郑军看了刑警甲一眼。

黄牛："没错！谁不知道刘世利小姨子是菜市场卖菜的！"

郑军指了指手中的照片："你确定是这个女人吗？"

黄牛："我在使馆门口瞅见过他们在一起！就是她，错不了！"

47. 审讯室·日·内

"啪"的一声，郑军把台灯打开后，继续审讯陈铭。肖萌在一旁做笔录。

郑军："你想清楚了吗？"

陈铭肯定地说："我只捅了一刀！"

郑军："你肯定？"

陈铭点了点头。

沉默了一阵，郑军突然问道："陈铭，你是不是拿了受害人的手机？"

陈铭惊讶地张大了嘴："我……"

郑军点点头："这才对嘛！我原想，要是凶手和沈颖不认识的话，是不会从容地拾起被害人的手机的！"

陈铭不得不佩服地点点头："是我拿的。手机也在酒吧！"

郑军："你看了被害人的手机？"

陈铭："看了！"

郑军："里面有什么？"

陈铭满脸都是汗水，他想了想，终于说："那个人手机电话簿里有沈颖的电话号码！"

郑军瞪大了眼睛："你是说，沈颖认识被害人？"

陈铭："是的。当时，我听见有人惊叫了一声：'沈颖！'我以为是自己的幻觉。后来我检查那个人的手机，发现当时那个人正好按下了手机的录音功能，里面录下了那一声惊叫。"

郑军："那是谁的声音？"

陈铭："是……那个人的！"

48. 皇城根·夜·外（闪回）

照相机取景器里的画面：

陈铭和刘世利拉扯一阵，陈铭突然从身上抽出一把刀……

刘世利并没有松手，他的右手握着手机，本能地来回挥舞着，试图挡住刀的刺入……

就在陈铭挥刀刺向刘世利的同时，沈颖按下了照相机的快门……

"咔嚓"一声，随着闪光灯忽然一闪，刘世利惊恐的面部表情成定格。

就在刘世利捂着伤口向一侧倒下的同时，他看见沈颖端着照相机冷静地站在不远处，他本能地叫了一声："沈颖！"

同时，他手里的手机按下录音键钮……

陈铭忽然愣了一下，然后，迅速捡起落在地上的皮包和手机，撒腿就往旁边跑去……

陈铭一边跑，一边听到刘世利又发出“啊——”的一声惨叫。

接着，是沈颖的声音（画外音）：“杀人了！快来人呐！”

49. 办公室里·日·内

郑军拿着刘世利的手机，手机屏幕上显示“放音确定?”

郑军想了想，然后，按下了重放录音记录的按键，里面传出了刘世利的惊叫（画外音）：“沈颖!”

不一会儿，又传出沈颖的声音（画外音）：“杀人了！快来人呐!”

郑军关掉放音按钮，又开始快速翻阅手机的信息，终于，他在电话簿里发现了沈颖的电话号码。

这时，办公桌上的电话响起，郑军拿起电话：“喂，你好!”

电话是沈颖打来的（画外音）：“郑队长，你好！我是沈颖。”

郑军一惊：“沈小姐，你好！你有什么事吗?”

50. 机场候机室里·日·外

沈颖正坐在候机室里用手机给郑军打着电话：“郑队长，我只是想告诉你，我现在正坐在开往机场的出租车里，马上就要乘飞机到法国去领奖了。”

郑军（画外音）：“沈小姐，我告诉你，皇城根那起抢劫凶杀案已经破了，你可以安心地出国了。”

沈颖：“这真是太好了！……凶手抓到了吗?”

郑军（画外音）：“凶手抓到了。”

沈颖：“是吗？他叫什么名字?”

郑军（画外音）：“陈铭。”

沈颖：“那祝贺你们，郑队长。”

说完，沈颖慢慢地放下了电话。

51. 北城分局刑侦队·日·内

郑军放下电话，从办公室里走出来，对肖萌等人说道：“沈颖今天提前飞欧洲，我们马上赶到机场去抓捕她！”

郑军说完，大家立即雷厉风行地行动起来。

52. 首都机场高速公路·日·外

刑警甲驾驶着切诺基警车，拉响警笛，向首都国际机场方向飞驶而去。

郑军在车上繁忙地用对讲机进行指挥联络。

郑军：“请机场配合，检查飞往欧洲的国际航班旅客名单！尤其是法国！”

郑军对刑警甲命令：“快！快！”

切诺基警车飞速驶过高速公路上的机场标志。

53. 首都国际机场里·日·内

切诺基警车飞速驶上首都国际机场二楼，在国际出港入口处戛然停下……

郑军、肖萌和刑警甲、刑警乙等人迅速跳下警车，向国际港入口跑去……

同时，郑军一边疾走，一边用对讲机说道：“通知机场派出所，准备警力，配合堵截沈颖！”

（对讲机画外音）：“报告，20 分钟后飞往法国的国航乘客名单中有沈颖的名字！”

郑军：“通知机场边防局，登机扣留沈颖！”

这时，机场派出所所长迎面跑来，告诉郑军：“郑队长！飞往法国的国航班机正准备起飞，沈颖没有办理登机手续！”

郑军停住脚步：“噢?!”

郑军站在出港大厅环顾周围的人群，巨大的飞机时刻表不停地刷新着国际航班出港的信息。

郑军向机场内走去，边走边吩咐派出所所长：“守住机场各个出入口，继续排查今天即将起飞的其他国际航班！”

郑军带领众刑警分别守住各个国际航班的行李托运处，从当天的乘客名单中排查沈颖的名字。

(画外音传来广播声)：“各位旅客，飞往法兰克福的国航767航班正点起飞……”

郑军突然喊道：“马上到沈颖家去!”

54. 首都国际机场·日·外

一架飞机起飞，从机场候机楼上空飞过。

郑军疾步跑出国际出港入口大门，迅速登上切诺基警车。刑警甲立即发动汽车，鸣着警笛快速离开机场……

55. 机场高速公路·日·外

在高速公路上，切诺基警车鸣着警笛，闪着警灯，风驰电掣般地向市区驶去……

56. 市区雍和宫路口·黄昏·外

切诺基警车驶进市区，车上的警灯融汇在闹市里，显得格外醒目。

蓦然，画面中的一切声音突然消失……

57. 雍和宫旁的胡同·黄昏·外

(变格）切诺基警车钻了几个胡同，终于停在一家四合院门口……

58. 沈颖家门口·黄昏·外

(变格）郑军带领刑警队员冲进院子，直奔最里面的正房。

房内拉着落地巨幅窗帘，透过窗帘能看见屋里亮着灯光。郑军冲在前面，使劲地拍打着大门，里面没有人应声。

邻居们闻声围了过来。郑军用力敲碎门上一块儿靠近门锁的玻璃。

这时，画面里才传出一声清脆的玻璃破碎声。

59. 沈颖家·黄昏·内

郑军撞开房门，冲了进去，只见屋里亮着灯光，沈颖趴在餐桌旁，在她母亲的照片前面割腕自杀了。

同时，屋角支着的两架照相机正对着餐桌，“咔嚓”“咔嚓”

连续闪了两下，拍下了沈颖自杀一瞬间的情景……

郑军冲上去一看，只见在沈颖的胳膊底下压着那张《瞬间罪恶》的照片，鲜血流了一地……

郑军毫不犹豫地抱起沈颖向屋外冲去，同时大声喊道："赶紧上医院！"

60. 医院急救室外·夜·内

郑军和肖萌等人在急救室外等候着。这时，一名大夫从急救室里出来。郑军等人立即迎上前去问道："大夫，她的情况怎么样？"

大夫："她已经脱离了生命危险，但还处于昏迷中。"

郑军松了一口气："大夫，您辛苦了！"

61. 刑侦队办公室里·日·内

郑军拿着那两张沈颖用两架照相机自拍的她自杀一瞬间的照片，再次看到沈颖的艺术构思——

沈颖母亲的照片高高地挂在墙上，她的笑容还是那样和蔼可亲……

沈颖匍匐在像供案般的餐桌上，神情异乎寻常地平静……

这时，肖萌敲门进来，把一封信交给郑军："郑队，这是沈颖让我转交给你的一封信。"

郑军诧异地问："这是什么信？"

肖萌："她说，这本来写的是一封遗书，现在让你就当做她的供词。"

肖萌道别出去以后，郑军展开沈颖的遗书读起来——

（沈颖的画外音）："郑队长，我没有想到这会是我最后的结局。我以为，我设计的一切已经很周密，可还是被你们识破了……"

62. 沈颖家·夜·内（闪回）

沈颖把那张《瞬间罪恶》的照片放在餐桌前，然后伏在餐桌前，给郑军写着遗书。

（沈颖画外音）：“刘世利是我杀的！这是根据他对我施加的伤害的程度，以我的方式对他判处的死刑，我对我所做的一切并不后悔……”

63. 沈颖家·日·内（闪回）

陈铭推门进来。沈颖脸上洋溢着幸福的微笑，向陈铭跑了过去，一把揽住陈铭的脖子……

（沈颖画外音）：“……我在上海出车祸时，碰巧被在上海旅游的陈铭救了。就在我对生活失去了信心和希望的时候，是陈铭对我无微不至的照顾，使我鼓起了重新生活的勇气。但是，当我发现自己爱上了陈铭，并把他当做我生活中的唯一亲人时……”

早晨，沈颖从睡梦中醒来的时候，床边的另一半空空如也。

这时，一阵猛烈的敲门声响起，沈颖疑惑地走出房门，一个女人带着一个孩子站在门口。

沈颖不解地望着女人和孩子。

那名女人紧紧地攥着孩子的手，非常忧伤地盯着沈颖，孩子则对沈颖怒目而视。

沈颖什么都明白了，她强忍住眼里的泪水……（闪白）

64. 美国使馆门口·日·外（加画外音）

（沈颖画外音）：“我不想沦落成我妈妈眼里最为不齿的第三者，决定离开陈铭，离开北京这个伤心之地，到国外去重新开始。可就在我满怀憧憬、一心准备出国事宜的时候，命运再次捉弄了我。刘世利假说能为我办理出国移民手续，不仅骗了我所有的钱，而且还将我灌醉后强行占有了我的身体，我彻底绝望了……”

沈颖手里握着护照在美国使馆门口徘徊，不停地向走出使馆的人们询问着什么……

刘世利站在一旁盯着沈颖……

65. 中国银行门口·日·外（加画外音）

沈颖在中国银行门口找黄牛兑换美元，刘世利走过来跟沈颖说了几句，沈颖跟着他向另一边走去……

刘世利用一沓儿美元和沈颖做了交换，沈颖热情地向他表示感谢……

66. 酒店里·日·内（加画外音）

酒店里，刘世利眉飞色舞地跟沈颖聊着，沈颖脸上也渐渐有了笑容……

接着，刘世利和沈颖一起举起酒杯，轻轻地碰了一下，然后一起将酒杯里的红酒一饮而尽……

沈颖看着刘世利眉飞色舞的脸渐渐模糊不清了……

67. 沈颖家·夜·内（闪回）

沈颖伏在母亲照片前的餐桌上号啕大哭……

沈颖趴在餐桌上睡着了，脸上还挂着泪珠……（闪白）

（沈颖画外音）：“……有一天，我在办公室里无意中看到一本‘世界最佳新闻图片’奖获奖作品的画册，突然间得到了灵感，似乎从中又看到了希望。我终于琢磨出一个复仇的计划……”

68. 《都市摄影》杂志社里·日·内（闪回）

沈颖无精打采地从报架上取过一本《“世界最佳新闻图片”奖获奖作品集》，坐到办公桌前，随意地浏览着。

这时，一张刑事案件案发现场的照片引起沈颖的注意，她的眼睛不由得为之一亮。

沈颖暗自笑了笑……

69. 一组蒙太奇（闪回）

摩托酒吧里，沈颖拿着《“世界最佳新闻图片”奖获奖作品集》给陈铭解释着什么……

皇城根，沈颖在大树前给陈铭做安排……

照相机取景器里的画面：陈铭和刘世利拉扯一阵，陈铭举刀向刘世利刺去……

刘世利的神情由万分惊恐转变为痛苦万分，他颓然倒在地上……

沈颖迅速跪在刘世利一侧，拔出扁刃匕首，对准刘世利心脏又是一刀！

（沈颖画外音）：“……我让陈铭扮演了抢劫伤人的角色，在他演完自己的角色离开现场后，我用和陈铭在云南买的两把刀中的另一把，杀死了受伤躺在地上呻吟的刘世利……”

70. **沈颖家·日·内**

（沈颖画外音）：“……为了掩盖我的罪行，我本来打算以一个目击者的身份，把这个过程拍成照片，当做一个新闻事件报道一下，从而把自己从中择出来，但没想到那张照片会接连获得那么多荣誉，而且当你那天到我家来访以后，我就预感到，我导演的这出戏已经结束了……”

一脸美容面膜的沈颖兴高采烈地将皮箱放到床上，开始收拾行装，她先把几件衣服放进箱子里，然后又将《瞬间罪恶》的照片和获奖证书也放进箱子里……

接着，她将母亲的镜框刚刚摘下，这时，电话铃声响起……

沈颖拿起电话听了一会儿，然后一脸沉重地把手里的电话又慢慢放下……

沈颖将母亲的镜框重新挂上……

71. **沈颖家·夜·内**

沈颖伏在餐桌上给郑军写遗书，前面已经密密麻麻地写了许多……（闪白）

（沈颖画外音）：“郑队长，我知道我们再次见面之时，便是你送给我手铐之际，但我不愿有这样的时刻……”

沈颖分别支好两架照相机，从取景器中构好图，然后聚焦……

照相机取景器里的画面：沈颖端坐在餐桌前，拿起刀片，一下子割破自己的手腕……

沈颖猝然伏倒在餐桌上……

（沈颖画外音）：“……我是自杀而死，两架照相机会从不同角度拍下我死时的情景。照片冲出来之后，你可留作结案证据使用。底片连同《瞬间罪恶》的底片烦你转交给‘世界最佳新闻图片’奖组委会，组成《瞬间罪恶》组照；作为本年度‘世界最佳新闻图片’奖获奖者临死瞬间的镜头，一定会有价值的！”

72. **办公室里·日·内**

在沈颖的画外音中，郑军把沈颖的遗书叠好以后，放在一边，然后点上一支烟，走到窗前。

郑军望着窗外的车流和行人，不由得陷入沉思。

这时，肖萌走进来，试探地问道：“郑队，看了沈颖的信，你在想什么？”

郑军：“我在想……在那罪恶的瞬间，沈颖有没有丝毫的犹豫？”

肖萌：“你就别想这么多了。反正这起案子的主犯是她，法律会对她做出公正的判决。”

郑军：“是啊，法律会对她做出公正的判决。”

说着，郑军顺手拨弄了一下桌子上的不锈钢弹子平衡器。弹子平衡器发出均匀的声音，一颗弹子击向另一颗弹子，做着均匀的机械运动……（淡出）

（剧终）

死亡约会

主要人物：

周大鹏	男	40岁	刑警重案队队长
陈晓楠	女	24岁	刑警重案队探员
李　铮	男	26岁	刑警重案队探员
范志昊	男	30岁	刑警重案队探员
林志海	男	34岁	酒吧老板
刘　婕	女	29岁	林志海妻
罗婷婷	女	25岁	时装模特
滕　义	男	26岁	佳美电器职员
许　文	男	40岁	佳美电器老总
郭宏达	男	34岁	律师
胡晓萍	女	22岁	酒吧收银员
黑三儿	男	27岁	服装摊主

其他龙套演员若干

外景/街心公园/酒吧外/清晨

一位六七十岁的老太太，领着五六岁的孙子走进街心公园。

几个围成一圈儿正在练健身气功的老人跟她打招呼。

老太太把一瓶矿泉水递给小孙子，指指一边的长椅：“去，那边坐着等奶奶，不许乱跑啊。”

老太太舒展腰腿，开始随着众人的节拍专心练气功。

小孙子坐着看了会儿，觉着很没意思，四下看看，发现不远处有个酒吧门口的招贴画挺好看，便好奇地走了过去。

孩子看了会儿招贴画，看看酒吧大门锁着，有道缝隙，扒着门缝儿往里瞅。孩子突然缩回头，一脸骇色状地往后退。

老太太正在专注练功，觉着有人拽她的衣角儿，回头看是小孙子。

老太太看孙子的脸色不对劲，连忙问："宝宝，怎么啦?"

孩子用手指指酒吧门口："奶奶，我怕。"

老太太领着孙子来到酒吧门口。孩子躲在奶奶身后不敢靠前。

老太太扒着门缝儿往里看。

门缝儿里一双好奇的眼睛的特写。

一缕阳光从门缝儿射到酒吧间里的地板上。

镜头推近，地板上是一男一女两具脸对脸的死尸。（定格）

门外恐惧的叫声："死人啦!"

打出字幕《死亡约会》

序幕中穿插主要职（演）员名单。

1. 外景/酒吧门口/日

几辆警车闪着警灯停在蓝星酒吧外。

一个社区民警正在黄色警戒线边维持秩序，警戒线外不少围观群众，有的在议论，有的踮着脚往里看。

民警："请往后站站，大家配合一下。谢了，谢了。"

2. 内景/酒吧内/日

这是一个装饰新潮时尚的酒吧。屋里凌乱不堪，似乎遭了抢劫。几名刑警正在忙而有序地勘查现场，有的刷指纹，有的拍照片，有的画图纸。

镜头从不同角度拍摄死亡现场的情景。

男尸看上去有 30 多岁，侧躺在地板上，另一具女尸近隔咫尺，与男尸面面相对，她穿得很时尚，上面的两个纽扣敞开着。

李铮捅捅身边的范志昊："这女的真漂亮。"

范志昊："漂亮有时就是灾难。"

周大鹏俯身，细细观察一组足迹："你们俩别净研究女尸，赶紧干活。"

"周队，这儿有个打火机。"喊他的是女警探陈晓楠。

顺着陈晓楠手指地方，果然在男尸身旁有一个精致的打火机。

周大鹏戴上白手套，小心翼翼地拿起打火机，放进一个塑料袋里。

周大鹏注意到，老板间的桌子和壁柜都被撬开了。

周大鹏凑近细看，皱皱眉："李铮，来一下。"

挎着相机的李铮进来："周队，啥事？"

周大鹏指指壁柜和桌子："把这儿拍下来。"

周大鹏闭上眼睛思索，习惯性地用手拔自己下巴的胡子。

3. **内景/酒吧内/日**

社区民警带着一个男青年进来。

周大鹏指指一张椅子："坐。你是调酒师？"

调酒师点点头："是。"

周大鹏："死的那俩是谁？"

调酒师有些紧张地说："我们老板林志海。"

周大鹏："那女的呢？"

调酒师："她叫罗婷婷，老板的情儿。"

周大鹏从包里拿出那个塑料袋："看看，这个打火机是你们老板的吗？"

调酒师看看，摇摇头："不是，老板不抽烟。"

周大鹏放回包里，又问："谁干的，知道点儿什么吗？"

调酒师使劲摇头："真的不知道。"

周大鹏："昨晚谁最后走的？"

调酒师："胡晓萍，我们这儿收银的。"

周大鹏："她一会儿来吗？"

调酒师："她说，今天倒休一天。"

陈晓楠："她的手机号是多少？"

调酒师略思索："13807844444。"

陈晓楠笑了："这么背的号。"

陈晓楠要拨手机，周大鹏拦住了："告诉我她的住址。"

4. 内景/胡晓萍租住房/日

电梯门开了，周大鹏和陈晓楠走出来。

陈晓楠看看门牌号："就是这儿了。"

周大鹏上前按门铃，里面传出悦耳的音乐声。

胡晓萍（画外音）："谁呀？"

周大鹏朝陈晓楠使个眼色。

陈晓楠："公安局的，找你问点儿事。"

胡晓萍（画外音）："公安局的？真的假的？有证件吗？"

陈晓楠掏出工作证贴在猫眼前。

5. 内景/胡晓萍租住居室内/日

周大鹏和陈晓楠被让进屋。这是一套两室一厅的房间，屋里有些简单的家具。

周大鹏："胡晓萍？"

胡晓萍："是我。"

周大鹏："你的警惕性挺高。"

胡晓萍："这年头骗子太多，人就得多点儿心眼儿。"

周大鹏有意缓和气氛："那是，做得对。有句俗话怎么说来着？害人之心不可有，防人之心不可无。"

胡晓萍放松了："给你们倒点儿水？"

陈晓楠："不用了，问点儿事就走。"

周大鹏："这房是你租的？不错呀。"

胡晓萍："出来混，总得有个窝住吧。我们三个人合租的，她们出的钱多，住里间。"

周大鹏："你是外地的？"

胡晓萍："东北人。"

周大鹏："对了，你们酒吧出了点儿事，你还不知道吧？"

胡晓萍摇摇头："怎么啦?"

周大鹏："你们老板死了。"

胡晓萍："真的吗？你没蒙我吧？昨天晚上他还好好的呢。"

周大鹏点点头："真的。"

胡晓萍默然："怎么死的?"

陈晓楠："我们正在调查中，希望你能合作。"

周大鹏掏出数码相机，打开画面："你看看这个女人是谁?"

胡晓萍仔细看看："真惨呀！她是罗婷婷，林老板的情儿。"

陈晓楠："罗婷婷是干吗的?"

胡晓萍："好像是一时装模特。"

周大鹏："听说你昨晚是最后一个走的?"

胡晓萍："是怀疑我杀的他们?"

陈晓楠："我们可没这么说，这是正常的调查程序。"

周大鹏："说说你知道的情况。"

胡晓萍捋捋头发，回忆着："昨天晚上……"（闪回）

6. 内景/蓝星酒吧/夜

酒吧墙上的时钟指针指着凌晨1点。最后一对情侣离开酒吧时，女服务员开门送客，回来擦完地板，换好衣服，朝吧台正在用计算器算账的胡晓萍打招呼。

女服务员："胡姐，我先走了，拜拜。"

调酒师敲敲林志海的办公间门。

林志海："进来。"

调酒师："林老板，咱们的XO就剩一瓶了，明天要不要再进点儿货?"

林志海正坐在老板台前上网，头也不抬地说："好，你看着进几瓶。"

调酒师："没什么事，我回去了。"

林志海边敲字边说："嗯，走吧。"

调酒师走到吧台前："晓萍，我捎你一段。"

胡晓萍抬头看了一眼调酒师："你先走吧，我今天要清账。"

调酒师挥挥手："拜拜。"

胡晓萍摆摆手，继续忙乎。

胡晓萍算完账，拿着几沓儿厚厚的百元钞走进林志海房间。

林志海打开身边的抽屉。

胡晓萍："这是三天的流水，共5万3，你点点。"

林志海接过钱随便数了数，随手放进抽屉里锁好，把钥匙取下，揣进兜里。

胡晓萍："你那抽屉还用这破挂锁，还不换个保险点儿的？"

林志海："这锁就是防君子不防小人的，人家想偷你，再结实的锁也能打开。"

胡晓萍："也是。"

林志海："你辛苦了，这月给你加奖金。"

胡晓萍高兴地说："谢谢林老板，那没事我先走了。"

林志海："走吧。"

林志海起身送胡晓萍出门。

胡晓萍推着自行车，回头看到林志海在锁门。

7. 内景/胡晓萍租住房/日

周大鹏："这么说，你走的时候，罗婷婷还没有来？"

胡晓萍："是的。"

陈晓楠："你们老板是单身？"

胡晓萍点点头，又摇摇头："他们分居了，好像还没有离婚，林老板就住酒吧里。"

陈晓楠："为什么分居？"

胡晓萍："林老板有点儿花，在外面乱搞，让他老婆抓个现行。"

周大鹏："罗婷婷呢？"

胡晓萍："罗婷婷是一个时装公司的兼职模特，路子挺野的，跟林老板挺好的。"

周大鹏："你觉得谁会干这事呢？"

胡晓萍摇摇头："我不知道。"

周大鹏起身："那好吧，有事我们再找你。"

陈晓楠："你的手机号我们有，138078—5个4对吧，干吗选那么多的4，不忌讳?"

胡晓萍笑笑："不忌讳，我在火葬场干过。"

周大鹏："真的?"

胡晓萍："真的。"

8. **内景/刑警重案队会议室外走廊里/日**

周大鹏和刑警总队齐副总队长边走边谈。

齐副总队长："大鹏，前几天那个伤害致死案办得怎样了?"

周大鹏："快结了。"

齐副总队长："有个叫李小刚的参与了?"

周大鹏想想，点点头："嗯，他出手挺狠的，至少够判几年的。"

齐副总队长："哦，是这样，这个嘛，李小刚是市里一位领导的亲戚，他秘书来电话想让关照一下，你看……"

周大鹏："这不太好办，这案子除了主犯，就是他的过大了，还有几个从犯呢。"

齐副总队长有些尴尬："大鹏，副市长是分管政法的……"

周大鹏把手插进兜里，手机挺配合地响起来，周大鹏掏出手机接听。

齐副总队长无奈地摇摇头。

9. **内景/重案队会议室/日**

会议桌边坐满了穿便衣的刑警。齐副总队长和周大鹏推门进来，径直走到桌前坐下。

周大鹏："局里对这个案子很重视，王总去公安部开会去了，齐总挂帅咱们这个专案。现在开会。晓楠，你说说案情。"

陈晓楠点点头："案发时间，今天上午7点接到报案，地点，城西欣惠小区蓝星酒吧，一男一女被杀。哎，大江，把灯关一下。"

关灯后屋里昏暗下来。陈晓楠打开笔记本电脑，边放投影边解释："这是案发酒吧的门脸，这是室内现场，这里酒吧里被劫掠的情景，这是现场发现的足迹……"

房灯重新打开。周大鹏跟齐副总队长耳语了一下，然后说："现场初步调查，死者是这个酒吧的老板，叫林志海，女死者是他的情人，叫罗婷婷，是个时装模特。酒吧门窗完好无损，可以排除流窜作案的可能。"

李铮："这起案子看来像是情杀，在酒吧约会被害。"

范志昊："看来作案凶手一定是个熟人，半夜三更能从容进屋的，还应该是很熟的。"

陈晓楠："在现场还发现个打火机，不是死者的。"

齐副总队长看看周大鹏："还有吗？"

周大鹏："哦，现场痕迹鉴定技术支队正在抓紧做。"

齐副总队长点点头："办案你们都很在行，很专业，我就不多说了。这个案子局里很重视，上午局长都到现场了。我希望大家发扬我们重案队能啃硬骨头的精神，通力合作，尽快拿下这个案子。局里还有个会，我先走了，你们继续。"

齐副总队长起身离开会议室。

周大鹏起身，目送齐副总队长出门后，坐下喝口水，说："这起死亡约会的案子还是从死者周围查起，对了，晓楠，你刚从刑警学院毕业分来，情况不熟悉，还是我带你吧。"

陈晓楠高兴地说："太好了。"

10. 外景/城市公路上/日

警车里，陈晓楠专注地驾车行驶，周大鹏坐在副驾驶的位置边闭眼拔胡子（习惯性动作）边沉思。须臾，周大鹏使劲儿拔掉一根胡子，捏在手上看看。

陈晓楠笑笑："周队，疼不？"

周大鹏把胡子弹掉："呵呵，习惯了。"

他掏出手机拨号："喂，是志刚吗？那起伤害致死案什么时候结？明天？不行，你们抓紧收尾，今天下班前一定把材料送检察院，就这样。"

陈晓楠："周队，又有人打招呼了吧？"

周大鹏："材料一送检察院，打招呼也没用。"

陈晓楠："周队，你就不怕得罪人？"

周大鹏："开你的车，操那么多心干什么？"

陈晓楠无语。

周大鹏看着陈晓楠："记住，我们当刑警的，就是要凭良心办案。"

11. 内景/刘婕家/日

这是一套装饰讲究的复式住宅。

刘婕掩饰不住自己的愤怒，对坐在沙发对面的周大鹏和陈晓楠说："我恨死林志海了。"

周大鹏面无表情："他死了。"

刘婕有些激动："我知道了，我恨不得亲手杀死他！"

周大鹏注视着她的眼睛："为什么？"

刘婕恨恨地说："旧恨新仇。"

周大鹏："你们不是夫妻吗？一日夫妻百日恩，哪儿来那么多刻骨仇恨？"

刘婕："他要是知恩就好了，我们的结合一开始就是勉强的。"

周大鹏："那为什么还要结合呢？"

刘婕叹口气："他不是东西……我们是大学同学，那时他追我，我一直犹豫，他是农村的，想留在城市……毕业前，有一次在酒吧……"（闪回）

12. 内景/酒吧/夜

刘婕和林志海聊着天喝着酒。

林志海痴痴地看着刘婕："答应我好吗？"

刘婕看着他的眼睛："再给我点儿时间。"

林志海："我会对你好的，真的，一辈子。"

刘婕："男人的表白是最不可靠的。"

林志海："那是不可靠的男人的表白。"

刘婕："我怎么相信你可靠？"

林志海动情地问："你要我怎样？"

刘婕："我不是说了吗，再给我点儿时间。我去趟洗手间。"

刘婕起身而去。

林志海回头看看她的背影，从兜里掏出一个小纸包，打开，往刘婕的酒杯里倒了些粉末。

刘婕回来，两人继续对饮。

刘婕感到不适，趴在桌上。

林志海假装焦急的样子："刘婕，你怎么啦？"

刘婕昏昏欲睡的样子："我头有点儿晕。"

林志海："那我送你回去。"

林志海搀扶着刘婕离开酒吧。

13. 外景/酒吧外路边/夜

林志海扶着昏沉沉的刘婕，见远处有辆出租车过来，赶紧招手。

出租车缓缓停下，林志海搀扶她上了后车座。

车内，司机回头，客气地问道："你好，请问去哪儿？"

林志海："海婕酒店。"

14. 内景/酒店客房/夜

林志海搀扶着迷迷瞪瞪的刘婕来到一间客房。

林志海把刘婕放倒在床上，帮她把鞋脱掉。

林志海开始解刘杰的衣服扣子。

林志海随手关掉屋里的灯。

15. 内景/刘婕家/日

刘婕一脸悲愤和无奈："那晚他得逞了。醒来后，我悲愤交加，打他骂他，他只是一个劲地道歉，说太爱我了。"

周大鹏："很有心计的一个男人。"

陈晓楠："干吗非要嫁给他？"

刘婕叹口气："他有才气，长得也帅，我都这样了，也只好把宝押在他身上了。"

周大鹏："你输了。"

刘婕点点头："后来就应了那句话，'男人有钱就变坏'，他挣了点儿钱，就在外面乱搞女人，被我当场抓住，他还辱骂我……"

刘婕说着哭起来。

陈晓楠递一张纸巾给她，她道声谢，低头拭泪。

周大鹏："昨天晚上你在哪儿？"

刘婕似有慌乱之色："哦，我就在家里。"

周大鹏："这么说，没有人证明你不在杀人现场？"

刘婕似乎犹豫着。

周大鹏起身四下看看，漫不经心地说："听说你们正在闹离婚。这房子看起来很不错，应该值个几百万吧？要是林志海死了，就没有财产纠葛了，一切都归你了，是吧？"

刘婕有些紧张："你什么意思呀，你想说是我谋杀的林志海？"

周大鹏坐下，端起杯子喝口水，看着她。

刘婕："我恨他，但没有杀他。"

周大鹏直视她的眼睛。

刘婕躲开他的目光，低头搓弄手指。

周大鹏朝陈晓楠使个眼色："没别的说了？那我们走啦。"

刘婕终于吐口了："我有证人，昨天夜里，中达事务所的郭律师在我这儿过的夜。"

16. 外景/路边居民区小卖部/日

周大鹏和陈晓楠路过小卖部，周大鹏突然想起什么，停步，转身，朝小卖部走过去。

周大鹏："来盒烟，就那中华的，多少钱？"

女店主："你给 40 吧。"

周大鹏："不会是假的吧？"

女店主有点儿不高兴："我这是长摊儿，能卖假的？"

陈晓楠："周队，你不是戒烟了吗，又想死灰复燃啦？"

周大鹏付完钱："你说呢？"

陈晓楠突然醒悟："哦，明白。"

周大鹏：“明白什么啦？”

陈晓楠诡谲地一笑：“火力侦察？”

17. 内景/中达律师事务所接待室/日

郭律师给周大鹏和陈晓楠倒杯水，恭恭敬敬递上名片：“郭宏达。有事找我。”

周大鹏接过名片看看，揣进兜里，掏出烟，递给郭宏达一支：“抽根烟。”

郭宏达摆手谢绝：“对不起，不会。”

周大鹏摸摸身上：“我打火机丢哪儿了？”

郭宏达：“要不我去找同事借个？”

周大鹏把烟放回烟盒：“算了，瘾不大。”

陈晓楠抿嘴窃笑。

周大鹏：“林志海被害的事你听说了吗？”

郭宏达：“听说了，是刘婕打电话告诉我的。”

周大鹏：“你们早就认识了？”

郭宏达：“一个多月前认识的，她是一个朋友介绍来找我咨询离婚财产分割问题，后来就熟了。”

周大鹏：“刘婕长得挺漂亮。”

郭宏达：“算是吧。”

周大鹏：“假公济私？”

郭宏达：“我单身。”

周大鹏点点头：“好像她还不是单身吧？”

郭宏达：“法律上不是，事实上是。”

周大鹏笑笑：“律师都是这么伶牙俐齿。好，不说这了。昨天晚上你是在刘婕那儿过的夜？”

郭宏达点点头：“是的。”

周大鹏：“爽快。出张证明行吗？”

郭宏达：“还有必要吗？你们不是录音了吗？”

郭宏达指指陈晓楠的手机。

周大鹏：“聪明人。也好，算了。”

周大鹏和陈晓楠起身告辞，刚走到电梯口，郭宏达追了过来。

郭宏达："有个情况跟你说一下。"

周大鹏："好，说吧。"

郭宏达："有个叫周江的，跟你同姓，是一家证券公司的业务员。林志海曾给他 100 万让他帮着炒股，听说后来被套住了。"

周大鹏："是刘婕告诉你的？"

郭宏达点点头："业务范围内的咨询事宜。"

周大鹏："谢谢。我们会查清的。"

18. **内景/重案队周大鹏办公室/日**

周大鹏坐在办公桌前用放大镜仔细看现场照片。

敲门声。

周大鹏头也不抬："进来。"

进来的是范志昊和李铮。

范志昊掏出笔记本："周队，汇报一下调查罗婷婷的情况。"

周大鹏："说。"

范志昊："我们去了时装公司，找了公司领导、保卫科的、还有跟罗婷婷比较熟悉的模特，问了一下午。"

周大鹏："啰唆不啰唆呀，拣要紧的说。"

范志昊："哦，罗婷婷是一年前进的时装表演队，是兼职的，听说以前是夜总会的小姐。她在队里名声不好，主要就是太烂。"

李铮："脚踩起码 5 只船。"

周大鹏放下手里的放大镜："都是什么船？"

范志昊："有一个副部长的儿子，还有一个挺有钱的港商，一个国企的老总，还有一个公司的业务员，再有就是林志海。"

周大鹏："你说有个公司业务员？"

范志昊："他叫滕义，在佳美电器做销售。"

周大鹏皱皱眉："罗婷婷看来是个傍大款的，可这个滕义又不是大款，就他这条船破，他掺和什么？"

李铮："我们了解了，这里还就是这个滕义是动真格的，想娶她当媳妇，别人都是跟她逢场作戏。”

周大鹏点点头：“有意思。”

范志昊：“要说滕义真是有情有义，每次时装表演结束，他都在门口等着接她，罗婷婷有什么事都是滕义出面帮她摆平。有一回，罗婷婷在歌厅被一帮小混混欺负了，滕义找了几个哥们儿打架，胳膊还挨了一菜刀。”

李铮：“只是滕义有点儿单相思，罗婷婷可不是他能养活得起的那种女人。”

周大鹏在台历上写下“滕义”的名字。

这时，陈晓楠拿着本卷宗推门进来。

陈晓楠：“周队，法医鉴定结果出来了，现场的技术鉴定也在这儿。”

周大鹏：“正好都在，我们一起分析一下。”

陈晓楠：“根据法医鉴定结果，林志海的刀口在后心部位，有两处刀痕，罗婷婷的脖颈有掐痕，前胸靠近心脏部位有一处刀痕。两人死亡时间大致相同，都是夜间 1 点左右。”

周大鹏：“你们看看，现场足迹也挺有意思。”

几个人围到桌前，周大鹏拿起放大镜比画着：“酒吧女服务员最后一次拖地板是在夜里 1 点下班前。这时屋里只有胡晓萍和林志海了，我们早晨提取的足迹，林志海的鞋印就不说了，一组是这双 43 码仿耐克鞋印，还有一组是罗婷婷的高跟鞋印。”

李铮：“这位穿仿耐克鞋的就是杀人凶手。”

范志昊：“跟林志海很熟。”

陈晓楠：“完事后还从容劫财。”

周大鹏笑笑：“哥儿几个说得都不错，这个打火机也应该是他的。”

范志昊讨好地说：“强将手下无弱兵嘛。周队，你说下一步怎么干?”

周大鹏：“志昊，你和李铮明天先去核实那个副部长的儿子和港商，晓楠跟我去会会滕义。对了，那个国企老板叫什么?”

李铮：“许文。”

周大鹏："哦。"

19. 内景/佳美家用电器森达营业部/日

这是一处装饰不俗、营业面积很大的家电商场。

周大鹏和陈晓楠随一位女服务员上楼来到安保部。

女服务员敲门："张经理，有人找。"

门开了，张经理一见周大鹏，高兴地上前："大鹏，怎么是你？"

周大鹏一愣，随即认出了这位城南刑警队的老友："张刚，是你呀，城南分局刑警队的四大金刚。听说你下海了，跑这儿发财了。"

张刚把二人让进屋里，殷勤地沏茶倒水。

张刚："我那年抓逃，腿上挨了那亡命徒一刀，腿脚就不利落了，在刑警队老让人照顾不落忍，就辞了。你还在市局重案队？"

周大鹏："没挪地方。对了，介绍一下，这是我们重案队的陈晓楠，刑警学院毕业的高材生。"

张刚与陈晓楠握手："幸会。"

张刚递了张名片给二人："你们是无事不登三宝殿。哪天我请你喝酒叙叙旧。今儿个有啥事你就说，我全力配合。"

周大鹏："好，还是那么豪爽。我们今天来想了解一下滕义的情况。"

张刚："滕义，哦，有这人，好像是我们这儿销售部的。他怎么啦？"

周大鹏："有桩命案，外围摸摸底，还没有他涉嫌的证据。"

张刚："这个人是外地来的，没前科，业务做得还可以，练过身手，为人挺仗义的，听说马上就要提销售部的副经理了。"

周大鹏："哦，是个良民。"

张刚："其实跟他接触也不太多。对了，听说他跟总公司的许副总关系不错，要不销售部那么多能人，他来没两年就能当经理了？"

周大鹏："是许文吗？"

张刚："怎么，你认识？"

周大鹏摇摇头："我也是刚听说。跟滕义聊聊行吗？"

张刚拿起电话："行，我看看他在不。"

张刚拨号："喂，销售部，我张刚。滕义在吗？什么，他休假了，好，知道了"

张刚放下电话："滕义休假了，说是去外地旅游去了。"

周大鹏："真不巧，那回头再说吧。对了，老朋友，再干回本行，你帮我了解一下滕义是不是有双仿耐克鞋，别惊动谁。"

张刚点头应诺："没问题，尽管放心。"

周大鹏握手告辞："我当然放心，你谁呀？完了事我们好好聊聊。"

20. 内景/信发证券所经理室/日

李经理看看工作证，还给周大鹏："请坐。二位是公安局的呀，有什么需要我们效劳的？"

周大鹏："你们这儿有叫周江的业务员吗？"

李经理拿起电话："喂，人力资源部吗？我是李达仁。咱们这儿有叫周江的职工吗？是吗，有，你把他的履历拿来。"

李经理放下电话："我说有点儿耳熟，以前是有这个人，后来违规帮助客户炒股，被我们辞退了。"

一位人力资源部的女职员敲门进来，把一份履历表放在李经理办公桌上。

周大鹏接过履历表看："这儿还有住址。"

李经理："哦，他后来买了套新房，搬了。"

周大鹏："这个手机号对吗？"

李经理："应该是对的。"

周大鹏在手机里输入号码。

21. 外景/警车里/日

周大鹏拨手机，手机里传出音乐铃声，他放在耳边接听。

周江（画外音）："谁呀？"

周大鹏："我呀，老王，你的一个老客户呀，我一个朋友有点儿闲钱，想投股市，至少百十万吧，想找个熟人打听一下行情，帮助建仓，好处当然有呀。那就今晚，长城路星岛咖啡，好，不见不散。"

陈晓楠："周队，你真行，改姓王了。"

周大鹏："姓王的不是多嘛，他记得住哪个老王呀。"

22. 内景/星岛咖啡屋/夜

周大鹏和陈晓楠提早在咖啡屋里一隅喝着咖啡，坐等。

周江从门外进来，四下寻找。

周大鹏朝他招招手，周江看到，寻思着走过来。

周江在记忆里搜寻着："老王，你是？"

周大鹏笑笑："先坐下。"

周江坐在他们对面，仔细看着两人，似乎没有印象。

周大鹏："想起来了？"

周江摇摇头："对不起，想不起来，您是……"

周大鹏故意逗他："再使劲想。"

周江胡噜下脑门儿："哦，你是工商联的那个……不对不对，我实在想不起来。"

周大鹏："实在想不起来就对了，我是公安局的。"

周江慌了，起身要溜："你……"

周大鹏拽他坐下："别走，有点儿事跟你聊聊。"

周江："我可没犯事，没什么可聊的？"

周大鹏："你认识林志海吗？"

周江眨眨眼："认识呀。"

周大鹏："他死了。"

周江一愣："真的？谁干的？"

周大鹏盯着他眼睛："是你吗？"

周江连忙否认："不是不是，不是我。"

周大鹏："那你怎么知道他不是自杀呢？"

周江："他不可能自杀，活得滋润着呢，肯定是有人算计了他。”

周大鹏：“听说他有一笔股金在你那里。”

周江：“我没想讹账，是有一百万在我这儿，不过套着呢，我也没办法。”

周大鹏：“你是不是特希望他死？”

周江：“哪能呢。你们不会认为是我杀了他吧？”

陈晓楠：“那你说说你昨晚12点以后在什么地方？”

周江松了口气：“昨晚我在火车上，从上海回来。”

周大鹏点点头：“你还会说，你有火车票为证，但是没带在身上，对吗？”

周江：“是。”

周大鹏：“好吧，回头你说几个人证明一下。我问你，你刚才说，有人会算计他，是谁？”

周江犹豫片刻：“黑三儿。”

周大鹏：“他是谁？”

周江：“哦，他叫胡宝康，外号黑三儿，社会上混的，不知道林志海怎么认识他的，那天我去林志海商店找他说股票的事碰上的。”

周大鹏打断他：“什么商店？”

周江：“林志海开这个酒吧前，在佳美干过几年分店经理。”

周大鹏：“是佳美家电集团公司？”

周江：“是的。”

周大鹏点点头：“接着说。”

周江：“那天，我刚到他那儿，就听到里面有人在跟他吵架……”（闪回）

23. **内景/佳美鑫源分店/日**

周江走到经理办公室门口，忽听里面有人吵架，连忙停步，站在门口倾听。

林志海（画外音）：“你听我说，那事真的不是我点的，我说什么你才信呢？”

黑三儿（画外音）：“你丫说什么我也不信。不是你是谁？这事我就告诉你一人了。”

林志海（画外音）：“这么说吧，要是我，我出门叫车撞死，生孩子没屁眼儿。”

黑三儿（画外音）：“你发一百个誓管屁用？老子坐了几年牢谁苦谁知道。这事没完，一年就说20万，一共100万，少一分都不行！”

林志海（画外音）：“不是我干的，我也没钱，你看着办吧。”

黑三儿（画外音）：“行，你小子有种，我要是不找人把你做了，我改姓你的姓！”

门被拽开，周江连忙闪到一边，只见黑三儿气急败坏地瞪了他一眼，吐了口唾沫，走了。

24. 内景/咖啡店/夜

周大鹏：“什么事知道吗？”

周江：“后来我进屋问他，才知道那黑三儿几年前弄了点儿摇头丸，想让林志海找几个朋友帮着推销出去，林志海没干。后来黑三儿出事了，被你们弄进去了，他就以为是林志海点的他。”

周大鹏点点头，从兜里掏出中华烟，递给他一根：“来根烟吧。”

周江连忙接过烟，从兜里掏出打火机，给他点着。

周大鹏：“你这打火机有年头了。”

周江：“用几年了，意大利的，挺好使。”

周大鹏：“怎么找黑三儿？”

周江：“听说在展览街服装市场练摊呢。”

25. 外景/服装街/日

这是一条专卖服装的步行街，熙熙攘攘的顾客，十分热闹。

周大鹏和陈晓楠看看一望无际的服装摊，一脸难色。

周大鹏：“走，到市场管理部去。”

26. 内景/市场管理部/日

一间乱糟糟的房间里，有个中年男性管理员正在电脑前玩扑克接龙游戏，见二人进来，头也没抬。

周大鹏上去，掏出烟，递过去："师傅，抽烟。"

管理员抬头，不看人，盯着中华烟看了一眼，接过烟："有事吗?"

周大鹏："有个叫胡宝康的，我想知道他在哪个摊位。"

管理员不耐烦地说："这不好查，好几百个摊位呢。"

周大鹏把剩下的烟推过去："麻烦帮查查，有批货他急着要。"

管理员把烟揣进兜里，从抽屉里拿个本出来，翻了一会儿："东区167号。"

周大鹏："谢谢啦。"

27. 外景/服装街/日

两人在人丛里边走边看摊位上的标号。

周大鹏："你看烟的功用有多大，公关用，咱破案也用。"

陈晓楠："成本有点儿高。"

周大鹏耸耸肩："没办法，这谁给你报销呀。"

陈晓楠从包里拿出一包中华烟："给。"

周大鹏："干吗?"

陈晓楠："备用。"

周大鹏："你买的?"

陈晓楠："你买我就不能买?"

周大鹏接过烟："下不为例。"

两人走到167号摊位，发现没有人。

旁边摊位的一个女孩正在摆弄一个新买的数码相机。

周大鹏："姑娘，问一下胡宝康是这个摊吗?"

女孩："胡哥送个客人去了，一会儿回来。"

周大鹏："哦，那我们等会儿。"

女孩随手拍了几张照片，对相机的功能似乎不大熟悉："这位大哥，你能帮我看看，咋地回放照片吗?"

周大鹏接过相机看看，拨动一个机关，看看显示屏："照得挺清楚。"

突然，周大鹏眼睛一亮，显示屏上出现刘婕的画面。

周大鹏故作镇定地把相机还给女孩："这女的挺漂亮的呀。"

女孩："刚才就是她来找胡哥，我在一边儿想试试相机，就随便摁了一张。"

周大鹏："她以前来过这儿吗？"

女孩："好像一个礼拜前来过。"

周大鹏假装看看表："还有别的事，不等他了。姑娘，一会儿你就说，有个姓王的老朋友来看他。"

女孩："要不你们再等等，他说很快就回来。"

周大鹏："没正经事，先走了。那照片你赶紧删了，散出去说你侵犯肖像权，麻烦就大了。"

女孩："是是，我会删。"

28. 内景/刑侦总队健身房/日

陈晓楠、范志昊、李铮等人正在做健身。

陈晓楠对着沙包拳打脚踢，嘴里"嘿嘿"地叫着。

范志昊和李铮分别在举杠铃和跑步。

周大鹏推门进来，手机响了："你好，哦，张刚，你说。什么？没穿过耐克鞋？好，我知道了。对了，销售部经理熟吗？哪天约出来我跟他聊聊。行呀，那就今晚在利康保龄球馆，我买单。"

周大鹏把手机揣进兜里，跟大伙打招呼："嘿，哥儿几个来得都挺早。"

周大鹏脱了外衣，抄起副哑铃练起来："都说说昨天的情况。"

范志昊："那副部长的儿子没有作案时间，那会儿他在夜总会，有几个不相干的证人作证，另外他跟罗婷婷是金钱交易关系，不认识林志海。"

李铮："那个港商在案发的头一天回香港去了，既没有作案时间，也没有动机。"

陈晓楠："昨天我和周队倒是有点儿意外收获，兜了一圈儿，把刘婕和黑三儿串起来了。"

周大鹏放下哑铃，擦擦汗："目前来看，刘婕的疑点上升了，首先她具备作案动机，她恨林志海无情无义的背叛。林志海一死，她不仅报了仇，而且还可以独吞全部遗产。那么从现场情况来看，刘婕不会直接动手，问题是她的同谋是谁?"

陈晓楠："郭宏达或者黑三儿。"

周大鹏点点头："郭宏达是刘婕的情人，杀死林志海取而代之，既得美女，又得财富，美死他了。他和刘婕这种关系，互相印证不具有作案时间，是不可信的。那么黑三儿呢？是他们雇佣的杀手?"

陈晓楠摘下拳套："有这种可能，刘婕肯定听林志海说过黑三儿的事，她要是找黑三儿，答应给他一笔钱杀死林志海，对于黑三儿来说是一举两得的事，既了了前仇，又得了巨款，他能不干?"

李铮："可他为什么要杀罗婷婷呢?"

陈晓楠："他动手的时候，可能罗婷婷刚到，让她撞上了。"

周大鹏拔着胡子，似乎在想着什么："只是黑三儿杀了人却还能从容练摊，这么好的心态?"

范志昊："不是高手就是傻蛋。"

陈晓楠："周队，昨天没有惊动黑三儿，这步棋真高。"

周大鹏狠狠地拔下一根胡子："先控制住他们，时机成熟再动手。"

29. 内景/保龄球馆/夜

周大鹏和张刚在打保龄球。

周大鹏边擦球边对坐在一边的张刚说："你是咱哥们儿，也不瞒你了，这是起命案，滕义有嫌疑，我想找这儿的经理摸摸他的底。"

张刚："行，你看这氛围他还能不说心里话，回去我再帮你从侧面摸情况。"

周大鹏拍拍他的肩膀："够意思。"

周大鹏一抬臂，保龄球飞滚前去，全中。

张刚："不错呀！哎，孙经理来了。"

张刚给二人引荐，两人握手寒暄。

孙经理放下包，爽快地说："张经理我们是哥们儿，他都跟我说了，有啥事你问。"

周大鹏："别急，先玩两局。"

孙经理："公事先办，完了踏实。"

周大鹏点头："爽快，那咱们先聊，张刚，你先练练手。"

周大鹏递给他一瓶水，问道："滕义这人怎样？"

孙经理喝了口矿泉水："滕义是东北人，在我们这儿还可以，业务说得过去，平时不怎么爱说话，性格有点儿直。"

周大鹏："听说他跟你们总公司的许副总关系不错，他们是怎么认识的？"

孙经理："这事挺凑巧的，两年前他在一家快递公司送快递，那天许总拉着一模特去歌厅唱歌。"

周大鹏："罗婷婷？"

孙经理点点头："是的，他们在停车时跟一辆车剐了一下……"(闪回)

30. **外景/停车场/夜**

许文打开车门下来，俯身看看自己的车。从另一辆车上下来三四个喝得醉醺醺的年轻人。

许文："倒车也不看着点儿。"

醉汉甲："你丫说什么呢？看着倒车你还往前蹭。"

许文："倒车你怎么不开车灯呢？"

醉汉乙："嘿，你他妈撞了我们的车还有理呀？"

这时，罗婷婷从车里出来，过来劝许文："算了，没多大事，走吧。"

醉汉丙："走？那么容易？我们的后保险杠撞坏了，不掏钱走得了？"

许文有些气恼："想讹人呀？我报警，叫警察来处理。"

许文掏出手机拨号。

醉汉甲朝几个人使个眼色："揍丫的！"

几个人围上来拳打脚踢，许文抱着头躺倒在地。罗婷婷又惊又怕，喊叫着："别打了，把人打坏了！"

滕义刚好骑着电动自行车路过，拨开围观的人进来，见状有些不平："住手！你们仗着人多欺负人呀？"

几个醉汉停手，见只滕义一个人便又嚣张起来。

醉汉甲："嘿，还有逞能的。收拾丫的。"

几个人扑向滕义，只见滕义左推右挡，瞅准机会一脚踹倒一个，又是一个漂亮的背挎摔趴下一个，一个很猛的勾拳，一醉汉"哎哟"一声捂着腮帮子蹲在地上。另一个摸出把刀，亮闪闪的，直扎过来："老子今天给你放血！"

滕义闪过刀锋，一个横空劈拳，将刀打落，随即胳膊肘一磕，醉汉也趴下了。

罗婷婷站在一边看呆了。围观的人大声叫好："武林高手嘿。"

几个醉汉灰溜溜地钻进车里，放下一句："你等着！"发动车跑了。

许文满脸是血，站起来，感激地掏出张名片："哥们儿，谢了，回头给我打个电话。"

31. 内景/保龄球馆/夜

孙经理："后来许总和罗婷婷请他吃过几次饭，成了好朋友，还把他招募到公司来。后来，他不知怎么跟罗婷婷好上了，为了挣钱跟她结婚，让许总把他调到林志海的鑫源分店跑业务。后来听说他跟林志海不大对付，有人说为了罗婷婷，不知真的假的。"

周大鹏："罗婷婷不是许文的人吗？"

孙经理："那女的谁有钱跟谁，不过她对滕义倒是有点儿意思，认识滕义后收敛多了。滕义也不知转了哪根筋了，就一心爱上她，还放言，谁再动罗婷婷他就跟谁玩命。"

周大鹏在本上认真地记着："对了，知道前天夜里滕义在什么地方吗？"

孙经理想了想，说："噢，那天刚好他请了假，说第二天到外地玩去。那天晚上，他说要到许总家里搓麻，还问我去不去，我正好有事没去。”

周大鹏：“知道都有谁吗？”

孙经理：“有总公司人力资源部的一个，还有许总的一个邻居，他们是老牌友了。”

周大鹏从包里拿出那个打火机，问：“这个打火机是滕义的吗？”

孙经理接过来看看：“没印象，我不抽烟，滕义也从不在办公室抽烟。”

周大鹏收回打火机：“对了，你刚才说林志海也跟你们是一个单位的？”

孙经理：“林志海大学毕业就到我们公司了，聪明能干，业绩不错，被我们一个老总看上了，没两年升任到鑫源分店当经理。后来，这个老总退了，他跟分管分店经营的许总合不来，有一年为分店承包额的事，还告到部里，官司赢了，跟许总就结仇了，后来林志海就辞职不干了。”

周大鹏收起本：“就到这儿吧，谢谢了，孙经理，打球去。”

几个人开心地玩起保龄球。

32. 外景/展览街服装市场/日

陈晓楠和李铮在远处暗中监视着黑三儿的摊位。

过了一会儿，黑三儿背着包来到自己的摊位。

旁边的女孩笑着打招呼：“胡哥早。”

黑三儿：“二妮，你说昨天找我那人姓王？”

女孩：“是呀，他说姓王，还带着个女的。”

黑三儿：“没说啥事？”

女孩：“没说，待了会儿就走了。”

黑三儿呆呆地坐了会儿，站起来：“二妮，我这几天去浙江进点儿货，不出摊了。”

黑三儿把铝合金百叶门拉下，背上包，离开摊位。

33. 外景/路边人行道上/日

黑三儿独自走着，在一个饮料摊前买了瓶饮料喝着。他拿出手机拨了一组号码，琢磨了一下，又把手机放回兜里。

陈晓楠和李铮假扮情侣贴近。

黑三儿拿起公用电话，对摊主说："我打个电话。"

摊主："打吧，两毛一分钟，回头把钱扔进盒子里。"

黑三儿左右看看，拨号。

陈晓楠假装过来挑饮料，靠近他。

黑三儿接听："喂，是我。钱准备好了？"

刘婕（画外音）："再容我两天，不会少你一分的。"

黑三儿："这是最后期限，后天拿不到钱，可别怪我不客气了。"

黑三儿挂了电话，扔了两个硬币，走了。

陈晓楠朝李铮使了个眼色，李铮跟了上去。

陈晓楠拿起电话按了一下回查键，迅速记下那组号码。

34. 内景/洗浴房/夜

黑三儿披条浴巾从浴室出来，服务生迎上来。

黑三儿："有什么特别服务吗？"

服务生："有，异性按摩、全活都有，先生，包你满意。"

黑三儿："开个单间吧。"

服务生用对讲机说话："开个单间，请位小姐来。"

李铮披着浴巾出来，从衣柜里拿出手机，拨号："周队，黑三儿包了个小姐，怎么办？"

周大鹏（画外音）："不错，给咱省点儿事。我马上叫派出所先收了他。"

35. 内景/洗浴房包间/夜

几个穿制服的民警冲进包房。

里面传出民警的呵斥："快点儿，都穿上衣服！"

一会儿工夫，门开了，民警押着黑三儿和卖淫女出来。

36. **外景/洗浴房外/夜**

一辆警车闪着警灯停在路边。

民警把黑三儿和卖淫女推进警车。

李铮站在一边打手机："周队，妥了。"

周大鹏（画外音）："回头你去趟派出所，按嫖娼治安拘留两天。"

37. **内景/储蓄所/日**

刘婕心神不宁地坐在椅子上等待。

营业厅传出来营业员的声音："请 46 号客户到 7 号窗口办理。"

刘婕看看手里的号，走到 7 号窗口，从包里掏出一厚沓儿钱和两张存单，递给营业员："一共 20 万，请帮我存到这个卡里。"

营业员熟练操作："怎么，要买房？"

刘婕点头："嗯。"

营业员办好转存手续，把身份证、信用卡从窗口递出来。

38. **外景/马路边人行道上/日**

刘婕边走边拨手机。

手机似乎没人接，刘婕停下，发短信。

不远处，马路对面，陈晓楠暗中注视着她的行动。

39. **内景/周大鹏办公室/日**

周大鹏还在研究现场照片。

李铮敲门，拿着个手机进来："周队，刘婕来电话了。"

周大鹏抬头："是吗？"

李铮："我没接，她又发了短信。"

周大鹏："说什么？"

李铮翻看手机："钱备好，何时取？"

周大鹏看看表："通知拘留所，让他们放人。手机让技术队处理一下，还给黑三儿。"

40. **内景/拘留所/日**

民警把扣押的东西还给黑三儿。

民警："这是你的钱包，里面有 527 块 8 毛，点一下。"

黑三儿："不用了，不会少。"

民警："叫你点你就点。"

黑三儿数了一遍："没错。"

民警："这是你的手机，看看有问题没有。"

黑三儿打开手机："哦，没问题。"

民警："走吧，以后咱们最好别在这儿见面。"

黑三儿："您放心，我从这儿出去绝对改邪归正了。"

41. 外景/拘留所外/路边

拘留所门开了，黑三儿从里面走出。

黑三儿走在路边，掏出手机拨号："喂，钱准备好了？好的，一会儿紫竹公园假山亭子上见。"

黑三儿挥手拦下辆出租车。

不远处，李铮和范志昊开车紧紧跟着。

42. 外景/紫竹公园/日

黑三儿从出租车里下来，朝公园里走去。

范志昊和李铮停好车，下来，分头远远地跟着。

黑三儿在一茶座，买了瓶啤酒和花生米，找个地方坐下。

黑三儿打手机："喂，我到了……好，我等你。"

43. 外景/刘婕小区/日

刘婕从门洞里走出，边走边打手机。

刘婕走到停车位，钻进一辆小轿车里，发动车，驶出小区。

周大鹏和陈晓楠驱车跟上。

44. 外景/紫竹公园/日

假山古亭里没有别人，刘婕和黑三儿先后赴约。

黑三儿见刘婕过来，迫不及待地迎上。

黑三儿："钱呢？"

刘婕看看左右没人，从包里取出那张卡。黑三儿急忙伸手去接，刘婕缩回来。

刘婕："答应我的条件呢?"

黑三儿连忙从兜里掏出一张纸条："这是20万的收条。"

刘婕接过纸条看看，放进包里："还有呢?"

黑三儿："我买明天的飞机票远走高飞，从此这里就没我这个人了。"

刘婕掏出一张机票，连卡一起递给他："机票我给你买好了，今天下午就走。"

黑三儿笑着接过来："姐，让你费心了，我走了。"

就在这时，周大鹏和几个搭档突然出现在他们面前。

周大鹏："一人走多寂寞呀，跟我们走吧。"

黑三儿一惊："你们是谁?"

周大鹏："请刘婕女士介绍一下。"

刘婕有些紧张地说："他们是警察。"

黑三儿："妈的，是你招来的?"

刘婕急于辩解："不是，真的。"

周大鹏："说不是也是，说是也不是。记住，哪里有罪恶，哪里就会有警察。带走!"

45. 内景/审讯室/日

周大鹏和陈晓楠端坐在桌前，刘婕戴着手铐，低头坐在对面的椅子上。

周大鹏看看刘婕："说说你的故事吧。"

刘婕慢慢抬头："我恨死林志海了。自从我们分居后，我几次提出离婚，他不同意，我知道他是怕我分走他的一半财产。我咽不下这口气，也怕他慢慢把钱转走，就想弄死他。"

周大鹏："那时你想起了黑三儿?"

刘婕点点头："我听林志海说过，黑三儿跟他有过节儿，扬言要杀死他。那天，我找到黑三儿……"（闪回）

46. 内景/酒吧/夜

刘婕和黑三儿坐在一个没人的地方。

黑三儿坏笑："姐姐把我约来，是有好事?"

刘婕瞪了他一眼："别想歪了，找你有正事。"

黑三儿："什么正事？"

刘婕："你不是拼命想挣钱吗？"

黑三儿："钱谁不想挣？你有啥路子？"

刘婕左右看看："我给你20万，替我杀死林志海。"

黑三儿一愣，随即定下心："真的假的？"

刘婕恨恨地说："真的。"

黑三儿暗喜："行，姐的事我替你办。不过，一条人命20万少了点儿吧？"

刘婕："你要多少？"

黑三儿伸出三个手指："这个数。"

刘婕没有犹豫，掏出个卡递给黑三儿："好，这是10万定金，事办成了，我给你另外20万。"

黑三儿高兴地把卡揣进兜里："姐姐，你放心，给我几天时间，保证把这事办妥了。"

黑三儿兴冲冲地走了。刘婕朝服务员招招手："买单。"

47. 内景/审讯室/日

刘婕继续讲述："后来过了十几天没有动静，我催过他两次，他说正在找机会。再后来就听说林志海在酒吧被杀死了。"

周大鹏："你这次是给黑三儿那20万？"

刘婕点点头："林志海死的第二天，黑三儿给我打电话说，事情办妥了，要我给他钱。"

周大鹏："郭宏达知道这事吗？"

刘婕摇摇头："他不知道。"

这时，范志昊进来，在周大鹏耳边耳语着什么。

周大鹏起身，随他出去。

48. 内景/审讯室/日

另一间审讯室里，李铮正在讯问黑三儿。

周大鹏和范志昊进来。周大鹏走到黑三儿跟前："人不是你杀的？"

黑三儿哭丧着脸："人真的不是我杀的！"

周大鹏厉声道："你跟林志海有仇，人死了，钱你拿了，还有，指使你的人都撂了，你还抵赖？"

黑三儿扑通一下跪在地上："我的警察大爷，这是人命关天的事，我发誓，人不是我杀的。"

周大鹏一把拽起他："起来，好好说。"

黑三儿一把鼻涕一把泪地说："我开始是恨林志海，可后来我调查清楚了，点我进去的不是他。可那天刘婕拿着钱找我，要我办了林志海，我没想真办，心想，先收了她的钱再说，能拖就拖，拖不了，我大不了拿着钱远走高飞。赶巧了，那天我听说林志海在酒吧里被人做了，就打电话跟刘婕说是我办的，蒙她那20万。"

周大鹏："趁火打劫。你说的是真的？"

黑三儿诅咒发誓："有半句假话，让我死八百回。"

周大鹏："净说废话。我问你，你穿多少码的鞋？抬脚，我看看。"

黑三儿抬起脚："42码。"

周大鹏："把你那天晚上的行踪说清楚。"

49. 内景/重案队会议室/日

周大鹏召集专案组成员开案情分析会。

范志昊："点儿背不能怨社会，还真以为案子结了呢。"

李铮："是呀，谁能想到黑三儿整这么一出。"

陈晓楠："革命尚未成功，同志仍需努力。"

周大鹏："走点儿弯路太正常了，我们是吃五谷杂粮的人，不是小说里的福尔摩斯。不过这么巧的事，我也是头一回碰到。哥儿几个别灰心，咱们从头开始。"

周大鹏打开笔记本，放投影。

周大鹏："你们先看这几组鞋印，这双仿耐克的鞋印是43码的，此人身高至少1米8。黑三儿1米7多点儿，也可以印证他不是作案凶手。"

陈晓楠："滕义身高是1米82。"

李铮："滕义不是没有穿过这种鞋吗?"

陈晓楠："如果是这样，我认为他的嫌疑就更大。"

周大鹏朝陈晓楠点点头："你们再看罗婷婷的鞋印，不是很清晰，这里就有很明确的信息，你们可以琢磨琢磨。对了，晓楠，你问问技术队，鞋印上的微量元素检测出来没有?"

陈晓楠点点头："好的，我盯着这事。"

周大鹏再翻页，幕布上打出林志海和罗婷婷尸体画面。

周大鹏："我们再看刀痕。林志海的刀痕在后心部位，很明显凶手是从背后突然袭击的。而罗婷婷的刀痕是在前心部位，刀痕深度超过8公分，她的脖颈有掐痕，很显然，凶手先把她掐昏在地，再用刀直刺。"（比画）

范志昊："目前看来滕义有戏。"

李铮："这小子疯狂爱着罗婷婷，得知林志海搞了他的心爱后，杀死了林志海。可罗婷婷是他爱的女人呀，他怎么会下手杀死她呢?"

陈晓楠："就怕爱到发疯，一旦失去，就会丧失理性，什么事都可能做出来。"

周大鹏继续翻页："你们再看这两处撬痕。壁柜是用刀子撬的，而抽屉却是用螺丝刀撬的。注意看，它们还有什么明显的特点?"

陈晓楠："手。"

李铮："手怎么了?"

陈晓楠："看抽屉的撬痕，明显是左手所为。"

周大鹏满意地点点头："为什么现场会有两种撬痕呢？值得我们好好琢磨。"

范志昊："那么下一步我们就要做滕义的工作了。"

周大鹏仰靠在椅子上，闭着眼拔胡子，自语着："滕义为什么这个时候去外地旅游呢?"

50. 内景/佳美电器总公司/日

周大鹏和陈晓楠从警车里下来，朝公司办公大楼走去。

两人乘电梯上楼，液晶显示牌显示着上升的楼层，在八层停下。

两人走出电梯，朝不远处的接待台走过去。

周大鹏客气地向接待小姐询问："请问许总办公室在哪儿?"

接待小姐："有预约吗?"

周大鹏掏出工作证："哦，我们是公安局的，找许总了解点儿情况。"

接待小姐拿起电话拨号："喂，许总吗?这里有两位公安局的找您。好的。"

接待小姐放下电话，指指走廊一头："许总在823房间。"

51. **内景/许文办公室/日**

许文很客气地把周大鹏和陈晓楠让到沙发上，给两人倒了水。

周大鹏："许总，打扰了，例行公事，找您了解点儿情况。"

许文彬彬有礼地说："哪里哪里，配合司法工作，是公民的义务，有什么尽管问，别客气。"

周大鹏开门见山："滕义您认识吗?"

许文："他是我们公司的职工。"

周大鹏："林志海呢?"

许文："他以前是我们分公司经理，听说前两天被害了，还有那个叫罗婷婷的模特。哦，你们认为是滕义干的?"

周大鹏："也许吧。"

许文："真的?这不大可能吧?"

周大鹏："你对他很了解?"

许文："看不出，那可是知人知面不知心了。"

周大鹏："据我们了解，滕义在案发那天晚上，跟你在一起打麻将，有这事吗?"

许文点点头："是呀，我们常在一起玩，小打小闹的。"

周大鹏："那天晚上他一直在你们家?"

许文："哦，是的，只是他中间说，头晕，有点儿困，我让他到一间客房里睡了会儿。”

周大鹏：“那会儿是几点钟？”

许文：“大概1点左右。”

周大鹏：“你认为滕义有杀死林志海的可能吗？”

许文扶扶眼镜：“这倒有可能。不知你们知道不，滕义一直在拼命追罗婷婷，只是滕义没有钱。罗婷婷答应，只要他能买得起房和车就嫁给他。那个林志海是个风流浪子，他要是跟罗婷婷有什么，滕义还真下得了这个手。”

周大鹏：“许总知道得挺多呀。”

许文：“这都是滕义告诉我的，他还说，我得不到的东西，别人也甭想得到。他这个人就是很拧。”

周大鹏：“听说你跟林志海也有过节儿？”

许文：“那是工作上的事，都过去了。”

周大鹏点点头，从包里拿出那个打火机：“你看看，这是滕义的吗？”

许文接过细看了一会儿：“没错，是他的。”

周大鹏：“就到这儿吧，谢谢许总。”

许文：“不客气，有事尽管来找我。”

52. 外景/街道马路上/日

周大鹏坐在副驾驶座上，陈晓楠开着车。

陈晓楠：“看样子凶手就是滕义了。”

周大鹏依旧闭目拔胡子，沉思着：“有可能。他难道是潜逃了？”

这时周大鹏的手机响起来，他赶紧掏出接听：“我是。你说什么？好，我们马上去。”

周大鹏表情严肃地说：“滕义死了！”

陈晓楠颇感意外：“真的？在哪儿？”

周大鹏：“在山西太原。找个地方加点儿油，我们马上赶过去。”

53. **内景/太原刑警队会议室/日**

两位刑警热情接待周大鹏和陈晓楠。

一位刑警拿出一沓儿现场照片，递给周大鹏："死者叫滕义，他身上有个身份证，我们才知道他是你们市的。"

周大鹏："现场离这儿远吗？"

刑警："不远。"

周大鹏："去现场看看。"

加1：内景/旅店/日

一间客房贴着封条。刑警叫服务员打开门。

刑警指着一张床说："他就死在这张床上。"

周大鹏在房间里仔细查看。

刑警："现场我们仔细勘查过了，没有发现他杀迹象。"

周大鹏："死因呢？"

刑警："服毒。"

周大鹏："服毒？"

刑警指指一张照片上的易拉罐："把氰化钾掺进啤酒里喝的，我们化验过了。"

陈晓楠接过照片看看："畏罪自杀？"

刑警又指指另外的照片："这是现场照片。"

照片拉近，滕义紧闭眼、口吐白沫的特写。

刑警："现场有价值的物证我们都提取了。"

周大鹏走到床边，看有个垃圾桶，里面有些垃圾："晓楠，找个塑料袋，都装走。"

54. **内景/法医停尸间/日**

周大鹏和陈晓楠由刑警带着走进来。

法医掀起一张停尸床上蒙着的白布，滕义的尸体展现在他们眼前。

周大鹏和陈晓楠上前看了看，周大鹏又特意看看滕义的脚。

刑警："他穿的是43码的皮鞋。"

周大鹏点点头："滕义涉嫌一起凶杀案，他的有关东西我们带回去行吗?”

刑警:“你们的案子，就归你们档吧，回头有关材料也复印一份给你们。”

周大鹏感激地说:“那就多谢了。”

刑警:“客气啥，天下刑警是一家嘛。”

55. **外景/高速公路上/日**

陈晓楠专心致志地驾驶着警车，周大鹏闭目仰靠在副驾驶位置上。

陈晓楠看看周大鹏:“周队，想什么呢?”

周大鹏睁开眼:“想滕义为什么会死。”

陈晓楠:“这个案子是不是可以结了?”

周大鹏看看陈晓楠:“说说你的看法。”

陈晓楠:“我看可以结案了。滕义去酒吧，碰上了罗婷婷和林志海胡搞，一怒之下拔刀杀死了两人，而后抢了钱款出逃，到了外地后前思后想，觉得杀了人难逃法网，加上失去了女友精神上空虚，便服毒自杀。”

周大鹏拧开一瓶矿泉水，仰脖喝了几口，慢慢拧上盖子:“你的分析倒也说得过去，不过有些谜团还是解不开。滕义要自杀干吗要到外地去死呢? 毒药是从哪儿来的呢? 还有，滕义是偶然去的酒吧，还是事先得到信息了呢? 最关键的是，滕义并没有作案时间。”

陈晓楠点点头:“这么说案子还结不了?”

周大鹏闭目拔胡子，不再作声。

56. **内景/拘留所/日**

郭宏达和刘婕坐在接待室椅子上。周大鹏进来。

周大鹏把一张取保候审通知书递给刘婕:“取保手续办完了，你们可以走了。”

郭宏达:“周警官，谢谢你了。”

周大鹏:“你是律师，在取保候审期间该做什么，你跟刘婕好好说说。”

刘婕："周警官放心，我不会给你们找麻烦的。"

周大鹏："好，我们有什么事会随时找你。"

刘婕似乎有话要说，又有些犹豫："有件事我不知说了对你们有用没有。"

周大鹏："什么事？"

刘婕："林志海有支录音笔，不知在你们那儿吗？"

周大鹏摇摇头："没有。"

刘婕："那支录音笔里可能有林志海的一个秘密。"

周大鹏："什么秘密？"

刘婕："我也不知道，我只是感觉它对林志海很重要，那是他去日本谈生意回来的一天……"（闪回）

57. 内景/刘婕家/晚

林志海在客厅边看电视边泡脚。

林志海挂在墙上包里的手机响了。

林志海："刘婕，帮我拿一下手机。"

在里屋穿衣镜前试新衣的刘婕应声出来，从手包里拿出手机，按了一下键，递给林志海，不小心掉出一支录音笔。

林志海"噌"地一下起身，光着脚过来，赶紧把录音笔捡起，埋怨道："你怎么回事？拿个东西也不小心点儿。"

刘婕："不就是个录音笔吗，摔坏了我赔你。"

林志海："我不是心疼录音笔，里面的录音要是放不出来……"

林志海按键，录音笔放出一阵"唰唰"的噪音，片刻后是两个男人的日语对话。

林志海赶紧关上录音笔，小心地收起来。

刘婕："往下放呀，后面该是什么女人的声音了吧？"

林志海瞥了她一眼，没理她，开始接听手机："喂，谁呀？怎么挂了？"

林志海看了一下来电显示，沉思起来。

58. 内景/拘留所接待室/日

周大鹏："谁来的电话？"

刘婕："他当时没说，看样子像是遇到了什么麻烦。"

周大鹏："哦。"

刘婕："没过两天，我听他给一个朋友打电话，说要他帮忙找个日语翻译，还叮嘱说，人一定要可靠。"

周大鹏："这个朋友是谁知道吗？"

刘婕："好像姓方，是他中学的一个同学。"

周大鹏："好吧，就这样。谢谢你提供的线索。"

刘婕："我想戴罪立功，想起有什么，我再找你。"

周大鹏："这就对了。"

周大鹏把二人送出拘留所大门，目送他们远去。

59. 内景/佳美森达店/日

孙经理办公室明亮宽敞。

孙经理坐在沙发上，对面是周大鹏和陈晓楠。

周大鹏："又来叨扰了。"

孙经理："哪里话，有什么事尽管吩咐。"

周大鹏："再向你了解个情况。几个月前林志海到日本谈生意的事你知道吗？"

孙经理："哦，这是我们总公司在日本做的一笔家电生意，有一个亿吧，主要是高清等离子彩电、新式节能空调，还有一批3G笔记本电脑。总公司负责日本市场的许总主谈，林志海和我还有茂丰分公司的李经理也去了。"

周大鹏："是这样。生意做得顺利吗？"

孙经理叹口气："唉，怎么说呢，顺利倒是顺利，只是进价高了点儿，回来加上关税什么的，比同类产品的国货高出很多，没有竞争优势，我们现在还压了不少货。"

周大鹏："谈判时为什么不压压价呢？"

孙经理："我们是国企呀，听上面的。"

周大鹏："是许总谈下来的？"

孙经理点点头："他很迷信日本货。"

周大鹏："这里有猫腻？"

孙经理："这我就不知道了。"

周大鹏："好，多谢了，我们告辞了。"

60. **外景/马路上/日**

警车里，陈晓楠驾车，周大鹏打手机。

周大鹏："志昊吗？今天是周六，晚上你跟李铮一起到康顺保龄球馆，我请大家打保龄。"

陈晓楠高兴地说："周队，又让你破费了。"

周大鹏："大家跟我跑案子，也休息不了，放松一下。"

61. **内景/保龄球馆/夜**

周大鹏、陈晓楠、范志昊和李铮在球道边的椅子上换鞋。

范志昊："我建议，咱们打场比赛，谁输了晚上的夜餐归谁请，怎么样？"

李铮："就你，一局下来分不过百，也敢叫板？"

范志昊："我有晓楠给我垫底呢，我怕谁呀。"

陈晓楠："还不定谁输呢。不过你要是输了，可别一碗拉面就把我们打发了。"

范志昊："那你的意思是两碗？"

陈晓楠："你看你，就这点儿起子。"

李铮："好了，咱们都是工薪阶层，我说，也甭俏江南吃大餐了，就肯德基饱餐一顿，行吧？"

陈晓楠："好，我同意。不过反正也是咱们三人中的一个掏腰包，人家周队每局至少160，也就陪咱们练练手。"

周大鹏："好好，既然这样，咱们公平竞争，我就让你们每人60分。"

范志昊擦着一个保龄球："女士优先，晓楠，你开局。"

陈晓楠拿起个球，走到球道前，瞄了瞄，把球抛出，击倒了8个。

范志昊跟她击掌："还不赖嘛。看我的。"

范志昊托着球走到球道前，一个潇洒的姿势把球抛出，结果球偏了，蹭到边上的，只倒了1个球。

李铮出球也无建树，挣了6分。

周大鹏挑了个重磅的球，拿毛巾擦擦，一个很标准的姿势把球抛出，只见球顺着中心线飞滚而去，10个球齐刷刷地全倒了。

众人鼓掌。

范志昊：“你看看，高手就是高手，你不服还不行。”

李铮：“人家周队在咱局里工会组织的比赛中拿过冠军呢。”

周大鹏：“打保龄就靠练，就跟咱打枪一样，子弹跟得上，枪法就准。我那年破一起命案，嫌疑人就爱打保龄球，老队长就让我在保龄球馆蹲守，一个月下来，人抓到了，球也练熟了。”

李铮：“以后有这样的机会，也让咱体验体验。”

范志昊：“别美了。有火葬场蹲守的机会你去不去？”

李铮：“行呀，到时烧你的时候……”

陈晓楠：“李铮，你说话怎么这么损呀？”

李铮连忙道歉：“对不起，范哥，别往心里去。”

范志昊：“我还真不在乎，咱们当刑警的说不定哪天就光荣了。”

周大鹏：“行了你们，好好的，说那些丧气话干吗？该你了，晓楠。”

陈晓楠拿起个球走到球道前，无意中看了一眼旁边的球道，发现胡晓萍在那里，便朝周大鹏使了个眼色。

周大鹏朝旁边球道看去，只见胡晓萍拿起个保龄球，不大熟练地把球抛出，结果球偏出球道，没滚多远就滚到一侧的槽沟里了。

周大鹏哑然一笑，笑姿还没收回，突然意识到什么，脱口自语：“她是左撇子！”

62. 外景/盛源小区/日

小区花园里的健身区，几个老人正在做器械健身活动。

周大鹏和陈晓楠走到一位正在荡腿的退休干部模样人跟前。

周大鹏客气地问：“您是李处长吧？”

李处长：“我是李家驹，有事找我？”

陈晓楠：“哦，我们市公安局的，想找您了解点儿情况。”

周大鹏指指一边的长椅：“我们那边谈谈，行吗？”

李处长从器械上下来，跟着两人走到长椅边坐下。

周大鹏：“是这样，我们正在办一起案子，牵涉到一个人。”

李处长有些紧张：“跟我没关系吧？”

周大鹏：“当然，不过这个人您见过，还一起玩过牌。”

李处长：“你是说……”

周大鹏：“滕义。”

李处长：“哦，你是说许文他们单位那个小伙子，是是，我们那天是一起玩的牌。”

周大鹏：“他涉嫌一桩命案，我们就是找您核实那天的情况。”

李处长：“那天是在许总家玩的。”

周大鹏：“您跟许文关系不错？”

李处长：“我在职时，帮过他忙，慢慢也就熟了，又在一个小区住。”

周大鹏：“那天滕义一直没有离开屋子吗？”

李处长：“没有，只是 12 点左右，他说有点儿困……”（闪回）

63. **内景/许文家/夜**

自动麻将桌前，许文、滕义、李处长、人力资源部的黄海四个人打麻将。

李处长手摸，猜牌点：“又是红中。”

许文抽着烟，摸了张牌，犹豫一下：“6 万。”

滕义似乎有些犯困。许文催他：“摸牌呀，怎么了？”

滕义：“不好意思，有点儿困。”

许文：“得，打完这把，你屋里歇会儿，你收了我们仨，可不能走。”

滕义摸牌：“7 筒，哟，真倒霉，我把混儿打了。”

李处长：“你当相公吧。”

黄海搓搓手：“来吧，8 条！我和了，清一色一条龙！”

滕义："我进屋躺会儿，你们先玩会儿斗地主。"

许文把旁边一间小屋门打开，可见一张单人床。李处长和黄海看见滕义进屋蒙上被子睡了。许文把门关上，回到牌桌前，三人玩斗地主。

过了一会儿，传来滕义打呼噜的声音。

许文笑笑："睡得还挺香。"

64. 外景/小区长椅上/日

李处长："差不多过了40来分钟，滕义才出来，说睡好了。我们又玩了会儿，后来许文说，有点儿头疼，我们才散伙。"

周大鹏："许文家就他一个人吗？"

李处长："听说他太太带着孩子去加拿大定居了，走了没几个月，要不他把郊区的别墅卖了。"

周大鹏："是这样。别人呢，都没出去过？"

李处长："没有。对了，11点半多点儿，许文下楼买了包烟，也就10分钟。"

周大鹏："你们都抽烟？"

李处长："他抽不惯我们的烟，去买了盒软中华。"

周大鹏："好的，没别的事了，谢谢你。"

两人起身告辞。

65. 内景/许文家/日

周大鹏和陈晓楠坐在客厅沙发上，许文坐在对面。

周大鹏："不好意思，今天是周六，想着你在家。还是那桩案子的事，麻烦你了。"

许文："没关系，有什么事尽管问。对了，抽烟吗？"

周大鹏："可以吗？"

周大鹏摸摸身上："忘了，刚抽完。"

陈晓楠不解地看着周大鹏。

许文："我这儿有。"

许文说着打开酒柜下面的抽屉，只见里面有好几条烟。许文拿出一条软中华，撕开包装，取出一支烟递给周大鹏："这烟好，尼古丁含量少。”

周大鹏接过烟，许文用打火机点着。

周大鹏：“谢谢。”

许文：“客气啥。其实你们今天不来，我还想找你们呢。”

周大鹏：“有事吗？”

许文在烟灰缸里弹弹烟灰：“说真的，我也怀疑滕义。”

周大鹏似乎挺感兴趣：“为什么？”

许文欠欠身：“你能告诉我林志海他们是几点被害的吗？”

周大鹏：“大概时间是1点左右吧。”

许文拍拍头：“这就对了。那天我们打麻将时，他说困了，要去里屋躺会儿，那会时间也就是12点40吧，他差不多快1点半才出来的。”

周大鹏：“中间他出去了？”

许文：“出去倒没有。不过我住的是二楼，要想出去并不难。你们来看看就知道了。”

许文推开那间屋门，招呼两人进来。

许文：“过去这是我家保姆住的屋，你看窗户。”

周大鹏走到窗前，打开窗户看，楼下是一楼住家装的防护栏。

周大鹏：“滕义有车？”

许文：“他有辆摩托车。”

周大鹏仔细看看窗台，果然发现有个比较清晰的足迹。

陈晓楠过来看：“有点儿像咖啡屋的脚印。”

周大鹏：“回头我们技术队的来提取这个足迹。”

许文：“好，随时恭候。”

周大鹏像是自语：“看来是滕义，没错了。”

66. 内景/重案队会议室/日

周大鹏召集大家开案情分析会。

李铮：“哎，范志昊怎么没来？”

周大鹏：“我派他去找林志海那个姓方的同学去了。”

周大鹏清清嗓子："我先通报一下技术队的鉴定结论，罗婷婷鞋印上没有酒吧附近的微量元素附着物，因为酒吧装修不久，门口有石灰和水泥的微量元素。另外，我们昨天提取的许文家窗台上的足迹与现场足迹一致。"

李铮："滕义作案是板上钉钉子，没跑了，有人证，有物证，就差凶器就齐活了。"

陈晓楠："问题没这么简单吧。刚才周队说，罗婷婷鞋印上没有酒吧附近的附着物。这就怪了，难道罗婷婷是光着脚进屋的？也不对，屋里就没有赤足的痕迹呀。"

周大鹏："研究脚印虽然很传统，不过这里却可以告诉我们一些很关键的信息，只是需要我们用第三只眼，看到那些我们肉眼看不到的东西。"

李铮不解地问："第三只眼？"

周大鹏："就是心眼，不是通常说的那个心眼儿，这个话题以后再讨论。还有一个值得我们思考的问题。那天打保龄球时我们都看到了，胡晓萍是用左手掷球，可那天在笔录上签字时她用的是右手。"

陈晓楠："我知道，她是非典型左撇子，我有个同学也是这样，平时写字用右手，干别的都用左手。"

李铮："难道胡晓萍也有嫌疑？"

周大鹏拿出两张照片："当然。这是林志海办公室里的两个撬痕，壁柜上的是用刀子，而抽屉的撬痕是用改锥。你们注意看，有两个特点，一个是左撇子，还有力度不够，说明是女人。"

大家信服地点点头。周大鹏继续分析："李铮，看你那样子，是不是要问她为什么没有留下足迹？很显然，她把自己的足迹擦除了。"

陈晓楠："胡晓萍涉案。"

周大鹏点点头："只是我还没有琢磨透，她在这案子里扮演的是什么角色。"

周大鹏的手机响了，他赶紧接听："喂，志昊，查到了？太好了！你在学校门口等我，我马上去。"

67. **外景/某外语学校/日**

周大鹏把车停在路边，下车，看到范志昊正在门口等他。

范志昊见周大鹏过来，急忙迎上来："他叫陈铭，是这个学校的日语老师。"

周大鹏看到那边有个茶馆："好，你去通过校保卫科把他约到那个茶馆来。"

范志昊："好。"

68. **内景/茶馆里/日**

周大鹏递给陈铭一杯茶，客气地说："陈老师，别紧张，我们找你来，是想了解一下林志海的一些情况。"

陈铭："我听说林志海死了。凶手抓到了吗？"

周大鹏："我们正在查，所以想请你帮忙。"

陈铭："林志海这人我知道是有点儿花，不过人还是挺正直的。"

周大鹏："前不久林志海是不是请你帮他翻译过一段录音。"

陈铭点点头："是的，是他找我中学同学方正请我帮忙的。他说，是电影里的一段台词，他很感兴趣，一定要我帮着翻译出来，是支录音笔里的。"

范志昊："还记得什么内容吗？"

陈铭："记得，里面是两个男人的对话，其中一个人的日语不太好，他们谈的是一笔生意，两人好像在做一笔交易。"

周大鹏："是吗，什么交易？"

陈铭："我想是商业回扣，最后成交100万美金。"

周大鹏："你都翻下来了？"

陈铭："是的，我把录音翻译成中文，还打印了一份，连同录音笔交给了林志海。当时林志海特高兴，还说了一句莫名其妙的话。"

周大鹏追问道："什么话？"

陈铭："够他蹲一辈子监狱的。"

周大鹏沉思，复述着："够他蹲一辈子监狱的。"

陈铭："后来我似乎明白点儿，林志海说电影台词是骗我的，他可能是想举报谁。"

周大鹏："那个打印的文件你保存了吗？"

陈铭："删了，不过要恢复也容易。"

周大鹏兴奋地说："志昊，你去跟陈老师把那翻译的文件恢复了，我还有点儿急事要办。"

69. 内景/周大鹏办公室/日

周大鹏进屋，匆匆地从抽屉里取出滕义喝过的啤酒易拉罐。

周大鹏取出放大镜，在罐口仔细看。

周大鹏发现了什么，脸上露出欣喜。

周大鹏打电话："晓楠，你赶紧过来一下。"

一会儿工夫，陈晓楠急匆匆地推门进来："啥事，周队？"

周大鹏："你到内勤把那个垃圾袋拿来。"

陈晓楠去了一会儿复回，把塑料袋往地上一倒。

周大鹏蹲下，从里面扒拉出一个拉环。

周大鹏拿出放大镜仔细查看，兴奋地站起来："就是它！"

陈晓楠好奇地凑过来看。

周大鹏把那个易拉罐和拉环拼接在一起："你来看。"

放大镜下，可见针眼儿大的小洞。

陈晓楠脱口而出："滕义不是自杀！"

周大鹏："对，滕义是行凶后被人灭口谋杀的。"

陈晓楠："是谁呢？"

周大鹏："这个人就在我们视线内。"

这时，周大鹏的手机响了，他赶紧掏出接听："喂，我是周大鹏。胡晓萍要跑？好，我知道了，我马上去火车站。"

加 2：外景/火车站/日

火车站，乘客人流中可见胡晓萍拉着个旅行箱，往候车室里走。

看见门口安检的警察，她显得有些紧张，低着头往里走。她把行李箱放进安检仪进口处，走到出口处，刚要拎箱子，一抬头看到周大鹏和陈晓楠站在眼前，她一愣，随即颓丧地低下头。

周大鹏："你这是去哪儿呀？"

胡晓萍："我……回家。"

周大鹏："把你的事说清再走。带走！"

陈晓楠上前给她戴上手铐。

70. 外景/酒吧门口/日

酒吧门上贴着封条，一把大锁紧紧锁着两扇铁门。

周大鹏把车停在酒吧门前不远的路边，在路边捡了根树棍，走到酒吧门口。

周大鹏在做现场模拟。

周大鹏站在酒吧门口，琢磨着什么。他发动汽车，沿着马路慢慢开。

周大鹏发现路边有几个绿色垃圾桶，赶紧把车停下。

周大鹏走到垃圾桶前，思索着，把树棍丢进去。

刚好一辆垃圾车开来，下来两个环卫工人，收垃圾。

周大鹏上去，递支烟，搭讪："师傅，这垃圾几天收呀？"

环卫车司机："一般是两天。"

周大鹏："弄哪儿去？"

环卫车司机："这些不可回收的垃圾，一般送垃圾场深埋。"

周大鹏："能跟你们去看看吗？"

环卫车司机："行，你有闲心就跟着我的车走吧。"

71. 外景/郊外垃圾填埋场/日

一个很大的垃圾填埋场，有一些拾荒的在捡拾有价值的破烂。

垃圾车在自动倒卸垃圾。

周大鹏站在一边，问司机："几天前那几桶垃圾也倒在这儿了？"

司机点点头："你是丢了什么东西？"

周大鹏："哦，我媳妇倒垃圾时，把一金项链倒进去了，昨天才想起来。"

司机理解地说："那你慢慢找吧，祝你好运。"

垃圾车卸完垃圾开走了。周大鹏从车里找了个行军用的铁锹，开始挖起来。

几个拾荒者好奇地看着汗流浃背的周大鹏。

周大鹏一锹一锹执着地翻找着。

周大鹏汗流浃背，一脸灰土。

挖着挖着，周大鹏突然眼前一亮，那是一把带着乌黑血迹的刀。

周大鹏小心翼翼地把刀捡起，放进塑料袋里。

72. 内景/周大鹏办公室/日

周大鹏手持话筒正在打电话："喂，是技术队吗？刀子上的血迹检验完了吗？真快呀。只有林志海的血迹，对吗？好，我明白。"

周大鹏放下电话，对一边的陈晓楠说："运气不错，找到了滕义作案的刀，也印证了我的一个推断，那刀上只有林志海一人的血迹。"

陈晓楠："这说明，滕义只杀了林志海。那罗婷婷又是谁杀的呢？"

这时，范志昊和李铮急匆匆地推门进来。

范志昊把几张打印纸递给周大鹏："周队，陈老师把文件恢复了，你看吧。"

周大鹏接过翻译文稿看了一遍："好了，动机有了。"

李铮："周队，我去移动公司查了，那天晚上 11 点 15 分，罗婷婷接到一个来电，是许文的。"

周大鹏："所有的线索都串到一起了，现在马上传唤许文。"

周大鹏突然一拍脑门儿；"妈的，差点儿晕了。"

周大鹏拿起桌上的内部电话："总机，给我接一下机场分局……喂，机场分局刑警队吗？是胡队长。我是周大鹏，哦，有点儿急事帮个忙，你帮我查一下许文订的机票。好，等你电话。"

李铮："许文要跑？"

周大鹏："我早就应该想到这点，他们单位人说，他最近要出国。你想想，老婆孩子都提前安排定居加拿大了，别墅也卖了，明显是想跑。"

这时，周大鹏桌上的电话响了。周大鹏赶紧拿起话筒接听："胡队，你好，你说。什么？好，我马上到。"

周大鹏看看表，表情严肃地说："还有一个钟头飞机起飞，我们赶紧走！"

73. 外景/高速公路/日

两辆警车鸣着笛在高速公路上疾驶。

74. 外景/停机坪/日

警车在一架即将起飞的飞机前停下。

周大鹏和几个搭档登上机舱。

75. 内景/机舱里/日

周大鹏等走到一个戴墨镜的男子座位前："许总，你涉嫌一起谋杀案，跟我们走吧。"

许文摘下墨镜，假装镇定地说："你们搞错了吧？没有证据诬陷好人，我会告你们的。"

周大鹏："走吧，我们会给你一个满意的答复。"

范志昊上前，给他戴上手铐。

76. 内景/审讯室/日

许文戴着手铐，垂头坐在审讯桌前的一把椅子上。

范志昊坐在周大鹏旁边做笔录。

周大鹏："有一种人是不见棺材不掉泪，看来你是见了棺材也不掉泪。还是不交待你的犯罪事实吗？"

许文慢慢抬起头，傲慢地说："我没做什么，不知道该说什么。"

周大鹏："好吧，我替你说。你想谋杀林志海，不仅仅因为你们以前有经济上的矛盾，更重要的原因是，他发现了你在日本谈那笔家电生意时接受巨额贿赂、抬高购买价格的事实，并且还录了音……”

许文抬头，看着对面的墙壁，陷入回忆……”（闪回）

77. 内景/日本某宾馆/夜

许文在客房沙发上看电视，门铃响了。

许文起来开门。门口站着的是日本某株式会社的经理。

许文笑容满面地打招呼（日语）：“你好，松本太郎先生，请进。”

松本太郎（日语）：“你好，许文先生，对不起，打搅了。”

许文敲敲对面的客房门：“林志海，把咱们带来的茅台酒和龙井茶拿两份到我屋里来。”

林志海在客房里（画外音）：“马上来。”

许文请松本太郎进屋，在沙发上坐下。

这时有人敲门，林志海拿着两瓶茅台酒和两筒包装精美的茶叶进来，放到茶几上，趁许文介绍礼品时，把一支录音笔塞在沙发缝里。

林志海：“许总，没事我先走了。”

林志海朝客人点点头，出去了。

松本太郎（日语）：“许先生，在明天正式会谈前，我们总社伊藤社长希望我跟你先交流一下。”

许文（日语）：“没有问题，我们在日本有很多生意，这次选择跟你们做这笔大生意，松本先生应该明白我们的诚意。”

松本太郎：“是的，我们很愿意跟贵公司做成这笔生意。在价格上我们是这么考虑的……”

78. 内景/审讯室/日

周大鹏把一份译文递给许文：“请许总阅示，是不是跟你们谈话的内容一致？如果没有太大的出入，这应该就是你预谋杀人的动机。”

许文看看译文，顿时有些泄气：“我知道，是林志海跟我过不去。”

周大鹏：“可你当时并不知道。那天，你有事给林志海打电话……”

许文顺着周大鹏的思路开始回忆。（闪回）

79. 内景/许文家/晚

许文在电脑前浏览网页。

许文想起什么，开始打电话。

电话没人接听，他刚要挂，突然听到里面说话。

林志海（画外音）：“你怎么回事，拿个东西也不小心点儿？”

刘婕（画外音）：“不就是个录音笔吗？摔坏了我赔你。”

林志海（画外音）：“我不是心疼录音笔，里面的录音要是放不出来……”

林志海按键，录音笔放出一阵“刷刷”的噪音，片刻后是两个男人的日语对话。

刘婕（画外音）：“往下放呀。后面该是什么女人的声音了吧？”

许文一愣，脸色阴沉地放下话筒。

80. 内景/审讯室/日

周大鹏：“是不是从那一刻起，你就起了杀死林志海的念头？”

许文：“说实在的，我本来还想跟林志海做笔交易，花钱买下他的录音……”（闪回）

81. 内景/某咖啡馆/夜

林志海走进咖啡馆，看到不远处座位上的许文。

林志海在许文对面坐下。

许文：“林志海，今天我约你来，是想跟你做笔生意。”

林志海：“是那个录音？”

许文点点头：“你开个价吧。”

林志海鄙夷地说：“对不起，这个生意我不做。”

许文：“那你想要什么？”

林志海："我想要你坐牢。"

许文："你就这么恨我？不就是上回为你公司承包金的事吗？那就算我对不住你。可你不至于得理不让人，一下置我于死地吧？"

林志海："你小看我了。我这个人是不怎么样，可我最恨那种占着高位、拿国家的钱中饱私囊的人。"

许文："这么说你是真的不做这笔买卖了？"

林志海："真的，顺便告诉你，我已经给总公司写了辞职报告，以后你也管不着我了。"

许文："那好吧，再见。"

林志海起身，忿忿离去。

许文端起一杯啤酒，一饮而尽。

82. 内景/审讯室/日

周大鹏："实际上，你本来打算做完这笔生意，就移居加拿大了，只是没想到林志海横插进一杠子，搅了你的好事，于是你就谋划除掉林志海。"

许文叹口气："看来你们都知道了。"

这时，李铮和陈晓楠进来。李铮在周大鹏耳边小声说了句什么，周大鹏点点头。

周大鹏："这里不得不提起另一个被害人罗婷婷。罗婷婷是个风月场上的人物，谁有钱她就可以跟谁睡觉。你利用她跟滕义的关系，告诉滕义说，林志海跟她有那层关系。滕义很爱罗婷婷，曾发誓，谁敢沾罗婷婷就杀了谁。你叫滕义杀死林志海，还答应给他一笔巨款，成全他和罗婷婷的婚事……"

许文眼前闪现出那天的情景。（闪回）

83. 内景/许文办公室/日

许文站在窗前看着窗外。滕义抽着烟，低头坐在沙发上。

许文回转身对滕义说："怎么样，考虑好了吗？办了这件事，我给你一百万，你可以带着罗婷婷远走高飞，去过你们美好幸福的日子。"

滕义似乎下了决心，把烟头往烟灰缸里狠狠一掐：“好，我干！”

许文过来，拍拍滕义的肩膀：“我就知道你不会让我失望的。下一步我们好好策划一下，好让你有充分的不在现场的证明。”

滕义：“好，我回去听你的信儿。”

滕义起身走出去。许文冷笑着从公文包里掏出一听啤酒，又小心翼翼地拿出个注射器，在易拉罐拉盖结合处扎了一个小洞，把毒药注射进去，又用万能胶粘好。

许文晃动着易拉罐，脸上露出一丝狞笑。

84. **内景/审讯室/日**

许文：“给我根烟抽行吗？”

周大鹏从兜里掏出那包软中华烟，抽出一支给许文点着：“那天晚上，你特意安排了一桌牌局，中间你让滕义假装犯困，进里屋休息……”

许文抽着烟，在升腾的缕缕烟雾里又陷入回忆。（闪回）

85. **内景/许文家/夜**

许文把滕义送到里屋，开门看着滕义躺到床上：“你睡会儿就过来，我们还等着捞本儿呢。”

许文把门轻轻带上，故意留条缝隙，让大家可以看到蒙着被子的床上和地上的一双皮鞋。

86. **内景/许文家/里屋**

滕义假装打起呼噜。他从缝隙里看到外面人没注意他，悄悄爬起，把被子隆起，换上一双仿耐克鞋，轻轻走到窗前，拉开窗户，钻了出去。

87. **外景/窗下/夜**

滕义顺着一楼的防盗铁栅栏爬下，轻轻跳到地面。

滕义左右看看，朝不远处的摩托车走去。

滕义打着车，向门外驶去。

88. **外景/酒吧门口/夜**

滕义走近酒吧，趴在门缝儿看看，见里面没人，推门进去。

89. 内景/酒吧里/夜

林志海正在看电视，听到动静，走到大厅："谁呀?"

滕义刚好进来："林哥，还没睡呀?"

林志海见是滕义，不冷不热地说："是滕义呀，这么晚了找我有事吗?"

滕义："没什么大事，听说你最近跟罗婷婷来往挺密切呀。"

林志海："那是我的私事，跟你有关系吗?"

滕义似有被激怒的感觉："当然有了。你不知道罗婷婷是我的人吗?"

林志海笑笑："罗婷婷可没这么跟我说，她说，你娶不起她。"

滕义脸色很难看，手放进裤兜里："那是以前，我现在有钱了。"

林志海不以为然地说："是吗，天上掉下馅饼，砸你脑袋上了? 行了，不跟你贫了，我还要去看电视呢。"

林志海转身要进里间，滕义掏出尖刀，猛地冲过去，朝林志海后心捅去。林志海只是"啊"地轻声叫了一下，倒在地上。

滕义上前又补了一刀，恨恨地说："想占我的女人，下辈子吧。"

90. 内景/许文家/夜

许文看看表，推门进里间："滕义，你小子睡醒了没有?"

滕义从床上爬起，伸个懒腰："这下好多了，接着来。"

四人接着打牌。

91. 内景/审讯室/日

周大鹏："1 点半的时候，你假装头不舒服，散了牌局。然后，你把事先准备好的一些吃的和那罐儿毒酒放在一个包里交给滕义，让他先去外地避避风。实际上，你是送他上路去死，因为你根本不打算兑现那一百万。"

周大鹏把那个易拉罐拿给许文看："这上面有你和滕义的指纹。你再仔细看看罐口的针眼儿，是不是你的杰作? 这完全可以作为你杀害滕义的证据。"

许文无言以对，狠狠地嘬了几口快燃尽的烟头：“再给我一根烟可以吗？”

周大鹏又递给他一支烟，许文说了声谢谢。周大鹏用滕义的打火机帮他点着。

周大鹏：“这个打火机你应该不陌生。你把滕义的打火机放在现场，就是想告诉我们一个明确信息，滕义是凶手，而当我们找到滕义的时候，他已经死了。”

许文：“雕虫小技。我知道你们早晚会找到真相的，我只是想多争取点儿时间。”

周大鹏收起打火机：“当然了，你最得意的杰作，就是罗婷婷。”

许文叹口气：“对你们来说是也是败笔。”

周大鹏：“一开始，我就对罗婷婷的高跟鞋足迹有怀疑，它不像是穿在脚上踩出来的，更像是用手拿着鞋按上去的。再有，我们化验了鞋底的附着物，它并没有从门口经过必然沾上的石灰和水泥的微量元素，这只能说明，活着的罗婷婷没有自己来酒吧，而是死了后被人扛着进来的。你就是想伪造一个情人约会的假现场，这样既处理了罗婷婷的尸体，又给滕义杀人制造了一个合情合理的动机。”

许文颓然地说：“罗婷婷是我杀的。”

周大鹏：“这我们也有证据。你在那晚打麻将中说去买烟了，是个借口，因为你家柜子里有够你抽半年的烟。你约罗婷婷 11 点半到你家门口见面，你答应给她一笔钱……”

许文喷着烟雾，又开始回忆。（闪回）

92. 外景/小区停车位/夜

许文的轿车后座上。

罗婷婷一身性感的衣饰坐在后座，许文坐在她旁边。

罗婷婷一伸手：“钱带来了？”

许文：“你要的太多，我一时也凑不齐那么多现金，先给你 10 万，过两天再给你补齐 40 万，行不行？”

罗婷婷：“你别蒙我，我可知道你手头现金很宽裕。你卖了别墅，这儿的房子也签了出售合同，你要去加拿大，谁不知道？哼，不过你想想，我现在要是把林志海告我的那事告诉检察院，你还走得了吗？”

许文朝车窗外看看：“罗婷婷，你也太狠了。”

许文拿出事先准备好的一根尼龙绳，突然勒住罗婷婷的脖子：“钱钱，到阎王爷那儿去要吧！”

罗婷婷挣扎了一会儿不动了。

许文下车，左右看看，锁好车，往回走。

93. 内景/审讯室/日

周大鹏把一张纸拿给他看：“这是你打手机跟罗婷婷通话的时间记录，没错吧？还有，这是从你的汽车后备厢找到的尼龙绳，也熟悉吧？”

许文颓丧地说：“我认栽了。罗婷婷跟我一样，都是死于贪婪。”

周大鹏：“这叫殊途同归吧？”

周大鹏朝陈晓楠努努嘴，陈晓楠会意地出去了。

许文叹口气：“我是从外地一个偏远的小镇，到这个大城市打拼的。刚开始我还是很有抱负的，可自打经商开始拿第一笔回扣，就鬼使神差地再也收不住手了。职位越做越高，不义之财越敛越多，可我为什么就没想到会坐班房，会杀头呢？”

周大鹏：“也许你们这些奸商都是借着贪欲壮胆，拿余生来赌的荣华富贵。可你们胜算的概率又有多少呢？现在后悔是不是有点儿晚了？”

许文看看周大鹏，悄声说：“你能不能帮我个忙，保住我一条命？我给你 1 千万。”

周大鹏笑了：“倒是笔好买卖，不过比起那笔钱来，我更想要的是你的命。你们这些不法奸商，坑国家，坑百姓，聚敛黑财，你们富得流油，拿着赃款心安理得地享受超豪华的生活，还可以漂洋过海抛掉中国人身份，为此你们不惜杀人越货，丧尽天良。有你们存在，就是国家的羞辱，你就等着法庭的审判吧！”

许文低着头不再说话了。

审讯室的门开了，陈晓楠押着胡晓萍进来。

胡晓萍戴着手铐，慢慢抬起头，一看到许文，脸色顿时变得一副惊骇的样子。

陈晓楠：“是他吗？”

胡晓萍不敢抬头：“没错，就是他。”

周大鹏对李铮说：“把他带下去吧。”

李铮押着许文下去。许文抬头看了一眼胡晓萍，有些漠然。

胡晓萍坐在椅子上，低头不语。

周大鹏：“还记得那天你说过，你是把一笔几万元的营业款交给林志海后才走的，可是我们在现场没有发现那笔款子。我一开始也怀疑是作案凶手杀完人后又劫财，可是我发现，撬那个装钱抽屉的是左撇子，而且是个女人，这就让我想起了你。胡晓萍，是你偷走了那笔钱吧？”

胡晓萍含着泪默默地点点头：“我妈妈得癌症了，还差几万块钱动不了手术，一直拖着，她真的需要这笔钱。”

周大鹏：“按我们的行话，作案动机倒是值得同情。说说过程吧。”

胡晓萍：“那天，我交完账，离开酒吧回到我的住处，想给家里打个电话，却发现手机落在酒吧了。我担心妈妈的病情，就骑车回去取……”（闪回）

94. **内景/酒吧内/夜**

胡晓萍推开酒吧门进来，叫了声“林——”，“老板”两个字还没出口，突然发现林志海躺在大堂地板上，“啊”地惊叫一声，赶紧往外跑。

95. **外景/酒吧外/夜**

胡晓萍跑到门外停下脚步，镇定了一下，拿起手机想报警，忽然想起什么，犹豫片刻，放回手机，又朝酒吧走去。走到门口，她又停步犹豫，想往回走。这时，她咬咬牙，下了决心，去推酒吧的门。

96. **内景/酒吧内/夜**

酒吧里暗暗的，气氛有些恐怖。

胡晓萍推门进来，到收银台拿了手机，有些紧张地绕过林志海的尸体往里屋走。

胡晓萍走到里屋，黑暗中，她从床下一个工具盒里拿出把改锥，走到桌前开始撬抽屉。她用左手笨拙地撬了十几下才把钌锅撬开。

胡晓萍高兴地把里面几捆钱取出，装进一个塑料袋里。

胡晓萍正准备走的时候，突然听到酒吧外有汽车停下的声音。

胡晓萍竖着耳朵细听，似乎觉得有人朝酒吧走来。她左右看看，慌忙钻到桌子下面。

胡晓萍一双惊恐的眼睛紧紧盯着外面。

酒吧门开了，许文扛着昏迷的罗婷婷进来，把她放到林志海身边。

许文掏出把尖刀，朝罗婷婷胸口捅去。

胡晓萍借着外面的光亮看到这惊悚的一幕差点儿喊出声，她紧紧闭上眼，捂住自己的嘴巴，大气不敢出。

许文用手帕擦擦刀，把手帕揣进兜里，拎着刀朝里屋走来。

胡晓萍害怕得心都快跳出来了，浑身直打哆嗦。

许文走进里屋，左右看看。

她眼见许文的脚从自己旁边走过，直朝那个壁柜走去。

许文用刀子使劲一下将壁柜撬开，用袖珍手电照着，在里面翻了翻，找到那个录音笔和翻译的打印件。

许文满意地装进兜里。

许文脱下罗婷婷的高跟鞋，两手套着，在地上按出一串脚印，而后用另一块手帕，小心谨慎地清除自己的脚印。最后，许文从兜里掏出一个手帕包，小心地打开，把里面的打火机塞在林志海身下。

许文回头看看自己的杰作，阴笑一下，走出酒吧。

（画外音）汽车在不远处发动的声音和渐远的声音。

胡晓萍这时松了口气，从桌子下面爬出，拎着装钱的塑料袋走到大厅，学着许文的样子，掏出手帕，清理自己的脚印。

97. 内景/审讯室/日

周大鹏："我倒真的相信你在火葬场干过了，居然敢在死人眼皮子底下作案，一般的女人还不吓死。"

胡晓萍："当时我想，林志海已经死了，这会儿拿了那笔钱，人家还当是杀人的凶手顺手劫走的，我这是趁火打劫呀。唉，要不是我妈妈急着做手术缺钱，我真的不会这么做的。"

周大鹏："钱呢？"

胡晓萍流着泪："一共5万3，我全寄回家了，我妈的手术也做了。爸爸来电话说，手术很成功，她有救了。"

胡晓萍突然跪下了："求求你们别判我刑吧，我会挣钱把这笔钱还上的。"

周大鹏把她扶起："我们很同情你的处境，不过，犯了法就必须接受法律的惩处。你先回去好好想想，把问题都说清楚，我们会替你考虑从轻处理的。"

胡晓萍感激地说："谢谢你们了，我代表我妈妈也谢谢你们了。"

98. 外景/重案队院里/日

周大鹏和几个搭档走出办公楼。

周大鹏感慨地说："这个案子把我们折腾得不善。我还想着许文那句话，是贪欲害死了我，做人还是积德行善的好。"

范志昊调侃地说："周队，你刚才可是错过了一个当千万富翁的机会。"

李铮："有这样的好事？"

陈晓楠："真的吗？"

范志昊："许文说了，留他一条命，他出一千万。"

周大鹏鄙夷地说："钱是不少，不过我嫌它脏。"

这时，周大鹏的手机响了，他赶紧接听："喂？是的，我是周大鹏……嗯……这事现在还不好说……噢……对不起，无可奉告!”

周大鹏放下手机，脸色阴沉：“哼，消息倒挺灵通，问谁办的案，要我关照许文。呸，找错门了!”

范志昊：“周队，那我们……”

周大鹏：“我们得抓紧结案，呈报批捕。现在我们马上去许文家里搜取物证，包括他杀死罗婷婷的刀子、注射器、滕义行凶回来后搁在他家里的血衣。”

说毕，周大鹏和他的搭档们跑着奔向那辆蓝白相间的警车。

警车在繁华都市的马路上行驶。路边，一对对情侣幸福地谈笑。

定格。

剧终。

职演员表。

失踪的“阿波罗”

主要人物：

窦　宝　男　38 岁（绰号豆包）市话剧团下岗演员
苏小嫚　女　30 岁　治保会主任
白赛香　女　28 岁　社区小卖部老板
文　奇　男　24 岁　社区民警（豆包的外甥）
王所长　男　38 岁　派出所所长
彭老板　男　40 岁　野味香餐馆老板
张　蓉　女　26 岁　野味香餐馆领班
黑　熊　男　34 岁　野味香餐馆仓库保管员
其他过场人物若干。

1. **居委会　公休日上午**

居委会门前的留言橱窗前围了许多人。他们正在看一张寻猫启事。

寻猫启事上写着：“昨天我家的一只纯种波斯猫‘阿波罗’遗失，该猫男性，年龄一周岁，体型特征：体胖，长毛，圆脸，眼睛一蓝一黄。明显特征：肚脐眼儿处有一撮黑毛。如有知其下落者或送还之人，必有重谢。

9 号楼　林琳女士”

围看的人议论纷纷。

一老太太提着菜篮子离去：“丢了只猫，挺好的。我最烦猫，成天瞎叫唤，吵得人睡不着觉。”

一位老大爷：“我见过这只猫，漂亮极了。他们就住我们楼下，有一个小姑娘老抱着它。”

有人看见豆包远远骑着辆自行车过来。

一位中年妇女：“咱们小区的大侦探来了。”

豆包捏闸下车，支好自行车，跟大家打招呼。

豆包：“出什么事了？我瞅瞅。”

豆包挤到前面，从兜儿里掏出一个放大镜。

豆包专注地看启事。

豆包收回放大镜，挤出人群：“可怜的小猫咪，你藏到哪里去了呢?”

一年轻小伙子：“豆包，你还不把榜揭下来，可有重谢呢。”

豆包：“去吧，你要是丢人了，我给你找。丢只猫哇，玩儿去吧。”

2. 治保会苏小嫚办公室

苏小嫚正在接电话：“行，放心吧，大姐的事儿跟我的事儿一样——是吗？那我回头去看我们外甥女。”

苏小嫚一边接电话一边瞅着窗外的豆包。

苏小嫚放下电话，瞅瞅窗外，拿起手机，发了个短信。

3. 橱窗前

豆包还在跟小伙子神侃，手机铃响了，他看了一下显示，喜上眉梢：“对不起，我告辞了。”

小伙子调侃地说：“豆包，你业务挺繁忙的，回头我到你那儿打工去。”

4. 小区治保会

豆包敲敲门。

苏小嫚：“进来吧。”

豆包一脸堆笑：“苏主任，您找我有事？您说。苏主任的事儿就是我的事儿。”

苏小嫚笑了：“你偷听我电话来着？怎么跟我刚才电话里说

的一字不差？”

豆包：“没有，我在外头看那启事呢，咱俩这叫心有灵犀吧。”

苏小嫚：“行了，打住，以后别老咱俩咱俩地挂在嘴上，咱俩的关系别忘了。”

豆包：“是是，咱俩，是正常的——男女关系。”

苏小嫚：“行了，别耍贫嘴了，说点儿正事儿。派你完成一件十分重要的工作。”

豆包：“没问题，首长发话，刀山敢上，火海敢闯。”

苏小嫚：“还没到那份儿上。我跟你说，外面那启事你不是看了吗？”

豆包不解地说：“看了。怎么，你是让我找猫去？那不大材小用了吗？”

苏小嫚：“怎么，不是刀山敢上火海敢闯吗？我还没说什么就拿话堵我是吧？”

豆包：“没那意思。我是说，大材有时也可以小用。”

苏小嫚：“丢猫的林琳，是我中学的同学，我管她叫大姐。那猫是她女儿娜娜的心肝儿，因为这只猫丢了，娜娜哭了一天了，什么饭也不吃。”

豆包一拍胸脯：“听你这么一说，这孩子真可怜。就为这，找这猫归我了。”

5. 橱窗前

豆包上去分开众人，一把将那张启事揭下来。

豆包神气地说：“本侦探接这个案子了。”

6. 小区小卖部

白赛香正在柜台里打扫卫生。

豆包一推门进来。

白赛香一见是豆包，笑容满面地迎上来。

豆包：“白部长，来瓶儿二锅头。”

白赛香：“讨厌。从今儿起，你把这小卖部部长的衔儿给我免了，还是叫赛香亲点儿。”

豆包："那不行，得开常委会通过。"

白赛香："那你就别买酒。"

豆包："得，我叫你白老板，来瓶儿二锅头。"

白赛香轻轻在他脸上拧了一下："豆包，怎么，听说苏主任给你派了个活儿？"

豆包揉揉脸："你这消息够灵通的。有什么高见吗？"

白赛香："我哪儿敢呀，人家是大主任。明天我这儿要进一批猫粮，你帮我个忙行不？可是有偿的，不像那边儿，老是支使人白干。"

豆包："有意见明着提，别老背后瞎嘀咕，累不累呀？"

豆包拿了酒要掏钱，白赛香一推他："算了，先记着吧。"

豆包转身要走，娜娜手里捧着一包东西从门外进来。

娜娜："白阿姨。"

白赛香："娜娜，买猫粮吗？"

娜娜伤心地说："白阿姨，我们家阿波罗丢了，妈妈说，猫粮不用了，退给你，不要钱。你给别人家的猫吃吧，过期不新鲜了，猫就不爱吃了。"

豆包一听，连忙上前："你妈妈叫林琳吗？"

娜娜点点头："你是豆包叔叔，我认识你，你给我们幼儿园修过电冰箱。"

豆包："好吧，领我到你们家去，见见你妈妈，我会帮你找回猫的。"

白赛香："豆包叔叔可是大侦探呢，一定会给你找回猫的。"

7. 林琳家

门开了，林琳女士把豆包让进屋里。

林琳："刚才，苏小嫚给我打电话了，说让你帮我们找猫。你就是豆包吧？"

豆包："我就是豆包，豆包就是我。"

林琳："这么艰巨的任务，你行吗？"

豆包："请你把那个吗字去掉。"

娜娜：“豆包叔叔是大侦探，肯定会把咱家的阿波罗找回来。”

林琳：“这么说我可以充分信任你，是吗？”

豆包：“就像你信任苏小嫚一样。”

林琳：“好吧，谈谈价钱吧。找回我们的阿波罗，你打算要多少钱？”

豆包：“谈钱多俗气呀，先找猫吧。请你先提供一下案发的过程，注意我用的提供、案发，这都是正儿八经的侦查术语，这就是说，从现在起就进入侦查阶段了，希望你积极配合。”

林琳伤感地说：“我们家是一层，昨天下午，我们家阿波罗在阳台上晒太阳，也就不到一钟头时间，到了它该吃饭的时间，再也找不到它了。”

豆包用小本认真地记着。

豆包：“就这些情况吗？好，我来勘查一下现场。”

豆包拿出傻瓜相机，在猫窝和猫吃饭的地方按了几下快门。

豆包又掏出放大镜，在阳台上仔细寻找。

豆包将一撮猫毛捏起，像那么回事地放进一个塑料袋里。

豆包又跳出阳台外，趴在地上寻找足迹。

林琳看着，顿时肃然起敬。

娜娜指指撅着屁股的豆包说：“妈妈，阿波罗拉屎就这个样子。”

8. 小区里

豆包用手比画着向门房老大爷询问。老大爷摇摇头。

豆包向骑三轮车的清洁工询问。清洁工摆摆手。

小区空场上，几个七八岁的男孩子正在踢球，一个男孩猛地一脚踢高了，球落到一棵树上，夹在树杈上下不来了。孩子们急得不行。

豆包过来：“小伙子们，别着急，看我的。”

豆包脱下一只皮鞋，用皮鞋去砸足球，结果皮鞋也挂在树上了。

豆包：“没关系，还有一只呢。”说完脱下另一只，又朝空中甩去。

皮鞋不偏不斜，正好砸中足球，豆包躲闪不及，被自己的皮鞋砸中脑袋。豆包“妈呦”叫了一声，倒地不起。

孩子们围过来：“豆包叔叔，你没事吧?”

豆包揉揉头，做了个鬼脸儿：“差点儿牺牲了。”

孩子们笑起来。

豆包：“对了，问你们一件事儿：昨天谁看见娜娜家的猫了?”

孩子们摇摇头。

一个小男孩：“豆包叔叔，昨天下午，我看见一个人骑着辆破自行车，后架子上驮着个纸箱子。我和妈妈当时刚好路过，我听到箱子里有猫叫。”

豆包高兴地问：“那人长什么样?”

男孩：“那人秃头，长得倍儿像葛优，穿一件黑衬衣。”

豆包一跃而起，高兴地拍拍他的肩膀：“太好了，小伙子，将来你也是当侦探的料。”

豆包刚起来，苏小嫚骑车过来。

苏小嫚看见豆包，停车下来。

苏小嫚：“豆包，活干得怎么样了?”

豆包：“专业术语是，案子办得怎么样了。”

苏小嫚：“那就照你们专业术语说，豆包同志，案子办得怎样了?”

豆包一本正经地说：“苏主任，正式向你报告案情。据现场勘查、访问事主以及走访群众，现初步认定，这是一起流窜盗猫案。作案人很狡猾，在现场未发现任何痕迹。但可以断定，案犯系一年轻外地人，其人面似葛优，穿件黑衬衣。至于作案动机，肯定是图财。”

苏小嫚：“豆包，你还真挺专业的。那到哪儿找这个人去呢?”

豆包：“销赃地点呗。”

苏小嫚：“猫市?”

豆包：“你真聪明。我们下午就去那儿。”

苏小嫚：“我们？”

豆包：“对了，咱俩。这是工作，用专业术语叫化装侦查。”

苏小嫚：“那你具体说说。”

豆包：“这主儿偷了猫，肯定要在猫市卖出去。他的特征明显，好认。咱俩装成一对夫妇，到猫市买猫，只要发现他，我扭住他，你就赶紧报警，咱就大功告成了。”

苏小嫚：“这倒是挺刺激。行，就委屈我自己一回吧。”

9. 猫市 白天

这里很热闹，卖猫卖狗的，卖鸟的，吆喝的，讨价还价的，猫狗的叫声融成一片。

买宠物的和来看热闹的人很多。

豆包穿一身西服，身边是打扮入时的苏小嫚。

走进猫市，豆包小声对苏小嫚说：“按事先分工，我看猫，你看人。”

两人在每一个卖猫人前细看。

苏小嫚把卖猫人看得莫名其妙。

豆包见一只白猫，就翻过来看肚皮。

豆包来到一卖猫人跟前。卖猫的小伙子问道：“买猫吗？我这可是纯种的波斯猫。”

苏小嫚上下打量小伙子，看得他不好意思起来：“大嫂，您还是多瞅瞅我这猫，比我漂亮多了。”

豆包拿放大镜开始挨个翻猫肚皮细看。小伙子问：“大哥，你买公猫母猫跟我说，瞅公母没有看肚皮的。”

豆包：“我不买猫。”

小伙子：“不买猫你瞎瞅什么？”

豆包：“我是检疫局的，看看你卖的猫有病没有。”

豆包和苏小嫚走开。

小伙子一脸狐疑，自语：“检疫局？”

卖猫的小伙子开始跟旁边的人嘀咕。

一个卖猫的老头儿神秘地跟围过来的几个人说："撤摊儿吧，检疫局的来查一种猫病，查出来全部没收。"

猫市里有些混乱，几个摊位上的卖猫的开始收摊。

10. 猫市门口

市场孙管理员见有人提着笼子往外走，上去问道："老李，怎么提前收啦?"

老李："检疫局的来了，要收猫呢。"

孙管理员："检疫局？我怎么没接到通知呀？人在哪儿?"

老李朝那边努努嘴。

孙管理员朝豆包和苏小嫚迎上去。

孙管理员："二位是检疫局的?"

豆包："是呀。你是?"

孙管理员："市场管理员，我姓孙。你们是区里还是市里的?"

豆包："我们——是国家的。"

孙管理员："我们这儿没接到通知呀。"

豆包："我们是——暗访，这位是我们苏主任。"

苏小嫚开始摆架子："哦，你们这个市场还不错嘛。我们抽查了几个摊位，到目前为止，还没发现有疫情，说明你们管理得不错嘛——"

豆包："顺便向你们通报一下，这疫情主要是一个外地人贩猫带进来的，有他的情况，随时向我们报告。"

孙管理员："我们这儿外地人占一多半儿。这人长得啥样呀?"

豆包："他——"

豆包刚说到这儿，突然发现对面不远处有个穿黑衬衣、秃顶的男子，摘下墨镜擦了擦，又戴上，提起脚下的一个猫笼子要走。

豆包拽上苏小嫚，急忙追过去："就是他。"

两人上前拦住这个人，豆包一把将他的眼镜摘下。

豆包紧紧攥住他的胳膊，对苏小嫚说："秃头、黑衬衣，长得像葛优，没跑。你赶紧报警去。"

豆包把墨镜又给他戴上："先戴上它，一会儿别让人真把你当成葛优了。"

嫌疑人："你们这是干吗？"

豆包："什么都别说，等警察来了再好好说。"

嫌疑人："不是，你随便抓人，可是犯法。"

豆包："我这可不是抓人，那是警察的事，我这叫见义勇为，同坏人坏事作斗争。"

嫌疑人："这哪儿跟哪儿呀？再胡闹下去你会后悔的，我跟警察的关系可熟着呢。"

豆包："你们这号人跟个别的坏警察勾着，我信，瞧你这样还真像那号人。我平时抓住坏人时，他们早怵了，你倒不怵。你里面有人没人我不管，反正你今天甭想从我手里溜掉。"

11. 市场外的路边上

苏小嫚远远见一辆 110 警车过来，连忙招手。

警车停下来，冲下几个警察："出什么事了？"

苏小嫚："快，里面有个贼。"

几个警察随苏小嫚跑进市场。

市场里，豆包攥着嫌疑人的手腕儿，见警察来了，高兴地说："还挺快的。这主儿是个贼，交给你们了。"

几个警察把他带进市场治安室。

12. 治安室里

嫌疑人摘下墨镜："我是演员葛优，今天来这儿给我们老爷子买只猫，你们恐怕误会了。这是我的身份证。"

警察接过身份证看看："他真是葛优。你们这俩人闹什么故事呢？"

豆包瞅瞅葛优，又瞅瞅警察，愣神儿了。

豆包："你真是大演员葛优?"

葛优："谈不上大，算是个演员吧。"

苏小嫚连忙打圆场："真对不起，是误会了。那个贼长得像葛优，也穿件黑衬衣。"

葛优大度地说："既然这样就算了。这位先生，你还有什么说的吗?"

豆包："我眼拙，有眼不识泰山，您是明星多包涵。"

葛优："兄弟，你倒是很执着，不过我这手腕儿现在还有点儿疼呢。对了，你们说有个贼特像我，哪天抓住他时，让我也开开眼。"

13. 治安室外围满了人

一年轻人："嘿，刚才那场戏拍得真精彩，就是缺点儿功夫。"

一年轻姑娘："人家葛优就是腕儿，戏演得就跟真的似的。"

另一年轻人："那俩配角演得也不错，不像有的演员假模假式的。"

几个中学生拿着本子挤过来："快让大明星葛优给咱签名吧!"

14. 治安室里

葛优推开一道缝，看到黑压压的人群，连忙把门关上。

葛优："兄弟，这回你可给我找麻烦了，我就怵这个。"

豆包挠挠头："事到如此，只好再委屈你一下了。请民警同志也帮帮忙吧。"

治安室的门开了。

苏小嫚和一位民警出来维持秩序。

苏小嫚："请大家往后退退。这场戏还没拍完，等拍完戏一定给大家签名。"

围观的群众自觉地让出一条路来。

葛优提着猫笼子从屋里出来，没命地朝路边停车场跑去。

过了一会儿，豆包大喊一声："他跑了，快追呀!"

豆包和警察随后朝葛优追去。

15. 停车场

葛优从车窗里伸手，跟豆包、苏小嫚、民警们握手道别。

汽车发动，缓缓开上马路，融进车流里。

豆包还在挥手。

不少群众追了上来，围住两人。

一年轻姑娘拿着本对豆包说：“葛优走了，你得给我们签名。”

有维持秩序的出来：“大家不要挤。请明星签名，排好队。”

豆包抬眼望去，等候签名的队伍一眼望不到头。

排在前面的一年轻姑娘拿到签名，高兴地挤到外面，恭恭敬敬地看：“豆包?!”

年轻小伙子凑过来：“豆包是谁?”

16. 小区居委会橱窗前

又有人贴了几张寻猫启事。

几个人在围着苏小嫚理论丢猫的事。

老太太甲：“苏主任，我这只猫跟着我快10年了，你得帮我找找呀。”

老头乙：“你是治保会主任不是？咱们这小区的治安归你管不是？丢了东西你不负责谁负责？我这只猫反正朝你要。”

中年妇女丙：“这两天真是邪门儿了，光我听说就有十几家丢猫的了。你得跟派出所反映反映，问题得跟他们说严重点儿。现在拐猫，再发展就拐人了。”

苏小嫚忙着给大伙解释：“我说大妈大爷大嫂们，我理解大家的心情。这猫最通人性，养着好好的，都当做自家人看待，丢了谁心里好受呀。这事我已经向片儿警文奇反映了。我们一定抓紧帮大家找到猫。”

丢猫的住户们被苏小嫚一一劝说回去。

苏小嫚心情烦躁地回到办公室。

办公室墙上挂着本挂历，两只可爱的波斯猫眼睛瞪着她。

苏小嫚气恼地说：“看我的笑话是吧?”

苏小嫚上去，把挂历翻过来。

这时，门外传来豆包和文奇的争吵声。

俩人一边吵着一边走进屋里。

豆包："我说你这个小片儿警，官不大毛病不小。小区出了这么大的事，你居然还稳坐钓鱼台。我早就跟你妈说过，你不是当警察的料。"

文奇："我的大舅爷，你真有点儿站着说话不腰疼。你说你这儿有多了不起的事儿，不就是丢了几只猫吗？这事儿你也让我管？你说吧，这居委会的事儿，人上环儿，狗戴牌儿，老鼠吃药丸儿，该我管的我管，不该我管的我管得过来吗？跟你掰指头算算，我们片儿警管户口、管破案、管外来人口、管学校安全、管打架斗殴、管卖淫嫖娼、管走失人口、管乞讨要饭的，这些还都是片儿里的事，所里的事还多着呢，打战役搞清查，上勤务，对付市局分局各种考评检查，还得例行政治业务学习。你说，我们又没有三头六臂，能忙过来吗？"

豆包："苏主任，他这么一说还是我们闲着了。"

苏小嫚："行了，豆包，文奇说得也有道理。民警抓社会治安大事，这丢猫的事，咱治保会办。"

文奇："你瞧，都说姥姥不疼，舅舅不爱，还是苏姐理解我们。"

豆包："算了吧，就你那两下子，这案子交你我都不放心。"

文奇："对了，舅舅，你不是自称探案高手吗？这起猫案我就全权委托你来办。"

豆包："你当我破不了这案是吗？我可不像你，吃着碗里看着锅里，想当刑警。别光嘴上说，破几个漂亮案子，才是真本事。"

苏小嫚："豆包，这案子有线索了吗？你得抓紧点儿，这两天住户都到我办公室找猫来了。"

豆包："你放心，我已经摸到一些规律，今晚我就采取行动。"

17. 小区楼群　夜里

一只白猫出现在楼后，它一会儿疾跑，一会儿东西张望。

它在垃圾箱附近觅食，用爪子刨了一会儿，失望地打算离去。

突然，一个铁笼子引起它的注意。

铁笼子有个小门儿，敞开着，笼子里面有一条小鱼。

白猫似乎嗅到什么，慢慢地朝笼子走近。

白猫在笼子周围转了几圈儿，从小门儿钻进笼里。

白猫去叼那条小鱼，鱼一动，小门儿上的一块铁板“当”的一声落下，将笼门关死。上当的白猫在笼里瞎撞，喵喵嗷叫。

这时，从黑暗中跑来一个秃头男子，打开笼子，让猫钻进一个编织袋，提着放到一辆自行车后架上，骑着就走。

另一个黑暗处，豆包也骑上自行车，悄悄地跟在秃头后面。

18. 自行车道上

大有收获的秃头脚下蹬着车，嘴里高兴地哼着跑调的流行歌曲。

豆包穿一身黑衣服，不远不近地跟着秃头。

秃头骑到一条乡间小路上，小路尽头是一个不大不小的村庄。

秃头骑到一间平房前停下来，把车支好，提着编织袋走进门。

豆包连忙也把自行车锁好，悄悄跟着来到门口。

豆包扒着门缝，瞧不见里面的情况。

他绕到房侧的墙边，看看够不到，想想，把自行车推来，架好，踩着自行车扒上墙头。

豆包伸出头，朝里面窥去。

19. 院子里

秃头正在跟一个外地口音的中年男子作交易。

中年男子：“今天逮了几只呀?”

秃头：“就一只，夜里出来的猫少了，不好弄，白天人多眼杂，也他妈不好弄。”

中年男子从屋里拿出杆秤，勾住编织袋，看看秤杆，说：“今天这只还真够肥的，刨去袋子六斤八两，两块五一斤，共十七块整。”

中年男子把猫放进一个大铁笼里，笼子里已经关了十几只猫。

中年男子数钱给秃头。

秃头：“明天又该送货去了吧？要人手不？”

中年男子：“不用了，前面路边断不了有开黑车的，花俩钱送去就行了。”

20. 墙头上

这时，豆包听见路上又有人骑车过来，赶紧下来，闪在暗处。

秃头出来，跟另一个蟊贼打招呼：“二头，你今天发了。弄了几个？”

二头：“今天运气好，弄了仨。”

秃头：“你真行。这些日子，弄了好几千了吧？这下娶媳妇不愁了。”

二头：“早着呢，这行当没本也挣钱，我得弄上几万再说。”

俩人一进一出，道别离去。

豆包又蹬上墙头，继续观察。

院子里，中年男子迎上来，跟二头打招呼。

二头把编织袋解开，一不留神，一只猫从袋里冲出，猛地蹿上墙头。

豆包正专注地窥看里面的情况，突然蹿上来的猫吓他一大跳，他“妈呦！”大叫一声，晃晃悠悠地从自行车上摔下来。

中年男子大吼一声：“谁？”

倒在地上的豆包，顾不得浑身的疼痛，爬起来，骑上自行车，没命地逃去。

21. 小区小卖部

苏小嫚和白赛香正聚精会神地听豆包讲昨晚的险事。

豆包后脑勺儿上贴着块膏药。

豆包：“突然一道白光迎面而来，吓得我浑身直发冷，直到那白乎乎的东西落到墙头上叫了一声，我才知道是只猫蹿上来，就这会儿没留神，一下从自行车上摔下来，就这样光荣负伤啦。”

白赛香心疼地问：“伤得重吗？”

豆包：“没大问题，就是昨晚趴着睡了一宿。”

苏小嫚：“这回真有戏了。下一步怎么办？”

豆包：“看来，这个地方只是个收购猫的点儿。我听他们说，明天要往哪儿送货。我想，咱先别打草惊蛇，来个顺藤摸瓜，明天我接茬儿盯着他。”

苏小嫚：“豆包，你还真够专业的。怎么盯呢？”

豆包：“明天，白赛香，把你表弟的那辆面包车借来使使。”

白赛香：“你有驾驶本儿？”

豆包：“在单位时偷偷学车拿了个本儿，就是不长开，凑合吧。”

22. 第二天上午　乡间公路边

一辆白色的面包车停在路边。

豆包坐在驾驶室座位上，他的脑袋上贴着一块白膏药。他用右手不时地揉着屁股。

过了一会儿，贩猫的中年男子从小路过来。

豆包从远处慢慢将车开过来。

中年男子挥手拦住豆包的车。

中年男子：“师傅，有趟活儿拉不拉？”

豆包：“啥活儿呀？”

中年男子：“给人送几只猫，不远，就在城西路边。”

豆包：“成呀，给二十吧。”

中年男子：“路不远，便宜点儿。”

豆包：“我这是新车，那玩意骚，弄我车上还得好好洗车。”

中年男子看看前后没别的车来，只好答应。他钻进车里，朝去的地方指指："往右拐。"

23. 马路上

戴着墨镜的豆包一边驾车一边跟中年男子聊天儿。

车厢里面，一个大铁笼子里，十几只猫喵喵乱叫。

豆包："买卖不错哇。干这行挺发的吧？"

中年男子："啥发不发的，混碗饭吃吧。"

豆包："你这些货往哪儿送呀？"

中年男子："饭馆。"

豆包："什么，饭馆？"

中年男子："到时这些猫用绳子一勒，铁棍照脑袋上一敲，剥下皮来吃肉，嘿，香着呢。"

豆包听了不寒而栗："猫肉也能吃？"

中年男子笑笑："我说老弟，你还是大城市人呢，真没见过世面。这年头啥肉不能吃呀，你像什么穿山甲、毒蝎子、屎壳郎、蚂蚁。你知道广东为啥老鼠少吗？就是快让人给吃绝了。"

豆包没再说什么，专心致志地开着车。

面包车在装修颇为豪华的餐馆"野味香"门口停下。

门口有一幅十分醒目的广告："本店独家经营龙虎斗大菜"。

中年男子下车，跟30来岁胖乎乎的彭老板打招呼："彭老板，货给你送来了。"

彭老板操着广东话："老张呀，有几天不见你的面啦，好想你啦。"

老张："你是想我的猫吧？这回15只，都是好货。"

彭老板朝里面喊了一声："来卸货啦！"

从餐馆里出来两个伙计，从车上往下卸猫笼子。

豆包热心地帮着提着一个装了几只猫的笼子，跟在后面。

24. 餐馆后院

通往里院有一扇门，上面写着："闲人免进"。

伙计抬着猫笼往里走。

豆包头也不抬地跟着往里走。

突然，他感觉跟前站着一个人，挡住他的去路。

豆包抬头望去，一个又高又壮足有一米九的黑汉子站在他面前。

高大汉：“干吗去？”

豆包：“我——送货，送货。”

高大汉：“没看见牌子？”

豆包打岔：“看见了。那不是闲人免进吗？我是忙人，自然可以进喽。”

高大汉一瞪眼：“放下笼子，走你的。”

豆包往里瞅了一眼，无奈地放下笼子，往回走。

25. 饭馆门口

豆包沮丧地往面包车走去。

豆包一回头，看见餐馆橱窗上贴着一张招聘启事：“本店招聘女服务员、男勤杂工若干名。”

豆包脸上露出笑容。

26. 小区花园里

豆包正向苏小嫚汇报工作进展。

豆包：“这阿波罗十有八九就在野味香。”

苏小嫚：“太好了，得赶快把它救出来。”

豆包：“这难度有点儿大，后院儿他们看得很紧。”

苏小嫚故意激他：“你可是咱小区赫赫有名的大侦探，连只猫你都弄不出来，可有损咱的光辉形象呀。”

豆包：“苏主任，我办案你还不放心呀？甭说一只猫了，就是个大活人，我也给你弄出来。”

苏小嫚：“先别吹，说说你的主意吧。”

豆包：“这回咱来个智取威虎山，我就是杨子荣。”

豆包做了个“穿林海、跨雪原”的京剧动作。

苏小嫚：“你打入野味香？”

豆包："不入虎穴焉得虎子?"

苏小嫚："听你这么一说，还真有点儿悲壮呢。"

豆包："我要是真回不来了，你也甭老惦记我了，逮个人随便嫁出去得了，反正我眼不见心不烦。"

苏小嫚："去你的，还跟真的似的了。不过豆包，你还真得小心点儿。对了，你把我的手机拿去使，及时跟我联系。"

豆包："明天还得叫文奇帮个忙。"

27. 野味香餐馆　第二天上午

文奇开着辆摩托车，在野味香餐馆门前停下。

跨斗里坐着一位戴着黑框眼镜、年过半百的办事处干部，他是豆包化装的。

两人下了车，向餐馆走去。

豆包小声叮嘱文奇："记住，一会儿你纠缠住老板就行。"

28. 野味香餐馆里

豆包和文奇推门进来。

文奇对正在打扫卫生的服务员说："我们是办事处和派出所的，检查你们这儿的安全防范措施。把你们的老板请来。"

一会儿工夫，彭老板从楼上下来。

彭老板："欢迎领导来检查工作啦，到楼上办公室坐坐啦。"

文奇："这位是办事处负责综合治理的牛主任。"

豆包与彭老板握手寒暄。

文奇："今天我们主要检查一下安全设施。"

两人开始在营业厅里转起来。

文奇和豆包看看墙边的蛇笼。文奇问："这蛇有毒吗?"

彭老板："这都是人工饲养的，没毒。"

豆包用手动动笼门："那也得小心，让这玩意溜出来，吓死人。"

彭老板："是，是。"

文奇指指墙上，说："回头在墙上挂一些民警提示预防被盗的标牌。"

豆包趁文奇与彭老板说话的工夫走到吧台旁边的冰柜侧面。

豆包瞅瞅没人注意，迅速将后面的一根导线扯断。

豆包朝文奇使个眼色。

豆包用河南话对彭老板说："你们餐馆的防火安全一定要注意。灭火器都备了吧？"

彭老板："都有，都有。放心吧，我们常对下面进行防火教育。"

豆包跟文奇使个眼色。文奇对彭老板说："今天就检查这些吧，我们还得跑很多单位。走吧，牛主任。"

29. 小区门口

文奇停车，豆包把胡子、眼镜一摘，朝文奇笑笑："我这主任牛不牛？"

文奇："舅舅，你是四条腿着地的——真牛。你过去在剧团里我也没见你演得这么像。对了，舅舅，你真觉得那猫在野味香饭馆里？"

豆包："文奇，你说，居委会的住家们管你叫啥？"

文奇："小片儿警。"

豆包："管我呢？"

文奇："我忘了这茬儿了，管你叫大侦探。"

豆包："这不结了。大侦探办的案子你还怀疑？"

文奇不屑地说："哪儿敢呀。我还有事，先走了。对了，我妈那天问我，你跟苏主任到哪份儿上了，舅舅，我怎么跟我妈说呢？"

豆包："道路是曲折的，前途是光明的。跟你妈说，瞧好儿吧。"

30. 野味香饭馆　中午

饭馆里面，来吃饭的人很多，门口领位的小姐忙个不停。

漂亮的领班小姐张蓉彬彬有礼地接待各位客人。

一个桌前，有位小伙子突然嚷起来："小姐，来一下。"

张蓉连忙过来："先生，有事吗？"

小伙子："我要的是冰镇啤酒，怎么一点儿也不凉？你摸摸。"

张蓉："对不起，我叫服务小姐马上换。"

张蓉来到吧台询问："怎么回事儿？"

吧台小姐："我也不知道，可能是冰柜坏了。"

张蓉无奈地说："偏偏这会儿坏了，急不急人。"

张蓉连忙打电话联系修理。

这时，领位小姐带着豆包进来。

领位小姐："张姐，这位豆先生是来应聘的。"

张蓉："你带他去见彭经理。"

31. 经理办公室

领位小姐敲门。里面发话："进来"

办公室里，彭老板跷着二郎腿，仰靠在老板椅上，正在接电话。

他努努嘴叫小姐出去，又努努嘴让豆包在那儿站会儿。

过了一会儿，彭老板放下电话，仔细打量了一下豆包，问道："你会干什么啦？"

豆包也用广东话回答："我什么都会干啦，比如说开汽车、修电器、干干力气活，武功也会两下子啦。"

豆包比画两下，引得彭老板大笑："你这也叫功夫？回头让我来教教你啦。"

豆包："老板也会功夫？"

彭老板："练过几天猴拳。"

正在这时，张蓉敲门进来："彭老板，楼下的冰柜坏了，修理厂那边一时半会儿还来不了，你说怎么办？"

彭老板："对了，这位叫——"

豆包："窦保，窦尔敦的窦，祖上的光咱也不沾，管我叫豆包就行了。"

彭老板："哦，豆包，这名好记。你刚才说，你会修电器？"

豆包："马马虎虎吧。"

彭老板："张蓉，你带他去修冰柜。修好了，录用他，修不好让他走人。"

张蓉用怀疑的目光瞅瞅豆包："你会修冰柜？蒙事的吧？走吧。"

32. 吧台前

豆包煞有介事地开始修起冰柜。

他对张蓉刚才瞧他时的目光颇为不满，这会儿乘机报复。他一会儿说需要改锥，一会儿说需要电筒，支使得张蓉不亦乐乎。张蓉憋着气，似乎等着他修不好时再发作。

豆包鼓捣了一会儿，冰柜修好了。

张蓉的脸色好一些，对刚才的事还耿耿于怀。

33. 经理办公室

彭老板拍拍豆包的肩膀，说："没瞧出来，你还真有两下子。行，我这里就聘用你了，只要你好好干，不会亏待你的啦。"

豆包："谢谢彭老板。"

彭老板："别的都好说。我这饭馆有些商业秘密，这些事不能让外人知道的啦。你看见的就当没看见，你没看见的也不要去打听，记住啦？"

豆包也拍拍彭老板的肩膀："你放心啦，彭老板，咱俩谁跟谁呀？我豆包没别的优点，就是仗义。"

彭老板把豆包放在他肩膀上的手拿下，把手放到豆包的肩膀上："咱俩还是，我是老板，你是伙计。干不好，我炒你鱿鱼啦，明白？"

豆包恭敬地说："明白，明白。"

34. 野味香饭馆

滑稽、热心又勤快的豆包很快受到大家的欢迎。

门口彭老板在喊："卸货啦。"

豆包一马当先冲出来，别人搬一个啤酒箱，他一人搬两个。

35. 洗手间

水管漏水了。洗完手的彭老板吩咐豆包："去，找个人来修修。"

豆包自信地说："小事情，我来修。"

豆包一会儿便修好了水管。彭老板高兴地表扬他："豆包，你真是好棒的啦。"

36. **后院库房**

豆包从小三轮车上往下卸菜，大师傅瞅瞅菜，满意地称赞："豆包，你买的菜真新鲜。"

37. **饭馆门口**

吧台收钱的小姐陈莉骑自行车到门口，正好碰到豆包。

陈莉："豆包，你会修自行车吗？我的车子脚蹬子那块儿老是咯吱咯吱响，你帮忙瞅瞅。"

豆包笑笑："你以后再问我的时候把那个吗字去掉，这不是小菜儿一碟吗。"

豆包找来工具，不一会儿便把自行车修好。

陈丽高兴地说："豆包，谢谢你了。"

豆包："别客气，咱们谁跟谁呀。"

38. **厨房里**

配菜的几位师傅正听豆包讲笑话："有这么夫妻俩，老婆平时对老公老是不放心，怕他在外面拈花惹草。这天，他们接到参加一个化装舞会的邀请。老婆感到胃不舒服，便叫老公自己去。老公走了以后，她吃了些药，胃不疼了，越想越不放心把丈夫放单出去，于是穿了一身新买的晚礼服来到舞会。舞会上，她果然看见老公举止放浪地跟几个年轻女人纠缠。她想考验一下老公，便戴上一副面具，轻佻地过来勾引他。果然不出所料，老公禁不起诱惑，两人来到一僻静处尽情风流。老婆先行回家，等候审讯老公。天快亮时，老公回来，老婆便问他昨夜之事。老公回答说：'昨晚真没意思，几个朋友都没带老婆来，我们几个便在另一间房里搓麻。一个老兄说，他去跳舞，把我的一身衣服借去穿了，回来说，这是他最幸福的一夜。我也不知道他怎么个幸福法。'"

满屋的人听了故事，捧腹大笑。

39. **女服务员宿舍**

屋里，几个女服务员正在说笑，忽然听到门外猫叫。

一个女服务员开门，一看是豆包，高兴地打招呼：“豆包，我们当是哪只馋猫呢，快进来吧。”

看得出豆包很有人缘，大家都喜欢他。

女服务员甲：“豆包，唱个歌给我们听吧，《笑脸》《一无所有》都成。”

女服务员乙：“还是看豆包跳舞吧。”

大家鼓掌欢迎。

豆包酝酿了一下感情，开始跳起来，他一会儿跳霹雳，一会儿跳迪斯科，一会儿又跳芭蕾舞《天鹅湖》。女服务员们不时鼓掌称赞。

豆包刚一停下来，大家又是倒水又是递毛巾。

豆包借机跟大家聊起来：“后院仓库老板防得很严，里面是什么呀？”

女服务员都摇头。

女服务员甲：“不知道。那只老黑熊看得特紧，谁都不能进去。”

豆包：“谁是老黑熊？”

女服务员甲：“就那姓熊的黑大个，手狠着呢。上回有个伙计要进那仓库，跟他呛呛起来，被他一推，摔了好几个滚儿。”

女服务员乙：“旁边那个仓库我倒知道，那里关的都是猫，那猫咪们真可怜，不定哪天就被宰了。”

豆包：“你是说咱们这儿那道龙虎斗大菜吧？怎么没见在厨房里做呢？”

女服务员丁：“那道菜，彭老板说是咱的商业秘密，在里面的小厨房里做，专门的厨师和配料工，连上菜都挑他信得过的服务员。”

女服务员丙：“还是少说吧，让彭老板听见，咱们都得被炒了。”

40. 后院小厨房　中午

正在后院择菜的豆包听到前厅传话：3 号雅间要龙虎斗。

豆包到小厨房门口，推推门，里面反锁着。豆包瞅瞅旁边有个窗户，踮踮脚也看不到里面。他左右看看没人，便搬了个梯子爬上去看。

窗户里，配料的小胡用绳子拴住一只猫的脖子，提了起来，猫在拼命挣扎，嗥叫。小胡用一把铁榔头使劲儿在猫脑袋上一敲，猫不再挣扎了。

豆包不忍再看，闭上眼睛。

过了一会儿，豆包睁开眼又朝里看，只见小胡熟练地剥皮，厨师耿胖子开始做菜。

豆包正要下来，感觉自己的裤腰带被谁抓住了，回头一看，吓坏了，是那熊老黑。

熊老黑："干吗呢？"

豆包："别动，抓蟑螂呢，一只好大的蟑螂。"

豆包伸手往墙上拍去。

黑老熊一把将豆包拽下来："一边玩儿去。"

豆包差点儿摔个跟头，他忿忿地小声说："奶奶的，走着瞧。"

营业厅里，吃龙虎斗的人多起来。

小厨房里有些忙不过来了。小胡手里提了条活蛇过来，把豆包吓得直躲。

小胡："豆包，去帮个忙，到仓库里抓只猫来。"

豆包："我怕熊老黑。"

小胡把自己的胸牌递给豆包："有这个可以进去。"

豆包接过胸牌，朝仓库走去。

熊老黑坐在门口的躺椅上，正在看一本武侠小说，见豆包过来，问道："干什么去？"

豆包把胸牌一举："厨房那边要只猫。"

熊老黑点点头，起来用钥匙把门打开："进去吧。"

41. 仓库里

有十几个铁笼子关着几十只猫。

豆包嘴里念叨着：“白色的，胖胖的，肚皮下有一撮黑毛儿。”

豆包挨个翻那些白猫的肚皮。

熊老黑见豆包半天不出来，走了进来：“怎么回事？半天了，还没逮着一只猫？”

豆包：“客人说了，要吃公猫。老弟，你来帮忙挑挑。”

熊老黑：“我哪儿懂这个呀。你快点儿吧。不嫌里面骚？”

熊老黑扇扇鼻子，出去了。

豆包继续翻猫的肚皮，嘴里叨叨着：“这只不是，这只也不是，这只——”

豆包突然眼前一亮：“阿波罗，就是你！”

豆包赶紧把这个笼子放到最里面，在上面做了个记号。

豆包弄出一只猫，出了仓库。

42. 小区居委会

苏小嫚正在给林琳打电话：“林姐，你就放心吧，豆包可是赫赫有名的大侦探，那猫肯定会给你找回来的。要是找不回来我找他算账。”

苏小嫚放下电话，一回头发现豆包站在身后，吓了一跳。

苏小嫚：“该死的豆包，你吓死我了。”

豆包：“别吓死。吓死谁跟我算账呀？”

苏小嫚：“没工夫跟你臭贫。阿波罗有消息了吗？”

豆包得意地说：“那当然了，也不看看是谁在办这个案子。”

苏小嫚高兴地说：“阿波罗真的在野味香？”

豆包：“我亲眼看见的。”

苏小嫚：“那赶紧救它出来呀！”

豆包：“这就不容易了，看得紧着呢。”

苏小嫚着急地说：“不能让它白白送命呀。”

豆包胸有成竹地说：“我在那儿会保护它的，关键是我发现，野味香还有不可告人的秘密。”

苏小嫚："什么秘密？"

豆包："刚去两天，还没摸准，那个秘密就在后院儿的小仓库里，除了彭老板和那大师傅谁都不许进去。"

苏小嫚："那怎么办？"

豆包："这事不能急。我继续在那儿卧底，见机行事吧。"

苏小嫚："好吧。你注意多找一些证据，千万小心，有事就打电话给我。"

43. 野味香饭馆

中午来饭馆吃饭的人很多。

领班小姐张蓉忙着招呼顾客。

一个服务小姐拿着一张打折的单子找张蓉签字。

张蓉从兜里摸出笔来，没拿住，掉到地上。

正好路过这里的豆包，连忙弯腰从地上捡起，用嘴使劲儿吹，然后满脸堆笑地送还给张蓉。

张蓉似乎还在记仇，表情冷漠地接过笔，看也没看他，说了声："谢谢。"

豆包尴尬地离开。

饭馆里进来几位很有身份的客人。

一位衣冠楚楚的年轻人似乎是常客，对张蓉说："麻烦叫一下你们彭老板。"

张蓉说声："请稍等。"转身上楼去叫彭老板。

片刻工夫，彭老板从楼上下来："我说是谁啦，原来是孙总，真是贵客来啦，楼上请啦。"

几个男男女女跟着彭老板上楼，来到一个雅间。

女服务员："这些人都是款爷款奶奶，每回花销最少一个数。"

豆包："一千？"

女服务员："一万。"

豆包吃惊不已："奶奶的，一万，都吃什么？"

女服务员瞅瞅左右没人，小声地说：“这事连张姐都不知道，全是彭老板跟厨子两个人张罗。”

女服务员走了，豆包在远处暗暗观察。

两位女服务员上完凉菜、茅台酒、饮料出来，门被小心地关严。

过了一会儿，彭老板从雅间里出来，直奔后院儿。

豆包悄悄跟到后院儿，见彭老板神秘地跟小灶的厨子耿胖子说着什么，又递给他一张他签字的字条。

彭老板返回雅间。耿胖子一人提着个带盖儿的大塑料桶，给熊老黑亮亮字条，开门进了那间小仓库。

豆包发现，熊老黑在附近来回溜达，看得很紧，没敢过去。

豆包回到营业厅继续观察。

过了一会儿，耿胖子亲自提着个带屉的竹篮，往小屋里送菜。

一个钟头后，酒足饭饱的客人从雅间里出来。

彭老板又亲自送客到门外：“欢迎再来。”

客人们跟彭老板挥手道别，上了两辆豪华轿车走了。

彭老板舔着手指头，数着厚厚一沓儿钞票。

晚上，彭老板在楼上的单间里宴请给饭馆送海鲜货的李老板。

李老板剥完基围虾往嘴里塞着，说：“我说彭老板，这一批货我可是按最低价卖给你的，你最少得挣个万儿八千的，发了财，也不想着犒劳犒劳你老兄我。”

彭老板：“李老兄，小弟发财是不会忘记你的啦。你说让我怎么谢你啦？”

李老板：“彭老板，我好吃哪口你还不清楚吗？”

彭老板：“这我当然清楚啦。你说，看中谁啦，我叫她来陪你喝酒。”

李老板：“你们这儿那个叫张蓉的领班小姐就很不错嘛。”

彭老板：“好，我叫她来。”

44. 楼下营业厅

彭老板把张蓉拉到一边，小声说道：“李老板对咱们饭馆很关照，你上去陪她喝喝酒，这里我来照看。”

张蓉：“我不会喝酒，还是让别人去吧。”

彭老板：“李老板点着名叫你，我也没办法啦。就算我求求你，去应付应付啦。”

张蓉无奈，只好上楼去。

45. 楼上单间

李老板见张蓉进来，满脸堆笑地说：“张小姐，肯赏光一坐，李某不胜荣幸。来来，坐在我旁边，咱们好好喝两杯。”

张蓉坐下来，不情愿地应酬着。

李老板为张蓉倒上酒：“张小姐年轻漂亮，在这里干了多久了？”

张蓉：“我刚来几个月。谢谢李老板的美言。”

李老板举起杯：“来，为张小姐的美貌干一杯。”

张蓉没办法，只好抿了一口。李老板一饮而尽。

张蓉想把他灌醉，好脱身，便端起杯子敬酒：“我代表彭老板和我自己敬李老板一杯。我喝一杯，你喝两杯。”

李老板淫笑地说：“张小姐敬的酒，我喝十杯也成。”说完又干了。

不一会儿，李老板已经大醉了，他抽着烟，色眯眯地来搂张蓉：“张，张小姐我就喜欢，你这么漂亮的，我——”

张蓉挣脱开她，站起来：“对不起，我得去趟卫生间。”

张蓉转身跑了出去。

46. 公用洗手间

张蓉对着镜子，看见自己的脸很红。她一阵恶心，吐在池子里。

豆包刚好路过单间，看见李老板醉醺醺地在喊张蓉的名字。

豆包来到洗手间

豆包关心地问：“是那家伙在纠缠你吗？”

张蓉点点头。

豆包：“你从后门先走，去宿舍躺会儿，喝点儿茶就好了。”

张蓉：“那李老板那儿怎么办？”

豆包：“你放心，我来对付他。对了，你把外衣脱下来，我有用。”

47. 单间里

豆包穿着张蓉的外衣进来，坐在李老板身旁。

李老板还在自斟自饮，他模模糊糊地看眼前的张小姐似乎变胖了，醉醺醺地说：“张小姐，不知道是我喝……多了……还，还是你变……变得丰满了……”

豆包学着张蓉的声音：“李老板，你喝醉了，当然看人就变形了。”

李老板：“你真会说话，我来摸摸你就知道了。”

李老板伸手摸豆包的脸，豆包并不回避，迎上来让他摸。

李老板：“真是光滑、细嫩，张小姐，我——”

豆包：“你别急嘛，喝好酒再说，来，我再敬你一杯。”

豆包端起酒杯，往李老板嘴里灌。

不一会儿，李老板醉得趴倒在桌子上。

豆包拽起他的衣领，解恨地抽了他几个嘴巴：“让你再犯坏！”

48. 野味香饭店里　白天

豆包用手机在没人的地方给苏小嫚打电话。

豆包：“苏主任，我的声音不能太大。你听见了吗？我怀疑这个饭馆还有别的问题。什么？证据？暂时还没有。反正我敢肯定，这是个黑店。什么？下一步？我想给他搅和搅和，对，给他添点儿乱，趁乱行事。来人了，我得挂了。”

豆包见张蓉走来，急忙收起手机。

张蓉过来，感激地说："昨天晚上，多谢你来给我解围。"

豆包憨厚地笑笑："小事一桩，别放心上。"

张蓉："以后有什么事需要我帮忙说一声。"

豆包："行，我初来乍到的，张小姐多关照。"

张蓉："没问题，那边有几桌婚礼包桌，我过去看看。"

49. 野味香饭馆门口　中午

门口，揽客小姐笑容可掬地向路过的行人介绍龙虎斗大菜。

揽客小姐："这几位请进来品尝，名冠南北的特色大菜龙虎斗，吃一次保准你下次还想来。"

一拨一拨的客人被领进来。

后院传来猫的惨叫声。

豆包皱着眉头在想主意。过了一会儿，豆包一乐，想起个主意。

豆报到后院没人的地方给小卖部白赛香拨了个电话："我是豆包，有急事。帮个忙，五分钟后你打这个电话 13456722312，他姓耿，回电话时，缠住他半分钟就行。"

50. 小厨房里

豆包进来，跟耿胖子搭讪起来："耿师傅，今天来吃龙虎斗的客人真不少，你可得好好露几手。"

耿胖子将烧好的猫肉和蛇肉码好盘，在锅里熬浇汁。

这时，他兜里的手机响起来，他看看手机，自语："短信，赵女士叫我回电话。赵女士，哪个赵女士?"

豆包："肯定是小蜜呗。赶紧地，回个电话吧。"

耿胖子拿起手机："豆包，帮我看着点儿火。"说完到门口回电话。

电话通了，手机里传来白赛香娇滴滴的声音："是耿大哥吗?听不出我是谁来了吧? 你真是贵人多忘事。我是谁? 你猜猜看……"

耿胖子："你叫赵什么，我想想，对了，赵飞燕，洗浴中心的……"

豆包趁耿胖子专心打手机的时候，悄悄舀了一大勺醋，倒进锅里。

耿胖子："行，行，哪天我一定找你去。好，拜拜。"

耿胖子回来，正好锅开了，他勾好芡，浇在菜上。

豆包趁机离去，躲在包间不远的地方看热闹。

51. 包间里

一桌客人正吃得兴头上。请客的是一位中年人，他对来客们介绍说："马上就要上龙虎斗了，这可是难得的一道大菜……"

女服务员端着一个特大号盘子进来，小心翼翼地放到桌子中间。

满桌食客皆惊。

客人甲："看着真棒，吃起来更棒了。"

客人乙："我可是头一回吃猫肉，看着还不错。"

中年人举起筷子："来，大家尝尝。"

中年人夹了一筷子猫肉，急不可待地放进嘴了，嚼了一口，皱皱眉头，差点儿吐出来。他看看左右的客人。

客人甲把猫肉吐在盘子里，咂咂嘴："怎么这么酸哇？"

客人乙夹起猫肉不敢往嘴里放，用鼻子闻闻，摇摇头，放回菜盘里。

在外面偷窥的豆包捂着嘴偷偷乐。

中年男子放下筷子，叫服务小姐进来，满脸愤怒地说："卖醋的是不是都被打死了？这醋不花钱也不能这么放呀。你尝尝这菜能吃吗？"

服务小姐："对不起，我去叫老板来。"

不一会儿，服务小姐叫来彭老板。

彭老板满脸赔笑地连声说抱歉，他端起盘子闻闻，用筷子夹了一点儿肉放进嘴里咂咂，刚要说什么，豆包进来，对彭老板使个眼色："我来尝尝。"豆包也夹了一块肉放进嘴里，使劲嚼了好一会儿，对大家说："味正，味正，好吃好吃。"

众人满腹狐疑地看着豆包。

中年人："这么酸味还正?"

豆包："猫肉是酸的，诸位不知道?"

客人甲："好像听说过。"

豆包开始神侃："这猫肉是酸的。在《红楼梦》里王熙凤就说过。王熙凤人家可是美食家，什么肉没吃过，猫肉、狗肉、驴肉、马肉。鸡鸭鱼肉家雀儿肉，蛇肉王八耗子肉，各有各的吃法，各有各的味儿。这猫肉嘛，吃就吃这酸味。诸位都吃过话梅，嚼过橄榄，刚入口那会儿，不也是酸的吗，可您越嚼越有滋味，是不是? 吃猫肉道理一样，先酸后香，越嚼越香。"

客人乙："嗨，嗨，你是哪儿的?"

豆包："肉类研究所的，还兼着中国美食协会常务理事。"

众人一听，肃然起敬，信服地坐下来，继续就餐，众口齐嚼。皱着眉的、咧着嘴的、捂着腮帮子的，都在找那酸猫肉的感觉。

52. **出了包间**

彭老板高兴地拍拍豆包的肩膀："没想到你还有这一手。"

豆包："没想到的事还多着呢，这是我的强项。"

彭老板："好，豆包，我就用你的这张嘴。你现在就到饭馆门口给我宣传龙虎斗，到时我给你开双份儿工资啦。"

53. **饭馆门口**

豆包肩上披着红佩带，一边向过往的行人发宣传品，一边吆喝着："龙虎斗大菜，本店独家经营，品尝品尝，终生难忘。"

一对年轻夫妇听了驻足，凑过来，拿了一份宣传品。

男的问："龙虎斗，就是猫和蛇肉吧?"

豆包："没错，把那可爱的猫用绳子一勒，然后再用铁榔头往脑袋上猛敲，再吊起来剥皮——"

女青年听得毛骨悚然，拉拉男的衣服："咱们走吧，我要吐了。"

豆包连忙送客："您二位慢走，咱这龙虎斗特正宗，回去向您的亲朋好友宣传宣传。”

豆包继续吆喝：“龙虎斗，龙虎斗，正宗大菜龙虎斗！”

这时，又过来几位大学生模样的客人。

一个戴眼镜的男学生：“哇，龙虎斗多刺激，听这菜名就有食欲。我什么肉都吃过，就是没吃过猫肉。”

一个大眼睛的女同学：“那今天你买单，请我们吃猫肉。”

另一位女生：“猫肉能吃吗？”

豆包：“猫肉不但能吃，而且肉很鲜美。不过，据报纸登的消息，猫的血液里有一种病毒专门破坏人的免疫系统，其破坏程度超过艾滋病。得了这种病呀，头发一天晚上全部掉光，脸上流脓，浑身起泡……”

几个女生摸摸头发，又摸摸脸，恐惧地说：“咱别吃龙虎斗了。”

豆包：“没关系，本店的猫全经过检疫。”

戴眼镜的男生：“要是有漏检的呢？还是走吧。”

豆包暗乐：“得，你们回去再考虑考虑。不吃没关系，帮着宣传宣传。记着，野味香，独家经营。”

豆包高声吆喝，只见一拨拨人从他身边离开。

行人渐少。来了一个捡破烂的老头，豆包回头瞅瞅，把一沓儿宣传材料往他的编织袋里一塞。

54. **营业厅**

屏风挡着的另一面正在举行一个婚宴。

漂亮、羞涩的新娘和满面春风的新郎正在热情地招呼来宾。

老练的主持人给新娘和新郎出了不少难题，逗得满堂皆笑。

新娘、新郎开始举杯，给大家祝酒。

主持人宣布婚宴开始，并介绍说，将请大家吃这里的名菜龙虎斗。

豆包隔着屏风的缝隙非常羡慕地盯着新郎和新娘。

豆包一听说要吃龙虎斗有些着急。

豆包回头看见墙边的蛇笼，又想出个坏点子。

豆包趁人不备，走到蛇笼前，把笼门打开。

几条蛇游荡着钻出笼门。

豆包悄悄地溜到后院

小胡正忙着从仓库里捉猫，豆包眼见他提着个笼子出来，里面有阿波罗和另外几只猫。

豆包急坏了，赶紧讨好地上前帮忙。

豆包："彭老板说了，今天点龙虎斗的多，叫我来帮帮你们。"

小胡："太好了，我正着急呢。好几只猫，我一人哪儿宰得过来呀。"

豆包："你这儿没点儿存货，非得杀这几只吗？"

小胡："你不知道，这猫肉就得现杀现吃，放一宿，味道就差远了。来，你帮我从笼子里抓，我来杀猫。"

豆包把阿波罗推在到最里面，抓出一只黄猫，闭着眼把猫递给小胡。

55. **大厅屏风里**

来宾们尽情地吃喝谈笑。

主桌上，新娘、新郎刚敬完酒回来坐下。新娘拿起筷子夹了一块鱼，正要往嘴里放，突然感觉脚下有动静。

新娘顺着椅子朝下面一看，顿时魂飞天外，像触电一般蹿起来，惊悸地狂喊："蛇！蛇！"

桌下，一条蛇吐着信子，慢慢游荡着。

与此同时，另一桌也炸了锅，桌下也发现了一条蛇。

满大厅吃饭的来客蜂拥着向门口逃去，大厅里乱作一团。

56. **厨房里**

笼子里的猫就剩下阿波罗了。

满手是血的小胡催着豆包快把那只猫弄出来。

豆包故意磨蹭时间。小胡有些急："豆包，你快着点儿，大厅里等着呢。"

豆包无奈地把阿波罗拽出来，阿波罗可怜地喵喵叫。

小胡不容分说，抓过猫就往脖子上套绳子，举起铁锤正要敲。豆包正想不顾一切去救阿波罗，忽然从前台匆忙跑来一个服务小姐，气喘吁吁地说："龙虎斗别做了，客人退餐了。"

豆包赶紧接过阿波罗，放进笼子，提回仓库。

豆包把一条大鱼塞进笼子："阿波罗，你大难不死必有后福，先吃条鱼，压压惊。"

57. **营业厅里**

厨师和几个男服务员将几条蛇捉回笼子里。

新郎正在跟彭老板理论，新娘伏在桌上，呜呜直哭。

新郎："这事儿你说怎么办吧？上消协还是上法院？不给个说法咱没完。"

新郎、新娘的亲朋也将彭老板围在中间，你一言我一语，情绪激动。

彭老板低三下四地说："这是意外事故，我包赔损失，包赔损失。你们看这样行不行啦？这一顿饭愿意吃，全部由我请客，另外呢，这是一万元，压压惊，是我的一点儿小小意思啦。"

新郎去哄新娘："老板也道歉了，你看呢？"

新娘埋怨地说："都是你说到这儿吃什么龙虎斗，那玩意都是有灵性的东西，你愿意吃你吃吧，我走了。"

新娘抹着泪往门口跑去。新郎一见，忿忿地接过钱，也朝新娘追去。赴宴的宾客也都骂着，议论着离去。

服务小姐开始收拾餐桌上未动的酒菜。

豆包过来，东瞅瞅西看看："今天是彭老板请客，我得好好享受一下。"

豆包拿塑料袋装了满满的熟肉，又顺手塞进裤兜两瓶酒。

58. **野味香饭馆后院　夜里**

仓库旁边的一间平房里，熊老黑一人一边喝着一瓶啤酒，一边看着电视。

豆包手里提溜着两瓶白酒，推门进来："熊老弟，干吗自斟自饮呢？"

熊老黑："怎么，没回家？"

豆包："我跟你一样，光棍儿一条，哪儿有家呀。"

熊老黑："豆包，你现在是老板的红人了，怎么着，来喝口？"

豆包："啤酒有啥喝头，来，我这儿有这个。"

豆包把手里的白酒往桌上一顿，又拿出装满熟肉的塑料袋。

豆包："来这儿几天了，都说熊老弟是酒中豪杰，我呢，酒桌上也没碰到过对手，今天没事，跟你好好喝喝。"

熊老黑："豆包，我看你有种，我长这么大，还没人敢跟我叫板喝酒，今天我就陪你玩玩儿。"，

熊老黑找来两个大玻璃杯，拧开一瓶酒，咕咚咕咚一分为二。

豆包把熟肉摊开，两人喝起酒来。

喝了几口，豆包开始套瓷。

豆包："熊老弟，听口音是山东的吧？"

熊老黑："没错，胶东的。"

豆包："我说呢，山东人就是豪爽。想当初，水泊梁山一百单八将，个个是条汉子。"

熊老黑："这没错，听老辈讲，俺祖上也在梁山上干过。"

豆包："对了，梁山上给花和尚喂马的就姓熊。我说呢，就为祖上的光荣干一个。"

豆包举杯劝熊老黑喝了一大口，自己也喝了一口，含在嘴里，趁他稍不留神，假装用手擦汗，迅速吐在袖口里的一块儿毛巾上。

豆包："来，咱俩这么喝不痛快，还是打老虎，谁输了谁喝。"

熊老黑："行，不就老虎杠子虫嘛。来，老虎！"

豆包："杠子！你输了，喝！"

俩人拿着筷子又比画，豆包输的时候，把酒吐在袖子里。

豆包说，出去方便一下，走到墙根儿掏出毛巾一拧，全

是酒。

豆包回来，俩人接着比输赢喝酒。

不一会儿，熊老黑烂醉如泥。

豆包把他扶上床，从他身上掏出钥匙。

59. 院子里

月光下，豆包轻手轻脚地溜到小仓库门前。

豆包用钥匙打开锁，轻轻推开铁门。

豆包反手关上门，从兜里摸出个袖珍手电筒打开。

第一个铁笼里，豆包发现一只怪物，两头细，中间粗，全身是甲壳（穿山甲），吓了他一跳。豆包自语：“这是什么怪物？样子长得真丑。”

豆包又用电筒去照第二个笼子：“妈呦！”豆包差点儿大声喊出来。

铁笼里是一条又粗又长的大蟒蛇。豆包用一根棍子伸进铁笼去捅蟒蛇，被激怒的蟒蛇一下子冲到笼子边上，豆包吓得退了几步。

第三个笼子里关着几只色彩斑斓的野鸡，缩着脖在睡觉。

墙角有一个大塑料盆，豆包凑过去用电筒照，盆里养着两条娃娃鱼。

豆包自语：“野生动物。好个彭老板，这下让我抓住了。”

豆包从另外一个衣兜里摸出傻瓜照相机，开始给这些野生动物拍照。

豆包锁好仓库门，返回熊老黑的小屋，把钥匙又塞回他的兜里。

60. 野味香饭馆　第二天上午

豆包在门口修理野味香的广告灯箱。张蓉推着自行车过来。

张蓉对豆包笑笑：“豆包，你上次说，让我找找孙总的名片，我还真找到了。我也没用，你拿去吧。”

豆包接过名片看看：“没别的意思。我有个朋友，是做房地产推销的，他想找些客户。谢谢啦。”

张蓉：“这点儿小事谢什么。”

这时，一辆出租车在门口路边停下。从上面下来一个 40 岁左右的秃顶中年男子，他朝豆包招招手：“喂，这位兄弟，帮忙叫一下你们彭老板，就说给他送货来了。”

豆包：“先生，怎么称呼你？”

中年秃顶男子：“彭老板知道。”

豆包进屋去叫彭老板。中年秃顶男子从后备厢里吃力地搬下一编织袋东西，放到地上。

不一会儿，彭老板出来，高兴地上来跟他握手：“徐老板，可把你盼来了。我这儿快断顿啦。”

徐老板指指地上的东西，对着他的耳边，小声说了几句。

彭老板和徐老板一起抬着编织袋，豆包上来要帮忙，彭老板挥挥手说：“不用啦，你进去叫耿胖子接一下。”

61. 后院仓库

耿胖子和熊老黑接过编织袋，送进仓库。

彭老板：“走，到我办公室去。这笔账我用现金跟你结，下批货，咱们还得签个协议。”

徐老板：“亲兄弟明算账，我就喜欢彭老板这样。”

62. 野味香饭店

中午，营业厅陆续开始上客了。

彭老板送徐老板下来：“徐老板，就在我这儿将就点儿吧，想吃点儿什么，你说一句话啦。”

徐老板：“改日吧，中午约好了。”

彭老板送客回来，回到办公室。

豆包在门外没人的地方打手机。

豆包左右瞅瞅，小声地说：“苏主任，地雷的秘密我探到了。开玩笑。我告诉你，彭老板在做非法买卖，倒卖国家保护的野生动物，证据都有。对了，今天还有个姓徐的老板送货，我想把他们的供货合同取下来。对，我把证据都给凑齐了。再让文奇那小子看不起我。我现在有个主意，一会儿你叫白赛香找俩人过来，带只死蟑螂来——”

豆包收起手机，哼着歌走进饭馆。

63. **野味香饭馆**

豆包正在焦急地朝门口张望。他看见门口一辆面包车停下。

白赛香和她表弟及表弟的朋友走进饭馆。

豆包示意她不要作声，在靠墙边的座位上坐下。

豆包过去，假装调空调，对白赛香说：“东西带了吗？”

白赛香点点头。

豆包：“一会儿看我手势，你把它放到菜里，跟他们闹，非让他们叫老板下来。你缠住他5分钟就行。另外，这个广告拿回去，叫苏小嫚多复印点儿，晚上我有用。”

豆包见没人注意，迅速将一张纸塞给白赛香。

豆包闪到一边，见白赛香点了菜，几个人吃起来，便朝她做了个手势。

白赛香掏出一个小塑料袋，将里面的一只死蟑螂迅速倒进菜里，用筷子搅搅，然后大声朝服务员嚷起来：“小姐，来一下。”

一服务小姐连忙过来：“大姐，有事吗？”

白赛香把盘子端起来，举到小姐的眼前：“你瞅瞅，这是啥玩意儿？”

服务小姐：“是蟑螂。真对不起，我让厨房换一盘。”

白赛香：“那不行。我这个人天生怕那玩意，看到它我几天吃不下饭。你去把老板叫来，我跟他说。”

服务小姐只好答应：“你先稍等，我去叫老板。”她转身去了。

豆包在远处看着，朝白赛香伸出个大拇指。

不一会儿，彭老板从楼上匆匆赶来，张蓉也闻讯过来。

彭老板：“我是这儿的老板，找我有什么事？”

白赛香故意干呕了两声："老板，你瞧瞧盘子里是啥?"

63. **楼上彭老板办公室**

豆包推门进去，在彭老板办公桌的抽屉里翻找起来。

64. **楼下营业厅**

彭老板："对不起啦，我叫里面给你换个菜啦。"

白赛香："现在我吃进去的都想吐出来呢。实话跟你说吧，我这几天恐怕啥东西都进不了肚了。"

彭老板："那你说说怎么办啦?"

白赛香对表弟说："对了，你表叔不是卫生局的吗，这事儿是不是跟他说说？让他们来好好查查这儿的卫生。"

彭老板有些心虚："这位小姐，这样就不必要了吧？咱们交个朋友，以后你来这儿吃饭，我给你免单。对了，这是我的名片。"

彭老板一摸，发觉名片没在身上，回身对张蓉说："你去我办公室拿我的名片来。"

白赛香一听，有点儿急："算了吧，没带就别去拿了，反正我也不稀罕。"

彭老板赔笑说："一定得拿，这朋友交定了。"

张蓉转身上楼去了。

66. **彭老板办公室**

豆包在桌上发现一盒名片，拿了一张看看，自语："留张纪念吧，彭老板以后也没地方发名片了。"

豆包把这张名片揣兜里，顺手把名片盒丢进纸篓里。

豆包终于找到一摞协议书，他一张张翻看，大喜过望。

豆包自语："好家伙，穿山甲，大概就是那丑丑的怪物了，蟒蛇，娃娃鱼，这笔买卖就十几万。"

豆包赶紧拿出傻瓜相机，一张张翻着协议书拍起照来。

豆包一着急，相机闪光灯又不亮了。他使劲儿一拍机身，又正常了。

豆包刚照完相，突然听到渐渐走近的脚步声。

豆包连忙收好桌上的东西，四下找地方想躲起来，脚步声到了门口，豆包来不及多想了，迅即躲到墙边的衣架后面。衣架上的彭老板的风衣正好将豆包遮掩住。

张蓉到处找名片没找到，急得自言自语起来："彭老板的名片放哪儿了呢？"

张蓉走到衣架前："会不会在风衣兜里呢？"

张蓉伸手去摸，没有，又去摸另一个兜儿。豆包摸出兜里的那张名片拿在手里，张蓉的手还没摸到兜儿口，豆包将名片迅速塞在她手里。

张蓉只想着快点儿找到名片，一时还没反应过来，拿起名片看看，急忙转身往外走。

豆包赶紧转移，躲到办公桌下。

张蓉出门走了几步，觉得有点儿不对劲儿，回身进来，到衣架后面瞅瞅，什么也没有。

张蓉自语："见鬼了。"急匆匆离去。

豆包见她走远，伸出头来，做个鬼脸："不是鬼，是人。"

67. 野味香门外

彭老板送走了白赛香几个人回来，嘟囔了一句："他妈的，这几天老碰到这些个背兴事。"

68. 夜里

豆包骑辆自行车在附近的居民区里转悠。

豆包见没人，便停下车，迅速从兜里摸出一张广告，抹上胶水，贴在墙上，然后蹬车离去。

路边，广告招贴牌上，豆包见没人，也贴上一张广告。

69. 居民小区　第二天清晨

不少居民在观看墙上的广告，一位老者在念："本店捡拾家猫若干只，如有遗失者——"

70. 路边广告牌前

路边行人纷纷驻足看这张广告，一中年妇女在念："请到野味香饭馆认领，电话5433233——”

一老太太：“呦，我们家的猫就丢了，我得赶紧去看看。”

71. **野味香饭馆**

一清早，电话铃声不断。

彭老板拿起话筒：“什么？找猫？我们这儿没捡过猫。”彭老板生气地放下电话。

电话铃接着响起，彭老板拿起话筒：“又是找猫？你是不是搞错啦？我们这是饭馆不是招领处。什么广告？我们没贴广告。”

彭老板站起来，烦躁地在屋里来回踱着。

彭老板走到窗前，无意中朝外看去，只见豆包躲在墙角正在打手机。

72. **后院墙角**

豆包正给文奇打电话：“是文奇吗？是我，你舅舅。什么？一切顺利。现在我给你个功立，野味香的问题我查清楚了，彭老板倒卖经营国家保护的野生动物，证据我全有。你带人过来吧。来人了，我挂了。”

彭老板和熊老黑走过来。

豆包把手机揣兜里，刚想溜，被彭老板叫住了。

彭老板：“豆包，你去哪儿呀？”

豆包有些紧张：“我去——干活去。”

彭老板：“你兜儿里是什么？”

豆包：“没什么，是——”

彭老板：“是手机吧？刚才给谁打电话来着？”

豆包：“没有——对了，给一个朋友。”

彭老板朝熊老黑使个眼色，熊老黑上前扭住豆包，从他兜里掏出手机。

彭老板：“把他带我办公室来。”

73. **彭老板办公室**

豆包的手机、照相机和放大镜放在彭老板的写字台上。

豆包被紧紧地绑在一把椅子上。

彭老板：“我说豆包，你这个人很狡猾啦，你破我的财路，老子就给你好看的。我怎么就没注意，是你小子在给我搅浑水。”

熊老黑：“俺说这小子老跟俺套近乎，敢情没憋着好屁。”

彭老板打开照相机，捯回胶卷儿，取出来：“这里照的什么啦？”

豆包：“瞎照的，没什么。”

彭老板：“好吧，这胶卷我拿去冲洗啦，到时候就会清楚啦。我再问你，刚才是给谁打电话？不说嘛，也好办。”

彭老板把豆包的手机打开，按了几个键：“你刚拨的号码6677521对吗？”彭老板拿起桌上的话筒，拨完号，里面传来客气的声音：“你好，我是兴华路派出所，有事请讲——”

彭老板放下话筒，有些着慌：“豆包，你都跟派出所说什么了？”

豆包故意拖延时间：“我想想看。没说什么呀。我的外甥在派出所，他也不管咱这片儿呀。不瞒你说，彭老板，刚才，我外甥说，给我，嘿嘿——不好意思——给我介绍了个对象，各方面条件都不错，人长得好，心地也好，家里条件也不赖，她老爷子是民政局的，管着两个火葬场，以后彭老板这方面有事尽管说——”

彭老板：“扯你妈淡，火葬场，老子让你说——”

正在这时，桌上电话又响起来。彭老板猛地抓起话筒：“这里没有猫！”

电话里传出张蓉的声音：“彭老板，不好了，来找猫的一帮人闯进来了！”

彭老板对熊老黑说了声：“看好他，回来我再找他算账。”便急匆匆地下楼去了。

豆包见彭老板走了，对熊老黑说：“熊老黑，你把我放了行不？”

熊老黑：“那哪儿行呀，我跟彭老板咋交代呀？”

豆包：“彭老板是你亲爹呀，你干吗跟狗似的离不开他？”

熊老黑：“彭老板待俺不薄，在广东时，俺就一直跟着他。

人不得讲义气不是?”

豆包:“熊老黑,我看你心眼儿还不坏。你坐下,我给你上上法制课。为人处世讲义气没错,可还得守法呀。这法可厉害呀,犯了法,轻的蹲监狱,重的要杀头。我告你吧,彭老板这回玩现了,倒卖国家保护的野生动物犯的是大法,少说也得蹲几年。”

熊老黑:“他干啥了俺可一点儿也不知道,他就让俺给他看住仓库,说经他允许才能进去。奶奶的,姓彭的真的犯法了吗?”

豆包:“谁骗你呀。我是谁你知道吗?”

熊老黑:“不知道。”

豆包:“我是侦探呀。”

熊老黑一惊:“妈耶,你是公安的?”

豆包:“我们是一伙的。我告诉你吧,你现在,也就是刚才,你把我,一个堂堂的大侦探,用绳子给捆起来,你知道你犯了什么条条吗?”

熊老黑:“不知道呀。”

豆包:“这在法律上叫非法拘禁罪,也是要蹲大牢的。”

熊老黑着急地说:“唉呦,俺可不想犯罪呀,俺家里还有老母亲呢。”

豆包:“那还来得及呀,你现在赶紧把绳子解开,到时候算你个犯罪未遂,从轻处理。”

熊老黑一听,连忙上去给豆包解绳子。

74. 野味香饭馆后院

十几个男女老少吵嚷着往仓库走,张蓉阻拦不住。

彭老板赶来,大吼一声:“都站住!”

张蓉劝阻说:“这是我们彭老板,有事找他说。”

一老头:“我们是看了广告找猫来的。上面写得清清楚楚,你们这儿捡到好多猫。我们正好都丢了猫。快打开仓库让我们认猫。”

一老太太:“还以为你们是做善事呢,到了这儿你们又不承认了。那不成，反正我得看看有没有我的咪咪。”

彭老板抢过一张广告，看了看，气急败坏地撕得粉碎：“又是那个豆包搞的鬼，回头再找他算账。你们别闹了，没这事，再闹我就报警了。”

他刚说到这儿，就听有人接上他的话茬儿：“不用报了，我们来了！”

众人回头看去，只见文奇带着几个民警冲上来。

文奇：“彭老板，我们又见面了。”

彭老板：“对对，你上回来这儿检查过安全工作。你们来得好，他们这些人听信谣言，胡闹来了。你们赶紧处理一下啦。”

文奇：“我们就是来处理问题的，不过要处理的是你。你违反了国家野生动物保护法，经营、倒卖受国家保护的野生动物，触犯了法律，请跟我们走一趟吧。”

彭老板跳起来：“你们没有证据随便冤枉好人。”

正在此时，豆包从楼上下来，举着手里的胶卷说：“这就是证据。”

豆包推推熊老黑：“是你立功赎罪的时候了，赶紧吧。”

熊老黑：“小仓库的钥匙在我这儿，那些东西都在里面。”

彭老板被民警戴上手铐，熊老黑带着民警去开门。

豆包手里举着另一把钥匙，高声对大伙说：“找猫的跟我走。”

75. 仓库里

找猫的群众围着几个猫笼左看右看。

找到自己猫的高兴地叫着猫的名字。

老太太也找到自己的咪咪，她抱着咪咪抚着它的毛，哭着说：“咪咪，奶奶可找到你了，把奶奶想死了。你瞧你瘦多了，这些黑心的人，他们差点儿就把你吃了——”

豆包从笼子里抱出阿波罗，对进来的文奇说：“功是你的，猫是我的，我得回去跟苏主任交差了。”

文奇：“舅舅，你这回也给苏姐立了大功，她还不得——”

豆包："去你的，我们的事儿你别瞎掺和。"

豆包抱着阿波罗，高兴地往外跑。

豆包远远看见苏小嫚骑着车过来。

豆包刚动情地喊了一声："小嫚。"脚下一不留神，绊倒在马路牙子上，一个大马趴摔倒在地。

手一松，阿波罗噌地一下蹿走了。

苏小嫚连忙停下车，过来搀扶豆包。豆包被苏小嫚搂着，感觉似乎很好，故意装作很疼的神色。

苏小嫚心疼地问："豆包，没事吧?"

豆包故作呻吟状："哎哟——没事。你别担心，就是头有点儿疼。"

苏小嫚关心地抚摸着他的头，豆包心满意足地享受着。

豆包得意地说："苏——小嫚，还是这么叫亲切，任务完成了，阿波罗我给找回来了——"

突然，豆包想起什么："阿波罗呢?"

豆包连忙爬起，四下望去，只见阿波罗在路边小跑着。

豆包："阿波罗在那儿，快追!"

豆包朝阿波罗追去，苏小嫚也随后追去。

定格。

意外发现

主要人物：

窦　宝（绰号豆包）　男　38 岁　市话剧团下岗演员

苏小嫚　女　30 岁　治保会主任

白赛香　女　28 岁　社区小卖部老板

文　奇　男　24 岁　社区民警（豆包的外甥）

王所长　男　38 岁　派出所所长

球　球　男　7 岁　流浪儿

黄阿玲　女　35 岁　球球妈　吸毒女

邱明利　男　36 岁　球球爸　生意人

荣　哥　男　45 岁　毒贩

朗　六　男　38 岁　贩毒团伙小头目

其他过场人物若干。

1. **小区居委会　傍晚**

文奇从居委会办公室里出来，推着自行车。苏小嫚出来送文奇，两人边走边说话。

文奇："今天跟你传达的开展无毒社区活动，是件大事，回头你开个居民大会，让大家都知道这事儿。"

苏小嫚："好，开完会，我们再组织一次远离毒品的宣传，组织参观禁毒展览，让大家多受教育。"

这时，豆包提着两个啤酒瓶过来。

文奇："舅舅，你这是干吗去呀？"

豆包："到小卖部换两瓶啤酒。怎么着，晚上到我那儿喝两杯？"

文奇："改日吧。对了，全市马上要开展无毒社区活动，你这个大侦探别闲着呀。"

苏小嫚："豆包侦探闲不住。人家现在可是名声在外，外区的不少人也慕名前来，找他办案。现在也就是不兴私人侦探所，不然豆包早就是福尔摩斯第二了。"

豆包似有得意之色："苏主任过奖了。我有多大能耐，敢跟福老爷子相提并论。"

文奇："苏主任，你瞧，我舅舅不知啥时候也学会谦虚了，还是你主任调教有方呀。"

苏小嫚："得了吧，我可不敢调教谁。对了，豆包，你那个个体家电维修的照批下来了，我正要找你呢。以后小区住户上门维修的活儿就交给你了。"

豆包感激地说："苏主任——"

苏小嫚："我不是跟你说过吗，别叫什么主任。"

豆包拍拍头："我忘了。小嫚，你对我这么好，叫我怎么感谢你呢？"

文奇："舅舅，这得在心里感谢才行。人家苏姐不也是心里惦记着你才处处帮你吗。"

苏小嫚脸有些红："行了，咱们还是谈正事吧。"

豆包："你们俩聊着，我先去换啤酒。"

2. 小区小卖部

豆包刚走到门口，就听到白赛香在跟谁大声嚷嚷："好你个小崽子，敢偷我的东西，你胆子可真不小。"

豆包急忙掀起帘子进去。

白赛香用手抓着一个七八岁的孩子，正在狠狠训斥他。地上是一包方便面。

豆包连忙问白赛香："怎么回事？这孩子怎么了？"

白赛香："这孩子刚才进来，我问他买什么，他不说话。我刚一转身的工夫，他偷了一包方便面，往裤裆里塞。"

豆包转身瞅着孩子，浑身脏兮兮的，一双大眼睛，长得挺讨人喜欢，他觉得有些眼熟。豆包仔细想想，忽然想起来了。

豆包："白赛香，你还记得，你被骗的那回，那骗子不是叫个孩子往垃圾箱里放纸包吗？"

白赛香细瞅瞅孩子："是他，我说好像在哪儿见过他。"

豆包拍拍他的头："你叫什么名字？"

孩子："球球。"

豆包："为什么要偷东西呢？"

球球眼睛看着那包方便面："饿呗。"

白赛香："你家住哪儿呀？"

球球低头不语。

豆包："孩子，你爸爸、妈妈呢？"

球球抬头看着天花板，仍然不语。

豆包指指方便面："想吃吗？"

球球点点头。

豆包对白赛香："给他吃，算我的账。"

白赛香："算了吧。我还怕他给我吃穷了？"

白赛香用开水冲了一碗方便面，又拿来两根火腿肠、一瓶矿泉水。

豆包拍拍他的头，说："球球，吃吧。"

球球狼吞虎咽地吃完方便面，三口两口又把两根火腿肠吃完，他把矿泉水放到一边，用手指指灌装可乐。

豆包递给他一罐儿。

球球掀开拉盖儿，咕嘟咕嘟几口喝了个精光。他站起来，用衣袖擦擦嘴，看看豆包，又看看白赛香，一句话没说，转身往门外走去。

白赛香："这孩子，一点儿礼貌也不懂。吃饱喝足了，连个谢谢也不会说。"

豆包摇摇头，追到门口。

门外天已完全黑了，豆包凝视着球球渐渐远去的背影。

豆包突然想起了什么，对白赛香说："走，咱们跟着他。"

豆包和白赛香远远跟着球球。

球球一会儿揪片树叶，一会儿踢块石头，一个人默默地走着。

豆包和白赛香一会儿藏在墙角，一会儿躲在树后面，紧紧跟着。

走过几个街区，球球来到一个停工的建筑工地。

工地一角有几个半人多高的废弃水泥管，球球钻进铁丝网，不见了踪影。

豆包吃力地钻进铁丝网，白赛香身体太胖，裤子一下被剐住，进退两难，一用劲儿，只听"刺啦"一声，屁股上剐了一个大口子，白赛香赶紧用手捂住屁股。

两人轻手轻脚，挨个钻进管子里寻看，在最后一个管子里，他俩发现了球球。

3. 水泥管里

豆包用袖珍手电筒一照，看见球球蜷缩在一张破草帘子上，已经睡着了。

豆包用手电照在球球的头下，发现他枕着的竟是一本一年级语文课本。

豆包连忙上去摇醒他："球球，你醒醒。"

球球突然被惊醒，猛地坐起来，一揉眼睛，看见是豆包两人，似乎放下心来。

球球："怎么，你们又后悔了？"

豆包："球球，你就一个人住在这儿？"

球球点点头。

白赛香："球球，你一个人也不害怕吗？"

球球又点点头。

白赛香："真可怜。"

豆包："球球，跟叔叔走吧。"

球球："你们家没有女人吧？"

豆包点点头。

球球："那好吧。"

两人起身钻出水泥管。球球看见白赛香屁股上的口子，扑哧一声笑了。

豆包奇怪地问他："球球，笑什么？"

球球捂住嘴，悄悄指指白赛香的破裤子说："阿姨的屁股。"

4. **豆包家里**

豆包领着球球进屋。小狗蛋蛋有些认生，朝着球球叫起来。

豆包把它抱起来："蛋蛋，别叫，他叫球球，是哥们儿。"

球球摸摸蛋蛋："它真漂亮。"

豆包去卫生间打开热水器，对球球说："球球，把衣服脱了，洗个澡。"

豆包穿着裤衩在卫生间里给球球洗澡。

豆包发现球球身上有不少伤痕，便问他："这是怎么弄的？"

球球："跟人家打架。"

豆包叹口气，没再言语。

豆包在柜子里找来儿子刚刚的衣服，给他穿上。

球球问："这是你儿子的衣服？"

豆包："他比你大几岁。"

球球："那你的老婆呢？"

豆包笑笑："哦，她不在这儿住了。"

球球："离婚了？"

豆包点点头。

球球："那你跟我一样也是光棍儿汉了。"

豆包："就算是吧。"

球球："对了，你还没告诉我，你叫什么名字呢。"

豆包："我叫豆包，你叫我豆包叔叔吧。"

球球："我看你真够哥们儿，就叫你豆包哥们儿，行吗？"

豆包："随便吧。球球，我问你，你家住哪儿呢？"

球球一边逗着蛋蛋玩儿，一边漫不经心地回答："没家。"

豆包："你的家呢？"

球球："告诉你吧，我爸我妈都是大款，他俩成天想的就是挣钱，对我一点儿也不亲。在家里待着没意思，我就偷着跑出来了。"

豆包："上过学吗？"

球球："上过俩月，后来就不上了。"

豆包："明天我送你回家好吗？"

球球："豆包哥们儿，那不行。"

豆包假装生气地说："好吧，那明天就把你送到派出所，让警察叔叔送你回家。"

球球："真的？"

豆包："真的。"

球球不再言语了，默然抚摸着蛋蛋。

豆包在屋里架了张钢丝床，铺好被褥："天不早了，睡觉吧。"

球球："我能跟蛋蛋一起睡吗？"

豆包："可以。"

豆包见球球搂着蛋蛋上了床，把电灯熄灭。

球球摸着黑起来，把电灯开关又打开。

豆包又关上灯，对球球说："关上灯，静静的好睡觉。"

球球没有言语，又起来把灯打开。

豆包摇摇头，无奈地躺下。

5. 豆包家里　第二天清晨

豆包醒来，伸伸懒腰，他忽然想起什么，朝旁边的钢丝床上瞅去，只见钢丝床上空荡荡的，不仅人没有了，连小狗蛋蛋也不见了。

豆包急忙起身，三下两下地穿好衣服，拉开门，朝门外跑去。

6. 小卖部

白赛香正在打扫卫生。

豆包风风火火地闯进来："球球到这儿来过没有？"

白赛香："没有呀。昨晚不是跟你回去了吗？"

豆包一拍脑袋："今天一早跑了。"

白赛香："没卷什么东西走吧？"

豆包："那倒没有，只是把李奶奶的小狗蛋蛋抱走了。"

白赛香："那怎么办呀？"

豆包："我去找找看。"

豆包和白赛香刚出门，远远看见苏小嫚朝这边走来。

豆包笑着迎上去："苏主任，早呀。"

苏小嫚："豆包，你们匆匆忙忙这是到哪儿去呀？"

豆包："去找个孩子。"

苏小嫚不解地问："孩子？"

豆包："昨天晚上捡了个流浪儿，在我那儿睡了一宿，谁想到今天一早跑了，还把李奶奶在我那儿寄养的小狗蛋蛋给抱走了。"

苏小嫚："对了，那孩子是不是圆圆脸，穿一件白汗衫？"

豆包："没错。你见了？"

苏小嫚："那就是他，早起我出来买早点时，见到他，还领着一条小京巴狗。我见他往早市那边儿去了。"

豆包："那我赶紧去早市找找看。"

7. 集贸市场

球球抱着蛋蛋在集贸市场里漫无目标地看着，走着。

球球在煎饼果子摊儿前停下，他看着热乎乎、香喷喷的煎饼果子摊出来。

一个小姑娘接过来，付了钱，咬了一大口。球球看得直流口水。

十八九岁的小痞子罗三儿和黑子发现抱着蛋蛋的球球，俩人小声嘀咕着。

罗三儿走过去，拍拍球球的肩膀："小兄弟，饿了吧？这煎饼果子真香，吃吗？"

球球点点头："你请客我就吃。"

罗三儿："那没问题，吃几个？"

球球伸出三个手指头。

罗三儿："小兄弟，你行呀。摊煎饼的，给来仨。"

球球眼看着煎饼摊好，要伸手接。罗三儿说："把那狗先放地上，跑不了。"

球球把蛋蛋放到地上，伸手接过煎饼，大口吃起来。

蛋蛋围着球球腿边转。

罗三儿朝黑子打个手势示意他过来，罗三儿对球球说："小兄弟，你瞅瞅天上飞的那个是什么鸟？"

球球顺着罗三儿手指的方向朝天上望去："在哪儿呢？我怎么看不见呀？"

这时，黑子用一根火腿肠引走蛋蛋，到一边把它抱走。

罗三儿："喔，它飞远了，好像是只乌鸦。"

球球继续吃着煎饼果子。

很快三个煎饼果子进肚了，球球用手抹抹嘴，回头找蛋蛋，发现前后左右都没有蛋蛋的影子。球球着急地叫着："蛋蛋，蛋蛋。"

球球在集贸市场里寻找。

8. 集贸市场　同前

豆包急匆匆地来到这里，在人堆里找寻。

豆包忽然发现球球，悄悄地跟在后面。

球球专心地寻找蛋蛋。在集贸市场的另一个门口，他看见罗三儿和黑子抱着狗，正在跟一个中年人讨价还价。

罗三儿："大哥，您瞧，这狗纯种的京巴，跟您要五百不贵，要不是我们家养的两条狗老打架，我才舍不得卖呢。"

中年人抱过蛋蛋，抚摸了一阵儿，从兜里掏出钱夹，抽出几张百元钞票，刚要递给罗三儿，只见球球猛地冲上去，伸手去抢蛋蛋。

球球：“蛋蛋是我的，你们还给我！”

中年人一惊，忙把钱收回来：“这是这么回事儿？”

罗三儿恼怒地说：“小崽子，谁他妈说狗是你的。”

黑子：“小丫挺的欠揍。”

球球拽着蛋蛋不松手，罗三儿气急败坏地挥拳要揍球球。

豆包见情况不好，连忙跑过来，大喝一声：“住手，不许打孩子！”

罗三儿一愣，挥拳的手停下来。

球球一见是豆包，高声喊道：“豆包哥们儿，快来帮我，他们要把蛋蛋卖了！”

罗三儿认识豆包，对黑子小声说：“这主儿是那边小区的侦探，警察都管他叫舅舅。咱惹不起，颠儿吧。”

黑子：“得，算咱们倒霉。”

俩人骂骂咧咧地走了。

中年男子：“这狗是你们的？卖不卖？”

豆包：“这狗是替人家养的，不卖。”

中年男子遗憾地把狗还给球球。

9. 返回的路上

豆包问球球：“你干吗要跑呢？”

球球：“那你干吗要把我交给警察叔叔呢？”

豆包：“我并没有真交呀。你怕警察叔叔？”

球球没说话。

豆包：“好吧，跟我先回去吧，以后不许再跑了。”

球球：“那你得答应我两个条件。”

豆包：“你说我听听。”

球球：“第一，不许把我交给警察叔叔。”

豆包：“可以考虑。第二呢？”

球球：“第二，不许再问我的家在哪儿。”

豆包："为什么呢？"

球球："我不想让别人知道。"

豆包："那好吧。"

球球："那你发个誓。"

豆包："我豆包要是违反了球球的两个条件就变成大屎包。"

10. 居委会

苏小嫚正在出墙报，她一笔一画地写着："远离毒品，珍爱生命。"

豆包领着球球过来。

豆包："苏主任，谢谢你了，球球找回来了。"

苏小嫚转身朝球球笑笑："你就是球球？"

球球点点头。

苏小嫚："几岁啦？"

球球："六六六呀，七个巧呀，你猜？"

苏小嫚惊愕地问："你会划拳？"

球球："那算什么，我还会喝酒呢。"

苏小嫚叹口气："你家——"

豆包见苏小嫚要问球球家，连忙朝她使眼色。

豆包把话茬儿转过来："球球，你在家识过字吗？"

球球："识过，不多。"

豆包指指墙上苏小嫚写的几个字问："这几个字认识吗？"

球球突然来了一句："我知道，毒品就是白粉儿。"

豆包和苏小嫚愕然地对视。

豆包把苏小嫚拽到一旁，小声说："这孩子的身世是个谜，我先把他收留下来，再慢慢解开这个谜，你说呢？"

苏小嫚："行。这孩子挺聪明，就是有点儿早熟。豆包，那你就辛苦了，有什么困难，跟我说，咱居委会不能不管他。"

豆包："有苏主任英明领导、大力支持，再大的困难我也能克服呀。"

苏小嫚："别给我戴高帽子了。对了，你这个大侦探有些日子没案子了，你就把这案子接了，查出球球的家在哪儿，把他送回去。”

豆包：“好吧，那我就接旨了。”

苏小嫚：“臭贫。”

11. **豆包家里　厨房**

豆包系着围裙正在炒菜，桌上已经摆了几个他的杰作。

球球跟蛋蛋玩得正高兴。

豆包端进最后一个菜，叫球球：“来吧，小坏球，吃饭了。”

球球高兴地坐在饭桌边：“哇，豆包哥们儿，你真行，我可好久没吃这么多的菜了。”球球拼命夹菜往嘴里塞。

豆包：“小坏球，吃饱了还往外跑吗？”

球球：“早知道你是哥们儿，我就不跑了。”

豆包：“你爸会炒这么香的菜吗？”

球球：“别提他了，影响食欲。”

豆包：“你妈在家里给你做饭一定很好吃了？”

球球有些不快：“我妈不做饭。”

豆包：“就喜欢吃你豆包哥们儿做的饭，行，不过这饭你也不能白吃，从明天起，我出去干活，你就跟着我，给我当下手。”

球球咽了一大口饭：“没问题，豆包哥们儿。”

豆包拍拍球球的肩膀：“小坏球，你慢点儿吃，没人跟你抢。”

12. **居委会办公室**

豆包在分发报纸，球球在一边帮忙，认真地把报纸按楼门放到一块儿。

桌上的电话响了。球球赶紧去接：“喂，你找苏主任？好，等一小会儿。”

球球对里屋的苏小嫚喊：“苏阿姨，电话！”

苏小嫚出来，拍拍球球的头，接电话。

一个住户老大妈来缴卫生费，掏钱的时候一枚硬币掉到桌子底下。球球趴到地下，撅着屁股够出来。

老大妈赞许地夸奖说：“这是谁家的孩子，真懂事。”

苏小嫚放下电话，对豆包说："9 号楼 302 姓周的家里冰箱坏了，你去看看。"

豆包："好，一会儿送完报纸我就去。"

13. 9 号楼周家

豆包正在修冰箱。

豆包用万用表在测量电路。

球球一会儿递改锥，一会儿递钳子，显得特勤快。

豆包终于查出了故障，对姓周的中年男主人说："是继电器的接点烧了。"

男主人："能换吗？"

豆包："没问题。"

男主人："多少钱？"

豆包："继电器原价 36 元，工时费 8 元。"

男主人："不贵不贵。我要是送出去，不光费事，雇车钱也不只这数儿。您给换吧。"

豆包从工具箱里取出一个继电器，很熟练地焊好接点，插上电源一试，好了。

男主人千恩万谢。豆包收了钱，说了句："有毛病给居委会打个电话。"

14. 小区小卖部门口

豆包："挣了钱了，我请客。想吃点儿什么？"

球球："嘎嘣脆。"

豆包："什么嘎嘣脆？"

球球："豆包哥们儿，炸土豆片儿你都不知道？"

豆包："行，走吧，进去。"

15. 小卖部里

白赛香一见豆包和球球进来，高兴地打招呼："豆包，又有一个儿子啦？"

球球："我可没答应给他当儿子，他是我的哥们儿。"

豆包做个怪相："小坏球的嘴可刁了，我才不会要他这个儿子呢。”

白赛香逗球球说：“那给你白阿姨当儿子好吗？”

球球：“你自己干吗不生儿子呢？”

豆包一听，哈哈大笑起来。

白赛香一时语塞，脸红起来。

豆包：“给我们球球来包炸土豆片儿。”

这时，苏小嫚也进来买东西。

苏小嫚：“呦，豆包和球球也在这儿，我说听着谁在里面笑呢。”

豆包讨好地说：“今天我买卖开张，也请你吃点儿炸土豆片儿？”

苏小嫚：“好呀，我就爱吃这玩意儿。”

豆包：“再来一包。”

白赛香：“还有我呢？”

豆包：“你还是少吃点儿含淀粉多的东西。”

苏小嫚把豆包拉到门外，小声问起帮球球找家的事。

这边，球球边吃着土豆片儿边问白赛香：“白阿姨，你真的没有儿子？”

白赛香：“废话，阿姨没结婚哪儿来的儿子。”

球球：“那你干吗不结婚呢？”

白赛香：“讨厌，这事儿你哪儿懂呀，跟你说不清楚。”

过了一会儿，苏小嫚和豆包进来。苏小嫚买了一包洗衣粉，对豆包说：“回头把球球换下的衣服拿来，我给洗了。对了，豆包，我差点儿忘了，8 号楼 401 家里的洗衣机坏了，你一会儿去看看。”

16. **小区路上**

豆包和球球在路边人行道上走。

球球问豆包：“苏阿姨也没有结婚吗？”

豆包:“没有。你问这干吗?”

球球:“这就对了。”

豆包:“说什么呢?”

球球:“苏阿姨长得比白阿姨漂亮，你肯定看上苏阿姨了。对吧，豆包哥们儿?”

豆包假装嗔怒地说:“小坏球，瞧我怎么治你。”

豆包上去要揪球球的耳朵，球球撒腿便跑，豆包在后面追起来。

17. 8 号楼 401 住户家

豆包敲门，一位少妇开门。

豆包客气地说:“我是来修洗衣机的。”

少妇:“请进。”

少妇领豆包和球球来到卫生间:“这洗衣机早上还好好的，洗着衣服就转不动了。”

豆包专心地检查洗衣机故障。

球球仍然帮豆包递工具，当下手。

球球一时没事，他的眼光落在卫生间浴缸架上的一瓶高级洗发液上。

球球呆愣着，似乎在想什么。

球球趁豆包没注意，迅速把那瓶洗发液揣在自己的皮带上。

豆包终于修好了洗衣机。

少妇十分感激，付了钱，将豆包俩人送出门。

18. 豆包家里

豆包见球球老捂着肚子，关切地问他:“小坏球，你怎么啦?”

球球连忙装出痛苦状:“哎哟，我肚子疼。”

豆包连忙过来:“我给你揉揉。”

球球躲开他:“不用了。豆包哥们儿，你给我找点儿药片儿吃就行了。”

豆包转身去抽屉里找药了。

球球趁机把那瓶洗发液塞在自己的被子里。

豆包转身时，发现球球的动作，他装作没看见。

豆包拿着药片儿过来，倒了杯水要给球球吃药。

球球朝豆包笑笑："这会儿感觉又不疼了。"

豆包："你拿我逗着玩儿是吧?"

球球："没有，刚才我肚子真疼了一小会儿。"

豆包没再理他，用遥控器打开电视。

电视里播放的是一个电视剧，画面里出现一个歌厅的镜头。

一个包厢里，两个三陪小姐正浪声浪气地陪两位客人。

球球从豆包手里抢过遥控器，把电视机频道换了。

豆包有些恼怒："你——"

球球也发狠地说："我不看这个，不看，就是不看!"

豆包无奈地说："好吧，换个频道。"

晚上，球球在钢丝床上睡得很香。

豆包轻轻地从他枕头下摸出那瓶洗发水，看看，又原样放回去。

豆包给球球把蹬掉的被子盖好。

19. 第二天早上

球球很早醒来，他悄悄地在豆包衣服兜里摸出钱包，从里面拿出两块钱来。

球球又把那瓶洗发水塞在肚子皮带上，回头瞅瞅正在打鼾的豆包，轻手轻脚地开门溜了出去。

豆包一直在装睡。见球球出门了，他连忙爬起身，匆忙穿上件衣服，提着一个化装用的手包，也跟了出去。

球球出了小区，直奔公共汽车站。

球球在公共汽车站等车。

豆包戴上假发套，贴上一撮小胡子，又戴上一个黑墨镜，也来到车站。

球球没有认出豆包来。

公共汽车进站了，球球从前门上了车，豆包也从后门上了车。

球球用一块钱买了一张车票，找了个位子坐下。

豆包坐在球球后面。

车到百万里站，球球下车，豆包也跟着下车。

球球穿大街走小巷，最后来到一个小胡同尽头的一间出租房。

球球推开院门进去，这是一个大杂院，球球来到紧里面的一间平房门前。

门上有一把锁，看样子主人没在。

球球伸手去门框上摸钥匙，他的个子太矮，够不到。球球从墙角搬了几块砖头，踩在上面，终于摸到了钥匙。

球球用钥匙打开门。里面破破烂烂的，有一张旧双人床，被褥乱糟糟的。一个方桌上散乱着满桌麻将牌，还有几把椅子，满地的烟头和瓜子皮。球球很熟悉地坐在椅子上，把桌上一个玻璃杯里的半杯茶水一饮而尽。

豆包在门外，扒着门缝偷窥屋里的动静。

球球从肚皮上取出那瓶洗发液，放到桌上。

球球起身要走，豆包连忙躲到房的拐角。

球球锁好门，把钥匙放回门框上，搬回砖头，走出院门。

豆包跟到门外，回头记下门牌号。

20. 豆包家里

提前赶回来的豆包在逗蛋蛋玩。

球球敲门进来。

豆包故意不理他。

球球：“嘿，豆包哥们儿，你干吗不问我到哪儿去了呢？”

豆包：“好吧，小坏球，我就问问你，到哪儿去啦？”

球球：“去看一个老朋友，他没在家。”

豆包：“老朋友是干啥的？”

球球：“告诉你你也不知道。”

豆包："你不告诉我我也知道。"

球球："算了吧，你又不是算命的。"

豆包："小坏球，你不相信我会算命？"

球球："你要是算出来我去哪儿了，我就把什么都告诉你。"

豆包："真的？说话算不算数？"

球球："当然算数，谁要骗人就是四个爪儿的，地上爬的。"

豆包："那好，我给你算算。把你的左手伸出来。"

豆包故作神秘地仔细看他的手纹，又伸手去摸他的心脏，再假装用耳朵听他的额头。末了，豆包煞有介事地说："球球，你早晨去的地方，在正东方向，那地方叫百万里，羊尾巴胡同37号，对不？"

球球吃惊地问："没错。你怎么知道？"

豆包不屑地说："这算什么，我还知道，你去看的这位老朋友就是你妈。"

球球："神了呵。这你都知道？"

豆包点点头："你没有爸爸，你妈妈肯定在歌厅干过，你不喜欢她，可你心里又惦记她，你妈妈没钱买洗发水，于是——"

球球不言语，眼里含着泪花。豆包见状不再往下说了。

球球："那瓶洗发水是我偷的，我妈上次买了一瓶处理的洗发水，结果净掉头发，她偷偷哭，我看见了。"

豆包："好吧。一会儿我们去买一瓶还给人家。以后，缺什么东西跟我说，再不能偷别人东西了。"

球球点点头。

豆包："该把你的故事讲给我听了吧？"

球球向豆包讲起了他的身世。

21. 公园里　下午

豆包和苏小嫚带着球球来玩。

球球很高兴，东跑西跳。豆包边走边给苏小嫚讲述球球的故事。

豆包："球球的爸爸在南方做生意发了一笔财，有了第三者，跟球球的妈妈离了。这可真是男人有钱就变坏。他想带球球走，球球的妈妈执意不肯，带着球球来咱们这个城市打工。开始时，她在歌厅里当三陪小姐，晚上去歌厅，就把球球一个人锁在租住的屋里。这孩子晚上睡觉非得要开着灯，就是那会儿留下的根儿。”

苏小嫚：“球球这孩子还真够可怜的。”

豆包：“可怜的还在后边呢。后来，他妈妈不在歌厅干了，他记得，是两个警察来把他妈妈带走的。亏了街坊一个老太太照顾他。过了几天，他妈妈被放出来，他们搬到现在住的地方。他妈妈开始赌钱，晚上经常整宿整宿带人来家里赌钱。去年，球球的妈赢了一笔钱，说要送球球念书，缴了半学期的学费，后来又输了，球球只念了两个月的书就退学了。”

苏小嫚忿忿地说：“这样的女人也配做妈妈？”

豆包：“唉，更叫人可气的是，球球的妈妈经常没轻没重地打他。那天我给球球洗澡的时候，见他浑身净是伤痕。球球这孩子很懂事，一直觉得妈妈挺可怜，妈妈打他，他也不哭，也不挣扎，后来终于受不了了。有一天他逃出来，就开始在街上流浪。他怕妈妈打他，不敢回家，可是又常常惦记妈妈，自己有点儿钱时就偷偷放到家里。上回那个用假金表骗钱的，让他往这儿送纸包，给了他 10 块钱，他悄悄地全放回家里了。”

苏小嫚的眼圈儿有些发红。这时球球从远处跑回来，苏小嫚把他搂住，叹口气，说：“球球，可怜的孩子——”

球球：“豆包哥们儿都告诉你了？你们答应我，别送我回去，好吗？”

22. 公园里

豆包和苏小嫚带着球球划船。球球淘气地往豆包身上撩水，豆包用力摇晃船，吓得球球直叫唤。

游艺场里，三个人一起坐过山车。滑车高速行驶，三人一起尖叫。

豆包和苏小嫚坐在长椅上，球球高兴地玩着转轮飞机。

苏小嫚："豆包，球球碰到你这么个好心人，真得感谢你一辈子。"

豆包笑笑："我真得好好感谢球球。你知道为什么吗？"

苏小嫚："为什么？"

豆包："要是没有球球，你肯陪我逛公园吗？"

苏小嫚有些不好意思："去你的。"

豆包有意无意地把手从椅子后面伸向苏小嫚，他闭上眼睛，似乎进入一种美好的憧憬之中。

豆包："小嫚，你猜我在想什么？"

苏小嫚："你在想什么？"

豆包："我在进入一个美好幸福的家庭境界，一个英俊潇洒的丈夫，一个美貌贤惠的妻子，一个活泼健康的孩子——"豆包的手搭在苏小嫚的肩上。

苏小嫚："臭德行，我怎么瞅不出你有多英俊潇洒呢。"

苏小嫚就势把头靠在豆包的肩上。

23. 公园门口

三人从公园里出来，走在人行便道上。球球一手拿着个气球，一手拿着雪糕。

突然，球球面露惧色，躲在豆包的身后。

豆包和苏小嫚有些奇怪，顺着球球的目光看去，只见在人行道边上，站着一个30来岁的女人，她浓妆艳抹，似乎在等什么人。

豆包问球球："你认识她？"

球球摇摇头。

这时，一辆桑塔纳轿车停在路边，从车上下来三四个年轻人，为首的一个戴着墨镜的叫郎六。几个人径直朝那女人走去。

郎六过去，把手一伸："你还真守时，按点儿来了。钱呢？"

女人："郎哥，再宽限我几天，我一定把钱凑齐给你。"

郎六："我的记性不好。你说说这是他妈第几回宽限你了？"

女人："我——我实在是凑不出这些钱来。"

郎六朝几个人使个眼色："今天荣哥可是交代了，你要是拿不出钱来，就好好修理修理你。"

女人害怕极了，回身要跑，早被几个人包围了。

一个留板儿寸的年轻人拽住她的衣领动手就要打。

球球突然大喊一声："不许打人！"冲了上去。

几个人一愣，随即哈哈大笑起来。那个女人也是一愣："球球，你怎么在这儿？"

球球毫不畏惧地说："不许你们欺负她！"

郎六："嗬，你这小崽子还挺横。"

豆包和苏小嫚相视了一眼。苏小嫚："他们人多，球球要吃亏，怎么办？"

豆包灵机一动："你先过去，缠住他们，我有办法。"

苏小嫚上前拦住众人："你们几个年轻人，大白天欺负一个女人，算什么英雄呀？"

一个脸上有刀疤的年轻人："呦嗬，今天见义勇为的还真是人物呢，刚才过来一个小崽子，现在又来了一个漂亮姐儿。不欺负她，那就欺负欺负你。"

刀疤走到苏小嫚跟前动手动脚，被苏小嫚一下推到一边："你们这些臭流氓。"

豆包这会儿匆忙跑到一个旅游团跟前，对拿着喇叭的导游小姐说："借喇叭用用。"

几个年轻人正要对苏小嫚非礼，球球勇敢地上来阻拦。

几个人正欲逞凶，突然听到尖利的警笛声由远渐进，被吓坏了。郎六狼狈地一挥手："警察来了，快跑！"

几个人仓皇地跑到停车处，钻进汽车，驶上马路没影了。

豆包得意地拿着话筒从一个电线杆子后面出来。

豆包把话筒还给导游小姐。

球球高兴地说："豆包哥们儿，你还有这一手。"

苏小嫚："吓死我了，你这警车再晚来会儿，我们可就要倒霉了。"

女人走过来："大哥大姐，谢谢你们了。"

豆包问球球："球球，他是你妈妈？"

球球无言地点点头。

女人："我叫黄阿玲，是球球的妈妈，这些天我满世界找他。是你们收留的他吗？"

豆包点点头："球球是个很聪明的孩子，我们希望你能好好教育抚养他。"

黄阿玲叹口气："大哥大姐，我不是不想好好教育他，我实在是没办法，我一个外地女人，找不到好工作，我自己都是吃了上顿儿愁下顿儿，唉……"

豆包拍拍球球的头："跟妈妈回去吧，怎么说她也是你的亲妈。"

球球害怕又无奈地点点头。

豆包用笔在球球的手上写了一个手机号："有啥事儿的时候就打电话。"

豆包又从兜里掏出三百块钱来，递给黄阿玲："我是下岗的，挣钱也不多，你拿着。"

苏小嫚也掏出三百块钱递给她："好好待球球。"

黄阿玲接过钱，又要给俩人跪下，被豆包和苏小嫚架住。她流着泪说："大哥大姐，我这辈子也不会忘记你们的大恩大德。"

黄阿玲领着球球走了，球球自始至终一言未发，三步一回头地用一种使人心酸的目光看着豆包和苏小嫚。

24. 闹市一家饭馆里

郎六几个人正围在一张饭桌前吃饭。

郎六的手机响起来，他连忙放在耳边。手机里传来一个男人的声音："郎六，那笔钱给我追回来啦？"

郎六："荣哥，那娘们儿说，她没钱，让再宽限她几天。"

荣哥："我已经宽限她没边儿了，她是不是想赖账呀？"

郎六："我也是这么跟她说，可她死活拿不出来钱来，我们照您的吩咐，正想给她点儿颜色，偏偏那会儿来了辆警车，便宜了那娘们儿。”

荣哥：“好吧，你回头跟她说，再限她三天时间，到时不拿钱，就给我剁掉她三个手指来见我。”

郎六：“是，荣哥，您放心，这事我一定办好。”

25. 小区小卖部　傍晚

白赛香正在柜台里闲着看一本杂志，见豆包进来，连忙打招呼：“豆包，两天没见，你气色不错呀！”

豆包：“那当然，人逢喜事儿精神爽嘛。”

白赛香：“我听听都有什么喜事儿？”

豆包故弄玄虚地说：“告诉你吧——”

白赛香把头凑过来。

豆包：“苏主任对我有那个意思啦。”

白赛香醋醋地说：“我还当你俩明天要结婚呢。”

豆包：“那还得有个过程，这叫水到渠成嘛。对了，光顾高兴了，给我拿瓶二锅头。怎么着，白部长，回头陪我喝一杯？”

白赛香拿了瓶酒，往柜台上一放：“我才没那份儿心情呢。”

正在这时，豆包的手机响起来。

豆包接听（画外音）：“豆包哥儿们，你快到我家来一趟，有急事儿。”

豆包对白赛香：“我得去球球那儿一趟。”

豆包骑着自行车来到球球的住处。

一把大锁锁着门。

球球扒在铁栅栏的窗前高兴地对豆包说：“豆包哥们儿，钥匙在门框上，你快帮我把门打开。”

豆包连忙拿到钥匙，把门打开。

球球把豆包让进屋里。豆包奇怪地问：“球球，你怎么打电话的？”

球球：“我妈出去手机没带。”

豆包：“这两天好吗？”

球球叹口气："唉，跟以前一样，又把我一人锁家里。"

豆包："对了球球，你说有急事儿？"

球球："我叫你来是想告诉你，我妈一直在吸毒。"

豆包大吃一惊："真的？"

球球："你来看。"

球球从床下的一个鞋盒子里拿出一个塑料包，打开，里面有一小包白色的粉剂，还有一个注射器。

豆包："你是怎么发现的？"

球球："那天，我看见妈妈偷偷打针，还以为她生病了，后来我看电视，有一个坏蛋吸毒，就是这样给自己打针。"

豆包："我知道了，你妈欠人家钱，就是用来吸毒了。"

球球着急地问："豆包哥们儿，你救救我妈妈吧。"

豆包："球球，你别急。你妈妈去哪儿了？"

球球："她肯定又去歌厅舞厅什么地方挣钱去了。"

豆包："她回来很晚吗？"

球球哼了一声："她有时一晚上都不回家。"

豆包还想说什么，就听门"咣"的一声被踹开了。

郎六带着那几个打手进来。

郎六扫了一眼屋子，恶狠狠地对球球说："小崽子，你妈哪儿去了？"

球球装作没听见，也不看他。

郎六上来，揪住球球的耳朵："你他妈是聋子？"

球球咬牙忍着痛，就是不求饶。

豆包过来，劝阻郎六说："哥们儿，算了，他还是个孩子，甭跟他一般见识。"

郎六不屑地瞅瞅豆包："你是谁呀？"

豆包："我——我是找他妈讨债的。"

郎六："你也是找他妈讨债的，看来他妈还不少欠债。你知道他妈躲哪儿了吗？"

豆包摇摇头。

一个打手过来，说："郎六哥，听说有人在城东蓝星歌舞厅常见到她。”

郎六一挥手：“走，今天找到她拿不到钱，就剁她三个手指头。”

郎六带着人走了。豆包拉着球球追出去，见他们钻进一辆桑塔纳走了。

豆包招手拦住一辆出租汽车，对司机说：“走近路，去城东蓝星歌舞厅。”

26. 蓝星歌舞厅　夜

豆包和球球赶在郎六他们前面来到蓝星歌舞厅。

豆包让球球在歌舞厅门口背静处望风。他进歌舞厅里面去找球球的妈妈。

球球一人躲在一棵树后，朝马路上瞅着。

郎六开的桑塔纳停在歌舞厅门口。球球想进去报信，门口的保安不让他进去，只好闪到一旁。

球球眼见郎六他们进去，连忙从兜里掏出手机拨号。

球球在墙角发现有枚铁钉，他捡起来，走到郎六的桑塔纳车前，用钉子使劲扎车胎。

27. 歌舞厅里

在大厅里蹦迪的人很多，随着强劲刺激的音乐，男男女女们尽情地跳着。

豆包在跳舞的人群里寻找黄阿玲。

豆包的手机响了，他贴在耳边，里面传出球球的声音：“他们来了。”

这时，郎六带着打手们出现在大厅里。

豆包终于发现黄阿玲正跟一个男人跳舞。豆包扭着臀部一下拱走了黄阿玲的男舞伴。黄阿玲认出豆包，正要说什么，豆包贴着她的耳朵大声喊道：“狼来了，快跑！”

郎六发现了黄阿玲：“在那儿，别让她跑了！”

豆包对黄阿玲说：“跟我来！”

豆包领着黄阿玲避开跳舞的人们，朝歌舞厅后门跑去。

郎六和打手们穿过人丛直追而去。

豆包和黄阿玲跑到前门，拉上球球一起跑到路边，刚好一辆出租汽车停在那儿，三人急忙钻了进去。

郎六一伙追了过来，眼见出租车开走了，郎六狠狠地说："上车，快追！"

郎六发动汽车，猛踩油门，汽车冲出十来米，一下跑偏，朝路边的电线杆子撞去。

郎六满脸是血，钻出车门，往车下一看，轮胎瘪了。

28. 球球家里

豆包在问黄阿玲："你欠了多少钱？"

黄阿玲："三万。"

豆包："债主是谁？"

黄阿玲："是一个叫荣哥的，我没见过他，是郎六帮我借的。"

豆包："你借那么多钱干吗？"

黄阿玲低头不语。

豆包追问："你在吸毒，对吗？"

黄阿玲突然歇斯底里地叫起来："我有什么办法？打牌输钱，我的胃不好，他们叫我吸毒，说是治病。胃不疼了，瘾却戒不了。我不买那玩意，就活不了哇！我借钱买毒品，为了还债，我什么都干，我坏透了。我又有什么办法呢？"黄阿玲掩面哭起来。

豆包："说实在的，我一点儿都不同情你。你看，球球多好的一个孩子，从家里跑出去，他还带着课本。他一个六七岁的孩子，有一点儿钱，都想着给你送回来。他知道你用不起高级洗发水，去偷来给你。可你又是怎么待他的呢？你毒瘾上来时打他骂他，输了钱也拿他出气，你还有一点儿人性吗？球球想上学，他在外面流浪时，还带着课本，可你又为他做了些什么？你是他的亲妈妈呀。"

黄阿玲双手抱头坐在床沿，泪流满面。球球蜷缩在墙角儿，一言不语。

豆包："你想想，那帮人都是恶棍，他们能放过你吗？刚才球球就差点儿被他们欺负。你不为自己着想，就不替球球想想吗?”

黄阿玲呜咽着，突然起身跪下：“我求求你，把球球带走吧，我实在保护不了他了。”

豆包：“你起来。球球我可以暂时带走，可你的这些坏毛病，你必须自己改。”

黄阿玲：“这位大哥，真谢谢你了，我这辈子没法报答你了，下辈子当牛做马一定要报答你。”

豆包走到墙角，拉起球球：“跟我走吧。”

球球默默地点点头。

豆包转身，问黄阿玲：“告诉我，你是从谁那儿买的毒品?”

黄阿玲摇头不语。

豆包：“好吧，我们走了。我会让球球经常来看你的。”

29. 马路上　夜

豆包骑车带着球球。

豆包跟球球说话：“知道怎么救你妈妈吗?”

球球：“我听你的，叫我干什么都成。”

豆包：“我们必须找到卖给你妈妈毒品的人，把他抓起来。”

球球：“我懂，明天下午我们跟着她，看她到哪儿去买。”

豆包：“下午?”

球球：“我妈上午睡懒觉，下午才出门呢。”

豆包：“你这个小坏球，真鬼。”

30. 派出所　第二天上午

会议室里，市局缉毒处的刑警和派出所民警在研究案情。

缉毒支队郑探长正在讲话：“据我们掌握的情况来看，咱们这一带，有一个毒品交易场所，就是林华街蜀香饭馆门口烟摊儿卖烟的朱四，有人给他往这儿送货，也有人到他这儿取货。我们下午安排人在那儿盯着，有可疑的人，就先挂上他，不管什么情况，都别惊动朱四。”

王所长：“那我们派出所的任务呢?”

郑探长："你们还是做基础工作，让片儿警下片儿发动群众，把吸毒人员底数搞清。"

31. **球球住处附近　下午**

豆包和球球躲在附近，监视门口的动静。

过了一会儿，黄阿玲浓妆艳抹，挎着坤包走出来。

豆包和球球远远地跟着她。

黄阿玲在路边拦了辆出租车，钻了进去。

豆包也随手拦住一辆出租车在后面跟着。

黄阿玲让出租车在蜀香饭馆门口停下，付了车钱，向烟摊儿走去。

豆包和球球也下了车。豆包叮嘱球球："今天最重要的是要取到证据，等你妈一走，看我手势行动，记住了?"

球球点点头。豆包让球球在马路对面拐角儿的地方猫着。

豆包装扮成一个老头儿，在不远的阅报栏前看报，暗中注意着烟摊儿。

豆包没有发现，在附近已经有警探暗中监视。

一个戴着头盔、墨镜的男子骑辆摩托车过来，把车停在球球待的地方，锁好车，也朝烟摊儿走去。他见一个女人正在买烟，便在阅报栏跟前站下，假装看报。这一切都被警探注意到。

32. **烟摊儿前**

黄阿玲不露声色地对朱四说："给来包万宝路。"

朱四看看是黄阿玲，瞅瞅左右没人，从摊板下面的纸盒子里拿出一包烟，递给黄阿玲。黄阿玲从坤包里取出几张百元票子，迅即递给朱四。

黄阿玲从球球跟前走过，球球连忙藏在电线杆子后面。

球球发现，有两个戴墨镜的男人在跟踪他妈妈。

豆包朝球球招了一下手，走到烟摊儿前。

豆包买了一包红塔山烟，点着一根抽了两口，找茬儿说："哥们儿，你这烟是假的吧?"

朱四："不可能，我这烟都是正道批来的。"

豆包故意寻衅地说：“肯定是假的，我抽着味道不对。”

朱四：“得，我也不跟你争，给你换一包。”

豆包不依不饶地说：“那不成，你卖假烟，咱得去工商局说道说道。”

豆包跟朱四你一句我一句地争执起来。

那个骑摩托车的男人见这里不少人围过来，开着摩托车走了。

不远处，路边一辆停着的捷达车里，一个警探骂道：“那胖子把咱们的事儿给搅了。”

另一警探：“走，跟着骑摩托的那小子。”

这边，球球乘机钻到摊板下，从刚才的纸箱子里摸出一包烟来，又急忙走开。

豆包见球球得逞，把那包烟往烟摊儿上一摔：“今儿个我还有事儿，这事儿咱没完。”豆包忿忿离去。

豆包和球球在街头会面。

球球把烟递给豆包，急切地说：“我妈刚才又被两个坏人跟上了，我们得赶紧去救她。”

豆包把烟揣进兜儿里，跟球球急忙朝黄阿玲走去的方向追去。

33. 商业街

黄阿玲在街上走着，两个男子不远不近地跟着。

豆包和球球追上来，果然发现有人在跟踪球球的妈妈。

黄阿玲走进一家服装店，两个男子在门口等候。

豆包悄悄对球球耳语一番，球球点点头。

豆包走到两个男子跟前，学着山东胶东地区方言：“同志，俺是山东来的，跟你二位打听个道儿。”

一个男子：“您去哪儿，说吧。”

豆包用手指指他们身后的一座楼，问：“那儿是不是百货大厦呀？”

两人回头，球球乘机溜进服装店。

一个男子："没错，是百货大厦。"

豆包："俺还想问问你，那里有卖电脑的没有？"

一个男子："应该有吧，我也不太清楚，您还是自己看看去。"

豆包："俺有个妹子在这里念大学，俺这次来看她，想送她点儿啥，人家都劝俺给俺妹子买台电脑。你们懂不懂，是买奔腾呢，还是赛扬呢？"

这会儿工夫，换了服装的黄阿玲手里领着球球，从服装店走出来。

两个男子被豆包缠住，看见门口出来的是两个人，便放心了。

一个男子不耐烦地说："我们这儿还有事儿，买什么电脑您自己定，我们真不清楚。"

豆包见黄阿玲和球球已经走远，说声："那就不麻烦二位了。"转身走了。

34. 派出所里

豆包把文奇叫出来，高兴地说："文奇，最近你这儿有什么案子吗？"

文奇："怎么着舅舅，听这口气，你那儿有案子了？"

豆包："那当然，你舅舅这豆包神探的名声可不是虚的。"

文奇："舅舅，你就甭卖关子了，有什么就说吧。"

豆包掏出那包烟来："给你。"

文奇连忙摆手："你甭拿这来贿赂我，我是不抽烟的。"

豆包："谁让你抽呀，这是证据。"

文奇有些糊涂地问："证据？"

豆包得意地说："告诉你吧，这烟里藏着毒品。"

文奇接过烟："真的？"

豆包："不信你打开瞅瞅。"

文奇把烟撕开，一根一根检查，一会儿工夫20支烟都揉碎了，结果什么也没有。

文奇：“舅舅，这就是你的不是了，拿我开涮是吧？”

豆包一拍后脑勺儿：“妈的，上当了。”

文奇：“到底是怎么回事儿？”

豆包：“你也甭问了，我演砸了。”

豆包转身要走，却见那两个跟踪黄阿玲的男子进来，跟文奇打招呼。

文奇：“哥们儿，听你们探长说，你俩去跟踪一个吸毒的女人，怎么着，有戏吗？”

警探甲：“唉，甭提了，今儿个可露大怯了。她一同伙，缠住我们，她乘机溜了。”

两人说完，进去汇报了。

豆包惊诧地小声问：“这两人是警察？”

文奇：“缉毒支队刚分来的警探。”

豆包对文奇说：“回头你赶紧跟他们说，我认得那个女人，她的情况我都知道。”

文奇：“那正好，一会儿，缉毒支队专案组的在所里开碰头会，你自个儿去说吧。”

35. 派出所会议室

王所长给大家介绍豆包：“这位是我们小区治保积极分子窦保同志，他帮所里破了不少案子，一会儿他有个情况反映。”

郑探长跟豆包握手，招呼他坐下。

一名警探正在汇报：“我们跟踪骑摩托车那小子到了新华大街，刚好有外宾车队通过，我们的车被拦那儿了。”

另一个警探汇报说：“昨天我们负责跟踪那女人，在商业街一家服装店，我们被他的一个同伙缠住，让她乘机溜了。”

郑探长刚要发火，豆包站起来：“这事儿怨我，我给搞误会了。她是我们小区收养的一个流浪儿的母亲，她吸毒欠了几万块钱，有个流氓团伙老找她逼债，还扬言要剁掉她的手指头。昨天，我以为又是他们来找她的麻烦，就——”

警探："昨天那外地老头儿是你？"

豆包："惭愧，我眼拙，抱歉了。"

另一警探："你那满口山东话还真把我们给唬住了。"

王所长："你们不知道，豆包可是人才，人家以前是话剧团的大演员，装什么像什么，说什么是什么。"

豆包："那都是雕虫小技，见笑了。说正经的，那女人叫黄阿玲，据她说，有个叫荣哥的，是那伙的头儿，他们放高利贷给她。我分析，他们肯定跟贩毒有关。"

郑探长："窦保，得了，我也管你叫豆包吧。一会儿，你带我们一个同志去认认黄阿玲家的门，对她实施监视性保护。"

豆包："好吧，我一会儿就去。"

郑探长："现在布置一个紧急任务。刚才接公安部通报，有两个贩毒嫌疑人乘下午的T3次列车来我市，随身携带1公斤海洛因，因为情报不太清楚，只知道这两人是男性，东北人，在11车厢，32和33号下铺。其中一个人的右手背上有蚕豆大的一块儿白斑。现在，我们的任务是，在火车上确认他们的身份，控制到站后抓捕。"

大家一听有任务很兴奋，你一言我一语地说开了。

郑探长："行动方案我已经跟处里汇报了。现在是上午9点，我们下午3点开车赶到终点站的前一站，石门市火车站，在那儿上车，由车上的乘警把我们两名同志安排在那节车厢里，其他同志分别在车厢的两头。对了，为了能够消除他们的怀疑，最好是会说东北话的。这可怎么办呢？咱们这儿谁会呢？"

大家你看看我，我看看你，谁都没说话。

豆包突然站了起来，用一口标准的东北话说："咱是沈阳那嘎达的，我去行不？"

郑探长："你去？"

王所长："对了，豆包倒是个合适的人选。"

郑探长："有你保荐，我没意见。不过，还得给你找个女搭档。你们装成夫妻，不容易引起对方怀疑。"

豆包："搭档我有，现成的，就是我们治保主任苏小嫚。我们再带个孩子，保证把这出戏演到谢幕。”

王所长：“苏小嫚是分局退休的苏局长的女儿，人很机灵，协助我们破了不少案子，我看可行。”

郑探长：“好，就这么办了。我们把这节车厢都控制起来，到时见机行事。”

郑探长看看手表：“现在是9点半，我们中午12点动身。”

36. 黄阿玲家里

豆包和一名警探来到门口。

门上换了把锁，豆包扒着窗户往里看，空荡荡的。

豆包问房东老太太：“大妈，这屋住的那个姓黄的女人去哪儿了？”

房东老太太：“她退房走了。”

豆包：“你知道她搬哪儿住了吗？”

房东老太太摇摇头。

37. 小区居委会　上午

苏小嫚和球球正在分报纸，豆包兴冲冲地进来。

豆包拽了一下苏小嫚：“小嫚，告诉你一个好消息，市局缉毒专案组批准我去参加一次抓捕行动，这可是真正的行动。”

苏小嫚有些羡慕：“对你来说是好消息。”

豆包：“还有你呢。”

苏小嫚：“什么，还有我？”

球球：“豆包哥们儿，那我呢？”

豆包：“也有你。”

苏小嫚有些激动：“快说说是怎么回事儿？”

豆包得意地说：“下午开始行动，你们俩听我的——”

38. T3次列车缓缓进站

广播员亲切的声音：“各位旅客请注意，石门车站到了，列车停车十分钟。下车的旅客请注意携带好自己的行李。”

豆包、苏小嫚和球球提着大包小包从11号车厢上来。

他们走到32、33铺位前停下。豆包让苏小嫚和球球坐在走道上的折椅上，他把包放到行李架的空位上，朝卧铺上坐着看报纸的一个30来岁的中年人点点头，坐在铺位上。

过了一会儿，火车开动了，豆包观察了一下这里的情况。上铺两张铺都没有人，中铺是位40来岁的中年妇女，对面是个戴眼镜的中学生。下铺坐着的是那个30来岁的中年男子，对面朝外侧躺着的是位烫发的女郎，她盖着被单，在翻看一本家庭杂志。

豆包有些蒙，他起身从行李架的包里取出一个不锈钢保温杯，用东北话对苏小嫚说："小嫚，看着点儿球球，别让他乱跑啊，我去打点儿开水。"

豆包走到车厢一边的电热水器那儿，郑探长已经在那儿接水。豆包见左右没人，小声说："情况不对，那卧铺里没有两个男子。"

郑队长："难道他们分开坐了？"

豆包："现在怎么办？"

郑探长："投石问路。"

豆包："明白。"

豆包端着水回来，放到茶几上。

豆包坐了一会儿，见那中年男子看完了报纸，主动跟他搭讪："去呼市吗？"

中年男子转头看看豆包，点点头。

豆包接着问："出差还是旅游？"

中年男子："旅游。"说完又抬头看看豆包："我怎么看着你有点儿眼熟，你怎么长得像那小品演员赵长江。"

豆包："我就是赵长江。听口音你也是东北人？"

中年男子："我是吉林的。"

豆包："我是沈阳的。"

中年男子："咱还真是老乡。你这是去哪儿呀？"

豆包："到石门市看孩子他姨。对了，忘了介绍了。"

豆包指指苏小嫚："那是孩子他妈，叫甄小嫚。"

苏小嫚点头笑笑。

豆包："那是我们儿子，叫球球。球球，过来，叫叔叔。"

球球过来，大方地叫了声："叔叔。"

中年男子："这孩子真懂事，几岁啦？"

球球："7 岁。"

豆包："你是一人出来的？"

中年男子："不，两人，那是我媳妇，她有点儿感冒，不大舒服。"

对面躺着的烫发女子听了，朝豆包点点头。

豆包又随便聊了几句，开始山南海北神侃："兄弟，听说了没，卢旺达那嘎达闹邪教，集体自杀，好家伙，一下死了好几百人呢，那尸体烧得成灰了。"

中年男子："真的，我咋不知道呢？"

豆包："昨天电视都播了，看着真惨呀。"

中年男子："活着好好的，信啥邪教呢？我就啥也不信。"

豆包："信不信那是自个儿的事儿，有些事儿你说不信吧，它又跟真的似的。不跟你说别的，就说我跟我那位。"

豆包朝苏小嫚努努嘴，又接着说："那年，她找一个瞎子算卦，说是将来要嫁一个演员，人家连姓啥都给算出来了。她当时还嘀咕，哪儿有这么准？可谁想到绕来绕去，还是绕到我这儿来了。你瞅，现在孩子都 7 岁了。哎，我闲着没事也学了点儿看手相什么的。我给你瞅瞅，准不准没啥，解个闷儿呗。"

中年男子伸出手来："那你就给咱瞅瞅。"

豆包煞有介事地说："换只手，看手相是男左女右。"

中年男子又伸出另一只手。豆包捏住他的手指，假装仔细看手掌的纹路。

过了一会儿，豆包点点头说："兄弟，你这手相好，将来必定是大富大贵。你看，这条是命运线，纹路多正，沟沟叉叉的也不多，是好命。兄弟，你是做买卖的吧？"

中年男子点点头："没错。"

豆包："你这买卖做得挺大，对吧？"

中年男子又点点头。

豆包："不过你最近也有点儿麻烦。你看，这儿有个小叉叉，恐怕有些风险，要是能躲过去，你一直会很顺利的。"

中年男子略有些惊慌："你再看看我的寿命。"

豆包又看看另一条纹路："你看，寿命线也是这样，最近因为生意上的事，会有一场灾难。如果你能躲过这场灾难，大概能活到 80 多岁。"

中年男子默默地点点头，过了一会儿，他对对面躺着的女人说："陈萍，你也算算。"

被叫做陈萍的女人侧身坐起来，伸出左手。

豆包笑笑："刚才我不是说了嘛，男左女右。"

烫发女人连忙换只手。豆包在她伸出手的时候，果然一眼看到那个白斑。

豆包："你的手相是男相。"

中年男子有点儿慌："不，她是女人。"

豆包："你误会了，我是说她命硬，跟一般的女性手相不大一样。她跟你的命有不少相似的地方，比方说，她辅佐你做买卖。你们俩结婚不久，都是二婚，对吧？"

中年男子："我俩头年结的婚。"

豆包："我这么跟你们说吧，你俩要是能避过最近的这个灾，就能过上幸福美满的好日子。不过你俩也有点儿遗憾，我不好意思说。"

中年男子："没事儿，你说吧。"

豆包："你夫人没有生育能力，恐怕不能给你生孩子。"

中年男子有些尴尬："你算得真准，她检查过了，确实不能生育。不过，现在的人也想开了，要不要孩子没关系。"

豆包："没错，你看，我跟我们那位也想得开，将来也不要——将来就是允许生二胎时，我们也不要了。"

苏小嫚在后面狠狠掐了他一下。

豆包乘两人没注意，朝球球使个眼色

球球会意，走过来说："豆包——"

豆包连忙打断："要吃豆包，没有，咱包儿里有饼干。"

球球明白了："爸爸，我不吃豆包，我要上厕所。"

豆包松口气："走，我带你去。"

39. 车厢洗漱间里

豆包对照着镜子梳头的郑探长小声说："就是他俩，没错。"

郑探长："你稳住他们，车一到站我们捂他。"

40. 终点站

火车一声长鸣，缓缓开进站里。

41. 车厢里

中年夫妇收拾好东西正要起身，却见几个便衣围上来，出其不意地把他们按倒在床上。中年男子："你们干吗？"

郑探长："我们是警察，别乱动！"

中年男子："我们没犯法，你们凭什么抓我？"

郑探长："你们涉嫌贩毒，还是老实点儿，别找麻烦。"

几个警探开始搜查俩人的行李。

几个包都打开了，仔细搜查过后，没有发现毒品。

豆包似乎对烫发女人很感兴趣，他一把拽掉他的假发套："你也会演戏呀？咱们还是同行，不过你这妆化得忒不够专业，你的眉描得太细，口红都涂到唇纹的外面了，最主要的是你的胸罩配得不合适——"

豆包一把拽下他的胸罩："我说看着别扭，里面塞着东西呢。"

豆包撕开胸罩垫层，两塑料袋的粉状东西掉到床上。

郑探长："把他们带走！"

42. 小区便道上　晚上

苏小嫚："豆包，你下午的表现可真够坏的。"

豆包故意地问："我怎么了？"

苏小嫚："你还装。将来怎么着？"

豆包："我说不要孩子。"

苏小嫚：“讨厌，谁说要跟你结婚了？”

球球：“我看你俩挺合适的。”

苏小嫚：“球球，没你什么事，你少多嘴。”

豆包：“你瞧，球球还是跟我有共同语言。对了，我差点儿忘了，球球，你妈妈搬家了，你知道吗？”

球球：“她没告诉我。”

豆包：“这下麻烦了，她要有点儿事，我们怎么找她呢？”

球球：“回头我去找，她常去的那几个地方我都知道。”

豆包：“现在，关键是不知道那个荣哥到底是谁，不找到他，球球的妈妈就得倒霉。”

苏小嫚：“那是警察的事，你操那么多的心干吗？”

豆包：“谁让我是豆包侦探呢，没事儿的时候就想弄个案子什么的探探。”

球球：“我倒是可以给你提供个线索。”

豆包：“你说吧，球球。”

球球：“还记得昨天在烟摊儿那儿，有个骑摩托车、戴头盔的男人特别可疑，他也想往那儿凑。他的摩托车就停在我跟前，那会儿我正没事，看他车号挺好记的，就记下来了。”

豆包惊喜地说：“快告诉我。”

球球：“第一个字好难写——上半身是一点一横一撇，下半身我就记不住了。”

豆包：“我知道，是摩托车的摩。”

球球：“再往后是个小蝌蚪。”

豆包：“什么？小蝌蚪？”

苏小嫚：“就是英文字母 Q。”

球球：“一道横杠 6868。”

豆包：“没错吗？”

球球：“没错。”

豆包：“小嫚，把你的手机借我使使。”

豆包用手机开始拨号：“喂，是文奇吗？有件事你一定得帮个忙。刚才我在外面被一辆摩托车撞了一下，喔，没多大事。你帮我查查车主，车号是摩 Q—6868。到时你呼我吧。”

43. 某居民住宅区　傍晚天渐黑

路边停着一辆面包车，豆包戴着墨镜，坐在驾驶位上。苏小嫚和球球坐在后座位上。他们透过窗玻璃注视着楼下停着的一辆摩托车。那辆摩托车的车牌号正是摩 Q—6868。

苏小嫚：“快等一天了，他不会出来了吧?”

豆包：“再等等。”

过了一会儿，从一栋楼里走出个二十七八岁的年轻人，他手里提着头盔，来到摩托车前。

球球眼尖，差点儿喊出来：“就是他!”

他戴上一个墨镜，套上头盔，跨上摩托车，发动着，上了马路。

豆包也发动车，在后面紧紧跟着。

摩托车东拐西拐，上了一条主路。

豆包驾车跟着，苏小嫚和球球不时地告诉他摩托车行进的方向。

苏小嫚：“豆包，这摩托车好像是奔咱小区去了。”

豆包：“他来这儿找谁呢?”

果然，摩托车进了小区，直奔富人花园而去。

苏小嫚：“他进富人花园了。”

豆包：“费了半天劲，早知道，也不用向白赛香的表弟借车了，在这儿等着就行了。”

摩托车在一幢别墅式小楼前停下。年轻人停好车，来到门厅按门铃。过了一会儿，门开了，一个小保姆模样的女子把他让进去。

44. 面包车里

豆包仔细看看小楼，发现后阳台紧挨着一个下水管。

豆包：“你们俩在车上别动，我进去瞅瞅。”

苏小嫚："小心点儿。"

球球："等会儿，给你这个。"

球球拿出一把仿真手枪："我在摊儿上买的，有情况就吓唬他。"

豆包接过枪看看："真是好东西。"

豆包下了车，翻越过铁栅栏，顺着下水管爬上了阳台，他轻手轻脚地贴近玻璃窗，往里窥看。

屋里是间大客厅。沙发上，跷腿仰坐着一个40来岁的男子，他抽着烟，怀里抱着一条宠物狗，他就是荣哥。荣哥的身旁坐着一个年轻漂亮的女子，是与他同居的小蜜。

荣哥把狗递给小蜜，说："你先到外屋去，我们聊笔生意上的事。"

小蜜噘噘嘴走出去。

荣哥问坐在另一沙发上的骑摩托车年轻人冯七。

荣哥："怎么，昨天送货不顺利？"

冯七："甭提了，我觉着哪儿不对劲儿。朱四那儿八成让雷子给盯上了。"

荣哥："你没暴露？"

冯七："没有。我瞅着情况不对，就没往跟前凑。"

荣哥："他知道你是谁吗？"

冯七："不知道，每次我送货，我们之间从不过话。"

荣哥："那好吧，以后你千万机灵着点儿，干咱们这买卖的出了差错就得掉脑袋。"

冯七："是，荣哥。对了，荣哥，你手里还有货吗？再给我点儿。"

这时，荣哥的手机响了，他拿起手机，走到通往阳台的窗前。

在窗外的豆包赶紧蹲下，大气不敢出。

荣哥："喂，有什么事？说吧。嗯，姓黄的娘们，什么？不住那儿了？找到她把她干掉！"

荣哥一边打电话，一边往窗外弹烟灰。豆包的头上落满了烟灰，他皱皱眉，不敢出声。

荣哥："好吧，那点儿小事你们看着办吧。"

荣哥收起手机，对冯七说："我现在手头货也紧，你先回去，听我信，有货我马上给你打电话。"

冯七说："多谢荣哥，那我就告辞了。"

荣哥送冯七出去，豆包乘机跳进屋里，想查找毒品证据。

豆包从柜橱抽屉摸出一把用绸布包着的枪，他跟球球给他的枪一比，一模一样。豆包犹豫一下，把枪给调换了，包好，放回原处。

桌上的电话响起，豆包赶紧从窗户里跳出来。

荣哥回来，走到桌前，拿起话筒："我是，你是——"荣哥压低声音："你说吧。嗯，明天老地方。送货的是谁？我没见过他，嗯，右手背有块儿白斑，东北口音。好，放心，我带现金。"

荣哥刚放下电话，那屋的小蜜娇滴滴地喊他："荣哥，快来呀，洗澡水我给你准备好了。"

45. 派出所里

郑探长、王所长正在给警探们布置明天的工作。

豆包也在其中。

郑探长："情况就是这样。刚才豆包讲述的情况，让我们提前证实了荣哥的身份。我们的钓鱼计划明天照常进行。"

一警探："探长，既然我们知道了荣哥住哪儿，今天干脆去家里掏他多省事。"

郑探长："不成，我们得拿到他现场交易的证据。刚才豆包同志已经把他的枪调换过来了，我们的危险就小了。不过，明天还得请豆包演场戏——"

豆包激动地说："我会演好的。"

郑探长："豆包同志，不过我还要提醒你，尽管你刚才立功了，可是我们却不能鼓励你的做法。以后有情况直接告诉我们，别自己乱来，那是不合法的。当然了，我们请你帮忙就是另一回事了。明白了？”

豆包点点头：“下不为例。”

46. 郊区某公墓　天刚蒙蒙亮

墓地静悄悄、雾蒙蒙的，显得阴森恐怖。

一个手提提包男人的背影出现在画面里，他一步一步地朝墓碑丛立的深处走去。

男人在一个墓穴前停下，转过身来，掏出支烟叼在嘴上，他是荣哥。

荣哥打了两下响指，从墓碑后走出个戴墨镜的男子，走到荣哥跟前，掏出打火机，打着火，伸到荣哥眼前。

荣哥一眼看到他手背上的白斑。

来人摘下墨镜，是豆包。

豆包用东北话说：“荣哥，你还挺准时的。钱带来了吗？”

荣哥：“看来你是胡哥派来的了。货呢？”

豆包从怀里掏出两塑料袋白色粉末状的东西：“在这儿呢。”

荣哥：“我来验验货行吗？”

豆包：“当然行，不过我得先瞅瞅你的。”

荣哥把手提包拉链儿一拉，把一捆捆钞票倒在地上。

豆包把塑料袋递给他。

荣哥内行地撕开包装，用手指尖儿沾了一点儿粉末放到舌尖儿上品味，皱皱眉：“怎么不对？像是味精，你这是假货！”

豆包：“谁说是假货，正儿八经的是名牌儿，红莲味精。”

荣哥一惊，迅速从腰间拔出手枪：“你——你是什么人？”

豆包镇静地说：“告诉你非把你吓死，豆包侦探。”

荣哥狠狠地说：“奶奶的，你今天甭想活。”荣哥使劲扣扳机，扣不动，扔下枪刚想跑，一回头，却见几个警探黑洞洞的枪口对着他。

47. 夜梦歌舞厅

球球到这里来找妈妈黄阿玲，守门的保安不让他进去，球球只好躲到一边，暗中观察。

48. **歌舞厅里**

黄阿玲正在跟一个男人跳舞，男人手脚不老实，老在黄阿玲身上摸来摸去。

黄阿玲："我可不是好摸的，一会儿可都得算钱的。"

男人："瞧你说的，我还在乎这几个钱吗？你开个价，一会儿我带你出去玩玩。"

黄阿玲："那就给两千吧，我可不喜欢讨价还价。"

男人："正好我也有这个臭毛病，就这么定了。"

黄阿玲的毒瘾犯了，她对男人说："我去趟卫生间就来。"

黄阿玲拿起坤包，来到卫生间。

黄阿玲躲在隔间里注射毒品。

49. **歌舞厅门口**

朗六一伙开着车来找黄阿玲。

躲在暗处的球球灵机一动，钻进汽车的后备厢里。

50. **歌舞厅里**

黄阿玲满足地从卫生间里出来，回到男人身边。

两人谈好价钱，正打算往外走。

郎六发现了黄阿玲，带人上来拦住他们。

郎六："黄姐，你这是到哪儿去呀？"

男人见势不妙，连忙解释："我不认识她，没我事，我先走了。"

男人径自去了。朗六几个人不顾黄阿玲的挣扎，威胁着架着她出了歌舞厅，直奔汽车而去。他们把黄阿玲推进汽车，朝郊区开去。

51. **郊区的一处荒野地带　黑夜**

朗六把车停在小山坡下。几个人把被捆着、嘴里塞着东西的黄阿玲推下来，往山上架去。

球球从后备厢里钻出，悄悄地跟在后面。

一个小树林里，朗六几个人将黄阿玲扔在一边，打着手电筒，开始用铁锹挖坑。

球球无声无息地爬到妈妈跟前，轻轻拽拽她的衣服。黄阿玲认出球球，给她使眼色。球球从妈妈的坤包里掏出一个手机，黄阿玲点点头，示意他离去。

球球在山下拨通手机。

球球急切地说："豆包，是我，快来救我妈妈，他们要活埋她。什么？我也不知道这是什么地方，路边有个牌子，可我不认识那几个字呀，好——等会儿。"

球球走到路边的牌子前："第一个字像个山字放到了，下面是个火字，第二个就是山字，第三个——好，我就在路边等，你们可得快点儿呀，晚了我妈就没命了。"

52. **半山坡上的小树林里**

坑已经挖好，几个人把黄阿玲抬起，丢到坑里。

朗六："黄姐，这你也怨不得我们，是荣哥叫我们弄死你，谁让你老是不还他的钱呢。还有，你知道荣哥的事，他活着也不踏实，对吧？"

黄阿玲呜呜叫着，挣扎着。几个人开始铲土往坑里填。

眼看黄阿玲就要被土埋到胸口了，这时，突然传来"嘭嘭"两声枪响，随即，郑探长、王所长带着民警们冲到跟前："警察，都不许动！"

朗六几个人措手不及，乖乖就擒，被戴上手铐，押下山去。

这时，球球和豆包早已跳进坑里，使劲扒土。民警们上来，将昏死过去的黄阿玲抬出。

郑探长："快送医院抢救！"

"豆包哥们儿！"球球扑到豆包身上，痛哭起来。

53. **强制戒毒所**

黄阿玲提着自己的行李，跟着两名女民警往里走。

忽然，她听到后面有人在喊妈妈。

黄阿玲回头一看，是豆包带着球球来跟她告别。

黄阿玲木然地站在那儿，呆呆地看着球球。

球球从胳肢窝下拿出一瓶洗发露，一步一步走到妈妈跟前。

球球把洗发露放在妈妈的手里，黄阿玲仍然不说话，脸颊上有两滴泪水在缓缓往下滚动。

球球哭了，说：“妈妈，我恨你！”

54. 小区居委会

苏小嫚和豆包正在打长途电话，球球坐在一边，翻他的那本破旧的课本。

话筒里传来一个男人的声音：“我是球球的爸爸，信我已经收到，情况我都知道了。谢谢你们帮了球球。我明天就去接球球。”

豆包：“你爸爸明天来接你，他很有钱，你会享福的。”

球球低头看课本，没有说话。

55. 某饭店　白天

豆包和苏小嫚带球球来到一间客房。

球球的爸爸裘明和一位衣着时髦的女子迎出来。

裘明激动地说：“球球，还记得我吗？我是你爸爸。”

球球冷冷地说：“我不记得了。”

裘明感慨地说：“我在南方做生意，几年没见球球了，都这么大了。来，球球，这是你妈妈。”

球球依然低头不语。

豆包：“球球这些年吃了不少苦，个性变化很大，不过，这孩子很聪明，你们好好教育他，将来会有出息的。”

裘明：“真得好好谢谢你们。中午一起吃饭好吗？”

苏小嫚：“不用了，把球球交给他亲生父亲，我们就放心了。明天，我们去机场送他。”

豆包和苏小嫚亲亲球球，颇为伤感地离去。

56. 商店里

裘明和妻子给球球买衣服。

57. 玩具店

球球抱着大毛熊，裘明正在付钱。

58. 饭馆里

桌上摆满菜，裘明夫妻给球球夹菜。

晚上，球球在屋里小床上睡着了，裘明深情地看着儿子。

59. 机场　第二天

候机室里，豆包和苏小嫚依依不舍地跟球球告别。

球球穿了一身爸爸买的新衣服，显得很精神。

豆包含着泪："球球，将来可别忘了你的豆包哥们儿和你苏阿姨，有事就给我打电话。还记得我的手机号吗？"

球球伤心地点点头。

苏小嫚："球球，记住阿姨的话，一定好好念书。这边你不用惦记你妈妈，我们会常去看她的。"

球球含泪点点头。

裘明夫妻跟豆包和苏小嫚握手道别，领着球球走进卫星厅。

豆包和苏小嫚频频招手，苏小嫚掏出手帕擦泪。

60. 机场外

豆包和苏小嫚挤上一辆公共汽车。

车厢里，豆包对苏小嫚说："看来，球球的爸爸还是很爱球球的，但愿他的流浪生活到此结束。"

苏小嫚："不知你看出没有，其实球球内心还是爱他妈妈的。"

豆包点点头，没有言语。

61. 小区居委会

豆包和苏小嫚推门进来，两人顿时惊呆了。

只见球球正在桌前认真地分报纸，脚下，蛋蛋亲昵地围着球球在转。

豆包一把搂住球球："小坏球，我知道你不会走的。"

球球："我打车回来的。豆包哥们儿，我可舍不得你呀。"

苏小嫚："球球，我知道你的心。你不愿离开你妈，对吗？"

球球点点头："等她戒了毒，学好了，我还跟着她。"

这时，桌上的电话铃响了。

苏小嫚拿起话筒，里面传来裘明的声音："苏主任，球球在机场临上飞机时偷偷溜走了。他舍不得你们，我就不勉强带他走了。我会寄一笔钱去。请你们把球球送到一个寄宿学校上学，拜托了。"

电话放下了，豆包和苏小嫚满怀希望地看着球球。

球球抿嘴笑笑："我答应你们，去寄宿学校念书，不过你们也得答应我一个半要求。"

豆包："一个半？"

球球："对了。"

豆包："你说吧。"

球球："一个要求是，常带我去看妈妈。"

豆包："这没问题。说那半个。"

球球看看豆包，又看看苏小嫚："我希望你们俩人结婚。"

豆包和苏小嫚笑了。

球球一本正经地说："我答应过豆包哥们儿，帮他介绍个好老婆。"

苏小嫚："那为什么是半个要求呢？"

球球狡黠地说："我的要求是一半，同不同意还得你们自己定，对吗？"

豆包："那就问问你苏阿姨她同意吗？"

苏小嫚："那你呢？"

豆包："那就让我们一起来说。"

球球说："我喊口令，一、二、三。"

三人一起高喊："我同意！"

定格。剧终。

警犬阿利

（电影剧本）

主要人物：

阿　利　一只警犬
阿　威　阿利父　功勋警犬
阿　花　阿利母　农家犬

赵　顺（顺子）　男　26岁　派出所民警
李　娟（娟子）　女　25岁　派出所实习民警
王　立（王所）　男　38岁　派出所所长
林　槐（槐哥）　男　30岁　派出所民警
马　贵（老马）　男　59岁　派出所民警
秦　锁（秦叔）　男　58岁　派出所火头军
刘　涛（刘局）　男　40岁　市公安局局长
黑四儿　男　30岁　狗贩子、人贩子
郭守业　男　40岁　人贩子
其他次要人物（略）

序幕：

外景　山区小路　白天

山区小路上，一条健美警犬由远渐近狂奔，警犬渐渐放慢脚步，在路旁边的草丛里左右寻嗅。

警犬在一处灌木丛前驻足，它感觉到某种气味，在一堆土上嗅嗅，开始用前爪使劲扒土。不一会儿，在它扒过的土堆里露出一只破袜子，它衔起袜子，回头。（定格）

警犬旁白：我是警犬阿利，序列编号 gajq1408。你想知道我的主人是谁吗？

阿利转身跑去。顺着它跑去的方向，我们看到他的主人——穿着一身警服的顺子。顺子看上去有二十四五岁，一副朴实憨厚的样子。

阿利似有得意，颠颠地跑到顺子跟前。

顺子接过袜子放进一个塑料袋里，拍拍它的头。

顺子（赞许地）：好样的。

阿利似乎不满意这个口头表扬，抬头看着顺子。顺子抱起它的脸，在它的额头亲了一下。阿利满意地摇摇尾巴，现出满足的神态。

阿利旁白：他叫赵顺，是我的主人，也是我的战友。

外景　派出所　白天

这是一个山区派出所。顺子牵着阿利走进派出所大门。从一间挂着所长办公室牌子的屋里传来喊声：顺子，又去驯狗啦？赶紧去东村，有个打架的事，你去瞅瞅。

顺子：知道了，王所，我这就去。

顺子把阿利关进犬舍，朝它摆摆手：我去去就回来，好好待着。

顺子走到墙根，推上电动车朝院外走。

阿利似有担心地看着顺子远去的背影。

派出所院里，人来人往，办户口的、办身份证照相的、闹纠纷的。所长王立、实习女警李娟、快退休的老民警马贵、中年民警林槐、食堂做饭的秦锁，先后从犬舍前经过，都亲热地跟阿利打招呼。阿利摇着尾巴，和善地对他们微笑。

阿利卧在地板上看着外面。镜头由远拉近，阿利眼睛的特写。

阿利旁白：我到这个派出所是几个月前的事了。想听我的故事吗？好吧，我讲给你们听，我可是有着纯正血统的警犬……

叠印出片名《警犬阿利》

1. 外景　山林中　白天

山林中，几个荷枪实弹的警察在林中警觉地搜索前进，一条凶猛彪悍的警犬在前面奔跑引路，它就是功勋警犬阿威。

一民警手台响起：各分队注意，逃犯手中有枪，注意安全！

阿威低头闻着嗅源，突然疾跑，在一个山洞前狂吠不止。

逃犯从另一侧洞口窜出，没命地朝林中狂奔，一边跑一边回头开枪射击。警察奋勇追击。警犬疾速奔跑的样子。一声枪响，一位追赶的警察负伤倒地，后面的两位警察扶起他，其他警察一边还击一边继续猛追。

阿威几个跳跃冲到逃犯身后，逃犯回身惊骇地喊了一声，举枪要射。阿威一个跃身猛扑上去，一口咬住逃犯的手腕。逃犯惨叫一声，丢下枪。后面追上的警察上前与亡命的逃犯搏斗，很快制服了他，给他戴上手铐。

警察押着逃犯下山。

2. 外景　山下路边　白天

山下路边，几辆闪着警灯的警车。一名指挥抓捕行动的警察用手台报告情况：逃犯抓获，行动结束。

几个警察把逃犯塞进警车。一名警察回头，左右看看，有些着急的样子：阿威呢？

3. 外景　山林中一个不大的村落　白天

奔跑下山路过此处的警犬阿威，听到不远处的狗叫。村舍门前，漂亮的母犬阿花冲着阿威不停地叫着。年轻气盛的阿威兴冲冲地跑过去。母犬摇着尾巴，向阿威示爱。

阿威扑上去，与阿花交配。

4. 外景　警车上　白天

阿威卧在笼子里，情绪低落地听一名警察的训斥：你今天犯了多大的错，知道吗？我们是有纪律的，告诉过你，你是工作犬，不是配种的！

阿威抬头看了一眼主人，颓丧地低着头听从发落。

警察：回去等着受处罚吧！

阿威似乎听懂了，呜呜地低吟着，似乎在承认过错。

阿利画外音：阿威就是我爸爸，那条母犬阿花是我妈妈。阿威回去受到处罚，差点儿让它离队。而我妈妈那天怀上了我们。

5. 外景　山村农舍　白天

院子里，阿利的妈妈晒着太阳，懒洋洋地卧在墙角，幸福地看着它的娃儿。五六只小狗崽儿在院子里欢蹦乱跳地戏耍，一只花猫过来，小狗们上去，花猫跟狗崽儿们逗闹起来。

院门外，一个三十来岁的男人（黑四儿），正在跟这家六十来岁的房主孙老爹讨价还价。

黑四儿：你这五个崽儿我全要，中不？

孙老爹：啥价？

黑四儿伸出两个手指头：二十一条。

孙老爹犹豫了一下：加五块你弄走。

黑四儿：大狗卖不？

孙老爹：不卖，留着看家。

黑四儿吐口唾沫，数着零钱：一百二十五，收好了。你把大狗拴起。

院子里，黑四儿把一只只小狗崽儿装进一个编织袋里。听着小狗崽儿的叫声，阿花暴怒地狂吠，使劲地想挣脱狗绳，去解救自己的娃儿。房主一边呵斥着阿花，一边催促黑四儿：装好了赶紧走吧。

黑四儿慌慌张张地跑出大门，把编织袋捆在一辆摩托车后面的支架上，发动车，离去。院子里传出阿花狂怒凄惨的吠声。

阿利画外音：那天，由于事情突然，我没有看到妈妈的痛不欲生的表情，可是从它的狂喊里，我知道妈妈舍不得我们，可它哪里知道，我们此去凶多吉少。

6. 外景　乡村土路　白天

黑四儿骑着摩托车颠荡着，后面扬起阵阵尘土。

黑四儿想起什么，停车在路边，双脚支地，掏出手机，拨号：喂，是野味香狗肉馆吗？胡老板，你好。在家呀？俺今天送过去几只狗崽儿，你给个好价。从山里收来的，不容易呀。中，一会儿就到。

后支架上的编织袋露了一个破洞，洞口渐渐扩大，一只小狗崽儿（阿利）挤出头来，小狗崽儿挣脱，从编织袋里逃出，落到地上。小狗崽儿愣愣神儿，向一边的草丛里跑去。

黑四儿把手机揣进兜里，回头看看编织袋，发现了什么，赶紧支好车子，打开编织袋数数，又把袋子扎好。

黑四儿往回走，顺着路边搜寻。

狗崽儿在草丛里不敢出声，眼看着黑四儿的破皮鞋从身边踏过。

黑四儿失望地回到摩托车前，骂了一声：妈的！

黑四儿发动摩托车，走远了，狗崽儿浑身哆嗦着伏在草丛里，一动不动。

阿利画外音：那天，看到编织袋有个小洞，我的兄弟姐妹奋力咬开、撑大，把我推了出来，从此我再也没有见过它们了。

7. 外景　小镇　日

小狗崽儿惶恐不安地奔跑，看到前面有人便躲起来。

镇外垃圾场，小狗崽儿跟几只流浪猫抢食。

流浪猫躬身竖毛，发出呜呜的发瘆鼻音，小狗崽儿被流浪猫追得落荒而逃。

下雨了。又冷又饿的小狗崽儿可怜巴巴地伏在路边，远远看着猫在吃食，咽咽口水。

8. 外景　公路边　傍晚

浑身脏兮兮、孱弱无力的小狗崽儿躺在路边，眼睛半闭着，不时地睁开看看，它没有气力站起来了。

顺子骑着电动车哼着歌从远处渐近，顺子骑过小狗崽儿身边，一回头似乎看到有什么东西在动。顺子骑回来，停下，蹲下身看着小狗崽儿。

小狗崽儿睁开眼，求助的眼神看着顺子。

顺子轻轻地抱起小狗崽儿，把它放进车筐里。

小狗崽儿蜷缩在车筐里，感激地看着顺子。

阿利画外音：顺子是派出所的警察，今年26岁，是个单身汉。后来我才知道，顺子刚生下来是个兔唇，被父母遗弃，在福利院里长大，长大后参了军，复员回来分配到这个偏远的派出所。

9. 外景　派出所院里　晚

顺子把电动车停在车棚里，刚要抱起小狗崽儿，王所长走过来。

王所长：顺子，回来啦？

顺子用身子挡住车筐：回来了，王所。

王所长：没吃饭呢吧？伙房给你留着肉包子呢，去吃吧。

顺子：嗯。

王所长：明天局里来人，把你屋拾掇一下。

顺子点头，王所长离开。顺子抱起小狗崽儿，左右瞅瞅没人，朝自己宿舍里跑去。

阿利画外音：王所长38岁了，在这所待了整整十年，他的妻子和上中学的女儿都住在镇上，可他很少回家，他爱着山区，把心思都用在这里了。

10. 内景　顺子宿舍里　夜

顺子把一件大衣铺在床上，把瑟瑟发抖的小狗崽儿放在上面，拎着塑料桶刚要出门，忽听有人敲门。情急中，顺子赶紧把自己的警服盖在阿利身上。

顺子开门，进来的是李娟。

李娟：你刚才鬼鬼祟祟跑啥？

顺子挡住李娟的视线：没……没有呀。

李娟推开顺子，径直走到床前，一掀警服，看见脏兮兮的小狗崽儿，吓了一跳，往后退了一步：小狗狗，哪儿来的？

顺子：路上拾的，别让所长知道。

李娟走近细看发抖的小狗崽儿，小狗崽儿睁开眼与她对视：它好可怜。

顺子：我去打桶热水，给它洗洗。

11. 内景 派出所伙房 夜

娟子走进伙房，看见做饭的师傅秦锁正在忙着收拾锅灶。

李娟：秦叔，顺子刚回来，叫我把晚饭打回去。

秦锁：知道，给他熥着呢。

李娟端着热包子刚要出门，又回身：秦叔，还有包子吗？怕他不够。

秦锁：还有凉的。

李娟：也行。

12. 内景 顺子宿舍 夜

顺子从桶里拎起湿漉漉的小狗崽儿，放在椅子上，用毛巾给它擦拭。

李娟端着包子进来：哇噻，这狗狗挺漂亮的嘛。

顺子把包子里的肉馅儿抠出来，小狗崽儿真的饿坏了，几口吃下去了。

顺子啃着包子皮，对李娟说：王所怕是不让留它，你给我保密，回头我谢你。

李娟点头：行。

阿利画外音：娟子是派出所唯一漂亮的警花，她家在县城里，从警校毕业后分到派出所实习。

13. 内景 派出所院里 清晨

老马从宿舍里出来，伸伸腿脚，抄起院墙边的一把扫帚开始扫地。他扫到顺子宿舍门口时，似乎听到里面有小狗的叫声，侧耳听了一下，笑笑，继续扫地。

林槐推着一辆摩托车进院，在车棚里支好车，路过顺子门口时好像也听到了什么动静，停步凝听。

林槐：老马，好像是小狗崽子叫。

老马扬起扫帚：啥小狗崽子？赶紧走，别碍事。

阿利画外音：老马明年就到退休的年龄了，他为人正直厚道，办事老练，待人也亲和，所里民警都尊重他。他在这个派出所待了三十年了，老伴儿也在几十里外的农村，他说，退休就去照顾多病的老伴儿，他说，他欠她的太多。

王所长从屋里出来，朝着赵顺的屋里喊：顺子，太阳晒屁股了，还趴窝呢？

李娟在伙房帮厨，听到喊声，顾不得解围裙，跑出来：王所，顺子昨晚帮我整户籍资料，三四点才睡。

顺子开门出来，揉揉眼：王所，啥事？

王所长：昨晚上东村老靳家北房塌了，你去看看伤着人没有。看你这困相行吗？不行我找别人去。

顺子：没事，我去。

秦锁跛着腿走出伙房，跟王所长招手：王所，招呼大伙开饭了。

阿利画外音：秦锁叔是附近村里的老乡，是个善良的老人，从小患了小儿麻痹症跛了。所长见他独身一人，生活困难，就把他招到伙房给大家做饭。他对民警们照顾得特好，对我也好，知道我喜欢吃肉包子，每次都省下自己的，给我吃。他也喜欢顺子，老给顺子留好吃的

14. 内景　顺子屋　日

顺子把小狗崽儿抱进一个大纸箱子里，抚摸了它几下：听话，别乱叫。

15. 外景　派出所院里　日

顺子从墙角推出电动车，走到门口。李娟从值班室走出来，

拿瓶矿泉水递给顺子。

顺子接过水，放进车筐里，掏出门钥匙，左右看看，塞在李娟手里，悄声说：帮我喂喂它。

林槐从屋里透过玻璃窗看到了这一切。

16. 内景　值班室　日

李娟热心地为几个村民办理户口。

李娟的手机响了，接听：还有两个办户口的，完事就去。

17. 内景　伙房　日

秦锁正在揭蒸锅，蒸汽弥漫，秦锁用手按按锅里的馒头，开始起锅。

李娟进来：秦叔，中午吃啥？

秦锁：红烧排骨，戗面馒头。

李娟趁秦锁不注意，在菜盆里拿了块排骨藏在身后：秦叔，顺子可能回来晚些。他让我转告您，给他留点儿饭。

秦锁：好嘞。

18. 内景　顺子屋里　日

李娟用钥匙打开屋门，进去。

李娟打开纸箱盖儿，小狗崽儿显得很高兴，跳起来，跟她亲热。李娟温存地用手捋捋它的背：饿了吧？

李娟把排骨放进纸箱里，小狗崽儿津津有味地吃起来。

李娟看着它的吃相，不由得笑了。

这时门开了，林槐进来：怎么顺子门也没锁？哦，娟子在这儿呢。

李娟有些尴尬：槐哥，顺子出警了，打电话让我看看他屋里充电器电源插销拔没。

林槐走近纸箱看：娟子，这是什么？小狗崽子，哪儿来的？

李娟：槐哥，顺子路上捡的。对了，别告诉所长。

林槐刚要示好，摸小狗崽儿的头，它猛地蹿起，朝他吠起来。林槐急忙把手缩回来：它不喜欢我？

李娟笑笑：怕你抢它的骨头吧。

林槐的手机响了，他一边接听一边朝门口走。手机里面传出王所长问责的声音：（画外音）你是怎么搞的？答应人家的事也不办。

林槐：是赵顺说的？

王所长：（画外音）跟他没关系。晚上我回去再说。

阿利画外音：林槐也是镇上的，他有点儿自私，什么事都为自己想。我不喜欢他，他还老欺负顺子。槐哥有点儿怕我，知道我保护顺子，总想把我挤走。

19. 内景　派出所会议室　傍晚

派出所民警围坐在简易的会议桌前。

王所长有些恼火地说：林槐，你说说是咋回事。老靳家那房子你几天前去过，也答应找人给修，咋就把这正经事给忘了？害得一个孤老头差点儿把命搭进去。

林槐自知理亏，不敢大声争辩：那天去拍二代证照片，是看到他家房子有危险，回来事忙，也忘了告诉顺子了。

林槐用不满的眼神瞥了一眼坐在一边的顺子。

顺子：这事我有责任，那是我的管片。好在老靳没大碍，只是头皮受了点儿伤。

王所长：林槐，写份检查明天给我！散会。

林槐：王所，我还有点儿事。

王所长：啥事？说。

林槐看看顺子，站起来：赵顺，说说那狗崽儿是咋回事？

顺子回头，不解地看看李娟，李娟恨恨地瞪着林槐。

王所长回头看看赵顺：啥狗崽儿？

顺子：出警回来路上捡的，我看它快死了，就抱回来了。

王所长：胡来！咱派出所不是流浪狗的收容站，赶紧给扔了！

顺子站起来：王所，那狗好歹也是条生命，你真忍心看着它死了？

李娟拿出手机，触了几下屏幕：王所，你看这儿，前两天有个派出所就被曝光了，说送来的流浪狗死在派出所里，网友们还人肉这个所的所长。

王所长接过手机看看：还有这事？

老马：王所，顺子他们有爱心是好事。我看，这狗先让顺子养着，不行的话，过些时候找个好人家领走。

王所长：就这样吧。

阿利画外音：林槐以为是顺子打他的小报告出卖了他，其实那是一个村干部给王所打的电话。王所在大家请求下答应留下我。

20. 外景　派出所院子　日

老马和顺子乒乒乓乓在钉一个狗窝。

狗窝被安放在顺子屋前的墙角。

顺子牵着小狗出来，老马把它抱起来，细看：这可不是一般的狗，真可惜了。谁会把它扔了呢？

李娟高兴地说：狗狗乔迁新居了，咱们得给它起个名字呀。

顺子：我叫赵顺，再加个利就是顺利，就叫阿利吧。

老马点头：这名不错。

李娟：顺顺利利，好呀。

秦锁拿块儿肉骨头过来：阿利今儿个乔迁，给它开个荤。

阿利画外音：我的名字就是这天才有的，我喜欢这个名字，因为它是我的救命恩人顺子给我起的，我也希望我们永远在一起，顺顺利利。

21. 外景　山野小路　清晨

朝霞辉映在山间小路上，路边翠草滴露，鸟儿争鸣。

阿利在前面撒欢地奔跑，顺子和李娟跟在后面。

李娟停下来喘气：顺子，我跑不动了。

顺子：那就歇会儿。

顺子一吹口哨，阿利噌噌噌地跑回来，对着两人摇头摆尾。

李娟用手胡噜阿利：阿利长大了。

顺子：它真是有模有样的，我得把它驯出来，为咱派出所做点儿什么。

李娟：你会驯犬？

顺子摇摇头：不会。

李娟：对了，我有个警校同学，在市局警犬队。

顺子高兴地说：太好了，我去找他。

22. 外　警犬基地　日

警犬基地大门外。

驯犬员林刚拍拍阿利的头：是条好犬，可我帮不了你，队里有规定，不在编的犬不能代训。

顺子失望地牵着阿利走了。

顺子牵着阿利在警犬基地围墙外走着，听到墙里驯犬员的口令声不由得停下来。

顺子攀上墙头往里看，几条警犬正在接受训练，驯犬员一招一式的动作，让顺子看呆了。

23. 外　派出所院里　日

李娟忿忿地说：这姓林的，当了几天驯犬员，嘚瑟得不行了，老同学也不认了，回头我去找他！

顺子：他们有规定，别难为他了。我有办法。

李娟：你有办法？

顺子：我休几天假。顺子贴在李娟耳边，小声说着。

24. 外　警犬基地　日

顺子趴在墙头上，举着个望远镜在看。

院里，几个驯犬员在训练警犬搜索、扑咬。几条健壮漂亮的警犬认真做着动作。

一个驯犬员发现墙头上的顺子，对林刚说：你瞅，那边墙头上有个人在偷窥。

林刚：不会是老百姓看热闹的吧？

驯犬员：在那儿好几天了。把他轰走。

驯犬员指指墙头，对一条警犬发令：扑！

警犬朝着那边墙头冲过去。

顺子拿着望远镜看得很专注，冷不防警犬突然蹿上来，差点儿扑到墙头上，吓得他从墙头摔下来，头也磕破了。

25. 内　医院手术室　日

顺子头上缠着纱布出来。

林刚迎上来：真对不起，不知道是你，我们那同事也就想吓唬你一下。

顺子：没事，是我没站稳。

赵刚塞给他一本书：这是驯犬教材，你拿回去看看或许有用。

顺子感激地说：谢谢。

26. 外　小树林里　清晨

一缕阳光照进小树林里。顺子看着教材在训练阿利。李娟在草地里高兴地采摘野花。

阿利在草丛里东闻闻，西嗅嗅，它在一丛灌木丛里停下，用爪子猛刨，不大会儿工夫刨出一只破皮鞋，叼着跑到顺子跟前。

顺子高兴地奖励它一块火腿肠：阿利，好样的！

顺子指着不远处一个穿着羽绒服的假人对阿利下令：阿利，扑！

阿利噌地一下蹿出，扑上去将假人放倒，动作迅疾猛烈。

李娟在一边兴奋地喊：阿利，威武！

阿利在顺子和李娟身旁跳跃着。

李娟把一个用野花编成的头冠给阿利戴上：阿利，这是给你的奖励！

阿利很享受地趴在地上，任由李娟抚摸。

顺子看着这动人的情景受到感染，跑到路旁，采了一些白色的野花，编成一个花环：娟子，你戴上真美。

李娟有些羞涩：是吗？我就喜欢白色的花。

顺子：为什么？

娟子：白色象征纯洁、朴实、真诚。

顺子：那倒是，我也喜欢白色。

顺子看看表说：上班时间快到了，该回去了。

戴着头冠的阿利颠颠地在前面跑着，它停步，回头看见顺子和李娟有说有笑地你追我赶。

阿利画外音：我早发现了，娟子只要跟顺子在一起就特别开心，我在前面离你们远点儿，你们开心我就开心。

27. 外　派出所　日

犬室外，残疾的秦锁一跛一跛地走过来，扔了块儿骨头给阿利，亲热地说：阿利，听说你最近很行，是好种，犒劳犒劳你。

阿利朝秦锁摇摇尾巴，衔起骨头到一边啃去了。

林槐送个人出派出所大院，回来路过犬舍，隔着铁栏杆要逗阿利玩玩。阿利没给他面子，瞪着林槐。林槐赶紧退后几步，找了根竹竿隔着栏杆捅它，阿利朝着林槐狂吠起来。

顺子听到叫声，过来训斥阿利：别叫了！

林槐不快地扔下竹竿：顺子，你这狗是咋训的，连自己人也咬？

顺子赔着笑：槐哥，你别招它，它记仇。回头我教训它。

林槐悻悻地离开。

28. 内　所长办公室　日

王所长在跟老马聊天。

王所长：老马，你的困难补助下来了，钱不多，五千块，拿着吧。

老马：我没啥困难。不是跟你说不用往上打报告。

王所长把钱塞给老马：别说了。谁不知道老嫂子年前动了大手术，你那半傻闺女也没工作。这点儿钱就给老嫂子补补身子。

老马动情地说：那，那我就收下啦。

王所长送老马出屋：明年你就到点了，外面的事你就少跑跑，让顺子、林槐他们年轻点儿的多跑跑。

林槐刚好进来：老马也在呀。哦，王所，那条狗得处理了，我看它越来越凶，哪天放出来闹不好要伤人。

王所长：那不是圈着呢吗？让顺子多留着点儿神。

林槐：养那玩意有啥用？所里还搭着钱买狗粮，咱经费不是紧吗？

老马：我说林槐呀，这事我得说道说道。那买狗粮的钱可都是人家顺子自掏腰包买的，就连每次看病打针也没花所里一分钱。你问所长是不是？

王所长点点头：这倒没错，顺子是没花所里什么钱。他想把这狗训出来，回头我问问，行了就留下，不行就让他处理了。

29. 内　镇上小饭馆里　日

黑四儿跟一个四十来岁的叫郭守业的人贩子喝酒。

郭守业端起杯酒跟黑四儿碰了下：兄弟，现在贩狗的买卖不好做了吧？

黑四儿喝口酒，抿抿嘴：可不，好多卖狗肉的店都关张了。

郭守业夹了一筷子牛肉塞嘴里：我这儿有个生意挣得多，干不干？

黑四儿：啥生意？

郭守业左右瞅了瞅，低声说：弄孩子。

黑四儿一惊：贩人？

郭守业点点头：利大。

黑四儿犹豫：这可是犯法的事。

郭守业：你贩一个月狗，不才两三千，你弄一个孩子这个数儿。

黑四儿看到郭守业伸出一个巴掌，想了想：行，我干。

30. 外　派出所院里　傍晚

顺子牵着阿利从外面走进来，一看院子里空荡荡的。秦锁从伙房里跑出来，顺子忙问：人都哪儿去了？

秦锁火急地说：顺子，出大事了，东岗村那边有命案了，死的是个孩子，王所带着他们都过去了。

顺子一听，赶紧从车棚里推出电动车，对阿利挥挥手：走！

31. 外　山路旁　傍晚

天阴沉沉的，黑云滚滚，是下雨的前兆。

路旁不远的草丛里躺着一个小女孩儿的尸体，不远处有一个书包。

王所长和民警不忍看孩子的惨相，老马脱下自己的训练服，给孩子盖上。

王所长愤愤地说：这个畜生，非得抓住他！

林槐在向报案的放羊老汉询问情况。

老马和娟子在现场寻找遗留物，王所长在接电话。

顺子刚好赶到，气喘吁吁地跑过来，阿利紧紧跟在后面。

天空乌云密布，风雨欲来。

王所长抬头瞅瞅天上，皱着眉：刘局说，马上调警犬过来，怕是不赶趟了。

老马：这一带外人不常来，作案人多半是附近几个村里的。

顺子看看在拱着他腿的阿利，对所长说：王所，让阿利上。

林槐不以为然地说：它又不是警犬，别瞎耽误工夫了。

娟子：不是警犬又怎么了？说不定它就行呢。

王所长看看顺子又看看阿利，再朝天上看了看：让它试试吧。

顺子把狗绳解开，阿利在小女孩儿尸体旁边转了两圈儿，又在草丛附近嗅了嗅，一下蹿上一条小路跑去。王所长朝大家挥挥手：跟上！

阿利在前面跑过一片树丛，又跑过一片田埂，在一条小溪前停下。嗅源似乎消失了，阿利在小溪左右两边嗅嗅，失望地返回。顺子用鼓励的眼神跟它对视了一下。阿利看看小溪对面，毫不犹豫地蹚过去。大家也卷起裤腿蹚水紧跟上。

阿利似乎又找到了嗅源，沿着一条土路狂奔，跑到一个村子里的一间房前，趴下，回头看看顺子他们，不动了。

王所长带着众人破门而入，屋里一个四十来岁的羊贩子慌慌张张，被吓坏了：你们这是干吗？

王所长厉声地问：你刚才在东岗村干啥了？

羊贩子哆哆嗦嗦地说：没，没干啥呀。

顺子从炕边地上抄起小女孩儿的衣裤，喝问：这是什么？

羊贩子无言以对，转身推开王所长就往外跑。阿利狂吼着迎面扑上来，羊贩子一下瘫倒在地。顺子上前，给他戴上手铐。

32. 外　派出所院里　夜

大雨刚停，地面的积水泛着光。

刘局长带着两条警犬进来。

警犬阿威见到阿利异常兴奋，阿利吼叫着扑上去。

阿威迎上来，摇着尾巴深沉地叫了一声，亲昵地抱住阿利亲了一下。两条犬相对目视，显得很激动。

犬队民警：看来它俩很友好。

顺子：怪了，阿利平时很认生。

刘局长从所长屋里出来，走到顺子跟前：是你带犬立的功？

顺子不好意思地说：是阿利。

刘局长转身高兴地拍拍阿利的头，仔细看看，称赞说：嗯，还是正宗的警犬种呢。好样的，就给它个名分吧。从今天起，这条犬就列为市局警犬队在编警犬，暂时先在你们派出所服役吧。

阿利昂起头，朝刘局长轻轻叫了两声。

刘局长带着犬队民警离开。

阿利追着阿威，两犬依依不舍。

阿利被顺子喊回，两眼含泪，看着阿威被牵进犬笼。

阿威在笼子里朝着阿利吠叫道别。

阿利画外音：他们不知道阿威就是我的爸爸。其实我也不知道它就是我的爸爸，可是从它看我的眼神里，从它过来亲吻我那一刻，我就认定，它是我最亲的亲人。

33. 外　派出所　日

派出所一隅，顺子、老马和李娟忙着在给阿利翻建新犬舍，老马一头是汗地在锯一根圆木。顺子在抹墙灰，李娟在一边当下手。

老马脱下身上的毛背心，放在一边的小凳上。

李娟笑着问：老马，这么漂亮的毛背心谁织的，一定是老嫂子吧？

老马：她可没这本事。

老马看看顺子，顺子瞥了他一下，用手指指嘴。

老马笑笑：回头再告你吧。

这时，王所长走过来，高兴地说：好消息，阿利给咱所争了光，局长专款也批下来了，犬舍照五星级的标准好好修。

老马停下手里的活，揶揄地说：王所，我看还是把它处理了吧。

李娟随和着：我同意，省得给咱所惹事。

王所长：你们这是批评我呢吧？我眼拙，没看出阿利还真是好样的。顺子，好好待它，关键时候指着它呢。

顺子：那是必须的。

王所长：顺子，明天你跟林槐到镇上魏老太太家去一趟，她瘫痪了，出门不方便，给她拍一张二代身份证照片。

顺子：好嘞。

34. 外 镇上 日

顺子和林槐在临街魏老太太院门前停下，顺子支好电动车，一回头却看见阿利颠颠地跑过来。

林槐：它怎么跟来了？

顺子拍拍阿利的脑袋：不是说好在家等着吗，怎就溜出来了？

阿利看看顺子，乖巧地卧下。

林槐：带着条狗工作啥影响？

顺子：槐哥，让它在门口等着，不进去。

林槐：别捅娄子就成。

顺子对阿利说：就在这儿趴着，别动。

顺子和林槐进院。

阿利乖乖地趴在门口，注视着街上的行人。

不远处树荫下，一个老太太推着婴儿车，里面坐着个两三岁的孩子。孩子看到路边卖气球的，吵着要，老太太到马路对面的摊儿上去买。

躲在一边的黑四儿见状，小跑上去，刚要抱走孩子。

阿利突然发疯似的蹿起，直朝黑四儿扑过去。黑四儿听到动静回头一看不妙，把婴儿车掀翻，撒腿就跑。

孩子哭叫起来。老太太不顾一切赶紧跑回，抱起孩子，边哄边骂：真是条疯狗！

黑四儿沿街拼命逃跑，阿利狂怒地紧追，路上行人纷纷避让。

情急中，黑四儿跑进路边一家门脸小店，把玻璃门紧闭。黑四儿在里面惊骇地喘着粗气：这狗疯了！

阿利隔着玻璃对黑四儿狂吠。

顺子和林槐气喘吁吁地跑来。顺子喝住狂躁的阿利，看了一眼玻璃门里的黑四儿，强行带走似不甘心的阿利。

35. **内　派出所　日**

会议室里，所长召集全体民警开会。

王所长：有人投诉说，我们派出所养的狗在镇上闹事，大家说说这事。

林槐：我早说养这狗不行，早晚找事。这下可好，闹得满镇老百姓都知道派出所的狗惹事了。还是处理掉吧。

李娟：不行，也没伤着人，阿利可为咱立过功。

林槐：等哪天伤着人就晚了。

老马：处理，你有权？现在阿利可是局里在编的警犬。

王所：顺子，你说话。

顺子抬起头：我在想，阿利平时不这样呀，这次有些反常。我想再了解一下情况。

王所长：好吧。顺子，不管怎样我得批评你没把阿利看好了。明天去看看那孩子，给人家道个歉。

36. **外　派出所　夜**

顺子坐在院子里的石凳上，阿利蹲在一旁。

顺子：阿利，你今天表现不好，我挨领导批评了。

阿利两眼委屈地看着顺子。

顺子：让你老老实实坐在门口等，为什么乱跑？

阿利呜呜叫了两声，又烦躁起来。

李娟从屋里出来，走到顺子身边坐下，安慰他：顺子，别再郁闷了。阿利这么做肯定有它的道理，是吧，阿利？

阿利感激地看看娟子，点点头。

顺子的情绪好些：娟子，你的实习期快到了，你会离开所里吗？

李娟：我还没想好。

顺子：你爸妈都在县城，还是回去好。

李娟感慨地说：可我真舍不得离开这儿。你看，这里的山美水美，天上的星星美，还有所里的人对我这么好。

顺子：你要不走就好了。

李娟：你刚才不是说我回去好吗？

顺子：我的意思是……

李娟追问：是什么？

顺子：我……没什么。我该去巡逻了。

顺子拍拍阿利的头：走，阿利。

李娟关切地说：晚上冷，多穿点儿衣服。

阿利跟着顺子走出派出所大门。

阿利画外音：顺子喜欢娟子，可他就是说不出心里的那句话。看得出，娟子也喜欢顺子。他俩要是好了，我多高兴呀。

37. 外　派出所院里　清晨

老马抱着个大扫把在扫院子。

阿利摇着尾巴，围着老马高兴地转悠。

老马娇嗔地说：瞎转啥，干点儿活儿。

阿利听懂了，点点头，跑去把一个塑料袋叼来，放到老马跟前，接着又跑去把一个废纸团叼来。

老马直直腰，笑着拍拍阿利：真是乖孩子。

李娟从屋里出来：老马，又表扬咱阿利啦？

老马：懂事呀。

秦锁骑辆残摩进院，从车上下来，拎着一个塑料袋。

李娟：秦叔，又给阿利带好吃的啦？

秦锁：昨天镇上有个亲戚家办婚宴，我打包带回点儿肉骨头。

秦锁取出一块儿要喂阿利。顺子从屋里出来：秦叔，先别，我带它遛弯儿回来再喂。

顺子牵着阿利，给李娟使了个眼色：走，跑步去了。

李娟高兴地跟着跑去。

老马和秦锁会意地相对一笑。

38. 外　山野小路　日

顺子和李娟边说边笑边慢跑，阿利在前面撒欢地跳跃奔跑。

路边不远处有处院落，门口有条漂亮的看门犬。

阿利回头看看离它还远的两人，撒着欢冲了过去。

两条犬看起来很亲热，互相追逐打闹。

两人跑过来。见此情景，顺子大喊：阿利，回来！

阿利有些不舍，还是沮丧地回头看看，跑了回来。

李娟：阿利喜欢它。

顺子拍了一下阿利的屁股：前面去。

阿利不大高兴地往前跑了。

顺子：我早看出了，那是条母犬。阿利喜欢它，可阿利是在编的警犬，不能随便交配。

39. 外　派出所院里　日

顺子和李娟跑进来。李娟端脸盆打水洗脸。顺子在院子里练哑铃。

秦叔拿着一大块儿排骨给阿利。阿利叼着排骨，看看顺子没注意，叼着排骨飞快地跑出院子，直奔那院落而去。

顺子一回头，不见了阿利，追到院门口，远远看到阿利把那块儿排骨衔给那条母犬。

顺子叹口气，自语：阿利，你可不能犯错误呀。

王所长推着摩托车进院：顺子，我看见阿利叼着什么东西跑了，一会儿回来把它圈起来。上班时间到了，别伤着群众。

顺子：嗯。

阿利画外音：它叫丽丽，是那家人养的一条母犬。我出警常从它家路过，丽丽总是对我微笑，它告诉我，跟着警察办案要多加小心，坏人多，别伤着自己。我喜欢它，它也喜欢我。

40. 内　派出所办事窗口　日

李娟坐在电脑前为几位老乡办户口。

一位年轻妇女心急火燎地跑进来：民警同志，我的孩子被人抢走了！

王所长从另一间屋里出来：是阿芳呀，别急，怎么回事？

阿芳哭着说：就在刚才……（闪回）

41. 外　村边一家农家院前　日

阿芳哼着歌，抱着孩子坐在门口一个小凳子上晒太阳。

黑四儿骑着摩托车路过，停在不远一棵树下，点支烟抽起来。

阿芳听到屋里手机铃声，把孩子放到凳子上，转身走进院门。

黑四儿扔掉烟头，疾跑上前，抱起孩子，骑上摩托车就跑。

阿芳打着手机出来，一见此景急坏了，边追边喊：抢孩子啦，快来人！

黑四儿骑着摩托车很快消失在远处。

42. 内　派出所接待室　日

王所长朝里面喊：林槐，赶紧跟我去追。顺子，你带上阿利去现场！

43. 外　阿芳家院门前　日

顺子骑着电动车到门前，阿利从后支架上跳下来。

阿芳的老公公从屋里出来，哀求着：是顺子呀，你看，孩子他爹在外面打工，出这么大事赶不回来，你们可得帮俺们找回孩子呀！

王所长开着警车也赶到了，王所长扶着悲痛欲绝的阿芳下车。

王所长：妈的，这小子跑得真快。

阿芳哭着坐在地上：孩子没了，我可怎么办呀？

王所长对顺子：看看现场有什么线索。

阿利在附近东闻闻西嗅嗅，在那个烟头处卧下。王所长和林槐走过去。林槐戴上手套，小心翼翼地捡起烟头，放到一个塑料袋里。

顺子在向阿芳询问：看到那人啥样？

阿芳：个子不高，瘦瘦的，没见正脸。

顺子：穿啥衣裳？

阿芳：黑裤子，上身是件那种带花花的夹克，当兵的穿的那种。

顺子：迷彩服？

阿芳：就是。

顺子皱眉：是他……？（闪回）

44. 外　镇上路边门脸店　日

顺子在街上疾跑。

门脸店外，阿利朝着里面的人狂吠。

顺子气喘吁吁地跑来，喝住阿利，朝里看了一眼。

穿着迷彩服的黑四儿在玻璃门内，吓得魂不附体的样子。

45. 外　阿芳家门口　日

顺子对走过来的王所长说：我见过这小子。

蹲在一边的阿利瞪着大眼，朝王所长点头。

王所长：真的？

顺子：那天阿利追的就是他，肯定是他想抢小车里的那孩子，被阿利发现了。他们说，是阿利弄倒了小车，看来我们还冤枉了阿利。

王所长安抚阿芳：我们会尽全力找回你的孩子！

46. 内　县城小饭馆　日

郭守业和黑四儿在一个角落里边吃边喝。

郭守业左右瞅瞅，掏出一沓儿钱给黑四儿：拿着，这次是个丫头，不值钱。下回弄个小子，翻番儿。

黑四儿把钱接过来，舔着唾沫数了数，揣进兜里。

黑四儿喝了口酒：成。我们这地儿，男人都出去捞了，净剩下老的和娘们儿，好弄。不过得过些时候，现在风声有点儿紧。

郭守业：怎么，害怕了？

黑四儿：你他妈不怕？

郭守业把黑四儿的手抓过来，放在自己腰里：猜猜这是啥？

黑四儿：枪？你还有这玩意？

郭守业：别看自制的，管用。

郭守业又指指桌上的挎包：还有那玩意，轰……

黑四儿：哥，你真行，我服了。

郭守业：我他妈从大狱逃出来的，怕啥？抓不到吃香的喝辣的，抓到了就他妈鱼死网破。

47. 内　派出所会议室　日

王所长召集民警开案情分析会。

王所长：这是我们辖区发生的恶性案件，大白天抢孩子，局里要我们尽快破案。老马和林槐，你们到辖区摸情况，即使是外来人作案，肯定也有我们本地人配合。顺子，你去镇上查查监控，有情况立即向我汇报。

三个人起身，戴好帽子，走出会议室。

48. 内　镇上那家门脸　日

顺子推门进来。卖服装的老板娘迎上来。

顺子：你好，我是派出所的。还记得那天闯进来的那个躲狗的人吗？

老板娘：记得，那天吓死我了。他闯进来，外面那狗也扒着门要进来。那狗为啥专咬他呢？

顺子：我们正要查这事。还记得后来那人去哪儿了？

老板娘：我想想，对了，他好像骑了辆电动车，往街西边去了。

顺子：谢谢了。

49. 内　镇兴宏旅店　日

宾馆经理陪着顺子走进监控室。

经理对一保安员说：你把这几天的监控录像给这位警官看看。

保安：是，经理。

经理对顺子说：你随便看，需要什么让他给你复制一份。我还有点儿事，就不陪你了。

顺子对保安说：把上周三的调出来。

顺子专注地看着录像，突然喊了声："停！"画面上，那个骑电动车的男子，在停车场里下来。

顺子：继续！

荧屏画面显示，那个男子支好车，钻进停在墙边的一辆越野车里。

顺子：这车是谁的？

保安：是一外地客人的，上礼拜停了两天走了。你去登记台能查到。

顺子高兴地说：谢谢你了。

50. 内　镇上饭馆　日

顺子在一饭桌前坐着看手机。手机屏幕上显示他和娟子的微信头像。

顺子打出字：我中午不回所里吃饭了，帮我喂一下阿利。

闪动娟子的头像，回复：放心。

服务员端上一碗热腾腾的刀削面。顺子放下手机，大口吃起来。

从旁边的雅间里传来一阵劝酒的喧闹声。

顺子吃完面，向服务员要了一碗面汤，慢慢喝。

雅间的门开了。林槐满脸通红，摇晃着走出来：服务员，厕所在哪儿？

顺子抬头一看，跟林槐打个照面。

林槐有些尴尬：顺子，你也在这儿吃呢？进去一起吧？我一同学今天过生日。

顺子：哦，槐哥，我吃完了。

林槐不放心地说：顺子，我，没喝多少，你……

顺子：槐哥，我啥也没看见，先走了。哦，厕所在那头儿。

顺子朝林槐点点头，走出饭馆。

林槐摇摇晃晃地朝厕所走过去。

51. 外　派出所　傍晚

顺子推车进了院，支好车，到犬舍跟前把阿利放出来，拍拍阿利的背：今天一天出去工作了，想我了吗？

阿利伸出舌头，舔舐顺子的手。

李娟从屋里出来，朝所长屋里努努嘴，小声地说：林槐出事了，上班时间喝酒被人举报了，王所正跟他谈话呢。

顺子：真的？

李娟：真的，喝得不少。

顺子无语地牵上阿利：我带它遛遛弯儿去。

顺子刚走到门口，林槐从所长屋里出来，喊住顺子：顺子，你站住！

顺子停步：咋了？

林槐：又是你使的坏吧？

顺子：我啥也没说。

林槐：算了吧，有人举报，不是你还有谁？

顺子：槐哥，真的不是我。

林槐：这可不是头一回了。

李娟上前：槐哥，你没证据别瞎说。

林槐：嚯，还有帮腔的，我知道你们俩好。

林槐一把拽住顺子的衣领：今天你说清楚了，干吗老跟我过不去？

顺子使劲挣脱不开，也急了，高喊：你松手！

这时，在一边的阿利突然扑上来，一下咬住林槐的袖口。林槐“哎哟”叫了一声，赶紧松开顺子，自己却仰面跌倒。顺子赶紧喝住阿利。

王所长闻声从屋里跑出：都住手！

老马也赶过来，扶起林槐：咬破了，得包扎一下。

王所长对顺子说：赶紧把阿利弄走！老马，你开车送林槐去镇上医院打针，别耽误了。

52. 外　派出所院里　夜

顺子坐在树下的石凳上训斥阿利：我和林槐的事我们自己能解决，谁让你掺和了？

阿利似乎有些委屈地看着顺子

顺子：你想说什么我知道，可你出手也太狠了，他不是犯罪分子，一点儿分寸也没有。

阿利似乎知道错了，“呜呜”叫了一声，低下头。

李娟端着热饭菜走过来：顺子，给你热了，吃吧。

顺子感激地看着李娟：我真的不饿，气饱了。

李娟：我知道你不是那种人。林槐上班时间违纪喝那么多酒，被人举报，也该受点儿教训。

老马这时进来，两人迎上去。顺子问道：马叔，他没事儿吧？

老马：没事儿，破了点儿皮，打了防疫针，送回家了。

顺子：那就好。

老马友善地蹲下，拍拍阿利的头说：小伙计，下回咱不能这么干了。

阿利抬头，看看顺子又看看老马，点点头。

53. 外　派出所院里　清晨

老马在院子里扫地。顺子屋门开了，他穿着一身运动服出来，把犬舍门打开。阿利高兴地围着他转。

阿利跑到李娟门前，用爪子敲门。里面传出李娟的声音：是谁呀？大清早敲人家的门。

李娟开门，把阿利抱在怀里亲了亲：真乖。

老马扫地有点儿累了，直了直腰。阿利叼了个木凳过来，放到老马跟前。

老马拍拍阿利，感激地说：阿利知道我老腰不好不能坐凉凳。

老马坐下歇气，瞅着跑出去的顺子和李娟，笑了笑。

54. 外　山间小路　日

阿利在前面撒欢地奔跑。

顺子和李娟迎着初升的太阳沿着小路边说笑边跑。

阿利跑到那看林人院子前，跟那条母狗打闹起来，两只狗亲密的样子让跑到跟前的顺子皱起了眉头。

李娟：阿利真的爱上它了。

顺子严厉地大喊一声：阿利，回来！

阿利性情正浓，猛地听到喊它，看看身边的情人，又看看不远处朝它招手的顺子，悻悻离开母狗，跑走。

顺子看着蜷伏在脚下不语的阿利，狠狠地训斥道：跟你说过，不许再找它，你怎么没记性？

阿利抬头，有些凄惨地看着顺子。

顺子更为严厉地说：今天给你个警告处分，记档案，下回再犯就不带你出来了。

阿利很伤心地低头无语。

55. 内　派出所　日

派出所小食堂里，王所长和老马正在吃早餐。

顺子和李娟进来。

顺子打招呼：王所，早。

王所长招呼大家：你们端饭坐过来。

顺子和李娟打了稀饭和花卷儿，坐了过来。

王所长：我一会儿去市里开会，老马和李娟就在所里值班，顺子去查那辆面包车的线索，林槐就让他再歇一天。

秦锁从外面进来：顺子，阿利是不是病了？喂它啥都不吃。

顺子一听，放下碗筷，急忙跑出去。

56. 外　派出所　日

犬舍里，阿利一动不动地趴在角落里，眼前食盆里放着没有动的狗粮。

顺子走进去，蹲下身，轻轻地抚摸着阿利。阿利头也不抬，闭着眼睛。

顺子动情地说：阿利，我知道你生我气，也知道你舍不得离开它。可是你必须得离开它。你是在编的警犬，也是我们的战友，你跟我们一样都是有纪律的，懂吗？

阿利慢慢抬头看着顺子，眼里含着泪。

顺子：别难过，阿利，干我们这行的都要学会舍弃，别折磨自己了，好好吃饭。

阿利似乎听懂了，站起来，走到盆前开始吃盆里的食物。

阿利画外音：它叫阿花，从那天起，我不再去找它了。阿花很伤心，后来得病死了。看林人把它埋在后山的一片树林里。

57. 内　兴宏旅店　日

服务台前，顺子在向女服务员了解情况。

顺子：那车司机住了几天？

女服务员：三天

顺子：有登记吗？

女服务员翻查登记本：有，叫张强，山西人。

顺子：身份证有吗？

女服务员：有。

顺子：给我抄一份。

顺子拿起手机拨号：娟子，帮我查一查这个身份证号，1200……

顺子放下手机：还记得那人长得啥样？

女服务员：大约有 40 岁左右，个儿不高，头顶有点儿秃，样子挺凶的。

顺子：他再来住店，别惊动他，往派出所打个电话。

女服务员：好。

顺子手机响起，接听：伪造的？好，明白了。

58. 外 县城街上 日

越野车里坐着黑四儿和戴着墨镜的郭守业。

越野车停在马路边，旁边是一家商厦，门口临时搭的台子上，一打扮入时的年轻姑娘正在做商品促销。

黑四儿下车，凑到跟前，左右踅摸。

一老头推着个儿童车，里面坐着个男婴。

促销女郎：这是新款白了白牙膏，防虫蛀，还能治口疮。看我的牙白不白？就是天天用白了白牙膏刷牙。

推车老人看得入神。

促销女郎：现在，这管牙膏免费赠送十位朋友，那位老先生请上台。

老人有些激动，对身边的黑四儿说：帮我看下孩子。

黑四儿：没问题。

老人赶紧上台领奖。

促销女郎：现在，这十位朋友将免费领到我们赠送的白了白牙膏。我还有两个问题，请问大爷，您平时用什么牌子的牙膏？

老人：用黑妹。

促销女郎：那您今天用白了白试试，保管您的牙齿又白又结实。请问您今年高寿？

老人刚要回答，一看车里的孩子没了，一下急蒙了：孙子，我的孙子！

59. 外 越野车里 日

疾驶的越野车在路旁缓缓停下，路边站着个中年妇女。

车门开了，黑四儿下车，中年妇女钻进车里。

驾驶室玻璃摇开，郭守业对黑四儿说：孩子出手了再跟你结账，少不了你一分。

黑四儿：行，你可别骗我。

郭守业嘿嘿一笑：哪能呢，过几天还去你们镇上。记住，男孩儿值钱。

黑四儿：好。

60. 外　山野小路　清晨

顺子和李娟在慢跑，李娟有些沉闷。

阿利在前面奔跑，跑到看林人屋前不远处停下来，那边拴着的母狗朝它吠叫。阿利呆呆地看看那边，眼神有些伤感，看见跑近的顺子，毅然转身向路前面跑去，头也没回。

顺子对一旁慢跑的娟子说：你今天情绪不好，咋了？

娟子：没啥，有点儿不舒服。

顺子停下脚步：那就别跑了。

娟子在前面慢走，顺子跟在后面。

顺子：我看你有心事。

娟子眼里含泪：顺子，我要回城了。

顺子叹口气：我知道，你早晚要走的。

娟子：妈妈患尿毒症了，爸爸一人很累，我回城还能照顾一下他们。局领导同意我提前结束实习期，下礼拜让我到市局报到。

顺子掏出手帕：娟子，别哭，这是应该的。有你在你妈妈的病一定会好的。

娟子深情地看着顺子，顺子为她擦泪，娟子一下抱住顺子，两人紧紧相抱。

阿利在一边眨眨眼，转过头去。

顺子：娟子，我有时间会去城里看你的，再说我们还有微信，天天可以见面。

娟子动情地说：顺子，等着我。

61. 外　派出所院里　日

顺子把阿利关进犬舍，一回头，看到林槐推车进来。

顺子迎上前，关切地问：槐哥，伤好了吗？

林槐不冷不热地说：狗咬一口没事，关键是别让人咬。

顺子：槐哥，你误会了，我不是那种人。

林槐：是不是反正也不是头一回了，你自己清楚，我也不傻。

顺子：真的，我没做对不起你的事。

林槐哼了一声：看好你的狗，别让它再咬人。

说完，支好车，径自朝屋里去了。

顺子委屈地看着他的背影，摇摇头。

62. 内　派出所户籍室　夜

李娟在电脑前操作电脑。

顺子推门，端着一碗热面条进来，后面跟着阿利。

顺子：这么晚了还加班？给你做的夜宵。

娟子感激地说：真香。

阿利上前，叼着块湿毛巾给娟子。

娟子拍拍阿利的头：阿利，谢谢喽。

娟子：快走了，我把户籍资料整一下。另外，你不是说把咱辖区 30 岁到 40 岁男人的身份证照片都整出来吗？正在弄，等会儿再吃。

娟子操作电脑，顺子在一边逗阿利。

娟子：对了，顺子，那边桌上有你的一个快递包裹。

顺子走过去拿包裹：哦，这么快到了。

娟子：买的啥？

顺子：送你的礼物。

娟子高兴地问：真的，什么？

顺子：暂时保密。你先忙，我去给你沏杯热茶。

顺子走出屋。

阿利凑到娟子身边，好奇地看着电脑屏幕。

63. 内　顺子宿舍　夜

顺子进屋，倒了杯热茶放在桌上，然后打开快递包裹，里面是洁白的纯羊毛线。顺子拿起细看，点点头，把它放到床头柜里。

64. 内　户籍室　夜

娟子十分认真地一页一页地转存照片，刚翻到这一页，正好是黑四儿的身份证放大的照片。

阿利突然扑上去，用爪子去抓屏幕。

娟子：阿利，你怎么了？

阿利继续抓屏幕，回头朝娟子点点头。

顺子端着茶水进来一看，连忙走过来看屏幕：就是他！

65. 内　派出所会议室　日

王所长召集民警开会。

王所长生气地说：林槐，刘宝财是你的管片的吧？怎么回事？

林槐底气不足地说：是，以前只知道他贩过狗，没想到……

王所长一拍桌子：没想到？你平日干什么去了？一个村就那么百十号人，这点儿情况摸不上来？

林槐低头不语。

王所长缓了口气：你先说说他的情况。

林槐：他叫刘宝财，外号黑四儿，今年36岁，有个媳妇，去年离婚，带着孩子走了，以前在村里好赌，后来听说在外面贩狗。

王所长：今晚行动，去家里掏他，散会！

大家依次走出会议室，林槐狠狠瞪了一眼顺子。

66. 外　崎岖的山路　夜

林槐开着警车，王所长坐在副驾驶位置，顺子、老马和阿利坐在后排座上。

黑夜中，警车沿着山路行驶。

王所长：顺子，抓到这小子，你就立功了。

顺子：王所，这功得给阿利，是它先认出的。

王所长：没问题，到时也给它请功。

67. 外　黑四儿家　夜

几位民警悄无声息地走近黑四儿家。

黑四儿家门口，一把大锁挂在一扇破旧的门上。

王所长果断地说：把车开远点儿，分开蹲守！

68. 内　黑四儿家不远的一个破牛棚里　夜

顺子蹲在地上，两眼紧盯着斜对面黑四儿家大门。

牛棚房顶破陋不堪，可以看到大片乌云滚滚而过。

阿利紧紧依偎在顺子身边，竖着耳朵，警觉地听着外面的动静。

顺子抬头看看天，担忧地说：阿利，可能要下雨了。

片刻，一阵风刮过，噼噼啪啪掉起雨点儿，紧接着雷鸣电闪，大雨从天而降，雨水顺着破陋的屋顶哗哗地流下。

顺子被雨水浸透，浑身发冷，直打哆嗦，还是紧盯着目标。

阿利站了起来，伏在顺子身上，为他遮挡雨水。

雨停了，顺子放在胸前的对讲机传来王所长的声音：撤！

顺子脱下衣服拧干，为阿利擦拭。

69. 外　派出所院里　清晨

老马推开房门出来，伸个懒腰，从墙角拿起扫把，开始扫院子。

阿利趴在一个角落里，无精打采的样子。

老马走到阿利跟前，拍拍它：阿利，今天怎么了？

娟子刚好也从屋里出来，跑过来：阿利。

阿利睁了一下眼又闭上。

娟子有些着急：昨天挨淋了，我回来用电吹风给它吹干了，还是病了。

老马：诶，顺子怎么也没起来？

娟子赶紧跑去敲门：顺子，该起床了。

里面传出顺子微弱的声音：娟子，我不舒服。

娟子连忙推开门进屋。

70. 内　顺子宿舍　日

顺子仰靠在床头，在织那条白色的围脖，看他的样子很难受。听到娟子的喊声，他连忙把没织好的围脖塞到枕头下。

娟子急忙跑到床前，用手摸顺子的额头：好烫，你发烧了。

顺子虚弱地说：昨晚冻着了，没事的，我吃了感冒药。阿利怎么样？

娟子：阿利它……哦，它好着呢。

顺子点点头：我就担心阿利生病。

老马这时也进来，走到床前，摸摸顺子的额头：顺子，我送你去医院吧。

顺子摇摇头：躺会儿会好的。

这时，门被顶开了，阿利慢悠悠地走进来。

顺子：阿利，你咋了？

阿利伏在地上，可怜兮兮地看着顺子。

顺子：老马，车在吗？

老马点点头：在。

顺子起身：送阿利去医院。

71. 内　兽医院　日

阿利在病床上静静地躺着，兽医给它挂上瓶子输液。

顺子在一边轻轻抚摸着阿利的背：阿利，你会好的。

老马进来，拿着一把药：顺子，这是你的药。

顺子有气无力地说：老马，谢谢你。

阿利画外音：那天，医生说，我是感冒引起的急性肺炎，再晚来诊治会很危险的。

72. 内　县城一饭馆　日

黑四儿和郭守业边喝酒边聊天儿。

郭守业左右瞅瞅，递给黑四儿一个信封：这是一万，上回那笔买卖的报酬。

黑四儿喜滋滋地接过信封看看，揣进兜里：不数了。

郭守业夹了口菜，塞进嘴里：跟我干，错不了。

黑四儿端起酒杯，跟郭守业碰了一下：郭哥，接着做？

郭守业左右看看，小声地说：这事不能老在一个地方干，过两天去你们镇。

黑四儿点点头：行。还住那家旅馆？

郭守业摇摇头：不。

73. 外　派出所院里　日

派出所会议室，王所长、老马和林槐、李娟先入座，顺子随后进来。

王所长关心地问：好利落了？

顺子：没问题。

老马：我看阿利也精神多了，你们俩真是同病相怜呀。

王所长：开个会，还是研究一下那案子。最近局里通报，周边几个镇包括市里都发生了幼儿失踪的案件，局里打算并案侦破。现在我们还是说说咱辖区的案子。

老马：现在的线索就是黑四儿，开越野车的目前还没露面，我们只能找黑四儿。

林槐：黑四儿又不着家，哪儿找去？

顺子：我建议还是在他家蹲坑。

林槐瞥了一眼顺子，没吱声。

李娟：我同意。

老马：目前来看也只有这样了，既然那儿有家，他总是要回的。

王所长：好，就这么定了。

74. 外　山间公路　夜

一辆摩托车在山间公路上行驶，黑四儿驾车，后座上坐着郭守业。

摩托车拐了几道弯，远远可见前面的村庄。

郭守业：还多远？

黑四儿：拐过这个弯就到了。

郭守业看看路边：停下！

黑四儿停车，扭头：干吗？

郭守业下车，指指路边的草丛：把车搁这儿，我们走过去。

黑四儿不解：不至于吧？

郭守业：防着点儿不会坏事。

黑四儿吃力地把摩托车推进灌木丛。两人渐渐远去的背影。

75. 内　派出所顺子宿舍　夜

顺子还在赶织那条白围脖，围脖还剩得不多了，听到老马在院子里喊他。顺子收针，放到床上，应了一声：来了。

76. 外　派出所院里　夜

顺子从屋里出来，走向犬舍。李娟拿了个大号保温杯出来。

李娟：顺子，里面是刚冲的热咖啡，可以保温几个钟头，夜里喝点儿提神。

顺子感激地看着娟子：娟子，我送你的礼物明天就能给你了。

李娟把保温杯塞在顺子手中：注意安全呀。

顺子紧握着李娟的手，动情地说：放心。

顺子走到犬舍前，看见阿利来回走动：阿利，你病刚好，好好休息一下，明早见。

阿利情绪很急躁，使劲挠门。

李娟求情：带上它吧。

顺子：好吧。

顺子打开犬舍门，阿利噌地一下蹿出来。

顺子拍拍它的头：急啥？有你立功的时候。

77. 外　派出所门外　夜

派出所院门口的红灯下，李娟挥手。

顺子摇开车窗，向李娟挥手。

李娟目视着警车远去，逐渐消失在夜幕中。

78. 外　黑四儿家门外　夜

在村头昏暗的路灯下，黑四儿和郭守业悄无声息地走到家门口。

黑四儿掏出钥匙刚要开门，被郭守业用手挡住了。

郭守业用手指指旁边不高的院墙，黑四儿愣了一下，很快明白了，点点头。两人走到院墙前，左右瞅瞅，先后爬墙进到院里。

屋里的灯亮了一下，又很快熄灭。

79. 内　驾驶室里　夜

警车亮着车灯，在弯曲的山路上行驶。

林槐驾驶警车，老马坐在副驾驶一边，顺子和阿利坐在后面。

老马瞅瞅一言不发的林槐：林槐，家伙都带上了？

林槐：铐子带了，警棍忘了，也用不着，黑四儿没那么强悍。

老马：也别大意。你跟顺子还怄气呢？

林槐不语。

顺子一手牵着狗绳，一手按着阿利。阿利使劲抬头，两眼警惕地盯着林槐。

林槐偶尔从后视镜看一下阿利。

老马：有什么误会跟顺子好好聊聊，一个所的兄弟闹啥呀？

顺子诚恳地说：槐哥，我真想跟你好好聊聊。

林槐：行，哪天得空聊聊。

80. 外　黑四儿家门口　夜

老马、林槐在前，顺子牵着阿利在后，无声无息地走近黑四儿家，到了门口一看，门还锁着。

老马悄声地下令：按事先定的，分头蹲守！

这时，阿利有些狂躁不安，急于挣脱顺子的牵引。

顺子对老马说：等等。

顺子松开牵引绳。阿利跑到不远处黑四儿两人翻墙的矮墙边，嗅嗅，俯下身，抬头望着墙头呜呜低鸣。

顺子小声地说：老马，有情况！

老马点点头：我们翻墙进去，动作轻点儿，别惊动他。

顺子：老马，行吗？

老马撑着矮墙，顺子托了他一把上了墙头，扶墙下来，一招手。

顺子解开牵引绳，朝墙里指指，阿利一跃而上，蹿上墙头，轻轻落地。

顺子随后也翻墙进院。

林槐稍胖，费了点儿劲爬上墙头，往下一跳，“咕咚”一声摔倒，按着脚踝皱眉头。

81. 内　黑四儿屋里　夜

在炕上睡得正香的郭守业被外面的声音惊醒，推醒一边的黑四儿：不好，有人！

黑四儿眨眨眼，迷糊中，郭守业早已翻身下炕，从枕下摸出把匕首，塞在腰里。

黑四儿也慌忙爬起，抄起把菜刀。两人走到门口，倾听外面动静。

82. 外　黑四儿家门口　夜

老马贴在门口倾听里面的动静，顺子和林槐在两边大气不出。阿利跃跃欲试，顺子一只手按着它的头，另一只手示意它先别动。

83. 内　黑四儿屋里　夜

黑四儿贴在郭守业耳边小声说：别是只野猫吧？

郭守业示意他别说话，继续倾听，半天没有动静。

郭守业站到一边，朝黑四儿努努嘴。

黑四儿上前拉开门闩，手里握着菜刀，探头朝院子里看，看看没啥动静，又壮胆往门外走了两步。

伏在一边的阿利此时早已按捺不住，“嗷”的一声扑了上去。

黑四儿吓得“啊”地大叫一声，条件反射地闪过这一扑。

一边的老马飞身上前，林槐刚才扭了脚，也跛着上前去抓他的胳膊。黑四儿缓过神来，狂喊一声：老子跟你们拼了！

黑四儿抡起菜刀乱砍起来。见状，老马和林槐不由得退后两步。

这边，阿利没等顺子发令，第二个猛扑动作紧跟上。黑四儿抡起菜刀一下砍中阿利的前腿，阿利忍痛再扑上去，一口咬住了黑四儿的手腕。黑四儿负痛“哎哟”大叫一声，菜刀掉到地上。

阿利死死咬住黑四儿不松嘴，黑四儿拼命想挣脱。老马和顺子上前，要给黑四儿上铐子。

这时，郭守业攥着匕首突然从屋里冲出来。林槐一愣神儿间，郭守业的匕首猛刺过来。此时正俯身协助老马给黑四儿戴手铐的顺子大喊一声：槐哥，闪开！猛地迎着郭守业站起来，用身体挡住刺向林槐的尖刀。

顺子胸口被猛刺一刀，顿时鲜血迸出，倒在地上。

林槐赶紧上前抱起顺子：顺子，你没事吧？

顺子用微弱的声音说：槐哥，我……没事……

跛着腿的阿利过来，看了一眼顺子，舔他胸口的血。顺子睁眼看看阿利，用最后的气力说：别放过他，去追……

郭守业已经蹿上墙头跳出墙外，狂叫一声。阿利疯了一般要蹿上墙去追，却重重地摔在墙下。

此时，林槐正俯身哭着喊着顺子的名字：顺子，你醒醒，你不是说跟我好好聊聊吗？

老马按着被制伏的黑四儿，也在呼喊：顺子，醒醒，救护车就来了！

阿利艰难地爬起来，跛着腿走到顺子跟前。阿利朝林槐一瞪眼，就要扑咬，林槐赶紧闪在一旁。

阿利俯身躺在顺子身旁，头贴在顺子的脸颊上。

顺子缓缓睁开眼，眼里含着泪，微微地蹦出几个字：别……怨……槐哥……

阿利画外音：黑四儿被抓，我为兄弟姐妹们报了仇，可是顺子就这样走了。

84. 外　派出所院里　日

李娟坐在石凳上，旁边的石桌上放着那个保温壶。

老马在安慰李娟：娟子，别太难过了。顺子是咱所的英雄，也是咱警察的英雄。

李娟含着泪：我给他冲的咖啡，他一口也没顾上喝。

老马把顺子没有织完的白围脖递过来：顺子说，你喜欢白色，他专门给你织的。唉，还差一点儿就织完了。

李娟接过围脖，擦擦泪，一针一针地织起来。

老马：唉，顺子从小在福利院长大，是在那里跟一个姐姐学会的织毛衣，后来他当了兵，复员后分到我们派出所，刚来头一个月，就给我织了这件毛背心。

李娟织不下去了，用围脖捂着脸哭起来。

院外，警车熄火停下。

王所长抱着腿上裹着绷带的阿利进来。

李娟和老马迎上去，同时发问：阿利没事吧？

王所长：没伤到骨头，过几天会好的。

王所长要把阿利关进犬舍，阿利拼命挣扎，王所长只好把它放在地上。阿利跛着腿跑到顺子宿舍门口，坐下，眼巴巴地盯着紧闭的门。

众人叹气，李娟低头抹泪。

85. 外　派出所院里　清晨

老马扫地，看到犬舍里阿利眼巴巴地看着他，走过去把门打开。

阿利腿上的绷带已经没有了。它走到顺子门口的台阶上蹲下，两眼祈盼地盯着紧闭的门，一动不动。

秦锁掰了半个肉包子，走过来递给它：阿利，吃吧，这是你最喜欢吃的纯肉包子。

阿利感激地看看秦锁，没动放在地上的肉包子，又继续盯着那门。

李娟从屋里出来，走到阿利跟前：阿利，我们去晨练，好吗？

阿利抬眼看看李娟，又看看门，没有动。

老马叹口气：阿利几天没好好吃东西了。

李娟蹲下身，轻轻地抚摸着阿利，含着泪：阿利，那门不会再开了，我明天也要回城里了。

阿利转过头看看李娟，伸出舌头舔她的手。

李娟：我知道你难过，也知道你想跟顺子在一起。可你这样下去不行。振作起来，好好吃饭，为顺子报了仇，顺子还会跟你在一起的。真的，我不骗你……

李娟哽咽着，再也说不出话来。

阿利似乎听懂了，贴贴李娟的脸，开始低头吃包子。

这时，王所长扶着拄着拐杖的林槐走进院里。

阿利看到林槐，丢下包子，嗷地叫了一声就要扑上去，老马和李娟连忙抱住阿利。

林槐坦然地走过来，对老马和李娟说：你们松开它，顺子是因我而死的。

林槐含着泪突然跪下：阿利，你过来咬我呀！

阿利挣脱了两人的手扑上来，它看到突然跪地的林槐愣了一下，停下来。

林槐：本来该死的是我，我冤枉了顺子，也恨自己，来咬吧！

阿利画外音：我本想上去狠狠撕咬他一通，这时我的耳边响起顺子临走前说的最后一句话：别……怨……槐哥。

阿利转身离去，又跑向顺子门前的台阶。

老马上前，扶着林槐坐在石凳上。

王所长看看阿利，对大伙说：省厅已经批准追记顺子荣立一等功，已经将顺子的事迹上报公安部，为顺子报请二级英模。将来批下来了还要为顺子制作蜡像，立在省警察博物馆里。

众人鼓掌。

王所长叹口气：不过，这次行动我也挨批评了。行动方案不周密，漏洞不少，影响了其他同志的报功。我有责任，以后开会再做正式检讨。

老马：我也……

林槐：我……

王所长：都不说了。这事一定得好好总结教训，下一步工作就是全力以赴配合局里抓捕郭守业。对了，李娟，你去局里的事暂时推迟一个月。

李娟：妈妈的病情好转了，我这会儿也不想走。

老马：王所，阿利咋办？

王所长：对了，刘局说了，明天市局警犬基地派车来接阿利归队。

阿利回头看了一下大家，两眼泪汪汪的。

阿利画外音：到警犬基地就能见到父亲阿威了，可我不能去，我还有事没办完。

86. 外　派出所院里　日

一辆警犬基地的警车停在院外门口，从车上下来几位民警。

王所长迎上前，寒暄几句，带着他们走进院里。

刚进院，就见老马慌慌张张地跑过来，急切地说：阿利不见了！

众人疾步走到犬舍前，只见犬舍门开着，里面空空如也。

87. 外　黑四儿家　日

阿利从矮墙跳了进去，在顺子躺倒的地方卧下，似乎在回忆什么，片刻后起身，扒开条门缝钻了进去。

阿利跳上郭守业躺着的地方嗅嗅，而后跳下床，钻出屋。

88. 外　山野小路　日

阿利沿着郭守业逃跑的线路追踪到山路旁黑四儿停放摩托车的地方，钻进草丛，东闻闻西嗅嗅，而后又钻出来，沿着山间公路远远跑去。

89. 外　路边　日

阿利下了公路，在一条小溪前俯身喝水。

阿利在公路上奔跑。

90. 外　路边一家汽车旅店　日

阿利弄翻泔水桶，扒拉出一根排骨，刚要吃，厨子抡着擀面杖出来，阿利丢下排骨转身跑去。

阿利在不远处树后躲着，见厨子进去，飞跑过去，叼起排骨就跑。

91. 外　一座露天破庙前　傍晚

乌云骤起，狂风大作，大雨倾盆而下，奔跑中的阿利浑身被淋得湿透。

阿利跑到路边不远的一座破庙里，蜷缩在角落里瑟瑟发抖，看着屋顶滴答滴答往下滴水。

92. 外　派出所院里　日

清晨，老马扫院子，到阿利犬舍前停下，呆呆地看着空空的犬舍。

老马眼前浮现出：

阿利围着他摇尾示好，撒欢跑着，帮他衔来地上遗弃的塑料袋儿、纸屑。

他刚要坐在石凳上，阿利有些吃力地叼来一个小木凳，放到他的屁股下面。

顺子的房门开了，顺子和李娟招呼阿利去晨练，阿利高高兴兴地跑出院门。

老马揉揉眼，叹了口气，继续扫院子。

李娟从房里走出，拿着簸箕帮老马搓垃圾。

李娟：老马，你说，阿利会去哪儿呢？

老马摇摇头：它还会回来的。

93. 外　县城街道　日

浑身脏兮兮的阿利在街道穿行跑过，不时地在路边停下，寻找猎物。在小区一隅，看到那辆越野车，阿利走过去，在四周转转，趴在车门拉手位置使劲闻了闻。

阿利看看左右的行人，跑到不远处的一个灌木丛里趴下，两眼一动不动地盯着越野车。

离阿利不远的地方，靠墙坐着一个中年流浪汉。

流浪汉瞅瞅阿利，朝它招招手，阿利看看他，又朝越野车看。

流浪汉开始吃饭了，他从一个塑料袋儿里拿出一盒饭，里面居然还有个鸡腿儿。流浪汉啃了几口，喝了口矿泉水，接着又往嘴里扒拉米饭。

阿利看见，馋得直吐舌头，它咽咽口水，身子有些打蔫儿。

流浪汉又朝它招手：嗨，你也没有家吗？

阿利见他没有恶意，点点头。

流浪汉笑了：是条懂事的好狗。

流浪汉做个吃的动作，扔过半个鸡腿儿到阿利跟前。阿利看看流浪汉，站起来走过去，衔起鸡腿儿回到原地，吧唧吧唧啃起来。

不一会儿，阿利连骨头都嚼碎了，吞咽下肚。

阿利友善地看着流浪汉。

流浪汉叹口气：你是有身价的，咋落到这地步？说完用餐盒盛了些矿泉水，走过来，放到阿利跟前。

94. 外　景点同前　夜

流浪汉解开铺盖卷儿，铺在地上打算睡觉，他见阿利还在那儿卧着，走过来拍拍它的头：哥们儿，你也不打算走了？

阿利点点头，和他对视了一眼，闭上双眼。

流浪汉回到自己的地方，躺下：好呀，有个伴儿也不错。明天见。

95. 外　越野车旁　夜

郭守业从路边贴着墙慢慢走到越野车旁，打开车门，正要往里钻。

早就盯着他的阿利像箭一般飞扑过来，一口咬住他的衣服。

郭守业惨叫一声，摸出把刀朝阿利乱捅。阿利躲过刀锋，一口又咬住他持刀的手，刀子掉到地上。

这时，从旁边不远处的一辆车里冲出几个蹲守的刑警，向这边跑来。

拼命挣脱了阿利的撕咬，郭守业一脚把阿利踢到一边，正要往车里钻，飞奔过来的流浪汉一把抓住他的后衣领，用手枪抵住他的后背。

流浪汉：警察，别动！

郭守业慢慢举起双手，突然用车门使劲击打流浪汉。流浪汉站立不稳，一下摔倒在地。

这时，阿利得空又扑了上来，一口咬住郭守业的腿。郭守业已经坐在驾驶位置上，发动着越野车。

流浪汉已经迅速爬起，举枪对准郭守业正要射击，见阿利正在与郭守业撕咬在一起，犹豫了一下。

郭守业从车座下摸出一把自制手枪，朝流浪汉射击。流浪汉肩膀被击中倒地，阿利也被枪声吓了一跳，松开嘴。

郭守业关上车门，一踩油门，越野车疾速离去。刚好跑到跟前的刑警举枪，朝越野车射击。

几辆警车闪亮警灯，追而去。

几个刑警过来，扶起流浪汉：周哥，你受伤了！你怎么不开枪？

流浪汉：那犬呢？

不远处路灯下，阿利朝着远去的越野车狂奔。

96. 外　派出所院里　清晨

王所长、老马、林槐全副武装待发。

王所长：局指挥中心通报，杀害赵顺的姓郭的那小子，昨天夜里被我们蹲守民警发现，拒捕脱逃，半路车抛锚了，人逃窜到我们辖区了。

李娟拿着一件防弹衣出来：咱所就一件防弹衣。

王所长：给我。

李娟把防弹衣递给王所长：我也去！

王所长看看李娟渴望的眼神：行，叫辅警在所里盯着。

林槐：王所，防弹衣给我！

老马上前抓住防弹衣：我年龄最大，还是我穿。

王所长一边穿防弹衣一边下令：别抢了，出发！

李娟和老马走在后面，不解地小声问：就一件防弹衣，让让不好吗？

老马点点头，又摇摇头：你不知道，谁穿上防弹衣，第一个往枪口上冲的就是谁。

97. 外 山间公路 日

阿利在公路上奔跑着，时不时躲避着后面的车辆。

阿利跑到公路边，舔舔山石隙缝里的泉水。

阿利跑累了，伏在路边的树下喘气。

几辆警车远远疾驶而来，头一辆警车上坐着刘局长，他一眼看到路边的阿利，急忙命令民警停车。

刘局长下车，走到阿利跟前仔细看看，对随后的民警说：真是阿利。

阿利看见刘局长，起身直立，用舌头舔刘局长伸过来的手。

刘局长拍拍阿利的头：所里人说你失踪了，怎么跑到这儿来了？

刘局长回头，对一民警说：把它带上。

98. 内 运犬车里 日

铁笼里，阿威兴奋地对着笼外的阿利亲切地吠叫。

阿利也高兴地隔着笼子用嘴亲吻阿威。

阿利和阿威异常的举动引起驯犬民警的好奇。

民警甲：你看，它俩好像挺亲。

民警乙：还真是的。

民警甲拍拍头：我想起来了，上次在那派出所它们见过，那会儿我就纳闷，它俩怎么会一见如故呢？

民警乙：是呀，这事真有点儿怪，要是别的犬早就掐起来了。

阿利画外音：他们怎么会知道，阿威就是我的亲爹呀。

99. 外 山里的一座破庙前 日

众多民警在这里集结，王所长带着派出所的民警也赶到。

刘局长对过来报到的王所长说：王立，你看，我把谁带来了？

刘局长一招手，犬队民警把阿利牵下来。

阿利一见众人，摇着尾巴跑过来。

几个人同时惊喜地叫着：阿利！

李娟第一个跑过去，把阿利搂在怀里：阿利，我们想死你了。

林槐往前走了两步，有些犹豫，停下来。阿利走过来看看林槐。林槐一副愧疚的样子。阿利走到他跟前，舔舔他的裤腿，以示原谅了他。

林槐不知所措，眼里含着泪：阿利……我……

刘局长：人到齐了，我也不多说了。嫌犯就在这一片山里，地形比较复杂，他身上有枪。注意安全！

100. 外　山林中　日

众多民警在山间搜索前进。

王所长一马当先，带着派出所民警穿过灌木丛，蹚过小溪，仔细搜索。

阿利、阿威和几条警犬在林丛中寻找嗅源。

阿利在前面一边跑一边嗅，它突然跑进旁边的草丛里，衔出一只掉了底子的皮鞋。

王所长拿起皮鞋看了看：快追，不远了。

101. 外　半山坡岔路　日

郭守业光着一只脚，一副狼狈不堪的样子。他一边回头看，一边喘着大气奔跑着。

一个放羊的老人赶着一群山羊迎面过来。

郭守业迎上去，掏出刀子，对着老人恶狠狠地说：把鞋脱下来！

老人害怕至极，连忙脱下鞋扔给郭守业。

郭守业穿上鞋，拿刀子在老人眼前一晃：见了人别他妈多嘴！说完，头也不回，朝一条小路疾跑而去。

放羊老人回头看看跑远的郭守业，骂了一句：狗日的！

郭守业躲在左边岔路上的山石后面，见放羊人走远，跑回来，朝另一方向小路跑去。

102. 外　山间小路　日

王所长带着民警追到这里，迎面看到过来一群羊，停下来。

王所长上前问：老人家，看到一个中年男人没有？

放羊老人气愤地指指前面：见了，那狗日的朝左边那条路跑了。

103. 外　半山坡岔路口　日

王所长带着民警追到这里，见是条岔路口，想起刚才老汉的话，就要往那条路上追赶。

跑在前头的阿利嗅嗅，突然折返而回，朝另一条路跑去。

王所长叫住阿利：阿利，错了！

阿利朝小路前面看看，对着民警们叫了两声。

老马：阿利说，在那边。

王所长：到底听谁的？

李娟：我看，还是听阿利的。

王所长：好，朝那边追！

104. 外　山间小路　日

郭守业在林间狂奔，后面不远处，阿利吠叫着猛追。

郭守业蹚过小溪继续狂跑。

阿利跃过小溪急追。

王所长一边用手台向刘局长汇报，一边带着民警在后面追赶。

郭守业跑到一个山岩边，看看不远处狂吠而来的阿利，一闭眼跳下下去。

阿利追到这里，看看下面，犹豫了一下，转身朝另一条下山路跑去。

105. 外　山下荒地　日

郭守业睁开眼，艰难地爬起来，抬眼望去，看到不远处有一家农舍。他挣扎着站起来，一瘸一拐地朝农舍走去。

106. 外　农舍（阿利出生地）　日

踉踉跄跄的郭守业走近农舍，推门进院，拴在院里的阿花跳跃着狂叫起来。

孙老爹（卖狗崽儿的老汉）从屋里闻声出来。郭守业一步上前，掏出匕首抵住孙老爹的喉头：要命就听我的！

孙老爹吓得哆哆嗦嗦地说：俺……没钱。

郭守业逼着他把院门闩好，把他逼到墙角：屋里还有谁？

孙老爹战战兢兢地说：老伴……瘫在床上……

阿花还在狂叫，郭守业命令孙老爹：别让它叫了，再叫我弄死它！赶紧给我弄点儿吃的来。

孙老爹喝住阿花，从灶房里拿出几个馒头。

郭守业从缸里舀出一瓢凉水，大口啃着馒头。

107. 外　农舍院外　日

阿利引着王所长和民警一路追来。阿利对着院里狂叫，院里的阿花听到阿利的吠声，也叫起来。

王所长用手台急呼：刘局，嫌犯逃进一家农舍，劫持了人质。

手台里传出刘局长的声音：控制住他，我马上到！

王所长喊回阿利，李娟掏出手帕给阿利擦汗。

不一会儿，几辆闪着警灯的警车疾驰而至，停在院外。

刘局长从车里下来。与此同时，另几路搜索的民警也相继赶到。跑得气喘吁吁的阿威也朝着院里狂吠。里面的阿花听到熟悉的声音，又叫了起来。

刘局长对王所长说：说说情况。

王所长：这户人家姓孙，家里只有一个六十多岁的老人和一个瘫痪的老伴儿。

刘局长果断地说：包围这个院子，注意人质安全！

108. 外　农家院里　日

狂吠的阿花激起郭守业的恼怒，他抄起一根墙角的木棒，朝阿花砸过去。母狗被打中，负痛嗷嗷低吟。

外面传来刘局长的喊话声：郭守业，你听着，你已经被包围了，是逃不掉的，放了人质出来投降，是你唯一的出路！

郭守业暴躁不安地朝着外面喊：老子有枪有炸药，大不了跟你们一块儿完蛋！

109. 外　农家院外　日

院门口，刘局长问王所长：院门能打开吗？

老马说：我来试试。

老马走到院门口，拿出把小刀，伸进门里，一点儿一点儿地拨开门闩，朝刘局长点点头。

刘局长继续喊话：郭守业，你别乱来，你有什么要求，我们可以商量。

过了片刻，里面传来郭守业的回话：那好，给我弄辆车，放我走，要不然屋里这俩就没命了！

王所长看看刘局长，请缨道：刘局，我带人冲进去？

刘局长小声地对大家说：院里情况不明，冲进去人质有危险。

这时，阿利跑过来，使劲拱刘局长的腿，阿威在一边也跃跃欲试。

刘局长皱皱眉，果断地说：先放犬进去！我们做好强攻的准备。

老马把院门拉开一条缝儿，阿利一下冲了进去，阿威随后也冲了进去。

110. 外　农家院里　日

郭守业把嘴边的半个馒头一丢，刚喝了口水，突然见从门缝儿里蹿出两条警犬，吓得不轻。匆忙中，他掏出自制手枪，朝着门口开了两枪。

阿利被枪声镇住，愣了一下，瞪着郭守业猛地又扑上去。郭守业见情况不妙，又要射击，枪卡壳，没响。他一急，丢了枪，把老汉往前一推，挡住阿利的冲击，又摸出一把匕首，朝阿利刺去。

这时，一边的阿花急疯了，拼命一蹿挣脱了绳索，迎着刀锋扑了上来。它一声惨叫，被刺中前胸，倒在地上抽搐。

这会儿，阿威也冲过来，一见阿花倒地，嗷的一声狂吼，猛扑上来，死死咬住郭守业的大腿。

阿利也从侧面扑上，狠狠咬住郭守业一条胳膊。郭守业的匕首“咣当”落地，郭守业死命挣脱阿利的撕咬，腾出一只手，点着身上的一个自制炸弹。

这时，王所长和民警冲进院子，一见此景，大喝一声：炸弹，都闪开！

随后冲进来的刘局长见状，举枪刚要射击，只见阿利一跃而起，蹿上去，一口咬住郭守业的手腕。郭守业惨叫一声丢下炸弹。炸弹的导火索在地上冒着青烟，一点点燃烧着。

此时，只见阿利冲上去，一口叼起自制炸弹，朝院外跑去。

王所长和民警不由得喊道：阿利，危险！

111. 外　院外小路　日

阿利叼着冒着烟的炸弹飞奔。

在一个水坑前，阿利刚丢下炸弹跑开不远，轰的一声炸弹爆炸了，阿利被炸弹的气浪抛到半空，重重地摔下。

远远跟上来的王所长、李娟、林槐冲过来。李娟抱起阿利，连声呼唤：阿利，阿利……

阿利吃力地睁开眼睛看看民警们，又闭上眼，昏了过去。

112. 外　农家院里　日

郭守业被民警戴上手铐，押出院外，上了警车。

几个民警搀扶着老汉进屋。

院子里，阿威痛苦地伏在阿花面前，舔着它的伤口。犬队民警过来牵阿威，阿威死活不肯离去。两个民警使劲拽着牵引绳，拉它上车。阿威一步一回头，哀伤地看着躺在地上的阿花。

老马叹口气，找了块席子给阿花盖上。

警车开了。阿威在铁笼里扒着笼门，透过车窗，两眼泪汪汪地跟阿花道别。

阿利画外音：那天，我被炸弹的气浪震昏了，没能再见我娘一眼，它是为了救我死的。后来，它被埋在院子后面的一片小树林里。

113. 外　派出所院里　日

一辆警车停在院外，犬队的民警牵着阿利下来。

李娟在院里高兴地喊：阿利回来了！

大家几乎同时跑出屋，阿利又活蹦乱跳地围着大伙转。

犬队民警痛心地说：阿利捡了条命，只是它的耳膜被炸弹震破，它再也听不到声音了。

李娟含着泪，紧紧搂着阿利：阿利，你是好样的，你听不到，我们还是爱你。

犬队民警：刘局的意思本想让它留在犬队，可是阿利那几天不吃不喝，情绪很不好，刘局说，还是让它回所里去吧。

王所长带头鼓掌：热烈欢迎我们的功臣警犬阿利归队，从今天起，它就是我们所的第五位荣誉民警。

掌声热烈响起，听不到声音的阿利深情地看着每一个人。

114. 外　派出所院里　日

扫完地的老马打开犬舍门。阿利出来，跑到顺子的宿舍门口，蹲在地上，一动不动地眼巴巴地盯着门看。

阿利眼睛的特写。（闪回）

顺子宿舍的门开了，顺子穿着运动衣出来，拍拍阿利的头，开心地对着阿利下令：向后转，跑步走！

顺子和李娟在山间小路上慢跑，阿利在前面撒欢地跳跃奔跑。

李娟采摘野花，编成花冠，给阿利戴上。阿利高兴地摇晃着脑袋。

顺子和阿利从辖区回来的路上，下起雨来。顺子脱下自己的训练服，给阿利穿上。

顺子在野外训练阿利扑咬，阿利一遍一遍认真地做着动作。

阿利生病，在兽医院里打点滴，顺子一边跟阿利说话，一边轻轻抚摸着阿利。半夜，顺子将脑袋伏在阿利肚皮上睡着了。

顺子牵着小狗出来，老马把它抱起来细看：这可不是一般的狗，真可惜了。谁会把它扔了呢？

李娟高兴地说：狗狗乔迁新居了，咱们得给它起个名字呀。

赵顺：我叫顺，再加个利就是顺利，就叫阿利吧。

顺子在宿舍里给刚抱回的阿利洗澡。

顺子在路边看到奄奄一息的阿利，走过去，把它抱起，放到车筐里。

……

娟子开门出来，看见阿利这副样子，很是伤感，叫了一声：阿利。阿利没有回头。她走过来，搂着阿利说：阿利，我说什么你也听不到，我还是要告诉你，顺子不会从这门里出来了。

阿利两眼忧伤地与娟子对视。

阿利画外音：就这样几个月过去了。李娟接到通知，就要调回到市里，老马也要办理退休手续了。我每天一早还是在顺子宿舍门口等他开门，等他招呼我去山里晨练，直到有一天……

115. 外　派出所院里　日

阿利懒洋洋地趴在石凳下。

在门口接待室的李娟朝阿利招招手，把一个快递件递给阿利，朝王所长屋里努努嘴。阿利叼起快件，慢悠悠地到王所长屋门口，放下。

王所长正在接刘局长的电话：好吧，我通知所里民警，给阿利送行。

116. 内　派出所小食堂　傍晚

食堂里的餐桌旁，全体民警（包括两个辅警和秦锁）在一起聚餐。

阿利也被请来，坐在一把椅子上。

李娟：王所，今天是什么日子，搞这么丰盛的一桌？

老马悄声对李娟说道：下午，刘局来个电话，不知跟王所说了什么。

林槐：庆功晚宴，也太晚了吧？

王所长招呼大家坐好，站了起来、端起酒杯，眼里含着泪：平时我不喝酒，今天一定要喝两杯。第一杯算是敬顺子，他是我们的好兄弟。

王所长把一杯酒洒到地上，自己又端了一杯，一饮而尽。

王所长接着又倒了一杯酒，端起来：第二杯我要敬阿利。阿利，你前面那碗不是酒，是我让秦叔给你熬的排骨汤。来，碰一下，我干了。

王所长把酒喝干，对秦锁说：秦叔，你帮着阿利干了。

秦锁端着碗，送到阿利嘴边。阿利看看王所长，埋头咕嘟咕嘟一口喝干。

王所长夹了一块红烧排骨，放到阿利桌前的盘子里，哽咽着说：阿利，你吃吧，这是在咱所里最后的晚餐了。

李娟：王所，你怎么了？

老马：王所长，刘局说啥了？

王所长忍不住落泪了：阿利要走了。

林槐：走哪儿，回犬队？

李娟递给王所长一块餐巾纸，王所长擦擦泪，说道：部里追记顺子英模的文件下来了，省厅警察博物馆给顺子立了个铜像。

老马：这是好事呀，该高兴呀。

王所长叹口气：唉，博物馆还要一个警犬的标本，跟刘局要一条退役的警犬，刘局推荐了阿利。

李娟：标本？

王所：就是让活犬安乐死，制成标本，在警察博物馆里展示。

李娟：这怎么成？阿利还活得好好的呀。

王所长：我开始也想不通。刘局说，阿利那次立功被抢救过来后，内脏功能已经衰退，加上失聪后引起的综合反应，兽医说，它也活不了多久了。

老马：我说最近阿利怎么老是打不起精神。这么说来，对阿利也不是坏事。在那里边，人们可以永远看到它的真实形象，我们想它了也可以常去看它。

李娟：可是……

王所长：这是命令，执行吧。

李娟的眼泪一下涌出来：真的没有别的办法了吗？

阿利听不到大家说话，只是静静地啃着盘里的那块排骨。

阿利啃完骨头，抬起头，大家一个个含着泪与它对视。

阿利不忍再看大家的眼神，跳下椅子，默默无声地走出食堂。

阿利画外音：虽然听不到他们说什么，可我从大家的眼神里还是明白即将发生的事情。我不知道去哪儿，也不知道今后的命运，可我会坦然面对的。

117. 外　派出所院里　日

一辆警车开来，停在院外，犬队民警走进院里。

老马走近犬舍，只见犬舍门打开，阿利又不见了。

王所长急匆匆跑过来：快去找阿利！

118. 外　农家院后山　日

在埋有那条母犬的小树林里，阿利伏在墓前，无言地默哀。

阿利的眼中浮现出以下画面：（闪回）

119. 外　农家院里　日

简陋的狗窝里，几只小狗崽儿在争食妈妈的奶，母狗躺在窝里，幸福地看着自己的孩子。

院子里，开始学步的小狗崽儿们东奔西走。这时，下起雨来，狗妈妈一个一个地把小狗崽儿们叼进窝里。

院外，活蹦乱跳的小狗崽儿们，在打闹戏耍，阿利在跟一只猫逗趣。

狗贩子黑四儿把狗崽儿装进编织袋里，狗妈妈在院子里痛苦地狂吠。

在院子里，面对郭守业的刀尖，狗妈妈奋不顾身地挣脱绳索，扑上去挡住刀锋，惨叫着倒地。

阿威在死去的狗妈妈身边哀鸣。

120. **外　小树林里　日**

阿利用爪子给妈妈的墓地填土。

阿利含着泪默默地转身离开，一步步朝远处走去。

121. **外　派出所院子里　傍晚**

外出的民警陆续回来。

王所长着急地问：找到没有？

众人摇摇头。

李娟突然指着顺子的门口说：快看！

众人回头看去，阿利伏在顺子宿舍门口，依然是面对着门，默默无语地等候。

122. **内　省动物园　日**

动物手术室外的走廊里，急匆匆地赶到的王所长、老马、林槐和李娟坐在长椅上。

一位穿白大褂的兽医推门出来。王所长迎上去：你好，大夫，我们是阿利的战友。能让我们进去告别一下吗？

兽医：战友？它是条犬呀。

老马：它跟我们是生死之交。

兽医点点头：哦，进去吧，别让它情绪太激动，会影响标本的质感。

王所长点点头，对大家说：我们谁都不许哭。

123. **内　动物手术室　日**

阿利闭着眼睛，安静地窝在一个铁笼里，一见民警们进来，慢慢地站起来，轻声地叫了一下。

大家围着铁笼，伤感地看着阿利。

李娟从身上拿出个手帕包，慢慢解开，隔着笼子递到它的跟前：阿利，你平时最爱吃秦叔蒸的肉包子，这是秦叔托我带给你的肉包子，知道你不能吃了，你就闻闻吧，可香了。

王所长揉揉眼：阿利，我们会常去看你。

老马叹口气：阿利，你以后再也不能给我搬小马扎坐了，我就要退休了，会想你的。

林槐含着泪：阿利，最对不起你的是我。你走好，顺子那边你放心，我每年都会去看他，他是为我才……

阿利深情地看着大家，眼眶里也含着晶莹的泪水。

老马：阿利，我知道你还有桩心事，我已经打电话了，他们很快就会赶来。

正说着，门开了，一位犬队民警牵着阿威进来。

阿威一进屋，立即跑到笼子前。阿利在笼子里高兴地朝着阿威叫了几声。阿威把嘴伸到笼边，阿利把脸凑过来，阿威隔着笼子亲吻着阿利的额头。

犬队民警对老马说：我们做过血液鉴定，它们真是父子关系。

阿威和阿利隔着铁笼呜呜叫着，一副难分难舍的样子。

阿利画外音：我什么也听不到，可我的眼里看到的却是大家对我的挚爱深情，他们是含着泪出去的。我这会儿终于明白，我们就要永别了。王所、老马、娟子、林槐，还有我就要去见的顺子哥，我会永远想你们的。阿威爸爸说的话我也听不到，可我从心里读懂了它的话，它说，我是一条好警犬。

124. 内　警察博物馆　日

一拨拨观众走进警察博物馆，这里可见刘局长、王所长、老马、娟子、林槐和秦锁，他们驻足在顺子的铜像前，默哀致敬。娟子系着顺子给她织的那条白围脖，含着泪恭恭敬敬地把一束鲜花放到顺子的蜡像前面。

在蜡像对面的玻璃展窗里，阿利的标本栩栩如生地站立在草丛里。

漂亮的女讲解员清脆甜美的声音在大厅里回荡：警犬阿利是我们最亲密的战友，它从警时间不到一年，却立下数次战功，它忠诚、勇敢、疾恶如仇……

王所长：阿利一点儿也没变。

老马：没变。

林槐：没变。

李娟：阿利，这回你跟顺子再也不会分开了。

125. 内　警察博物馆　夜

展厅里静悄悄的，一缕月光从落地窗照进来，映在阿利的身上。镜头由远到近，渐渐推近到阿利眼睛的特写，阿利的眼睛反射出对面的顺子的蜡像。

顺子的蜡像特写转化为顺子的真实影像，顺子慢慢走过来，走到阿利跟前，朝阿利招招手。

阿利静态的形体也慢慢化成动态的真实影像，从草丛里跃出，一下扑到顺子的跟前。

穿着警服的顺子拍拍阿利的脑袋，亲热地说：阿利，晨练去！

镜头转到派出所院里，顺子和李娟高兴地跑出派出所院子，阿利颠儿颠儿地跟在后面。

山野小道上，阿利在前面撒欢儿地跳跃奔跑，顺子和李娟在后面有说有笑地慢跑。

（剧终　职演员表）